漫派文庫 41

今東光
五味康祐

新学社

装幀　友成　修

カバー画
パウル・クレー『攻撃する子供たち』一九四〇年
個人蔵（スイス）
協力　日本パウル・クレー協会

河井寛次郎　作画

目次

今　東光

人斬り彦斎

一

昭和廿六年辛卯《かのとう》四月六日、庭の鮮やかな嫩葉《わかば》に音もなく雨が降りそそいで、桜の葩《はな》が春泥にまみれてゐた。十五畳半といふ奇妙な大いさの座敷は、柱も欄干も黒く塗つたやうに光つて、いかさま京都府伏見町の侍屋敷の名残りと見られた。私の所望に対して主人は沢山の古文書や昔の書翰や旅日記の類を見せて下された。その中に当家の先祖由緒書といふ一通があつた。

それによると先祖山本与兵衛といふのは、天正十年、明智日向守光秀の部将三宅綱朝の守つてゐた勝龍寺城を攻める時、主君細川幽斎様の御馬廻り支配を勤め、この武功によつて世々細川家に仕へ、その後、妙解院《めうげゐん》様御代に至つて当主病死のため、その嫡子は十一歳で御小坊主に就き山本丹斎と号した。やがて江戸定詰めとなつて数年相勤めた後、はじめて御茶道《おさだう》になつて山本休益と改めた。然るに故あつて蓄髪して山本久右衛門と称した。寛政四年、河尻川口御番を勤め、河尻町御奉行支配となつてゐる間に、旧姓を改めて河上と称したといふことが分明した。千利休の七哲の一人に数へられた細川三斎公は自ら三斎流を始めた。三斎が道安を招いて三百石の知行を与へたのは有名な話である。三斎流の茶儀を肥後国では御国流と称した。利休正伝の茶家は肥後国に三家あつた。古市（現今武田）、小堀、萱野（現今古田）で、これを古流と呼んでゐる。さうして細川家の江戸藩邸では遠州流を専らとしたさうである。

河上家は御国流を旨とした。世上で呼びならはしてゐる彦斎《げんさい》を、当家では彦斎《ひこはる》と称ぶことも知つた。しかしながら世に流布された彦斎《げんさい》の方が通りが好いので暫くそれに従ふことにする。彦斎の子に唯一人の彦太郎といふ男の子があり、その子が即ち当主河上利治君である。私は利治君と対座しながら彦斎の面影を描き出さうと試みるのであつた。

彦斎のことを書いたものを見ると、五尺足らずの柔さ男で、その外貌は温柔婦女子のごとく、然も胆斗《たんと》の如くであつたと記されてゐる。深淵のやうに清寂な双眸に、鬼気を湛へ

「斬る」

と言へば必らず斬らねば措かなかつたと伝へられてゐる。薩摩の田中新兵衛、土佐

の岡田以蔵、而して肥後の河上彦斎は刺客中の錚々たる三羽烏と謳はれたが、とりわけ人斬り彦斎と異名で知られた彼をして高名ならしめたものは、佐久間象山先生を斃したからであらう。象山先生の死は公武合体論のためであつたとするのが定論のやうであるが、河上家の伝へでは別の一説が在るもののやうであつた。茶道に精しく、風流を解し、また国風を良くし、幕末浪士には似気もなくお洒落であつた彦斎は、その身辺の所持品にも数奇を凝らしたといふことである。されば肥後造り細身の朱鞘を帯び、金梨地の印籠をさげ、毎に真新しい白足袋をはいて、起居尋常、出入音もなく物静かに振舞つたと承つた。

　その日、彦斎はお城から退出して新屋敷傘町の家に帰つて来た。いつもより顔色はすぐれなかつた。何人扶持といふ少禄ながら内福は豊かな河上家は庭なども相当に広く取りこんで、御茶道で勤仕する家だけに塵ひとつとどめぬほど行きとどいて掃き清められてゐた。十徳を着て茶室に籠ると、静かに独りで点前して一服喫した。暮れるに間のない窓前の櫨《はじ》紅葉が燃えるやうに明るかつた。茶室の窓を開いて肘をついて考へると、今日の城中での出来事が頭の中を去来する。若い胸に血が湧きたつて次第に唇を嚙みしめてゐた。美少年だつた彦斎はお城坊主に上る前から肥後の若侍達の間で、稚児さんの美名をほしいままにしてゐた。御小坊主として頭を丸める前の匂やかな前髪は必ずしも若侍達ばかりでなく火の国の女達の胸をも灼いたであらう。お城勤めをするやうになつて間もなく、三沢家の天為子《てゐこ》といふ小娘が親と親との許婚者となつてゐた。けれども彦斎は三沢家にあまり出入りもしなかつたので、従つて天為子を親しく見知らなかつた。それよりも父親が高麗門にあつた小森家から養子に来たので、小森家には何彼と親しく出入してゐた。同じ高麗門に住む隣家の村本家の昌子といふ娘とはよく遊んだので、この昌子の姿をぱつたり見なくなつたのは子供心にも淋しかつた。それが御数奇屋に勤めるやうになつて御奥に昌子の大人びた姿を見た時に、彦斎はほのぼのと心が明るんだ思ひだつた。彦斎が御数奇屋坊主になると果して奥女中の噂の主となつた。さういふ奥女中のうちから何十通も艶書を貰つたこともある。初々しい彦斎の頰に血の色がさすのが女達には楽しかつたのであらう。けれども彦斎は村本の昌子をひそかに思つてゐたので、それ等の手紙には手も触れなかつた。秋八月の御月見の晩、お城のお庭に主従が御宴を催した。能狂言の果ては奥女中達の遊芸が呼び物だつた。御庭の一隅に野点の御席をしつらへ、彦斎もまた半東《はんとう》に就いた。織りなすやうに侍達や奥女中達が華やかに装つて、蒸し暑い夜気は湿ぽく更けていつた。

「彦斎様」

ふと呼ばれる声に聴き耳を立てて四周を見廻すと小暗い草叢の片影に、薄物の夏衣裳を着た、御守殿風とでもいふ奥女中の姿をした昌子が銀の扇を口許にあてるやうにして立つてゐた。

「村本の昌子様か」

彦斎は草履を突つかけて傍に駆け寄ると、早や女らしい物腰をした昌子を飽かず眺めた。

「お前様は何をなさるのだ」

「先刻の清元『田舎源氏露東雲』の三味線に上調子を弾いて居りました」

「あのお寺の場でかえ」

「はい」

「それは大層もない芸だねえ。何時の間にそんな芸を身につけて」

大きくなつたのだらうと彦斎は不思議な気がするのだつた。少女から女になるのが一足跳びのやうな気がした。さう言へば昌子の面差しさへ、よく遊んだ時分の幼な面影はうすれて、厚化粧の下に生々と夜目にも著しく輝く眼は、恋をする女のそれのやうに見えた。

「さきほどお局様が御茶席で、お薄を頂いて居られましたが、あの時から彦斎様を見て居りましたのに」

「何故お声をかけて下さらなかつた。お人が悪いではないか」

「でも人目の中で恥しうて」

身体をくねらせると仙女香《せんぢよかう》の匂ひが彦斎の鼻をくすぐつた。二人とも轟く胸を押へながら、口に出して語る言葉はあまりに平凡で、こんなことを言ふのではなかつたがと思ひつつ、あらぬ話をやり取りするのであつた。何やら人の跫音がして
「お人が見える…………」
と囁いて銀扇で彦斎の手の甲を軽く打つと、昌子はひらりと身をひるがへして闇の中に消えて行つた。枝から枝に提燈がともり、御殿の御縁のあたりには煌々と灯が輝いて盛んな笑ひ声が湧き上る。鼓の音、太鼓の音、笛の音、三味線の音がして、御重役の誰某の酔歩の姿が影絵のやうに動いてゐた。彦斎は床しい匂ひを残して消えて行つた影法師を追ひさうにしたが、半東《はんとう》といふ役目を思ひ返して戻つた。お席の赤い毛氈がしつとりと夜露にしめつて、道安好み与次郎作の姥口の釜が松風の音を立ててゐた。

彦斎の方では、もとより知る由もなかつたが、目の早い城中の若侍達の中には昌子を忍んで想つてゐる者があつたのだらう。さういふ一二の侍達の目に、昌子と彦斎がお月見の晩、忍び会ふてゐたと疑はれて妬まれたのは是非もないことであつた。今日といふ今日、台子の間《だいすま》に詰めてゐると、御廊下を通りながら明らかに嘲るやうな語調で
「茶道も武道も同じ稽古とはいひながら、命に別条がないだけ気楽ぢやなう。あれで御扶持が頂けるなら、俺も坊主になりやよかつた。さうすれば女にも惚れられるかも

しれなかつたになう」

と喋りながら通り過ぎた。二三人の若侍達の哄笑を彦斎は耳が鳴る想ひで聞いた。茶道も武士の勤めとするのは幽斎、三斎両公からの心得である。彦斎は昌子と親しく口をきいた月夜のことを思ひめぐらせると、はつとした。見られたことは間違ひがない。やるせない想ひだつたとはいへ、やましい行ひをしたとは思つてゐない彦斎は、そのまま御数奇屋をすべり出ると、人の居ないお角櫓に立つて、井芹《ゐぜり》川の隘谷をへだてて、はるかに秋晴れの花岡山一帯の山脈に目を遊ばせてゐると、瞼がにじんで来るのであつた。さう言はれれば確に彦斎は武道の心得がなかつた。林桜園先生の門に遊んで和歌を学んではゐたが、剣槍も柔術の一手も知らなかつた。知らないことを恥にも苦にもしない茶道の世界から、肥後藩といふ枠の中に置いてゐる身分を省ると、何か大きなものを忘れてゐたやうに思はれた。そこから戻つて、気づまりな台子の間詰めの勤めをして、下城の太鼓の音に、はつと吾に返ると、駆り立てられる想ひを抱いてお城を退出した。そんなことを考へてゐると次第に落葉の散りしいた庭から蒼茫と暮れそめて行つた。

その夜は目が冴えて眠られなかつた。女にしても見まほしい美貌の御坊主の身内に烈々とした火のやうな闘魂が宿つてゐたのは吾ながら不思議だつた。家内が寝静まるのを見さだめると、彦斎はむつくりと牀から起きあがり、手早く肌襦袢に小倉の袴をつけ、赤樫の木刀を手にして庭に忍び出た。裏庭へ廻ると栗の木のもとに立つて、激しい気合をこめながら発止と左右から打ち込みを試みた。稍や二三十本の打ち込みを右から左からとかたみがはりにやつてみると、満身に汗をかき、腕はくたびれ、木刀を持つ手は屢々痺れ、立つてゐるのも苦しかつた。五十本目には目が眩むやうだつた。八十本目には二三度膝をつくやうにしてよろめいた。百本目には本当にへたばつて仕舞つた。暫く休んでから漸く立ち上ることが出来たが、終りの二三十本には力も何にも入つてゐなかつたやうな気がした。弱い気合を四周の人に聞かれはしないだらうか。脆い太刀筋を誰かに隙見されはしなかつただらうか。そんな妄念が頭を支配して、無念無想などといふ境地は、てんで思ひも寄らなかつた。這ふやうにして暗い部屋に戻ると、そのまま引つくり返るやうにして床にもぐり込んで寝るのが精一杯だつた。

　次の日も百本の打ち込みをした。三日目の百本の打ち込みには精も魂も尽きはてたほど疲労困憊した。お城へ上つて御数奇屋勤めに茶筌を握ると不覚にも手が慄えて泡立ちが悪かつた。五六日も経つと台子の間で、静かな秋の昼さがりなど居眠りしてゐる自身に気がついて驚くのであつた。しかしながら彦斎は風の日も雨の夜も怠らず百本づつの打ち込みは欠かさなかつた。母親はいつの間にか彦斎の稽古を知つて仕舞つた。

「御数奇屋衆に何の剣術ですか」

と渋い顔をして咎めた時に、彦斎は
「これも茶道の心得でござります」
厳然と答へた。母親はそれきり黙つて仕舞つた。如何さま幽斎様は丹後田辺の御陣では敵に取りまかれて御茶を遊ばしたし、三斎様は朝鮮の陣中でも御茶を遊ばされた。冬に近くなつた頃には、彦斎は打ち込み数を増して五百本から千本にしてゐた。茶杓をとる繊い指は何時の間にか節くれ立ち、茶盌を捧げる手には肉刺が出た。しかしながらこの修業を細川家の家中で何人も知る者はなかつた。そればかりではない。彦斎はお城から退ると、部屋の中で本身《ほんみ》の抜刀術を試みた。自得するまでは千本でも二千本でも抜いた。何人も師匠のない彦斎の剣術は、このやうにして練磨したものである。
天保五年甲午《きのえうま》に生れた彦斎の時世は、まだ大御所様と称せられた十一代家斉将軍が西丸に御隠居になつて、文化文政の爛熟時代が尚ほ更ら頽れようとしてゐた。彼が四歳の時、即ち天保八年丁酉《ひのととり》の年には大阪に大塩平八郎の乱があつた。幕府が本当の意味で鼎《かなへ》の軽重を問はれたのは実にこの叛乱からであらう。徳川家に弓を引く懸念があつた主体は諸大名であつた。その三百諸侯がすつかり懐柔されて骨抜きになつてゐた時に、大阪町奉行所付の一与力といふ微々たる存在が兵を挙げたといふ事実は、征夷大将軍の権威の偶像と伝説を打ち壊はした烽火であつた。この一事は天下に志を得ない浪人に無限の光明を与へたに相違ない。大塩の乱は短時日の裡に鎮圧することが出来たが、その見えない影響は志を失つてゐた者を鼓舞せしめるのに充分であつたと観察される。当時の彦斎は幼少で何にも知らなかつたが、彦斎の生家のやうに武士から茶道に顚落した軽輩の人々を、虹を望み見るやうに朗然として眉をひらかしめたであらう。事実、彦斎の父なる仁《ひと》は彦斎が、ひそかに剣術に魂を沈潜させてゐることを黙過した。これ等の老いたる軽輩は、せめては自分等の子孫によつて埋もれた志を伸ばしめようと希つたのではあるまいか。

嘉永四年辛亥《かのとゐ》、十八歳の彦斎は三つ違ひの三沢天為子《てゐこ》と結婚した。十五歳の花嫁は、まだおぼこ気が抜けないで、夜は一つの夜着に枕を双つ並べて寝たが、夫の彦斎が御殿に上つた留守の昼のひとときなどは、こつそりと姑に隠れてお人形さんに着物をきせたり、千代紙細工をしたりして遊んでゐた。彦斎はさういふ花嫁を面白さうに眺め、自分も時としては相手になつて綾取りなどして遊んでやつた。この人形のやうな花嫁は、茶事とは凡そ異つた彦斎の生活を覗いて一時は驚嘆した。彼の道場とする座敷を、ぴつたりと閉め切ると、裂帛の気合と共に氷のやうな白刃を、目にも止まらない早業で引き抜く稽古をした。はじめ静かに抜いて、静かに鞘にをさめる。それを何度か繰り返してゐるうちに次第に速力を早め、えいと矢声と共に抜いた白刃が虚空を流れたかと見る一瞬、ぱちりと鍔鳴りがして鞘にをさまつてゐる。後は水のやうに澄んだ表情をした彦斎が、端然と座つてゐるきりであつた。天為子は時折りこつそりと覗いた。

額に膩汗《あぶらあせ》をにじませた彦斎が、息をも切らないで居合術を稽古してゐるのを見てゐるうちに、唯だ一声の気合と共に、ぱちんと鍔の鏘然《しやうぜん》と鳴る音だけで遂には白刃の閃くのをさへ見ることが出来なかつた。彦斎は天為子を娶つた後も、裏庭で打ち込みをするのを廃しなかつた。栗の木はとうに倒れて、今は何本目かの樫の樹が打たれてゐた。青い静脈が透いて見えるほど白い彦斎の腕は、古松の瘤のやうに隆々と筋肉が盛りあがり、赤樫の木刀を素振すると、風を切つて木刀が鳴るのであつた。

「音が聞えます」

と天為子が驚いて眼を瞠《みは》つていふと

「昔、宮本武蔵は青竹を空振りしてゐると、青竹が割れて簓《ささら》のやうになつたさうだ。私などには及びもつかない」

と彦斎は答へた。彦斎は、このをさな妻が傍で独り稽古を見るのを、決して邪魔には思はず、却つて知らず知らずのうちに武士の妻としての意識が植ゑつけられると信じてゐた。天為子は何故、夫彦斎が武術を修練するのかわからなかつた。しかしながら出仕する前に、自宅の茶室で必らず点茶し、その点茶の際の夫は茶事に没頭してゐる様子を見知つてゐるので、それも亦、茶道家としての一つの修行なのであらうと合点した。彦斎は天為子を教へなかつた。けれども悟らしめようとした。家事に就てもその通りであつた。家事などは教へなくても見習ふてゐるうちに会得するものである。

彦斎は天為子に対して、そのやうに振舞つたに過ぎない。何故なら自分の剣法もまた、そのやうにして自得し、そのやうにして悟入したからである。物静かな新婚生活は夢まどらかに過ぎて行つた。あくる年の嘉永六年癸丑《みずのとうし》夏六月、アメリカのペルリが浦賀に足跡を印した。この驚くべき報知は九州の片隅の肥後国にも逸早く伝はつた。静かな水面に小石を投じたほどの波紋が捲き起つた。この年は幕府にとつても非運だつた。十二代将軍家慶が薨じ、家定といふ不幸な人物が十三代将軍を襲職した。

その頃から肥後藩内には幾つかの派が生じはじめた。保守的な因循派は幕府を中心にして考へ行動した。急進派も一色に纏つてゐたわけではない。儒教派でも朱子学に対立する陽明学派の立場を取る連中と、国学派とが急進派を形成した。さうして林桜園門の国学派は就中に急進的であつた。その学風を受けた彦斎は火のやうな性格を更に燃焼させたやうなものである。

或る日、同門の壮士等と桜園塾から戻つて来る道で、誰が言ひ出したのか

「野犬を一刀両断にすることが出来るのは目録以上の腕前にならんと斬れんさうぢやね」

といふ話に花が咲いた。ところが実際やつてみようとなると自信が持てないのであつた。彦斎は

「斬る気で斬れば必ずしも目録以上の腕を要しませんでせう」

と静かに言つた。この美貌の茶坊主が剣のことに口を出したので、その男はむつとして
「貴公が剣法を論ずるのか」

と詰つた。この男の口調だと茶杓を弄るのとは同日の談でないと言はんばかりである。

「いや。剣道をわきまへぬ私が論ずるのではありません。斬るといふ一心を」

「そりやわかつたさ。しかし一心だけでは生き物は斬れんさ。吾々はそこを言ふてゐるのだ」

「私はその反対なのです」

「よろしい。見事な反論ぢや。然らば河上。貴公斬つてみるか」

「狂犬ならともかく野犬と雖も罪のない犬を斬るのは厭です」

「ふん。そんなこつたと思つた」

その男は肩を聳やかすと鼻で笑つた。話はまた別の方に飛んで、野犬斬りの話は立ち消えて仕舞つた。ぞろ〳〵と吾家の方に足を曳りながら、とある町角を曲つた途端、まつたく思ひがけなく大きな赤犬が、いきなり咆えついて来た。真赤な口を開けて噛みついて来た犬を、ひらりと体をかはした彦斎は
「えいつ」

と気合と共に高々と鍔鳴りの音をさせた。同行の壮士等は叫び声も立てずに、丸くなつて飛びあがつた赤犬が崩れるやうに倒れたのを見て、はじめて彦斎が斬つたことを知つた。彼等はたつた今、話してゐた犬が咆えついて来たことに気を取られて、斬るといふことを忘れてゐた。彦斎が確に斬り捨てたといふ事実を目撃して、彼等はこの一介の茶坊主が恐ろしい男だといふことを知つた。彦斎と言ひ争つた男は

「恐れ入つた。河上君」

と虚心に詫びると、自分達の同志の中に斯程の男が介在することを畏敬した。河上彦斎が犬を斬つたといふ噂がひろがつたのは実はこの事実からであつた。しかしながらお城の数奇屋坊主の中に何か気味の悪い奴が居るといふ噂は、やがて藩中で知らない人はなくなつたのである。

それからの五六年間、世の中は目まぐるしく変転した。しかしながら肥後国飽田郡の一城郭内に起き伏ししてゐた彦斎は、たとひ胸の中の奥底で烈々と火のやうに燃えるものがあつたとはいへ、畢竟、一介の田舎者に過ぎなかつた。

或る日、御数奇屋に詰めてゐると表の部屋へ呼び出しが来た。恐る恐る伺つてみると、細川家の御重役が列座して、多くの人々が出たり入つたりしてゐた。長岡佐渡、長岡監物をはじめ、有吉、松井、大木、溝口、米田、小笠原、三淵、それに名門朽木などの顔が見えた。表役人の片山多門が

「河上彦斎。上の御用命によつて」

と言葉を改めてからにつこりして書付を渡した。それによつて御勘定方へ廻り、御下げ渡し金を頂いた。彦斎は急いで家に戻ると家内中に披露した。

「若殿様のお供をして上洛仕ります」

一瞬、家内中がびつくりした。ことに若い妻は、はじめて夫と別れて住む生活を想ひ描いて、瞼をにじませた。彦斎は妻の方に柔しい笑顔をむけると

「京の土産をたんと買ふて来てやる」

と言つた。

肥後国で五十四万石従四位の中将、細川越中守斉護《なりもり》は、従四位下侍従兵部大輔慶前《よしちか》に早世されたので、慶順《よしゆき》を世子とした。この若い従四位侍従右京大夫は、一条右大臣忠香公の御息女を娶られた。嘉永四年に御家督に直つて初の上洛だつた。天機を伺ひ、かねて一条家の客となり、京洛の風物に接しようといふのであらう。その一行に茶道頭として彦斎がお供することになつた。出発するまでは毎日混雑した。親類廻りをしたり、友人が訪ねて来たり、生れてはじめて遠い旅に出るので遽しい朝夕が続いた。その万延庚申の三月は桜田門の変があつて、幕閣の巨星である大老井伊掃部頭が斃れた。さういふ険悪な空気が犇々《ひしひし》と西の国へも響いてゐた。彦斎は控へ目に旅支度を整へた。桜も散つて葉桜の頃、一行は熊本を発足した。さうして細川藩の飛地である豊

後国大分郡の鶴崎に行き、その御陣屋で御休息の後、細川藩の御用船で瀬戸内海を大阪へ上つた。彦斎は京都に上ると、三条縄手下ル小川亭（今の美濃吉）といふ肥後藩の宿舎に逗留した。この旅亭の女将は彦斎をひどく可愛がつて世話をしてくれた。

「なあ。河上はん。京のお人はんが何とお噂してやすか御存じでつか。お知りやらへんどつしやろ。若様のことを肥後の牛若はんやとお言ひやすねん」

彦斎は苦笑して聞いてゐた。慶順公は美男の誉れが高かつた。それ故京都人等はさういふ仇名をつけたのであらう。さうして彦斎のことは、もつと華やかな噂が取り巻いてゐることは語らなかつた。名所旧蹟に富む王城の地で日は流れるやうに経つて行つた。彦斎は或る日女将に思ひ入つたやうに言つた。

「女将さん。頼みがあるのだ。他聞を憚る話だが」

「大丈夫どす。どんなお話かて口が裂けたかて洩らさしまへん」

「それ承つて安堵した。実は私は、このまま脱藩したいのだ」

「さよか」

当時、諸国脱藩の浪士が王城の地に少くなかつた。女将にはこの人も亦、さういふ志を抱いてゐる人物なることが了解された。

「何しろ縁辺のない京都です。何所か隠れるところがあれば、その間に世子公は御帰国遊ばされます。それから後は――」

女将は、この人にも親もあれば妻子もあらうものと口先まで出かかつたのをごくりと呑み込んだ。脱藩者が捕へられると厳罰に処せられた。それを知るだけに小川亭の女将は悲壮なるものを感じた。まして打ち見たところは女のやうな彦斎である。女将の肝煎りで彦斎は奈良の在に隠れた。間もなく肥後藩の人々が彦斎を求めて小川亭の女将を何遍も訪ねて来た。慶順公は御帰国になつた。細川家では河上彦斎は江戸へ下つたのではないかと推定したらしい。江戸の藩邸や他の細川家一門、肥後の宇土だとか、常陸国筑波郡の矢田部であるとかにも手配をするのであつた。

彦斎は大和国生駒郡の富雄村の農家の離れに隠れて、日一日と伸びる髪を楽しみにしながら悠然と独り茶事に親しんでゐた。離れの庭の下は万葉集に歌はれた富小川《とみをがは》が流れ、はるか西の空には巍然《ぎぜん》として生駒山が聳え、古都の方へ雲が流れて行くのであつた。鶴の子といふ小粒の渋柿が花の咲いたやうに実る頃には、総髪のやうに撫でつけられるやうになつた。彦斎はそこから遠くない高山に遊んだ。そこは茶筌を作る村といはれたほどで、谷村丹後とか久保左京などと名乗る茶筌作りの名人が住んで、彦斎には楽しい遊び場所だつた。さうかと思ふと添下郡小泉の辺まで行つた事もあつた。片桐石洲宗関公の御陣屋のある所で、慈光院の御茶席はその御遺作の名品と言はれた。彦斎の奉ずる御国流と石洲流とは、ともに大名点前と言はれただけに一脈の通ずるものがあつた。さういふ比較研究が出来たことは、この隠棲中の大きな収穫であつた。

また附近の霊山寺にも屢々、杖を曳いた。そこには奈良の大仏開眼の大導師をつとめたといふ婆羅門《ばらもん》僧正遷那《せんな》の墓と伝へられる一基がある。彦斎ははるばると天竺からこの国に渡来した人物の運命を想ふのが好きだつた。千年の歴史を宿してゐる古都の山川草木に接する毎に、彦斎は胸中に欝懐する愛国の熱情が疼くのである。何所の果で死するも悔ないのが丈夫の志ではあるまいか。彦斎は婆羅門僧正の歩いた厳しく寂しい路を見たと思つた。日本仏教の栄枯盛衰のまにまに、今日、富雄の一村落に誰一人訪れる者のない塚の主となつてゐる。その墓前に額づいて、この人に倣《みなら》はんと念ふのであつた。蓋し志士の悲願もまた然るものであつたからであらう。

蓄髪した彦斎は、まつたくの侍姿になつて、例の肥後造り細身の朱鞘を落し差しにして、京都油小路の因州藩邸の御長屋に居候してゐた。文久元年辛酉《かのととり》の年で、所謂、世上では天の命革《あらたま》る年として騒いでゐた。池田藩の前田伊右衛門の長屋で、そこにはまだ少年の風貌をした南次郎などが毎日訪ねて来ては、酒を酌み交して時世を罵つた。

「一度、小川亭に顔を出して来ませう」

と屢々、彦斎は言つたが前田伊右衛門は許さなかつた。

「そりや小川亭の女将は、しつかりもんぢやけに、大丈夫とは思ふが、何しろ小川亭は肥後藩士の宿舎ぢやからね。どんな人に顔を見られんこともない。君子は危ふきに近寄らずさ」

と言つて、小川亭にだけは出さない。餓ゑた狼のやうに眼を充血させて、熱い息を大きく吐いてゐる彦斎を見ると、伊右衛門は夜になると忍びやかに誘ひ出して祇園の旗亭に案内した。

枕の下を水が流れる祇園の旗亭で、森沈とした小夜更けに、伏見の芳醇な酒を盃にふくみながら微吟すると、席に侍した妓どもは悉く美男の彦斎に魅惑された。漆黒の髪を大たぶさに結ひ、女が羨やむほど白い頬が桜色に染つて、切れ長の黒い瞳に見られると、祇園の名妓達も面を伏せずにはゐられなかつたと言はれた。

「河上さん小雪が貴公を想つて恋病ひだといふ専らの噂だぜ」

伊右衛門はにやにや笑ひながら嘲《い》つた。彦斎は

「それは果報な噂ですね」

と言つて取り合はなかつた。けれども小雪から、ひそかに呼び出しをかけられてゐた彦斎は

「それにしても誰が、そのやうなことを言ひふらすんです」

「吉岡正臣ですよ。聞いて来た奴は。しかし彼奴は君のことを褒めてゐるから、もとより悪意があつて言ふとるのではないけに、まあ、気にしなさんな」

と伊右衛門は言つた。伊右衛門が隣家へ碁を打ちに行つた留守、隠岐の島の郷士の倅で十五歳ぐらゐの南次郎に

「私も一寸用足しに行つて来るから」

と言ひ残して彦斎は出かけた。油小路から三条縄手下ル小川亭に立ち寄りたかつたが、伊右衛門の友情と杞憂を思ふと、その前を素通りして建仁寺の崩れかかつた土塀に添ふて暗い裏町へ入つて行つた。そこらは所謂、花柳の巷で脂粉を帯びた妓の姿が往き交ひしてゐた。とある一軒の侘びた京都風の低い格子戸をくぐつた。小雪の屋形である。土間を入つて二畳ほどの部屋へ上ると、次の間に二三人の妓の姿が動いた。狭い梯子段から二階へ導かれると、天井の低い六畳へ案内された。何やら空薫《そらだき》の匂ひがあたりにただよひ、ほつこりと火をいけた炉に芦屋釜がかかつてゐる。床には蓮月の懐紙が懸けてあつた。夕かたまける時分で表は人の足音がからころと聞えるかと思ふと、向ひの家から三味線をさらつてゐる音がする。そこらの溝の水さへ白粉の匂ひが立ちこめてゐるのに、小雪の二階ばかりは茶人を迎へるにふさはしいたたずまひだつた。

その日の小雪が病みあがりのやうに見えたのは洗髪を無造作に束ねてゐたからであらう。薄すらと化粧したきりだつたが、それが却つて清艶に映つた。二重瞼の愛くるしい眼、少し受け唇の紅を掃いたところから、奇麗な白い歯がこぼれるところなど、はじめて祇園のお茶屋で会つた時、誰かに似た面差しと考へて、村本の昌子の面影を描いたが、かうして対座して近々と見ると更に似てゐるのである。この妓の求めにだけ応じて、ひそかに来た自分を省ると、矢張り昌子の面影を追つてゐたことに気がつくのであつた。恋しい人の影像を別の女に重ねて偲ぶといふのは哀しい心である。尋常の挨拶が終つてから小雪は端正な態度で茶を点てた。茶入も茶盌も思ひのほか侘びたものだつたが、水差しだけが赤絵で点前をする女と似合つた。彦斎もまた茶道家の本然に立ち返つてゐた。菓子は道喜《みちき》の道明寺だつた。

「御粗末で御座いました」

「いや。大変お見事でした。それにしても大層優美な御点前でしたが、御流儀にそのやうなのがありますのか」

九州の辺土に育つた彦斎の茶道は、見聞が狭いのは是非もなかつた。なるほど天下は広いとつくづく感心した彦斎は、素直な気持で質ねたのである。

「お眼にとまりまして御恥しうおます。これは久田流の女点前とか申しますさうにおます」

「いかさま久田流でござつたか。そして何か謂れがあるのでせうか」

「詳しうは存じまへんが、千宗旦様が、久田家へお輿入れ遊ばすお嬢様の阿暮《おくれ》様とか申される御方様にお伝へになつたんやとか承つて居ります」

さう言はれると彦斎は思ひ出せるのであつた。久田流の初代宗栄は江州佐々木の出で、久田刑部房政と称した武士だつたが、薙髪《ちはつ》して茶道に入つた。千利休の妹を娶つたと伝へられてゐる。さうして二代宗利は元伯宗旦の娘聟なのであつた。されば宗旦から阿暮に伝へられた久田流の女点前といふものは明らかに謂れがあつたわけである。彦斎はまたしても道の奥に道があつたことを知つた。

「今宵は好い勉強になりました」

彦斎は追はれる身で江湖に浪人しながら、今宵ほど楽しく嬉しかつたことはなかつた。もとより彼の志は別のところにあつた。しかしながら本来の茶人に返つて、美しい妓と茶道三昧に遊べるのも、この浪々の身なればこそと思ふのである。決然として故郷も家も妻子も捨てて脱藩したことが、自ら練行の道に通ずるのを見出して快然となつた。やがて行燈に灯が点ぜられた。暮れるに早い京の秋である。間もなく酒が温められて運ばれた。彦斎は小雪の酌で陶然と酔つた。

「河上様……彦斎様……」

誰か呼んでゐる囁きをうつつに聞きながら、身体は痺れるやうに柔軟な女体に緊く抱きしめられて眼が覚めた。いつの間にか絹布の蒲団にぬくぬくと横はつて、傍に小雪が火のやうに燃えてゐた。彦斎はひどく酩酊したことまでは覚えてゐた。それから先は因州藩邸やら小雪の家やらのおぼえもなかつた。今わかつたことは小雪と一つ床に寝てゐることだつた。

「小雪」

彦斎も火のやうな息を吐いた。さうしてこの男女は情熱のおもむくままに一つに融け込んで行つた。小雪はこの色白の美男の身体が、まるで胡桃を袋に入れたやうに、どこもかしこもぐりぐりと固い筋肉でかたまつてゐるのに驚いた。これほど男性的な肉体といふものは見たことがなかつた。そのことが却つてこの京女を歓喜させた。

あくる日、彦斎は照れ臭さうに伊右衛門の長屋に戻つた。

「これで小雪の病気が癒ったわい」

と皆まで言はせず伊右衛門は呑み込み顔に笑つた。彦斎は仕様ことなしに笑つてゐたが、前田の配慮を素直に受け取つた。その後、彦斎は時折り忍び忍びに小雪と逢つた。

あくる文久二年壬戌《みずのえいぬ》、即ち彦斎二十九歳の年は、浪士の暗殺が高潮に達しようとした時である。正月早々から老中安藤対馬守信正が坂下門に於て襲撃され、一命は取りとめたとはいふものの、所謂、浪人なる輩が幕閣の重臣と雖も怖るるところない事を示したのであつた。四月には土佐藩参政の東洋吉田元吉が殺された。七月には九条家の島田左近が殺された。八月廿日に越後の浪士で一種の怪物と目された本間精一郎が京都で斬られ、同廿二日にはまた九条家の宇郷玄蕃が殺されてゐる。越えて九月廿三日には京都町奉行附き渡辺金三郎、大河原重蔵、森孫六、上田助之丞等が浪士に襲はれた。その年の暮十二月廿日、横井小楠先生が暗殺されかかつた。次の文久三年癸亥《みずのとゐ》二月、洛西等持院の足利三代の木像の首が三条河原にさらされて、京都はその噂でもちきつた。五月廿日には国事参政姉小路少将公知卿が朔平門の外で暗殺された。凶刃は遂に雲の上まで及んだ。注目すべきは八月廿六日、徳島藩の安芸田面は開港説をとなへたために京都二条新地に於て殺された。表面に現はれた暗殺事件は次から次へと意表外に発展して行つたが、その底流となつた政治的な問題は畢竟、公武合体を唱へる佐幕派と討幕派との闘争である。尊王といひ、攘夷とは言ひながら、如何にして徳川幕府を倒すかといふに過ぎない。この政争は京都と江戸を舞台として血を流したのである。それ等の暗殺者の中に河上彦斎の名は見えないが、幾つかの暗殺に彼が一役買つてゐたことは蔽へない事実だつた。といふのは既にその頃、人斬り彦斎の異名が浪士間に喧伝してゐたからである。

いつものやうに彦斎が小雪の家へ覆面して訪れると、小雪は血相変へて

「えらいもんが張り出してあるさうにおま」

と前置しながら語るのを聞くと「奸臣松平相模守」と認め、長々とその罪状を認めたものが彼方此方に張紙してあるといふのである。彦斎は黙然と聞きながら、これは困つたことになつたと考へるのであつた。

京都に渦を巻いて尊王攘夷論を振りかざして風雲を望んでゐた志士達の念願がかなつて、大和行幸を仰せ出だされたのは文久三年八月十三日だつた。学習院はその本部

だつたが、そこへは長州の桂小五郎、久坂義助、益田右衛門介、中村九郎。土州の土方楠右衛門。肥後から宮部鼎蔵、山田十郎、加屋栄太、河上彦斎。久留米から真木和泉、水野丹後、木村三郎、池尻茂左衛門。筑前から平野次郎。津和野から福羽静三郎等が出仕を命ぜられて、その準備に着手した。後年、細川藩に没収されたと承つたが孝明天皇の宸翰を彦斎がたまはつたのは此の砌《みぎ》りのことではあるまいか。さうして薩摩、長門、土佐、肥後、加賀、久留米の六藩へは軍資金各十万両の調達を命ぜられ、これに津和野を加へて七藩主へ上京の御沙汰が出ることになり、有栖川宮熾仁《たるひと》親王は西国鎮撫使を拝せられ、八月廿七日に鸞輿《らんよ》は揺々として大和に御発向あらせられ、神武帝御陵、春日大社を参拝せられて、然る後に攘夷の軍議を行はせらると発表になつた。もとより攘夷とは号しながら、その実は勤王諸藩を結集して討幕の挙に出る筈だつたので、侍従中山忠光は吉村寅太郎、松本謙三郎、藤本津之助等をひきゐて密に八月十四日京都を脱出し、河内、大和の志士を糾合して、同じき十七日に大和五条の代官所を襲ひ、代官鈴木源内以下数人を斬つて天誅の勢威を示した。政治とは時の勢ひとはいひながら、この勢ひに抗して着々と別の勢ひが働いてゐた。会津藩をはじめとして薩摩もいつの間にか加担した反長州系に阿波、米沢、備前なども加はつた。まして従四位少将、松平相模守慶徳は、因幡、伯耆の国で三十二万五千石の大名であるが、実は水戸中納言慶篤の男で、一橋慶喜とは兄弟である。池田侯にも攘夷の綸旨は下つたが二条家から密書が来た。それによると今回の大和行幸は憂ふべき結果を生ずるだらう。中川宮朝彦親王は行幸御中止を御すゝめする筈になつてゐる。因州侯も阻止の途を取られたい云々といふのであつた。そこで池田侯の御側用人である黒部権之助、御用人の高津省己、御側役の早川卓之進、大目付の加藤十次郎等の側近は、これは一大事といふので相模守に綸旨を見せずに、そのまま返上した。返上したことがわかつて一時、謹慎を命じられたが、これは表向きのことで再勤した。再勤すると藩内の急進派を弾圧した。京都の勤王論者は、さてこそ松平相模守を奸臣呼はりしたのであらう。彦斎は小雪の家を早々と飛び出すと油小路の藩邸に取つて返した。帰つてみると南次郎だけ茫然としてゐた。薄汚れた御長屋は足の踏み場もないほど乱れてゐた。

「どうしたのだ。この有様は」

「前田さんは謹慎を仰せつかりまして、先刻、引立てられました」

少年の南は健気だとはいひながら、早や鼻をつまらせてゐた。

「矢張りさうか」

「伏見御留守居の河田佐久馬さんが押つ取り刀で駆け込んで来ましたが後の祭りでした。大分やられたらしいです」

彦斎は、この塒《ねぐら》にも永く棲めなくなるやうな気がするのであつた。

「大和行幸を前に控へてなあ」

彦斎は溜息をもらして嘆いた。彼等にはこの位の不幸にもまだ堪へられた。目前の大和行幸といふ華やかな夢があつたからである。

河田佐久馬は直ちに二十二人の同藩の仲間を集め、八月十七日の晩、二手に別れて奸臣を殺さうとした。彦斎はそれを聞くと

「私が斬りませう」

と申し出たが、吉岡正臣が

「河田等にやらせなさい。他藩の貴君が加はると事が面倒です。因州藩にも彼等を斬れない奴《た》がないのではありませんから」

と強つて止めた。黒部、高津、早川は旅宿で殺された。加藤十次郎はその夜は当番だつたので、あくる十八日の朝、宿に戻つて来ると二十二人がぞろりと押しかけた。大目付役だけに腕が立つた。

「吾が藩の名を汚した三人は斬り捨て申した。貴公も武士なら、潔く腹を切り給へ。それとも腕立てをするか。所詮、斬り死するだけだが」

と河田は迫つた。加藤は一人や二人を斬つても、この多勢では遁れることが出来ないと悟つて、見事に腹を切つた。河田等二十二人は、その屯所である本国寺から、智恩院の塔中の良正院へ引きあげ、そこで御沙汰を待つてゐた。

その十八日の政変で一夜にして廟議一変し、大和行幸は御中止となり、長州は退け

られ、七卿落ちといふ宮廷の急進派の没落を見たのである。御所の周囲は兵隊が多勢屯ろし、往来は何かあわただしく人が駆け違ひ、時折り銃声さへが響くのであつた。

良正院に謹慎中の新庄順蔵は
「俄かに表が騒がしいが、一寸、見物をして来よう」

と河田等が止めるのも聞かずに出て行つたが、そのまゝ姿をくらまして仕舞つた。

二十日には加藤十次郎に武術を習つたといふ奥田万次郎が切腹した。かうして二十二人の同志は二十人になつた。藩主相模守は彼等を伯耆日野郡黒坂の寺へ送つて謹慎せしめた。

池田家で役向きが四人も殺されると、前田伊右衛門の謹慎は解かれた。壮士等は弾圧すれば跳ね返すといふことを知らしめた。吉岡や前田は長州がすごすご退去したことに不満だつた。

「取つて返して会津と一戦やつてくれれば、俺達は内応して火をつけたり、会津を後から叩いてやるのに」

と切歯扼腕してゐた。しかしながら彦斎は、さういふものではないと心得てゐた。政治は飽く迄も時の勢ひの消長である。従つて勅勘を蒙つた長州が、取つて返して会津と戦つても勝利は得られないと思つた。この考へ方は正しかつた。何故なら翌年の禁門の変で長州は見事に敗れたからである。彦斎はいきり立つ二人をなだめた。

かういふ騒がしい中にあつて、小雪と彦斎との仲は人が羨やむほどこまやかだつた。四季の移り変りが大和絵のやうに美しい古都を彩るものは、多くの神社仏閣の祭事や法儀である。彦斎は小雪に連れられては出来るだけ見物した。さういふ古風な行事は今日に生きて日本の歴史を貫いてゐる。日本の人々はさういふ行事によつて魂をはぐくまれてゐるのだつた。小雪と彦斎とは大晦日の夜、八坂神社の御火を受けて、凍てついた路を帰つて来ると、その火で雑煮をこしらへて正月を祝ふのであつた。

「御子はんのこと思ひ出しまつしやろ」

小雪は外が雪になつた気配を感ずると、炬燵の火を盛んにして、ふと呟いた。奥さんのことと言ひ出せなかつたからだつた。

「もう幾つになつたかな」

彦斎は灯に顔を背向けるやうにして答へた。先刻から諸山の除夜の鐘がなり、近い建仁寺の鐘が腸に沁みるほど響いた。指を折つて数へると脱藩して早や五六年の歳月が流れた。彦太郎と名付けた長男は、父の顔を見知らないで成長してゐるであらう。僅か十五歳で眉を落し、お歯黒を染めたをさな妻も、女らしく艶麗になつたであらう。幾度か夢に見る彼等は、故郷を出た時と同じ姿なのである。今かうして小雪と新玉の年を迎へて彦斎は三十一歳の壮年期に足を踏まへたことを自覚した。刺客とは、かなしい業である。大いなる目的にむかつて進む車輪の邪魔になる小石を跳ね飛ばすやうな仕事だ。何時かはその刺客も不必要な小石と一般の運命を荷つてゐるのだ。それがわかつてゐるだけに彦斎は、今となつては皆に重宝がられる自分の腕があはれである。この腕こそ恐れられ、憎くまれ、呪はれてゐるに相違ない。彦斎は友染の縮緬の炬燵蒲団の上に、両の掌をのせて凝然と見つめた。

「どないしやはりましたのん」

「なあに。血が沁み込んでゐないかと思つたのだ」

「おう。厭やこと」

小雪は耳を蔽ふやうにして蒲団に顔を伏せた。新撰組や見廻り組などの獰猛な剣士達は、尊王派の彦斎等の血を求めて京の街の隅々を嗅ぎ廻つてゐた。祇園の幾松などが桂小五郎のために幾度かの危機を防いだ話を聞いてゐる小雪は、さういふ修羅の巷に出没する恋しい男の安否を気づかふ心労で、日に日に痩せてゆく思ひだつた。どうやら今年も無事息災だつたと思ふと、改めて彦斎の顔を見守るのであつた。あれほど美男として聞えた彦斎も近頃は聊か眼もくぼみ、双眸に鬼気を湛へ、頬まで思ひなしかそげて、きりりと結んだ口許が時折りぴく〳〵と痙攣した。想ひ内にあれば自然に表情に現はれるといふのであらうか。朝廷から一時、急進派が退くと、俄かに公武合体論が天下の公論となつて舞台に躍り出し、彦斎等は流石に焦燥が蔽ひ切れないものがあつた。それが折りに触れて現はれ、あれほど物静かで、湖のやうに澄んだ彦斎の額に八の字の皺が寄り、思はず盃を過ごすこともあつた。

二

雪に暮れ、雪に明けた文久四年甲子二月、改元して元治といふ。その月さへ頻々として暗殺が行はれた。

円山の桜に人出のにぎはふ四月十七日の夜、小雪の裏木戸を遅くなつてほと〳〵と叩いた。

「彦斎様か」

小雪は夜更けの肌寒さに寝巻の襟を掻き合せて、そつと木戸を開けた。いつものやうに覆面した彦斎は、珍らしく足袋はだしのまま草履を片手にぶら下げてゐた。少し息がはづんでゐるのは追はれたからであらうか。足袋を脱ぐと、素足のまま二階にあがり

「酒をくれ。冷で好いぞ」

「御身体に毒ですやろ」

「咽喉が渇いた」

「お薄は如何で」

「うむ」

うなづくと彦斎は我が意を得たやうに莞爾とした。茶人の情人を持つてからは小雪は益々、茶道に没頭したものの如く、このやうな小夜更けにも、不時の来訪にそなへてか、何時でも釜の湯はたぎつてゐて彦斎の所望に応へることが出来た。小雪は彦斎がきちんと静座して甘さうに茶を喫してゐるのを見てゐた。その彦斎は何所にも先程の急迫したものが見られないので安心した。それで何にも質問しなかつた。

「何にも質ねないな。聞きたくないのか。それとも聞きたいのか」

「どつちやなつと」

小雪の返答は、いつもこんな工合である。京女らしい柔かい手練といふのであらう。さうするとこの肥後男はずるずるとひきずられて仕舞ふ。

「中川宮家の武田相模守を襲つたのだ」

「まあ。武田はんどすか。そしてどないなりましたえ」

「彼奴は宮様をそそのかして大和行幸を幕府のために阻止した曲者だ。武田を襲つたら留守だつた」

「へえ。すると御無事で」

「私は手を下さなかつたが、武田の幼児を殺つて仕舞つた。無惨だつたなあ」

「まあ」

小雪は暫く茫然としてゐた。これほど日本人同志が憎み合はなければならないといふことは一体何であらう。女の身にはわからないことであるが、この惨忍を敢てしなければならない政争は憎悪したかつた。そのために自分さへ恋人を賭けてゐるではないか。

「わてえらにはわかりまへんけれど、厭でおすなあ。殺し合ふのだけは」

「私も好んでするのではない」

彦斎は沈痛な面持をして答へた。それは彼の本心であつた。彼は人斬り彦斎と称ばれ、斬つても平常と変らない態度を持してゐたので、この柔さ男が人を斬るとは思ひも寄らないとさへ考へられたほど冷静沈着、寧ろ鬼に近いほど冷厳酷薄と評されながら、彼の赤い心は火のやうに燃え、彼の涙はとめどがないほど潸々《さんさん》として流れたのであつた。唯だその事実を人は知らなかつたに過ぎない。この武田相模守の幼少の子息を殺害した事件などは維新暗殺史中の最も惨烈なものの一つであるが、彦斎等刺客たちは、この修羅道を乗り超えなければならないと覚悟して身を挺してゐたのだ。そのための犠牲が如何に戦慄すべきものであつても、自分達もまた酸鼻を極めた刺客道を慟哭しながら歩む革命の犠牲者に他ならないと知つてゐたのである。

小雪と嵐山の料亭で鮎で一杯やり、夕暮近く建仁寺裏に戻つて来ると南次郎が待つてゐた。この十七歳の少年剣士は非常に昂奮しながら

「前田さんの御ことづけなんですが」

と吃りながら口を切つた。まだ菓子の方がおいしい年ばへなので、道喜《みちき》の粽《ちまき》を甘さうに食べては
「直ぐ帰つてほしいと言ふて居られます。何でも水戸で兵を挙げたといふ早打ちが江戸から来たさうです」

「何。水戸藩で兵を挙げたといふのか」

彦斎も流石に気持のたかぶるのを押へることが出来なかつた。いよ〳〵時節が到来したかに思ふ。それが長州や薩摩でなく、水戸だといふことが意外なやうでもあり当然のやうな気もするのであつた。彦斎はこのところ一種の政治的小康から来る膠着状態に気持と身体を持てあましてゐた。遂ひ数日前の、三条の池田屋騒動などを聞いてから、幕府方の攻勢を犇々《ひしひし》と感ずるほど、如何にしてこれに反撃を加へるかを考へて苛々した。去年の九月十六日、新撰組局長芹沢鴨が近藤勇や土方歳三等に殺害されて、新しく新撰組の頭目となつた近藤勇は、凶暴と淫虐の限りを尽した隊内の粛清をして、殆んど体当りの勢ひで勤王浪士に挑戦して来た。彦斎もこの状勢を観察して一度は近藤と白刃を交へなければならないかと思ひながら、しかしそれよりも公武合体論といふ怪物を一刀両断する必要をより多く痛感してゐた。それが水戸の挙兵で、何かふつ切れたやうに思はれた。彦斎は南次郎を伴ふと、飛び立つやうにして小雪の隠れ家か

ら油小路の因州藩邸へ戻つた。

「前田さん。事情はどんなだね」

伊右衛門の長屋には吉岡その他の池田家中の尊王論者が数人集つてゐた。

「第一便では水戸で兵を挙げたといふだけで、詳細はわからなかつた。しかし挙兵の儀だけは確実ぢや」

「うむ。挙兵かね。それが一藩か。それとも」

「そこぢや。第二便が先刻入つた。それによると武田耕雲斎、田丸稲之衛門、藤田小四郎等の天狗党の面々が常陸の筑波山に拠つて兵を挙げたといふことだ。その兵数は区々でわからないが相当なものらしい」

「幕府はどうしたらう」

「まだそこまでは行かないらしいな。何でも市川三左衛門とかを討手の将として諸生党の奴等が戦つてゐるらしい」

「さうか。水戸藩で始末がつかねば幕府は隣藩から兵を繰り出さうといふのでせう。しかし、天狗党の連中を見殺しにしたくないものだね」

と彦斎は言つた。折角あがつた烽火を消しては一大事だ。その意味では西国で挙兵すべきだつた。また西国で挙兵して応ずるべきであらう。けれども西国諸藩で準備の出来てゐるのは果してあるだらうか。さう思ふと筑波山の挙兵も何となく暴発したやうな心許なさが、一陣の冷風のやうに彦斎の胸中を空しく吹き抜けて行くのであつた。

筑波山の天狗党はよく戦つた。思ひのほか手強く戦つた。奸人と呼ばれた市川三左衛門は屢々敗戦した。しかしながら日が経つに従つて幕府は、この影響を重視して隣藩に出兵を催促し、遠巻きに包囲しはじめた。水と兵糧に不自由な山籠りの兵は次第に疲れを見せはじめた。

果して筑波山の一党に敗色が濃厚になつて来ると、幕府はその勢ひを駆つて公武合体論の地固めに乗り出して来た。衰へたりと雖も徳川三百年の幕府にはまだ潜在勢力が充分にあることを知らしめなければならない。さうして京都を圧迫するといふことに集中された。去年八月の政変で京都を逐はれた長州藩は、東に筑波山に義挙の烽火があがると、流石にこの危機をとらへようとして今年六月に入ると、大兵を擁して上洛して来た。兵はまだ京都には入れなかつたが、再び京へ足を入れ得る機微をうかがつてゐた。この消息は京洛の地に潜居してゐた浪士を奮起せしめた。

油小路の因州藩邸といつても、さまで広大な構へではなかつた。粗末な黒板塀をめぐらし、門といつても門柱と扉とだけで、その門を入つて、御屋敷の横手に何軒かの御長屋が建つてゐた。それ等の御長屋は藩侯に御遠慮して悉く平家建で、格子戸を入ると直ぐ座敷と茶の間に別れて入れるやうな三間、乃至五間位の建物だつた。前田伊右衛門の御長屋もそのやうなもので、妻子を故郷の鳥取に置いてゐる伊右衛門は若党との二人暮し、それに彦斎と南次郎の居候が転つてゐる。伊右衛門と次郎が碁を打つてゐる傍で、彦斎は肘枕で寝そべつてゐた。和歌の好きな彦斎は、特に新古今を愛読し、後鳥羽院をはじめ中世の歌人達の幽玄な歌風に心酔してゐたので、常住、新古今集を手離したことがなかつた。今も今、新古今を見てゐるうちにうつらうつらと睡気がしたので、ごろりとなつて昼寝をした。蒸し暑い盆地の京都は少しも風がなく、縁につるした伊予簾を透して、ぎらぎらするやうな白熱した陽光が小さな庭に射し、紫陽花の色も褪せるかと思ふばかりである。

　夏になると京都人はあまり白昼を出歩かない。昼下りなどは蟬時雨の中を、森閑として大原女などが歩いてゐるきりで、薄暗く奥深い京都風の建物の中にひつそりと人々は暮すのである。碁を打つてゐた南が

「誰か来たやうですよ」

と言つて立つて行つた。どかどかと大刀をひつさげて、長州の大楽源太郎と越後の長谷川鉄之進が入つて来た。この大楽源太郎は遂ひ去る五月五日、有名な画家の冷泉為恭を暗殺したばかりだつた。冷泉為恭が廃立献毒を企てたとか、密事を幕吏に通謀したとか、いろ〳〵な理由を挙げてゐたが、真実は為恭の妻で男山八幡宮の別当、新善法寺家の娘で綾子といふ美女に失恋した大楽源太郎が、仲間を指嗾《しそう》して暗殺したのだと伝へられてゐる。二人とも血相変へて、汗を拭きながら

「おい。大変なことを聞き込んだ」

と言ふのである。彦斎も起き上ると、浴衣の襟を開いて団扇で風を入れながら
「あんまり大変なんて言ひなさんな。一絵師なんぞの首を斬りなさるから、妙な噂を立てられるのですよ」

彦斎はちくりと大楽源太郎に皮肉を浴せた。大楽は苦笑した。大楽が本当に綾子を愛してゐるなら、たとひ綾子に失恋させられても、綾子に不幸をもたらすやうな所置を取りたくないと考へる彦斎は、今回の挙に限つて源太郎を心で許してゐなかつた。若し奸人として冷泉為恭をどうしても暗殺しなければならなかつたら、大楽はそれを他人に譲つて、自分は下手人にならないこそ望ましいことだつたと思ふ。彦斎は村本の昌子をふと回想すると、自分達の間にさういふ事件が起らないことを幸だと思ふのであつた。

「まあ。その大変といふのを聞かせて下さい」

と伊右衛門は如才なく言つた。

「例の佐久間象山先生が、長州藩兵が京師に接近したと聞いて中川宮と一橋慶喜に飛んでもないことを献言したさうです。それは若し洛中に不測の変が起つた場合、畏れ多くも聖駕を彦根城へ移し奉るといふ案ださうで、それには彦根と会津の両藩も参加してゐるさうです」

「ありさうなことですな」

五人は言葉もなく、この事実に就いてそれぞれ考へを纏めるのであつた。ありさうなといふ所以のものは佐久間象山が知られた公武合体論者であり、熱烈な開港論者であつたからだ。既述した如く一開港論者に過ぎない徳島藩士の安芸田面といふ名も無い者さへ暗殺されてゐる。それが堂々たる佐久間象山が主張するのであるから、攘夷論者からは眼の仇にされてゐた。その象山が恣に聖駕を移し奉る計をめぐらすといふのであるから、これ等の刺客達をいたく刺激したのは言ふまでもなかつたのである。

「斬つたら好いでせう」

血気の南次郎は柄頭を叩いて言つた。

「わし等もそのつもりで今日来たんです」

と長谷川鉄之進は答へた。

「無論、賛成ぢやらう」

大楽源太郎は更に言ひ添へた。

「もう少し確実なことがわからないと、無暗に斬つても仕様がないではありませんか。少くとも佐久間象山先生は朝幕の御役人ですからね。現在は」

と彦斎が慎重に言ふと、大楽は
「仮りに側近にあつても佞人は斬らねばならない。況んや彼は大奸謀を企らむで居る張本人ではないか」

「さ。それも単なる噂では困る」

「いや。こりや確実だ。如何にも佐久間象山の考へさうな陰謀だ」

「そりや、いよ〳〵となればこの河上彦斎は引きませんよ。しかし念には念を入れなくてはなりません」

「わし等は貴君とこれだけで充分だとは思ふが、一応、久坂さんに今夜打ち明けようと思つては居りますがね」

「そりや好い。久坂玄瑞さんが何と仰有るか聞かせて下さい」

重厚な久坂の人柄を知つてゐる彦斎は、大楽源太郎の申出でを全面的に支持した。大楽のやうに兎角、逸り気の男は悉く調べもしないで流言に迷はされる危険が多分にあつた。冷泉為恭が芸州侯の許へ屢々出入してゐるのをも、一概に幕府方に阿《おもね》つて、あらぬ密計を上つたなどと罵つてゐたが、暗殺して仕舞つてから次第にわかつたことでは、酒井若狭守忠義が秘蔵してゐた伴大納言絵巻の摸写に通つてゐたに過ぎなかつたといふ事実がある。してみるとこのやうな軽卒な刺客と行動を共にすることは彦斎の好ましいことではなかつた。

彼等は夕ぐれ近くまで酒を飲んで帰つて行つた。伊右衛門も次郎も、彦斎がひどく慎重なのに内心驚いた。平生、公武合体論者は斬らなければ不可いと語つてゐた彦斎が、当代の名士である佐久間象山に限り、極めて慎重を期してゐるのを何故だかわからなかつた。

「私自身も、よく調べませう」

と彦斎は、次の日から毎日、諸方を訪ね歩いた。彦斎の耳にした凡そのことは大楽源太郎や長谷川鉄之進の言つてゐるやうなことと大同小異だつた。しかしながら一つだけ聞き遁せない話を聞いた。それは外国奉行だつた堀織部正利熙《としひろ》の自害に聊か関係があるらしいのであつた。堀織部正は伊豆守利堅の子で、母は大学頭林述斎の娘だつた。さういふ厳格な家庭に育ちながら青年時代は放蕩三昧に耽り、一時は廃嫡されさうになつたこともある。しかしながら志を立ててから次第に重要され遂に外国奉行といふ最も当時にあつて困難な職に就いた。織部正は万延元年十一月五日、四十五歳の働き盛りで切腹した。従つてその死をめぐつて種々な噂が飛んだ。最も広く信じられたことは外国人の横暴と幕吏の卑屈に憤激して屠腹したといふ説で、これは就中、攘夷家に同情された話だつた。織部正の家臣から出た説は、織部正がプロシヤと通商条約を締約したところが、その外交文書にはドイツ聯邦を含めて記してあつた。これは是非もないことで織部正も他の幕閣の人々も、ドイツ聯邦と、その聯邦の一つであるプロシヤ国との区別を知らなかつたのである。それ故にアメリカ公使から注意された織部正は、その旨を老中安藤対馬守信正に申出たところが、対馬守は御用部屋の役人座に満ちてゐる中で、大声を発して叱りつけた。大いに面目を失した織部正はお城から自邸に戻ると、信頼する家来の三島三郎兵衛を呼んで

「君辱しめを蒙らば臣これに死すと。この言葉を忘れるなよ」

と言ひ残して、その夜、割腹した。三島は水戸浪士等と共に相ひ携へて隙をうかがひ、対馬守を坂下門に要撃したのであつた。河上家に伝はる話だと、下田開港の是非得失を論じて織部正は象山に屈服し、下田開港を止めて遂に横浜開港に決したといふ。その際のアメリカとの条約文書を起草したのは佐久間象山で、その文書に飽くまで異議の中立をした為に叱責された結果、織部正は死を択んだ。それゆゑに織部正を死なせたのは安藤対馬守でなくて、寧ろ佐久間象山その人であるといふのである。その何れが真実であるか今日では知ることが出来ない。慷慨して自刃するといふ悲劇の根本を一つや二つの理由に求めることは無理であらう。或はもつと深い心理的な問題もあるのではあるまいか。国家多事の際、有能な勇気のある外国奉行の死は、多くの同情を寄せられ且つ惜しまれたことであつたに相違ない。堀織部正の死に関聯があるか否か今詳かにすることは出来ないが、しかしながら彦斎が佐久間象山を斬らうといふ決心をしたのは飽くまでも事実だつた。

間もなく大楽源太郎と長谷川鉄之進とが再び訪れた。彦斎はその顔色を読むと、にこにこしながら

「如何でした。大楽さん。久坂さんは何と言ひなすつたね」

「佐久間を斬つては不可ぬと言ふんです」

「さうでせう」

「といふのは一昨年でしたか毛利藩で招聘する話がありまして、正使が山県半蔵（後の宍戸左馬之介）、副使が久坂さんで、はるばる松代に行つて、大いに敬服して居られます。象山先生は、そんな御方ではないと言はれるんで今度は止めましたよ」

「それが好いですね」

彦斎は極めて物静かに当然のやうな顔付をして賛成した。前田や南は、これで拍子抜けの気がした。大楽等は別の獲物を探すことに夢中になつて帰つて行つた。彦斎は独りになると、あんな騒々しいのが退いてくれてよかつたと思ふのであつた。

佐久間象山は信濃国松代で十万石、従四位侍従、真田信濃守幸貫の家来であつた。名は啓、字は子明、通称は修理、文化八年二月十一日、松代城下の竹山町に生れた。象山といふのは近傍の山名を取つて号としたのである。松代は昔の川中嶋のことで、武田信玄麾下の名将高坂弾正の築いたところである。父は国善。神渓と号して易学の大家であつた。知行は僅に百石取りの下士だつたが藩主の信任は厚かつた。象山は九歳にして既に大人の風貌を備へ、十三歳にして家学を受け易経も暗誦してゐたといふことである。いつ頃のことであつたか殿様の参観にお供を命じられながら、父が病床にあるといふので主命を拒み、ために閉門を仰せつけられたことがあつた。それほど彼は剛腹だつた。修理が江戸遊学に出府したのは廿三歳だつた。朱子学者の修理は、陽明学者の佐藤一斎の門を叩いたが、この師弟は遂に最後まで理解し合へなかつたらしい。在府四年にして一旦帰国し、御城附月次講釈助役に挙げられて三年間、学政に貢献した。さうして天保十二年二月、再び江戸へ出ると、神田お玉ヶ池に五柳精舎を開いて子弟を教えた。自分の漢学と交換教授の約束で、坪井信道の高弟黒川良庵を招いて蘭学を修めたのは此の時である。修理のむさぼるやうな智識慾は、これにとどまらない。砲術を韮山代官の江川太郎左衛門に学び、また下曾根桂園に就き、箕作、宇田川の先覚者からは物理学なども学んだ。このやうにして修理は開国論者としての素地を作つたのであつた。洋学を学び知ることによつて世界の大勢をおぼろに把握することが出来たからである。世界の状勢に聊か通ずると鎖国攘夷などといふ論は、およそ囈語《たはごと》としか聞えない。況んや日本で行はれてゐる漢文自体が早や上海あたりでは通用しない古典なのであつた。それを知つた修理は、自分等の修めた学問が時勢に遅れた形骸としか映じなかつた。上海版の「撤兵答知機《さんぺいタクチキ》」など見ては彼が開国論者になるのは当然過るほど当然な経過なのである。そこに修理の先覚者としての自覚と誇りがあつた。大儒林鶴梁とはじめて見《まみ》えて、直ちに喧嘩別れをして仕舞つたのも、これ等の儒者は語るに足らずと思つてゐたからであらう。彼が再度の江戸出府は新智識を吸収したばかりでなく、渡辺崋山とか、梁川星巌とか、藤田東湖とか、大槻磐渓などと親しく往来することによつて、漸く天下の名士としての存在を示したことである。従つて藩主信濃守が御老中の時は、政治顧問として種々と献策することが多かつた。彼がその節の論策「海防八則」は川路聖謨を嘆服せしめたといふ。天保十四年信濃守が退職せられるや、共に松代に帰り、学問所頭取に任じ、また郡内奉行に就いた。在国中、自ら鉄砲を製造した。西洋銃より迅捷なること三倍だつた。されば薩摩、長州、土佐、肥後の諸藩は悉くその製法をこれに学んで兵器の改造に資した。また「荷蘭語彙」を刊行しようとして幕府から許されなかつたが、帰藩して編纂し、兵学者としては「西洋真伝」を編んだ。

嘉永四年四月三日、老母を伴つて象山は三度出府した。この度は木挽町に私塾を開き、兵学、砲術に至るまで教授した。その門に海舟勝麟太郎、蒼龍窟河合継之助などの秀才が集つた。吉田松陰もまた門人であつた。

翌年、名君の聞え高かつた藩主幸貫卒し、嫡孫幸教が四品信濃守となつた。新藩主は象山に、先君御遺愛の九州太宰府都府楼の瓦硯を贈つた。象山は感泣して「先君は、かつて三村養寔と私のことを論じ給ひ、修理は欠点の多い男だが、また一代の豪傑と仰せられたさうであります。私の欠点の多いのはまことに私の実態でございますが、然も尚ほ私ごときを豪傑とされて居ります。もとより私は豪傑などではありません。然も先君が左様に仰せられましたる以上、私はいよいよ駑馬に鞭打つて先君の御めがねにかなふやうに努力致したいと存じまする」

と奉答したといふことである。黒船が頻りに外海に現はれ、時局切迫してゐる最中、松代藩でも矢張り小人が小策を弄することを止めなかつた。象山のやうな大人物は十万石の一小藩には荷が重過ぎたのであらう。郡奉行長谷川深美を主謀者とする小人輩は、藩内の門地の高い無能者を指嗾して象山排斥を企てた。真田藩の宿老には小山田壱岐、恩田頼母、望月主水、河原舎人、赤沢助之進、玉川左門、小山田采女などがゐた。この陰謀は望月貫恕の知るところとなり、直ちに象山の耳に入つた。象山は先君幸貫の異母兄にあたる奥州白河の藩主松平越中守定永に訴へ、一挙にして長谷川一派の密謀を粉砕して仕舞つた。安政元年アメリカの軍艦が無断で下田を抜錨し、本牧沖を通過して江戸湾に進入し横浜に入らうとした。幕府は松代の真田氏、小倉の小笠原氏に命じて沿岸を護らしめた。修理は望月と共に真田藩兵をひきゐて横浜に急行し、七日間も一睡もしないで待機して事無きを得たのであつた。

象山の思ひがけない挫折は吉田松陰の密航事件であつた。松陰は嘉永六年八月、オロシアの軍艦が長崎に来た報を耳にすると、密に象山に告げて渡航しようと企てた。象山は松陰に対して旅費を支給し、且つ壮行の詩一篇を贈つた。松陰が西下してみるとオロシアの軍艦は既に長崎を去つた後だつた。彼は再挙を期して江戸に戻つた。翌安政元年二月、アメリカの軍艦が再来する時期を待つためであつた。時に象山は外人警衛として横浜の陣屋に滞在した。そこへ松陰が訪ねて来た。彼は同志の金子重輔を同道した。松陰と重輔とは米艦に投じたが、米艦は法を破ることを忌むで峻拒した為め、雄図空しく三月廿八日、下田御当所で就縛した。

　吉田松陰の所持品が幕府に押収され、その中に前年長崎へ立つに際して餞別に贈つた詩が露はれた。国禁を犯した松陰はもとより伝馬町の牢獄へ投じられたが、明らかにそれを幇助したと見られる象山の罪もまた遁れべくもなかつた。松陰が四月十五日に下獄して間もなく、象山もまた投獄された。象山逮捕の報は天下を衝動した。この人物が影響力を持つてゐるだけに幕府としては軽々しく取扱へなかつたが、審理の末、真田信濃守へ引渡し、在所に於て蟄居仰せつけられた。象山は悶々としながら厳重に護衛されて中仙道を旅した。昨日に変る幽囚の旅は秋九月といふだけに、惻々として胸に迫るものがあつた。信濃路に入ると沿道は人々が群をなして、この失意の先覚者を慰めるのであつた。松代に帰ると望月左馬之介の別邸である聚遠楼に起臥した。この年から九年の永い間、その間に世の中は遽しく而して激しく転変して行きつつあるのに象山は山国に幽囚された。それはまさしく乾《けん》為《ゐ》天《てん》の初九《しよきう》の潜龍《せんりゆう》であつた。文言伝《ぶんげんでん》に、初九《しよきう》に曰く、潜龍用ふること勿れとは何の謂《いひ》ぞや。子《し》曰《のたまは》く、龍経ありて隠れたる者なり。世に易《か》へず、名を成さず、世を遯《のが》れて悶《うれ》ふることなく、是とせられずして悶《うれ》ふることなし。楽しむときは則ち之を行ひ、憂ふるときは則ち之を違《さ》る。確乎として其れ抜くべからざるは潜龍なりと。

しかしながら飛龍天に在つて大人を見るに利《よ》ろしき時節が来た。文久二年十二月、赦免された。これが四方に知れると長州、土州、薩州ともに使をつかはして先生を争つて招聘しようとした。毛利侯は山県半蔵と久坂玄瑞を使ひせしめた。山内侯は正使に衣斐小平、副使に原四郎、それに陸援隊長中岡慎太郎も同行した。真田信濃守は長州土州の招きを断り、表用人上席に挙げて禄六百石を給した。文久三年、飛鳥井雅典伝奏の名で御召しがあつたが象山は拝辞した。その冬、幕府からも上京すべき旨の達しがあつた。

「再び御召にあづかつては大丈夫たるものが立たずにはゐられないではないか」

と象山が言ふと、門下生の多数は平生、先生の開港論を聴いてゐるので、京師に入つて不慮のことがあつては一大事だと必死に止めるのであつた。しかしながら容易に先生が聞かないので

「それでは先生必中《ひつちゆう》の神占に問ふてごらんなされませ」

と進言した。象山も然らばといふので、閑室に籠り、恭々しく筮《ぜい》を立てた。得卦《とくくわ》は乾下兌上《けんかだじやう》。即ち沢天夬《たくてんくわい》の卦《くわ》であつた。

夬《くわい》は王庭に揚《あ》ぐ。孚《まこと》ありて号《よば》ふ。厲《あやふ》きこと有り。告ぐるに邑《いふ》よりす。戎《あやふ》に即《つ》くに利《よ》

ろしからず。往く攸《ところ》有るに利《よ》ろし。
　彖《たん》に曰く、夬《くわい》は決なり。剛の柔を決するなり。健にして説《よろこ》び、決して和す。王庭に揚ぐとは、柔、五剛に乗ずればなり。孚《まこと》ありて号《よば》ふ、厲《あやふ》きこと有りとは、其の危ぶむこと乃ち光《おほい》なるなり。告ぐるに邑《いふ》よりす、戎《あやふ》に即《つ》くに利《よ》ろしからずとは、尚ぶ所乃ち窮まればなり。往く攸《ところ》有るに利《よ》ろしとは、剛長ずれば乃ち終ればなり。

　流石の象山も、平生、易に通じて神髄を得てゐたと自負してゐるだけ暗然とした。門下生等は色を失つて惨として声がなかつたといふ。不吉の占《せん》だからである。

　卦《くわ》の象を観察すれば、陰柔の小人、高位に在つて五君子の上に乗る。君子たるもの之を見るに忍びずして、孚《まこと》をもつて君のために其の小人の罪を王庭に揚言するのである。しかしながら小人ではあるが高位に居る者である故に、之を決し去るには勢ひ危険を伴ふ。力を用ひずして温和に之を去らなければならない。それ故に村々へも決してみだりに兵を用ひたりしては不可いと告げるのである。それかと言つて小人を決し去ることを止めるのではない。陽剛が進み長じて遂には事を遂げるのである。

　しかしながら之を判ずるのに順境にあつて不慮の災起るとなし、妄進して禍を受くるとなし、冤罪を蒙るとするのである。然もその九三《きうさん》の爻辞《かうじ》には

　頄《つらほね》に壮なり。凶あり。君子は夬《くわい》を夬《さだ》む（夬《さ》るべきを夬《さ》る）。独り行きて雨に遇ひ、濡るるがごとくにして、慍《いか》るあり。咎《とが》なし。

明らかに身を亡ぼすの象がある。門下生等は異口同音に
「天下のため御止め下さい」

と押しとどめるのであつた。しかしながら象山は
「僕、この開港論を持すること既に二十有余年、今、天下の御為めに広く演説することを得るならば、死すともまた悔いない」

と言つて遂に上洛に決した。されば象山は死所を王城の地に択んだのであつた。

元治元年三月十七日、象山は、門人、銃手、用人、従僕等合せて十六名を従へ、愛馬「江月」にまたがつて松代を発した。発するに臨んで親戚、友人、さうして松代の人々は悉く喪の礼を執つて死者を送るが如くにして見送つたと伝へられてゐる。この時、象山は洋服を着て、洋鞍に跨つたが、その異装こそは攘夷論者を嫌悪せしめた。

泊りを重ねて十有余日の後、同月廿九日、京都に到着した。あくる月の四月三日、十四代将軍家茂公に拝謁し、海軍御備向御用雇を命じられた。それは浪花の砲台を築く監督のものの如くであつた。然も幕府は象山に禄四百石を給したに過ぎない。象山は幕府が彼を遇することの薄いことに憤懣を感じたらしい。けれども事此に至つて秩禄の如何は問題ではない。象山は身を挺して公武の間を斡旋した。

象山に諮ふものは中川宮、山階宮をはじめ、一橋慶喜、京都守護職松平肥後守容保、それに諸藩の名士だつた。島津少将久光は高崎猪太郎を使して招いた。

象山は或る日、中川宮に伺候した砌り、洋馬具を置いた愛馬「江月」を庭へ曳いて
「何卒、この馬に『王庭』といふ名を頂きたう存じまする」

と言上し、改めて中川宮様から御名前を頂戴した。宮様は何の御心づきもなかつたが、象山は故郷を出る時に立てた卦から、敢て王庭を撰んで、それを頂いた。よほど沢天夬《たくてんくわい》の卦が気になつてゐたのは、この愛馬の名によつても知られるのである。

河上彦斎は、佐久間象山を斬ると覚悟すると、それからは黙々として彼の行動を監視しはじめた。さうして多く小雪の隠れ家で夜を送つた。ひとつには若し象山を斬つたら、もう再び小雪とも会へないだらうと思ふと、一日でも、一刻でも、小雪の傍に居てやりたいと思ふのであつた。この物静かな刺客は、小雪の許ではまことに温厚な茶人だつた。建仁寺の鐘と共に眼がさめると、朝茶を喫した。茶道家では、この朝茶を厳しい修行とした。それから外出する。静かな足取りで帰つて来る。行水をして、また夜の茶を点てる。

その朝は時鳥の啼くのを聞いた。白い絽綱《ろがや》の中に小雪と枕をならべ、これが今世の別れかと思ふと、何にも知らずに夢をむさぼつてゐる女があはれとしみじみ思ふのであつた。妻ならぬ女と重ね褄して、自分もそのあはれさに胸がかきむしられる想ひだつた。身も魂もかたむけて、すがりついて来た女を捨てて、刺客として生きなければならないのは酷《むご》い運命と言はなければならない。彦斎は枕紙が濡れるほど独りで泣い

た。京の夏は朝まだきだといふのに、早やじつとりと汗ばむほど暑い。小雪は白い胸から、ゆたかな乳房を露はして、がつくりと枕から重い頭を落さんばかりにして寝入つてゐる。昨夜の火のやうな抱擁に疲れ、その哀歓になづんで、彦斎が片腕を抜くのも知らなかつた。彦斎は音もなく蚊帳から抜け出すと、矢立の筆をとつてさらさらと枕屛風に和歌一首を書き流した。

君がため死せしむくろに草むさばこころの赤き花やさくらむ

それを、もう一度、口の中で繰り返して読み終ると、風のやうに小雪の家を飛び出したのである。

彦斎は、その足で油小路の前田の御長屋へ行つた。伊右衛門は宿直で留守だつた。彦斎は南次郎の吊つてゐる青い麻の蚊帳の裾をまくると、次郎の傍にごろりと寝て、ぐつすりと寝入つた。昼近くなつて起きた。七月十一日の太陽はもう真上から照りつけてゐた。

「どうしたんです。河上さん」

「まあ。好いから一緒に来てみろ」

朝昼兼帯の冷飯を食べ終ると、彦斎は十七歳の南次郎を誘つて、日照りの激しい外へ出た。白つぽい路は数日雨に恵まれないので歩くたびに埃が舞ひ立つた。眼が眩むやうな明るさである。二条から三条へ出た。さうして三条木屋町の、とある軒下の日

影に立つと

「今に面白いものを見せるぜ」

と凄い笑顔をした。南次郎はぎよつとした。平生の白い彦斎の顔は、寧ろ幽鬼のやうに青白く、唇だけが妙に赤いのが気味が悪かつた。

佐久間象山は、その日、山階宮へ伺候したが、御不在だつたので、本覚寺に泊つてゐる門人の蟻川賢之助を訪ね、暫く雑談してから、名馬王庭に洋馬具を置かせてそれに打ち跨り、従者二名をしたがへ、馬丁二人を連れて、昼下りに辞去し、三条木屋町へさしかかつたのは、恰も午後の二時頃の酷烈な暑さの最中だつた。象山は白縮の着物に、紺縞の袴をはき、黒絽の肩衣をつけてゐたのは宮家へ伺候するためだつた。その日に限つて洋服を着てゐなかつた。戞《かつ》々といふ馬蹄の音もゆるやかに、三条通り木屋町を下つて来る姿を見ると、彦斎は

「あれは誰だか知つとるか」

「あつ。あれは――」

「佐久間象山だよ」

彦斎ほどの居合の達人も、必殺の場合には、既に血に餓ゑた刀は朱鞘を脱して、鞘に持ち添へたまま、ひつそりと待ち構へてゐた。心懸けとしては万に一つの遺漏もなかつたわけである。伏目がちに馬上の象山を二足三足やり過したかと思ふと、脱兎の

やうに躍りかかつた彦斎は
「えいツ」
と片手なぐりに斬りつけた。
彦斎を語る者が、ひとしく言ふところは、彦斎が人を斬る時には、右脚を前に少し折り曲げ、左脚は後へ一直線にぴんと延ばして、膝が地面とすれすれになつたまま、左手は刀の柄を放し、右手だけの片手なぐりに斬りつけたさうである。
しかしながらこの時ばかりは、象山は馬上だつたし、彦斎は徒歩なので、傷は思つたより浅かつた。象山は、刺客に斬りつけられると、矢庭に馬腹を蹴つて逃げようとした。向ふ側にゐた馬丁の一人が、刺客が現はれたとは気付かず、王庭が何かに驚いて狂奔するのかと勘違ひした。いきなり大手をひろげて王庭の行手に立ちふさがつた。そのために王庭は棒立ちになつた。象山が馬を乗り鎮めようとするところを、彦斎すかさず
「やあツ」
裂帛の気合一声、跳躍して斬りおろした。象山の六尺ゆたかな長身は、鞍上にたまらず落馬した。そこをまた
「とうツ」
と一太刀二太刀斬りつけると身をひるがへして混雑の中へ紛れ込んで仕舞つた。

それは一瞬の出来事だつた。

南次郎は、まるで影絵でも見てゐるやうな気持で眺めてゐた。白昼しかもにぎやかな三条通なので、またたく間に黒山のやうに群集が押し寄せて来た。南次郎もまた人混みにまぎれて、その場を立ち去つた。急報によつて月番、西町奉行遠山隠岐守の手から御小人目付棚沢清吉郎、畔柳半六、御徒目付岡野敬之進等が駆けつけて来て検視した。被害者の懐中から「真田信濃守家来佐久間修理」といふ名札が出たので、直ちに身許は判明した。御目付衆へ差し出した検証によると
一　身ノ丈ケ五尺三寸位、顔細長ク、色白ク、眼細ク、鼻並、歯並前一本欠ク、髪斑白、耳並、単羽織及ビ袴ヲ着ク、大小ヲ帯ブ、落馬ノ儘相倒居リ、頭ヲ西ノ方ニ向ケ、足ヲ東北ニ延シ、疵所ハ左ノ脇、肋骨ヲ刀ノ突疵一ケ所深ク肺ヲ貫キ、而シテ又、背首ノ付根ヨリ五六寸ヲ下リ一刀ヲ下シ、死ヲ確ムル為メ切付タルモノ也。
右之通有之候。

とある。身長五尺三寸位とあるが、これは見違ひで、実際は六尺に近かつた。これが佐久間象山の死である。時に五十四歳。

彦斎は人混みの中を抜けると悠々と油小路の因州藩邸に戻つて来た。前田の御長屋の裏に廻り、そこの井戸端に来ると冷めたい水を掬みあげて顔や手を洗つてゐた。傍を通り過ぎた吉岡正臣が

「おや。河上さん。その血はどうしたんです」

脇に脱いである下駄の血に眼をつけると質ねた。手拭で顔を拭いてゐた彦斎は、つと振り返ると、如何にも夥しい血がべつとりと下駄にこびりついてゐる。

「なあに。今、路で狂犬を叩つ切つたんですよ」

「犬にしちや、随分ひどい血ぢやありませんか」

さう言へば袴にも血の飛沫が点々とついてゐた。彦斎は、はじめてにつこりと笑ふと小声に
「実は今、佐久間象山を斬つたのです」

と打ちあけた。吉岡はごくりと生唾を呑んだ。大変な人を暗殺したものだと思つた。それと同時に、この佐久間象山といふ歴史的な人物が後世に語りつがれるに従つて、河上彦斎といふ刺客もまた歴史的人物になつたと感じた。この逆縁はただ宿命のなす業といふものであらう。

「そりや大変だ。ともかく私の家へ来なさい」

と吉岡は彦斎を自分の家へ連れて行つた。さうして吉岡の御長屋の座敷に上ると、あたりを伺つてから
「その貴方の刀を持つてゐるのは危険だから、私のと取り換へませう」

と言つた。彦斎は吉岡の好意を感謝した。若し何かのことから下手人として嫌疑が

かかつて刀を調べられたら、人を斬つた刀は必らずわかるからである。彦斎は朱鞘の愛刀を吉岡に渡した。この肥後造り細身の古刀は無銘だつたが、斬れ味は素晴しかつた。暑気払ひの焼酎を嘗めるやうにして呑みながら彦斎は、こんなことを言つた。

「私は、人斬り彦斎などと言はれて、今までは人を斬るのを更に意に介しない方でしたが、佐久間象山を斬つた時ばかりは、生れて始めて人間を斬るやうな思ひがして、毛髪が悉く逆立つやうで、実に堪へられない気持がしましたよ。一の太刀で斬り損じて、二の太刀を見舞はうとした瞬間、はつたと睨まれた時には、まつたく当代の人傑と称せられた象山の絶大な人物に圧迫されたのでせうね。これで人斬り彦斎の前途も、何か先が見えて来たやうな気がします。もう今後は刺客道から足を洗ふつもりです」

しみじみと述懐した。これは彦斎の偽らざる告白であつたらう。人斬り彦斎が象山にめぐり会つたといふのは、象山には不幸をもたらせたが、彦斎には人間の魂をもう一度もたらせたのだ。そこへ前田伊右衛門や南次郎などもやつて来た。

その夜、彦斎は南と共に三条大橋のほとりに佇んだ。月見の人々が河原から三々五々と家路につき、次第に加茂川の淙々とした水音が高く聞へる時分、ちよつと人通りの絶え間を見はからつて、橋の高欄に捨て札を張りつけた。

松代藩　　佐久間修理

此者、元来、西洋学を唱へ、交易開港の説を主張し、枢機方へ立入、国事を誤候大罪難捨置候処、剰へ奸賊会津、彦根二藩に与党し、中川宮へ事を謀り、恐多くも九重御動座、彦根城に奉移候義を企て、昨今頻に其機を窺ひ候大逆無道、不可容天地国賊に付、今日於三条木屋町加天誅畢。

但斬首可懸梟木之所、白昼不能其儀者也。


「さあ。帰りませう」

南次郎が墨痕淋漓と認めた木の板を打ちつけて、彦斎をうながすと、彦斎は擬宝珠のついた橋の太い柱に凭れて、すすり泣いてゐた。南は彦斎の気持がわかるやうな気がした。如何なる人にせよ、人を斬つた後の空しさ、あはれさ、その恐ろしいやうな虚無感に魂がしめつけられるのであらう。涙のない刺客は単なる人殺しに過ぎない。彦斎が心ゆくほど泣き終るまで南次郎は橋に凭れて加茂川を眺めてゐた。

前田伊右衛門の御長屋に戻ると、二人はそれぞれ旅仕度にとりかかつた。京都にとどまつてゐることは危険だからであつた。

「私は九州の天草に知る辺がありますから、当分、天草に隠れます」

と南次郎は言つた。この十七歳の剣士は、日本海の隠岐の島から出奔し、血なまぐさい二三年を京都で過した。さうして今や九州の果ての天草に遁走しようといふのである。彦斎は自分が同行したばつかりに、まだ頬の赤い少年剣士を流浪の旅に追ひやらねばならないことを考へると、何かしら胸せまるのであつた。しかしながらこの少年は、そんなことを少しも気にしないで身軽に旅仕度をしながら、時折り思ひ出すやうにしては象山の死や彦斎の必殺の太刀筋を語るのであつた。

「あんたはどうなさる。河上さん」

彦斎には、まだはつきりとした成算がなかつた。この機会にいつたん肥後の熊本に帰つてみたい気も大いに動いた。けれども脱藩者は帰国すると下獄しなければならない。それを思ふとむざと下獄する気にもならなかつた。長州の奇兵隊からも招れてゐたので、この際、平井小助を頼つて奇兵隊に投じてもみたかつた。しかしもう少し京都にとどまつて新撰組の近藤勇との結末をつけておきたいと念願してゐたので、まだ迷つてゐた。

「そりや河上さんとしては近藤勇を斬つてから、それからのことにしたいでせうが、さういふ機会は何時あるかわからない。先方も河上さんの首を見ないうちは滅多に油断をしないでせう。してみれば矢張り京都に留つてゐるのは危い」

と伊右衛門は言つた。それには吉岡も賛成した。

「では奇兵隊にでも行きませうかな」

「いや。それより、いつそのこと伯耆まで突つ走りなされ」

と伊右衛門は言ひ出した。彼の説によると池田藩の因幡伯耆は裏日本で、こんな不便なところこそ隠れるには屈強だといふのである。まして伯耆の日野郡黒坂には、殿から謹慎を仰せつかつてゐる二十人の烈士が遊んでゐる。米子の御城代を勤めてゐる御家老の荒尾但馬の家来で、五百石の知行を食むでゐる村川与一右衛門直方といふ人物が熱烈な勤王家で、この人が二十人の世話をしてゐるが、まことに親切な人なので、この人を頼つて行きなさいとすすめるのであつた。これは屈強な、そして耳寄りな話だつた。彦斎は前田と吉岡との厚情によつて、いつたん伯耆に逃亡することになつた。

四五日、彼等は因州藩邸から一歩も外に出なかつた。同志等が世上の噂を聞き集めて来るのであつた。象山暗殺の報は多方面に大きな衝動を与へた。これは確に公武合体論に対する決定的な打撃だつたことは争へない。はじめ伏見宮貞敬親王第十一の御子朝彦親王は、奈良の一乗院門跡に入られて尊応法親王と仰せられ、転じて京都粟田口の青蓮院門跡にならせられて尊融法親王とのたまひ、天台座主とならせられた。文久三年八月十六日、御還俗の上、弾正尹《だんじやうのゐん》に任ぜられたので尹宮《ゐんのみや》と申し上げる。この御方が今大塔宮《いまだいたふのみや》と御噂された中川宮、また賀陽《かや》宮とも申上げた久邇《くに》宮朝彦親王であらせられる。この宮様が皇権御伸張のために御働きなされ、一時は相国寺中のあばら屋に御幽閉になつた時分は、勤王の志士等の間では、まさしく古の大塔宮の御再来と仰がれた。しかしながら八月十八日の政変に薩摩と会津に御加担になつて、大和行幸を諌止し奉つてからは俄然人気はなくなつて仕舞つた。中川宮が御還俗なされて蓄髪され、烏帽子や冠が御入用となつて、御所御用達の御烏帽子師杉本美作介に御調製を命じられると

「恐れながら御烏帽子はともかく、御冠の儀は、その職に御座りませぬので、何卒御容赦のほどを願はしう存じまする」

と御辞退申し上げた。しかし宮様は容易に御聴き入れがなかつた。巷間に伝はつたところでは、その御冠の雛形が、まさしく帝冠に似てゐたので、美作介はあまりに空恐ろしくてお辞退申し上げたのだといふことで、これも志士達の間では香しくない噂となつてゐた。この有力な公武合体論者が一朝にして志士達の間で忌憚されてから、佐久間象山唯だ一人が、朝廷と幕府の間に立つて周旋してゐたのである。その象山が斃れたので幕府側では惨として声がなかつた。彦斎の必殺の一撃は確に効を奏した。これから公武合体論は影をひそめて仕舞つたからである。さうして転落して行く石のやうに討幕一本槍に押し進んで行つたからであつた。

誰にも気づかれないやうに先づ南次郎が因州藩邸から掻き消えて行つた。彦斎は同じ空の下で、同じ土地に住みながら、あはれに恋しい小雪を偲びながら、胸を打ちつつ朝夕を送つた。前田は暗に小雪に別れを告げて来いと言はんばかりだつたが、彦斎は、これ以上小雪を泣かせるに忍びなかつた。

（命あらば再び会ふことを期し得ないものでもない。それが縁といふものだ——）

彦斎の諦観はさういふものだつた。それは妻の天為子に対しても、一子彦太郎に対しても、また村本の昌子に対しても等しく言へることだつた。壮士はひとたび往きて帰るを思はぬものである。それなくして刺客行はあり得ないからだ。

篠つくやうな白雨が霽れて、美しい虹が東山に立つた。その夕まぐれから別宴が開かれた。宴とはいつても焼き肴の一種があるばかりの酒席で、座には前田と吉岡きりで、彦斎は多く語らなかつた。とつぷりと暮れて夜になつたのを見はからつて
「気をつけて——」

といふ声を後にしながら、彦斎は漂然として油小路の因州藩邸をまぎれ出たのであつた。

三

うらぶれた生野《いくの》街道を歩いてゐると、いかさま身は落人のやうな気持になり、突兀《とつこつ》とした大江山が前にあらはれたり、横にひよつこりと顔を出したりするのを眺めながら、山また山の間を縫ふやうな街道筋をたどつて次第に裏日本へ入つて行くのであつた。さうして山間の名も知れない小さな駅路《うまやぢ》に泊りを重ねた。何日目かに山峡を抜け

だして平地に出た。さうして水量の豊かな円山川に添ふて下つた。
　湯島といふものの島ではない。円山川の西岸にひらかれた温泉町で、但馬湯ともいひ、城崎温泉といふ名で知られてゐる。狭い路をさしはさむで三階建の大きな温泉宿などが対ひあつて建ち並び、湯の香がほのぼのと漂つてゐた。今は人目を惹く肥後造り細身の朱鞘も腰から消え失せ、その代りに黒臘塗り磨ぎだしの短い道中差を一本さしたきりで、一見しては俳諧師か、旅絵師か、それとも茶の宗匠といふ格好で、茶紬の十徳に同じ色の宗匠頭巾、荷物といつては肩にかけた振分けの二包み、いたつて身軽な扮装だつた。夕まぐれ近く駄賃馬の鞍にゆられながら、旅で日焼けした顔に呑気な微笑を堪へながら温泉町に入つた。さうして海士屋といふ紺暖簾の古めかしい旅籠に泊つた河上彦斎は、そこではじめて遽しい旅の垢を流した。一夜をあかして、昼間から蜩の啼くといふのに、三味線の音に入り交つて濁《だ》み声の男の声と共に、色を売る妓の唄声などが喧しく聞えて来るのであつた。二三日、所在なく旅籠の部屋に閉ぢこもつてゐると
「このお近くの玄武洞といふ名所に、舟でお遊びにいらつしやいましては」
　などと番頭が揉み手をしながらお愛想を言つても彦斎は首を横に振るきりで出かけようとはしなかつた。京極家の豊岡御城下をも、わざと避けて来た彦斎は、文人墨客によつて詠じられた玄武洞の名も知らないではなかつたが、なかなか遊び心も起らず、

静かに垂れ籠めて過してゐる方が却つて気持がよかつたのである。それよりは朝の寝覚に、窓の障子をからりと開けると、ぬつと来日岳の姿を望みながら、ゆつくり紫烟をくゆらしてゐるのも旅なればこそ楽しかつた。

旅籠から遠くないところを満々と流れる円山川を上り下りする船から、律呂のあはれな舟唄などが手に取るやうに聞えて、北国路は秋八月の声を聞くと、早くも颯々とした風が襟もとに冷めたく沁みいるのであつた。日を経るにしたがつて佐久間象山を斬つた日の光景が生々しく脳裡に灼きついて、ともすれば旅路の夜な夜なは輾転反側して夢も破れがちだつた。しかしながら滑らかな温泉にひたつてゐると、骨の節々から、細胞の一つ一つまでが、何となく次第に弛緩して来て、近頃になつて漸く本当に熟睡することが出来るやうになつた。眠り足つて、手足をのびのびと伸してみると、何日の間にか追捕の身だといふことを忘れてゐた。さうして斯うした流浪の境涯もまた味つてみれば思ひのほかに楽しみが深いもので、自らそこに見知らぬ世界が生々と息づいてゐるのを見出すことが出来るのである。その曲りくねつた狭い温泉路を往き来してゐる人間は、黒船にも、公武合体論にも、討幕論にも、何の関はりのない縁無き衆生だつた。これ等の民衆は飲食と情事に耽ること以外には生きる証がないもののやうに見受けられた。幕府であらうと、領主であらうと、朝廷であらうと、彼等の希ふものは唯だ善政でしかない。人民は纔《わか》に善政をのみ期待し、善政をのみ鼓腹する術を知つてゐるに過ぎない。彦斎は彼等の悶えのない顔を眺め暮してゐると、次第にその表情に泥んでゆき、その表情の中へ融解していつて、彼自身ふと鏡をのぞいてみると、いつの間にか剣難の相とでもいふべき険しいものが消え失せてゐるのを発見した。

明るいうち、道中日記をつけたり、歌を作つたりして、夕暮になると町の浴場へ行き、そこの大きな浴槽に人々と共に湯にひたつて種々な世間話に耳を傾けてゐると、彦斎も泰平の逸民らしく、さういふ猥雑な話の面白さに心惹れるのであつた。饐《す》えたやうな匂ひのする朽ちた羽目板のあたりに、もう夕闇が忍びよつて、思ひがけない流し場あたりで蚯蚓《みみず》のすすり泣くのを聴くのであつた。彦斎は手拭を四つに畳んで月代《さかやき》を剃つた頭の上にのせ、湯だつて真赤になつた身体を浴槽の縁に腰かけて憩つてゐると、遠慮なく白い肌をむき出した女などが恥らひもしないで入つて来るのであつた。ともしい光の中に浮きあがつた北国女らしい裸像はたくましく美しかつた。彦斎は、ゆくりなく温泉場の女の裸体を見て、ほのぼのとした郷愁を感ずるのである。ともすれば忘れてゐた妻の天為子と倅の彦太郎、夢寐にも忘れない村本の昌子、それから京の小雪、それぞれの置かれた現実によつて彩色された面影が、そゞろに思ひめぐらされて来る。平気な混浴の風俗は、しかしながら却つて何にも物珍らしくなくなるのである。いつものやうに流し場で身体を洗つてゐると、顔見知りの男女は臆面もなく淫らな話をしてゐるかと思ふと、商ひの話をしてゐたり、食ひ物の話などが耳に入つて来る。その時に、ふと京の話が聞えたので、彦斎はにじり寄つて行つた。

「へえ。さうだんね。何しよ、あの騒ぎですよつてに、商ひもあがつたりですね」

「さうですやろ。また、えらい騒ぎやさうですな」

「なかなか……命あつての物種ですよつてな。一先づ退散ですわ。あの戦争で、あんた、鷹司様の御殿が丸焼けですわ。大変なこつてすぜ。そのほかにも焼けた家は仰山おます。せやよつてに、それから材木でも購ふてと思ふとりますが、運賃考へたら商ひになりまへんわ」

「さいですやろか」

「いきなり蛤御門の辺でポンポンと鉄砲の音でつしやろ……」

彦斎は先刻から、あまりに驚くべき話に凝然として聴き入つてゐた。その旅なれた商人らしい男は浴場の人々が自分の話に注意を集めたらしいと感ずると、幾分か誇張を交へて蛤御門の合戦の話をした。

彦斎が七月十一日に象山を斬つて、因州藩邸に身を潜め、やがて都を忍び出て間もなく、既に九日、毛利藩家老国司信濃朝相は山崎から兵を率ゐて嵯峨の天龍寺に屯ろしてゐたが、本国から三条公等を擁して長州兵が上つたといふ報を得た。十四日、同じく毛利藩家老益田右衛門介親施は兵を八幡から男山に移し、十九日には毛利藩家老福原越後元僴と三人、会津討伐と称して急に京を犯した。中立売、蛤、堺町の三御門に長州藩兵が押し寄せると会津、桑名、薩摩、彦根の諸藩は勅命によつて戦つた。長州兵は一敗地にまみれて潰走した。この不幸な出来事は単に長州藩の敗走にとどまらなかつた。幕府は彼等によつて六角の牢が破獄されることを恐れて、筑前浪人平野次郎等三十三人の勤王の志士を斬殺して仕舞つた。更にこの敗北は久留米藩の真木和泉を天王山に自刃せしめた。然しながらともかく戦機は動いたのだ。彦斎は、それ等の話を聞きながら

（やつたな――）

と思つた。勿論その商人は

「そりや何を申せ、公方様の御威光ですよつてにな。合戦となりや勝負になりまへんわ」

と附け加へるのを忘れなかつた。たしかに京に於ては長州藩は惨敗したことは事実らしい。けれどもそれだけに幕府もこのままで済す筈がないだらう。長州藩も黙つて引込むまい。さうなると本格的な戦争だ。勤王の志士等は、その戦争をこそ待望してゐたのだ。彦斎は身体を拭くのももどかしい思ひをして旅籠に戻つた。宿にもどると、その夜でも立ちたいほどの焦燥に駆られたが、相憎く吹きつのる雨風は障子を鳴りはためかして、隙間洩る風のために行燈が消されるほどの嵐だつた。早目に床に入つたが、眼が冴えて眠れなかつた。京の動乱を聞くと天下の檜舞台が廻つたやうな気がし

て来る。何かしら立ち遅れを感じ、うかうかと辺陲の温泉場などで顔の皺を伸ばしてゐたのが悔やまれた。睡られないままに寝返りばかり打つてゐると、一里あまりをへだてた円山川の下流にある津居山港のあたり、潮騒より激しい音が遠雷のやうに聞えて、夏の季節によく襲ふ暴風が荒れ狂つた。

あくる朝は、からりと晴れわたつて秋をしのばせる澄みきつた青空だつた。宿の庭の樹木なども無慚にへし折られ、まだ紅葉するに早い木の葉が、べつとりと濡れたまま二階の欄干や戸袋などに張りついてゐた。石垣が崩れ、板塀が吹き飛び、何枚かの瓦が微塵に砕けて庭に散乱してゐた。帳場の話だと津居山の港などは何艘かの船が浜辺に打ち上げられ、倉庫や町家など相当の被害を受けたらしいといふことだつた。彦斎は思ひ立つたやうにしてその朝、城崎の旅宿を発足したのである。

道中も、都の噂には注意を払つて仔細に耳を傾けた。足が西にむかつて急ぐと、屢々、早馬や急ぎの飛脚に会つた。都の風雲を告げる報せが櫛の歯を引くやうに相次いでゐるらしい。さういふ巷の噂を綜合すると幕府は緩慢ながら長州征伐の仕度をはじめた模様だつた。何故、幕府が寛容に見えたかといふと毛利藩の伏罪を期待したからであらう。しかしながら長州藩にその気色が見えないので、幕府は将軍家の親征を布告して西国三十五藩に出兵を促しさうな形勢となつた。彦斎は足が一歩西に近づくごとに硝烟の匂ひを嗅ぐ思ひがした。

浜坂といふ一寸した港町を過ぎ、但馬国美方郡の端にある居組の宿に入ると、沖合三つ四つの小さな島などが見え、荒い浪が飛沫をあげてゐた。そのあたりの日本海の色は、瀬戸内海などとは違つて深い紺青で、冷めたく澄んでゐた。そこから間もなく因州領に入るのであつた。
　浦富の薄汚い旅籠に着いた彦斎は、旅の汗を流すとてぬるぬるした気味の悪い宿の風呂に入つてゐると、背中を流しに来てくれた下婢が
「此所から近いところに岩井の温泉があるけにな」
　と教へてくれた。聞いたこともない温泉の名であつた。彦斎は先を急いでゐたので、その鄙びた温泉に行く気にはならなかつた。人情の醇朴を失はない裏日本は、そんな宿駅でも意外なほど親切で叮嚀で、他国者にとつては手厚いもてなしに感じられるのであつた。彦斎は障子の破れ目から風が吹き込むその宿でも満足して一夜の宿を取つた。風呂からあがつて薄暗い行燈をひきつけ、独酌で地酒を飲み、稍や陶然としてごつごつとした垢染みた木綿の蒲団にもぐり込んだ。海鳴りが枕に通ふのも北国の旅らしかつた。夜もいたく更けた時分、がやがやといふ話声がして、網代の港に行く旅商人の群れが泊りに来た。彦斎の部屋の障子を一尺ばかり開けると、廊下に番頭がつくばつて
「お客様。まことに申しかねますが、御覧のやうな混雑で御座えますで、ひとつ御合

宿をお願ひ申上げます」

と言ふ。厭とも言ひかねて承知すると、番頭と入れ違ふやうにして衣触れの音がした。ふいと顔をあげると年増の女だつた。

「御邪魔いたしまして申訳ございません」

何所の国の訛りか、耳ざはりのする皺枯れ声で、ぴつたり畳に手をつくと叮嚀に辞儀をした。

「さあ。さあ。御遠慮ありませんよ」

彦斎は旅の面白さを想つて気軽に答へた。しかしながら女の方が、行燈に半面を照らし出された相客の美貌に眩しさうに眼を反らした。頰の赤い女中が来て、女客の蒲団を彦斎の床から一尺ばかりへだてて敷いて行つた。

やがて女は、やつれた羽織をぬぐと行燈の片端にかけ、小暗いところで帯の音を立てながら解いた。長襦袢も継ぎのあたつた物で、衣物や帯をたたむと枕もとに置き並べるのである。見ぬ振をしながら、そつとうかがふと浮世の風にいためられた面窶れのした顔で、若い時には少しは見られた容色も、深い陰影で惨めに暗い。何所の土地から移つて来たのか、流れ流れて因幡国の名も聞えない漁場に身を沈めにでも行くのであらうか。彦斎はこんな妓の身の上ばなしを聞くほどの好奇心も興味もなかつた。それほど彼の闘志は精悍な身内にみなぎつてゐたからだ。頭の中は、これから先の日程が一杯につめこまれ、はかない旅の一人の女の運命などかまつてゐられなかつたのである。さう言へば自分のやうな刺客も毎日、死と対決してゐるわけで何所の山野に野晒しとなるかは予側することが出来ないではないか。してみれば人間、男と女と異つても帰するところは同じであらう。彦斎は女の宿命の上に自分自身の運命を重ねてみて、寧ろ微笑がほのぼのと頰の上に生ずるのであつた。女は彦斎に

「御免なんし」

と挨拶して、もそもそと蒲団の中にもぐり込んだ。

稍や時が経過した。旅宿のざわめきも静まり返つた。悪い鬢付け油の香が匂つて来て、その異臭のために寝苦しかつた。仕方なく床の中で腹這ひになつて多葉粉を吸つてゐると

「旦那様。おやすみになれませぬか」

と女も舟底枕の音をきしませて、くるりと此方に顔をむけて訊いた。思ひのほかに女の顔が傍近くにあつた。

「なあに。急に何だか表が騒がしいので、ちよつと一服しただけですよ」

「あれですか。また早《はや》が来たんです」

「道理で」

「これで二度目です。何ですか落着かない世の中ですね。戦争の噂なんかで」

「何所でそんな噂をお聞きなすつた」

「とんと方々で御座います」

そこでぷつんと話が途切れた。女は自分の歩いた地名さへ話すのが厭だつたのだらう。何所でも花の咲かない瘦土といふのがあるのだらうか。さう言へば女は日蔭の草花のやうに萎んでゐた。間もなく旅の疲れが出たのか女はすやすやと眠りはじめた。氏知らぬ人に身をまかせて世を渡る女には、却つてこの夜のやうな夢が安楽なのかもしれない。彦斎は自分にゆかりのある女達もまた今夜は安らかに眠つてほしいと思ふのであつた。さうして自分もぐつすりと眠つた。

あくる朝、陽があかあかと障子に照りつけてゐる頃に目を覚すと、早や女の姿はなかつた。暁暗のうちにでも早立ちしたのであらう。さう考へれば確かにまだほの暗い中で、泣くやうな甲斐絹の音が耳底に聞えたが、瞼をあけるのも億劫だつたのでその儘ねむり続けて仕舞つた。仇を持つ身には不覚なわけだつたが、片田舎を歩いてゐるとこれほども放心してゐられた。朝飯を味噌汁と焼海苔で食べてゐると、番頭が話相手に入つて来た。のどかな旅のいでたちと見たのであらう。彦斎が寝てゐる間に、不吉な報せの飛脚が追ひ越して行つたことがわかつた。その話だと、因州藩参政堀庄次郎が暗殺され、その下手人等の処刑の知らせだつた。こんな宿場でも情報は意外に早く洩れることを知つた。堀は教斎と号し、学者として知られてゐた。勤王家ではあつたが温厚な人物だけに過激な手段を好まなかつた。長州の桂小五郎などは敦斎と相知るに及んで頗る傾到し、且つ大いに憑むところがあつた。偶々、六月二十四日、長州の福原越後は藩兵をひきゐて伏見まで上り、真木和泉、久坂義助等は別軍をひきゐて男山に屯ろし、幕府は百方、撤兵を説いたが服せず、遂に大挙入洛して、中立売、蛤、堺の三御門に於てはしなく合戦が起つた時に、桂は直ちに堀のもとに使を走せて応援を求めた。その当時、有栖川の辺に配備されてゐた因州藩兵を指揮してゐた堀は、長州兵が粗暴にも帝京を侵し、あまつさへ暴発した銃弾が御所の大屋根の上にまで飛来するのを見て、最早やこれ迄であると言つて、桂の依頼を拒絶した。これによつて長州勢は遂に頼みの援助を得られなかつたのである。長州兵は頗る苦戦し、その結果、敗退せざるを得なかつた。桂小五郎は堀庄次郎が平生の言行に反して憑むに足らないのみか、あの決定的な時に却つて弓矢を以て報いたことを非常に憤慨した。ところが同じ因州藩内でも若い過激な連中は堀の行動を一種の裏切りと見なしたのである。さうして遂に堀庄次郎は斬られた。刺客は沖剛介と増井熊太の二人であつた。彼等は従容として自訴して出たが、即日、切腹を仰せつけられた。その報せの早打だつた。彦斎は池田藩にも火が燃え移つたのを感じた。

鳥取の御城下は逃げるやうにして過ぎた。しかしながら素通りして行く眼にも明らかに池田藩にも出兵の催促が来てゐるらしく、何か騒然とした出征気分が漂ふてゐるのが観取された。

それから長い海岸線に沿ふた街道を脇目もふらずに通り過ぎた。荒涼とした砂丘のつづく海岸にはオロシアから押し寄せるやうな高い波浪が白い泡を嚙み、次第に夏老いた青空に雁の飛ぶ列が幾つも見られるのであつた。

米子に着いて、静かな海に臨んだ旅籠で調べてみると、河田左久馬等の幽閉されてゐる土地は、ひどく辺鄙な所らしかつた。彦斎は町の南方に聳える湊山の城を眺めて何かしら、ほつとした。この城代職の荒尾但馬はひそかに尊王の志を抱いてゐると聞いてゐたので、追求の手も此所では安心なやうな感じがした。彼は幽閉の志士を訪れる前に、紹介状を添へられた人物に会はなければならなかつた。

米子の夜景は美しかつた。

中海の東南の隅に、ちんまりと静まり返り、粟島の岬とアイロが鼻を以て両角として、その間には岩嶼《ぐわんしよ》が散在し、家々の灯がともされると龍宮のやうに見えた。漁火が夜光虫のやうに輝いて、滑らかな海面に月が砕け、人恋しい舟唄の哀調が頻りに旅愁をそそるのであつた。彦斎は日が暮れて夜になるまで飽かずに、さういふ景色に見入つた。平凡な肥後藩の数奇屋坊主で終始してゐたならば日本の津々浦々の果てに、このやうなつつましい美を湛へたところがあるのを知らずに仕舞つたらう。それが、はしなくも刺客となつて、夢にも見たことのない光景や風俗に接するのである。自分の走馬燈のやうな生涯には、まだどれ程の絵図が約束されてゐるのであらう。次第に夜が更けて、彦斎は頭巾を目深にかぶつて旅宿を立ち出でた。お城に近く、どつしりとした門構への邸宅を探し当てた。陪臣ながら五百石の知行を喰むでゐる当家の主は、村川与一右衛門直方といひ、池田藩城代家老荒尾但馬の家来で、思ひのほか血気盛んな人物であつた。彦斎は港の一角が望まれる豪壮な座敷に通され、名物の雲丹だの、蟹だのを肴として盃の満を引いた。主客はわだかまりなく語り合つた。彦斎は卒直に佐久間象山を斬つたことを語り、因州藩邸の手厚い世話になつたことを述べた。村川は

「御もつともですな。如何に有為な人物と雖も天下のためには代へられませんからな。まして今日の急務は穏健な勤王論よりも、寧ろ過激な討幕論の方が肝心と存じまする。革命といふものは残忍なもので御座りませうからな」

と言ふ。暗に堀敦斎の説に服して居らないばかりでなく、熱烈な尊王討幕論者だつた。彦斎は、いやしくも米子城代の許にあつて重役をつとめる村川が、平然とこのやうに応答するのに驚くと共に頼母しさを感じた。

「どうでせう。戦争になりさうですか」

彦斎は飾り気なく質ねた。

「御気づきと存じまするが、私の方でも戦備は着々と致して居ります。しかしながら

私どもの入手した情報では、長州藩に軟論が擡頭しつつあるやうですな。これは何れの御藩中にも見られる現象ですからな。何も毛利家だけのことではありませんが、困つたことですな」

「すると押し切れずに、恭順の意を表するとでも仰有いますのか」

「どうも、そんなことに落着くのではないでせうか。何しろ薩摩以下三十五藩が大挙して出兵するといふのでは」

「果してそんなことが可能でせうかな。戦意のない諸藩もありませうに」

「そこですな。戦略の妙味は」

村川は如何にも面白さうに哄笑した。幕府の交渉と示威を楽屋からのぞいて見れば、因州藩内でも米子勢だけですら戦備は整へつつも戦ふ意志などは微塵もない。うつかりすると却つて背後から幕軍に発砲しかねない村川ではないか。彦斎も如何にもと思つて肯くのである。

「それに幕府では長州征伐の大将を紀州御屋形になされ、副将を松平越前守（茂昭）にされたのですが、どういふものか急に大将を尾張中納言様に代へられたのですよ。御承知ですか。さうですか。潜伏なすつてゐられては御存知なかつたかもしれませんな。紀州の宰相様が十四代の将軍になられたので、あの茂承公といふ御屋形は、伊予の西条から御養子に入られた御方ですから、大将軍としては貫禄が足らなかつたのではありますまいか。今までのやうな徳川家の御威光だけでは通りませんからな」

「そして今度の大将の評判は如何ですか」

「さあねえ。あの御方も実は濃州高須の松平中務大輔義建殿の御次男で、御本家を相続されて、中納言の御屋形となられた御方ですが、それは先づ好いとして、総大将になられると御名の慶恕を改めて慶勝としたなんざ、縁起をかついだと申しますか、迷信と申して宜しいやら、御大将の心懸けとしては感服しませんな。あんなことをして勝つたためしがありません」

村川が色んなことを知つてゐるので彦斎は感心して聞いてゐた。実際、毛利攻めの一事は幕府にとつて鼎の軽重に関する大事件なのに、その総軍の将帥が出陣の矢先にあたつて、縁起の好い名に改めるなどといふ事実は、既に幕府の勢威の傾いたことを物語るものでなくして何であらう。彦斎は嘲笑ひながら
「天佑神助を憑む心と変りませんな」

と言つた。すると村川は酔つて崩れた膝を正すやうにして
「左様ですとも。まことの神は、天佑も神助も与へない代りには、神罰なども無いことだと存じまするな。それが真実の神だと私は信じて居りまするがな」

といふ。彦斎は何気なく聞きながら、一瞬、はつとして村川の顔を見返した。彼は自分の考へ、信じてゐることを、これほど素直に而して適確に言つたので吃驚した。

彦斎は、かつて細川藩にその生涯を托した宮本武蔵の著といはれる「五輪の書」といふものを読んだ中で、神仏は敬すべくして頼るべからず、といふ一条を武蔵の剛毅な魂として受け取つて感銘したのである。しかしながら後年聊か古神道に思ひをひそめてゐるうちに、武蔵の斯く断言したことは、単に彼の自負や自信からばかり出たのではなかつたといふことを理解することが出来た。それなればこそ、まことの神の本然の相が把握されたのだらう。これは神の実相として体認し得るものでなければならない。然らば、まことの神とは何であらう。それは生霊《むすび》の業をのみ通して顕現するだけである。山川草木から禽獣魚虫に至る迄、それは生霊の表れである。生成死滅もまた生霊の現れである。愛憐また生霊の顕はれである。人間は生れ且つ死ぬものである。これが生霊である。されば刺客行も亦、生霊の業に他ならない。彦斎はかくのごとく思惟して刺客道を歩いたのである。

彦斎は心が暢達《ちやうたつ》して杯を重ねた。

天真爛漫な村川与一右衛門も、したたか酩酊して座敷に倒れるやうにして大の字になつた。しかしながら彦斎は幾ら杯を重ねても頭の芯までは酔へなかつた。真夜中に近い刻限で、沖には漁火も見えなくなつたが、はるかに波の音が聞えて、頻りに女が懐しまれるのであつた。その女も何故か村本の昌子の面影が去来する。戦雲のただ中に飛びこむべく西下した筈なのに、思ひがけなく黒髪の香を慕ふといふのは不思議な心の作用である。昌子の面影を偲んでゐると、昌子が嫁入る夜ではないかといふやうな不安が仄々として心に忍び込んで来た。しかしながらそのやうな考へは実は可笑しな筈だつた。何故ならこの年まで昌子が独り身でゐるといふ筈がなかつた。もう疾くに人妻となり、二三人の子供さへ産んでゐなければならない筈である。或は意外にも知り人の妻となつてゐるかもしれない。それなのに今夜に限つて昌子の婚礼の夜のやうな胸騒ぎをおぼえるのは、どうしたといふのであらうか。

はじめて訪れた村川家で杯盤狼藉の間で議論したり、詩を吟じたり、あるひは小唄を歌つたり、奔放に振舞つたのも、この家の主と肝胆相照らしたばかりでなく、村川与一右衛門その仁の人柄から受ける何ものかによつて、彦斎もまた平生の慎しみを忘れさすものがあつたのであらう。夜遅くまで村川家の家人等が次の間に控へて用を足してゐるのを恐縮に思つたのも束の間だつた。彦斎は行燈の傍にうづくまると、村川与一右衛門の頭を膝にのせてやり、足が痺れるのも忘れてゐた。村川はやがて安らかな鼾をかきはじめたのである。

「これは、まあ。とんだ失礼を」

襖を開けて村川の妻女は飛んで入つて来た。

「いえ。何に」

「如何に大酔いたしましても、このやうに取り乱したことは御座いませんせん主人なのですのに」

上品な若い五百石の侍の妻女は、離れに彦斎を案内しながら詫るやうに言ふ。彦斎は村川がそれほど酔つてくれたことが身に沁みて嬉しかつた。彦斎もまた崩れるやうに寝床にころがつた。

あくる朝、爽やかな海景を眺めながら、主客は迎へ酒の盃を交した。今朝の村川は昨夜の乱酔の面影もなく、端然として刻々と入つて来る情報を彦斎に隠すところなく語るのであつた。

「毛利公は、蛤御門の主謀者として三家老の職を免じ、徳山に幽閉したさうですよ」

「ほう。恭順の手始めですな」

「悪くすると福原、国司、益田の三氏は腹を切りますよ」

「切らせちや不可いのに」

「御尤もで。しかしながら主取りの身は、さうもなりますまい」

彦斎は身が浪々の気軽さを省みた。

「私は今明日中にも河田君等を訪ねてみたいと思ひますが、随意にお目にかゝれるでせうか」

「本来なら謹慎中ですから面会はかなひませんが、なあに、拙者も御同行致しませう」

「何。あなたが」

「米子城代などは閑職ですから、かまひませんとも。私はもう二三度こつそり慰問してるんですよ」

と言ふと村川は事もなげに笑ふのであつた。彦斎は因州藩にこの人ありと感じた。村川の形相には何時でも勤王のためならば五百石を放擲する面魂が溢れてゐた。

「それでは貴君は宿を引き払つていらつしやい。此所から立つには御一緒だと便利ですから」

　彦斎はその好意を無にするに忍びなかつた。彼は酒を半にして旅宿に戻り、小さな手廻りの荷物を纏めると、その日のうちに村川の離れの客となつた。そこから真近かに米子城が見えた。城のある丘陵は湊山といつた。深浦に臨んで恰ら島のやうな眺めで、その上に小奇麗な城が威容を誇つてゐた。彦斎は村川の身体があくのを待つた。

　二三日後の或る朝まだき、二人はこつそりと米子を発足した。村川は編笠をかぶつて面体を隠してゐたし、彦斎は相変らず宗匠風で然も丸腰だつた。町はづれの観音町を出はづれると、左手に有名な伯耆の大山を望み、日野川の上流にむかつて行つた。その目的地は日野川の上流である大山谷を占め、所謂、日野渓谷である。二十志士の居るところは黒坂といひ、山を越えれば備中国である。

「一体この日野郡といふのは、日野氏から出たもので、伯耆の船上山に後醍醐天皇が行幸遊ばされた頃、日野三郎義行といふ名が知られて居ります。その日野氏は黒坂に城を築いてゐたさうであります。河田君等が幽閉されてゐる泉龍寺といふのは『洞上聯燈録』にも見える名刹で、応永年間、珍月和尚のはじめた曹洞宗の寺ですよ。山奥には珍らしい良い寺ですから、屹度、お気に入るでせう」

村川はこんな話を歩きながらした。彦斎も、このやうな機会でなければ行かれない所だけに興味津々として聞いてゐた。

「慶長十五年、伊勢の名家の関長門守一政殿が五万石を賜つて、黒坂城主となりました。この関氏といふのは御承知の神戸（河曲郡）、嶺（鈴鹿郡）、而して亀山の関と三家に分れて、伊勢国では強大な氏族でしたが、神戸氏が織田信長公に攻め滅されました時に、同じく関氏も領地を奪はれました。そののち四国征伐の時に許されて本領安堵され、三七信孝様の麾下になりました。その時の信盛公の御子さんが一政公で、蒲生様の御聟となられ、そのよしみによつて蒲生家が会津に転封の節、右兵衛佐一政公も白河へ移られました。蒲生家没落の後、信州飯山に移り、更に美濃土岐を領し、関ケ原合戦の砌り、関東軍に属してその功によつて従五位下長門守となられ、黒坂で五万石を領されました。何でもよほどの勇将だつたさうで、大阪の役では三十余級の首を切つたと伝へられて居りますな。寛永二年に御かくれになりましたが、御跡取がなかつた為に御家が断絶し、爾来、池田家が領有いたしまして、今では黒坂陣屋といふものがありましてな。世々、福田といふのが世襲して居ります。今の当主は意地も張りもない人物ですから、それで私も平気な顔をして訪ねられるのですが、表沙汰になりますとな」

と頸を丁と叩いて笑ふのであつた。出かける時に約十里の行程だから、途中で一泊してはといふ村川与一右衛門の話だつたが、彦斎も足は達者だから一気に伸さうといふことになつて、小暗いうちに発足したのである。大山の西の麓で、日野渓谷の入口にあたる溝口といふ宿場は、米子を去ること四里の道程だつた。それから南へ二里、江尾（江美に作る）に入つた。

「此所は昔、尼子方の蜂塚右衛門尉といふ人が城砦を築いて、毛利氏と戦つたところですよ」

と教へてくれた。黒坂城の前衛といふ構へであらう。景色は次第に渓谷美に入つて行くのである。其所から西へ二里、根雨の宿場がある。この根雨から南へ一里半登ると、板井原といふ宿がある。名代の四十曲峠の下にある山間の小駅であるが、伯耆国から美作国へ越す隘路に、この四十曲峠があつた。さればまた美作から伯耆に入つて来る旅人は、どうしても板井原から根雨へ出なければならないので、さうして根雨の宿は、江美と二部との両宿駅の分岐点でもあるので肝心なところだつた。もう根雨まで来れば黒坂は間近い。途中、昼食したくらゐで強行して来たが、それでもとつぷりと暮れて仕舞つた。

「やはり夜分の方がよろしかつたですな」

と村川も何か安心したやうに言つた。それと同時に、河上彦斎といふ小男は、どれほど逞ましい男であるか、それなればこそ危険な刺客たり得るのでもあらうかと、その健脚に舌を捲いたのである。与一右衛門の方は脚絆を穿いて草鞋といふ軽装であるが、彦斎は駒下駄のままで少しも衰へを見せないで歩みつづけるのであつた。

周囲はまつたく山また山だつた。さうして脚下に日野川の淙々と絶壁を洗ふ音が聞えた。根雨の西南二里を歩きつづけて、黒坂の山駅に入つた。既に多少の人家は悉く戸を閉してゐた。ちらりと灯の洩れるのは、かういふ山間でも宿場らしい飲み屋の軒燈だつた。二人は人気のない宿を抜けた。犬があちらこちらで吔え立てた。暗い夜空に黒い寺院の甍が蔽ひかぶさるやうに仰がれた。形の良い山門はぴたりと閉つてゐる。村川は小さなくぐり門を押し開けた。門を入つた直ぐ傍に番所があり、突く棒、さす股が立て並べてあつて、自身番に雇はれてゐるほどの脆弱さうな番人が所在なく時を潰してゐた。村川はぬつとそこへ立ちはだかると何か囁きながら素早く握らせた。番人はぺこりと小腰をかがめると、そのまま横を向いて番小屋の框に座り込んで仕舞つた。村川は彦斎を誘ふと、石畳の上をすたすたと庫裡の内玄関にさしかかつた。

「頼まう」

と二三度、声をかけると納所坊主の後から二三人の顔が暗い方をすかしてゐる。

「おうい。中井君ではありませんか。村川ですよ。与一右衛門ですよ」

と叫ぶと、その黒い影の一つが
「わあい。好う来られたなう。待つて居たのですよ」

と、これもまた飛びついて来て二人は相抱いて肩を叩いたり背を叩き合つた。その声に他の連中もどやどやと庫裡の一間に集つて来た。村川は洗足の水を貰ひ、それから彦斎と連立つて、泉龍院の表書院に通つた。

天井の高い二間つづき十五畳敷の表書院は夜更けだといふのに、彼方此方に燭台をつらね、二人を正客として、二十人が居流れた。村川は皆に挨拶が終つてから、やをら彦斎を紹介した。一座は森として、この婦女子にも比すべき温柔な美貌の剣士を凝視した。あの傲岸不屈の佐久間象山ほどの人物を斬つた人とは思へない。これが目のあたりにする「人斬り彦斎」と噂された刺客であらうか。

「私は河田左久馬であります」

「私は中井範五郎であります」

「私は潤間半六であります」

二十人の志士は各自に名乗つた。彦斎は
「唯今、御紹介にあづかりました肥後浪人河上彦斎であります。何分よろしく」

と言葉少なに答礼した。

「御両所には、十里の道を遠しともせられず、一気に御訪ね下された。定めし御疲れのことゆゑ、このまま今晩はお休み願ひたいのでありますが、友あり遠方より来るまた楽しからずやでありまして、まして私共は御らんの如き幽閉の身、話に飢ゑたること餓狼のごとしであります。何は無くとも一献差上げたい。暫らく御つきあひ下さらんか」

と河田は一座を代表して述べた。一同は拍手した。村川も彦斎もこの挨拶は気に入つた。本当をいふと可成り疲労してゐた。まして知らない道といふものは遠く感じられるものである。しかも彦斎には初対面の人々である。それでも地酒が運ばれ、茶碗で飲みはじめると、話は次第にほぐれて、疲労も薄れてゆくのであつた。勿論、主たる話題は幕府と長州とのことであつた。真夜中を過る頃、散会となつた。村川と彦斎とは或る一室に案内されて寝た。二人とも死んだやうになつて眠つて仕舞つた。

朝の鐘が意外なほど耳近く響いて眼がさめた。爽やかな朝ぼらけで、井戸端で冷めたい水をくみ、顔を洗ふと、朝霧が四周の山の襞から襞に流れて、洗つた顔の眉毛に早や露のやうな白玉がつくのである。水が豊かだとみえて彼方此方で川瀬のせせらぎが聞え、渡り廊下を往き交ふ坊主の青い頭が妙に肌寒く思はれる。二人は二十人の志士達と同じ朝食の膳についた。

その後で、また表書院に集ると話は真剣になつた。人払ひをした座敷は畳まで冷え冷えとして秋を想はせる。

「実は」

と河田左久馬は前置きして、昨夜は酒の座でもあり、納所坊主も次の間まで来てゐたので御報せするのを憚つたがと言つてから

「大山彦太郎君が来たんです」

と言ふ。彦斎には誰のことだかわからなかつた。しかしながら村川は

「へえ。そりや驚きましたな。私のところには御寄りにならなかつたが」

「そりや村川さん。貴君のところだとつい目立つからですよ」

「そして、どんなお話でした」

「それがですよ」

と改めて河田は、あたりを見廻した。ある者は開けはなつた襖のところに、ある者は縁の下まで覗いて悉く改めて何人にも聞かれる危険のないのを確めてから

「長州に通謀して兵を挙げようといふ相談を持ちかけて来たのです。この挙兵は彼方此方で計画され、吾々の場合ですと、ひそかに同志や浪人を集合して、この儘、此所を拠点とする。さうなると諸藩では兵を纏めて出兵することが出来ない。まごまごするとそれ等の挙兵組が一つとなつて、討幕の烽火を挙げるといふ案なのです。才谷梅太郎君の案ださうで、大山彦太郎君が奔走してゐるのです」

才谷梅太郎といふ名が出たので彦斎は、さうかとうなづけるのであつた。才谷梅太郎といふのは土佐の坂本龍馬のことである。

「大山さんといひますと」

彦斎が、そつと村川の袂をひいて質ねると

「あ。それは中岡慎太郎君のことですよ。彼は大山彦太郎といつたり、石川清之助なども言ひますがね」

彦斎は、中岡がかつて佐久間象山に会ひ、大いに推服したといふ噂を聞いてゐるので、この人と象山論を上下してみたいと思つたことがある。その人物が、この伯耆の山奥にまで足を運んで来たのかと思ふと、胸が波立つほどの感激をおぼえた。

「そのお話では一刻の猶予もなりませんな」

彦斎は一膝乗り出すと言つた。

「噂によりますと長州の藩論は次第に恭順論が圧倒的だといふではありませんか。この機会を逃してはなりますまい」

するると村川は

「矢張り此所で兵を挙げるのでせうな。黒坂陣屋は余り頼りになりませんが、土地そのものは蓋し要害ですからな」

と既に賛成した口調で答へた。河田も

「さしあたり其の辺の見当ですが」

と考へあぐねてゐる様子が見えた。彦斎は
「私の考へは違ひます」

「仰有つて下さい」

「この黒坂で兵を挙げたら、米子城兵に直ぐ日野渓谷の咽喉を押へられるでせう。村川さん。池田藩は先づさういふ命を下すと思ひますが如何ですか」

「必ず、さうするでせうな」

「不幸にして敗れるとして、美作や備中へ山越えして落ちても、恐らく捕へられる公算が大で、生きる路はありますまい。この黒坂では袋の中の鼠ですな。まして天下の同志に呼びかけ得たとして、この辺鄙な山奥まで、どれだけの勢が辿り着けると思召す」

「然らば河上さんの御意見は」

「私は諸君と共に、黒坂の番兵を斬り殺して、そのまま脱走し、出雲から船に乗つて長州に飛び込みますな。援兵来ると呼号して行けば、行く行く同志を糾合することだつて出来ませう。また一兵の得る無くとも、長州兵にとつては二十有余人の同志を得たことは士気を鼓舞するに足りませうからな。この吾々の動静が諸藩に与へる影響は黙視することが出来ますまい。必らず坂本君や中岡君の構想された如く、征長三十五藩の中から吾々の如き脱走者を出すでせう」

四

彦斎の積極論は期せずして圧倒的に満場一致の賛成を得た。幽閉の志士達は大きくうなづき合ひ、河田も

「一議に及ぶまでもありませんな。吾々も此所にかうして居るも、脱走しても、落着くさきは死しかないのですからな。いづれ死ぬと決定してゐるならば、一歩でも半歩でも勤王の御ため、また討幕のために死ぬべきでありますから」

沈痛な口調で賛成した。若い連中は寧ろ死所を得たかのやうに欣然としてゐた。

「誰かッ」

突如として叫び声が起つた。二三人が押つ取り刀で立ち上つた。

「どうしたのだ。佐善君」

河田左久馬も屹となつて声をかけた。佐善と呼ばれた若侍は、庭園の泉水のほとりから姿を現はした。

「雪見燈籠のところに人影がしましたので」

「それで」

「いや。納所の呑海さんでした」

その場はそのままで終つた。彦斎は何かしら割切れないものを感じたが黙つてゐた。大体、彦斎の意見通り行動することに暗黙のうちに決定したので、それからの二日間ばかりは、幹部は幹部会を開き、密々に計画を樹てた。さうして夜になると盛んに気勢を挙げながら乱酔に終つた。さうして挙行の日取りの打合せがすんで、二人は黒坂の泉龍寺を立つた。帰途は駄賃馬にゆられながら、下り坂の街道を米子まで戻り、村川は自宅へ、彦斎はまた元の旅籠にこもつて機の熟するのを待つた。幕府は毛利大膳大夫と長門守父子並に三末家吉川等の官位を褫奪《ちだつ》し、松平の称号を停め、慶親を敬親とし、定広を広封と改名したことを公表したりした。彦斎は下らないことをして喜んでゐるものだと小馬鹿にして、そんな知らせを聞いた。けれども繁々と村川家に出入するのは憚りがあるので、彼は中流ぐらゐの旅籠で、久しぶりに小さい茶箱を開いて茶三昧にひたるのであつた。

九月に入ると遂に来るべきものが来たかのやうに征長軍の大将等一行が京に入つた情報を得た。しかしながら好天に恵れた米子では、生々とした陽光、快い潮の香、貝を拾ふ人々にまじつて、彦斎も美しい渚を裸足になつて歩いたりした。蟹が渚に群れて、小さな波が素足を洗つて行く。この景色はあまりに戦争とへだたつてゐた。そこへ

「河上様………」

と呼はりながら村川の妻女が裾を振り乱して砂浜を走つて来た。まだ若い村川の妻君は裾から露はれる白い脛を恥らふのも忘れた風だつた。彦斎もぎよつとして渚に立ちすくんだ。

「どうしたので御座る」

「これを」

妻女は懐から村川の手紙を出した。結ひあげた丸髷も少し崩れ、鬢のほつれ毛が、じつとりと汗ばんだ顔にへばりついて、肩ではあはあと息を切つてゐた。村川の手紙は薄墨の乱筆だつた。

「あつ」

読みながら彦斎の顔色も変つた。泉龍寺の志士達に挙兵の陰謀があることが露見し、厳重な監視がついたこと。中岡慎太郎をはじめ、河上彦斎までが訪れてそのことに参画してゐたこと。また村川与一右衛門に幕府の御不審がかかり、藩庁に召されて審問されることになつたこと。而して唯今、鳥取に立つが後は呉々も宜しくと意味深長なる手紙であつた。但し書は、彦斎の身柄は米子に滞在してゐる限り、自分の腹心が他所ながら見守つてゐるから当分は安全であることなどが認められてあつた。彦斎は泉龍寺で会つた人々の顔を次々と思ひ出した。しかしながらそれ等の顔の中に裏切り者があらうとは思へなかつた。さうすると呑海とかいふ坊主の剃り立てた青い格好の悪い頭が、突然、ぽかりと浮んで来た。坊主の中に幕府の密偵がゐたのであらうか。さう言へば将軍家の御庭番と称する密偵は殆んど生涯を目標とした藩領の中に埋めると聞いた。それでなくして泉龍寺の密謀が洩れる筈はないではないか。

「そして御主人には早や既に」

「はい。先ほど御役人衆がお見えになりまして連行されました。その節、着換へをすると申しまして、走り書いたしましたもので」

彦斎は、床しい人の筆蹟を掌中に眺めながら唸つた。さうして一瞬この静かで美しい海景を呪ひたくなつた。二人は慰めやうもなく渚に佇立した。砂丘の遥か彼方が鳥取だ。妻女は別れを告げると肩を落して立ち去つて行つた。

「残念でしたな」

彦斎は村川与一右衛門と、これが生涯の別れのやうな気がした。その不吉な想念を振り払ふやうにして頭を二三度横に振つてみた。事実、後に思ひ知つたことであつたが村川与一右衛門とは、これが永別だつた。村川は永い間、軟禁の状態で放置しておかれた。翌年の慶応元年秋十月、藩庁の審問を首尾よく弁解し得て帰宅した。米子に戻つたのが十日である。玄関へあがつた途端、障子を突き破つて繰り出された槍は、狙ひあやまたず与一右衛門の脇腹を突き通した。村川は佩刀の柄に手をかけたなりで刺殺された。村川家一門が相談して、この熱血漢を殺したのだと伝へられてゐる。

彦斎は海岸から宿に取つて返すと、手早く身仕度した。村川の手紙で聊か安心はしてゐたものの、最悪の場合には何人かの捕吏を斬らなければならないかもわからない。道中差しに過ぎない脇差だつたが、彦斎の手中にある限り、これは殺人剣となる。彼はひそかに寝た刃を合せておいた。そのまま不安な二三日が過ぎた。彦斎は宿の一室に閉ぢこもつたまま茶を点じて楽しんでゐた。気味が悪いほど町はひつそりしてゐる。

その次の日、埃にまみれた男が訪ねて来た。彦斎は何かしら、どきつとして部屋に通すと河田左之丞といふ男で、泉龍寺から潜行して来たのだつた。

「どうしましたね。諸君は」

「それが奇妙なことに挙兵の計画が洩れたとみえましてな。直接、幕府の御声がかりといふわけで、本藩の足軽の人数が急に殖えました。さうして何も彼も厳重になり、文字通りの幽閉生活で御座います。これでは堪らんといふので密々相談して脱走の計をめぐらせましたが、いつかの仰せの如く、備中に逃亡しても、美作に脱走しても、今日となつては手遅れだといふ結論に到達、そこで今朝、一勢に奴等を襲撃いたしました」

「へえ。やりましたか」

「はい。不憫ながら手向ふ奴等を叩き斬つて、四組に分れて脱走しました。私は一番組で河上さんに連絡を命じられましたので」

「命がけの御使者で御苦労でした。そして皆さんの集合地点は」

左之丞は彦斎の耳に口を寄せるとひそひそと囁いた。彦斎はいよいよ自分も立つ時が来たことを感じた。かうなつたのも自分の一言が、あづかつて大いに力あつただけに、この壮行に村川が加はれないことを残念に思つた。

「村川さんは引張られましたよ」

と手短かに語り聞かせた。左之丞は暗然として聞き入つた。彦斎は嗚咽を忍んで悄然と立ち去つた村川の妻女の後姿が、眼に灼きついて残つてゐた。

彦斎は俄に宿の勘定をすると、左之丞と連れ立つて出た。そのまま米子の北端の町はづれに出て、河崎新田から四軒家へ抜けた。さうして浜辺づたひに二人は急いだ。

米子を支へてゐる半島の外海に面してゐる海浜は荒涼とした眺めである。夜見ケ浜ともいひ、あるひは弓ケ浜とも言つてゐる。中海に面した街道は人通りも多いので、逃げるには此方の方が屈強だと左之丞は言つたが、彦斎は人通りの稀な夜見ケ浜沿ひの道を択んだ。といふのは見つけられたら、どうせ斬つて捨てなければならないから、それなら人目に立たない道を選んだ方が好いと考へた。余子の手前の高松といふ漁村で、村道を左に切れると森岡、西曾根と飛ぶやうに歩いた。半島の北端に有名な境の港がある。もとより此所には番所があつたので、手が廻つてゐると見て好い。中江瀬戸ひとつ越えると隣国の出雲国八束郡である。反対の外ノ江で集合し、中江瀬戸を乗り切つて出雲国へ脱出しようといふのだ。

「まだ手は廻つてゐないやうですね」

若い左之丞は頬を紅潮させて言つた。同志は五人一組になつて変装して外ノ江に集つて来るに相違ない。無事に辿り着けばと念ひつつ、少し油断すると彦斎から遅れ勝になつた。この茶人のやうな姿をした小男は、急ぐ風情も見えないくせに、飛ぶやうな速さだつた。

外ノ江といふ漁村は秋風に吹かれて、干してゐる網は濡れた紙のやうに汚れ、砂丘の雑草は蓬髪のやうに乱れてゐる。中江瀬戸は白い波が立ち、はるか出雲峠は指呼するに足る距離に横はつてゐた。点々と散在する民家は大方漁師の家で、軒の傾いた家と家との間に引きあげられた船が置かれ、磯臭い匂ひが充満した。

「おうい。此所だ……此所だ」

一軒の民家の軒下から河田左久馬が手を挙げた。渋谷平之丞、山口謙之助、中井範五郎、弘見利十郎、大西清太、太田権右衛門、青岡平之丞、川金蔵、加藤直之助の十人の顔が見える。

「やあ。好うこそ御無事で」

と彦斎は皆に挨拶した。左久馬は彦斎に手短かに脱走の経緯を語つた。その間にも、漁師等は四五人で舟を浜辺から海へ下ろしてゐた。

「あれに乗り込んで行くのですか」

「はい。ほんの目と鼻の間ですからな」

「うむ。矢張りこの路を択んでよかつたですな」

人々も舟が砂を噛みながら滑り出すのを凝然と眺めてゐた。左之丞は
「どうしたんだらう。僕の組は」

と案じては砂丘を伸び上つて眺めた。一刻も早くこの土地を離れたいといふ焦燥で、目の前で舟が滑りはじめると、人数の揃はないのが苛々して来る。

「来た……来た……」

左之丞は驚喜して叫んだ。思ひ思ひの装をした佐善修蔵、伊賀市太郎、中野清平、加藤助之進の四人が転るやうにして駆けて来た。

「後の組は――」

左久馬が言つても誰も返事をする者がなかつた。勿論、連絡のありやうがなかつた。

「舟の仕度が出来たよオ」

充分の酒手を貰つた屈強な漁師等は舟を蕩揺する波の中に泛べると、秋風にむかつて叫んだ。

「猶予すべきではない。乗れ」

と河田左久馬の命で一勢に波打ち際まで行き、腰まで来る波をかまはずじやぶじやぶと海に入つて、それから舟に飛びついた。先に乗つたのが後の手を引張つてやつて乗せた。河田左久馬と中井範五郎と彦斎とが渚に残つた。舟の舳に立つて人々は、まだ砂丘を望見した。

「私は残りませう」

乗船をすすめられると彦斎が言つた。

「そりや不可ません。後の連中も必らず来ますよ。吾々は先発しなければ」

左久馬は彦斎の袂を摑んで離さない。拠所なく彦斎は河田と中井にはさまれて舟に乗つた。

舟は一揺れ揺れると飛沫をあげて岸辺を離れた。思ひのほか風が強く吹くので舟は木の葉のやうに揺れた。十六人はいつまでも眼を離さずに陸を見守つたが、外ノ江の浜辺には鳥の群が点々と見えても、人影は見えなかつた。出雲対岸の森山に上陸すると目立つので、鼻ケ崎を廻つて万原といふ人気の無い漁村にむかつた。

潤間等の一行五人が外ノ江に辿り着いたのは、もう夕まぐれだつた。彼等が米子に入つた時には騒々しい気分が感じられた。これは不可いと思ひ、迂廻路をとつて反対の安来街道へ行き、そこで勢揃ひする風を装つたりして時間を潰し、そこから三々五々、外ノ江にむかつた。外ノ江の漁師の権九郎といふのは村川が魚釣りのお供をしたりして非常に実直な男なので、その権九郎の家から舟を出して貰ふ約束だつた。潤間達が権九郎の家に辿り着いた時には、もう舟が出た後だつた。

「どうだらう。夜なら却つて好い。舟を出してくれまいか」

「それが不可ねえので。もう御触れが廻つて、夜分の出舟は御差止めになつて居りやす。それですから今夜は、私の家へお泊りになつて、明日の朝は暗いうちにお供いたしやす」

「それもさうだなう」

と言はざるを得なかつた。権九郎独りでは年老いた腕で五人を乗せて櫓を押すのは骨だつたらう。それに彼等も疲れてゐた。黒坂の陣屋を襲つて一暴れ暴れて、そのまま駆け足のやうにして十里を飛ばし、その間、草にも心して此所まで米子から外ノ江まで四里半、もう、つんのめるばかりになつて辿り着いた身体だ。此所で休ませてもらへるなら、意地も何もなくなつて一眠りぐつすりと睡りたかつた。

「それでは今夜は此所で泊めてくれ」

「宜うがすとも」

五人は権九郎の魚臭い奥の一間に通されると、そのまま肘枕で鼾をかく始末である。

一寝入り寝てから、炉べりで焼酎を呑んだ。

「河田さん達は心配してるだらうな」

「なあに。何とか切り抜けて後から追ひ着くと思つてゐるさ」

彼等は、安心しきつて焼酎が廻つて来ると気焔を挙げた。

「疲れたな。しかし」

「戦争はこんなもんぢやないぞ」

「そりやさうだ」

彼等が夜明しでも平気な顔付になつて、楽しさうに出雲路に渡つてから、更に長州に入るのを想ひ描いて語り合つてゐる時に、権九郎の家は犇々《ひしひし》と取り巻かれてゐた。

黒坂陣屋から、幽閉の志士二十人が暴発して脱走し、役人や足軽に何人かの死傷者を出したといふ注進が鳥取城に達すると、藩庁から早速、取押への役人がむかつた。

この噂を聞いた城中は、素破と色めいた。すると彼等に殺された御側用人黒部権之助、御用人高津省己、御側役早川卓之進、大目付加藤十次郎の遺族並に一門は、かねてから藩公の相模守に仇討を歎願してゐたが、若しこれを許可すると単なる仇討から藩内が二つの色に分れて闘争する懸念があつたので、遺族の要求と主張とを押へて慰撫してゐたのである。ところが彼等が脱藩して長州に逃亡するとわかつて、役人が追討ちをかけると知るや
「それッ。時期到来ぞ」

遺族と一門は役人と共に米子を差して急行した。米子城に到着してみたら大部分は

脱走に成功したらしいと聞いて落胆した。けれども彼等は米子から安来への道を取らないで、境から松江へ背後から潜入したと知ると、取り敢へず境の港を閉鎖し、警戒してゐた。すると一行のうちの遅参組らしいのが境方面にむかつたといふ情報が入つたので、ともかく追跡して来たのである。すると外ノ江に五人ほど潜伏してゐることがわかつた。さうして権九郎の家は包囲された。

「斬り込めツ」

役人は、いきなり叫んだ。四家の遺族と一門は戸を蹴破ると抜刀して飛び込んだ。炉辺の五人は一勢に刀を抜いて戦つた。権九郎は役人に斬られた。その役人を潤間半六が斬り捨てた。かうなると乱闘である。行燈が倒れて障子に燃え移つた。その明りで凄惨な斬り合となつた。遺族や一門にも手負ひが出た。役人や捕方にも死傷者が出た。清水巳之丞や塩川孝治や吉岡直人は乱刃のもとに死んだ。足立八三は大小の両刀を振り廻して暴れ廻つた後に斬られた。潤間半六は乱髪となり、ささらのやうになつた血刀を振りながら、外へ飛び出した。外は何十人といふ役人等が刀林地獄のやうに白刃を閃めかして待ち構へてゐた。潤間半六は何人かを斬り倒して、四家の遺族や一門の眼の前で

「ざまあ見ろ」

と叫びながら、取つて返すと燃えさかる火の中へ飛び込んで最期をとげた。かうし

て五人は、あたら脱出に成功しないで恨みをのんで死んで行つたのである。

あくる日になつても潤間等五人が来ないので何か事故があつたに相違ないと思ひ、しかしながら此方の十六人も便々と待つてゐられる身分でもなかつたので、松江藩の追手がかからないうちに発足しなければならなかつた。松江の城下は避けて間道ばかりを縫つて歩いた。万原から枕木山へ登り、山伝ひに澄水山に抜けた。この附近に御手洗の滝といふ名所がある。そこからは人目を避けて山間僻地ばかりを歩いたので一日行程を三日余も費した。志戸、佐陀本郷と辿つて大蘆に出た。この辺りは小さな湾が続いてゐる。さうして佐太郷を北に流れる佐太川の落口こそ、彼等の目差す地点だつた。即ち出雲国八束郡手結浦である。

大蘆の西南に御津といふ漁村がある。今でこそ、あるに甲斐ない一漁村に過ぎないが、天台宗中興の祖といはれる元三大師良源大僧正の「慈恵僧正遺告」と題するものに「三津厨一所在出雲国島根郡」とある荘園は、此所のことであつて、恐らく中古には豊かな荘園の一つであつたのだらう。手結浦はこの御津の西一里、佐陀の江角浦の北にある。現在では恵曇村に併合されてゐる。北方の風浪に洗はれた岩壁は幾つかの洞窟をこしらへ、静かな日も大きな波がうねつてゐた。暖流が来てゐるので季節には濃霧の深いところであつた。久宇島などといふ島が暗礁のやうに浮かび、矮小な松が歪んで生えてゐる。さうして白い鷗が群れをなして飛び交ふてゐた。手結浦の漁師の一軒の家に辿り着いた一行は、そこで長門の国へ渡海の準備をした。河田は食糧係りや、舟の手配をする係りを任じ、更に潤間等の一行が辿り着くのを心待ちに待つのであつた。
漁師の家の炉辺で、ぼんやりと顎を支へてゐる彦斎を見ると、河田が
「どうかしたのですか。河上さん」
と案じ顔に質ねた。彦斎は、ふいと澄んだ瞳をあげてから
「いや。何でもありませんよ。あまり静かなもんで、まつたく別のことを思ひ出して居りましてな」
と口辺に微笑をうかべるのであつた。河田は若しかすると彦斎も、ふとこのやうな清閑には妻子のことなどでも思ひ出してゐるのであらうかと、悪いことを聞いたやうに思つた。しかしながら彦斎は実は妻子のことなど考へてゐたのではなかつた。彼は自分の踏んでゐる土が出雲の国だといふことから、はからずも雲州蔵帳のことを胸に思ひ浮べてゐたのである。この出雲の国の大守であつた松平不昧公の道具帳のことを雲州蔵帳といふのである。この雲州蔵帳には五百点ばかりの諸道具が記されてゐるが、それだからといつて不昧公の道具全部を登録したものではない。雲州蔵帳は茶人の不昧公が所蔵の名器を位分けして、宝物、大名物、中興名物、名物並、上之部の五部にわけ、最上のものから実に五百十八点まで此に記載したものであつた。その中で二十

二盌の井戸茶盌のうち、天下の三井戸と称せられた大名物の井戸茶盌が三つある。即ち喜左衛門、細川、加賀である。就中、彦斎は出雲の国の手結浦で細川井戸のことを思ひ浮べてゐたのであつた。

この細川井戸といふのは細川三斎公が珍重されたもので、後に仙台の伊達家に伝はり、更に江戸深川の豪商冬木喜平次の有に帰し、安永七年に江戸の道具商伏見屋甚兵衛の手から三百両で不昧公が入手されたものであつた。それ故に細川井戸と称ばれるのである。高サ三寸一分、径五寸六七分。

彦斎は手結浦に来て、細川家の御茶道の気質があらはれた。藩祖の御愛用になつた名器が、この山陰の御蔵にをさまつてゐるのかと思ふと、細川井戸でお点茶してみたくなるのであつた。

「それも茶盌のことでしてな」

「えつ。茶盌……」

「左様。井戸茶盌のことでした」

河田はあまりの返答に、きよとんとして彦斎の眼の色をうかがつた。

李朝の初めから中期頃まで、慶尚南道あたりで焼かれた井戸茶盌は、室町末期頃から将来され、利休の侘茶の主要な役割を果したのであつた。何故、井戸といふのか、この名称の考証は知らない。けれども茶を嗜むほどの人は、井戸茶盌を以て最上のものとしてゐるのである。彦斎も如何にも自分の返答が突飛なのに気がついて、遂に苦笑して仕舞つた。

「あんたも呑気ぢやねえ」

河田は感心したのか、あきれたのか、彦斎と井戸茶盌に就て話し合はうとはしなかつた。その間も仲間が出たり入つたりして、やがて夜になると、追手の警戒に不寝番を置いて、浅い眠りに落ちて行つた。

白々とした夜明け、一艘の舟に乗り込んだ一行は、ひそかに手結浦を解纜した。彼等は昂然と眉をあげて長門の国を望んだ。

五

石見灘《いはみなだ》をすべるやうに南下して、田万川《たま》の河口、名島を右手に眺めながら江崎の湊に着いた。この高山岬の東にある駅路《うまやぢ》は、仏坂で小野村に境してゐる。彦斎等の一行は此所まで脱出して来て、吻つとした。此所までは追手の手は伸びないからである。しかしながら後に残した五人が無惨に仇討ち呼ばりされて斬殺されたとは未だ知らなかつた。彼等は才川、福田、吉部と経て、それから福井を経て萩まで五里余り、萩の御城下に入つて情報を耳にすると、すつかり形勢が変つてゐることがわかつた。さうして此所で、はじめて五人の同志が討たれたことも聞き知ることが出来たのであつた。

「不憫なことをしたなあ」

と河田左久馬も泣いた。彦斎は何故自分があの時残らなかつたかと残念に思つた。自分だつたら若しかすると言ひ遁れることが出来たかもしれないし、さうでないまでも暗々と討たれるとは思へなかつた。しかしながらさうは言つても皆なは虎口を遁れた想ひがしたのは事実であつた。勤王のために大切な命だと思へば、危ふく取り留めた命の尊さをしみじみと想ひみるのであつた。

「こりや戦さにならんですな」

彦斎は萩の御城下に泊ると、苦笑して言つた。それほど萩では予想外な事実が起つてゐた。

「一寸先は闇といふのは此の事ですな」

と河田は万感こもごもといふ調子で合槌を打つたものである。彼等は毛利藩公に拝謁など願ひ出ることなどは思ひも寄らない形勢を観取すると、出来るだけ情報を蒐めながら寧ろ静観しなければならなかつた。

彦斎は奇兵隊の平井小介を訪れると、爾来、因州藩士等とは別個に単独で行動することにした。小兵ながら胆略に秀でた平井小介と彦斎とは肝胆を照らす間柄となつた。この長州人でない怪傑は、肥後男の剣を甚だ高く評価したがゆゑに同気相求むる仲となつたのであらう。彦斎は奇兵隊長の高杉晋作をはじめ、大村益次郎とか、井上聞多とか、山県狂介とか、広沢兵助とか、大田市之進とか、石川小五郎などといふ人物と知り合つた。平井が
「佐久間象山を斬つた『人斬り彦斎』といふのは、この男です」
と高杉に紹介すると、言論侃々流れるやうだと評された高杉東行も、一瞬、ぎよつとした風に口をつぐんで仕舞つたといふ。さうして暫くは茫然として、この女にしても見まほしい美男の剣士を凝視した。後に
「殺気を漂はせてゐる奴だ」
と語つたと伝へられてゐる。彦斎は奇兵隊の客分のやうにして隊に出入した。馬関で外国軍艦と戦つて苦い経験を嘗めた高杉晋作は、藩の上士、即ち肉食結袴の徒は用ひるに足りないとし、貴賤士庶を問はず、いやしくも強壮用ふべきものは悉く集めて兵として組織したのが奇兵隊であつた。従つてこの強悍な奇兵隊は野武士の集りで、また外人部隊でもあつた。諸国の浪人も参加したからである。されば奇兵隊の蒐集した情報は幕府の要路の筋にまで及んでゐた。彦斎はそれ等を一見することが出来た。後年、維新史が編まれると多く官軍方の資料に基いて幕府側の史料は黙殺された。徳川が天下を掌握すると豊臣家の記事が少なからず抹殺されたと一般、勝利者は自分に都合好く歴史を書き直すものだからである。彦斎は人知れず克明に、それ等の幕府側

の文書を記録した。そのことはまた奇兵隊の諜報機関が如何に優秀であつたかをも知る頼りともなることであつた。さうして却つて幕府側の諜報機関は如何に無能であつたかといふことも解るであらう。彦斎はそれ等によつて双方の歩み方を計ることが出来た。先づ最初に記録し得た資料は

丑正月十五日

和泉守殿御渡

毛利大膳父子、始追討為、総督尾張前大納言殿、芸州表へ出張被致候処、彼にゐて只管悔悟服罪致し候段、前大納言より被仰上候に付而は、長防共鎮静に及び候に付、此上御所置之儀、於二当地一可レ被レ遊候。依レ之、御進発は不レ被レ遊候。時宜に寄、尚被二仰出一儀有レ之候間、兼而其心得にて可レ被二罷在一候。

といふのである。次に

丑三月十七日

美濃守殿御渡

長防鎮静に及候に付、此上御進発は不レ被レ遊、時宜に寄、被二仰出一候儀も可レ有レ之旨、先般被二仰出一有レ之候処、京都より被二仰進一候儀も有レ之候に付、此度、御上阪之儀被二仰出一候。然る所、未だ長防其外御処置も有レ之候に付、御発途は暫し御見合被レ成候。時宜に寄、速に御進途可レ被二仰出一候儀も可レ有レ之候間、御不都合無レ

之様可レ致旨被二仰出一候。

次に

同四月朔日

美濃守殿御達

先達て御上阪の儀被二仰出一も有之候処、方今、長防の形勢、全く鎮静にも不二相聞一、既に激徒再発の趣も有レ之、被レ於二京師一候ても、深く被レ為レ悩二宸襟一被二仰進一候儀も有レ之、且つ先達て塚原但馬守、御手洗幹一郎、被二差遣一御趣意若し相違背候はば、急速御進発被レ遊候間、御日限被二仰出一候節は、聊か御差支無レ之候様可レ致旨被二仰出一候。

次に

同四月十八日

美濃守殿御渡

毛利大膳父子、始め御征伐の儀、先般、塚原但馬守、御手洗幹一郎を以被二仰出一候御趣意、相背き候はば、急速御進発可レ被レ遊旨、先達て被二仰出一候処、未だ右の模様は不二相分一候へ共、不二容易一企有レ之趣に相聞、更に悔悟の体も無レ之、且御所より被二仰進一候趣も有レ之、旁々、御征伐被レ遊候旨被二仰出一候。依レ之五月十六日、御進発被レ遊候。

幕府当局の御達類から察しても何となく緩慢な態度が想ひ見られる。事実、彼等は毛利藩の悔悟なるものを期待しながら、ずるずると征長戦にひきずり込まれて行つた。越えて秋になつて朝廷に奏上した。

九月二十一日

御奏上

防長処置の儀に付ては、兼々奏聞仕候通り、条理順序を追ひ、不審の件々篤く御糺問の上、夫々、処置可レ仕と奉レ存候。毛利淡路、吉川監物、大阪表に早々罷登候様申達候処、登阪及二延引一候に付、自然両人差支候はば、外末家並に大膳家老共の内申合せ、当月二十七日迄に無二相違一出阪候様、重て申達候へ共、今以て登阪の模様も無レ之、此上弥々、背命に及候はば、最早寛宥の取計ひ難レ仕候に付、無二余儀一旌旗を進め罪状相糺可レ申奉レ存候。尤も兵機緩急其の外篤々熟考の上、遺算無之様、処置可レ仕と奉レ存候間、此段奏聞仕候以上。

その間、幕府にとつて内外二つの苦悶があつた。一つは兵庫開港のことであり、他の一つは将軍家茂公の胸痛欝閉を理由とした辞職の件である。二つながら、どうやら落着して一橋中納言が総督となつた。その頃、関白殿下からの書付に対し

十月二十五日、溜詰め始め、万石以上以下、一役一人へ御達し御意之趣、先日、東帰存立之儀、不束に候処、却て従二御所一厚き蒙二寵命一候事、恐入畏み候。已に御

請申上候に付ては、此上一際勉励、為㆓皇国㆒政務行届、歩備充実、安㆓宸襟㆒候様致度存候間、一同右之心得を以て愈々可㆑励㆓忠勤㆒候。

といふ御達を出してゐる。

先日御東帰可㆑被㆑遊旨之趣、畢竟、此方共不行届の処、却て御自責被㆑遊候段、誠に以て恐入候。此上とも乍㆑不㆑及猶更以て勉励、心力を尽すの外無㆑之候。各々に於ても益々援㆓精忠㆒御奉公可㆑被㆑致候。

十月二十八日

松平安芸守

毛利大膳末家、並に家老等之内、其御地へ御呼出御達之趣に付、別紙人名之者差登せ申度旨、使者を以て申越候。尤も兼て被㆓仰出㆒候期限は御座候得共、此儀に付ては、先達て奉㆓申上㆒候趣も有㆑之候間、其儘登阪仕らせ候。尚委しき儀は、其御地へ差出し置候重役之者より、其御筋へ申出仕候様申付候以上。

（別紙）

毛利大膳家老

井原主計

宍戸備後介

右之通差登せ申候。

長州では恭順派の主張が通つて、幕府の要求に従つて家老を上阪せしめたのである。

しかしながら一応、長州藩が恭順を示さざるを得なかつたのは、幕府の戦備が整つたからであらう。その確証は

十一月七日

伊賀守殿御渡

毛利大膳父子、伏罪の儀、御疑惑の廉々有レ之候に付、右為二御糺一、大目付永井主水正、御目付戸川鉡三郎、松野孫八郎、広島表へ被レ遣、大膳末家並に家老共の内、且つ奇兵諸隊中の者も、同所へ呼出承糺の上、模様に寄、総御人数被二差向一候に付、攻口の割合、別紙の通り被二仰出一候間、為二心得一御供万石以上以下の面々へ可レ被レ達候。

一　芸州口討手

一ノ先安芸守は人数差出、近江守は出張

松平安芸守

松平近江守

軍目付松野八郎兵衛

御中軍先鋒一ノ先芸州迄出張

井伊掃部頭

軍目付黒田五右衛門

井伊兵部少輔
榊原式部大輔
　軍目付建部徳次郎
同二ノ見差図次第出張
松平三河守
　軍目付能勢惣右衛門
同二ノ見二番同断
松平兵部大輔
　軍目付柳生主膳
松平越前守（大阪迄出張）
　軍目付酒井数馬
応援差図次第出張
松平備前守
　軍目付田中一郎右衛門
脇坂淡路守
　軍目付長坂血槍九郎

二　石州口討手

一ノ先石州路出張

阿部主計頭

軍目付山岡十兵衛

二ノ見人数差図次第出張

松平右近将監

軍目付三枝刑部

亀井隠岐守

軍目付石川八十郎

松平因幡守

軍目付城隼人

松平出羽守

軍目付諏訪左源太

先総督御人数石州路へ出張

紀伊中納言殿

軍目付落合将監

同　阿部進太郎

三　上ノ関口討手
一ノ先差図次第出張
松平隠岐守
伊達遠江守
軍目付竹尾戸一郎
松平式部大輔
軍目付曾我権右衛門
二ノ見同断
松平阿波守
軍目付水野小左衛門
応援同断
奥平大膳大夫
軍目付森川主税
松平壱岐守
軍目付金田三左衛門

四　下ノ関口討手

一ノ先小倉出張
　左京大夫は人数出張
細川越中守
　軍目付筧助兵衛
立花飛驒守
　軍目付安藤治左衛門
小笠原大膳大夫
　軍目付松平左金吾
小笠原近江守
小笠原幸松丸
　軍目付斎藤図書
二ノ見差図次第出張
松平美濃守
　軍目付小宮山又七郎
松平肥前守
　軍目付酒井岩之助
応援同断

中川修理大夫
　軍目付小笠原彦大夫
松平主殿頭
　軍目付溝口安兵衛

五　萩口討手

一ノ先差図次第出張
松平修理大夫
　軍目付大岡越次郎
二ノ見同断
有馬中務大輔
　軍目付有馬式部

右の通被二仰出一候。尤も松平安芸守、松平右近将監、亀井隠岐守、小笠原左京大夫は人数已而差出し、銘々、国邑相守り臨機の取計可レ致旨被二仰出一候事。
御中軍の内、一番隊は広島表迄出張、二番隊以下御先列の面々引続出張の筈に被二仰出一候事。

この文書でわかる通りである。更に副将の松平越前守は筑前の小倉で九州討手の面々を指揮する筈であり、京極主膳正は四国討手の面々の取締りになつた。彦斎はこの軍配文書を見て、細川藩が下ノ関口討手に廻つて居り、顔見知りの筧助兵衛が軍目付となつてゐることを知つた時に、同藩の親しい幾つかの顔を想ひ描いた。思ひのほかに近いところに故郷の人々が軍営を営んでゐると思ふと、郷愁に似た感懐を催すのであつた。故郷の山河の夢を忘れて、あわただしい歳月が血にまみれて流れた。今また硝烟弾雨の中で、相会ふならば何といふ数奇な運命であらう。しかしながら彦斎はそれを欲しなかつた。彼は下ノ関の方へは背を向けてゐたのである。幕府の追求はまだ続いた。

　寅四月七日

毛利大膳父子、御裁許の儀に付、同人末家毛利左京、毛利淡路、毛利讃岐、並に吉川監物、大膳家老宍戸備後、毛利筑前、芸州広島表へ罷出候様、先達て相達候処、未だ出芸の模様も不㆓相分㆒候に付ては、猶又、今般毛利大膳父子、並に長門総領興《おき》丸《まる》へ相達候儀有㆑之候間、来る二十一日迄に広島表へ罷出候様、且つ末家並に吉川監物、大膳家老へも同日迄に同所へ罷出候様、松平安芸守を以て相達候間、可㆑被㆑得㆓其意㆒候。

右之通、御供万石以上以下の面々へ可㆑被㆑達候事。

別紙口達之覚

別紙相達候、期限に至り、万一、名代等不㆓差出㆒候はば御裁許違背より其罪重く候に付、速に御討入可㆓相成㆒候間、兼て其心得御差図相待候様可㆑被㆑致候。

右之通、討手の面々へ相達候間為㆓心得㆒相達候事。

彦斎が奇兵隊へ飛び込む前に、既に一種のゲリラ戦とでもいふべき前哨戦が行はれた。記録されない小さい狙撃事件などは別として、最も大きな事件だけが記録されてゐる。彦斎が前線に近づくと諸所の陣中に腕を吊つたり、跛を曳いたり、頭から繃帯を巻いた兵士等を見かけた。

「もう戦さが始まつたのですか」

と彦斎が聞くと、平井小介は事もなげに

「いや。まだ本格の戦さといふまでにやいきませんが、彼奴等は立石孫一郎といふ乱暴者に引率されて、備中倉敷の代官所を襲ひ、敵地を切り抜けて来た生き残りの奴等ですよ」

「まるで命知らずだ」

彦斎は此にもこのやうな命の惜しくない連中が居るのを面白く思ふのであつた。

「さう。芸州の浅野の兵に尾撃されながら苦戦して、それでも相当に脱出して来たんです。元気がなくちやれないことで」

小介は可笑しさうに笑つてゐる。しかしながらよく聞いてみると長藩の主脳部も知らなかつたことで、謂はば軍令を破つての行動に等しかつた。恭順派と鎬《しのぎ》を削る戦さをやつてゐただけに、主戦論派はこのやうな手段を用ひてでも幕軍との戦争に持つて行きつつあつたのだらう。さういふ糸を影で引いてゐた平井小介は笑壺に入つてゐる風があつた。

「私も参加したかつたですな」

と彦斎は髀肉《ひにく》の嘆《たん》をもらすのであつた。彼とても勤王義軍に参加するつもりで出雲から乗り込んで来ただけに血が湧くのである。この事件を幕府方の文書によると

　寅四月二十六日

　周防守殿御渡

　毛利大膳家来、南部屯集の内、百四五十人計り、当月四日夜脱走いたし候旨、大膳家来より松平安芸守へ届出候。右は備中国倉敷御代官所へ、去る十日及二乱暴一候者、右の徒に可レ有レ之候に付、夫々、討手をも被二仰付一候事には候得共、自然散乱可レ致も難レ計候間、銘々領分は勿論、見掛け次第他領迄も付入り討取り候やう可レ被レ致候。

　右の趣、近畿中国筋領分有之面々へ可レ被レ達候。

更に重ねて次の如き達しがある。

　備中国致二乱暴一候賊徒ども、去る十四日、同国河辺川通り、川船にて乗下り候処、

芸州表より為二討鎮一被二差遣一候、三兵隊御人数にて討取及二鎮定一候に付、被二差向一候御人数、軍目付等帰芸いたし候。尤も残党散乱逃去候ものも有レ之候に付、先達て相達候趣、猶厳重可レ被二心得一候。

右の趣、同二十九日、御供万石以上以下並に近畿、中国筋領分有レ之候面々へ相達候事。

幕府当局は毛利藩が恭順の意を示しても、尚不安を感じ、全幅の信用を措けなかつたのは所謂これ等の「激徒」と称せられる義勇軍が戦争へ駆り立ててゐたからである。しかしながら毛利藩は事実、恭順派が政権の主導権を握り恭順を示した。即ち主家に累を及ぼした益田、福原、国司の三人を切腹せしめ、参謀の宍戸左馬之助の首を刎ねた。十四日に国老志道安房は広島に至つて三家老の首級を尾張総督の前鋒で犬山城主成瀬隼人正に献じ、謝罪を申入れた。十六日に広島に前進した尾張総督は、十八日に三家老の首実検を古式通り厳かに執り行ふた。彦斎等が毛利藩公に拝謁したかつたのに、それが出来なかつたのは藩公父子は萩城を出て天樹院に蟄居中であつたからである。さうして一応の停戦をもたらせたが、幕府の態度に一点の疑惑を抱いてゐた長州藩内には煙のやうに燻ぶるものが立ち罩めてゐたのである。また征長軍では追つかけて

寅五月十六日

和泉守殿御渡

毛利大膳父子、御裁許、去る朔日、別紙の通り名代の者へ、於二芸州表一申渡候。尤も申渡の趣、早々帰国いたし、主人へ申達候上、来る二十日迄に請書差出候様相達候。

右之通、於二大阪表一、御供万石以上以下の面々へ相達候事。

次に御裁許書を掲げてある。

毛利大膳
毛利長門
毛利興丸

毛利大膳、毛利長門、家政向不行届、家来の者、黒印の軍令状所持、京師へ乱入、禁闕へ発砲候条、不レ恐二天朝一所業、不届至極に付、可レ被レ処二厳科一の処、任用失レ人、益田右衛門介、福原越後、国司信濃、於二出先一条々の主意取失、及二暴動一候段、罪科難レ遁、深恐入、三人の首級備二実検一、猶参謀の者共斬首申付、寺院蟄居相慎み罷在候旨、自判の書面を以て申立、其後、御疑惑の件々相聞候に付、大目付、御目付を以て御糺問之処、弥々恭順謹慎罷在候由申立候趣は、御聞届相成候得共、元来臣下統御之道を失し、家来の者、至レ犯二朝敵之罪一候段、其科不レ軽、不埒の至に候。乍レ去、祖先以来の勤功被二思召一、格別寛大の御主意を以て、御奏聞の上、高

の内十万石被二召上一、大膳は蟄居隠居、長門は永蟄居被二仰付一、為二家督一興丸へ二十六万九千四百十一石被レ下、家来右衛門介、越後、信濃、家名の儀は永世可レ為二断絶一旨被二仰出一候。

この御裁許書に対して長州藩内の強硬派は黙止することが出来なかつた。就中、奇兵隊はその急前鋒で最も過激に開戦を主張した。さういふ形勢は幕府方の文書にも現はれてゐる。

去る十九日、於二芸州表一、吉川監物より差出候書面、並に松平安芸守へ相達候書付写相達候間、得二其意一、来る二十九日期限に至り請書不二差出一節、問罪の段被二差向一候間、弥々、来月五日、諸手一同打入候様可レ被レ致候。尤も請書差出候はば速に相達候旨可レ有レ之候。

右之通、口々討手の面々へ相達候間、此段為二心得一、御供万石以上以下の面々へ可レ被レ達候。

同じき五月、吉川監物の書面を添付した廻状が渡されてゐる。

毛利大膳父子、御裁許申渡、右請書差出候期限差延候儀難二相成一筈に候共、此度、吉川監物差出候書面の趣、無二余儀一相聞候間、願の通り来る二十九日まで猶予の儀承届候。万一右期限迄請書不二差出一節は、即ち御裁許違背に付、速に問罪之師御差向被レ成候間、此段可レ被レ達候。

（書面）本家毛利大膳父子、御裁許並に末家中え被二仰渡一之趣、去る朔日、於二広島表一、名代の者え御達御座候段、彼是奉二恐入一候。然に闔国士民の情状、中々以て私式容易の説諭行届儀、無二覚束一次第は、已に名代共よりも申上候由に候得共、尚、毛利左京始へも申合度儀も御座候処、名代のもの帰邑掛け途中不都合の趣も有レ之、漸く此節罷帰候。旁々、道路懸隔の場所柄、迅速申談之都合難二出来一、甚以て痛心罷在申候。就ては不二取敢一、私より御願申出候間、微衷の程御亮察被二成下一、此上奉二恐入一候得共、当月二十日迄の御期限、何卒格別の御沙汰を以て当月二十九日迄御猶予を仰付被下候様、公辺向へ宜敷御執成之程偏に奉二歎願一候以上

五月十八日　吉川監物

このやうな接衝をつづけながら戦争は顚落する石のやうな不可抗力で押し進められて行つた。長州藩の恭順の水面下では激徒が烈しく蕩揺したからであらう。次で

寅五月二十五日

紀伊中納言殿、此度討手の面々為二御先鋒一、御総督先づ芸州広島へ御出張候様被二仰出一、其節、伯耆守こと差添被二差遣一候旨、被二仰出一同人儀、明二十六日、当地発足、広島表え罷越候。且又、京極主膳正こと四国討手の面々え為二御取締一可二差遣一候。

毛利興丸

昨子《ね》の年、家来の者共、京師へ乱入、禁闕へ発砲候条、於一大膳父子一、其罪難レ遁、厳科にも可レ被二仰付一処、恐懼謝罪、三家老の首級備二実検一、其後弥々、恭順謹慎之趣に付、天幕之御主意を以て、格別寛典の御裁許、五月朔日申渡、二十日を限り御請書可二差出一筈之処、二十九日迄猶予の儀、吉川監物より願出候に付、承け届候処、闔国士民疑惑憂憤、切迫の情状、鎮撫難レ届を以て、此上猶寛大の御沙汰被二仰出一候様、三末家、監物より又候書面。右期限に至り御請書不二差出一候。是迄も至難の国情、御斟酌恩威両道を以て、国家の大典被レ正候処、終に御請不レ致候条、天幕の命を遵奉不レ致、御裁許違背不届至極に付、問罪の師被二差向一候間、此旨を可レ被二心得一候。硬命のものを御誅鋤被レ成候御主意に付、無罪の細民、末々の者は猥りに動揺致間敷候。

右之通、松平安芸守を以て、毛利興丸並に三末家、吉川監物へ相達候間、御供万石以上以下の面々へ可レ被レ達候。

遂に幕府は硬命の激徒征伐といふ名目を以て戦ふことになつた。それには差当り奏聞の経過を諸軍に伝へることを忘れなかつた。

毛利大膳父子、御裁許及二違背一候に付、問罪の師差向候旨、遂二御奏聞一候処、別紙の通、御所より被二仰出一候間、此段為二心得一、御供万石以上以下の面々へ可レ被レ達候。

（別紙）毛利大膳父子、裁許之儀、先般、経二天聴一、其末申達候処、及二違背一候に付、問罪の師差向候旨、遂二奏聞一被二聞食一候。大樹には長々滞阪、此上模様により進発にも可レ及、大儀に被二思食一候。速に奏二追討之功一、奉レ安二宸襟一候様、討手諸藩へも可二申聞一旨、御沙汰候事（六月七日）

今般、長防御征伐に付、芸州表へ軍務出張、米穀諸色とも払底の趣相聞候間、土地有レ余分は、可レ成だけ彼地へ積送、商人共相対を以て、売渡候様可レ致候。

右の趣、中国、四国筋御料は御代官、私領は領主、地頭より不洩やう、早々可レ被二相触一候。

大軍が山陽道の狭い山野に溢れたため物価は昂騰し、怪しい女の群れが幕軍の後から後へ続いた。さうしてさういふ中で流言蜚語が疾風のやうに伝はるのであつた。

彦斎は奇兵隊員の中に伴田三之助といふ素性の知れない男と時折り口をきくやうになつた。一種の外人部隊のやうにあらゆる国々の浪人等が参加してゐたので、この男もさういふ類であらうと思つてゐると、実はこれが長州藩の諜報員の一人だと気がついた。この伴田三之助の話によると元治元年甲子八月十四日、長州進発の号令とともに、長州藩の間諜等は諸国脱藩の浪士等の協力によつて、幕府方陸海軍及び諸方へ交付すべき大小砲及び附属の武器弾薬等を一先づ大阪城へ回送するのを聞き込み、ひそかに幕府の弾薬庫に放火して爆破しようと計画した。しかしながら幕府でも逸早く右の状勢を察知し、千駄ケ谷、泉新田、中目黒の弾薬倉庫及び砲薬製造所の附近各村の常備火防夫を編制して大隊とし、名主及び組頭等を小隊長以下の役々として非常の警戒に当つたため、この計画は遂に空しく行はれなかつたのである。

「幕府にも人物が居りますね」

と彦斎が言ふと、伴田三之助は
「まつたくです。上の方は萌《もや》しのやうなへろへろ侍ですが、下の方には存外、筋の通つたのがあります」

「それは何所の藩でもさうですね。今なにかと働いてゐるのは下士ですよ」

「まつたく」

と三之助は自らを省みて膝を叩いて笑ふのであつた。

「貴君の計を見破つたのは何といふ仁ですか」

「玉薬奉行の友成郷右衛門安良とかいふ人物ださうですよ。彼は自ら弾薬倉庫を見廻つて、宜しく配置したさうですが、まつたく見上げた奴で、どうしても這入り込む隙がありませんでした」

「残念でしたね」

「何でも尾長（現今広島市尾長町）の国善寺を本部にして、来て居るさうで」

「へえ」

当然、玉薬奉行ならば友成郷右衛門は来てゐる筈であらうと彦斎も思つた。この郷右衛門はこれより先、幕府上司に野戦砲の建造を建議したが、時に海防論の喧しかつたのに拘はらず何人も耳を傾ける者がなく、彼の説は容れられなかつた。偶々、常陸下総の平野に水戸浪士の義軍が起ると、軽敏な山野砲に欠けた幕軍は到るところで利あらず、止むを得ず不便な軽加農砲を以て漸く反徒討伐に当つたのであつた。この苦い経験から幕府は急に野戦砲の必要を感じてゐた矢先、またしても征長の役が起つたので、昼夜兼行で野砲の製造を督責し、一砲隊分が竣工する毎に長州征伐軍へ輸送する始末であつた。友成郷右衛門は自ら大小砲弾薬を帆前船二艘に積み込み、大阪から広島の宇品港に行き、尾長の国善寺を本営としてゐた。

彦斎が奇兵隊の屯所に赴くと、早や中から精悍な高杉晋作の声が聞えて来た。

「どうなすつた」

見ると東行のぐるりを奇兵隊士が黒山になつて円陣を作つてゐた。彼は激しい口調で

「停戦条件に反対だと言つとるんですよ。お聞き及びでせうが、三条公等七卿を引渡すこと、藩公御父子の謝罪状、山口城の破却の三項ですが、こんなたはけた条件が容れられますか。何が為めに三条公等七卿がはるばると長州まで落ちて来られたのですか。わが藩の尊王の微衷を容れられればこそではありませんか。その七卿を引渡すと

言ふならば、先づわが藩の恭順派から血祭にせんけりやならん」

東行は刀の柄を叩いて叫んだ。血に飢ゑた奇兵隊は、この不穏な煽動演説で、もう直ぐにも恭順派を叩つ斬つて血祭にしようといふ眼付である。

「それも好いでせう。しかしながら」

と彦斎は冷やかな調子で、尾長の国善寺に本部を置いてゐる幕府玉薬奉行を斃さなければならない理由を述べるのであつた。彼の説を聞いてゐるうちに隊士の中からも
「夜、潜行して行けば行けんこともありますまい」

などと言ひ出す者もあつた。

「面白い計略だが、ちと危い芸当だね」

平井小介まで、ともかく敵の本陣近いところまで乗り込む案を危険がるのであつた。彦斎としてみれば、長州藩内の二つの潮流が、停戦条件で血を流して争ふことは、却つて敵の幕軍に乗ぜられる危険があり、若し等しく危険を冒すくらゐならば、いつそ熾盛な火中に飛び込むほどの大冒険をする方が意味があると考へるのであつた。どうせ命を捨ててかかつた浪人等としては、命の捨て所が肝要であらう。同藩内の骨肉の争ひに命を賭けてはたまらないと思つた。彦斎の提案はこの冒険児として知られた晋作を動かすまでに至らなかつた。まして盟友の平井小介さへ、彼の案の冒険性といふよりも、彦斎自身の身を案じてか賛成してくれなかつたのでは、どうすることも出来

なかつた。

といふのは徳川家出陣の吉例による先陣彦根藩、高田藩の両藩は、古式通り威風堂々として大野村に進撃すると、大田市之進や石川小五郎にひきゐられた八百人の軽装の長州兵は、ひそかに尾瀬川の上流を徒渉し、幕府先陣の背後から俄かに襲ひかかつたため、脆くも緒戦に敗れたのである。長州兵は敵地の安芸国に足を踏み入れたまま、大竹、小方《をがた》、玖波《くは》の三つの村落を占領し、四十八坂の険を扼して陣地を構築した。先陣敗北の報が本陣に入ると、直ちに安芸国佐伯郡大野村の前面に横はる厳島に布陣してゐた歩兵一大隊、紀伊、大垣の藩兵が応援に出陣した。幕軍は深い朝霧に乗じて長州兵を攻め立てたが落ちなかつた。小競合は連日にわたつた。

六

彦斎は前線に出て行つた。

中国の山々は美女の腹のやうな柔軟な線で描かれてゐる。さうして柑橘類の段々畑が縞の着物のやうに襞をつくつてゐた。

ヒヨドリ山の砲塁に立つて眺めると、暑い烈日のもとに息づいて濛気《もうき》をたちこめてゐる瀬戸内海に、大小の美しい島々が散在するのが模糊として眺められ、かつて楽しい夢を乗せて京師へ出るとて通つた水路には、家紋をひるがへした幕軍の帆前船が玩具のやうに泛んでゐる。四十八坂は大野村の西南、玖波村に至る坂路で、その峰を経小屋と称んでゐる。一方は断崖で険峻な要地である。長州軍は此所に砲を据えてゐた。脚下を見ると大野の部落がひそまり返つて、鼠のやうに幕軍の兵士らしい姿が駆せ違つてゐた。大野村はわづか六七町で宮嶋に対してゐる。その海峡が大野瀬戸である。大野瀬戸にのぞんで玖波村がある。そこにも長州軍の旗がひるがへつてゐた。玖波宿から一里半をへだてて大竹の駅路がある。そこにも長州軍が布陣してゐた。彦斎は数日を最前線の長州陣を見廻つて過した。

彦斎は経山といふ砲塁に近い一つの砲塁に泊つた。そこは戦場が一目で見渡せるやうな眼界の展けた好い場所だつたからである。時折り気がついたとでもいふ風に、ぱつと白煙が立ちのぼると、どうんと間伸びのした大砲の音がした。

「へつへ。あんな音ぢや、からきし腹がへるばかりだぜ」

白鉢巻をして、ダンブクロに草鞋穿き、鉄砲をかついだ長州兵等は、大砲の炸裂するたびに、いろいろな冗談を飛ばすのであつた。

「あんな弾にあたつて死ぬ位なら、馬関の女郎と心中する方がましだて」

顔一面、鬚だらけの男が、真白な歯をあらはして笑つた。

「ぷつ。心中する相手が、さも有りさうに言ひよる」

「江戸の吉原にも居つたで喃《なう》」

そんな冗談を交はしてゐると、また、ばあんと山の中腹あたりに当つた砲弾が砂塵をあげた。

「此所まではとどかんですな」

彦斎も防塞の上に身を乗り出して、小手をかざして弾着の距離を眺めながら言つた。

「てんでとどきませんわい。砲兵は大分後に居りますでな。毎日かうして睨み合つて

るのも面白くありませんな」

「退屈ですな」

「戦争つちや、こんな呑気なもんとは思はんでしたよ」

「そりや相手が弱いからでせう」

そんな会話を取り交はせるほど、事実、此所の戦線は平穏だつた。何となく持久戦といつた様子で、防塞の中では兵糧所で鶏鍋を突つくほどのゆとりがあつた。彦斎は長州藩内同志間の抗争の圏外にのがれると、かうして前線に来て、見知らぬ兵隊達の中にまじり、戦場とは思へないほど物静かな旅寝の夢を見たのであつた。

月の明るい夜は、瀬戸内海は鏡のやうに光り、黒々とした丘陵の彼方此方に篝火が燃えさかり、露営の枕ちかくに蛍が飛ぶのであつた。さういふ夜に限つて小雪の女体が烈しく思慕された。自ら求めて血なまぐさい戦場に来ながら、そこで想ひ描くのは

小雪の点前で喫する和敬清寂の味だつた。この因縁永かれと祈つたことはなかつたが浅い日に深く契つた思ひ出は消え難いのである。

戦線の膠着状態は、しかしながら長く保たれるとは思へなかつた。手痛い緒戦の敗北のため、幕軍は長州進攻の攻め口として肝心な周防口を失つたが、そのままに傍観してゐる筈がないことは当然に予想された。六月から八月のかかりまでは探察的な攻防に費された。

「おや。ありや何でせう」

或る日、彦斎は幽かに豆のはぜるやうな連続音に聴き耳を立てた。すると一人の哨兵も耳を傾けながら

「たしかに小銃の音らしいですが、若しかすると敵が攻撃をして来たのでせうか」

と言ふ。そのうちに大砲の援護射撃の音もした。白昼かうして攻撃して来るからには敵は相当に優勢を保持してゐるに相違ない。大砲と小銃の音が次第に激しさを加へると、砲塁の兵隊等は一勢に胸壁にならんで敵を眺めた。時に八月二日だつた。

彦斎等の守つてゐる一砲塁から少し離れて、経山の砲塁があつた。山とは名ばかりで中国筋の山は丘陵といつて好い。その経山への四十八坂を幕府の陸軍二大隊が進み、同じく二大隊が経山の中腹から攻撃を仕掛けてゐる。それはパノラマのやうな光景だつた。

「やつて来た」

と彦斎が呟くと、傍の兵士が
「なあに。今に射ち落されますよ。見てて御らんなさい」

と面白さうに銃を杖にして答へた。

「やつ。あれは——」

誰かが叫んだ。思はず彦斎もその方に眼をむけると、紀伊藩の三つ葉葵の紋所を描いた旗を押し立てた一軍を先頭に、その他の藩兵が経山の裏手、山間の小径を曳々と押し立てて登つて行くのが見えた。

「挟み撃だな」

「こりや危い」

経山が奪取されると、この砲塁も危険にさらされるだらう。

「経山へ知らせろッ」

「よし。俺が行く」

「喇叭《らつぱ》を吹け」

口々に兵等は叫び交はすと、早や二人ばかりの兵士が身軽に塁から飛び出して夏草の茂みの中へ身を隠した。それと同時に長州軍の喇叭手が喇叭を吹き鳴らした。それを合図のやうに鼓手が小太鼓をおどろおどろとたたいた。長州兵は馬関戦争以来、鋭意、軍制を改革してゐたので喇叭を使つてみたのであらう。しかしながら悲壮な法螺貝に代つた喇叭の音は却つて勇壮に聞えるのであつた。

間もなくヒヨドリ山の砲塁が幕軍を目がけて大砲を発射した。それに応ずるやうにして幕軍も大砲の援護のもとに、ヒヨドリ山を目差して蟻のやうに這ひ上つて行つた。

（こりや相当の合戦になるかもしれないな――）

と思ひながら、彦斎もだぶだぶのダンブクロを着て、白い兵児帯を上からしめ、朱鞘の大小を落し差しにして、鉢巻の上に陣笠をかぶり、短い鉄砲を小脇に抱へると、自分の砲塁の方にも散発的に小銃の弾丸が飛んで来るのも意に介さず、寧ろヒヨドリ山の方を注視した。といふのはヒヨドリ山の前面の海上を静々と三艘の帆前船が通つてゐるからだつた。大野瀬戸は南口は革籠島と小瀬川の河口を両角とし、北口は聖崎と地御前を両角として、大野村の前面では僅かに六七丁の狭さである。従つて潮流は時とすると河の瀬のやうに音立てて流れた。その大野瀬戸をすべるやうに通り抜けてゆく帆前船は、ありふれた瀬戸内海に見かけるものだけに、両軍が大砲を打ち合つてゐる戦場の中を、悠々と影絵のやうに通り過るのを彦斎は、ふと心得難く見つめるのであつた。間もなくその三艘の帆前船は視界から掻き消えて行つた。

（まるで白昼の夢のやうだ――）

彦斎は、まだ何百石積かの帆前船がひつそりと通り過ぎたのを、まるで幽霊船をでも見たやうな気持で思ひ返へしてゐた。

　すると暫くして、ヒヨドリ山の背面から猛烈な砲声が起つた。瞬時に火と煙りが砲塁から立ちのぼつた。彦斎にも何が起つたのか事情は判明しなかつた。ヒヨドリ山の長州兵は胡麻をまいたやうに散乱して逃亡しはじめた。それを遠く望見しながら彦斎は明らかに幕軍がヒヨドリ山の砲塁を占領するのを見た。

「どうしたんだ。何たる事だ」

　彦斎は爪を噛みながら忌々し気に呟いた。それ等の味方の兵士達は傷つきながら彼方此方へ身を匿しながら逃げ去つて行つた。

　それから間もなく第二、第三の砲塁が背後から砲火を浴びせられた。激しい大砲の炸裂する音に交つて味方の叫喚の声が凄まじく聞えた。さうしてこれも亦、炎々と火を発して燃え出すのである。それに力を得たやうに幕軍は前面から強襲し、次々と味方の砲塁を奪取した。

「今度は此所の番だぞ」

　誰かが叫んだ。これはどうしたといふのであらうと彦斎は憮然として四周を見廻した。敵中に孤立したやうな自分等の砲塁は、まだ攻撃を受けないが、腹背から攻め立てられたならば、やがては自分等もこの拠つてゐる砲塁を捨てなければならないのであらうかと考へると、火砲の威力の前に小さくみじめな自分の剣技が影をひそめたやうな想ひがするのであつた。

（斬り死にもなるまいて――）

彦斎は物凄い威力を発揮する敵の大砲が早打ちの花火のやうに縦横に炸裂するのを残念さうに眺めてゐた。そこへ
「伝令………」

と叫びながら一人の傷ついた兵士が飛び込んで来た。

「ヒヨドリ山並に第二第三の砲塁陥落。残兵は玖波の関門まで後退して集結中なり。急ぎお退り下されい。そして玖波へ来られい」

と伝へると、また戻つて行つて了つた。

「気のたしかな奴………」

彦斎は廿歳になるかならない若い兵士の逞ましい背姿を見送つて、胸がこみあげて来るやうな気がした。彦斎等の砲塁は伝令を受けると、先づ大砲を引き退らせた。蟻のやうに大砲に獅噛みつき、雨霰のやうに降りしきる弾丸の下で、しかも酷烈な陽光に照りつけられながら、砂埃を舞ひ立てつつ幾門かの大砲を引いた。その間を縫ふて、退却の喇叭が余音嫋々と鳴りわたつた。彦斎等の砲塁が退却をはじめると見るや、幕軍は砲弾を集中した。

「わあツ」

をめき叫ぶやうな声と共に血だらけになつて二三人の兵士が倒れた。塁の内は間もなく硝煙が立ちこめ、血の飛沫がとび散つた。喇叭手は喇叭が裂け、片腕がちぎれて飛んだ。

彦斎は歯ぎりしながら辛苦して退つて来ると、玖波の前面には幕府の大軍が犇々《ひしひし》と取りつめてゐた。それればかりではない。既に幕兵の幾大隊かは小さい町の中に進入して、長州兵との市街戦に移つてゐた。

長州の残兵は玖波の町の後方にある堅固な防塞に立て籠つて戦つてゐた。白々とした埃つぽい路には動く陰影もなく、附近の町家から運び出した家財道具を防材として戦つた。午後の日ざしが深い影をつくり、民家の塀の影や、窓から、鉄砲を出して狙撃した。

やがて前面の海上に幕府の朝日丸といふ帆前船や、紀州藩の明光丸といふ軍艦や、得体の知れない三艘の帆前船などが浮遊して、艦砲を射撃しはじめた。流石に火力の強い艦砲は防禦物を一撃で吹き飛した。防塞の塁壁なども、ぽかりと大穴があき、その度に何人かの怪我人が後方にさげられるのであつた。煙が霽れると、火薬に焦がされた顔は真黒になつた。その煙硝の匂ひと血の香が、腐つた魚のやうな悪臭を放つた。

「それツ。斬り込め」

彦斎は次第に夕まぐれが迫るのに乗じて、抜刀して幕軍の中へ斬り込んで行つた。

蝗《いなご》のやうな軽装の長州兵等は彦斎等に励まされると、きらりと白刃を振りかざしながら、狭い横町や、露路から躍り出ると、幕軍の前衛へ斬り込みをやつた。

「弾に気をつけろ」

互に叫び交しながら、雨霰のやうに飛び違ふ、小銃の弾丸の中を、這ふやうにして進んだ。照準が高いとみえて不思議に身に一発の玉もあたらない。彦斎は矢声をかけながら何人かを斬つたのを覚えて居り、敵の返り血を頭から浴びながら、汗と埃と血にまみれて防塞の附近を駆け廻つた。

「この辺で、ひとやすみだ…………」

ほつと吐息をもらすと、咽喉がひりつくほど渇いてゐるので、大刀を杖にして呟いた。次第に夕闇がせまつて、敵味方の識別が困難になつて来たので、悠々と防塞へ戻つて行つた。

「思ひのほか敵も戦意は旺盛でしたな」

防塞の表に置いた牀几に腰かけて休んでゐた一人の長州兵が言葉をかけた。四斗樽の冷水を掬んで咽喉をうるほした彦斎は

「さうでしたね。それには敵は何といつても海軍の援護がありましたから」

「さう。さうです。あの海軍は何所の藩かわかりませんが物凄い奴でした」

「彼奴のお蔭で退却したんですからな」

「陸海の挟み撃ぢや防ぎやうがありませんや。畜生め」

長州兵は、ぺつと唾を地面に吐いて苦が笑ひをした。

暑い夜を蒸し風呂のやうに湿気て血なまぐさい狭い防塞の中にゐると、とても陣屋の中などにじつとしてはゐられない。瀬戸内海特有の夕凪が、いつ果つべしともおもはれないほど永い時刻にわたつて、ばつたりと静止したやうに風が死んでゐる。

影絵のやうに味方の死傷者を運ぶ篝火に照らされた姿が胸に痛い。さういふ物静かな一刻を縫ふて、防塞の裏手の方では酒でも飲んでゐるらしく酔つた声で
〽論語よみよみ吉原がよひ女郎も孔子（格子）のうちぢやもの
などといふ独々逸が聞えて来る。書生あがりの兵士でゞもあらうか。戦場といふ運命の断面図で、男の世界の可笑しさである。彦斎も思はず、くすりと忍び笑ひをしたことであつた。

その夜は、何時、敵の夜襲があるかわからないので篝火を盛んに焚いて一睡もしなかつた。彦斎も土嚢に凭れたまゝ肌身はなさない朱鞘の大小と鉄砲を抱いて、うつらうつらとしながら、起きてゐた。

「誰かッ」

などと誰何《すいか》する声に、はつとして眼を見張つても、それが味方だとわかると、重い瞼が垂れさがつて、どうすることも出来なかつた。それほど朝の退却から、夕方まで

及ぶ戦闘で、綿のやうに疲れてゐた。昔から戦場の哨兵は、若し眠れば軍律に照らされて重罪に処せられる。それをさへ知悉してゐながら、番兵等は時折り睡魔に打ち克つことが出来ないものであつた。彦斎は敵襲を前にして何時の間にか、ぐつすりと熟睡してゐた。

鶏鳴とゝもに玖波の町は夜があけた。

この関所は、昨日の合戦を知らないものゝやうに、海から吹いて来る朝風とゝもに目をさました。長州兵と幕兵と戦つた町や、小路には、焼けた家屋や、防材や、弾丸の跡や、血しぶきが黒くこびりつき、それ等の兵士達の落した何かの遺留品が道ばたにころがつてゐた。もとより玖波の町の人々は疾うに逃げ去つてゐたので、動いてゐるのは主を失つた犬や猫だけであつた。

「おうい。来てくれや。変だぞオ」

防塞の監視所の哨兵が、高々と朝まだきの陣屋にむかつて叫んだ。

「何だ。どうしたんだ」

地面や、半焼けの軒下にごろ寝をしてゐた兵士等が、一勢に防塞の銃眼に吸ひ寄せられるやうに集つた。

「変だ。人影がない。物音もせん」

暁方まで敵も盛んに篝火を燃やして、こちらの夜の逆襲に備へてゐたあたり、哨兵

の姿もない。沖に遊弋《ゆうよく》してゐた軍艦も、帆前船の姿も掻き消えたやうに失せて見えなかつた。一人の隊長が

「河上さん。御覧なさい。こりや一体どうしたんでせうな」

彦斎も塁壁に突立ちあがつて、小手をかざして眺めた。敵陣は寂莫としてゐる。

「敵は繰り引きに引きましたな」

実際、鮮やかなほどの退却振りだつた。しかしながら敵が今一押し押せば、この一握の玖波の防塞などは、わけもなく全滅したのであつた。彦斎等を含めて長州の残兵は、死すともこの玖波は守り抜く決心でゐたからである。それなのに武器弾薬を豊富に所持し、相当の軍勢が攻め立て、その上に海上から海軍の強力な援護さへあつた幕軍が、何故、退却したか誰にもわからなかつた。

(何かあつた――)

そんな気がした。しかしながら考へてゐる余裕はなかつた。直ちに少数の探察隊がつかはされた。彼等が戻つての報告では、諸所の陣をそのまゝ放棄して狼藉を極めた退却であつたといふ。してみると俄の退却命令であつたに相違ない。彦斎等は隊長等と凝議したが、しかしながら敵の退却の真因を遂に把握することは出来なかつた。

後になつて玖波の幕軍の勝利と退却といふ不可解な謎がとけた。幕府の先陣が見苦しい緒戦の敗北を耳にした玉薬奉行の友成郷右衛門は、このやうにして征長の役を無

名の師にして仕舞ふならば、徳川家の鼎の軽重を問はれること必定と見て憂慮した。既にして大阪に於て将軍を諫止するために二人の忠臣が屠腹してゐた。それほど幕府方に於ても征長の役は香ばしくないものとして論議されてゐた。それがこのやうにして彦根の井伊藩の敗退によつて蒙る影響を想ふと凝つとしてゐられなかつた。水戸脱藩者の筑波義挙に手を焼いた上に、また斯の如く征長の役を冉然《ぜんぜん》と過しては、士気は沮喪するし、物資は消耗するし、畢竟、大敗に終るであらうし、そのことは民を塗炭の苦しみに陥入れること必定である。そこで彼は一策を陸軍奉行の竹中丹後守重固に呈した。丹後守は更に大目付の永井玄蕃頭尚志と議し、友成をして奇策を敢て行はせることにした。彼は三艘の数百石積の帆前船を改装し、それぞれ十二斤旋条砲、二十四斤長忽微砲を三門づつ三船に配備し、充分なる榴弾並に榴散弾を準備した。さうして自身は部下二人、家来三人、外に水兵若干を従へて旗艦に乗組み、他の二艘には丹後支配下の千人同心組から同心二人づつを選び、丹後の家来三人、合せて五人を分乗せしめ、苫を以て蔽ひをし、恰も漁船のやうに見せかけた仮装軍艦を艤装した。その一方、陸軍をして経山やヒヨドリ山の前面から攻撃せしめた。彼は先づ大野瀬戸を無事に通過すると、ヒヨドリ山の裏側の浜辺に静々と船を漕ぎよせ、時刻を待つた。

戦ひは予定の如く陸軍から開始された。戦ひたけなはと見て、苫を刎ねのけ、檣頭《しやうとう》高く三つ葉葵の軍艦旗をひるがへし、いきなり榴散弾を発射した。第一弾はヒヨドリ山砲塁の壁をつらぬき、霹靂一声、一小陣屋は飛散し何人かの兵士を吹き飛ばした。かうして艦砲を打ち込んだので、やがて長州兵は腹背に敵を受け、流石に支ふることが出来ずに塁を捨て丶敗走した。斯の如くにして第二、第三と長州方砲塁は陥落した。長州兵が砲塁を捨て玖波の防塞に残兵が集結すると見るや、友成は艦隊をひきゐて玖波の関の攻撃を援護した。

然るに紀州藩軍艦明光丸の弾丸は距離が遠く、弾着しなかつた。友成は直ちに明光丸に赴いて艦長に面会し、該艦の弾丸が敵に達してゐないことを注意するのであつた。その時、竹中丹後守はあたかも明光丸に便乗して、この海陸の総攻撃の戦況を視察してゐた際とて、友成郷右衛門の奇策を大いに賞讃したさうである。

友成は、夕凪になる少し前に吹く風が、恰度、幸に玖波の防塞にむかつて吹きつけてゐるのを観取すると

「この機を逸すな。散弾を敵に打ち込んで、市街を焼き討ちしよう。さすれば一挙にして勝敗が決する」

と命じ、一方、その旨を竹中丹後守に通じた。敵塁は玖波の町の後方に位置してゐるので、成程、風上の市街から火攻めにすれば一発の砲弾を要せずして陥落せしめるであらう。丹後守も妙計と思ひ

「然るべし」

と返事をして、直ちにその旨を陸上軍に伝令した。然るに不可解なことに市中に陣してゐた幕軍の隊長連から異議の申立があつた。即ち市中に幕軍の散兵が白兵戦を演じてゐるため味方を損ずるといふ理由、もう一つは海上から射撃するため陣を後退させることは味方の敗北を意味して士気に関するといふ理由などで、更に多少の功名を争ふ心理も働いてか市中から退出を肯んぜなかつたのである。そのために友成は玖波の町へ適切な艦砲射撃を放つことが出来なかつた。それが如何に長州兵を利したであらうかを知つたならば、これ等の幕軍の隊長等は軍律に照らさるべきであつたのである。友成は、ともかく決定的な好機を逸したと考へた。

そのうちに夕闇がせまつて来たので、玖波の関から約二十町ばかりの距離にあつた元は浅野藩の上田主水あづかりの砲台で、今は僅少の長州兵が占領してゐる砲台を砲撃した。

「よし。さらば合戦は明日よ。機会は二度とは来ないものではあるが、武運目出度くば、良い風がもう一度、吾等の方に吹いて呉れるかもしれない…………」

友成は諦め難い心を抱いて厳島の根拠地に帰航したのである。

さて翌る日、今日こそは玖波の敵塁を全滅せしめようと意気込んでゐた抜錨の寸前、玖波市街まで攻め込んだ前鋒は、前夜そこを引払ひ大野村まで退却したといふ驚くべき報告に接し

「何だと。全軍退却ぢやと…………」
友成は颯と顔色が変つた。勝ち戦さだけに承服することが出来なかつたので、直ちに大野村の本陣に赴いて、直接、丹後守に面接して理由を問ひただすと
「後続兵がつづかないのだ」
といふだけであつた。噂によると歩兵頭の某氏が、敵の放つた流言に脅えて撤退を命じたのだといふことであつた。このやうにして友成郷右衛門は永久に好機をにがして仕舞つた。しかしながら友成は、これには政治的な何かがあつたのでないかと思ふのであつた。それ以外には一歩兵頭の戦術とだけでは解釈がつかなかつたのである。いづれにしても幕府の命脈の細りつゝあるのを感ぜずにゐられなかつたのは是非もない。

それから間もなく幕府は兵を引いた。彦斎が中国筋を彷徨してゐる間に年が変つて、高杉晋作は馬関に兵を挙げ俗論党と戦つてこれに勝ち、藩論は一変して飽くまで抗争することにきまつた。幕府は、これによつて再び征長の師を起し、三十一藩に出兵をうながしたが実際には足並は揃はなかつた。幕府が周防大島郡を攻めて再征の合戦は開かれたとはいへ、その戦勝をさへ確保することが出来なかつた。

彦斎のやうな他藩の浪人が公平に両者を観察すると、問題にならないほど古風なものと新しいものとの相違がわかつた。幕府方で御三家を大将に任じたり、古式にのつ

とつた戦法を案じてゐる時に、長州藩では才幹のある無名の士が登用され、つとに兵制を改革してゐた。坂本龍馬の斡旋を幸にして薩長の同盟を成立せしめるといふ風に外交的にも成功を収めてゐる時に、鎧武者が旗差し物を立てゝ遠路を行軍してゐた。奇兵隊が軽装して海峡を渡り、門司ケ関の田ノ浦を占領したのに、彼等は敵の領地の寸土をも踏んでゐなかつた。幕府側は近代戦の何ものであるかを知らなかつた時に、長州藩は国を挙げて総力戦を遂行してゐた。その力が端的に現はれた悲劇は石見国の浜田城の落城であつた。

中国筋から転戦した彦斎は、浜田攻めに加はり、浜田の郊外に陣してゐた。

この浜田城は市街の北、松原浦にあつて、亀山といふ丘陵に築かれてゐた。元和五年、古田大膳重治がはじめて築き、三十年にして家が亡ぶと松平右近将監斉厚が六万一千石を領として城主となつた。その五代の孫武聡は実は水戸中納言慶篤卿の御舎弟であつたが、蒲柳の質で時に病床にあつた。慶応二年六月、再度の征長の役が起ると幕府の諸軍は浜田に集結した。しかしながら幕軍が諸所で振はず敗れたといふ七月の悲報が聞えると、諸藩の兵は浜田城を捨て去つて潮のやうに引いて仕舞つた。さうして浜田は孤城、強力な毛利軍の攻撃を一手に引受けなければならない破目に陥つたのである。

「こんな一握りほどの城は、踏みつぶして仕舞へ」

奇兵隊の猛者連は小藩の浜田城を望見すると、可笑しさうに笑ひながら言ひ放つた。実際、彦斎が見ても自分の故郷である熊本城などと思ひくらべると、お伽草紙に出てくるほどの小城であつた。また毛利氏が三百六十年の永い歳月を拠つた萩の城なども、規模は驚くほど広大ではなかつたが、阿武川の水を三面にめぐらせ、北は椿浦に臨んで、指月山に倚り、如何にも名城といふにふさはしかつた。それなのにこの渺たる一小城は吹けば飛ぶほど可憐な姿をしながら、しかも整然と静まり返つて敵を待つ風情であつた。彦斎はそれを見ると

（武士道とは、あはれなものだ。あれで刀折れ矢が尽くるまで戦はなければならないし、戦ふ覚悟と見えるが――）

約束されたものは死であらう。それ以外には汚辱の残生きりないのである。さう思ふと、粛然とした城を見上げながら眼頭が熱くなるのであつた。

これより先、右近将監武聡は信頼する侍臣の生田精に

「余の病軀は決して惜しむに足らない。それよりは生きて恥を蒙るより事急ならば、余の頭を刎ねよ」

とひそかに命じてゐた。老職等は寧ろ殿の一身の安泰をはかつて避難させることに申合せた。七月十七日に諸藩の兵が去ると、入れ違ふやうに長州藩尖兵の姿がチラホラと見えはじめた。両軍は多少の射撃を交へながら、いづれも探察程度の合戦をした

が、情報は櫛の歯を引くが如く長州の大軍が押し寄せつゝあることを報じた。

十八日、武聡をかき乗せた吊り台は、城内の将士が列座する大広間に持ち出された。家老の尾関長門、松倉丹後、安芸織部などから殿を舟に移し参らせる旨を告げしめ、永の御別れを告げさせられた。城中惨として声を呑んだのである。

右近将監を乗せた帆前船が馬島を迂回して石見灘に出ると、颯と白雨が襲ひ、風波また漸く険悪となり、船は翻弄されて意の如くならなかつた。船の動揺が激しくなるにつけ、殿は苦しい頭をもたげて生田精を枕辺近くに招き
「生田其方はあれほど命じたのに、未だに余を殺さないか。姑息な愛に溺れて吾が家の恥を残すではないぞ」

と仰せられた。六代将軍文昭院殿家宣公の弟、右近将監清武の末裔としての家門の名誉を想ふて、家来に殺せと迫る御心中を察して生田精は、ただ答もなく泣くばかりであつた。その時、俄に船中が騒しくなつて来た。

「何ごとぢや」

倉惶として生田が甲板に出てみると、お供の近侍や御馬廻りの面々が悉く甲板に集り、水天彷彿の彼方を眺めながら
「蒸汽船ぢや………蒸汽船が…………」

と口々に叫んでゐた。生田も瞳を凝らして望見すると、如何にも一艘の蒸汽船が黒

煙を吐きながら船脚早く此方にむかつて白波を蹴立て丶ゐた。

「さては敵に見つけられたか」

生田は歯噛みをして船の行方を見守るのであつた。

「恐ろしく早う御座るな」

侍達は黒船の優秀さに驚嘆して呟いてゐた。生田は
「皆の者集れ」

と随行の全員を甲板に集めた。人々は必死の形相をして生田を見つめた。

「若し敵艦、われに迫ること急なれば、拙者は殿を背負ひ参らせて、共に海に投ずる覚悟で御座る。従つて諸士は、彼の敵船に躍り入り、当る敵を斬りなびき、力尽く時に同じく潔く海に投身せられたい」

将士は誰も答ふることを知らなかつた。潸然《さんぜん》として涙を垂れるだけで、何人も生田の顔を仰ぎ見ることが出来なかつたといふことである。彼等の胸中を徂徠するものは、南宋の末路の如き哀れさであつた。零丁洋の詩を知るほどの者は、これほど身近かに歴史を感ぜずにはゐられなかつたであらう。それればかりではない。彼等の一人一人が既に歴史の中にあつたのだ。

次第に蒸汽船が近づいた。

「あれを見い。あれ、あれを」

御供頭が叫んだ。

人々は伸びあがつて眺めた。白地に紺で三つ葉葵の紋を染め出した御船印は、まぎれもなく出雲松江で十八万六千石、松平出羽守のものである。

「松江侯の御船で御座ります」

生田は殿に御報告しながら更に御動座を願ひ出るのであつた。

松江藩の船は浜田侯をはじめ随臣一同を収容すると、出雲へ針路をむけた。藩臣等は吻つと安堵の胸を撫でおろして、更に西を顧望すると、一条の黒煙が天を焦がす如くに立ちのぼつてゐた。

「あゝ…………」

彼等は主なき城の落城を今こそ明らかに見たのである。それは城ばかりでなく兵燹《へいせん》が遂に浜田の市街にまで及んでゐることを物語つてゐた。

彦斎等の浪人隊は浜田城を陥落せしめると、九州の小倉に転戦することになつた。

彼は飄然と山口に戻つた。文久二年に萩から七里の距離にある山口に城を移したので毛利公をはじめ長州藩の主だつた人々は悉く山口を本拠としてゐたからである。彦斎は平井小介に会ふと、幕府の玉薬奉行友成郷右衛門に、ひどい目にあつたことを率直に語つた。

「玖波の関では、すんでのことに焼き殺されるところでしたぜ」

と苦笑すると、小介も
「えらい奴もあるものだ喃」
と友成の胆略に舌を捲いて驚いた。これは戦争を知る者の等しく驚嘆すべきことで、脆弱な帆前船で大砲を放つといふことが既に如何に危険であるかは言ふまでもないが、僅か十五名の兵士をひきゐて敵地深く侵入したことは、一つに彼の胆略だけが能くこの大事を成就したのであつた。若し長州軍が友成の奇襲を、逆に奇襲したならば、友成をはじめ全員は生きては帰れなかつたであらう。後に高杉晋作も
「なるほど、あの時に、河上君の言ふことを聞いておけば、友成一人のために多くの味方を損じなかつたらうにねえ」
と言つて感嘆したさうである。彦斎はそれを聞き知つて何かしら失望に似たものを感じた。
(奇兵隊もこの辺のところか――)
と考へ、また放浪の旅をひそかに想ひ見るのであつた。平井は
「少し休みたまへ」
と言つて彦斎が小倉に出陣するのを押し止めた。小倉には肥後、柳川、久留米の諸派が小倉藩の後詰めとして出張つてゐたからである。小介としては武士の情として、彦斎が御主君の細川家へ弓を引くのに忍びなかつたからであらう。彦斎も亦、小介の

意を諒とした。諒としたが故に、山口の粟屋某といふ下士の離れ座敷を借り、そこで忘れてゐた茶筌を握つた。古萩焼の侘びた茶盌で一服点てゝみると、またしてもしみじみと小雪のことが思ひ出される。京の茶三昧の境地が忘れかねるのであつた。

その日も小さな庭の垣根に咲いた朝顔を摘み取つて不昧公好みの釣舟にいけ、愛蔵する大徳清巌の二大文字「飛雲」とあるのをかけ、唐銅朝鮮形の風炉に、芦屋富士形の釜をかけて、織部共蓋の棗《なつめ》に、井戸の夏茶盌、拝領の三斎公御作共筒の茶杓で楽しく一服喫してゐるところへ
「やあ。これは風流な」

と小介が脇差だけの身軽さで、ひよこりと入つて来た。

「一服いかがで」

「河上さん。客を間違へちやいかんよ。わしは茶より酒の方さ」

と呵々大笑した。これには彦斎も苦笑したのであつた。

「何か急な御用でも」

「いや。ひよんなことになつたからね。細川藩、立花藩、有馬藩などが、勝手に小倉から引き上げたさうですよ。これで小笠原は丸裸さね」

「浜田城の二の舞ですか」

「まづそんなところかな。それにしても幕府の威令も台なしさ。出兵した諸藩が命令

も待たずに引上げるなんざ、前代未聞のことですよ」

彦斎は、じつと腕を組んで考へ込んだ。

(これも亦、何かあるに相違ない――)

小介がそんな情報をもたらせて帰つてから、また彦斎は旅にあつても、戦場にあつても携へたこれ等の茶器で、独りを楽しみながら茶を点てた。いくら考へたところで、あれだけの話では、考へつくところがなかつた。それよりは遠い杳《はる》かな人に対する思慕の情をたぎらせながら、この清閑にひたる方が楽しかつたのである。

果して八月一日に小倉の城は陥落してゐた。前の月、藩主(小笠原長行)は脱走してゐたので、この主なき城は実は守る人がなかつたといつて好い。蒲生川の左岸にそゝり立つた小倉城は、かつては三斎細川越中守忠興公が三十七万石を領して寛永九年まで御在城だつた思ひ出の多い城であつた。彦斎は感慨なきを得なかつた。

それから間もなく十四代将軍が大阪に薨じたといふ発表を知つた。それは八月二十日だつた。しかしながら実は去る七月二十日に既に将軍家は急死してゐたのである。幕府は喪を秘して発しなかつた。

「これで戦争は終つたも同然だ」

と彦斎は呟いた。さう思ふと彼はもう長門国にとどまる理由が無いと考へるのであつた。

（上方へ戻らう――）

旅に出たいと思ひ出すと、それはまるで恋に取り憑かれたやうに切なく胸をしめつけた。さうして京訛りの小雪に会ひたいといふ願望が痛いほど胸で疼くのであつた。

七

澄みきつた青空は雲母《きらら》の粉をふりまいたやうな眩しい秋晴れで、崩れた土塀から枝もたわわな柿が色づいて実つてゐた。白々とした路を、ゆつたりと影を曳いて一挺の駕籠がたどつて行く傍に、編笠をかぶつた侍風の男が、黙々として附き添ふてゐた。

形の好い衣笠山が松の間に隠顕して、路傍に松茸や柿や丹波栗などがならべてある露《ほ》し店が眼についた頃、やがて花園村にさしかゝつた。そこらは門前町らしい家並が続いてゐる。

古い名代の豆腐屋の前を通り過ぎ厳めしい寺侍の屋敷などの前を行き過ぎて、駕籠は妙心寺表門前でとまつた。

「へい」

駕籠屋が赤い鼻緒の履物をそろへて並べると、白い細い素足がそつと乗つた。

「そこらで待つててや」

「へえ。御ゆつくり…………」

亭々とそびえた松の樹間に、楼門や、唐門や、仏閣や、法堂《はつたう》が巍然として建ちならび、森閑とひそまりかへつた境内の石甃を、先に立つ編笠の侍に寄りそふて足音を忍ぶやうに歩みを運んでゐると、チヤリーンと鏘然《しやうぜん》と音がしたので、はつと息をのんだ。

「あらア…………」

白魚のやうに透き通つた指が、つと伸びて、銀の平打の簪を拾ふとにつと笑つた。

編笠をかたむけた彦斎は、ふと四周を憚るやうに見廻した。動くもの丶影さへもない妙心寺専門道場のあたり、かへつて人の気配がたゞならず籠つて、門内の庭は箒目が白い砂にくつきりと立つてゐた。小雪は簪を拾つて頭に挿すと、こきざみに追ひついた。

二人は黙々と本坊と鐘楼の間の長い石甃を、ゆつくりと歩いた。少し登りになるので、女の足はともすれば遅れがちになる。左角の塔頭《たつちゆう》の寺を曲ると、乾いた赤土の道である。いかさま京の古寺らしい白壁にはさまれた道を行きつくすと、正面に竹林にかこまれた一つの門が見えた。

「あれだ」

彦斎は顎をしやくつた。

門の柱には格の高い字で大法院と書いてあつた。小雪はその大法院の門柱を見あげると、思ひなしか自分の顔が蒼冷めてゆくのを覚えるのであつた。

彦斎は心持ち左の肩をそびやかし、悠然と朱鞘の大小を差し、編笠を脱いだ頭を少しうつむけ、落ついた足取りで門をくゞつた。その後影を見てゐると、小雪は見てはならないものを見たやうな気がして、ふと眼を逸らせるのであつた。

門を入つて右に進み、暫くして左に曲ると、右手には侘びた前裁に茶室が見え、左手は鬱蒼とした植込みで、その細い道を突きあたるまで行つて左折すると、まだ木の香も新しい墓標が建つてゐた。

「あッ」

叫び声になるのを口に手をあてて、ぎよつとして立ちすくむ目の前を、無気味な斑点を光らせた赤蝮が、によろりと這ひ過ぎて行つた。秋の陽をさへぎつた竹林は、何か死臭を想はせる匂ひがする。

その墓の前に河上彦斎は携へた花を供へ、線香を焚き、恭々しく跪くと、永い間、合掌した。小雪も、そつと彦斎の後に寄り添ふて、掌を合せながら、恐しさうにさしのぞくと、その墓標には墨痕淋漓と
象山佐久間先生墓
と読まれた。

寂莫とした竹林の墓地は、風もないのに笹の葉触れが幽かにして、彦斎の呟くやう

な読経の声が心耳に沁みわたるのである。…………

諸仏救世者　住於大神通　為悦衆生故　現無量神力　舌相至梵天　身放無数光　為求仏道者　現此希有事　諸仏謦咳声　及弾指之声　周聞十方国　地皆六種動　以仏滅度後　能持是経故　諸仏皆歓喜　現無量神力　属累是経故　讃美受持者　於無量劫中　猶故不能尽　是人之功徳　無辺無有窮　如十方虚空　不可得辺際　能持是経者　則為已見我　亦見多宝仏　及諸分身者　令我及分身　滅度多宝仏　一切皆歓喜　十方現在仏　並過去未来　亦見亦供養　亦令得歓喜…………………………

さうして更に静かに聴き入ると経文は言葉にならずに啜り泣きになつてゐた。小雪も聴聞してゐるうちに何故とはなく瞼に涙がにじみ出て来るのであつた。

（この墓の下に、愛する男が殺した人物の全身が横はつてゐる――）

と思ふことは無気味なことだつた。

事実、この墓に暗殺された佐久間象山の全身を埋めた。松代藩真田家の菩提寺であつた因縁から、象山は暗殺された即日、主家に引き取られて主家の菩提所となつてゐる妙心寺塔頭大法院に、松代藩の臣下といふよりは、天下の名士として埋葬されたのである。遺家族を悲しませないために象山の肉体からは何一つ、鬢髪も爪も残さなかつた。未亡人のために僅かばかりの鬢の毛を取つたといふ説もあるが、寧ろ未亡人の切つた髪の毛を添へて埋めたといふ寺伝の方が本当のやうな気がするのである。

神力品の偈を誦し終つた彦斎は、最早や涙を歛《をさ》めると、墓辺を往つたり来たりした。低徊去るに忍びない有様である。彼の心に去来するものは秋の雲でもない。戦友の面影でもない。唯だ佐久間象山の馬上から睥睨した眼光である。一代の英俊が、その志を中道にして挫折する刹那の蒼眼であつた。

（あの眼は忘れられない――）

彦斎は口に出して呟いた。その一言を耳にすると小雪はぞつとした。夜な夜な唸される彦斎は、その眼に睨まれるのであらうか。小雪は惻々として鳥肌の立つ思ひがして墓前を離れた。

小雪が駕籠に乗つて、駕籠かきの息杖があがつた時に、一人の若い旅姿をした侍とすれ違つた。その若い侍は彦斎の後姿を振り返つてから、妙心寺の山門をくぐつて行つた。広い山内を通り抜けるやうにして、やがて大法院へ入つて行つた。

象山の墓前に来ると、新しい花が供へてあり、燃え残つた線香の灰から、まだ幽かに薫つて来るものがあつた。誰か参つたとわかつたが、もとより知るべくもない。暫時、合掌してから、大法院の庫裡の戸を開けた。

「頼まう」

二三度声をかけると

「どうれ」

と和尚が出て来た。

「おや。これはお珍らしい。啓之助様では御座いませんか。まあ。おあがり」

「その前に一寸お伺ひ致しますが、どなたか御墓にお参り下さいましたのでせうか。まだ真新しいお花が供へてありますし、お線香も匂つて居りましたが」

「さあてね」

「今、表御門の辺で侍風のお方とすれ違ひましたが、もしや……」

「いや。先生の御墓にはいろ〳〵な御方がお参り下さいますでな」

「さうですか」

「思ひがけないやうな御方もお参りして下さいますよ」

そんな話をやりとりしてゐる間に、小僧が洗足の水を盥に掬んで来たので、啓之助とよばれた若い侍は
「いや。今日は上つてはゐられませぬ」

「見れば、どうやら旅姿の御仕度、お国へでもお帰りですかな」

老僧は嬉しさうでもなく言つた。

「いや。九州へ下りますので」

「何と。九州と仰有るのか」

「肥後の国へまかります。下手人の河上彦斎とやらは、肥後の国と承つて居りますの

で」

「ほう。そりや見上げた御志ですな。行つてらつしやい。何はともあれ好い御修行にはなりませうてな」

白衣に白い帯をぐる〴〵と無造作に巻いた和尚は、顎のあたりを撫でて、にやりと笑つた。啓之助は皮肉な禅坊主の話を聞いてゐるうちに、青い癇癖を額にあらはし、きらりと眸を光らせると
「それではこれで御免を蒙ります」

「いや。当分のお別れで」

啓之助はその一言を痛く耳底で受留めた。生還を期さない門出に、当分のお別れなどといふ言ひ草が、ぐさつと胸に刺さり、ぺこりと辞儀をすると庫裡の内玄関から飛び出すやうに表へ出た。妙心寺の表門へ出てみると、早や駕籠も侍の姿も見出すことは出来なかつた。

はるばると九州の肥後へ旅立つと言つた若侍は、その日の暮れ方に旅装のまゝ、灯の明るい祇園の縄手の通りを歩いてゐた。とつぷりと暮れた夜空に、黒々と東山が浮かび、秋の夜らしく小路では蚯蚓がすゝり泣いてゐる。だらりの帯をしめた祇園の舞妓が、華やいだ嬌声を立てながら通り過ぎて行つた。若侍は河原千鳥の啼く夜の歓楽を想ふと、さながら蕩児のやうな足どりで細い露路から露路をさまよひ歩くのであつ

た。

「おい。三浦ではないか」

暗いところから声をかけられ、若侍は顔をそむけて摺り抜けた。ぐつと袂の端を摑んで引きもどされると、三浦と称ばれた若侍は生唾を呑んで棒立ちとなつた。

「沖田さんか」

新撰組に隠れもない天才的な剣客といはれた沖田総司が、肺患者らしい軽い咳をしながら、それには答へずに
「何をしとる」

と詰問した。

「いえ。別に、何にも……………」

三浦啓之助はしどろもどろに答へた。喪家の犬のごとく狭斜の巷をさまよひ歩いてゐたので、何をしてゐると詰問されても答へる術がなかつた。白粉の匂ひを嗅ぎ廻つてゐたとは尚更ら答へられない。

「何にもしてゐない奴が、今時、こんな所を歩いてゐる謂れがないではないか。隊長に見つかつたら、叩つ斬られるぞ」

「隊長も」

「今に来られるだらう。俺が見廻つてゐる時だから幸だつた。二度と足踏みせんと言

つとつた癖に」

「中訳ありません」

「中訳ぢやない。恥かしいことなのだ。貴様にはわからんのか」

癇癪持ちの沖田の平手がぴしやりと頬に来た。

「はつ」

「貴様のごときを不肖の子と言ふのだぞ。親に似ぬ鬼子といふのだぞ。馬鹿たくれ」

「はい」

「早う行け」

沖田は突き飛ばすやうに啓之助を押しやつた。三浦啓之助は怱惶として闇の中へ掻消すやうに姿を隠した。

八

沖田は暫らく格子造りの家並のならんだ小路を、すかすやうに眺めながら、この名家の遊蕩児のことを考へてゐた。壬生村の新撰組屯所に、荒くれた食ひつめ者のやうな浪人剣士の出入する所に不似合ひな少年が訪ねて来た。土方歳三の部屋で今夜の見廻り部署に就いて訓令を受け取つた沖田が、廊下の出合ひがしらに、取り次ぎの浪士

に案内されながら、骨の細い少年が隊長の部屋の方へ行くのを見送つて
（あんなのが隊士を志願しに来たのだらうか――）

と、ふと可笑しくなつたのが三浦啓之助の最初の印象だつた。その夜も京洛の町を遅くまで巡邏してゐるうちに、昼間の少年の存在を、けろりと忘れてゐた。あくる日、その少年が隊士に交つて朝飯の食卓に就いてゐるので、入隊したことを知つた。

「あの小僧も隊員かね」

沖田は同じ武蔵の三多摩出身の隊士の一人に訊くと
「はつ。隊長の御命令で」

といふ返事だつた。新撰組隊士の入隊条件は一にも二にも腕だつた。腕がなまくらでは多少の学問などあつても近藤は徴用しなかつた。してみると彼の少年も腕を買はれたのであらうか。しかしながら沖田総司のやうな天分の豊かな剣客の眼から見ると、そんな腕も胆もあるとは見えなかつた。

「何てえ奴だい」

「三浦啓之助とかいひました。年は十七歳とかいふことです」

「へえ。あれが命知らずの新撰組かね」

「何でも勝海舟先生の添状を御持参で」

「何。勝先生のか」

「大きな声ぢや言はれませんが、佐久間象山先生の御令息ださうです」

「ほう。あの佐久間先生のか」

「親の仇が討ちたいと仰せられたさうで」

「どうして佐久間姓を名乗られないのだらう」

「佐久間慶之助と仰有つたさうで。しかし仇の眼をくらます為に、母方の御苗字を名乗られ、慶の字を改めて、三浦啓之助として居られるんださうです」

「さうかい。それで隊長が御助勢なさるんだな」

「さうで御座んせう」

啓之助の素性が新撰組中に知れ渡ると、一種の畏敬を払はれた。沖田なども道場で荒稽古をしてゐても、啓之助には多少の遠慮をした。隊長の近藤勇も隊士に言ひ含めて、佐久間象山の下手人である肥後浪人河上彦斎の行方を厳探させてゐた。このことなくとも彦斎は斬らねばならない人物であつた。況んや啓之助の助力をすることになつたので新撰組では鵜の目鷹の目で探し廻つた。そのうちに彦斎は西国筋の方面に立ち廻つたといふ噂が近藤勇の耳に入つた。

「そのうちには戻つて来るだらう。まあ。それまでは………」

と啓之助は天然理心流などを稽古させられた。その頃は彦斎が山陰を漂泊してゐた時分かもしれない。

もとより親の仇を求める身であつたので啓之助は必ず毎日外出した。多くは隊士の誰彼と同行したが、単身、人通りの多い所を歩くこともあつた。さういふ外出を近藤は禁じなかつた。隊士等のほしいまゝな外出は容易に許さなかつたが、啓之助の事情は、その外出を単純な外出とは見られなかつたからである。しかしながらこれが年若い啓之助の身を誤らせることになつて仕舞つた。といふのは雪深い信濃の松代から、舌触りの滑らかな京都に出て来て、いつの間にか芳醇な酒の味を知り、まして情の濃い京女郎の肌を知つて放蕩に耽つた。

勇は暁闇の床から不浄に立ち、手洗ひ鉢で手を濯ぎながら、まだ残り星のまばたいてゐる空を眺めた。近々と見える愛宕山のあたり、かすかに灯が見えて、早や何所かで鶏が啼いてゐた。武蔵野の早い夜明けとちがつて、京都は朝が遅いのである。東寺の塔の頂上から夜が明けそめる京都で、癇性な勇は何時も暗いうちに起きた。ふと塀に黒い影が這ひまとふので瞳を凝らすと、まぎれもない啓之助だつた。

「啓之助ではないか」

と声をかけようと思つたが、黙つてゐた。その日、道場をのぞいてみると啓之助の姿はなかつた。

「三浦はどうしたのか」

「はつ。頭痛がすると申しまして休んで居ります」

隊士が、かばつてゐることが解つた。しかしながら若い奴等のこと、まして血の気の多い年盛りと勇は黙つてゐた。そのうちに啓之助が帰隊しないことがわかつた。然も幾晩も続いた。勇は土方を通じて注意させた。

「糠に釘です。あれは」

遂に土方歳三が苦り切つて言つた。

「隊士の統制を紊しますな」

さう言はれて勇は、叱るよりも放逐することに決めた。蝕んだ魂は叱つても甲斐のないことを知つてゐるからだ。勇には啓之助が親の仇を討つ気構へが無いことが解つたからである。その上に隊士の処分に関しては土方は最も苛責しなかつた。大概の場合、勇が取調べてゐる最中でも

「えいツ」

裂帛の気合と紫電一閃、身首所を異にしたからである。

「土方。待て」

と勇が押へる前に首が飛んでゐたと言ひ伝へられてゐる。勇は土方の表情から、啓之助を追放しないと必らず斬られると思つたので、いつそ下手人の故郷である肥後の国へ旅立たせるのが妙策だと考へた。このやうに処置することは勝安房に対しても名目が立つからである。

三浦啓之助は斯くて新撰組を去つた。

　啓之助が彦斎を求めて旅立つた時に、運命の不可思議な賽コロがまたひと回りして、彦斎はひよつこりと京に現はれた。彦斎は戦場から放たれた矢のやうに単身、危険な都に入つて来た。戦塵を洗ひ落しもしないやうな身装で、建仁寺裏の小雪の屋形に現はれた彦斎の姿を見た小雪は
「あゝ…………………………」

　と言つたきり暫く口がきけなかつた。よく戻つてといふよりは、危い都へ何故戻つたと寧ろ咎めるやうな眸色だつた。安全な小雪の屋形の二階に坐ると、砲声も剣戟の響きも阿鼻狂喚のをたけびも、けろりと忘れた。久し振りに香り高い宇治の苦茗を啜ると、舌の上でとろけてゆく茶の味が腹にしみて、思ひなしか面窶れのした女の美貌が冴えわたつて眺められた。小雪も彦斎の端麗な顔が日焼けして愈々鋭く尖つてゐるのを感じた。

（こんな顔付になられて大丈夫なのであらうか――）

　死期の近づいた人相といふのを知らないが、若しさういふ相があるとするならば、この人の容貌であらうかと思ふのである。しかしながら命の捨て処とされた戦場から生きて帰つた男を考へると、矢張り命冥加な御運勢だつたと思ひ返すことが出来た。

何十ケ月も相会はなかつた想思の男女は、爛れるやうな愛慾の朝夕に沈湎した。

「戦争では危ふおましたやろなあ」

小雪は愛する男が、危険な死地を脱する話を聞く毎に、情感が燃えさかり、男を犇《ひし》と抱きしめたくなるのであつた。しかしながら彦斎は戦争の話をする度に次第に話は虚ろになり、やがては空を見つめるやうな眼付をする。さういふ度に女は、男が別のことを考へてゐるのだと察した。その沈思黙考の世界には、この紅燈の巷に育つた女はついて行けないのである。

（あれが尊王の旗を掲げた戦さであらうか）

と思ふと彦斎は答へる術を知らなかつた。

幕府は征長の議が決すると三条に長州攻撃の高札を建てた。それを京洛にひそむ浪人等が切り捨てたことがあつた。さうしてこれ等の天下の浪人等は山河を越えて長州の義勇軍に投じた。彼等は尊王の志を抱くが故に、長州軍を勤王軍と認めたのであらう。けれども長州軍に馳せ参じた彦斎は、何かしら失望と落胆とを感じた。政治といふ怪物は戦場の片隅にまで蟠つてゐた。彼等の間では最も信頼された桂小五郎の行動などは勤王の志士としては最も似て非なるものがあつた。彼は渾身これ策略の塊であつた。その点では薩摩の大久保市蔵と一脈通ずるものがあつた。二人の相違を求めるなら、僅かに冷暖の差だけであらう。市蔵の方が小五郎に比べて更に冷静であつたといふに過ぎない。このやうな失望は畢竟、彦斎の人間的な計算違ひに過ぎないが、彼は小五郎を生かしておいてはならない人物のやうな気が、ふと心に翳を投げたのであつた。奇兵隊にも何かしら期待に外れたものを感じはじめると、もう一刻も長州に留つてゐる気がしなくなつた。薩摩人を性来、毛嫌ひする肥後人の彦斎は、長州人をも虫が好かなくなつて来た。

（若し薩長が天下を取つたら、どうなるか。また徳川の二の舞ではなからうか――）

彦斎はそんなことを腹の中で自問自答しながら、変装して京へ上つて来た。政権を奪取するための方法手段が尊王攘夷とすれば、そのための刺客などは傀儡よりも哀れなものに過ぎない。彦斎は自ら刺客の道を辿つて、この時ほど自己嫌悪に陥入つたことはなかつた。彼は夜毎、京女の小雪と肌を温め合ひながら、寒々として自己の運命を見守つた。それればかりではない。毎夜、うなされない時には、枕紙が濡れるほど涙を流して、まんじりともしない夜があつた。さうして何も彼も忘れるために深酒を呷つては、情熱のおもむくまゝに没入して行つた。暫らくの隠遁生活も、女と酒と茶だけの環境は、うんざりするやうな倦怠に襲はれた。

無風状態の生活は何か中心を失つたやうで次第に頼りなくなつて来る。剣も銹び、腕も鈍つて来るやうな気がした。

「当分、表へは出んとおくれやすや」

小雪に堅く外出を禁じられ、髪を結ふのも、髭を剃るのも女手にまかせ、天井の低い二階の檽子窓から覗く浮世は、茫乎として霧の世界のやうに美しい。

小雪が、よんどころない御座敷に出た留守、縄手あたりの夜を歩いてみると、見知らぬ顔が珍らしく、摺れ違ふ武士姿さへ全身、隙だらけで、彦斎はまつたく別の世界に棲息してゐるやうな気がした。早目に家に戻つて素知らぬ振をしてゐたので小雪は彦斎が表へ出たことを知らなかつた。屢々、夜の外出をしても誰にも気づかれない安心さから、小雪も夜の外出は咎めなくなつた。それからは時折りは白昼、知恩院の境内あたりを歩いたり、清水寺の裏山などを拾ひ歩いた。

さういふ或る日、懐手をして小春日和の日ざしを背に受けながら、いつの間にか高台寺辺から八坂の塔の見える横町を歩いてゐると
「河上さんぢやないか」

と呼び止められた。ぎくりとした彦斎は、歩みを止めないで、内懐から手を出して刀の柄に手をかけながら、屹と振りむき、そのまゝ拝み打ちの出来る体勢で顧みると
「やあ。佐々さんか」

と破顔一笑した。同藩の佐々淳次郎だつた。

「どうしてこんな所を」

「藩命で上洛し、今日も所用で出かけた戻り道です。何年振りだらうな」

「変らんですね」

「貴方も変らない。お噂は国でもよく耳にします」

彦斎は故郷の匂ひを嗅ぐ想ひだつた。

「そして今は」

「相変らず浪々です」

「京都などに居られては危いでせうに」

「燈台元暗しとやらで却つて安気ですな」

「それにしても大胆な…………」

佐々淳次郎は着流しに羽織をひつかけ、雪駄穿きの落し差し、多くの仇にねらはれてゐる彦斎の、あまりに無造作な風を果して大胆と解釈して好いか惑ふのであつた。彦斎は佐々の話が魂に喰入るのであつた。故郷の山河のこと、藩公のこと、同僚のこと、妻子のこと、今まで耳を塞がれたやうに一片の消息も聞いたことのない彦斎は聞いても聴いても聞き飽きないのである。細川藩の出兵では大した損害はなかつたが、それでも誰彼が戦病死したと聞くと、よくぞ今まで生きのびた自分自身が顧みられるのである。もとより命を粗末に扱つた覚えはないが刀林地獄と言はれる京洛の巷から、砲烟弾雨の戦場を馳駆して、かうして人の口から誰彼の死を聞くのは意外であつた。

二人はいつの間にか三条の橋の袂に来た。淙々と音立てる加茂川の水の音を耳にすると、彦斎は

「さうだ。お宿は」

と尋ねた。

「いつもの宿で」

そこから引つ返すのをまだ話し足りない面持の二人は、いつの間にか三条の橋を渡りかけた。

「おや」

佐々が声を出した。見ると先方から三人ほどの武士が矢張り橋を渡つて此方に歩いて来るのが眼に入つた。一人は黒羽二重に色変りの紋付を着て、背はあまり高くないが、六角型の赫ら顔で、眼光は炯々と人を射るやう、大きな口をへの字に結び、髪を大たぶさに結つてゐた。一人は五尺五寸もあらうかといふ長身、眉目秀麗な美男子で、総髪である。もう一人は痩身むしろ病軀を想はせ、鬼気人に迫る眼差しだつた。

「どうしたんです。佐々君」

「近藤勇だ」

「何。近藤か」

彦斎も眼光から火を発したかと思ふ目付きで眺めた。

「あの総髪が土方歳三だ」

「ふうむ」

「あの痩せた奴が、剣の虫と言はれる沖田総司だ」

「新撰組の錚々が揃つてるな」

彦斎は勇躍するものを覚えた。一度は剣を交へなければならない宿命と観じてゐる近藤勇とは、何故か容易に邂逅しなかつたのが、遂にめぐり会つたのだ。然も白昼の三条橋上である。

（どうなるだらう――）

佐々淳次郎は一瞬、思ひ惑つたが、斬り合となつたら当然、彼は命を捨てゝも彦斎の助勢をする覚悟をきめた。唯だ奇体なことに今日は多勢の隊士をつれないで、僅に腹心の二人を連れてゐるに過ぎない。如何に鬼のやうな近藤と雖も、二対三では互角に等しい。良い勝負になると思ふのであつた。

間合は次第に接近した。

近藤等の一行も、一癖あり気な二人の武士の姿に強い眼を向けた。一人は明らかに主取りをしてゐるらしい武士であり、他の一人は言ふまでもない浪人であらう。しかしその浪人は京洛を潜行してゐる浪人風ではなく、粋で、洒落れた身装をして、朱鞘の大小を差してゐなければ何かの宗匠といふ格好である。当然、三人の眼も異様に輝いた。

「あつ。思ひ出しました……………………」

助勤役の沖田総司が、近藤に言つた。

「何を思ひ出したんだ」

「あの朱鞘の奴が」

「どうしたと」

「肥後の人斬り彦斎でせう」

「確かにか」

「間違ひありますまい」

近藤は、彼奴が三浦啓之助が親の仇とねらつてゐる人物かと、眼を皿のやうにして見つめた。あのやうに柔弱な物腰で、どうして一世の英傑と称せられた佐久間象山先生を暗殺することが出来たのであらうかと疑つた。新撰組は疾風のやうに襲ふ戦法を採つてゐた。剣士は弾丸の如く敵の懐に飛び込んで一殺必勝の一撃を加へる。従つて新撰組の敵達は、卑怯、陰険、惨酷と称して憎悪したが、その戦法を推進してゐた近藤は、河上彦斎を一瞥した印象では、彼が白昼、堂々と象山先生を斃したことに疑問を抱かずにはゐられなかつたほどである。

「まるで女のやうな柔さ男だ喃《なう》」

武蔵野の三多摩郷に生ひ育つた荒武者は、唇を歪めて呟いた。

「あれが人斬り彦斎か」

土方も自分の眼を疑つた。容貌怪異、風采堂々たる偉丈夫を想像してゐただけに彦斎の容姿は侍としても不似合なほど瀟洒風流だつたからである。

近藤は一瞬、この三条橋上で勝負を決するか、どうかを考へ惑ふた。此方には土方と沖田といふ強力な部下がゐる。戦つて負けるとは思へなかつた。しかしながらたとへ三浦啓之助を放逐したとはいへ、彼が親の仇としてねらつてゐる以上、自分が手を下すべきではない。彦斎を生かしておいて啓之助に仇を討たすべきである。けれども彦斎を一日生かしておけば、一日だけ彦斎に何人かが、斬られるに相違ない。それほど彦斎といふ男は物騒千万な奴である。土方と沖田は隊長の声がかゝり次第、白刃を彦斎の頭に降りおろさうといふ面構へで、油断なく歩みを運んでゐた。近藤の激しい息遣ひが聞こえる。近藤は彦斎から眼を放さずに静かに歩いた。

(偉い奴だ。少しの隙もない――)

雪駄を穿いて、平然と此方を見つめながら、歩み寄つて来る体に鵜の毛で突いたほどの隙もなかつた。堂々と剣技を闘はせると果して三人とも勝てるかどうかさへ怪しい。天然理心流といふ田舎剣術は、唯だ一期の面取りの手しかない。三浦啓之助などは立ちどころに返り討ちになるのが関の山であらう。近藤勇も、これほどの剣客を見たことはなかつたと思つた。最前の小柄な柔さ男は、いつの間にか掻き消えて、満身これ剣気に溢れた偉丈夫に見える。しかも漠々とした殺気さへ漂ふてゐる。何とも名状することの出来ないほど恐ろしい奴だつた。

　間合は迫つた。

　彦斎と近藤とは十歩のへだたりで相対した。殆んど二人の眼と眼からは光りを発するばかりだつた。彦斎は若し近藤が刀の柄に手をかけたら、躍り込んで居合切りに斬るつもりだつた。

　五人の火を吐くやうな息が入り交つた。彦斎と近藤とは凝然と立ち止つた。その一瞬は、永い時間に感じられた。

　近藤は摺れ違つた。彦斎も悠然と摺れ違つた。土方も沖田も摺れ違ひざまに斬りつけなかつた。佐々も彦斎に従つて歩みを移した。佐々は、吻として言つた。

「流石に近藤といふ奴は凄い気迫だつたな」

「うむ。相手に取つて不足のない奴だつたな」

　彦斎は何故、近藤が斬りつけて来なかつたかを考へてゐた。さうして自分も何故あの時、摺れ違ひざまに返す刀で近藤に一刀を浴びせなかつたかと思ふのであつた。しかしながら何日か刃を合せる時があるであらうか。今日のこの機会を逸して、と思ふと歯がカチ〳〵と鳴るほど残念だつた。

「見たか」

　暫くして近藤が言つた。

「凄い奴だつたな」

するど土方が
「流石に天下は広いですね。都で天狗を見たやうな気がしました」

と応じた。沖田は紙より白い顔に一抹の血の色がほのぐ〵とさして来た。

「私は、彦斎と生涯に一度で好いですから勝負をしたいと思ひます。あれぢや三浦啓之助など十人寄つても、歯が立ちませんな」

「さうだよ」

と土方歳三も考へ深い目付をして答へた。

「わしは何所で飛びかゝつてやらうかと隙を見てゐたが、摺れ違つてさへ隙がなかつた。わしが摺れ違ひざまに、体を動かしたら、恐らく彼の居合抜きで、一刀のもとに斬り捨てられてゐたぜ。きつと………………」

この述懐は三多摩郷士らしい率直さで同感することが出来た。沖田は
「私は唯だ、ぞつと寒気がするやうな殺気を感じただけでした」

と言つた。近藤は黙々として橋を渡り終る頃、振り返つた。彦斎は振り返りもしないで次第に人混みの中にまぎれて行つた。それにしても自分が暗殺した場所の附近を平気で、毎日歩いてゐる河上彦斎といふ男の正体がわからなかつた。しかしながら生かして捕へることが出来ない敵であるだけに殺しても、出会さなければならない奴だ

と覚悟した。

彦斎は佐々淳次郎と別れると、いつものやうに小雪の屋形に戻つて来た。その夜、燈火のほのかな傍で、おきまりの晩酌を傾けながら
「今夜は名残りの茶を喫みたい」

と所望した。

「名残りと仰有いますのは何でんね」

と小雪は、はつとした眸色をして尋ねた。

「今日、珍らしい人物に会ふた」

「お国のお方でつか」

「近藤勇だ」

「えつツ」

小雪は真蒼になつた。祇園の茶屋で近藤の風貌に接したことのある小雪は、その敵手である彦斎の情人になつてからは、近藤を蛇蠍のやうに憎み嫌つた。その命取りの近藤に会つたと聞くと、胸は早鐘をつくのである。

「何所でお逢ひやした」

「三条の橋の上だつた。土方歳三、沖田総司の三人連れでな」

「まあ。新撰組の粒えりだんな。そしてどないなことに………」

「何にも起らないさ。唯だ睨み合つて摺れ違ふたが、先方は確かに、この私を河上彦斎と知つてゐたな」

「そんならこの家も」

「それはわからない。しかしながら若し私が居ることが知れて踏み込まれたら醜態だからな」

「それではまた何所かへ」

「そんなところだな。行方定めぬ旅烏だ」

彦斎はくつ〳〵と低く笑つた。小雪は笑ひごとどころかと思ふと怨めしかつた。あんなに出歩かないで下さいと頼んだのに、御窮屈とは存じながら、彦斎の外出に眼を光らせてゐたのに、遂に近藤勇の眼に止まつたと聞いては万事休すと思ふのであつた。早や溢れてくる涙が頬を伝ふのも拭かずに、彦斎の謂ふところの名残りの茶を点てる仕度をした。

行燈の火は彦斎の影法師を大きく壁に映してゐた。彦斎は独り、ぽつねんと座つてゐた。その傍に棚があり、その脇に釜が据ゑてある。暫くして小雪は静かに襖を開け一礼して入つて来た。奇麗な手さばきで袱紗をさばいて、やがて茶を点てた。彦斎は甘さうに薄茶を啜るのであつた。

「そして何時お立ちで…………」

思ひあまつたやうに小雪は訊いた。

「今から」

彦斎の答へは意外なほどはつきりしてゐた。

「今からでつか」

「うむ。生駒山を越えて富雄村に行かうと思ふ。あそこから何所かへ行くことにすれば、足跡は一寸摑まれまい」

小雪は、それもさうだと思ふのであつた。いつそ大和路に入つて、人目に立たない富雄村に潜伏して呉れるならばと思ふと、夜立ちも却つて安全な気がするのである。

お茶が終ると彦斎は手早く旅の身仕度をした。

「小雪。達者で暮せ」

小雪は応へようとする言葉が咽喉にからむで、彦斎の胸に泣き崩れるのであつた。彦斎はほと〳〵と小雪の背を叩いて、千万無量の想ひを籠めて、小雪の顔を見つめてから、暗い夜の表に旅立つた。

彦斎は富雄村に逃避しようと言ひながら、実際は故郷に帰らうと思つた。彼は故郷の土を一歩踏んだら、恐らく逮捕され、投獄されることを知つてはゐたが、妻子や村本昌子の居る土地で、静かな何十ケ月を送るのも悪くないと考へるのであつた。その投獄の期間中に、自分自身をもつと深く見つめ、今たどつてゐる一筋の道を更に深く掘りさげてみたいと思ふのであつた。更にまた仇を持つ身が処して行く覚悟に徹底するならば、松代に行つて佐久間家に名乗つて出られるかもしれないと思ふ。まだ暗々と死にたくない根性を持つてゐるだけに、宿縁朽ちないならば今少し生き伸びて、この世の成行を見たいと希ふものがあつた。様々に千々に乱れる心をひめて、彦斎は何気なく小雪の家を離れた。大和大路から、どつちに爪先を向けようか。昔からの京の七口――粟田口、東寺口、清蔵口、丹波口、鞍馬口、大原口、荒神口、そして大和路へつゞく伏見街道の八つを脳裡に描くと、籠から放たれた鳥のやうな気がした。

足もとから水の音が湧くやうに起つた。暗い加茂川の河原に下り立つて掌ですくつて飲んだ。京の水ともお別れだと思ふと、この水の味が格別な気がした。河原千鳥が啼いてゐる。はるかに比叡の姿が夜空に墨一色に掃いてゐた。しかしながらまだ小雪の啜り泣きの声が耳底に残つて、耳を濯ぐすべもないのである。彦斎は自分を情痴に酔ひしれてゐるとは思へなかつた。それはもつと根深い人間愛につながる情感だと思はれる。人を斬りながら涙なくしては切れなかつた自身を省ると、それも亦、人間愛の業だと諦観して来たのだ。小雪との恩愛も、彼女の児女の情に応ひ切れないだけに、聊か未練に似た感情をゆすられるのであらう。彼は涙脆いことを恥しいとは思はない。涙のない人間は憎悪すべきだ。小児のやうに泣けるならば寧しろ以て瞑するに足るとなしてゐた。

されば河上彦斎は慟哭しながら、はるかに皇居を伏し拝んで、京洛から姿を消して行つたのである。

作者附記

永い間、御愛読を給はつた読者諸賢に御礼を申します。

河上彦斎の末路は悲惨であります。彼は明治四年まで生きて刑死したのでありま す。然も反逆冤罪を蒙り、木戸孝允（桂小五郎）の猜疑を受けたからであります。

その後半生を書くには別の機会があらうかと思ひます。

作者は彼の前半生に刺客道としての人間の業を描いてみたかつたのであります。この業が縁となつて仏道を成ずるまで人間が進歩発達するならば刺客道もまた空しいものではないからであります。唯だ筆力の足らない作者が、所期するだけの効果を挙げ得なかつたことを遺憾とするものであります。

五味康祐

喪神

瀬名波《せなわ》幻雲斎信伴が多武峯山中に隠棲したのは、文禄三年甲午《きのえうま》の歳八月である。この時、幻雲斎は五十一歳。――

翌る乙未《きのとひつじ》の歳七月、関白秀次が高野山にて出家、自殺した。すると、これに幻雲斎の隠棲を結びつける兎角の噂が、諸国の武芸者の間に起った。秀次は、曾て、幻雲斎に就き剣を修めたからである。

一体、幻雲斎の業は妖剣だと謂われている。関白ともあろう身が、一妖術者に師事した理由は分明でないが、その機縁に就ては、次の様な挿話があった。――天正丙戌《ひのえいぬ》の歳暮、京の日吉《ひえ》神社に於て武芸奉納の行われたことがある。そのとき、諸大名の差出す手練者の間で半ばは儀式的な技の競われた後、特に、一般浪人中からも腕に覚えある者の出場が許された。当時は、戦国のならいで、主家滅亡のため流浪する剣豪が多かったからである。幻雲斎もその浪人組にいたのである。

当日の奉納試合は、秀吉が、恰度この極月に太政大臣に任じ、豊臣の姓を賜ったその祝意から、幼名に因んだ場所をえらんだといわれている。が、内実は、在野の剣客を召抱える機を得たい、という家康の乞いを容れた為であった。元来秀吉という人は、奥山休賀斎に剣を修めた家康ほどの発明と違って、斯道にはからきし腕も素養もない。寧ろそうした修業を軽視し、「戦場にて斬り覚えに覚えぬれば剣術など無用なり」といった類の人である。併し、斯道に心入れ深い家康に対しては、この年正月和を睦し、五月には妹を嫁がせたりした位で、何かと機嫌をとる必要があった。家康にすれば、こうした機会に豊家の武人の技術を探ろうとする内意があったからであろうが、秀吉もそれと承知で、敢てこの挙に出たものである。

さて幻雲斎は、係り役人へは「大和国井戸野の住人、夢想剣、瀬名波信伴」と名乗り出、この日立合った鹿島神流比村源左衛門景好、天流稲葉《いなば》四郎《しろう》利之《としゆき》を、夫々一太刀で殪《たお》したが、その勝ぶりが異様であったので、次に書く。——

当日、正面の座には秀吉、秀次、と並んで家康はじめ、歳暮拝賀の諸大名が連坐し、審判に当ったのは疋田文五郎景忠、——後の栖雲斎であった。この疋田景忠は、上泉伊勢守（後年上洛して日本で最初に剣術を天覧に供した時、改めて武蔵守に任官された、『新陰《しんかげ》の流《ながれ》』の流祖である）の弟子で、当時は秀次の師であり、秀次自死後は京都東福寺に行い澄ました人であるが、曾て、柳生宗厳——当時中条流の達人——と試合したとき、立合いざまに、「その構えは悪しゅうござる」と、ぽんと打込んだ。宗厳が口惜しがって「今一度」と向うと、「それも悪しゅうござる」と、三度まで打負かした上手である。この奉納試合後の一日、秀次に召され、幻雲斎と試合せよ、と命じられた時はどうしても応じなかった。及ばぬと知って逃げたかと人が嗤うと、景忠は、「瀬名波は狂剣だ。試合えば必ずこちらが傷つく。左様の相手を致さぬが寔《まこと》の心得というものである」と言ったという。

疋田景忠程《ほど》の達人にして、未然に、幻雲斎の術の怖ろしさが見破り得たのである。比村、稲葉両人には適《かな》わなかった。比村は、幻雲斎に対する前、東軍流の使い手田中某を二合あまりで打破り、意気大いに軒《あが》っていた。流浪《るろう》は戦国のならい、野望抱懐の貌《すがた》とは云え、己が武術の誉を挙げ諸大名へ仕官の目見得にしたいとは、浪人組共通の念いでもあったのである。控えの場から歩み来る新たな相手の足運びを計り乍ら、比村源左衛門は、早や幻雲斎の技倆を見抜いたと、思った。

幻雲斎は所定の袋竹刀を係り役人から受取ると、景忠に一礼して、無造作に比村と対する。互いに抜合ってから、比村は改めて驚いた。構えというものを知らぬ太刀筋である。この日の試合は、上泉信綱の発案した袋竹刀を使用して居たが、(竹刀といっても現今のものでない。竹を細く割り、三十本から六十本位を袋に入れ、鍔はつけぬもの。長さ三尺三寸である。普通、試合で想像される木剣の場合は、単に小手へつめるか、対手の木剣を叩き落すのみで、けっして面、咽、胴等へは打込まなかったものである。が、袋竹刀であれば惜まず撃つことが出来た）それでも、この隙だらけの相手へは、したたかに打込むさえ味気なく、寧ろ木太刀同様、間一髪にぴたりと詰め、はやよく詰まりたるよと手並をこそ褒められたい程である。比村はそこで、呼吸をはかり、鹿島神流手練の逆風太刀《さかて》、退くと見せて鬢にさっと打ちを入れた。ところが、真際で詰める筈の竹刀が、幻雲斎の肩に当り、同時に息のとまる程自身も脾腹《ひばら》を搏たれていたのである。

「それ迄」景忠は幻雲斎の勝を宣した。

源左衛門は心外でならぬ。相擣ちというなら分る。自分の敗けとは、気持の上で承服し難い。「今一度――」と申し出た。

景忠は無用と言った。すると比村は、二十五歳の若さにまかせてこういう事を言った。「成程自分が勝ったとは言わぬが、併し、けっして負けておらぬ。武士の面目にかけ、この場に及んでこれを申す上は、改めて真剣勝負を所望する。このこと上《かみ》へ取計らってほしい。今日の日を血で汚してならぬなら、瀬名波殿から、他日の口約を得て貰い度いものである。」

景忠は重ねて「無用」と言ったが、この小紛が秀吉の目にとまった。秀吉は仔細を聞き、「見苦しい、双方引退れ」と言おうとした。が家隷でない比村へはこれは云えぬことで、亦、無理を承知で申し出た以上、この儘では済まぬ覚悟が比村にあることも瞭然である。此処は中条を宥すのが武士の意気地で御座ろう——そんな風に進言する大名もあった。それで、秀吉は苦々しげに「よきに謀らえ」と秀次を通じて言った。

上の声が掛かればそれ迄である。景忠は、幻雲斎に了知するかと訊いた。このとき迄、無感動に控えていた幻雲斎は唯、点頭する。場所だけは、今日を憚り竹矢来の外ということになった。

両人は銘々の太刀を佩き、再び相対した。今度は間合《まあい》約三間である。比村は昂ぶりに紅潮している。（おのれ今度は）という気概がある。幻雲斎の方は、眉一つ動かさない。蒼ざめて、太刀の残心を下段にとり、まるで、相手を覘おうともせぬのである。平静というよりは、何か他事に想い耽る憑かれた風があり、それが一層見る者の心を奪った。

比村源左衛門は星眼に構え、じり、じりじりと爪寄った。比村には、相手の身構えに心魂の入ってないこと、先刻同様なのが分るが、真剣だけに容易には踏込めない。白刃を距てて暫し、容子を窺った。すると、突如である。木偶《でく》の棒へ斬り掛けるに似た安易のこころを誘われ、比村は瞬間、背後に冷気を浴びた。恐らく彼が幻雲斎の剣を見破ったのは、この一瞬であったろうと思われる。——が、内心の誘惑に乗ってはならぬ、と自ら戒める間もあらず、「習慣」から仰ぎざまに斬りつけていた。比村は、弧を描いた幻雲斎の太刀一薙ぎに肩を割られ、血を噴いて倒れた。

矢来内は騒然となった。多少はその道に心得ある者ばかりである。僅かに指爪で地を掻き、その儘《まま》息絶えた比村の屍を足下にして、猶もこころ其処にあらず、茫然立ちつくす幻雲斎の異様は、凡そただ事とも見えなかった。幻雲斎は当時四十三歳、剣の誉《ほまれ》と青雲の野望を賭けて試合するには些か齢《よわい》を過している。客気にはやる浪人組の中にあって、寧ろ老成の思慮深い立場である。それが、子息に等しい年配の相手を斃しざま、虚ろに、風の鳴る松の梢を見上げている。――幻雲斎の容貌は元々《もともと》美容でない。顎骨が張り、額は瘤の如く、唇厚くて眉うすい猫背の小身である。ささくれた小鬢の後れ毛が風でその蒼い頬に乱れかかるが、折々は木枯の砂塵を捲くこの日の寒さに、それでも冷汗は掻いていたのか、べっとり、髪が顳顬《こめかみ》にまとい附いていた。白刃だけは、比村を斃した一瞬にはもう、血も拭わず鞘に収めている。

神殿の廊《ほそどの》から声があり、係り役人が改めて検視に来た。左袈裟一太刀に、深さ四寸余りを切られ比村は既にこときれている。死体は蓐《しとね》を覆われ、直ぐ別処に運び去られた。誰か、比村と近附きの者が居るなら名乗り出られよ、と景忠は浪人組に向って言う。控えの場は再び騒然となったが誰人も名乗り出る者はなかった。

処が、前《さき》に奉納の木太刀の型を見せた剣士の中から、些かのゆかりがあると名乗り出た者があった。根来《ねごろ》の藩士で、稲葉四郎利之という者である。四郎利之は、当時天流を使って技儕輩《わざせいはい》を抜んで、知行二百俵十人扶持《ぶち》で馬廻役を勤めていたが、係り役人の前へ進み出ると、こう言った。――自分は以前、三木城主別所長治に仕えていた、城陥落ののちは諸国を流浪し、その折、宇喜多家の家臣であった比村殿には些かの知遇を得ている。昨今、立場を替え比村殿の不遇を見てきたが、実は今日の試合に出場を漗《すす》めたのは、自分である。勝敗は余儀なき事。とはいえこの期に及んでは、友誼の手前も黙し難い。藩主が居られれば直に赦しを乞う処であるが、それの叶わぬ今は、せめて、後日のため関白殿に御意得たいと思う。何卒、この場に於て、真剣試合の許容を願ってほしい。

稲葉四郎の面には真情が溢れている。技も比村よりは数段優っている様に見える。係り役人は階《きざはし》の前へ進み行って、この由を上申した。秀吉は、「ならぬ」と言った。どうしても友誼が立たぬなら、その者、別の日と場所を選ぶべきである、そんな意味のことを云った。すると、そこへ、景忠が進みよった。景忠は秀次に向い、「稲葉なる者の申し状は武人の義に於て当然と存ずる。何卒、御許容を与えられたい」と進言した。それが宜しかろうと言い添える大名もある。こうなっては、意地にも宥すとは秀吉は言い出さない。同意を乞う秀次の視線を外らして、「ならぬぞ」と言い放った。

「されば」景忠が引返そうとしたとき、

「待て」制したのは家康である。家康は秀吉に対って、「瀬名波なる者の手並、奇怪と存ずる。武術を嗜むこの家康、眼利のためにも今一度見届けたい。何卒」と懇望した。秀次もここぞと言葉を添えた。

とうとう、不快げに、秀吉は、頷いた。

景忠は引返して己れの牀几へ戻る。今度は、矢来内での試合である。幻雲斎は係り役人の口上を、乾いた瞳で聞いていたが、ふっと鼻で嗤ったという。稲葉四郎は、襷掛けに鉢巻を緊め、神殿を背に身構えると矢来の幻雲斎を、既に抜刀して待った。矢来口の足軽が幻雲斎の入ると同時にさっと左右に開く。幻雲斎はその儘近寄った。些かも四郎を介意した様《さま》がない。緩り、併し同じ歩速でずんずん寄った。場内は呼吸を噤む。

「――覚悟」四郎は裂帛の気合もろとも、大上段に斬りつけた。相討ちを狙っていたのである。併し、身も躱さぬ幻雲斎の抜打ちに右手首を斬り落され、返す刃で、背を割られた。

其の場から幻雲斎の姿は消えている。旬日後、秀次の意を含んだ者が尋ねあてた時、幻雲斎は寺町通りの旅籠屋にいたという。

翌日、召される儘に幻雲斎は淀城へ伺候したが、その時、秀次から「天晴《あつぱれ》な手並である。いずれで修業したか」と訊かれ、こういう事を言った。

自分は、実は過日両三度の試合をしたとは憶えているが、相手を打負かしたことは、記憶にない。何時もそうであるが、何うして宿へ帰ったかも覚えぬ。夜半、目覚める懐《おも》いで我にかえり、思わず刃を検べると、新しい血脂《ちのり》が付いていた。それ故、辛うじて人を殺《あや》めたと思い当る程度である。修業に就いては多少の語り草もあるが、上へ申し上げる程のこともない。啻《ただ》、我知らず夢想の剣を使うゆえに、かく一派を唱えている――

そう話す幻雲斎の眼は真直ぐ秀次に注がれ、表情にいささか暗欝の色はあったが、虚偽を申し述べているとは見えない。むしろ、年配の、態度に剣客らしい落着きがあったので、過日試合を目撃した側役の士《さむらい》たちは一層奇異の感にうたれた。秀次も、「その方ほどの者が何故おとな気なく浪人組に加わったのか」と重ねて問うと、これには「些か存念がござれば」と応えたのみで、それ以上の追求には言を左右し、苦笑するばかりだった。

秀次が幻雲斎に師事したのはこの時以来である。秀次は絶えず側近く召そうとしたが、幻雲斎は隔月に一度伺候しては、七菜二の膳附の饗応を享け、菓子一折《ひとおり》等賜って引退《さが》るだけで、秀次が関白に補せられてもそれ以上には近附かなかった。一つには、何となく幻雲斎を毛嫌いした秀吉への配慮があった為とも思われる。――それでも、秀次が彼の妖気に可成りの感化を蒙ったことは瞭かである。「近ごろ気色すぐれ給わず、心空《そら》に、奥女中の眉など見惚れ給うては、今ぞ、疾《と》く余を撃て、等小姓に仰せらる。怪しきことに候」と、征韓軍が釜山に還った頃の日附で、机廻り役を勤めた側近の一人が書き遺している。秀次自殺の二年前である。

幻雲斎が多武峯に隠棲して六年後の或る春さき、飛鳥路から細川に添い、茂古ノ森を左に見て、多武峯への裏山道を登ってゆく若者があった。若者は、この山道唯一の嶮所――竜臥峠を登りつめると、とある傍《わき》の樹影を認めてほっと腰を下した。道は、更に其処から勾配を加え、樹間に、時折は岩を噛んで羊腸と連っている。

恰度、葉洩れの陽の燿きは午《うま》の上刻の頃おいである。若者は仰いだ空から頭《こうべ》をめぐらし、眼下の眺望を俯瞰したりしていたが、軈《やが》て、思い当った風に肩に捲いた包みの午餉を取出した。路傍の岩間に、僅かであるが湧水の雫れるのを見出したからである。彼の頰には、未だ少年の日の紅《くれない》が残っているが、真率の意志に引緊った唇で、大きく、餉《かれいい》をひと口した。

若者は、これから幻雲斎に決戦を挑みにゆくのである。彼は当年十七歳、姓を松前哲郎太重春といい、今を去る十四年前、京に於て相果てた稲葉四郎利之が一子である。四郎利之《ち》は、「武門に恥辱を加えた心得ちがいの廉《かど》」を以て知行を召上げられ、哲郎太は乳離れせぬ身を、伯父の、播磨国佐用郡の郷士松前治郎左衛門方に預けられた。

其処で、母の旧姓でもある松前の姓を冒したのである。哲郎太の母は、ぬいといい、元《もと》別所長治の奥に仕えた女中である。生来利発で、夫流浪ののちは、胎の哲郎太と実家に戻り、日夜旧主別所家の墓に香華を絶やさなかった。夫の四郎利之が馬廻役に召抱えられたという報せに、喜び勇んで根来へ赴き、半年後のあの悲遇である。ぬいは、伯父へ哲郎太を依頼する書に黒髪を添え、身は紀三井寺の尼室の人となったが、「亡き父上の御無念如何ばかりかと存じ候」云々の文を、哲郎太へ最後の言葉として遺した。

　哲郎太は治郎左衛門方で志《こころざし》潔く成人したが、長ずるにつれ、富田《とだ》流小太刀の奥儀を修めた。片時も亡父非業のことが念頭を去らない。一日、今は怙《ちち》である治郎左衛門と新妻まゆらを前にして決意の程を打明けたのである。治郎左衛門は音に聞く幻雲斎の手並を按じ、今暫しと滞めたが、翻意なきことを知ると、家伝の秘刀を餞《はなむ》けした。まゆらは席半ば、瞼を瞬いて退座している。同年のこの妻には、夫の気勢を挫かぬよう心掛けるのが精一杯の愛情だったのである。――

　哲郎太は餉を食い了ると、我にかえり、野袴の塵を払って岩間の泉に咽喉を潤そうと歩み寄った――その時、何処《いずく》ともなく、鳥の囀《さえず》りに似て玲瓏たる歌声が聞えてきた。竜臥峠と呼びならす土民さえ、杣人《そまびと》以外は滅多に通わぬと聞いたこの岨道《そばみち》である。哲郎太は怪んで耳を欹《そばだ》てた。唄声は、山の森気に木魂して次第に近寄って来る。今は、疑いもなく女人が山を降りてくる。彼は覚えず岩蔭に身を倚せた。

程なく、勾配の彼方にそれらしい姿が見え隠れした。矢張り女である。長い黒髪を背に靡かせ、若く、透きとおる声で唄いながら、風に乗った女鹿の捷さで駈け降りてくる。哲郎太はいよいよ訝かしくなった。耳をすますと、女は、こんな風に歌っていた。

前張《さいばり》に　衣は染めん　雨ふれど
雨ふれどうつろいがたし
ふかく染めては

見る間に女は哲郎太から程へだてぬ所まで駈け降りて来た。女の方でも彼を見止め、はっと声をのむと、身を躍らせると同時に、彼から二間余の間合いを措いて、ぴたりと停止していた。突き衝るかと見えて哲郎太の方へふわりと飛んだのは、女の指を離れた躑躅《つつじ》一輪のみである。それだけが走り来た加速度で彼の足下に落ちたのである。

哲郎太は茫然と女を見守った。

女も眉若い青年武士の旅姿を瞶めた。

――女は、荒絹の着物を二重《ふたえ》あまりに太縄で結えている。肩のあたりはさすがせわしい息づかいを見せているが、何故か、足下に落ちた花が、女の切先《きっさき》に似て何うしても哲郎太には一歩を踏出すことも出来ぬ。暫し、双方ただ見詰めあっていた。

やがて、

「御身は土地のお人か？」と哲郎太が訊いた。

女は、頷いた。

「では、夢想庵と申すいおりを御承知であろうか」

「存じております」女は予期した問いという面持で哲郎太の扮身《いでたち》を見直している。

まだ可成りの道程であろうかと彼が重ねて問うと、うなずいて、夢想庵は、木叢の中ゆえ見分け難いだろうと言った。

その落着いた応え様《ざま》が、ふと彼を訝らせた。

尋《ただ》すと、果して幻雲斎の娘であった。


それから四年。

哲郎太は、今では悉皆《すっかり》夢想庵の一員になっている。

あのとき、女を幻雲斎の娘と聞いて、はや敗れたり、と悟った。娘に対してすら己が技が愜《かな》おうとは思えなかったからである。それでも、改めて姓を名乗ると、理由《ことわり》を告げ、娘を案内に立てて山を登った。そして、山頂の空地で試合をした。

何故、幻雲斎が哲郎太を助けたのか、当の哲郎太は無論だが、娘のゆきにも分らない。それ以前にも、哲郎太の如く敵討を願うのでなく、武者修業と称する者で幻雲斎にとど目を刺された者は、五指に余った、とゆきは洩らすのである。それが、哲郎太の場合は、右の耳朶を掠め取られただけで、寧ろ、手当の薬草を直ぐゆきに採りに走らせたのであった。

哲郎太はその場に自刃しようとしたが、幻雲斎はそれを制してこういうことを言った。「お前は、未熟の故に敗れた。何故更に修業をつんで立向おうとせぬか。お前に今施すことを恩にきる必要はない。此処に棲んで、何時なりと隙あらば挑むがよい。わしも、その折再びお前を赦すとは限らぬ。亦、わしの方から斬りつけるやもしれぬ。——が、今日は、その方の負けじゃ。負けなれば潔くわしのこの命をきけ」

哲郎太は「推参なり」と叫んだが、素早く利腕を抑えられていた。そして、幻雲斎は更に「わからぬか」と、ひと言、小声で言ったのである。

何を分れというのか、暗示めくその語意を究める前に、彼は、敗れたという事実の前で潔くなければならぬと恥じた。元より今となって生命は惜しまない。遁れ帰れる道理もない。とすれば、一切を敵に委ねるこそ武士の本懐であろう。彼は、根に土の香のする薬草を抜き帰ったゆきの施療にいつか身を委せていたのである。

爾後、庵で、寝食を偕にする生活がはじまっている。歳月は、慈悲を生む。いつしか、ゆきを交え、ふと親子三人の団欒に似たたまゆらを我にもあらず過す様になってきた。尤も、父の仇とはいえ、実感に、哲郎太は父なる四郎利之の面影を知らぬ。武士の意気地というも所詮は世間あってのことである。人里絶えたこの深山に暮す身には、人間同士というばかりで、早や限りない親しみが湧くのを否みえなくなった。肌を温めあうように何時しか哲郎太は幻雲斎への敵愾心を喪っていたのである。これには、生死をゆだねた虚心が与《あずか》って力があったわけでもあろう。

啻《ただ》、折ふし、まゆらの面影が眼前を去来した。併し左様の空虚はゆきが慰めてくれた。ゆきは、実は幻雲斎の実子ではない、養女である。それも、ゆかりを尋ねれば哲郎太と似た境涯の星を背負うているかもしれぬ。併し、そうした事を気にかけぬ、ゆきは勝気の未通女《むすめ》である。幻雲斎に父と仕え、哲郎太には、「兄者《あにじゃ》」と呼んだ。屢々彼より機敏に寝鳥を捕えて来たりした。

幻雲斎は、未《いま》だ哲郎太が敵視と警戒を残していた頃も、今も、態度に変りがない。そうした愛憎と別個の心境を行い澄ましていると見える。「斬りつけて参らぬな」とは冗談にも言わぬのである。雨降れば几に凭れて眠るが如く、霽れては哲郎太と糧を漁《あさ》りに谷へ降《くだ》る。武芸者として凡そ隙だらけのことも従前の通りである。

だがそれが敵への誘い――怖るべき魔の誘惑であることを耳朶を代償に哲郎太は知った。魔と呼ぶのは、幻雲斎自身すら意識せぬと思われるからである。事実、企んだ隙ならば裏を撃てるわけで、より以上の上手の前には痴戯であろう。併し幻雲斎のはそうでない。こちらに殺意さえなくば、幻雲斎が仕掛けることは決してないのである。

即ち、殺意を受けねば幻雲斎は木偶《でく》に等しい。

その技の不思議を、哲郎太は偕に暮すようになって、あらためて嘆じた。それ故、幻雲斎に勝つ為でなく、飽迄武術の上の好奇から、ふと、夢想剣を習いたい、と思いついた。一日、それを申し出ると、幻雲斎は「人に教える程の技ではないが、気持があるなら、自由に修業したらいいだろう」そんな意味のことを言った。そこで、曾ての仇に師事する奇妙な関係がはじまった。

幻雲斎は併し、別に木太刀を採って技を授けたわけではない。降れば庵にあり、照れば谷を渉ること、彼への態度も今迄と同様である。が、折ふし、機を捉えては、こういうことを教えた。——夢想剣を修めるには、世の修業の考えを先ず捨てねばならぬ。従来の剣術の方法、思慮では奥義を極めることは出来ない。肝要なのは、人間本然の性に戻ることである。即ち、食する時は美味を欲し、不快あらば露わに眉を寄せ、時に淫美し、斯くの如く、凡そ本能の赴くところを歪めてはならぬ。世に、邪念というものはない。強いて求むれば、克己、犠牲の類いこそそれである。愛しえぬ者は憎むがよい、飢えれば人を斃しても己が糧を求むるがよい。守るべきは己が本能である。欲望を、真に本来の欲望そのものの状態にあらしめることである。——

亦、こうも言った。——世上の剣者は臆病を蔑む。兎角胆《きも》の大小を謂う。愚かなことである。臆病こそ人智のさかしらを超えた本然の姿である。臆病は護身の本能に拠る。故に臆病に徹せよ。終始臆病であることをこそ、剣の修業と心得よ。
　更にこうも言った。自分が、今日の心境に達したのも臆病心を守ったからである。元来、余は人並以上の臆病者であった。心拙き頃は、世人の如く余も臆病を慚じた。しかし、一日、眼に飛来する礫に或る人の思わず瞼《まぶた》を閉ずるを見て、翻然悟るところがあった、これぞ正然の術であると。飛び来る石を暇あれば躱す。なくば及ばずとも瞼を閉じる――この、及ばぬ瞬きに余は剣の極意を見たのである。爾来、これに類した本能の防禦を余は限りなく見た。守ろうとする意志すらない、これらは間髪の気合であった。故に、意志以前の防禦の境に余は心を置いたのである。世にいう辛酸の剣の修業と孰《いず》れが難かりしやは云わぬ。余は、眠れる者が、顔にとまる蝿を追いて知らざるごとき境に護身の極意を得、夢想流を編んだのである。云々――

　哲郎太が修業を心掛けてから更に八年がすぎた。その間、総髪の幻雲斎の額に刻まれる皺の数本は加わったが、哲郎太に対する態度は異らない。強いて云えば師の慈愛の如きものが、ふと乾いたその眼に燿く。すると流派の世襲を育む熱意で夢想の奥義を語るのである。一方哲郎太も、糸を紡ぐゆきの傍らで藁を擣ち、薦《こも》を編み、鳥獣を猟して時に谷を駈ける生活に変りはない。しかし、何時からかその動作にふいと懶い緩慢が見えはじめた。かと思うと、白昼、粥を炊ぐゆきを倒して挑んだりする。ゆきとは、いつか契り結んで、庵と別の掘立小屋に棲んでいたのである。

哲郎太は、最初、そうした変豹を自ら忌み嫌うかと見えた。独り、山頂に立って夕映える遥かな西を望むことがあった。そんなとき、棚曳く雲を距てて対峙する金剛の雄峯が毅然たる日の彼自身の如く峻立して見えた。併し、凜とした彼の眉宇に敗頽の色が漂《ただよ》う如く、いつか、佇むその姿も闇に消え、何日の頃からか、再びは立たなくなった。

――そうした或日の事である。哲郎太は、小屋の裏の物蔭で薪を割っていた。ゆきは先刻里へ鹿の肉を売りに行った。

彼の傍らには、用意にゆきの置き残したむすびと木椀《きまり》の汁がある。哲郎太はそれを顧みず、鉈で堆く薪の山を築いてゆく。周囲は蟬の声ばかりである。

どれ程か経た頃、庵と別れ、掘立小屋へ踏入る小径に二人の人影が現われた。近寄ると、それはあきらかに、何処かの戦場の落武者であった。彼らは裂けた鎧を纏い、そして飢えていた。夏の陣に敗れた大坂方の家臣であった。

彼らは小屋と哲郎太を認めると慌てて木の間に姿を匿したが警戒の眼で少時哲郎太を窺った。気づかれなかったらしい、と知ると、ふと、こちらに背を見せ、鉈を揮う山男の傍にむすびと椀を見止めたのである。

二人は顔を見合せ、頷きおうた。それから、一人が忍び足に哲郎太の背後へよった。

木影に残った方は息をとめて見成る。キラリと白刃が閃く。うおっと叫び、眉間を割られた武士は海老のように身を屈した。こちらの落武者は冷水を浴び、耳から万象の音が消えた。……しかし、降るが如く、蟬は鳴き、男は見知らず鉈を揮っているのである。

……一方、戞然《かつぜん》たるその音を数えていたのは、表から戻って几に凭れた幻雲斎であった。カーン、カーンと乾いた木を割る、一定の間隔をおいた音が、途中で、鳥渡《また》、停った。が、呼吸の紊れもなくそれは甦っていた。幻雲斎は炯《かっ》と両眼を見開き、再瞑じた。

その年の晩秋である。

一日、三人が炉端で夕餉を囲んでいると、幻雲斎が、

「お前も、あらかた夢想の妙義を獲たようだから、一度、山を下っては何うか」と言った。

「それもよろしいでしょう」哲郎太は感動のない面持でこたえた。

ゆきだけは、以前、夫に聞いた播磨在の女性のことをチラと憶いうかべた。しかしゆきは、懐胎《みごも》っていることももうこの時は告げなかったのである。

それから数日後、奇妙な修業の旅立がはじまった。今の哲郎太には、曾ての敵《かたき》を師

と呼んで訣れるこの出立を怪しむ様《さま》さえない。見送る幻雲斎の面には、併し、微かにあやしい会心の笑みが泛んでいた。

哲郎太は、幻雲斎とゆきに山頂のはずれまで見送られると、其処で立停り、改めて師に挨拶した。ゆきには、前夜、再び山へ戻る戻らぬとも言わなかった。修業に立つ身に、それは当然のこととゆきも覚悟していたらしい。

幻雲斎は「心して行け」と、杖に身をあずけて言った。

哲郎太は「は」と、頷き、それを別離の会釈とする。やがて、ゆきとも目を交すと、幻雲斎に一揖《いちゆう》して歩き出した。——その背へ、幻雲斎の仕込杖の刃が閃いたのである。あっ、とゆきは息をのむ。血を噴いたのは幻雲斎である。哲郎太は血の滴る太刀を携げ、ふらふら坂を下っていった。

幻雲斎の墓は、今の奈良県高市郡高市村字上畑、高山寺に在る。

一刀斎は背番号6

作者曰――

ぼく小智小見にて未だ史実の正鵠《せいこく》を糾すを知らず。斯界の善言善行の洩れたるを恨み思える事もふかかるべし。ここを以てか発表を止めなんも、はた宜しき也。しかはあれど、捨て措かんも本意《ほい》にあらぬ心地して、読書子を慰め、後士を善にすすめんためにかくは板行し、世の誹り人の嘲りを受く、後人あわれみあらば添削を仰がん。

――昭和乙未《きのとひつじ》歳四月　康祐識。

一

その日は東京の春に珍しく、風ひとつない晴天であったという。昭和三十…年四月のことである。十七世伊藤一刀斎と名乗る人物が、後楽園に突如現われて世人を驚かせた。

この日後楽園では、巨人・中日戦にさきがけ、素人打撃自慢コンクールなる催しがあった。プロ選手の投げる球を、希望者の中からえらばれた九人の腕自慢が、打つ。守備は常の通り布かれている。ヒット（単打）なら二千円、二塁打三千円、三塁打五千円、万一ホームランを打てば、一万円の特賞が出る。別に、フィールドの内外にかかわらずフライ（若《も》しくはゴロ）を打つと残念賞として千円が贈られる。ピッチャーは、巨人の別所毅彦という有名な選手であった。——この打撃自慢大会に一刀斎は出場したのである。

はじめ、次々と出る素人たちは手もなく別所の剛腕にひねられ、殆んど三球三振で、なかば自羞の、或る者はテレかくしの頭など掻き掻き引きさがった。ペナント・レースが始まって最初の巨人・中日戦とて、集まった四万余の観衆はそれでも結構よろこび、五人目かに出た旋盤工の某君が一塁ゴロを打ったときなど、「カワカミ、トンネルしてやれえ」とヤジなど飛んで観衆はどっと湧き、手を拍《う》ってよろこんだ。さて八人目が、一刀斎であった。

記者席にいた各社の運動部員などは、一刀斎がグラウンドに現われると、思わず顔を見合わしたそうである。——無理もない。打席に立ったその男はそら色小袖に、色のあせた木綿ばかまを穿《は》いて居った。草履ばきで、背には十字の襷《たすき》を結んでいる。彼は先ず恭《うやうや》しくピッチャーマウンドの投手に向って一礼をし、それから徐ろに、腰のバットを取って、構えた。後に判明したのだが、これは『八双の構え』というのだそうである。この身構えは恰《あたか》も打者がバッターボックスに立つそれと類似している。

「……これからお打ちになりますのは、奈良県の伊藤さまでございます。職業は、只今、武者修業中なのだそうでございます……」

場内アナウンスが紹介すると、ざわめきに似た失笑が起った。併し大部分の観衆はまだ怪訝《けげん》そうに、時代はずれな男の登場を見戍《みまも》った。

怪訝のおもいは、別所投手とて同様であったに違いない。別所は一度マウンドを外して、ダッグアウトの監督を窺った。何か、この催しの主催者である読売新聞社が、興を添えるために仕組んだ芝居ではないかと思ったのである。併し、監督はニヤニヤとただ笑っている。矢張り腕自慢に出場した一人に変りないらしい。それなら、こういう珍人物こそ三振にうちとるが、一段と興趣の添うものであろう、と別所は判断した。彼は力一杯、剛速球を投げた。男のバットは一閃して白球は左翼席に叩き込まれた。――本塁打なのである。

観衆は呆気にとられた。四万五千の人に埋まった巨大なスタディアムが一瞬、ゴォーっと溜息で唸《うな》ったという。この時の様子を各朝刊紙は一斉に取上げ、殆んどが「笑い咄」めく小記事にしているが、中で、東京新聞の某記者は三段抜きにこう書いている——

「いや驚いた。一番おどろいたのは当の別所だった様だ。往年の速球は幾らかおとろえたと思われるが、それでも別所のあの球を打てる者は、アマには鳥渡《ちょっと》見当らなさそうだ。打ったのは奈良県高市郡高市村上畑と云う山奥から上京したばかりの青年で、二十九歳だと云っていた。野球をするのははじめてだと云っていた。山奥で木ばかり伐っていたそうだ。本当なら、各球団も外人選手ばかり雇わずこんな青年を仕込んだらどうか。剣道の心得があるそうだが、一二年練習すればゴルフスウィング式に『シナイ打法』などがうまれるかも知れぬ。何にしても、世間には面白い男がいる。日本の球界もあながち捨てたモノではなさそうだ」

この記者の予言は、日を俟《ま》たず実現した。というより実はこの「素人打撃自慢コンクール」には後日譚がある。当日の巨人・中日戦のあと、別所毅彦は小首をかしげながら、もう一度、あの人物に打たせてみて呉れないかと、監督に申し出たのである。

というのも当日の別所は、常になく好調で、得意の剛球を駆使し、中日の各打者を四安打の散発に押えて二対零のシャットアウト勝ちをした。不調の折なら兎も角、西沢や杉山選手（いずれも中日の強打者だったと謂われる）に対して投げたのと寸分違わなかったあの球を、伊藤なる男はテもなくホーマーしたのは奇怪である、というのである。

この申し出は一応すじが通っている。プロ選手としてのメンツも多少はあったのだろう。監督は少時《しばらく》考えて、許した。翌日午前十一時に、人気《ひとけ》のない後楽園球場へ伊藤一刀斎敏明《としあき》を呼ぶことになった。

宿舎は上野の二流旅館である。これは前日特賞一万円を渡す折、係りの者がきき取ってある。日刊スポーツ紙の或る若い記者がこの話を聞き込んで、巨人の差し向ける自動車に便乗した。

二

記者は倉橋光夫という。何度か尋ねあぐねて漸く裏町のうす汚ない旅館の前に車を乗り着けると、倉橋は、素早く助手台をとび降りて、

「伊藤さん、居るかい?」

気軽に玄関の女中に声をかけた。多分、このような旅館には高級車が乗りつけられることは稀なのだろう。女中は、少時ポカンと若い美貌の記者を見戍ったが、

「いらっしゃるわ」

うなずいて、「伊藤さんネ」とダメを押し、目の前の階段を駆け上った。白い足裏が妙に印象的で、倉橋は昨夜はじめて寝た恋人の事をちょっといい感情で思い起した。今朝から負目《おいめ》の感じしか残っていなかった女なのである。

やがて、一刀斎が階段を下りて来た。ゆっくり、ゆっくりと踏み降りる。丹前姿で、毛臑《けずね》の太い足がむき出しだが、朴訥そうな男である。見馴れぬ来客二人に鄭重な会釈をして、彼は女にほしい様な濃い睫毛《まつげ》をまたたいた。

迷惑でないなら後楽園へちょっと来て頂きたいので、と簡単な自己紹介のあと、球団の使者の方が要件を切り出した。何にしても、昨日一万円渡してあるということが、多少この懇請に強制のひびきを添えたのは仕方あるまい。

一刀斎は逡巡した。

「いらっしゃい、貴方の悪い様には、しませんよ」

倉橋記者が気軽に口を添えると、濃い睫毛をいよいよ瞬いて、一刀斎はしずかにこう訊いた。

「お手前も、御使者の方でござろうか?」

「お手前?……（おどろいたネこりゃ）さ、左様でござるワ」

記者は心もち胸を張った。

一刀斎は暫時考えて、

「そう、御念を入れられたのでは、辞退も致しかねる。同道します。これにて、お待ちを願いたい」

言い残すと、くるりと背を向け階段を上ってゆく。やはりゆっくりしたものである。

見送った目を、二人は合わした。
「本気か？」
「そうらしいナ。昨日もあれだ。併しお前《めえ》の今の返事は、傑作だ」
廊下の影から女中がこちらを見ている。倉橋は二階を指差して、これじゃねえか？
クルクルと頭で輪を描いた。女中は笑いかけて慌てて奥へ消えた。
「あれが本物なら、だけど、打つかも知んねえぞ」
ふと真顔で倉橋はそう呟いた。
一刀斎は二十分後、昨日と同じ扮身《いでたち》で後楽園のバッターボックスに立ったのである。
二軍の選手が監督の命令で外野の守備位置に散った。主要な選手は、ホームプレート
わきに集まって、物珍しそうに一刀斎のこれからの動きを眺める。小声に私語する者
はあったが、相手が現代ばなれのした人物なので、日頃ヤジの好きな連中も鳥渡、手
が出ない。空は前日同様、雲一つない青さに澄み透っている。監督は眼で別所投手を
促した。捕手はプロテクターを着け、中腰になった。一たん打席をはずした一刀斎は、
改めて昨日同様の礼を別所に送った。すると別所も帽子の庇《ひさし》にちょっと手をあてて頭
を下げた。
一刀斎は構えた。小さな囁きが見ている選手の間に起った。八双の構えに変りはな
い、という事は、バットを握る左右の拳の間が離れているのである。太刀なら知らず、

バットをそういう握り方で振って、打球が延びるとは考えられない。力学的にもそんなことはあり得ない、と見ている彼等は思っている。ただ、一選手は、曾て「神主」と綽名《あだな》された強打者のいたのを思い出し、バットを立てた恰好がよく似ているな、とは思ったそうである。

さて別所は大きくワインドアップをし、渾身の力を籠めて、投げた。弾けるような快音がミットに残った。一刀斎は棒立ちのままである。あまりその様子が従容たるものなので、

「伊藤さん、自由に打って下さいよ。打って」

と監督は声をかけた。

「はあ。……左様でござるか」

思わず吹出す者があった。「審判どの」のお許しがないもので、と一刀斎は言うからである。後に、別所は、最初のあの一球は一刀斎が打つつもりでも恐らく打てなかった筈だと、口惜しげに述懐している。それ程彼は渾身の力をこめたし、事実頃日《けいじつ》絶えて見ぬ快速球であったことを、捕手も証言した。むろん、打者には如何なる球も二ストライクまで見のがす権利がある。もし、一刀斎がこのルールを熟知していて、敢て別所の第一球を見のがしたとすれば、棒の様に立っていたのは却々《なかなか》の武略というべきである。

さてピッチャーにボールが返ると、次の球を打たせて頂こう、と一刀斎は明言した。

（何を！）別所は勃然とファイトをもやした。再び大きなモーションから懸河の如きドロップを投じた。

（打てねえ）

見ていた選手たちには体験でそれが分る。今度も打つまい、と一瞬あきらめたそうである。一刀斎のバットは振られた。白球は糸を曳いて左翼上段に吸い込まれた。人の居ないスタンドで、一転、二転、白い球が弾んでいる。心持ち青ざめて別所は監督や、朋輩選手に嗤《わら》いかけた。その頬は歪んでいた。誰も、声ひとつ発する者はない。澄んだ空の下に都会の騒音から忘れられた巨きな静寂が其処に在った。

我に返った面持で一人の選手が隣りの肘を小突いた。あれを見ろというのだ。

——見ると、一刀斎は一人、晴れやかな微笑を泛べて、内野手のいない塁から塁をゆっくりと廻っている。正規の試合ではないからそうする必要はないのに。一刀斎は知らなかったのだろう。袴が風をはらんで古代人のスカートのようにひろがっていた。二本の素足が、風でふくれる袴の内側に白い木綿下着の裾を蹴出している。さわさわ微風が彼の髪をそよがせた。三塁ベースを踏んで一刀斎は戻って来た。常の試合のように、誰かが拍手をした。すると奇妙な感情を味わい乍ら皆もそれに和《あわ》せて一刀斎を迎えた。

尚このあと、監督は今一人、大友なる投手に投げさせてみた。この大友は別所より二歳若く、巨人軍のエースと称されていた。スライダーなる投法に妙旨を得、好調の彼から快打を奪うことは至難のわざであったといわれる。

大友は都合四球投げている。一両度にわたってである。いずれも第二球目をホーマーされた。その度に、監督が泣き笑いで制するのへ、一刀斎は笑いかえしておいて、丹念にベースを踏んで廻ったという。パチパチ拍手が人気《ひとけ》ない後楽園のホームプレート側に興った。特筆すべきは、回を追うに従って拍手する選手達の手に力がこもっていたことである。善ナルカナ性、である。

三

一刀斎が「伊藤敏明」の名で、正式に巨人軍に入ったのはこの年四月廿八日と各紙のスポーツ欄は報じている。この日付には多少の不審が残るが、ここで管見を述べることは差控えておく。ただ一刀斎と契約を結ぶに当って、今一度巨人側が彼の力倆を試みたことだけは確からしい。その時、この稀有な人物の採用風景を一般スポーツ記者に公開するか、極秘にするかで幹部の間に激しい意見の応酬があった。公開すべしと唱えたのは主として新聞(読売)関係の幹部である。かかる選手の採用の場を公けにし、且つ怖るべき打力を予言することは球団にとって大いなる宣伝になるだろう、というのである。これに対して、監督は、左様の宣伝は、若し彼が見込通りの打撃を見せてくれるなら、日を俟《ま》たずして、ファン自らによってより効果的に齎《もたら》されるであろうと言い、一軍を指揮する我が立場に於ては、今の場合、たとえ一日たりとも彼の打力を敵球団にさとられぬ事がのぞましい、私は伊藤の一打に大ヤマを張る、一切はこの胸三寸に委せてほしいと力説した。この監督は、前年中日軍にペナントを奪われたのである。選手の間にも兎角の風評が絶えなかった。若し再度ペナントレースに敗れをとらんか、彼は球団を追われねばならぬ――

　結局、監督の方寸に俟つべきだと採用の一件は極秘にふされた。筆者が契約の公表日付に不審を挟むのはかかる事情のためである。がそれはさて措き、当日の練習場には読売本社重役以下、技術顧問三宅某、二軍監督新田某、コーチ谷口五郎など球団の主だった者は殆んどが立会った。主として好奇心からだったと、此処では云っておく。

　一刀斎は、この日は遉《さす》がに迷惑そうな容子に見えた。力倆を確かめた上でなければ、契約の一件などオクビにも球団側は口にしない。あの日、何気なく行列に立ち混って一刀斎は噂に聞く野球なるものを初めて観るつもりであった。料金を支払って入口を通るところを、その異体な容姿に目をとめた主催者側の一人から言葉をかけられ、コンクールの九人の中に加えられた。そうして望外の賞金を獲たのだが、あの一万円が、これ程のちのちまでの義務を約束していたとは知らなかった、東京というところは、油断のならぬものである、と一刀斎は思い知らされたつもりなのである。彼には二十年の歳月をかけて修業した剣の心得はあるが、十数間も間合の離れた向うから、手裏剣なら兎も角、大きな球を投じて来るのを打捨てるぐらい造作もないのに、世人は瞠目《どうもく》する、そのわけが分らない。相手は、御丁寧にも、はじめからこの身に当らぬよう避けて抛ってくれるのである。然も奇妙に球の通る範囲はきまっておる。飛燕を狙い打つ方が、まだしも困難であろうかと、一刀斎は思うのである。

「伊藤さん、今日はね、打っても走らなくていいんですよ」

念のため監督が注意すると、左様でござるか、と彼は赤面した。知らなかったらしい。それでこの日はあの頰笑ましい光景が見られなかったのは残念であった、と倉橋記者が己が日記に書いている。記事にしないという約束で彼は特に列席したのである。

大友、入谷、安原の三投手が夫々《それぞれ》一球ずつを投げた。別所は何故か登板しなかった。勝気で剛腕の誉高いこの美丈夫は、投手が逆に試される結果となるのを予測したかも知れぬ。それなら天晴れというべきで、事実、大友以下の三投手は初球を投げただけで忽ちにサーキットを蒙り、ひき下らねばならなかったのだ。試験されているのは一刀斎でなく、まさしく投手の側であった。傍観者達は声を噤《の》んでこの奇蹟の光景に茫然たましいを奪われた。一刀斎は、打球の行方を見まもるでなく、ホーマーすると、直ちにバットを引戻してぴたり八双に身構えている。監督の命令で投手が降板しても彼の方は身動き一つしない。真摯な、その態度に却《かえ》って古い神を信じるこの男の悲劇が窺えた、と云いきれる者は誰一人ない。青空の下で白い球を遣り取りする遊戯に結構生命《いのち》をかける現代人の可笑《おか》しさを嗤える者も、同様にいないからである。さて稍《やや》あって、四人目の左腕投手が登板した。国松彰という二十一歳の青年投手である。彼の球は、めずらしく二球まで見送られた。三球目は右翼スタンドに飛んだ。

伊藤一刀斎敏明が毛筆で自署した契約書に、0（ゼロ）が幾つ並んでいたかは明らかでないが、聞くところによると、不世出の打者を迎えるにしては意外の少額だったそうである。尤も、球団側にも理窟があって、何でも、打撃の力倆はもう信じ難い程だが、守備はどうであろうかと某重役が言い出し、一刀斎にこの旨を慫慂《しょうよう》したところ、一刀斎は、

「我が流派にはそういう『籠手《こて》』を嵌《は》める様な修業は、許されて居らんのです」

そんな意味のことを、この時も古風な士《さむらい》言葉で言って重役をまごつかせた。「籠手を嵌めぬ修業」という意味が、一刀流の由来を知らぬこの紳士に理解出来る筈はない。

「はあ。……そうですかネ、先生——」

彼はセンセイなる敬称を添える事で辛うじて倉橋記者の二の舞は免れたのだが、幾らか、一刀斎の物言いに馴れている監督が改めて、辞を低うし、グローブをつけるように依頼した。そうして一刀斎を一塁手に仕立て、遊撃から某選手が球を投げつけた

ところ、一刀斎はひらりと体をかわして、涼しい顔をしていたという。

――幾度投げても、同じだったのである。

「ボールを捕れんような男を、君、人並みの契約で使えるかね、え？　プロですよ我々は――」

球団幹部の一人はそう言って暗に少額であることを仄めかしたが、一刀斎を説得するにあたって幹部は三日三晩、一刀斎をホテルに軟禁し、あらゆる甘言を弄したことは巧みに口を緘して語らなかった。

――が、何にしても、かくて一刀斎は巨人軍の正選手となり、程なく、驚天動地の打率で日本プロ野球を席捲するのである。

四

彼の出場は四月廿九日の巨人・阪神戦にはじまる。ダブル・ヘッダーである。兼々《かねがね》巨人・阪神第一試合に巨人は大友をマウンドに送り、阪神は新鋭西村を立てた。兼々巨人・阪神戦に昔日の興趣はないと不評の声が高い。阪神にすれば、巨人を破ることだけが左様な不評から自軍の人気を挽回する捷径《しょうけい》だったわけで、伝統の名誉にかけてもと常にないファイトをもやした。七回の表を終って、二対零で阪神は先行していた。宿将藤村富美男なる打者に二ラン・ホーマーが出たのである。巨人は二安打の散発。それも二度乍ら綺麗にダブル・プレーを喫した。

七回の裏に至って、はじめて巨人にチャンスらしいものが訪れた。一死後、二走者が塁に出、次打者は川上である。場内はようやくざわめきたった。巨人のこの四番打者は巨人と身の盛衰をともにして来た、終身打率三割の記録を持つプロ野球きっての強打者である。

監督は青ざめて、打席へ入ろうとするその川上を呼び寄せた。

「哲よ。……黙って、三振してくれ」

と言った。

川上の顔色は変った。監督は併殺を惧《おそ》れているのだ。新鋭西村の好調ぶりでは、残る二インニングに再びかかるチャンスが訪れるか否かは心もとない。併殺でこの好機が潰《つい》えれば後は下位打線になる。

川上は一言も応えず、いさぎよく、バットを捨てた。監督は慌てた。それぐらいならいっそバントを命じていたからだ。併し巨人の四番打者がチャンスに犠打するようでは、もう、プロ野球ではない。観衆は金を払って見に来ている。三振なら、諦めもして呉れるのだ。

「……哲」

ダッグアウトへ引揚げようとする川上選手の肩に、監督は重い手をかけた。ここは一番我慢をしてくれ、と眼で言った。うまくゆけば、阪神のベンチは敬遠策をとるかも知れぬ。それならもうけものだ。併し、こちらの肚を見抜かれて伊藤を万一敬遠されては……監督はそれを怖れる。

川上は凝乎《じっ》と相手の目を見返した。三十五歳のこの男には監督ほどのこまかい神経の閃《ひらめ》きはない。彼は打撃だけを考え、打撃に一生を賭けた。その故にこそ巨人の柱石なのであった。

監督から目を逸らすと、ゆっくり彼はダッグアウトに引揚げる。其処で水を呑んだ。バットを握って、グラウンドに再び姿を現わすと観衆は割れんばかりの声援をおくった。

「川上」

「イッチョーカマシテヤレエ……」

轟々《ごうごう》たる喚声に混って（どうやらタイムはとけた様であります。ジャイアンツの四番打者川上センシュ、このチャンスに如何なる打棒の冴えを見せてくれますか、只今、愛用のバットをさげ悠々バッターボックスへ——）そんな放送を聞いているかも知れぬ家庭の愛児のことがチラと川上の眼裏に浮んだ。

プレイは宣告された。一二塁のベース上に坐り込んでいた走者は夫々スタートの構えをおこす。西村投手は、先ず牽制球を一塁へ抛った。一塁手藤村は歩いて投手板までこのボールを返しに行った。そうして何か私語した。

投手は、ワインドアップを興した。初球は左打者の外角低目一ぱいをついた。ストライク。川上は微動もしない。二球目は喰い込むようにシュートして打者の胸もとを掠めた。――ボールである。第三球はコーナ一ぱいをつきホップする直球、川上の体がぐっと前に出たが、見送った。

「ツウ・ストライク」

球審は美声を張り上げた。三塁側の観覧席に拍手がおこった。

大抵の打者なら、ここで一旦バッターボックスを外す。川上は塑像のように立っている。阪神の捕手は次のサインを送るときチラと川上の顔色を窺ったが、この時、川上の目には涙がうるんでいたようだったという。四球目はドロップの捨て球だった。

川上は力一杯、空振りした。

……溜息とも、罵声ともつかぬどよめきが湧き起るなかに、

「五番ミナミムラにかわりまして、代打者、伊藤。……イトウ、……背番号六」

場内アナウンスの柔らかな声が響いた。

耳なれぬ、この代打者の起用に、場内が一瞬鳴りをしずめたのは当然であろう。観衆の全ての目は、見知らぬ男の登場に注がれた。

一刀斎は真新しいユニホームを着込んでいる。何となくスパイクの足許を気にする

様子で、それでも、バットを持つとスタスタとバッターボックスへ歩み寄った。

一振り、二振り……バットに素振りをくれる、などということは一刀斎はしない。プレイの宣告をあっさり聞き流して、身構える。投手はチラと一塁手の方を見た。一塁手はとぼけて空を見上げた。巨人の監督は、コーチャーボックスで腕を組み、心持ち青ざめていた。川上は目を俯せた。西村投手は振りかぶった。全観衆が息をのむ。刹那の静謐《せいひつ》に白球は流星の如く左翼へ飛んだ。

五

このホーマーは、川上三振の後だけに一層印象的であったと云われるが、さもあろうと思われる。三万の観衆は唖然とし、ついで万雷の拍手でこのヒーローを本塁に迎えたのである。巨人全選手がダッグアウトを躍り出たことは云う迄もない。その中にあって、一刀斎の手を最も強く握り緊めたのが他ならぬ川上であったことは筆者に嬉しい。彼の内心の感懐はうかがうべくもないが、盛者必衰の理《ことわり》を以てしても猶、この場面の美しさは浮立つのである。プロ選手の言行に兎角の批判を聞く昨今、昭和三十…年にかかる選手のいたことは記憶されておいてよい。

巨人・阪神の第二戦は、巨人の優勢裏に試合が運んだため、一刀斎は出場する必要がなかった。併し、当日の試合を見た全ての新聞記者、野球評論家、観衆は新しい代打者の名を深く記憶にとどめて球場を出た。

——二日後、対国鉄戦に二度目の出場をして、一刀斎は満塁ホーマーを放っている。ついで名古屋に於ける対中日戦の最終回に、零対零の均衡を破った。この時の敗戦投手は杉下茂で、我々の思い出にまだ新しいこの超人は、翌日の試合に再度リリーフとして登板したが、その初球は一瞬にして場外へ飛ばされていた。ようやく、世人は不世出な代打者の出現に瞠目《どうもく》しはじめたわけである。

或るスポーツ評論家は、なべて批評家とはそうしたものだが、「新人伊藤がおそるべき打力を秘めておることを、私はあの巨人・阪神戦——いや、去る四月の『素人腕自慢コンクール』以来既に見抜いていた」と広言し、某スポーツライターは一刀斎を取上げた記事の中で（…年五月廿二日付）、彼が如何に稀有な記録を打ち建てつつあるかを、洋の東西を問わず凡そ名のある強打者の記録に照らして、力説している。五月廿二日といえば、一刀斎が彼二度目の満塁ホーマー（通算連続八本塁打）を甲子園で放った日で、この頃はもう熱狂的な人気が彼に集まっていた。併し、実をいうと、観衆が魅了されたのは記録や数字ではない。彼らは、如何なる投手の球であろうと忽ちホーマーされる、その一瞬の陶酔を求めて球場に押しかけたのである。「前人未踏の『十割』という驚異的打率が、果して誰（投手）によってはばまれるか、その期待に駆られて何万という観衆が今日も球場に殺到した」と某紙は書いているが、笑止と云わねばならない。多分この記事を書いた男は、双葉山なる人気角力が連勝記録をはばまれた時のことを覚えていたのだろう。併し、大衆は、双葉山の場合もそうだが、記録などを考えて観に行ったのではなかった。もっと澎湃《ほうはい》とした、或るどう仕様もない感動にかられて出掛けていたのである。記録や数字は、（凡庸な批評家同様）常に感動を追いかけるが、然もけっして追いつくことはない。

倉橋記者が、こういう過ちをおかしてくれなかったのは仕合せだった。おかげで、我々は若いジャーナリストが足と労力で獲た資料によって、一刀斎の生い立ちを知ることが出来るのである。

それに拠ると、彼一刀斎敏明は、一刀流の始祖、伊藤景久第十七世の孫に当るという。一刀斎景久は周知の通り神子上《みこがみ》（小野）典膳に流派の奥儀を伝えると、天正十九年八月七日、剣を捨て飄然行方を絶った。爾来景久の足跡を伝えた史書はない。昭和の打撃王が十七世だとすれば、大和国に隠棲したわけになる。「ぼくは一刀斎が育ったという奈良県高市郡上畑の奥山へも尋ね行ってみたが、たしかに剣聖景久を祭ったらしい祠《ほこら》があるのを認めた。別に伊藤家代々の墓というのが、これも思いがけぬ巨杉のそびえ立つ暗い森の中にあって、毎月廿二日には花を供えに来ます、と美しい夫人は教えてくれた」と倉橋記者は誌している。念のため蛇足を加えると、始祖景久から業を継いだ小野典膳は、柳生流とともに将軍家兵法指南となった。この典膳忠明を剣道史では一刀流正統二代と呼ぶが、三代忠也《ちゅうや》から二派に分れて（忠也派と小野派）小野派一刀流は九代目小野治郎右衛門業雄まで伝わっている。業雄は明治十六年頃、六十余歳で東京に出て、山岡鉄太郎に組太刀を教えたことがあり、山岡鉄舟も亦、別派ながら小野派一刀流第十二代目に当る。一方、正統忠也派は、四代目で亀井兵助なる者に継がれ、兵助は井藤平右衛門忠雄と改名した。井藤一刀流は昭和の十四世鈴木礼太郎まで続いている。われらの主人公は無論こういう諸派とは別個で、謂わば文字通りの正系だが、流祖景久が世を捨てた天正十九年は、凡そ、景久五十二三歳頃と推算される。その年で大和の山中に隠れ、女をめとったか、或いは近住の娘との間に一子をもうけた後に山中に入ったのか、その点は分明でない。代々大和の伊藤家の当主は弥五郎と名乗ったというから、流祖の血を継いだ子であることだけは、間違いなさそうだと記者は確言していた。（弥五郎は景久の俗名）

　ところで一刀斎が育った上畑というところは、多武峯からほぼ二里——十二戸あまりの部落で、雷が鳴るとドスンドスンと大地が振動するという。雷の方が足下で鳴るほどの山の上だからだそうである。十二戸の部落のために分教所が一、寺が一つある。寺の和尚は分教所（小学校）の先生も兼ねている。「ぼくらの一刀斎は、白髪をたくわえたこの浄土門の老師に現代教育を受けたのだ。ぼくは老師にも会ったが、何？　ヤキュウの選手になりましたと？　とあきれていた」一刀斎は老師に読み書きを教わるために、月に数度、半里の山径をかよって来た。彼の棲居は、上畑部落から更にそれほど奥まっていた。そして其処へはもう部落の樵夫さえ得通わなかったという。面白いことに、分教所での「体操」の学科だけは、老師にかわって、少年一刀斎が号令をかけたそうだ。そんな時、部落の大人達も一列に列《なら》んで教わったという。だからこの部落から戦前に出た兵隊はズバ抜けて剣道がうまかったそうである。

一刀斎が武芸修業しているところを見た者は、部落には一人もない。併し彼が一刀流免許の巻物二巻を有っていることは「美貌の夫人」が見て知っていたそうである。倉橋記者が執拗に追求しても、美しい人妻は、彼女が何処の生れか、どうして夫の一刀斎と結びついたか、二人の棲居が山奥のどの辺に在るか、そういう事は一切語ってくれなかったが、「たえず神秘的な微笑を湛えながら、夫人は僕らが一番知りたいことを案外スラスラと答えてくれた。それによると——」一刀斎が武芸を修めたのは七歳頃からで、師匠は父の正明という人である。正明氏は一刀流正嫡第十六世に当り、一刀斎が二十歳の春、流派の奥儀を授けると眠るが如く逝った、という。

一刀斎は、その後も始祖の祠の前で日夜修業を怠らず、遂に「陽炎《かげろう》」の秘太刀を会得した。一刀流極意の神妙剣である。そこで、この秘太刀を当代随一の達人と称される合気道・植芝盛平翁に試みようと東京へ出かけたのだが、プロ野球に入る仕儀となった事情は、我々がよく知っている。

「……しかし、何ごとも修業なのでございましょうと、夫人は別に驚いてもいない様子で、むしろ『陽炎』や『明車《めいしゃ》』を会得した人がボールを打つのは当り前のことですわと、笑っていた。ぼくは明日、山を下るが、植芝翁というのはどんな人物か、しらべるのが愉しみだ」

植芝盛平翁は当時、東京都新宿区若松町一〇二番地に道場を構えていた。七十一歳の老人乍ら、高松宮殿下の上覧を仰いだ試合に、一流の使い手七人に同時に仕掛けさせて忽ちに打据えたことがある。力士の大の里が翁の胸へ諸手突きを呉れたところ、翁は立った儘で、大の里は二間あまりハネ飛ばされていたともいう。

六

一刀斎は、巨人軍に入ってからも此の盛平翁との試合を忘れなかった。むしろ、そのためにこそ上京したので、彼が巨人と契約したのも、実をいえば、滞京費が欲しかったからである。というのは、上京したその日、若松町に道場の門を敲いたが、あいにく盛平翁は旅行中で、ふた月あまりは帰京しないと門人に云われた。大和の山中から出向いて来た彼は潤沢な旅費の蓄えがあるわけはない。仕方なく、球団幹部の言を容れて、「一年契約」で傭われたのである。だから、ペナントリーグの余暇を見ては、それとなく道場を訪ねている。

併し、球団にとって、いやプロ球界全てにとって最早彼は至宝的存在だった。あらゆる観衆、凡そ野球を知る者のすべては、ただ彼を見るためだけに球場に殺到したのである。――むろん、プロ野球ゆえ如何なる球団も相手チームに勝たねばならぬし、ファンには夫々贔屓《ひいき》のチームがある。だが一刀斎に関してだけは例外である。

一度、こんなことがあった。一刀斎が連続三十七ホーマーの超驚異記録を打ちたてつつあった頃のことである。某球団は、二死一二塁のピンチに襲われて、そこで一刀斎の代打登場を迎えた。勝負すれば必ず打たれる。某球団の方は三対一で巨人を抑えている時である。球団の監督は当然のように投手に敬遠策を命じた。ところが、観衆は怒ったのだ。全観衆が怒濤のように喚声と罵声を発し、柵を乗り越え、ピッチャーマウンドに向って殺到したのである。彼らは勝敗を楽しみに来たのではない、一刀斎が如何なるチャンスに登場してホーマーするか、それが見たくて来たからである。

又こんなこともある。某投手は、十何本かのホーマーを一刀斎に奪われた。投手もまた人だ。口惜しい。そこで彼は一刀斎が代打となったとき、死球を喰わせてやろうと思った。アバラの一本でも折ってやれ、という魂胆である。彼は投げた。あまりにその球は速く、あわや、と思われた瞬間ヒラリと一刀斎は身を躱《かわ》した。ボールは延び上った捕手の手もとを掠めて後方に転々……おかげで、走者は悠々と本塁をつき、投手は満場の物笑いとなった。

――こういう挿話を拾っていては際限がない。一刀斎は日本プロ野球の試合常識を変えたし、あらゆる球団はフランチャイズ地に於ける巨人との試合によって厖大《ぼうだい》な黒字を得たのである。このことは巨人の人気に負うものでなく一刀斎のそれに拠る、ということによって、各球団均等にファンがついたことを意味する。プロ野球は栄え、全ての選手はこの恩恵に浴したのである。だから考えられるような一刀斎への他の選手の妬視《とし》はなかった。むしろ彼らは一刀斎を愛し、畏敬し、つまり友達になることを希んだのである。その結果、異様な士《さむらい》言葉が昭和三十…年代を風靡《ふうび》したのも理由なしとしない。例えばこうである――

「おす、どうでござる？」「調子でござるか？　マアマアでござるわ」等。

――筆者は、けっして現在のプロ野球を戯画化するつもりはない。そういう意図で草された文章を寧《むし》ろ憎悪するものである。筆者はただ、事実を述べている。一刀斎の最後の代打出場を述べる前に、次の逸話に触れるのも、それゆえ、他意があるわけではなく、事実そうだったからである。

逸話とは、こうだ。――

一刀斎が稀有のペースで本塁打を打ちつづけた頃、巨人選手の間に、「一刀斎は毎朝、教育勅語を奉読する」という噂が立った。小学児童に「修身」を必修科目とするか否かで、兎角の議論が識者の間に交されていた折だから、小学生に絶大の人気のある一刀斎のこの噂は、当然大きな社会問題をなげた。各紙の社会部記者は一斉に彼にインタービューしてこの噂の真偽をただした。すると一刀斎はこういうことを言った。

「――自分は、一刀流相伝の者として山岡鉄舟先生を尊敬している、だから、鉄舟先生が唱えられた『我が武士道』を拝唱して、日々修業の資としているだけで、別に含むところはない。強いて云えば、柳生流に勝った欣びを味わっている位のものです」

そんな意味のことを言った。

殆んどの記者には、この意味が分らない。併し、後になって理解すると由々しい問題が含まれている。それで俄然、「敗戦は一刀流の所為か?」と騒ぎ出したというのが、逸話の内容なのである。

記者同様、意味の分らぬ人のために簡単に説明すれば――

教育勅語の文案の基底になっているのは山岡鉄舟の「武士道講話」で、甚だしいところになると、武士道講話が殆んどその儘使われている。例えば、

「謹んで惟《おもん》みるに、我が皇祖皇宗、国をしろし召され、その御徳を樹て給うこと甚だ深遠である。……爾来、億兆心を一にして、世々其の美を済《な》し、死すとも二心なる可からず。是れ我が国体の精華にして日本武士道の淵源また実に茲に存す」

「日本武士道」を「教育」と書き直せば、その儘文意は「教育勅語」になる。巨人選手が聞き違えたのも当然だったわけである。

ところで、大東亜戦争に突入した日本人の、当時の精神的背骨は「教育勅語」だった。われわれは鉄舟の「武士道」を信奉してあの戦争を行為したわけになる。「敗戦は一刀流の所為か」という一見無謀な問いかけも、さして不自然でない事が分る。

尚、一刀斎が「柳生流に勝った」と云っているのは、徳川将軍家の兵法指南であった当時、武芸の上では一刀流小野派の方が強かったが、柳生流の政治性に敗れ、一刀流は三代にして将軍指南の役を免じられた。爾来一刀流は野に下った。然るに明治維新となって、柳生が兵法指南をした幕府は敗れ、小野派一刀流第十二代山岡鉄太郎は明治大帝の帷幄《いあく》に参じた。二百年を経て真価はあらわれたと、そういう歳月をかけた兵法者の勝敗を云ったのである。

七

さて、どうやら、一刀斎最後の出場を述べる段階に来た――

昭和三十…年度のペナントレースも終り、ついで日本選手権も巨人の獲得するところとなった後、アメリカから大リーグ選抜軍が招聘されることになった。監督はオンドル氏である。親日家として知られたこの監督には、我々は既に馴染があるが、今迄はついぞ試合らしい試合を持ったことはない。呆然とホーマーを浴び、盗塁され、大量得点のひらきをその儘、彼我実力の相違と知らされるばかりであった。
が、今度はちがう。尠くとも僅少の差の試合なら、勝てるかも知れないのである。我には一刀斎がある。

全国の野球ファンは曾て見せたことのない狂熱と期待でリーガー達の来日を待った。云ってみれば、この時はじめてファンの胸中にはあの一瞬の陶酔と勝敗への関心が同時し得たのである。彼らは耳目を欹《そばだ》てて米人投手の球歴をしらべ、球質を諳《そら》んじた。そういう関心の深さのうちには、他でもない日本剣道への好奇心が新鮮化されて潜んでいたのかも知れぬ。が何にしても、日本のファンは一刀斎をまだ信じたし、自分の目で信じられる一瞬を待ちのぞんだのである。

ところが或るスポーツ評論家は、評論家とはそうしたものだが、ファンに対して親切な警告を発した。一刀斎の異常なあのスウィングは日本の投手にならまだ役立ったが、変化球の多い米人投手に対しては三振するであろう、と。するとこれに和して、曾てアメリカに遠征したことのある某選手は、こういうことを言った。

——自分は元ワシントン・セネターズにいた投手の球を打ったことがある。彼は横手投げに如何にも軽く投げる。それでも、国鉄の金田投手が最上のフォームで全力投球した以上のスピードがあった。リーグでは二流といわれた彼でそうなのだ、今度のような第一線投手が全力投球したら、如何な伊藤君も打てないのではないか。まして、来日するのは各チームきってのスラッガー揃いだ、伊藤君が打つとしても、それ迄に何本ホーマーされるだろう？

――ここでファンの心理描写をする余裕はない。警告は正しく的中したし、誤ってもいたからである。啻《ただ》、云っておかねばならないのは、全日本軍の監督（当然巨人のあの監督がなった）は、いよいよ日米対抗親善試合が開催される前日、「勝てる見込みのない時は伊藤を代打には出さない」と断言したことである。

この言葉が日本軍投手を刺戟し、投手へのファンの異常な期待を齎《もたら》したことは、容易に想像出来る。ファンはどんなことがあっても一刀斎の代打を見たいし、投手はそのような状態に自軍を立たせるためには敵の打力を極力抑えねばならない。

投手達は、併し困難なこの事を成し遂げた。

……昭和三十…年十一月十二日である。難波球場に於ける対米第三試合に、八回表を過ぎて失点わずか一。その裏、一死後西沢は右前安打し、代打別当は四球で塁に歩いた。観衆は総立ちになった。残るは一回。二点差なら、守れるのだ。

監督というものは、しばしば観衆ほど賢明でない。併しけっしてファンほど軽率ではない。彼は次の九回表、米軍の打順が二番から始まるのを考えるのである。あの警告が頭にある。若し一刀斎が凡打に退けば何うなるか。うまくホーマーしてくれたあと、九回表で逆転されたらどうなる？　一刀斎が出て敗れたことはなかった。ファンはそれを日本の神話とし、夫々《それぞれ》の偶像とした。今敗れんか、失われるものは一代打者の名声だけではないだろう。——

監督は、この時一刀斎を代打に送ったのは、何らの動機や智慧によるものではなかった、と後で述懐している。それが本心だったろうと思われる。彼はその沈黙があまり長すぎるので、「水さん」と誰かに呼ばれたとき、殆んど無意識に一刀斎を代打に名指した、というのである。

——が、とまれ一刀斎は打者となった。背番号6のこの男は打席に立った。鉄傘下が咆哮《ほうこう》して、それから水を打ったように静かになった。空はくっきりと晴れている。米軍投手はヤンキースのエース、スペンサー・メンドルである。

タイムは解かれた。彼は軽いモーションで風のような速球を抛った。一刀斎は空振りした。メンドルは背が高い。二球目は打者の肩口から白刃のように外角を切った。一刀斎は、空振りした。

真蒼になったのは監督だけではない。声を失って全観衆棒立ちになっている。メンドルはガムを嚙み嚙みピッチャーマウンドの左を踏んだ——その時、

「お待ち下されい」

一刀斎は手をあげて、制した。その顔が心持ち青かった。そして打席からダッグアウトへすたすた引返して行った彼は、其処で朋輩選手にこう言った。

「目隠しをしてほしい」とハッキリ彼は言ったのである。「お願いでござる。さ、目隠しをして下されい」

朋輩選手は、呆《ほう》けたように一刀斎を見戍ったが、言われる通りにした。

打席へ戻った一刀斎を見た者は息をのんだ。彼は白い手拭で目を覆っている。そうして八双に構えた。

「——彼ハ何ヲナサント欲シテイルノカ?」メンドル投手が訊いた。

「斟酌無用。スミヤカニ三振サセヨ」オンドル監督はサインした。

投手は真向から直球を投げた。ボールは観衆の敬虔な祈りに充ちた空を、はるかに左翼へ消えた。

指さしていう—妻へ—

しのびやかにノックすれば水薬の香はみちていて君は語らず。

あなたの少女時代の歌で、こんなのが思い出される。春日神社の社家に生立ち、かつてはその社の巫女《みこ》として朱の神苑に鈴を振っていたというあなたが、私たちの雑誌〈新林〉に参加して来て、このような歌を書いていたのは昭和二十一、二年頃であったか。あの頃あなたは養家の姓を名乗って青山千鶴子と云ったが、その活字の明朝体が少女たちの詠草の中にあって、くっきりと浮んでいたのを、今も清々しく思い起す。

大和路や宵宮の祭礼をバックに、古風な娘を連想させるあなたの歌には、裏千家の師匠をしていた養母の死や、牡蠣《かき》船に牡蠣を剝《む》く少女や、万葉植物園を彷徨《さまよ》う乙女やが歌われているかと思うと、遊園地の卓球場やレストランの白い食卓やプラットホームの直線の構図やが歌われていた。何かしら陰影の深い情感とともに、幼稚で純な、紛う事のない一人の少女の姿が其処に在るのを、月々の詠草に私は興味深く読んだ。

　その後の同人雑誌の席上で逢ったあなたは、黒っぽい結城に朱塗の高下駄、眼鏡をかけた眸容は何となく、北欧の映画女優を連想させた。眼鏡を光らせたひら面で、あなたはしっとりと人の言葉を吸取るような仕草でうなずき、調子の高い声音で悠《ゆ》っくりとものをいう娘であった。

　養母の死のあと、尼崎で外科医を開業している兄の許にかえったあなたは、其処が好きだと云って霊鑑寺の周りを散策しては、時々私達の下宿を訪ねてくれた。私達〈新林〉の同人は、桜井や平松や由谷やで共同自炊をして『新林編集部』の看板を下宿の傾いた窓に打附けていたが、内実は放埒無頼の浪人暮しにかわりなかった。平松はヘーゲルの弁証法を本当に理解出来る者は日本に十人とは居るまい、俺に分るわけがないと嘯《うそぶ》き、桜井は中原中也まがいの詩を作り、私は、ヘーゲルとヘルダーリンのようになろうと平松と話しあって専ら涙の出るような美しい小説を念願していた。私達五人の中で、由谷だけはコツコツ歴史哲学を読み、物言いも万事大人《おとな》びて落着いていたが、あなたが編集部へ遣って来るのは、ひそかに由谷に好意を懐いているからだろうと私は思い、由谷を除いた他の同人もこの観察には同感していた。あなたの義兄である奈良の前川佐美雄さんの家へも、時々、あなたは由谷となら一緒に遊びに行ったし、前川さん夫妻も慥《たしか》に由谷には好意を寄せて居られたと、今でも思っている。アナタノオ話ヲ今日、母ニシマシタ、密林カラ此処マデ光ガトドイテキマス。あなたのこの歌を雑誌で読むまでは、だからあなたに対する特別の関心は持たなかった。アナタノオ話と呼び掛ける感情が、私のした南洋の寓話につながるものと覚る迄は。

その前の年であったか、あなたは見合の写真を撮ってくれと云って奈良の北村さんの写場を訪れた。何しろあなたの義兄の前川佐美雄は奈良の有名な歌人であり、その人の紹介とあっては北村さんも気を張らざるを得なかったのだろう。丹念に四五種のポーズを撮ったが、その間、写場に思いがけず私の姿を見出したあなたの、娘らしい羞恥を、私は由谷に見せてやりたいナと考える程度にしか、この時はまだあなたに関心は持っていなかった。撮した後で、私達は待合室の長椅子に掛けてあなたの宇治川吟行の話をきいた。夜、川を下る舟の中から岸辺の蛍をみた美しさを、あなたは一時間ばかりも話して帰っていった。時が時だけに、そんなあなたのしっとりした話しぶりに北村さんと私は、清潔な、ほのぼのとしたものを受取った。羞恥を変に誤魔化したり、誤魔化すために気負った話し振りをしたりしないあなたの態度も、サラッとしていて気持がよかった。由谷を愛しながら見合をするのかと、如何にも今どきの青年らしい意地悪な追求をする興味からは、人間的に、私は遠い気性の男だったし、そういう追求にひそむ無責任な好奇心を寧ろ拒否すべきだと思っていたから、あなたの見合に関して由谷の方の気持を忖度《そんたく》する事もなかった。それっきり、見合の写真が実際には役立たなかったと知らされても、私は実は写真の事など忘れていた。

　その翌年、あれは私が東京の亀井勝一郎氏の紹介で三鷹に下宿する前——昭和二十二年六月三日だったか、あなたから突然の速達を受取って、京都駅へ迎えに行ったが、あなたの手紙は『検閲済』で私の手許に届くのが遅れたために、行違いになって、あなたは独り下宿を訪ねて来た。それと知らず私は河原町の女性の入りそうな商店を、一軒一軒、のきなみにあなたの姿を探して廻った。私達五人の中から特に私を名差した手紙が来たのは意外だったし、何か、私にだけ話し度い事のありそうな文面に、私は由谷との〝提灯持ち〟を頼まれるのかと思ったり、或いはもっと高まった浪曼の日が二人の間に開花するのではないかと、文学青年らしく想像して、非常な緊張の中にあなたを探した。あなたが下宿へ来ていると電話で知った時、だから肩すかしを喰った失意と落胆が私を襲ったのは否定出来ない。受話器を截《き》った時から私は冷えきった自分を寧ろ持余した。

　あなたは何でもなく京都へ出掛けて来たように、悠っくりとバスを降りた。停車場の前で待っていた私を、そしてキョロキョロと探した。あなたが近眼なのを、私はこの時ほど微笑ましく思った事はそれ迄にない。冷静を持余していた私の不機嫌はこの時おさまった。私は多少の金銭を用意していたので、あなたを高台寺下の〝一休庵〟へ誘った。

五味さんが東京へいらっしゃるなら……あなたは何をプレゼントにのぞむかと尋ねた。私は万年筆がほしいと言った。それから、前川さんの家であなたは亀井さんにはお目にかかった事がある、と話したり、三鷹の下宿先の模様をきいたり、同人雑誌に載せた私の小説への感想を語ったりした。時々白いハンカチで口もとの食べたあとを拭うそんなあなたを瞶めて、私は自分の家の資産相続をめぐる醜いいさかいや、雑誌の難行ぶりを幾分諧謔の口調で打明けた。その名を云えばあなたも知っている私の家の経営する映画館の不振は、そのまま〈新林〉の発行に影響していたのは事実だが、あなたの関心には、どこか雑誌のことだけでないプライベートな私の問題への気持の動きが感じられたので、真顔に私がなると、東京へお行きになったら淋しい、とあなたはポツンと言って項垂れた。

あなたの僕への話というのは、その事ですか、と私は尋ねた。あなたはこの日は銘仙の着物に、下駄だけ柾《まさ》の通った洒落れたのを穿いていた。そういう趣味は私の気にいった。〝一休庵〟で出される普茶料理のあれこれに就いてあなたの洩らす味覚にも私と共通のものがあった。私達は一席の食事を偕《とも》にしているだけで、或る安らかな落着いた気持に誘われるのを感じた。私はあなたに対して、好意を持っていたと、だから打明けるのが、あの場合の青年として最も普通な態度だったと、今でも思っている。私は貴女への好意をことばにした。うれしいわ……あなたは眼で静かにわらって、本当にうれしいわ、と繰返した。私達は間もなく〃一休庵〃を出た。

あの時雨が降らなかったらそれでも私はあなたの肩へ手をまわしたりはしなかったろうと思う。私達一族はことごとく戦災にあって焼出された身だったので、復員後の自炊生活をしていても私には満足な衣服がなかった。併しこの日は取っておきの、祖父の遺品分け《かたみわ》に貰った塩沢御召を着て、つづれの袴を私は穿いていた。御召は雨に濡れると見る見る縮んでしまう。あなたの蝙蝠傘は大へん小さかった。私は入れて貰うならあなたに身を寄せねばならぬ状態におかれていた。あなたは傘をひろげて差しかけてくれたが、私は思い切って、御召が縮むのを口実にあなたの肩を抱いた。〃一休庵〃から河原町四条までそうして歩いた。あなたは身を固くしたままで一町ほどもついて来たろうか。あの時私は二十七歳で、あなたは二十四になっていた。あなたの体内にはもう「女」が成熟していたし、そういう女性の成熟は偽りなく私の掌のうちに伝わった。私は、亀井さんが家出した奥さんとの新生活を持ったのも二十七歳の時だったと昂奮して喋った。そういう言葉の一つ一つは、その儘、私とあなたの結婚生活への暗示的意志とあなたが受取ったのを後になって私は知ったが、あの時はただ異性を抱いての澎湃《ほうはい》とした感動が私にそういう饒舌を強いたので、けっして、あなたとの結婚生活を直接考えたからではなかった。実をいうと、それ処か、あの時の私には思っている人があった。その人に私は遂に拒まれつづけた。それでもそれは愛情を拒否されたので、友人としてなら何時でも会う事の出来る女性だったから、私はあなたを抱いて、本当はこれが彼女ならとひそかに考えたのだ。あなたの所為ではない。誰であっても、その人以外の女性を抱けば私は同様のねがいをいだいたろう。それに〝一休庵〟であなたの感想を述べてくれた小説にも、私はその人の事をかなり忠実に書いてあった。だからあなたに彼女の事をかくしているわけではない、という弁解が私の側では成立った。あなたが身を固くしなければならぬことへの責任めいたものを私はそれで紛らし、「かく誘ふものの何であらうとも、私たちの内《うち》の、誘はるる清らかさを私は信ずる」と、好きな詩の一節を私はくちずさんだ。すると突然、「伊東静雄のその詩は私も大好きです。」とあなたはびっくりするような高い声を出して言った。あをたの身を固くしていたものはそれで崩れた。

太陽は美しく輝き
あるひは　太陽の美しく輝くことを希ひ
手をかたくくみあはせ
しづかに私たちは歩いて行つた
かく誘ふものの何であらうとも
私たちの内の
誘はるる清らかさを私は信ずる

私達は小声に口ずさみ乍ら歩いた。

…………

東京で住むようになってからの私は、しばらくは連日のように亀井さんを訪問して、書斎に入りびたった。一無名の文学青年が、名の高い文学者に目をかけられ、自由にその書斎を訪問する事が出来、作家の誰彼に時に紹介されて話の出来ることがどんなに幸福かは、文学青年なら分るだろう。桜井や平松とは幾らかそれに籠められた感情の質の違うあなたの〈新林〉の近況を報らせてくれる便りへの返事に、私は昨日小説家の誰と逢い、今日誰と話したなどと刻明に報告した。時に誇張を伴ったそういう手紙が、少しずつ私自身を偉くしてくれるような錯覚に酔っていたから、そんな手紙の末尾で、あなたへの愛情を一二行うたっていたのも今から思えば錯覚に秘められた副作用だったろう。それと知らぬあなたの手紙には、次第に感情がこめられ、私の錯覚を偕に錯覚する幸福感が文意の多くを占めるようになった。いいお仕事をして下さることを祈ります、とあなたは書き、わたくしはもともと才能のない女でございますけれど、あなたはきっと、素晴しいお仕事をなさると信じております、亀井さんの前川へのお手紙にも五味は大物になるかも知れぬと書いてございました、ガンバッて下さい。などと書き送って来た。そんなあなたの手紙に、もう許婚ででもあるかのような私にかけられた期待や夢の重大さを推察するほど、私は用心深くなかった。昨日は徹夜で二十五枚も書きましたと私は走り書きを送り、誰かチョコレートを恵んでくれぬものか天よ、腹が減ったと歌でもうたうように書いた。私は甘えていた。するとかならず、あなたからは為替が届いた。

　その頃私の書き綴った小説は、全て、私の愛をゆるさなかった京都の人への、どう仕様もない恋情に根差したものばかりだと言っていい。私は『日本浪曼派』に文芸の上の発想以上に、文学者の自戒を学びとった。清らかなもの、善美なもの、東洋民族への愛を、どれほど強くうたい上げても歌いすぎる事はない、とその頃私は考えていた。当時世間に発表される作品の殆んどは、戦時中のアリバイを言い、軍閥に躍らされたと叫び、一方では殊更に露わな性描写が《自由》の名で瀰漫《びまん》していた。若者らしく私はそれに忿りを持った。如何に躍らされたにしても、銃を把った其の事の責任は私達自らのものとして残る、と私は考えたのだ。生涯での最も貴重な時期——勉学の時代に出陣を強制された我々のどう仕様もない知識低下に対する絶望を私は思い、絶望のもってゆき場のない煩悶や、現実の生き難さを一人の女性への誠実な愛によって支えてゆく——そういう青年の文芸を僕らは持たねばならぬと考えた。私が京都の人を忘れきれないのは飽迄私的な理由でだが、そういう心情を文学的に綴らせたのはこの「ねばならぬ」だった、と思う。私はその人と遂に指一つ触れたことはなかったから、その人を描く上で、作品を面白くするために作家的に虚構する愛の場面は、全て、堪え難く不潔なものに自分では考えられた。不潔感に執する限り、作品はだから面白いものになるわけはなかった。私はそんな小説を亀井さんの所へ持って行った。うまくゆけば『文学界』に載せて貰えるかも知れません、とあなたへは書き、一週間して行っても、まだ読まれていない。三週間目に困惑の表情を亀井さんの顔に見て、私は後悔のホゾを噛み、大変冷淡な慰めようをする亀井夫人を、つまらぬ人だとにくんだ。

　三四度、そんな事があった。或る日のあなたの手紙で、前川さんの短歌雑誌《オレンヂ》が私の寄稿を待っていると聞かされ、ついで前川さんからも慫慂《しょうよう》の手紙を受取ったので、一晩の徹夜で私は前川さんの歌集の批評を書いた。その発表誌は亀井さんの手許にも送られていたが、意外に亀井さんは褒めて下さった。そうしてその時はじめて私とあなたとの間柄を問われた。あの雨の夜の一件をのぞいてありの儘を私は話した。併し雨の夜の事を除けば私達の間に何も特殊な関係が生じているわけではない。「ただそれだけの事なの?」と夫人にあらたまった訊き方をされ、私の方で驚いた。好きか嫌いかを訊かれ、好意は持っていると返事した。

　ハッキリしないこういう私の態度を、亀井家を出て一人になってから私は恥じている。私は前川さんを日本浪曼派の精神につながる人として尊敬していたし、あなたが前川さんの義妹であり、そのあなたと結婚する事になれば、そういう人の私は間接の義弟となり、私の立場は浪曼派の作家の人々に一つの存在となるだろうという、愛情とは関りない処で或る満足を私は感じることがあった。弁解の余地もなく私はあなたよりは文学を愛した。文学と女性が愛の方向で斉《ひとしなみ》な形をとるのは京都の人の場合にその頃限られていた。もしあなたと結婚するなら、私は尊敬する文人の義弟になれる、という満足感がどれ程あなたへの其後の私の関心の中で大きな部分を占めていたか知れない。あなたのために、これは不幸だったと私は思わないが、前川さんのためには大変お気の毒なことだったと思っている。

《オレンヂ》に批評めいた文章を発表した頃から私の生活はくるしくなった。大阪の祖母からの送金は途絶えがちになり、私はどんな事をしても下宿費をとどこおらせてはならなかった。亀井さんの紹介で入った下宿は、曾て亀井さんに師事した人の未亡人の家であった。五歳の男の児と、当歳の乳呑児をかかえた未亡人の生活は彼女の実兄の勤めの収入と、私の下宿費でまかなわれていた。食糧事情のまだ窮迫していた当時、私の下宿費が支払われなければその日から子供達の餓えが迫る状態に一家はおかれていた。それで最初の頃は潤沢な手許のままに十二分の下宿費を私は払った。未亡人の亡くなった主人というのは却々の蔵書家だったので、少しずつ彼女は本を売って生活を補っていた。作家志望の男がどんなに本に愛着するかは察して貰えよう。私は、同じ売られるならと、私の方で買取る事を申し出、互いの遠慮がちな交渉の遣り取りののちに、少しずつそれらは私のものとなった。と云って実は、もとからそれらの本は私の借りた部屋に置かれていたから、私は下宿費とは別に生活の援助も未亡人に与えているように表面では見えたのだ。彼女は道を歩いていて人を振返らせるほど美しい人であった。まだ三十を過ぎたばかりで、次第に彼女は自分の主人との恋愛の長い履歴を、ぽつりぽつり打明けてくれるようになった。アルバムの写真も見せて貰った。彼女の主人という人は、シナリオ・ライター猪俣勝人氏の弟さんで、当時から私もその脚本家の名は知っていたし、脚本家の結婚の媒妁人が佐藤春夫先生だと聞いた時には、いろいろな意味で一そう未亡人の恋愛を讃美するようになった。現実の生活では、いよいよ生計の上に俠気めいて責任を覚えるようになった。と云って送金の目途《めど》の次第に心細い状態では、私は何とか内職をする必要があった。

　亀井さんから斡旋された内職の口は、倉田百三選集の編纂を手伝うことだった。亀井さんが選集の編纂人として出版社から得られる報酬をこちらに廻して貰った。おかげで、私は収入を与えられて百三の全著作に目をとおす機会をえた。本を読む為には本を買わねばならぬと思い込んでいた青年が、報酬を受けて読書の出来る事に大へんトクをしている感じを持ったのは、やむを得ないだろう。東京に出た当時のあの幸福感が私の日々に満ちはじめ、少時途絶えていたあなたとの文通が又はじまった。

今思うと、私は何か自分が恵まれ、祝福され、幸福であると感じる時にかぎってあなたに手紙を書いている。自分の得意な状態をあなたに知って貰いたいと欲している。大へん若やいだ、稚拙なそういう働らきかけがあなたへの私の関係を其の後も終始つらぬいて来たと思う。

さて私はそんな手紙に次第に大胆な言葉を使うようになった。あまり大胆だとあなたはしばらく返事をくれなかった。こちらの大胆さは所詮気分に作用されているものだから、時として投げかけた言葉を自分で忘れてしまう。あなたはそれに悠っくり時間をかけ、一生懸命考えて、遂にこちらを吃驚させるほど大胆な返事を用意してしまうのだ。そのいい例が、はじめて東京に私を訪ねて来た時だったろう。

あなたは一たん新潟の女友達をたずね、此処まで来たのだから東京へ寄って帰ろうかと思います、ハガキでそんな弁解を用意してからでなければ出て来なかったが、私にとっては、突然のあなたの上京である事にかわりがなかった。朝六時上野へ着くという速達を前の晩に受取って、慌てて私は未亡人に手伝ってもらって部屋を掃除し、あなたが来ることを亀井さんに報告しておいて、翌朝、出迎えに行った。当時の汽車の旅はまだ窓から乗ったり降りたりしなければならぬ時だった。そんな旅行にあなたが女の身で単身新潟から廻って来るのが、どういう事を意味しているかを私は迎えに出向く電車の中で考えつづけた。私には、東京での生活の間、女性の友達はひとりもなかった。私は二十八歳になっており、あなたの肩に感じたあの成熟の弾力が私の掌の内に甦るのをどう仕様もなかった。あなたは泊ってゆくだろう、それなら、一先ず私は部屋の外の廊下で寝よう、あなたが若しそれを苦しく思うなら、私達の間に新しい一夜が明けるかも知れぬ……そう考えて、何事もあなたの出方にまかせるつもりで、私は上野駅の混雑の中であなたの降り立つ姿を待った。

リュックを背負った頑丈な青年達の背後から、あなたは俯向きがちに、ひっそりした感じであらわれた。当然人波に私の姿を探し乍ら来るものと思っていたのに、俯向いているそんなあなたの姿を見て『出迎えの微笑』を泛べていた私の頬が強張《こわば》るのが自分でも分った。私は歩み寄って行くのをやめた。あなたの方から、黒い鞄を手に、ゆっくりと近づいて来た。私達は何でもないような出会いの会釈を交しあった。私はあなたの鞄を受取った。

上野から三鷹までの電車の中で、あなたは殆んど物を言わなかった。疲れたでしょう、と二三私の方から話しかけても至極頼りない返事をした。私は簡単に自分の下宿している部屋がどんな様子かを、予備知識を与えるつもりで話したあとは、黙って肩を並べて吊革を握っていた。すると、出来れば今夜のうちに大阪へ帰ろうと思います、と突然あなたは言ったのだ。

正直に云うが、あなたの言葉をきいて私は失望した。自分の心に染まぬ事を云われると、つまらぬ奴だと思う癖が私にはある。私はあの時あなたを要求するつもりはなかったし、あなたがのぞむなら、よろこんで廊下で眠るつもりでいた。そんな私である事を察しないあなたなら、つまらぬ、と私は思ったのだ。上野駅からあなたの俯向いていた意味が分った事も一そう私を味気なくさせた。——結局、あなたはこの日私の部屋へ泊ったが、私は廊下で眠らず、未亡人に頼んで一室を明けてもらい、徹夜で原稿を書いた。さらさらペンの走る音をあなたは寝床の中でいつまでも聞いていたという。あの時私は例によって京都の人との思い出を書いていたのだ——。

あなたからの激しい愛の手紙が送られて来るようになったのは、大阪へ帰ってからだったように思う。私は、殆んど返事を出さなかった。併し亀井夫妻へは、よくあなたから手紙の来ることは何かの話の中に挟んでおいた。亀井夫妻と云えば、あの徹夜した翌日、私は行きたくないというあなたを誘って亀井家を訪問した。あなたと夫人は初対面だったが、大へんあなたを歓待して下さったし、あなたも実に大人ぶった立派な応対をするのに内心私は愕いたことだった。亀井夫人が「五味さんとどうなの?」と訊かれると、あなたは結婚とは関りない気持で交際しています、とハッキリ言った。私は満足した。だいたい私には、男女間のことをアケスケに質問することへの嫌悪感がある。二人が結婚するかどうかは二人の様子を見ていれば分ることで、兎や角他人が穿鑿《せんさく》する性質のものでない、と私は兼々考えていた。一般に東京の人は、関西人のわれわれに較べてそういう点でデリカシーがない、というのが私の持論だった。だから亀井夫人の質問は弟子である私の結婚の事を心配して下さっているためにしろ、思い遣りのない、凡そ文学者の夫人らしくないつまらぬ質問と思われたから、あなたがさり気なく応えてくれたことを私はよろこんだのだ。今から想うと、大へん私は厄介な弟子だったわけになる。――それでも、若しあのとき強く私があなたを愛して居れば、けっしてあの返事は私をよろこばせなかったろう、という意味で、当のあなたを悲しませていたとは知る由もなかった――。

あなたから暫く又手紙が来なくなって、ふた月ほど経った頃、今度は私の方が亀井さんと一緒に奈良へ行く事になった。奈良に新しく出版社が出来、前川さんが相談役で、亀井さんと保田与重郎氏を顧問に「出来れば五味君にも編集で一役かって貰うつもりです。」との前川さんの便りを受けたからだった。倉田百三選集の方がそろそろ完結に近づいていたので私は渡りに船とこの話をよろこんだ。

西下の汽車の中で、当然のようにあなたの話が出たが、私は、亀井さんと一緒に旅行出来るというその幸福感であなたの話題をも包んだ。いかにも貴女に逢える愉しさからこの旅を喜んでいる、と亀井さんにとられたのもだから仕方なかった。私にすれば併し、当の亀井さんとの初めての旅を愉しむ気持へのいくらか含羞《はにか》みがあったから敢て誤解は解かなかった。関西へ行けば、可及的速かに千鶴子さんに逢いなさい、はい逢います。――私達はあなたを結構サカナにして水筒のウィスキーを汲みあった。

奈良の出版社は、実質は綿織物の商事会社で、それが出版部を設立したわけで、社長をはじめ、文学に理解のある者は一人もなかった。当時は併し何らかに文人はそういう新興成金の事業欲に便乗せねば、自分の著作を出版出来ない状態に置かれていた。皆よろしく社長に話をあわせ、せっせと御馳走になった。そういう洒落っ気を相談役の前川さんが誰よりも強く発散させたので、私達は大安心をして喰《くら》い、且つ飲んだわけだ。出版の機能がその会社で動きはじめれば、私は東京出張員という名目で月々千八百円ベースの給料を貰う話もその時にまとまった。私は就職というものをした事がない。月々定収入を得るというのが実に大した事のように、だから思われたし、希望が持てた。二日ほど奈良にいて、私ひとりで貴女に逢いにあなたの尼崎の家を訪ねた。

あなたは大へん美しく粧って私を迎えてくれた。私が奈良へ着いた日から、毎日そうして待っていたとあなたは冗談のように言った。そのあなたの正装が、あなたのお母さんや兄さんにも私を歓待させる理由を与えたのだろうか。はじめて訪ねた青年に対するものとしては過分の応対を私は受けた。私はとうとう泊めて貰った。私には同じ大阪に自分の家がある。それでいて、礼儀にはずれたこの一泊を私に強いるほど、この日のあなたは花やいで、心のこもった私への態度を示してくれた。

夜、私は二階の座敷であなたの琴を聞いた。琴にも楽譜のあるのをその時まで私は知らなかったが、想像したよりあなたは巧者だったので、安心して、私も多少は弾けるのだと打明けた。あなたの外した爪を、一つ一つ、私は自分の指にはめながら私には一人の妹があり、その妹の習っているのを傍らで見ていて、いつの間にか妹以上に弾けるようになった少年時代の話をした。では聴かせて頂戴、とあなたは笑った。私は琴の前へ坐った。ほんの少し、あなたは場所をゆずって私の背後にそっとしていた。私の弾く「千鳥」はしばしば曲をとばしたがあなたは「お上手ですわ」と真顔で言った。私の内面には、琴を弾くような古風さに我慢のならぬ気持と、琴のしらべに少年時代を想い起す素直な童心が同時している。私は我流にピアノも弾くし、オルガンのバイエルも習《さら》った。祖母の三味線の稽古を一心に見ていたこともある。私の生母は私を捨てて家を出たので、私は婆やの皺くちゃな乳房をまさぐって寝たが、或時、伯父に連れられて行った宗右衛門のお茶屋で、芸者のゆたかな乳房を知ってからは、一時、そのやさしい芸妓とでなければ寝ないと祖母にダダをこねて地団駄をふみ、遂に子供の身で芸妓をあげるという馬鹿な真似をしたこともあった。そんなことを私は思い出しながら話し、私にはマテルニテ（母性）への渇望が強い、とふと洩らしたのだ。私の気持の中ではこれは大へん自然な言葉だった。あなたはすると、私の背広の肘を抑えて、

「もう遅いですから。」

と弾くのを歇めさせた。私の話が、何となく実は不潔な感じがしたからだとあなたは後で言った。それ程僕は清潔な男に見えますか、と私は尋ねた。

「ええ。」

あなたははっきり頷いて、とても純粋ですもの、と言った。「それでは」私が此処であなたの唇を求めたらどうします、と私は訊いた。あなたは眉を悲しそうに寄せてじっと私を見た。それから、

「わたくしでよろしいのでしたら。」

と言った。

わたしは腕をのばしてあなたの膝の手を握った。

「有難う。」

と私は言った。それだけで、私達はおやすみなさいを言い合って階上と階下に訣れた。

翌朝、駅まであなたに送られて私は東京へ帰った。

先日は何のおもてなしも出来ませず、大へん心残りに存じました。それに結構なお土産を頂戴いたしまして、誠に恐縮に存じております。貴方が東京へお帰りになって

から、毎日御便りお待ちして居りましたのに、どうなさったかしらといろいろ勝手な想像をしておりました。何か御気を悪くなさっていらっしゃるのでしょうか。

私、あの翌日奈良へ参りましたら、亀井さんも保田さんも丁度前川に来ていらっしゃって、貴方のことを話していらっしゃいました。私は胸がくるしくって困りました。亀井さんは日吉館へお帰りになる時、途中までお送りした私に、五味君はいい青年ですよ、と仰有って下さいました。本当に涙がこぼれるほど嬉しくて、亀井さんが大好きになりました。

でも貴方は私のこと、どんな風に思っていて下さるのか分らないの、苦しくて困ってしまいます。前川の姉に話してみましたら、ほっといたらええねン、と申しました。姉は貴方を私よりも知っているようなので、それが口惜しいでした。何か、姉からもお手紙差上げると申していましたが、そのうちお手許に届きますでしょう。

貴方がお泊りになった部屋は毎日、お掃除すると貴方を思い出します。又いらっしゃって下さい。でも琴は今後絶対にお目にかけないでおこうと思っております。

昨夜、あなたの夢を見ました。でもとても気持のいい夢でしたので、覚めてからも何度も思い浮べました。羞ずかしいけど思い切ってお話し致します。

夜の庭で、白梅が一面に咲いているのです。私と貴方とでその庭を散歩して、雪のように散っている花びらを踏んで歩いておりますと、とても古めかしい燈籠が立っているのです。あたりは真暗で、燈籠にだけぽつんと明りが点いていました。何気なく私がその明り窓を開けますと、中に、金と銀で縁取った御結納が収められていたのです。明りが反映して、金銀がとても美しく燦めいていたのです。貴方はその御結納を私のために其所に用意しておいたのだと仰有って下さいました。

どんなに、この夢が幸福だったかお分りになりますか？

でも貴方は、私のことなどお考えにならず、いい小説を書いて下さるように祈っております。ちょっとだけ、でも私のことも考えて下さるようにお願いします。

かしこ

千鶴子

康祐様

お手紙ありがたくぞんじ上げます。いつぞやはお越し下さいましたのに何のお構いも出来ませず申訳なく存じます。奈良の出版社のことは、気軽にお手伝い下さればうれしく存じ上げます。妹や私共の出てくる創作とやらを是非お見せ下さいますように。「背信の人と歩いた」という題はしゃれた題ですね。先日妹と京都に行き雨が降り出したので私は持っていた傘をさしました。妹は傘なしなので私の肩につかまって入って来ました。そして「成程ね。」と云いました。

又関西にお帰りになりましたらお越し下さいませ。
亀井様の御夫妻によろしく、どうか御機嫌よくおくらし下さいますように。

十月二十日

前川　緑

五味康祐様

御もとに

過日は失礼を致しました。出版社の方は適宜やって頂ければよろしく、事務所を交詢社と定めて頂いたのも大いによろしく、そのうち好人物の社長同伴にて大挙上京致すべく、東京もずい分変っておることと存じます。亀井氏にお会いの節によろしくお伝え願います。申しおくれましたが土産を忝く、小生の好物とて毎日いただきました。厚く御礼を申上げます。御大切にいずれお目にかかりまして。

草々

亥十一月一日

佐美雄

五味康祐様

私達二人だけの秘密な結婚を持ったあの六月三日まで、私はそれきりあなたと会わなかった。その代り、ずい分いろいろな作家に仕事の事で逢うようになった。

先ず横光利一さんのお宅へ行った。私は玄関で二三度ごめん下さいと云ったのだが、誰も応対に出て来る人がない。亀井さんの紹介状を持っている事が併し私を勇気づけた。この日横光さんを訪ねたのはあなたも知っている桜井の創《はじ》めた出版事業の件だったし、奈良のと違って大へん資力の乏しい彼の出版社に横光さんの本が貰えるとは、その道の人にならば思いも寄らぬ事だったろうが、私には横光さんを訪ねるのが自らのためでなく、友人の事業を援けるためという大義名分みたようなものがあった。しばらく待っていて、又私は「ごめん下さい。」と音のうた。当時私は専ら着物に袴だった。

思いもよらず、横光さん自身が這うようにして出て来て下さった。家人がおらず、胃が痛んでくるしんでいた所だ、と真蒼の顔で言われた。表玄関からやって来る訪問者の跫音だけで、横光さんは家の中にいてその人物の人柄を当て、気に染まぬ来訪者の場合はけっして在宅とは家人に云わせない、と後になって誰かに聞いた事がある。すると私の訪ねた跫音は、気に入ったのだろうか。横光さんは差し込む腹痛を両の手でつつむように下腹部に当て乍ら、私の差出す亀井さんの紹介状を読み、私の用件をきき、とても駄目だとくびをふられた。私は用件より、そんな横光さんの躰の方が気になって、大丈夫ですかと何度も尋ね、ふと瞭《あきら》かな死相を見たように思い悲惨な気持にうたれた。誰が何と云おうと私は横光さんが好きだった。私は自分の予感をこの時だけは否定したいと思ったのだ。後に太宰さんが死ぬときも道ですれ違って私は予感してしまった事がある。それで本当に大丈夫だろうかと帰って亀井さんに尋ねて見た。亀井さんも保田さん前川さんと一緒に一週間前に横光さんと会って来られたばかりだった。「大丈夫だよ。」と一笑にふされ、悪い予感は人前で云うものではない、と逆に叱られた。私はその事をあなたへの手紙に書いた。ひと月して、横光さんは亡くなった。

そんな少し前だったろうか、檀一雄さんが、どた靴をはいて、はじめて私の下宿を訪ねて下さったこともあなたとの往復書翰に私は書いている。当時の檀さんは九州でショーバイをしています、とまだ人に言わねばならぬような生活人だった。それでも私の好きな真鍋呉夫を実に大切にしてくれる人として、檀さんを私は信じ、いつかは会いたいと思っていたから、私はこの来訪をよろこんだ。その後石神井ホテルへ一緒して私も大酒をのんだ。私達が文芸の上に咲かせたいとねがっている優美な、純潔な、時に放埒の姿をともなった生命の流露感と流露に伴うかなしみを正しくつづってくれる作家は見当らないのを私は嘆き、そういう文芸の担い手であるべき保田与重郎や伊東静雄や檀一雄や伊藤佐喜雄が今は貧窮に迫られているのを文学青年としてかなしみ、せめて同じ浪曼派に育った真鍋や庄野潤三や三島や林富士馬や島尾敏雄が早く世に出てくれたらと私は思っていたので、その事を檀さんに言って搔き口説いた。みんな、逢ったこともない青年たちばかりだったが、彼らがこの国の文学を支えてくれる日が必ず来るだろうと昂然と私は断言したりした。私には断言しなければならぬものが悲しみとして胸に一杯していたから。すると不意に「歩きましょう、ネ。」檀さんは先に立って傾いた貧しいホテルの窓から庭に飛出した。私はつづいた。

ホテルは石神井池の傍らにあって、池にまたがった石の橋に彳んで檀さんが大声に『魔王』を唄い出したのを私は貴い記憶として已れの《青春》にとどめる。私も京都の人の前でシューベルトの『魔王』をうたった日があった。檀さんの歌詞は所々間違っていた。それが涙の出るほど私にはとおとく感じられた。ドイツ語の歌詞の誤りをただすのは専門の歌手なら何でもない事だ。だが間違った発音で朗々と歌い上げる高揚は詩人のものだ。檀一雄よお前は何という気持のいい人だ、そう思い、

「素晴しい女が一人いるんですよ。檀さん。」

私は言った。

「そオ。——誰?」

「奈良にいます。前川佐美雄の奥さんだ。」

あなたの姉である前川緑夫人は、私の知る限り、女流の中で第一等の詩人と今でも私は思っている。僕の無名の頃、本当に私の才能を信じてくれていたのは実は妻のあ

なたでなく、前川夫人と保田与重郎氏と斎藤十一氏だったことは、あなたにとっては不幸だが私にはどんなに気持の支えになったか知れない。どれ程無名であっても、作家は自分の胸にあたためているもの、誰もまだ描いた事のない素材を抱いている間は磐石の自信を持っていい事を保田与重郎氏に私は教えられた。評論家は、世間の誰もまだ認めたことのない作家を一人あたためて居ればいい、大方の批評家は雑誌社の売出そうとする新人を雑誌社の意嚮に添って、多少賢い言葉で語るにすぎないが、とも保田さんは言われた。私は五味をあたためてますナ、とも緑夫人に言われたと聞いて、どんなに私は感動したか、それが、亀井さんに見限られ、東京を追われて貴女との生活の貧窮のどん底だった時だけに、私を発憤させた。併しそういう傍証を伴わねば、私に跟いて来られなかったあなたには私は淋しさを覚えたし、奈良の姉さんに励まされては、離婚を思いとどまって来たあなたのあの頃を、本当に可哀そうだったとも思う。――が、この事はあとでもう一度考えよう――。

横光さんが亡くなられて間もなくの頃から、奈良の出版社は動きだした。私の身辺は漸く多忙となり、或意味でそれは私の生き方を少しずつ変えていった。

出版社の事務所はひと先ず交詢社ビルの《小牧正英バレー団》の中に置かれた。それ迄ついぞ見たことのないバレーの練習なるものを私は時々見るようになった。小牧正英は人間として大へんつまらぬ男の様に私には思えたが、事務所をバレー団の中に措いたのは、小牧氏の経済的援助を奈良の出版社がしていたからだ。私は着物に袴を穿いて、バレーのレッスン場の片隅で、半裸体の乙女達や青年が踊るのを毎日見ていた。名優の日本舞踊を歌舞伎に見馴れてきた私の目には、小牧バレーが決して本当のものでない事はひと目で分った。私はバレーを知らないが、芸術の格調は分る。小牧の踊りが基礎訓練のない似而非なものであることぐらいは分る。審美眼とはそういうものだろう。然も世間は小牧を新しい舞踊家の如く思い込み、バレーという未知な舞踊への憧憬から、何も知らぬ少女や乙女をレッスン場へ送り込んでは脚をあげたり跳ねたりさせる。そんな跳ねたり踊ったりがバレーとして世間に通り、新聞社に後援され、劇場で公演され、立派に企業として成り立ってゆく。何という日本は寛大な国だろう……私はそう思って、美貌の乙女達が肌に汗して小牧の号令で踊るのを見た。バレー団の中に、一人、私の心をとらえた少女のいたことが、莫迦々々しいそんな練習を如何にも神妙らしく私に瞶めさせたのだ。彼女の一挙手、一投足を見ているだけで私の内で小牧正英への蔑視などは消えていった。おしなべて、この国では何か新しいと見えるものが新しく見えるその事自体に「芸術」の名を冠され、且つ流行してゆく。そういう日本文化の未熟さが彼女の踊りぶりから私の内に惻々と流れ込んで来るような気がしたのだ。

バレー団に事務所を置くようになって、週に一度「出社する」私の主な仕事は《夜の会》に関係していた。岡本太郎や野間宏や埴谷雄高や花田清輝や椎名麟三や佐々木基一や安部公房らが月に一両度の『前衛的』会合をもつ。その会合を《夜の会》と名づけ、私は専ら諸君の飲み且つ喰う経済的後始末をする役であつた。当時の金で月々一万円が出版社から計上され、その範囲で私は彼らに適度に酔って貰い、適度に喋ってもらい、誰が将来モノになるかをチェックする。将来彼らの出版でアテようというのが社長の真意であり、如何にも関西商人らしいそういう考え方の上で彼らは後援され、私は後援者の代表として会に列席した。

本業である綿織物が不振で中止されるまで、この援助は半年あまり続いたかと思う。その間、文学青年である私に、当時戦後派と呼ばれたこれらの作家達との接触は一つの影響を与えた。彼らは私の持つ発想法から全然別の所で物を言った。私を古いと嗤った。ひそかに私は彼らをペダンティックだと嗤った。それでも、西欧思想の体系的教養が私にないこと、私が余りに美に淫していること等を、私は反省させられた。ヘーゲルが本当に理解出来る日本人なぞいるものかと平松は嘯いたが、《夜の会》ではヘーゲルなどは友達なみに心安く扱われていた。扱う彼らの思いあがりを見抜くのはた易い。併し何を云っても私には哲学的な、それの体系的、勉強の機会が今迄なかった。彼らに新しさがあるかないかは知らず、彼らが偽物か真物かは言わず、私自身もう一度西欧の思想や文芸を勉強する必要がある事を私は感じた。そのためには先ず神の問題から入らねばならぬだろう、と考えて、聖書を読むことから私ははじめ、近代思想をいう前に神学《テオロギー》を勉強した。

あなたとの、あの頃の私の沈黙には右のような理由がある。あなたは時々、私の便りのないことをうらむ手紙を書いて来たが、私は無視した。無視する強い愛というものがあるのを私は自分の内に信じはじめていた。岡本太郎はいつか、こんな話をしたことがある。

「パリではね、街で、ふと男女が行会う、アピールする、忽ち二人はオテルへ行き五日でも一週間でも一緒に寝るんだ。名前も聞かないし、住所も云わない。やがて部屋のドアを、こう靴の先でポンと蹴って閉めてさ、さよならだ。それだけなんだ。それが現代の恋愛なんだ。」

私は男性として、そういう手軽な性交渉には気持の上で誘われる。その場合すら併し、そんな愛の交渉なら平安朝時代の文芸にいくらでも見てきたと私は思うし、別にハイカラでもないと思ってしまうのだ。私は矢張り、こういう時代に一人の女性を愛しきる青年の純情に惹かれる。ストイックな、どう仕様もないそういう青春を今の私はまだ持っていい、とその時私は考えていた。聖書をよみ、古代神学からディアリクテック・テオロギーへ至る間の私なりなそんな勉学の期間、あなたを無視しつづけて、然も私の内に次第に育ったのはあなたと結婚しようという意思だった。

私は、無名の文学青年だ。経済的に次第に貧しかった。私の明日に妻となる人の幸福を約束出来る条件は何一つ揃ってなかった。私の傲岸な気性は、妻との生活のために会社員になるような事を自分に許さないだろうとその時分から分っていた。私の人見知りする性格では、万一何処かに勤めたにしても私と妻を経済的に保証してくれるようには旨く立廻れないにきまっていた。私が文学で世に立たぬ限り、私の妻になる女は最も不幸な一生を送らねばならないだろうと私は思っていた。人前では何と云おうと、本当の私の才能は最も世に出にくい形でしか開花しないのを私は知っていた。それに、私の家が経営する映画館などいつ人手に渡るかも知れなかったのだ。

一方、私は前川佐美雄さんを文人として尊敬していた。あなたの姉さんの素晴しさを知っていた。そういう夫妻の妹であるあなたを、若し私が愛しているにしても、不幸にしか出来ぬ生活に連れて行くことは信義の上でも悖《もと》ると私には考えられた。まして、正式な挙式もせず、世に云う疵物にしたりする事など思いも及ばなかった。或る程度、私があなたに働らきかけなかったのは意識下にこんな反省があったからだと思う。私は日本の徳義をまだ守りたいと考えていた青年だし、恋するなら、その人を幸福に出来る確信がなければ愛を口にさえしてはならぬ、そういう慎しみのうちに男性は愛を通さねばならないと考えていた。

その私が、あの六月三日、あなたを抱きあなたの肉体を知ったのは、性欲や未知なものへの好奇心のためばかりではない。私はいう、あなたを愛した、繰返し言う、貴女を愛したからだ。

あなたの持つ古風さが秩序を尊重する生き方に根差し、《秩序》がどんなに貴ぶに値するかを貴女によって知らされた事を、今も私は、有難いと思う。

雨の日にあなたの肩を抱いてから丁度一年目に、家の問題で私は大阪へ帰り、あなたと神戸の元町で逢う約束をした。私は一時間半も遅れて元町へ着いた。あなたはもう居なくなっている、と半ば諦めながら約束の場所へ行くと、あなたはぼんやり円柱のかげにイんでいて、私を見て、実にほのぼのと笑った。あなたの笑顔が、あの時ほど美しく見えたことはない。私は自分が短気だから人に十五分も待たされるといらいらする、焦立ちは顔にあらわれるのが自分でも分る。あなただって、一時間半も待たされて居ればいい気持はしないだろう。大抵の人なら、帰ってしまうだろう。それでもあなたは私を待ち、私の来るのを信じて待ち、ほんとうに静かな微笑で私を迎えてくれた。この人となら結婚してもいい、とその時私は思った。

遅れた詫びを私が言うと、もう五分待って、いらっしゃらなかったら帰ろうと思っていました、とあなたは言った。あなたは着物を着て、この日私も着物を着ていた。

私達は元町を歩いた。二人だけで今日結婚しましょうか、と突然私が言うと、案外素直に、

「ええ、しましょう。」

とあなたは言った。

私は、あなたを誘って宝塚へ行ってみた。神戸の近くで、私の知る二人の初夜に総《ふさ》和《わ》しい所は其処しか思い当らなかった。本当に、私の行きたかったのは武田尾温泉だったが、汽車の時間割をしらべたり幾つかのトンネルを煤《すす》だらけになって通らねばならないのが忌わしかった。それで武田尾に近い場所を私はえらんだ。

宝塚駅で電車を降りてからのあなたは、別に身を固くしている様子はなかった。私は出来るだけ豪華な旅館の、いい部屋のありそうなのをさがして歩いた。それらしい一軒を見つけて私が先に玄関へ上ると、素直にあなたは跟《つ》いて来た。女中に案内された座敷は併し私の気にいらなかった。私は出た。——次の旅館も駄目であった。

五六軒も、そうして私達はたずねて歩いたろうか。おとめの貴女には、旅館の仲居などから「連込み」のように見られるのが次第に堪え難くなってゆくのが私には分った。

私はあきらめた。むかし祖母が宝塚に別荘を持っていた頃、贔屓にしていた料亭がある。そこへ私はあなたを伴れて行って、食事をし、それからあなたを送って尼崎の

家へ行った。

　あの琴を弾いた二階に私は泊めてもらった。其夜、私達は結ばれた。

　私達は昭和二十四年の春に結婚式を挙げた。あなたの側と私の方から各々親戚代表は二人列席しただけのささやかなものだったが、気持よく晴れた生田神社のたたずまいを今も瞭然《はっきり》私は思い浮べることが出来る。

　あなたは神社の境内に近い〝エリザベス〟という美容院で衣裳をととのえた。挙式は午前十一時なので、朝九時には貴女はもう其処へ来ている筈だったが、十時前になっても貴女が現われないので私は焦々《いらいら》した。私の方は、男の事だし、実母が神戸にいたから、母の家からモーニング姿になって式場へ歩いて行った。自分が今日は花婿だという感慨は殊更になかった。式場へ近づく一歩一歩が、「彼」の今後の運命を決するだろうと他人事のように考え、舗道の白い足許を見て、ゆっくりゆっくり一人で歩いて往った。云えば私はあなたとの結婚そのものには安心をしていた。むしろ、貴女はどんな気持かとあなたのことばかりを考えた。

　私の従兄弟たちは、夫々、私達一族にふさわしい結婚式を持った。都ホテルや、大津の紅葉館や、新大阪ホテルで何百人もの人々に祝福されて結婚した。あなたの姉さんは甲子園ホテルで矢張り華々しい挙式をしたと、あなたからも聞いたし、佐佐木信綱夫妻の媒酌で結婚した姉さんのその日の写真には、川田順や土岐善麿や吉井勇氏らの顔が並んでいた。そんな中に、女学生時代のあなたの姿を見出して、きっと、あなたもそういう人達に祝福される結婚を少女らしく空想していたのではないかと、私は頰笑んで瞶め入ったのを覚えている。別に、多くの名士に取囲まれた結婚式が立派とは限らないのは無論だから、自分の挙式をそんな知名士で飾り度いとは私はゆめにも思っていなかったが、併し、すぐれた詩人や学者に識合いのある事は、それだけ新郎新婦が信頼するに足る人物であるのを意味することには間違いないのだから、その意味で、無名の文学青年である私と結婚するあなたを、姉さんにくらべて可哀そうだと私は思った。

しかも、私は歩いて式場に行かねばならぬほど貧しい。文学上の一時期に師と呼んだ亀井勝一郎さんには、それ以前に見離されていた。世間並な新婚旅行も私の経済ではゆるされなかった。いくばくかの資産を私は祖母に分けて貰ったが、あなたに一応の結納金を渡した前後、須臾《しゆゆ》にして使い果してしまった。そうでなくても私は親戚中に毛嫌いされる存在だったので、祖母の代理が一人と、岡山の牧師の叔父しか式場には来てくれず、貴女の方も私の側にあわせて少人数の列席者にとどめてもらった。結婚式などというものを儀式ばってやる必要はない、ほんの形式的なものだ、という人なら二人きりでやればいいのだ。私は、そんなミミッチイ考えはきらいだし、この地上に、兎も角生れあった青年と女性が以後の人生を偕にするというのに、祝婚はどんなに豪奢であってもありすぎることはない、と考えている。おしなべて、私には経済観念がないが、いのちを契ろうというものを、経済的理由で華燭の宴《うたげ》をきりつめる人達の気持がしれない。

とはいうものの、私は貧しく、新婚旅行にもつれて行ってあげられないのを、あなたに申訳なく思ったが、それでいて、うららかに空は晴れ、あたたかな気候で、さして惨めな感じもなく私は歩いていた。こういう私と結婚するのだから、まアあなたも仕方ないと覚悟してくれているだろう、何事もかんべんしてくれる事だろうと、かんべんしてくれるにきまっている貴女に大いに私は満足していた。

母は神戸駅へ岡山から来る叔父を迎えに出たので、生田神社へは私が一番早かった。それと気づいて、はじめて私は面映ゆく晴れがましい気分を味った。当日は他にも一組挙式があるとのことだったが、それらしい姿はなかった。

生田神社の周辺は戦災の荒涼たる風景で、社殿も新しく普請したばかりの寂しいものであった。狛犬《こまいぬ》だけが戦前の石の貌《すがた》で珠を噛み、珠を足下に踏まえていた。境内では浮浪児が野球をしていたので、あなたが来る迄に散ればよいがと考え、ぼんやり私はゲームを見ていた。案外皆うまかった。

肩を敲かれると、前川さんがニコニコ笑ってられた。私は、

「どうも。」

と言って、頭をさげた。

「チーちゃんはまだ来ませんか。」

と云われて、「まだです。」と私は応えた。

今日の手筈は全て当のあなたが了知していることであろうに、いよいよの時間になっても現われない。兼てあなたのスローモーなのは承知しているが、今からこれでは思いやられる、と眩しい陽差に眉を寄せて参道を見遣ると、母と叔父の来る姿が見えた。

あなたはそれから猶三十分ばかりして、お母さんと嫂さんに手を曳かれて参道をやって来た。今と違ってその頃のあなたは十五貫ちかくあり、ふくらかな体の線をしていた。春の陽差に高島田で歩んでくるあなたの姿は矢張り私には美しく思えた。私は一とき、これから二人の人生がはじまるのを切実な厳粛感で受取り、あなたをほんとうに幸福にしてあげたいと念った。

私達は、既に肉体の上で結ばれていたから、性的な意味でなら、結婚というものの新鮮な感じからは互いに遠いところにいた。ただこれからは、今迄のように、何か咎めの意識なしにそういうことも出来るという一種の安堵感しかなかった。むろんそれ

が喜びでなかったとは云えない。「母に悪い。」と許す前によくあなたは洩らした。あなたのような環境に育った人なら、それは当然の言葉だったろう。その、母への申訳なさを堪え、あなたの気質にある一つの倫理感を超え、私の欲望の方へあなたも生理を少しずつ同調させて来た。二十五歳で未通女でなくなったあなたはそういうよろこびを味わう度に、母にかくれてそうすることを何か悪いことに感じ、私のために、あなた自身の愛のためにもその心苦しさに堪えねばならぬと自分で吩《い》いきかせていたに違いなかった。奈良の前川の兄さんや保田さんの前でもわたくしはとぼけるのが上手になりました、とあなたは手紙に書いて来、翌日直ぐ、「昨日はあんなふしだらなこと書いて本当に申訳ありません。保田さんはまだ何にも御存知ないかも知れません。先日、奈良へまいりましたとき、千鶴ちゃんは怕《こわ》いということ知らんのですな、と、あとで姉に仰有ったと聞いて、ふと、何もかも見抜いていらっしゃるのではないかと思ったのです。それであんなお手紙差出してしまったのです。でも前川の兄は私を信じてくれているようでございます。でも誰に信じられなくても、貴方とこれきり結婚出来なくなっても、わたくしは一生貴方をいい方だと思ってゆけると思います。このことが何よりも嬉しゅうございます。」そんなことを書いてきた。その頃の娘らしく、結婚前の性行為にどんなにあなたが心を痛めているかが手にとるように分り、私は返事の手紙も出せなかった。

だが、今、あなたはもうそういう気苦労をすることも要らなくなり、公然と私の妻になるために、くさぐさのそんな思い出を背負って一歩一歩私に近よって来る。ともあれ一つのゴールインをあなたはしようとしていると私には思えた。私は拳をふるわせてそのあなたの近づくのを待った。私はこの時満二十八歳になっていたが、若者が新妻を迎える、太古から変らぬ青年の歓喜が胸内に湧き上って来たのを忘れ得ない。

――私達は、男女の交際では抑圧されて育てられたから、挙式以前に既に夫婦が結ばれているのを大そうロマンティックだと思う傾向がある。だが自分がそういう結婚をしてみて、挙式まで自制し、花の冠を戴いた青年と乙女が一切の制縛から解放されて、奔放に、且つ厳粛感を伴って純潔を与えあう方が、ロマンという意味でなら、どんなに浪漫的かをその時痛感した。大へん鮮かな印象で、あなたに対して、けっして私が立派な人間でなかったこと、むしろきたない青年だったことを知らされたのを、覚えている。云ってみれば、あなたの方は挙式によって曾ての交わりを正当化することが出来たようであり、私は、それらの折々の己れのきたなさを銘記する機会として挙式をもったようなものだった。私はあなたに対して済まないことをしたと本当に慚じた。――この気持は、その後もかわりなく一つの負い目として私のうちに残った。

――

神前での結婚式のあと、私達は、皆で社務所の一室を借りて、和菓子で「おうす」をのんだ。色直しをして藤に葡萄をあしらった訪問着に、つづれの帯を胸高に緊めたあなたの新妻ぶりは、私のような醜い男には勿体ないほど美しく思えた。あなたの側の親戚の一人はあなたの家柄の正しいことを述べ、私の叔父は起って縷々《るる》と神のことばを語った。私の生母の父系は紀州公の御典医で、母系は同じく紀州家のお六尺（駕籠舁き）であった。お六尺でも紀州家から将軍の立つときは将軍の乗物を担う、苗字帯刀をゆるされた士族であると、曾祖父などが自慢していたのを覚えているが、私の足の大きいのは、どうやらこの母系の故と思われ私はこの話をされるのがいつも憂欝であった。五味家は武田家の臣から出た。あなたの家系は御直参であることを私は既に聞いていた。あなたは外科医院の次女に生れ、私は劇場主である母方の祖母の手で育てられた。私は幼名を欣吾といった。その頃から母としてより《女》の生き方に走った私の生母は、だから私を欣吾と呼ぶことしか知らぬ。少年期の私はそんな母を憎悪し、青年期には嫌悪したが、あなたとの結婚を私の側で本当によろこんでくれたのは矢張りこの母ひとりだったろう。

　茶室で少憩のあとで、私達は打ち揃って母の女友達の経営する西洋料理店の二階座敷に落着いた。其処で当時としてはまあ豪華なビフテキを喰べ、ビールをのんだ。そろそろ夕刻になった頃に俄か雨があり、

「実に吉兆です。」

皆は私達を祝福してくれた。間もなく私とあなたと二人で、皆に見送られ、雨のあがった道を母の家へ帰って往った。新婚旅行の出来ぬ私達は、母が空けてくれた其処で初夜を過ごすことになっていた。雨あがりの冷やかな風の吹きすぎる道を、私はまだモーニング姿のままで、あなたは晴れ着で、私達の最初の生活に一歩一歩あるいて往ったのだ。うす藍色に夕昏れる山の手の雲の棚曳きを私は忘れ得ない。

私達は、二人で住む部屋もなく、私に職はなく、収入はなく、世帯道具と呼べるものは何一つなく、私が須臾に使い果した同人雑誌の名残りとそれにつらなる文芸への茫漠とした熱情と希望と、あなたへの愛だけを信じて結婚生活を持った。あなたのために、私は昂然と項《うなじ》を反らして歩いたが、私の胸中には新婚の歓喜ばかりがあるわけではなかった。

それでも母の用意してくれていた新しい寝具を延べてあなたと向いあったとき、私は、この結婚をしみじみよろこぶ気持を味った。私はあなたとの結婚を動機に亀井勝一郎氏の逆鱗にふれ、あなたのために結婚を極力反対する亀井夫人のあなたへの忠告のくさぐさを仄聞し、それでもなお私と結婚すると亀井夫妻の前に言いきったあなたに私は感動した。疑いもなく私の将来は亀井さんに見限られ、あなたに拾われた。亀井勝一郎の批評眼を信ずるか、未開の私の運命を信ずるか、そういう選択にあなたは追いやられ、私の方をえらんだのが、単に私とは肉体的に結ばれていたからだというだけなら、あなたが可哀そうだ。

私はといえば、まだあなたと正式に結婚する前、あなたの手紙に誘われて一週間ほどあなたの家で原稿を書いたことがある。あなたの兄さんは外科医院を開業していたから、空いた病室に私は閉じ籠もったのだ。その間、夜、夜食の用意などしてあなたは《陣中見舞》に来てくれ、私が部屋の暑いことをいうと、背ろからうちわで煽いでくれたりした。却ってそれでは落着かぬというような小人物なら、小説など書いたって駄目だという妙な理窟をつけて、あなたの好意にゆだねて書きつづけたのだから、暴君の素質は既にあの頃見せていたわけになろうか。本当のところ、のこのこ貴女の家に泊めてもらいに行くような甘い青年にいいものなど書けるわけはなかった。

――それはとも角、この一週間の滞在で、あなたが私の神経では時に我慢ならぬほどおっとりしていること、あと片附けの実にルーズなこと経済的観念が皆無なこと、大へんなスマシやさんであることを私は知った。併しそれらの欠点の全てがましまろのようにふわっとしたあなたの人柄につつまれているのを、却って私は好もしく思ったものだ。私は元来才気ばしった女は嫌いだし、亭主の仕事に喙《くちばし》を容れるような人は好まない。亀井夫人に私が暴言を吐いたのもこういう気質からであった。あきらかに私は亀井さんの文芸を大切にしてほしいと夫人につめよったのだが、そういうでしゃばった私の態度が逆鱗を蒙ったのは当然すぎる。私は万死に値する。併し、ともあれ私はあなたのように、愛しながらもけっして夫のために良妻にはなれそうもない種類の女性が好きだから、よろこんであなたを妻にえらんだ。あなたの場合ほどつきつめた「あれか・これか」でないにしろ、とに角私はあなたをえらび、あなたも私の運命に従う方を選んでくれたのだ。多少の才能は私も自分に信じられていたが、それが明日の結実を約束してくれるとは限らない、その点はまるで私は自信がなかった。

それでも、とうとう私達は結婚した。私は欠陥の多い男だが、いつまでも仲良く暮したい、と私は言った。

「ええ。……」

あなたは笑って、

「けっしていい旦那様になって下さるとは思っていません。」

と言った。

ああ、わたしに不幸にして仕事が出来なければ分らない、もし私の文学が世に出るようなことがあれば、どんなことがあっても私達夫婦は別れることはないだろう。そう私は信じてあなたとの初夜を過ごした。

三日目に、あなたはしきたりで里帰りをした。翌日約束の時間に私は駅へ迎えに出てみたがあなたは戻って来なかった。次の日、それも夜かなり遅くなってから、おっとりとあなたは帰って来た。昨晩は到頭遅くなってしまったし、独りでは夜の道が不安なので泊ってしまったとあなたは詫びた。本当にそれだけの理由であなたは実家に二泊したのだ。

しかし、あなたが神戸へ帰りたがらなかった気持もよく私には分る。

母の家は六畳を含めて三部屋ほどの小さな家で、あくまで母の家であり、私達は居候みたいな立場におかれていた。実の子の私はまだよかったが、その私でさえ、世の普通の親子のようなわけにはゆかなかったから、況《ま》して嫁のあなたが、万事に窮屈なおもいをしなければならぬのも当然であった。それに食事の仕方や、家に在る調度や、器類《うつわるい》の好みに至るまであなたと私の母とは趣味が合わなかった。それはまあいい、あなたは医者の娘に生れたので衛生という事には常人の考え以上にこまかく神経を使った。鼠が隣家の猫に家の中で喰われたと云って、クレゾール液を作って座敷中を拭いて廻った。母はとりわけクレゾール液の臭いが嫌いであった。

「ちずさん、それだけは堪にんして下さいませんかネ。」

母はたまりかねたように言った。

「でもお母さん、気持が悪いですわ。」

私がおどろいたほど、あなたは確信ありげに言って、拭いた。そういう小紛糾が幾

らもあり、

「此処はわたしの家です。あなた方のお気にいらぬなら、どうぞ自由に出て行って勝手に暮して頂きます。」

と母は言った。母が「わたしの家です。」ということば裏には、複雑な境涯を送った母のさまざまな懐いがこめられているのを私は知っているから、さして母のそんな物言いにも驚かないが、あなたにすれば胸のつぶれるおもいがあったろう。健全な家庭に健全な両親のもとで育てられたあなたには、何としても実の息子に出て行けがしな母の言動が解しかねたのも無理はない。私は無収入だから、妻を娶っても母に小使いを貰わねばならなかったが、その小使いを、母は私に「借す」と言った。そんなことばも、嫁のあなたには耐えきれなかったろう。あなたは私がお気の毒だと言い、何とか私達の部屋をみつけましょうと、襖ひとつを距てて母に聞かれぬよう寝床の中で囁いた。

母の生活は、私が使い果した金のほぼ半額を母も資産分けのとき分けて貰っていたので、それを月々銀行からひき出して、それで生活していた。生みの子の私に経済力が備わり、且つ私が母の面倒を見ると申し出ぬ限り、母には預金が無くなれば餓え死にするしか道はなかった。心細いそんな母の経済状態の中から、母にすれば、私達の結婚の費用一切をまかなってくれたのは精一杯のものであり、あなたへの好意をあらわしているつもりであった。はじめてあなたを引き会わしたとき、母はひと目であなたが気に入り、口をきわめてあなたを褒めた。

「今どき、あんなにお嬢さんらしい娘さんは見たことがない。」

と激賞した。

その当の母が、結婚後ふた月ぐらいには、

「あなたは大へんな嫁さんを持ってくれました。」

と嘆き、

「あんな人を奥さんに持ったのでは、一生男は出世でけ〰ません。あんたも可哀そうな人です。」

と溜息まじりに呟いた。母にすれば、たしかにあなたの態度は嫁として目に余るものだったろう。あなたは自分の持物や衣類はキチンと整頓し、実にこまごまとよく手を入れた。そうして私のものは押入れに「忘れている」ことが多かった。結婚してもう七年になるが、あなたは今日まで遂に私の着物一つ裁ってくれようとしたことがない。自分のものはせっせと仕立にまわしたり、実家へ戻ってお裁縫してきます、とさっさと帰って行った。私は七年間、真冬もオーバー無しですごした。あなたは銀狐の襟巻を大事に使っていた。それがあなたの亡くなったお父さんの思い出につながることが、オーバーのない私と肩を並べて歩くことの出来るあなたの理由であった。私のものを自分の手で縫わないのは、綺麗に自分では仕立られないからだとあなたは言った。何事も、あなたの側ではそれだけの理由があり、その理由を私も諾ったが、母にすれば、一旦嫁いで来た身で、自分ばかり着飾って主人の貧相な姿に平気でいられるようでは、もう一事が万事、いい嫁であるわけがない、と古風にきめてかかっていた。姑と嫁は折合いの旨くゆかぬものとは聞いていたが、つくづく私は合点をした。双方の言い分のどちらにも、

「そうだ。そうだ。」

と曖昧に話を合せた。

もともとは、全てが私の不甲斐なさに起因している。私はそういう軋轢の中で、出来るだけとぼけ通した。私が下手に解決策にのり出せば、一番深手を負うのは当の私にきまっている。その事でどんなに私が血を流してみても、文学を捨てきれず、就職出来ず、妻とも別れきれず、母に面倒をかけねばならぬ私は、結局、一番た易く絶望感に陥るだけだろう。

半年、一年とそういう状態で生活がつづいた。その頃にはもう大半、あなたは尼崎の実家に帰っていた。母の預金は次第に心細くなり、それをあなたのいる前で母がグチるのを聞いていては、たとえ僅かな米代でもお姑《かあ》さんに迷惑をかけたくない、とあなたが言うのも道理だ。そんなことをしないで、売り喰いは世間にざらにあることだから、

沢山ある貴女の着物を売って食費に当てて下さればいいのに。と母が愬《うった》えたのも当然かも分らない。併し、あなたは神戸の生活が気分的に愉しくないのを口実に実家へ帰ってしまったのだ。それを又母は嫁らしくないと私に詰《なじ》った。「そうだそうだ、ひどい嫁だ。」あの時、私がそう言う以外のどんな態度がとれたろう。所詮は経済というもので解決出来ることであった。私はいよいよという事態になると、ふらりと本家へ行き、祖母からしぼり取るように金を貰って来た。そうして、せっせと母やあなたの着物を質に入れては本を買い、あてのない小説を書いた。夜を徹して賭麻雀にも耽った。少しでも勝って帰ってのんびり小説を書こう、ふとそんな気持で牌を手にしたあの頃の自分を想うとりつ然とする。

祖母にもまだ資産がのこっているうちは、こうして出鱈目もしていられたが、いつまでもあなたを実家に帰したままの生活がつづけられるわけはなかった。世間態もあり、そのことでもあなたのお母さんが心配したのは当然だろう。あなたの側でいうなら、むしろ一刻も早くあなたは私如き男とは別れた方がよかった。それを拒んだのは、慥《たし》かにあなただ。あなたに拒む確信を教えたのは保田与重郎氏であった。

私の発プンは漸くこの頃からはじまる。私は就職出来そうな器量でないし、母の預金ももう乏しいとなってみれば、何とか私が働いて収入の道を見出さねばならなかった。就職出来ぬ男が誰しも考えつくように、小さな商売を私はあなたとの相談の上はじめることになった。これにはあなたの弟も一役相談にのってくれたが、この弟が又私に輪をかけた大した空想家だったから、はじめの計画では、私達三人の協力で頗るいい具合に儲かる筈であった。我々は大いに希望を持った。『ヘルス商会』なる事務所をあなたの実家の住居の中に設け、あなたはもっぱら会計をやり、弟は外交、私は総務を司ることにして、なけなしの母の預金を出させた。母は幾度もダメをおし、かならず月々の「配当」を下さいと繰り返し言って、金を出してくれた。母の立場になってみれば、本当に瀬戸際だったろうと思う。

私達の商売というのは〝海人草《まくり》〟を各小学校、中学校、高校に売って廻ることであった。当時はサントニンが潤沢に出廻ってなかったから、問屋街で〝海人草〟ひと叺《かます》買ってくれば、儲けは「折れて曲った。」相手は学校だけに支払いは絶対間違いなく、事実私達はカバンを携げて集金に行った。それほどの大金だからというのでなく、生徒達は一人分平均十五円ほどを、めいめい銀貨や一円札で持参するから、金額の上では僅少でもかなりの量になるわけだ。それでも、一人当り十五円では気の毒なほど儲かる予定なので、私達の商会の〝海人草〟を使ってくれる学校には、三千円ぐらいの〝顕微鏡〟を寄附すると申出たり、別にインターンをこちらから学校に派遣して、生徒の検便をさせたりした。

さて商売をはじめたところ、弟一人ではとても地方の学校をまわりきれぬという当の弟の意見で、外交員を雇う必要が生じ、能率給にして、アルバイトの学生二三人を雇ってみた。宣伝文句をうたった各種のパンフレットを作り、名刺を作り、社印をつくり、伝票、机などを揃え、海人草の叺を仕入れ、さて機構が動き出す頃には、当初弟が「充分やわいャ。」と云った倍の出費を見たが、収入は皆無であった。生徒達は「まくり」のお金を何日までに持って来なさい、と担任の教員に言われる、当日になると、

「先生、忘れました。」

と手を挙げる。

学校という処は、全部の金が纏ってからでないと煩しいので支払わない。一人や二人分ぐらいは教員自身が立替えてくれてよさそうなものと我々の方では思うのだが、公私を混同してはならぬものらしい。全部が集まるまで予定の入金日より間違いなしに十日は遅れる。こちらは予定日に則って次の仕入れをしなければならず、日々の外交の交通費は出さねばならず、要するに、母の出してくれた僅かな資金は忽ちに焦げついた。母が出し惜しんだのではない、それだけしかもう母の手許にはなかったから、ウヤムヤのうちに、事務所に当てた表座敷を矢鱈とまくり臭くしただけでこの商売は結局失敗に了った。

私にとって、だが、あなたの実家の敷居を、面映ゆさなしで這入れたのはこの僅かな間だけだった。その意味では、この商売はあなたと私を仕合せにした。私達はひとつ机に対い合って、あなたはセットしたての髪を気にしたりして、ポツリポツリ算盤を弾き、私は、ぼんやり莨を吹かして外交員の成果を待ちながらそんなあなたを見戍《まも》りつづけた。あなたはこの商売をはじめるようになってから見違えるように活き活きとして見えた。経済上に或るゆとりがなければその美しさも、人柄のよさも発揮できない性質の人がいる、なべて女とはそういうものかも知れないが、とりわけあなたにはこの傾向が強いのを沁々私は感じた。あなたは、荷車のあとを押しても夫を盛りたてるような妻ではなかった。充分な経済的余裕があって、はじめて美しさの輝く種類の人であった。みじめさと、貧乏そのものはかならずしも同じでないだろうが、私が何らかに金の入る毎に先ずあなたを伴って街に出掛け、あなたのほしいものを買い、私自身一人のときはコッソリうどん一杯で済ませたりしたのも、これ以上あなたが惨めになっては、それこそ私達の結婚は可哀そうすぎる、と考えたからである。ズボンに膝当てをあてた背広を着て、オーバーなしでも私が平気だったのは、あなたが綺麗であってくれたからだ。惚れているとは必ずしも云える質のこれは行為ではなかったと思う。

『ヘルス商会』の失敗は、母を死なんばかりに嘆かせた。私ははじめて母を大喝した。私は、どんなに母が可哀そうかは、承知の上で、損失を母だけに負わせ、あなたの家には迷惑をかけないようにした。私のその真意が母に分らなかったので私は大喝した。母にすれば、何かあなたの弟に預金を欺し取られたような感じがしたのも無理がないが、仕事の失敗はあくまで私の不明によることで、誰の所為でもないのを私は自分で知っている。本当に、商会の仕事をはじめて私自身は何一つしなかったと云っていい。私は暇があると本を読み、役にも立たぬ原稿を書いていた。そういう己れの莫迦さ加減につくづく愛想がつきたから、一そう私は激しい言葉で母の卑しい考え方を責めた。母はオロオロし、

「それでは、これからの私をどうしてくれるのです。」

と愬えて泣きくずれた。

「委せておいてくれ。」と私は言った。もう貴方の委せておけは信用できません、と母は一そう泣いた。

尼崎のあなたは知らぬことだろう。母を嘆かせても、妻のあなたには知らさなかったこういう私の尼崎に対する遠慮は、当のあなたにとって、本当はうれしいことだっ

たろうか？　知らぬ。私は、妻になってもまだあなたへのぎりぎりの処で、あなたが前川さんの義妹であることへの遠慮が自分に働いているのを瞭らかに自覚し、云い知れぬ淋しさを覚えたのを憶えている。そういう私に遠慮を懐かせた結婚後のあなたの言動を、とりも直さずあなたが悪い嫁だと母がうらんだ原因でもあったろう。母はここでも又間違っているが、もう、私はその母の誤りをただし得ない。商売を失敗して間もなく母は激しく吐血して倒れた。

あなたは病床に駆けつけ、

「お母さん、お母さん。」

ポロポロ涙を流して母を揺ってくれた。

母は一時は危篤と医者に云われたが、その後、半年ちかく私達夫婦や妹夫婦の看病をうけた。治療費一切、生活費一切が私の肩にかかった。

私はそれ迄何一つ母に孝行らしいことをしたことがない。私達親子の間柄は、私にそういう義務感をついぞ感じさせなかった。

併し、この時ばかりは私が何とかせねば母は死んだ。文学青年の私に何が出来たか。私は土方をしても母の治療費を得たいと願ったが、気持ばかりでそれが出来るものではないのを知るばかりであり、所詮は専門外の内科的疾患で、外科医であるあなたの兄さんの存在も何ら役立たなかった。

私に出来たことは、きまっている。祖母にこれが最後だと当分の医療費を貰いに行くことだった。戦前は百万長者と云われた祖母の零落しきった姿の前で、私は己れのすてきれぬ文学を、この時ほど呪ったことはない。が、今更云ってみてもはじまらず、私は好きで文学し、実は文芸を誤解し、妻や母や祖母を悲しませ、文学者として多くの人に見放され、然もここに到ってそういう反省がどうなるものでもないと身に沁みて知ったとき、私は、はじめて自分の生涯を見とおした。私はあなたを捨て、母を見殺し、祖母を餓死させても後悔などするものではないという突き放した気持になった。私は悪鬼のような男であろうかも知れぬ。一蓮託生で滅びることをこの時覚悟したから。一切の私の周囲の不幸が、私が文芸などしたいと希んだために齎《もたら》されているものなら、已むを得ない。不幸のうちに皆死んでも私は文学してみよう。そう思ったのだ。傲《おご》った気持でなく、むしろ何でもなくそう思った。私の考えている文学が似而非であろうと古かろうとそんなことはもう何でもなかった。私は断じて祖母にも母にもあなたにも申訳ないとはもう思わないだろう、去るものは須臾にして去ればよい、私ともに滅びるものは滅びたらよいし、もし生き残るなら何ものかの支配下に私はえらばれているからだろう、そう思った。

祖母は、私の要求しただけの金を都合してくれた。私は祖母の肩を揉んであげようと言ったら、祖母は泣き笑いで断った。私は直ぐ、伏見の祖母の家を出た。

あなたや、妹夫婦の睡眠不足を補うためにそれからの幾夜か、私は母の枕辺に坐りつづけて看病した。暗い電燈の下で、母はまだ死相のようなものを泛べ、時々うわ言を言った。あなたは疲れて死んだように睡り、あなたの方も時々うなされた。私は凝乎と母の顔を瞶め、そんなあなたの呻きを聞いた時に涙が溢れたが、私は独りで笑って伏せてあった本を取上げた。狭い庭で秋の虫が鳴いていた。氷枕を代えるとき母は充血した眼をあげて、少時私を見ていてから、

「アイスクリームを買うてほしいなあ。」

と言った。

「明日買ってきてあげる。」と私は言った。母は私の手を求め、弱く摑んでまた眠りつづけた。

数日そういう昏睡がつづいた。

倖いに母は一命をとりとめ、いくらか正気にかえると、早速、お金のことを心配して私に尋ねたが、心から心配しているとは思えなかった。母は母の生涯に疲れきっていたのだろう。私は、何度目かに母が尋ねたとき黙って札束を握らせ、母の枕の下にそれを入れてやった。

入院するのが一番いいだろうことは分っているが、出来ぬものは仕方がない。往診してくれる医師が注射などうって帰るたびに原則として薬代を支払いにゆかねばなら

なかったから、祖母のくれた金は飛ぶように消えた。私は蚊帳まで質屋に入れ、なくなるとあなたの着物を運んだ。妹の着物を運んだ。

「いっそ売りましょう。」

とあなたは言ったが、売るのをいそぐことはないと私はとめた。結果的に云うと、あなたが言ってくれたようにいっそ売った方がよかったかも知れぬ。ことごとく、廉い値で質は流れたから。私は大して併し違いはなかったと思う。

母は小康を得るようになったので、妹が先ず帰ると云い出した。私以上に、女である妹は母の生き方をいやらしいものとして憎みつづけて来ていた。無理もなかった。凡そ母性愛らしいものを母が心から妹に示したのを私は見たことがなかった。私は妹の看病に感謝の言葉を言って、あなたに妹夫婦を神戸駅へ送ってもらった。いくらか、あなたは母より妹の方に親密感を懐いていたようだった。帰って来たとき、妹と私の父が違うことを、しみじみあなたは思い当る気がする、と呟いたのを覚えている。

そのあなたにも、次第に疲労の色が濃いので、しばらく尼崎へ帰ってもらった。私は炊事には馴れていたが、下《しも》の世話は初めてだ。誰のよりも、私にされるのが気がおけなくていい、と母は羞ずかしそうに洩らした。母と子の血のつながりというものを、母がしみじみとその時実感しているのを私は感じた。

母は次第に恢復してくれたが、療養費の嵩むことにかわりはない。つぶさに、あの期間の生活をどうして私達がきり抜けて来たのか、今思うと不思議なくらい私は覚えていない。たしかに、お茶漬ばかりで過したときもあった。が、とに角母の欲する果物などはあらかた喰べさせてやることが出来た。あなたは着物をそれ程多く質に入れた筈はない。母の女友達の心づくしも永くはつづかなかった。それでいて、私にあの頃のその方面の遣り繰りの記憶がないのは、余程わたしがくるしまなかったからだろう。

あなたにとっては、併し実にくるしいあれは時期だったかと思う。

あなたは、私と二人きりの生活を夢見つづけ、わずかな期間——あなたの家へ「出社する」という妙な名目だったにしろ、『ヘルス商会』を営んでいた間は——兎に角私達は二人きりの生活に似た気分を味うことが出来た。母の病臥で、再び私達は神戸に暮したが、あなたが、ほんとうに私と二人の生活をもち、実に主婦《おかみ》さんらしい苦労をし、それでいて、心から私の妻らしいよろこびや落着きに浸れたのは、二人で「おしるこ屋」を経営した時だったろうか。

母が恢復しはじめてくれた頃、信じ難いほどの好条件で店舗の貸し屋があるのをわたしは見つけた。元町駅に近く、マッチ箱のような独立建ちの家屋であった。詐欺にかかったと知ったのは一ケ月ほどあとだ。私は、『ヘルス商会』の体験は棚にあげ、性懲りもなくその店を経営することを思いつき、あなたに相談した。資金は母の家を抵当に借りることが出来る、店の前は中学校で、店の住居の方は二畳ひと間しかなかったが、二人でなら住むことも出来るのだ。あなたは私達素人にと不安がったが、「おしるこ屋」なら甘くさえすればいいだろう、中学校の生徒だけ相手の店と考えればいいし、食べ盛りの年頃だから、うどんも一緒にやればはやるだろう、うどんのだしなら私は自信がある、と言った。

私達夫婦ではじめたあの「おしるこ屋」がうまくいって居れば、私達の現在は別のものになったろうか。

店舗の条件のよすぎることを、詐欺にかかるのではないかと母は病床で心配したが、私だって物を書こうとする人間だから人を見る眼はある、絶対に大丈夫だと言い、あなたにもそう言って到頭母の家を抵当に私は資金をつくり、店舗主に支払った。はじめは不安そうだったあなたも、見違えるほど元気づいて、いろいろ店の飾りつけや、運営に就いての意見を述べた。あなたらしい如何にもお嬢さん気質に溢れたそういう経営の仕方が、却って店の繁栄を約束してくれそうに思えたので、店の事は一切あなたに委せ、私は専ら雑役夫と出前持ちをやることにきめた。

「欣吾さんは人相が悪いから、なるべく店には出ない方がよいよ。」

と尤もらしく母は意見を述べ、あずきをどうして煮れば旨く照りが出るか、水加減や火加減などをこまごまと貴女に教えていた。私達の商売がうまくゆくようにと最も真剣に願っていたのは母だったろう。正直の処、何とか手をうたねば病床の母をかかえ、私は明日にも路頭に迷う逼迫した状態におかれていたが、それでもまだ、心の何処かには何とかなるという例の不逞な其の時まかせの気分があった。「おしるこ屋」をしようと決心した一番深い理由は、矢張り、生活のためというより貴女と二人きりの、そういう暮しを何としても持ってみたい願望のためだったと私は告白しなければならぬ。条件の良すぎる事は、母が忠告するまでもなく危険なのは充分私も知っていた。併し、そうでもしなければ母が家を担保の金を借りることに賛成してくれるわけはなかった。つまりは、私とあなたの二人きりの暮しはのぞめなかった。


　あなたが「おしるこ屋」に対して懐いた気持は、もう少し単純だったように思う。何か《ままごと》めいた愉しさがあなたの言葉のはしばしには溢れていた。それほどあなたはお嬢さんだったしそんな時のあなたが一番美しく私には思えたのだから仕方ない。店を開く前に、私達は、はやっていそうな甘党屋の様子を見て廻った。サッカリンと砂糖の微妙な使い分けを私は舌端でさぐろうとし、あなたは、

「おいしい、ほんとにおいしいわ。」

もう気持のいいぐらい顧客になりきって、箸の先をしばらく唇に載せていたりした。私は己れの商売気が馬鹿らしくなったが、

「そんなに旨いか？　大丈夫か？」

君にもこれ位の味はうちでも附けられるかと、不安になって訊くと、

「何とかやってみます。」

悠々とあなたは答える。実に頼もしく私には思えた。

店の名に就いて色々私達は協議したが、結局「ひさご亭」という古めかしい名前にきめ、この名のきまった頃に店を開店した。

忘れもしない。開店第一日、売上は八百六十円あった。マッチ箱のような小さい店だし、われわれ素人がやって、当分家賃の五千円でも浮いてくれれば上出来だと思っていたから、この売上は私達を喜こばせた。それでも、実はこの一日、私は不安なので開店と同時に後をあなたにまかせて、店を出、ウロウロ元町あたりや三宮の甘党屋を見て廻った。皆よくはやっていた。ここぞと思う店へは這入って「おしる粉」を喰べたりしたが、結局落着かず、そっと様子を見に帰った。我が店の前に立ったとき、繁華街にある他店の賑わいぶりに較べて如何にもヒッソリ人気のなさそうな様子に、ちょっと惨めな気持がしたのを覚えている。それでも、恐る恐る戸を開けると、一人、客がいた。

あなたは、

「いらっしゃい。」

澄ました声で言って、客に気づかれぬように片眼を閉じた。大したもんだ、私は大安心をして、いくらか気まりが悪いのであなたや客に背を向ける位置に着いた。

「何に致しましょう。」

あなたは調理台から出て来て、私が下手な字で書いたメニューを見せた。

「おしるこです。」

と私は言った。それから慌てて、「うどんにして下さい。」

と言い直した。うどんは二十円で、おしる粉は三十五円であった。あなたは私の坐っている肩に背後から蔽いかかるようにして、卓上に指で「八」と素早く書いた。私が八人目という意味であった。

客はサラリーマン風の男で、なかなか出て行かなかった。あなたに何か話しかけていたがツンボの私には内容は分らない。それとなく、私は店の内部を眺め廻した。私達が借りる以前は料理屋風の飲み屋だったので、調度は万事それに総和しく出来ていた。調理台に立ったあなたの背後には暖簾があり、三日月型の窓がある。窓の向うが私達の寝泊りする二畳であった。店内は調理場を含めて三坪程しかなく、其処に小さなテーブル三箇と椅子を置いていた。壁には私とあなたとで苦心して考えた短冊の定価表を貼り、別に、龍右衛門作の『雪の小面《おもて》』の写真を額に入れて飾った。装飾と云えばこの能面と、小さな床の間にあなたの生けた菊一輪だけだ。海揚り古備前の壺を奮発して生けたのだが、そういう方面の事が分る客すじの来る店でも、場所でもない。店には窓が一つあり、窓の直ぐ前を高架の省線が走っていた。貨車の通過する時は家中が震動した。もともとが元町駅の裏通りだから朝、駅を降りた人がゾロゾロ店の前を通る。それと、向いの中学校へ通う生徒以外には殆んど昼間は人通りがなかった。隣りは文房具店で、一方の隣りは空地であった。

自分でだしを出しておいたうどんを私が喰べ了って、モノモソしていると漸やく客は帰った。

「どうですか御加減は？」

あなたは調理場から晴れやかな声をかけた。

「うン、うまいもんだ。」

私は卓を立ち、忙しかったか？　と寄って行った。「ええ。」白い襟元に頤を埋めてあなたは嗤った。

「何だか芝居に出ているみたい。」

「そうだろうなァ。」

「これ――」

貴女は売上を入れた函を開けて見せ、「素晴しいでしょ。」汚い紙幣が何枚か溜っていた。うどんが二十円、きつね三十円、コーヒ五十円、松茸うどん五十円。……母はつり銭を用意しておけと言ったが、それを準備する余裕さえ我々にはなかったのだ。札を出されると慌てて隣りの文房具店で替えて貰ったとあなたは言った。

「午《ひる》の一番忙しい時だったの。矢っ張り、居て頂かないと困るわ。」

「俺が此処に立つのか？」

「ちょっと、可哀そうね。」

丁度その時、ガラリと戸が開いて客がふたり入って来た。

思わず私は、「いらっしゃいませ。」

言ってしまってから、潜り戸から調理場へにげ込んだ。革草履を穿いたあなたの足袋が汚れているのを其処に見て、痛々しいと思ったのを覚えている。客はうどんを註文した。瓦斯が引いてないから、蹲った恰好の儘あなたの足許で急いで私は七輪を煽った。頭上であなたの葱をきざむ音が、心に沁み通ったのを私は忘れ得ない。夫婦とは千鶴子、あのようなものだろう。

店は、さしてハヤらなかったが、思ったほどひまでもなかった。あなたは朝起きると先ず店を掃除し、私は表に出て営業用の大きい煉炭を熾した。これだけは私の方が上手だった。火が出来ると、あとは、あずきを煮ること、だしを作ること、器物を洗うこと、全て店に客の来る午前《ひる》までにあなたはこまごま働かねばならぬことがあり、私は手伝えるだけは手伝ったあと、みかん箱の上で本を読んだ。時に私も調理台に立つ事もあったが、悲しいかな私はツンボだ。客の註文することばがよく聞こえなくて何度も訊き直し、不愉快な気分を与える、と貴女がはらはらした。それに、私はつい不精髭をはやしてしまう。店はあなたに出て貰っている方が何事もうまくいった。出前は稀にしかなく、きまって向いの中学校の教員室で、じろじろ私を眺めては面白半分の質問をして来た。味附けが甘いとか辛すぎるとか、世の中にはずい分こまごまと小言をいう人間もいるものだと呆れたが、それでも少しずつ、店へ来る常客は出来ていった。殆んどが喰い気盛りの中学生と女生徒で、註文した品を待つ間彼女達の喋っているのを聞くとまるで私達の店は教室のようであった。それに彼等の話していることは案外私の中学時代と変っていない。彼らの時だけは私も調理台に立つことがあって、いつとなく私を小父さん、あなたを小母さんと彼らは呼んだ。

「その宿題、小母さんに訊いたらええねン。おっさんより小母さんの方が頭よさそうやわ。」

囁いているかと思うと、

「もう一杯ほしいなあ。あんた、おごって。」

「うちかてあらへんワ。ここ『貸し』してくれへんやろか。」

「借りンねやったらおっさんに言うた方がええし。あのおっさん、きっと貸してくれるわ。」

私は無論つんぼで聞こえない。あなたがクスクス笑って、あとで話してくれた。

「さすがによく人を見ておる。」

と、私は感心した。悪い気持ではない。こういう稚さを相手に生計が立ってゆくなら、幸福だと思っていた。

儲けの方は頗る零細であった。それでも確かに儲かっていった。うどんの玉は一個七円する。日々、店を閉める時に売れただけを玉やに支払えばよい。七円の玉に、だしと葱と、きざんだ油揚げを入れて二十円に売るわけだ。一杯でほぼ十円の儲けになった。普通一枚五円の油揚げが「営業用」だと、二円五十銭で仕入れることが出来るのを私達は知った。ラムネも五円で入った。巻ずしやケーキは、毎朝、そういう商《あきな》いをする人がおよその数を置いて行く。万事、店というものを開いてみると、もとでは殆んどかからぬものであったし、私達の食事は店の品々で済ませばよかった。夕方、生徒達が帰った後は殆んど客はないので店を閉め、私達はほそぼそした売上を計算し、いくらか儲かっているとその分で母に果物を届けたり、映画を観に行ったりした。貧乏には違いない。経済観念が互いに皆無の点は一向あらたまらない。売上のうちから家賃を積立ててゆくにも大へんな努力を要した。併し、兎も角私達は何とか生活が出来、互いに劬《いたわ》り合い、夫婦の生活というものを此の時期に持てた。あなたの人柄の良さを、あらためて私は沁々と感じ取った。

あなたは、店に出ている間もキチンと着物を着崩さずどんな客にもおっとりと応対をした。どれ程忙しい時にも実に丹念に葱をきざみ、短気な私がハラハラするくらい、ぜんざいの餅一つ焼くにも落着き払ったものであった。私は感激家だから、毎日うどん二杯を喰べに来てくれる中学生には大サービスをして、ラムネ一本位奢りたくなる。あなたに相談すると、

「そうですわね。」

これは商売ではないからと、ワザワザ氷を割って、硝子コップも営業用のでない良質の綺麗なのに容れて、あなたはお盆を捧げるようにして持ってゆく。

却って中学生が面喰うと、

「これは、サービスよ。」

実にやさしくあなたは言って、卓に置いた。

花を生けたりする時のあなたは、零細な儲けを得るにはどんなに私達がこまごまと立働かねばならぬかを、忘れたように、一番高価な花を求め、容赦なく無駄花を剪り捨ててサッと生けた。本当に、商売をしてみると十円の金も無駄には出来ないと話し

合った直後にそうなのだ。私達の店は崖の上にあり、高架とほぼ水平の高さで、ガード下に進駐軍相手のいかがわしいバーがあった。其処の女達が、時々店へ這入って来た。あなたは彼女達の帰ったあと、

「あの人達、うちのお得意さまですけど。」

言いながら、彼女達に出した器は必らず煮沸消毒をした。

要するに、そういう商売をしていてもあなたは少しも変らなかった。男客の中にはあなたにふざけかかるものがあり、度が過ぎるとあなたは怖ろしがって容赦なく二畳の間にいる私を呼んだ。私がノッソリ暖簾を分けて顔を出すと、大抵の相手は沈黙した。

そんなあと、妙に私は淋しくなる。併し殆んどは私達の素人素人した商売ぶりに好感を持って来てくれる客だったから（私達にはそんな風に思えた）ほそぼそながらも店はつづけてゆく事が出来たし、中学生達はグループを作って、放課後、私に家庭教師をしてくれと要求するようになった。各自にうどんや『ぜんざい』を喰ってくれるのが授業料の代りだ。腹一杯喰べつつある彼等を相手に、私は脳漿をしぼって宿題の解析や英語を解いた。次第に彼らの絶大な信望を得ることが出来たが、つまりはあなたのお蔭だったと思う。あなたの人柄が醸し出す店の雰囲気が少年や少女達を近づけ、おめでたい処のある私を、うどん一杯で感激させ無い智慧をしぼらせたのだ。人の世

の仕合せというものが疑いもなく其処に在った。

しかし、仕合せなこの期間は二月とつづかなかった。私達が商売の物珍らしさにも馴れ、少年達のファンも次第に増して、ようやく経営が佳境に入り出した頃に詐欺にかかっていた事を知った。


母は、真蒼になって項垂れたが、意外にも取乱さなかった。

「これから何うするのです。」

と弱々しく訊いた。

家は抵当に入っている。恢復したと云っても母の体は、まだ、寝たり起きたりで、日々の食事も元町駅裏の店から私が毎日運んだ。その都度、いくらかの誇張を混えて、どんなに旨く店がやってゆけているかを母に報告していた。

突然それが、詐欺にかかっていたと分ったというのは、併し弁解にならない。もともとから、騙されていたので、如何にうまくいっていようと「失敗する」ことは既定の事実であったわけだった。人生にもこういう幸福があるのかとあなたと語り合い、私たちがこの儘、貧しいおしるこ屋の夫婦で一生を終ってもあの少年達が世に出てくれるなら悔いはない、と負け惜しみでなく貴女と慰め合って来たあの仕合せが、実は発端から毀れるように仕組まれていたと知って、私には憤りが湧いた。しかし詐欺にかかったのは飽迄私の不明に拠ることだが私達の経営の仕方が拙くて失敗するのではない。あなたは一生懸命に働いてくれたのだし、然も自らを卑屈に歪めることなく私達は私達の糧を得ることが出来た。毀れるように仕組まれていたにせよ、短い期間のあの幸福は謂わば私達自身のものであった。あなたと結婚をして、はじめて世帯と呼べるものを営んで、充分に仕合せであったこの期間の記憶だけは何者も私達から奪えないだろう。そう思って、いくらか私はなぐさめられた。

が、母にすればそうはゆかなかったろう。

「仕方ありません……」

抵当に借りた金がかえらねば、当然家は取上げられる。母の病臥で、金目《かねめ》のものはもう殆んど質に流したり、売払った。病室に調度一つまともなものはなかった。間違いもなく私達母子は自分の力では最早住むことも愜《かな》わぬわけだ。

私は、こうなった以上、尼崎の実家にあなたを帰し、母は岡山の牧師の叔父にあずけて、この身はバタ屋にでもなるより仕方あるまいと観念をした。私自らの不明で人を悲しませるのはもう沢山だという気がした。縁があれば、あなたはあなたに総和しい人と再婚する日がくるかも知れない、私との結婚の失敗は、こういう不甲斐ない男をえらんだあなた自身の不明の故と諦めてもらうより仕方ない。母は、こんな息子を生んだのだからこれも観念してくれるだろう。私は、祖母に母の治療費を借りた時から生涯を見限っている。『おしるこ屋』で得たたまゆらの仕合せは、謂わばそんな私に天が恵んでくれた慈悲でもあったろう。

　併し、母を岡山へ遣るにしても、あなたを実家へ帰すにしろ、いくばくかの纏った金は要る。倖いに、店は『正当な家主』へ返さねばならなかったが、使用していた什器や冷蔵庫や、『氷搔き』などは、権利として私達のものになっていたから、先ずそれらを売ることにした。

　十一月もそろそろ終ろうという寒風の吹く季節であった。古道具屋では、あまりひどすぎる安値なので、冷蔵庫に、紐をかけて私は背負い、二流どころの飲食店へ売りに廻った。惨めな我が姿は云うまい。少しでも高く売り、とりも直さずあなたや母に少しでも多く纏った金を与えたかったから、一軒一軒、私は売り歩いた。曾てヘルダーリンの如くなろうと念い、リルケの如き詩人でありたいと願った私の《内なる詩人よ》。私は清らかさを信ずる、かく誘うものが何であろうと、誘わるる内のきよらかさを私は信ずる……曾て、あなたを抱いた日に口ずさんだあの詩を私は心にうたいつづけ、背を丸め、顎を突出して歩いた。大概の店では胡散臭そうにジロジロ私を見上げ、見下した。ここにひとりの優れた詩人がいるのだ、私は自分にそう吩《い》いきかせて彼らの蔑視に耐えた。

丁度、その頃だったろうか。

場末の飲食店で、二回払いでなら、こちらの云い値で『氷掻き』ともども引取ってくれる中年夫婦を見つけることが出来、第一回分の多少纏ったものを入手したので、当時もう尼崎に帰っていたあなたを実家に尋ねたが、亡父のお墓参りに往ったとかであなたはいなかった。それで、ふと大和の桜井町へ保田与重郎氏を訪ねる気になった。

保田さんは、私達の仲人をして下さった人であり、当然、あなたとは離婚ということにならざるを得ない状態を報告しておかねばならぬと思ったのだ。

が、さてお目にかかってみると、長い闘病生活から漸く立直られた頃で、こちらの暗い話などは聞かせたくなかった。訪ねた時はいつもそうだが、一晩泊めてもらい、ただあなたと二人で『おしるこ屋』をはじめたが失敗したことだけを話した。

「チーちゃんがぜんざい作ったンですか、ソラ、甘かったやろ。」

保田さんは可笑しそうにわらわれた。

翌日神戸へ帰ってから、思い直して、別れざるを得ない事情を手紙に書いて、出した。保田さんからあなたの許に会いたいとの通知が行ったのは其の直後だろう。

あなたは、こうなればもう五味のしたいと申す通りにさせたいと思います、と保田さんに告げ、

「別れるつもりですか?」

と訊かれると、自分としては別れることは考えたくないが、五味の足手纏いになるのでは、とも応えたという。

そういう事を、二回目の支払いを受取ってあなたに渡しに行ったとき、あなたは話した。

「このお金は、要りません。私の事は心配なさらずに、それより貴方の事の方がずっと心配よ。」

あなたは泪ぐんで言った。むろん纏まったとは言っても多寡の知れた金だ。それさえ私は、あなたを恥ずかしがらせる様な姿で歩き廻って得なければならなかった。

これきり、再びあなたの前に現われることはないかも知れない、そう云って、私はあなたと別れを告げた。

「これから何うなさるのですか?」

あなたが訊くから、東京へ行こうと思うと私は応えた。三年前、あなたとの結婚の事で亀井夫人の逆鱗にふれたとき、私は三鷹から吉祥寺の下宿に替っていたが、其処に、蔵書の一部や荷物を預けた儘にしてある、それらを売って、何とかやってみようと思うのだと言った。

あなたが不安がってくれたのも無理はなかった。東京での、以前の私の交友関係は亀井さんの知り合いに限られていたし、東京を去ってからは、ずい分とその亀井夫妻から私が悪口を云われていると聞いていたから、上京してみた所で、誰一人、頼れるあてのある知人もなかったのだ。もともと私は交際下手で、好き嫌いのはげしい男である。上京したその日から、それゆえ寝泊りする所にも困るだろうとあなたは心配した。私は心配しなくてもいいと言った。私に才能があるものなら何時かは花が咲くだろうと言った。尼崎のあの二階の部屋で、私達は或いは永久のものになるかも知れぬ訣別を持った。昭和二十六年歳暮だった。あなたは一度手を通したきりの訪問着を取出して来て、何かの足しにして下さいと其処に置き、両手に顔をうずめて泣いた。

私の浮浪時代はこうしてはじまる。

上京は予想以上にみじめであった。ひそかに、売るなら一番高価であろうかと期待した蒲団は、三年間も納屋に放っておいたという理由で、腐ってしまったから捨てたと下宿の主婦に言われ、次に期待した紫檀の机は、何かの都合で、私のあとに下宿した人が間違えて持って行ったと主婦は言った。愕くべき失敬な言辞だった。三年に亘って、幾度、それらの品を発送して貰うように私達は依頼したかしれなかったのである。

考えれば併しそういうものが売れた所で、どれほど私の明日が保証されるというのか。上京すれば何より先ず、何処かに食事附きの部屋を借りるつもりだったが、想像以上に権利金が高く、とても私の用意した金高や、ふとん、毛布を売ったぐらいで補いのつくものではなかった。——が残っている蔵書を、もう少し預って頂き度いと、頭をさげて下宿を出た。

私は卑屈だ。手土産を携げ、上京の挨拶などと名目を立て亀井勝一郎氏を訪ねた。少しは上京後の便宜をはかって貰い度い下心で訪ねたのだ。それに下宿の主婦が別れの挨拶のとき、

「亀井先生の処へお行きになったらどうですか？　とても、御心配なすってらっしゃいましたよ。何と云っても、一番のお弟子さんでしたものねえ。……。」

この言葉に誘われたせいもある。如何に不肖の門下生であろうと、一度は私に師と呼ぶことを許した人だ、若しかすれば……この、「若しかすれば」と、今更どの顔さげて行けるかといった自嘲とを、幾度、私は途中で反芻したか知れない。結局、虫のいい考えの方で私は行動した。菓子一折を買い求め、亀井家の玄関に立った。

意外にも、呼鈴を押すと当の亀井氏が出て来られた。あの白髪には限りない懐しさがある。玄関の沓脱石には編集者のらしい靴が並び、玄関脇の応接間に人の気配がしていた。私は声を押し殺して、

「お久振りです。」と言った。声が嗄《かす》れた。

あきらかに亀井さんの顔には不快さがあった。

「何か用？」

私に、何が言えたろう。東京へ出て来たので挨拶に伺った……私は、自分が卑屈に頬を歪めて愛想笑いなどしないように、それぱかり心掛け、ぶっきら棒に言って、手土産の菓子を出した。多分慍《おこ》ったような言い方をしていたと思う。

「いらないいね、用が無いんなら帰って呉れ給え。忙しいから。」

亀井さんあなたは立派だ。併し、あとでどぶへ捨てたっていい、土産だと差出す物を受取るぐらいの雅量があったってよかりそうなものではないか。一体、私がどんな悪い事をあなたにして来たというのか。私は確かにあなたの奥さんに暴言を吐いた。併し私が非礼の言葉を敢てした契機に就いては、誰にも話していない。妻にも、奈良でも遂に話さなかった。それが私の師と呼んだ人への、まもるべき最後のものと思った。寒む空に、私は外套もなく、いかにも厄介者めいた姿であなたの前に立ったろうが、もう少し、何とか穏やかな態度を見せて下さってもよさそうなものではないか。

……空を仰いで、そう私は憤り、暗澹とした気持で駅への道を戻ってきた。

「一番のお弟子さんか……」

うつろに、声に出して呟いたのを覚えている、我が身に沁みる、これは言葉であった。

亀井家で門前払いを受けたその足で、私は阿佐ケ谷の山川京子さんを訪ねた。両三日、私は泊めて貰うことが出来た。この友情は身に沁みた。

山川家から、今度は石神井に檀さんを訪ねた。併し捕鯨船に乗ってまだ帰らないとの事なので、近くに住む真鍋呉夫を訪ねてみた。

まだ真鍋君が今のように共産党には入っていなかった頃かと思う。私は、真鍋呉夫が好きであったし、その事をあなたにもよく話していたが、会うのはこの時がはじめてであった。気持よく真鍋君は迎えてくれた。うどんを御馳走になった。多くの文学青年が、東京というだけで、何かの手がかりを文学的に得られるかと（或いはただ漠然と）やって来るものだ。私もどうにか世に出てからは、幾人かのそんな文学青年の訪問を受けた。その度に出来るだけその人々を歓待したのは、この時の真鍋家や山川さんの所で受けたもてなしの有難さが忘れかねたからだった。

夕方、真鍋家を出ると私にはもう行く所がなかった。石神井附近で一泊（朝食附き）四百円の木賃宿を見つけ、翌朝其処の畳に腹這ってあなたへの手紙を書いた。氷雨が降っていた。何処かの部屋でどさ廻りの旅芸人が浪花節を語っているのが、如何にもうら侘しい感じで聞かれた。どさ廻りにしろ、雨の日はそうして彼は彼なりに怠りなく声を調整していたのである。

翌日も雨であった。朽ちた廂を伝う雨のしずくを暫く見上げていたり、文庫本のラムの『完訳エリア』を読んだりした。疲れるとあなたや母の身の上を想った。岡山の叔父には、私自身からは母を頼む旨の手紙を一本書いただけだ。母が病身を汽車に託して本当に進叔父を頼って行ったか、或いは私の残した幾許かの金で、まだ神戸にうろついているか、それさえも分らなかった。蕭条と雨は降った。漂泊の実感が限りなく心細く私を襲った。

それでいて、私にはおよそ企画性というものがない。手許に幾らももう金は残っていないし、一日一日、無一文になる日が近づいているのだが、それに備えて事を起す気持に私はならなかった。どう仕様もなかった。人は生きる為には職業を持たねばならぬが、つんぼの私は、人に幾度も問い返さねばならぬ。それが相手に時として気拙い想いを与えるのが私には分っている。気遅れがして職を求める気にもなれない。保証人もない。確実に、餓えは目前にせまっていたが、何一つ打つ手のないそういう私では、飢えの苦しみを天罰と受けとるより仕方あるまい。底抜けに、あなたまかせの私のこの無計画性が、飢餓の苦しみで思い知らされたら性根も革まり、その時には新たに立直れる人間になっているかも知れぬ。或いは野垂れ死しているかも知れぬ。或いはそのどん底で、人の物を盗んでも生きたくなるかも知れぬ。——何事も、明日は分らない。——ただ、今日という一日、何とか飢えをしのげている間は好きな小説を書いていよう。——雨の上ったその夕刻、私はそう思って宿を出た。原稿用紙と鉛筆を買った。

夜になれば駅のベンチで、腹がへるとコッペパンを買って、ただ書きたいから書く、そんな私の放浪がはじまった。書いて何処へ持ってゆくという当てもない。ふらふら大学の空いた教室へ這入って行ったり、人目のないガード下に坐り、かじかむ手に息を吹きかけて書いた。学徒出陣で私は多くの有為な友人を喪った。或る意味では、最も純粋な青年ほどあの戦争で死んで逝ったように思う、その悲しみを、同じ世代に生き還った僕らの手で書き残しておかねばならない、そう思って書いた。

雨が降ると、もう木賃宿に泊る金さえ惜しく心細くなっていたので、原稿用紙を懐ろに抱え、行当りばったりに他家の軒下にうずくまって夜を明かした。寒くて眠れなかった。駅の構内という所は終電車が出ると、きまって鎧戸を垂れてしまった。

或る晩、当時は夜警というものがあって、各町内から不寝番が出て、屯所で夜を明かしながら一定の時刻に拍子木を鳴らし、町内の火の用心をして廻るならわしがあった。私は其処へ火にあたりにいったが、規則として、外来者は屯所に入れぬとの事で、あたらせてもらえない。

そこで、此の私が拍子木を打って廻るからと頼んだ。何度か頼んでやっと許された。辻から辻を、見知らぬ町の火の用心を唱えて廻り私は焚火にあたる事が出来た。——その時の侘しさを忘れ得ようか。

何処の屯所でも、こうして焚火にあたらせてくれるとは限らなかったし、胡散臭げに、「いけねえって云えば、いけねえんだよ。しつこいねお前さんは。」一喝される方が多かったのである。それでも五日目に一ぺんぐらいの割で、暖い夜を過すことが出来た。稀には拍子木を鳴らさずとも入れてくれる人があった。私はそうして小説を書きつづけた。

むろん、どういう有様で書きあげようと、文学的価値そのものには何ら関りがない。むしろ私のような状態で、云えば、豊饒な文芸を約束される筈はない。あなたへの手紙に、だから私は小説を書いたとは言えなかった。それでも、到頭書きあげたとき、私は涙が出た。二日余り水ばかり飲んで書いたのだ。自慢にはならないが、嬉しさの実感はいつわれなかった。

丁度、書き上げたのは明治大学の三階教室の中で、窓から雪の降りしきる街が見降せた。黄昏に空が薄朱《あか》く染まり、霏々と雪が降っていた。十二月も末に押し迫っていたから学生の姿は見当らなかった。私は窓をあけて、冷たい空気を胸一杯吸い込んで目にふくれ上る雪景色が次々と溌《こぼ》れてゆくにまかせていた。書きあげたものが、どの程度の作品か自分には分らない。机に戻ると、『たらちねよ帰れ』と題を書き、原稿を抱えて表へ出た。

私は晴れやかな気持であった。堪え難く空腹感の甦ってくる事が、奇妙に一そう私を元気づけた。眉を八の字に寄せ、雪を浴びて私は歩いた。あてはない。何処かで質屋を見つけたら、着ている上着を質に入れ、先ず温い食物を採ろう、それから吉祥寺の下宿へ行って本も何もかも売ってしまおう……漠然と、それだけを考えて私は歩いていた。ちず子。私は空を仰いであなたの名を呼んだ。……

青春の日本浪曼派体験

あれは昭和二十二年の末頃だったかとおもう。

『文学界』に、高見順氏が、

「保田与重郎は、小林秀雄以後の一人物である」

と書かれたことがあった。当時まだ終戦後間なしで戦犯問題など喧しく〝日本浪曼派〟の名を口にするのは、文壇ではタブーとされていた。まして保田与重郎氏の文業を讃えるなどは思いも寄らぬ時代で、それだけに、「一人物」という表現にあきたらぬものはあるにせよ、高見氏のこの正論に私は感激し、ふかく感銘したのを忘れない。私の記憶に間違いなければ、戦後、商業誌に保田先生のことが記された、これは最初のものである。


昭和二十八年芥川賞をうけたとき、自分は日本浪曼派の落し子であると私は言った。保田与重郎氏に私淑してきたとも書いた。これを載せる雑誌の編輯子が「五味さん、こんなこと書いたらあなた損ですよ、悪《にく》まれますよ」真顔で忠告（？）してくれたのをおぼえている。ちっとも構わない、事実を枉げるわけにはゆかないでしょうと私は笑った。

保田先生とのおつき合いのことを述べていてはきりがない。保田門下で、私はいちばん出来のわるい人間であろう。わがままで、気随で、好き嫌いをすぐ態度にあらわし、いやと思えば先生がどれ程親しく付き合っておられる相手でも、物を言う気にならない。しょうのないヤンチャ者で、自分でもよく分っているのだが今更矯めようはなく、温情に甘え、今以て我意を通させてもらっている。言う迄もないことだが、人を却《しりぞ》けて傷つくのは己《おの》れ自身である。そういう意味では、私は、保田門下で一番傷だらけの男である。

あの戦争を、日本浪曼派を知って通ったか、そうでないかは昭和の文学者を語る上で、一つの決定的な基《もとい》になるだろうと考えた時期があった。今ではそんな昂ぶりも私の内面で消えた。あきらめたからではない、昂ぶらずとも知る人は知ってくれている。そう思えるようになった、これは安心である。有体に言えば淋しい安心である。

戦争は別として、日本人なら青春の日に一度は日本浪曼派を通ってほしい。保田先生の著作を読んでおいてほしい。この願望ばかりは日ましに熱いものがある。『日本の橋』や『戴冠詩人の御一人者』が今の若い人たちの読書力に難解にすぎるようなら、

『セント・ヘレナ』と『民族と文芸』は読んでほしい。ここには最も良質な日本語で綴られた詩人の明察と、庶民に土着する挿話や伝説への、愛情溢れる解明がある。それは又、保田先生の志向された芸文がどんなものであったかを、比較的平易に、教えてくれる。

『セント・ヘレナ』は言う迄もなくナポレオンの最期を叙述されたものだが、私の知る限り、これはベートーヴェンの交響曲第三番（英雄）第二楽章に比肩する芸術である。〝葬送行進曲〟を文章で——英雄ナポレオンへの哀悼を音楽ではなく、言葉で——これほどあざやかに描破された作品を私は他に知らない。青少年の日に、これだけは是非すべての日本人に読んでもらいたいと念う。

魔界

――仏界入り易く、魔界入り難し。一休――

ほんとうのことを言おうか。知っているのだ。睡眠薬のこと、あの女のこと、たとえようもない淋しさ、無常感、人間嫌い、無頼へのアコガレ――実は憎悪。無頼への、限りない憎悪。

こんな話を聞いたことがあった。大宅壮一が、女と別れたがっていた。

「もう俺、いやになったわ」

河馬みたいな口で、照れ臭そうに眼鏡を光らせ愬《うった》えたら、川端康成は大きな眼で、ジロッと睨みつけ、何も言わなかった。そのあと（後日あらためてのことか、その辺は分らない）大宅と彼女を連れて伊豆の何処かの山へ登った。この時も川端康成は黙っていた。そして頂上まで来ると、峠に佇立し、

「大宅、きみはこっちの道を降りるんだよ」

相手の女には反対側の坂を降りるようにすすめた。山の頂から二人はそうして左右

にわかれ、各自、めいめいの道を立去る。巨きな山のあちらとこちら、二度と出会わないだろう。でも、どこかで又めぐり逢うかも知れぬが、とにかくそうして、尾根から訣れ別れに坂を下って行く二人を、頂上でじっと見送っていたという。

この咄を聞いたとき、なんと洒落れた別れ方、そう思った。感服した。男女の仲は別れる時がむつかしい。「いやになった」と口で言っても、本心からか、その時は本気のつもりで、後々、未練というもの興ってこないか、この点知れたものではない。生木を裂くように別れさせやぁがった、当人は前言タナに上げ、そう言うかも知れぬ。言いかねないのが男女の仲、未練とはそうしたもの。川端さんは、それ知っていた。別れる男女のかなしさを知っていた、身につまされて知っていなくて、こんな見事な別れ方させられようか。白状する、この話聞いたとき、ぼく、川端さんが好きになった。ああ人生の達人、そう思った。

念のため年譜をしらべた。昭和二年四月「伊豆湯ヶ島より上京し、高円寺に借家住いをする。間もなく隣家に大宅壮一が来た。十一月、熱海の貸別荘に移り住む」とある。別れ話はすると、十一月以降か、湯ヶ島時代か。いずれにせよ昭和二年は川端氏二十八歳。二十代で友人にこんな別れ方させた達人、寡聞にして他に知らぬ。別れた二人より、峠にじっと立っていた人のこころを吹きぬけた風に、問いたい。いったい何が、二十八の青年作家を達人にしたのだ。孤独か。既に指摘されている肉親の相つぐ死か。本当に、それだけか。

睡眠薬の話をしよう。いや、睡眠薬、女、むなしさ、それらを含めたもっと大切な、肝腎のことを、先ず言っとこう。

この国に二人の小説家がいたのだ。一人は、幼にして両親に死別し、祖父母、姉、伯父、身内のすべてを喪い、独りぼっちになった。もう一人の小説家は、親兄姉にめぐまれ好き放題、でもないが、甘やかされて育った。前《さき》の小説家は貧しかった。自分で学資を稼いで大学に通ったが、後者は地方の素封家の家に生まれ、貴族院議員の兄がいるくらい、金満家で、そんな親許の仕送りで何不自由なく、柄にもない半玉落籍して嫁にするような、優雅な生活。その後者が書いた作品を、前者は或る文学賞銓衡の場で貶《けな》した。これには後者は煮え湯のまされる懐いがした。おのれ刺し違えてやろうと思った。しかし、歯をくいしばって屈辱に耐え、とうとう耐えぬいたのだ。でも誇りを傷つけられた彼は、この期間にボロボロになった。ボロボロになって傷だらけの心象で綴った小説、若い読者の支持を次第にかち取って、気がついたら、流行作家になっていたという。これには、日本人のすべて、敗戦でボロボロに傷ついていた戦後時代が背景にあったことは指摘しておく必要があろう。それでも、作品を貶され汚辱にまみれた傷痕は彼から消えることはなかった。

一方、前者は、小説のかたわら文芸批評の筆も執っていた。その為ばかりとは言わないが、凡そ他からその作品の出来ばえ貶されたことがない。こんな例は、文檀にはない。どんな大家も一度や二度はぼろ糞に批評されている。だが彼にはそれが無いのだ。傑作ばかり書いたわけではないのに、ない。不思議である。まあ人徳の賜物だろうか。その人徳で、やがて世界最高の文学賞を授けられた。一方は、読者の支持という栄光につつまれた。その栄光のただ中で情婦と投身心中をした。もう一人は、同じ栄光の最《さ》中にガス自殺をした。

わかってもらえようか。両者はもともと正反対の位置にいた。生い立ちもそうなら気性も恐らく反対であった。一方は人に会えばサービスせずにいられず、好意を寄せられればオロオロ周章狼狽、目もあてられぬ浮き浮きしよう。一方は、金が要れば何処からともなく借りて来た。それも図太く、肚の据わった借りぶりだったそうな。金の話はやめにしよう。兎に角、万事に腰がすわり、度胸があり、何が起きてもうろたえる人ではなかった。少なくとも人はそう言っていた。そんな二人、正反対に居た二人が、一度だけ、文学賞銓衡の機会にサッと交叉した。火花を散らした。それきり二度と出会うことのない線上を、どちらも別々に進んだ。そう見えたはずである。一方がプラスなら、他はマイナス、極限と極限。その二人が同じような死に方をした。死ぬ前に薬の中毒に罹っていた。一方はハイミナール、他はパピナールであったが、薬に侵されぼろぼろになっていたのは同じだ。誰が何と言おうとその大家は睡眠薬にやられ、中毒症状による『老人性鬱病』が死因だと、言っておくべきである。だが、どうしてだ、一方の極限にいたはずの大家が、何故おなじように薬に侵されて死ぬのだ。本当にその人は肚がすわっていたのか。つよい人だったのか。私のように情死する女はいなかったか。

言ってあげよう。川端さん。本当のことを、もう一方の極限にいる私が、言ってあげよう――

＊

そもそも、川端康成氏の死は、私には至極あたり前な自然な出来事に思えるのである。「あまり死因に理由づけをしてはいけない」と、川端さんのデスマスクをとった高田博厚氏が言っているが、同感である。高田氏は、川端さんの自殺を知って、ショッキングなその事柄も殆ど問題にならぬほど、つまり、生死の区別のつかぬ状態に、川端さんは既にいただろうと言い、「――彼の場合、生死を超越するとか、悟ったような心境に押しこめようとするのは不自然に見える。近くへ散歩に行くみたいに家を出、遺書も書かず死んでいった。これは発作でも、失心状態でもない。用意し支度された芥川龍之介の自殺に比べ、川端の素直な人間が出ている」と書かれたが、これも同感。生前、親交のあった人の眼は、確かなものだと感心した。

ほかにも、さまざまな人がその死に就いて、感想、意見を述べている。「ノーベル賞をもらって以後、作家活動ができなかったが、あの人は責任感から一生懸命つくして、疲れていたのでしょう。こんなにいやな世間もあったのか、しかし責任上足を抜けないという心境ではなかったのですか。公的義務感の旺盛な人でしたから」「ノーベル賞を受けられた不幸を指摘したいですね。日本人がノーベル賞に対して抱く感情は、国際的な劣等感に裏づけされていて、常軌を逸していますからね」「こう言っていいなら、川端さんの好きだった〝内なる日本〟への殉死ではないんですか」「文学者も積極的に社会へ働きかけねば、生きている意義がないという感じでしょう、今は。進歩派の連中はそういう立場で政治に参加していますね。川端さんは、ま、そういう今日的なものへの謂ばアンチ・テーゼとして、政治への傾斜を持った、でも明らかに〝敗北〟でしたよ、その敗北が今度の死につながってるんじゃないんですか」「それはどうかな。ノーベル文学賞による川端ブームを体制側が利用しようとして、無理矢理、政治に引っぱり込んだ。そんな日本特有の公害みたいなものに、やられたんだな」。ほかにも、いろいろ意見が出た。あながち、そのどれもが間違っているとはいえない、或程度みな的を中《あ》《て》ている。でも、これら識者諸賢の感想に目を通して、私はおどろいた。吃驚りしました。何と、その殆どは、人間川端康成ではなくノーベル賞作家の死を、語っている。躍起になって、ノーベル賞を授賞された程の人がと、その自殺に狼狽して、何とか理屈を合している。ノーベル賞にふり回されているのは川端さんではなくて、世間の方だった。正に「常軌を逸してい」た。だからどれほど、尤もらしく死が説かれても、生身の人間、川端さんの死ぬ切なさは感じられない。第一、女がいない。つまり生活がない、こんな馬鹿なことがあるか。正しい認識は、情によるしかないというのは認識の常道である。人間の死を語るのに、その人の生き方を無視するとは、故人への冒瀆ではないか。私は許せない。どうして、あんなにまで睡眠薬をのまずにいられなかったか、それを、知ってあげないのか。知ろうとしてあげないのか。許せない。

睡眠薬を多量に服用されたとおもえる時期が、川端さんには少なくとも、二度、あった。すでに知られる通りノーベル賞受賞を機に、一時、のむのをひかえられたというから、多量に服用されたのは受賞を境に、その前と後ということになろう。

前の方から書く。昭和四十一年正月なかば、一通の封書が川端邸のポストに投げ込まれた。筆跡の見事な、こんな文面である。

「あきれました、ばう然とした。涙がこぼれる。目の前、真っ暗。こんなことが世の中にあってよいのか。

去る正月三日付朝日新聞に、出版社の出した全面広告へ、あなた、写真入りで、肉筆の『迎春』の祝辞。噫、その『迎』の字が、『卯』へ『辶』を書いてあった。目を疑った。こんな文字、日本語にはない。これでは『ムカヘル』と読めない。天下の川端康成が、最高学府東大出が、碌に字も知らないで文化勲章を受けてゐた。吁、啞、何たる恥さらし。日本はもうおしまひだ。

それは、誰にだつて思ひ違ひといふものはある。『こころに泌みる』『身に泌む懐ひ』と書く先生、文檀にごろごろゐるなあ。情無いことよ。シみ入るは『沁』でなければならない。『泌』はシみ出るで〝泌尿器〟の、ヒ。あらまあ恥づかしや。出ると入るが逆である。こんなやからが作家づらして通るとは。まあそれは笑止々々ですむ事としよう。だが、川端さん、あなたは芸術院会員に選ばれ既に十五年。よくもノメノメ大きな面でゐられたものだ。日本人なら恥を知れ」

差出人の名はなかった。これを川端さんがどう始末されたか知らない。匿名の無礼に激怒されたか、衝撃を受けられたか、知らない。目下のところわかっているのは、この無礼な手紙を家人の誰もご存じなかった、それだけである。

十日あまり経って、同じ筆跡の封書が郵便受に入っていた。矢張り差出人の名は無かった。

開封せず破棄すべきか、ずいぶん苦しまれた、だろうと、おもう。だが潔く、開封された。

「『雪国』を読んでみた。お見事。じつに実に名品。唸つた。これにはかなはない。降参である。

でも、面白いことを発見した。ハツタと膝を敲いたなあ。成程わかつた。これだ。老婆心までに申上げようか。もういちど『雪国』よんでごらんなさい。

なにか涼しく刺すやうな娘の美しさ
なにか黒い鉱物の重つたいやうな
なにか仮面じみてひどく単純に
なにか澄んだ冷たさを見つけ
なにか根に涼しさがあるやうに

そんな『何か……のやう』といふ表現『雪国』に十九ヶ所出てゐる。理由はかんたん。語彙にあなた、乏しいのだ。言ひ代へれば、漢文の素養がない。だから湛淡の二字で済むものを、何か水をいつぱい湛へて満ち満ちてゐるやうに、と書く。熟語『荏苒』を知らないから『なにかのびのびに月日が経つてしまひ』と遣るあの、下手な断り状みたい。やっぱり『卬』と『卯』の区別つかぬ人らしい。——もつとも、もう一つの評判作『眠れる美女』読んで、泣いた。感心しました。『眠れる美女』には、何か……のやうなる表現、一ヶ所もない。この眼サラのやうにして見たが、ないのだ。一作家の文体で、形容にこれほど変化をもたらした人、努力あと見せてゐる人、寡聞にして他に知りませぬ。活字でなくば涙にじんで字が読めなくなるところだつた。

——但し、あなたの為に口をしいのは、卬と卯の区別つかぬあなたであつてくれた方が、いいのだ。どうせ漢文の素養などない外人には、何か……のやう、何か……で、の方がわかり易からう。つまり翻訳し易い。あなたの小説、格別、優れてゐなくとも、難解な熟語に弱い外人翻訳家にわかり易く、うまく訳されたら、近頃やうやくの日本ブーム、ノーベル文学賞があなたに転りこむかも知れない。これ、冗談ではない。どうせ作家がノーベル賞になるなんてこと、文学プロパーだけではあり得ぬこと、まともな文学者なら知つてゐる。あなただつて知らないとは言はせない。でも、いいぢやないか。日本の作家にノーベル賞なんてことになつたら、外野スタンドは大喜び、手の舞ひ足のふむ所を知らぬ有様いまから見えるやう。

そんな、外野スタンドよりの大うけ、あなたも満更お嫌ひではないと見たは僻目か。まあ、果報は寝て待て。ほんたうにあなた、ノーベル賞なんてことにならぬとも限らない。

だが、自惚れては困る。万一、さうなつたつてあなたが偉いわけぢやない。碌に字も書けぬことが倖ひしたのだ。漢籍に造詣深く、つまり日本人としての真の教養あり、日本語で綴るその文章の美しさ、格調の高さ、味はひ、精緻さ、明晰性、さういふものであなた以上の作品を書いた人は、ほかにゐるのだ。ノーベル賞候補以上の物書きが黙つて仕事をしてゐる。さういふ日本は国家である。その日本を代表してあなた、ノーベル賞つてことに万一なつたらドウスル？　首くくる？」

差出人不明の封書はこの二通きり、来なかった。よかった。しかし質《たち》の悪い匿名のこの二通を受取った頃から、極度に川端さんの睡眠薬の量は多くなっている。重ねて言う、昭和四十一年のこれが一月末――

以後、三年が過ぎる。

幸か不幸か昭和四十三年十月に――すぐれた若手評論家の指摘によれば「不幸な」――ノーベル賞の受賞が決定した。悪質な手紙が再び舞い込むようになった。差出人の名は、今度は記されていた。冥府からの使いを詐つた名前で、局の消印は『港区・麻布』。ただ、日付はどうしてかいつも空白のままであった。

「想つた通りになりましたね。いやな予感はしてゐたのさ。それにしても、おめでたう。先づは衷心より慶賀申上げます。これであなたもわれわれの意の儘さ。もう逃さない。観念することだな。近頃あなた、しきりに良寛のこと持出してゐるが、無駄な事さ。尤も、此の間の文章あれは、よかつた、あの良寛はいい。お世辞ではない。いいものは、いいと言ふ。あなたの心境、手にとるやうに出てゐる。苦しさも。写してみようか。

『……辞世です。……自分は形見に残すものはなにも持たぬし、なにも残せるとは思はぬが、自分の死後も自然はなほ美しい、これがただ自分のこの世に残す形見になつてくれるだらう、といふ歌であつたのです。日本古来の心情がこもつてゐるとともに、良寛の宗教の心も聞える歌です。

いついつと待ちにし人は来りけり今は相見てなにか思はん

このやうな愛の歌も良寛にはあつて、私の好きな歌ですが、老衰の加はつた六十八歳の良寛は、二十九歳の若い尼、貞心とめぐりあつて、うるはしい愛にめぐまれます。永遠の女性にめぐりあへたよろこびの歌とも、待ちわびた愛人が来てくれたよろこびの歌とも取れます。「今は相見てなにか思はん」が素直に満ちてゐます。』

…………

くるしからうね。『老衰の加はつた六十八』の良寛に懐ひを托したあたり、涙なしでは読めなかつた。それだけ秀逸つてことさ。

ところで、その、あなたの若い尼僧貞心だが、このところ、すつかりムクれて困つてゐる。あんな子だからね。暴れ出すと手がつけられない。ほんと。昨日なんぞは自棄酒さ。金もないのに。まあ跡始末はして措いたがこちらも手許は不如意。然るべく御配慮を乞ふ次第さ。

——但し、あの子は知りませんよ。何も知りやしねえ、酔つてるんだから。誰が飲み代払つてくれたかも知らないだらう。

送金は、むろん、あの子宛でけつこう。それで万事いいやうに出来てゐるのさ。ことわつておくが、夫人の御出馬は遠慮願ひ度い。女の摑み合ひなんて見よいものぢやないからな。まだしも弁護士に御足労願つた方が。以上。」

＊

「どうしたんです。私が何者か分らないのかね。冗談を言つてゐられる場合かね。あの子は、あなたの手紙を持つてゐるのだ。天下のノーベル賞作家が綿々と綴つた自筆の求婚の手紙だ。勿論、日付はノーベル賞以降ではない。そんなことはだがこの際、問題になるまい。あなた程の有名作家だ。たとへ戯れ言にせよ、書簡集としてそれが残り兼ねぬくらゐなことは、承知の上で、書いたはず。それだけに本気だと人は思ふだらう。寧ろさういふ行末のことは見透しの上で、なほあの子に求婚してゐたあなたの真剣さ、かなしい迄の立派さに、衝たれずにはゐないだらう。あなたは真物の芸術家だとしみじみ思ふ。さういふ手紙を書けた人だから。

でも、考へれば、これは大変なことなんだ。あなたの純粋さ、その老いの一徹で片づく問題では最早なくなつてゐる、それが分らないのかね。

考へ直しなさい。私はあなたの敵でも味方でもない。このことはあなたも察しはついてゐる筈、その私が言ふのである。考へ直しなさい。」

＊

「何といふ人だ。

呆れた。

物が言へぬ。こんなところで一休禅師をもち出すとはねえ。『……ここで私《わたくし》の胸にこたへたのは、あの一休禅師が、二度も自殺を企てたと知つたこと』でありますか。あきれた。

その儘、写してみようか——

『一休は、童話の頓智和尚として子供たちにも知られ、無礙奔放な奇行の逸話が広く伝はつてゐます。「童児が膝にのぼつて、ひげを撫で、野鳥も一休の手から餌を啄む。」といふ風で、これは無心の極みのさま、そして親しみやすくやさしい僧のやうですが、実はまことに峻厳深念な禅の僧であつたのです。

天皇の御子であるとも言はれる一休は、その詩集を自分で「狂雲集」と名づけ、狂雲とも号しました。そして「狂雲集」には、日本の中世の漢詩、殊に禅僧の詩としては類ひを絶し、おどろきに胆をつぶすほどの恋愛詩、閨房の秘事までをあらはにした艶詩が見えます。一休は魚を食ひ、酒を飲み、女色を近づけ、禅の戒律、禁制を超越し、それから自分を解放することによつて……』

川端さん。

一休にあなたが心情を托しても相手には通じない。さういふ女ぢやないんだよ。いいかね、愛の書簡は金で買ひ戻せたにしても、それで引き退る子ぢやない。あの子は、入墨をすると言ひ出してゐるんだ。

《康成いのち》
と二の腕に彫ると言ひ出した。
やりかねない子だ。昔から、夫人のことを罵りつづけ、『あんな悪い女房つてあるもんですか、あれでは先生が可哀さうだわよ、ほんとよ』
編集者の誰彼つかまへては喚いた子だ。当人は本気でさう思つてゐるから手におへない。やりかねないぜ。
《康成、命》
そんな二の腕の入墨、酔ふと人に誇示し、
『ノーベル賞作家のあたしは恋人だつたのよ、これが証拠よ、見てごらん』
そんなことになつたらどうなさる。《眠れる美女》や《片腕》の自分はモデルと思ひこんでゐる子だ。モデルなど実際ゐやしないしそれらしい女性がゐたとしても、彼女ではないこと当人は知らない。自分だと思ひこんでゐる、そんな子から、金に物を言はせ手紙類を取り上げたのでは、もう思ひ出しかあの子には残らない。そこで、思ひ出を具象化しようとするわけだ。札束で横つ面を張り飛ばした者がゐた。馬鹿な人間もゐるものだが、そんな仕打ちへの腹癒せも彼女は考への上だらうか。
　孰れにせよ、かういふ事態を招いたのも何処かに、思慮の足らぬ人間がゐたからだと今更言へば愚痴になるかね。

川端さん。

いつさいのかうした経緯をあなた達観して、一休禅師のことを言はれたのか。

《康成いのち》

の入墨をした女のグラビア写真が、若しかすれば週刊誌に載り、もしかすればニューズウィーク誌あたりにも転載され、ヤスナリ・カワバタの愛人と〝自称する〟女としてあちらでは、古風なその情愛の契り方への多分な好奇に凝った眼で、こちらのマスコミは蜂の巣を突いたやうな騒ぎ方で、この入墨を取上げるだらうことは目に見えてゐる。さういふ時に、まつたうな人間の先づ考へるのは川端康成氏ほどの人が、何うしてこんなオツムの少々程度の低い、尠くともコモン・センスの欠如した女に愛など感じたのか、といふ疑問であらう。いづれ、品格を疑はれ、世の物笑ひになるとすれば結局、彼女ではなく、あなたの方だらう。

それでもあなたは一休禅師に想ひを馳せることで、事態を看過してゐられるのか。自分の死後も自然は美しい、それだけがこの世に残せる形見であるなどと、良寛みたいな取澄ました心境で、居られるおつもりか。

訊き度いものである。今いちばん知りたいのは此の一事である。おどろきに胆をつぶすほどの閨房の秘事まで、一休禅師はあらはにしてゐることが、本当に、あなたの救ひになるか。

それとも又々お金に物を言はせてこの場を収拾なさるか。ここ一番の大所、お手並拝見と参りたいが、念の為申し添へると事は急を要しますな、あの子は、昨日あたりから腕の好い彫物師を探しはじめましたよ。」

＊

脅迫状めいてかなり悪質な、この便りが届いてから、——あ、その前に言っておかねばならない。この一通だけ凡その日付が分っている。大阪で万国博の開催される年の春に、たしか三月、京都東山のさる料亭が万国博に来日する外人観光客を目当てに、和風レストランを開いた。一年三百六十五日、その日その日で出される御飯の色が変るという妙な趣向を凝らしたレストランであるが、その開店披露の挨拶文を川端さんが書かれた。本当に書かれたのか、単に名前をかされた程度か、その辺のことは知らない。とにかく、その料亭は政界の元老級など西下の折お微《しの》びで泊るそうで、そこの若主人が北条誠さんと面識あり、北条さんを通じて依頼されたので川端さんも挨拶状の件を承諾されたという。まあそんなことはどうでもよい、春三月といえば、京都は、修学旅行や観光団体客でごった返しているが、さすがに料亭は敷地数千坪からあり、閑雅なので、何かの所用で西下されることになった川端さんは、一夜の宿を乞われたらしい。もちろん、料亭では下にもおかず鄭重にもてなした。もともとレストランなど、敷地の一角を占めるにすぎず、本館は建具多少古びているが、有名な茶人の暮らした跡ゆえ、それだけ趣き深く、東山のふところに臨んで至って閑寂である。いかにも川端さん好みの宿である。

さて、若主人は、かねて川端さんが若く臈たけた女性のお好きなことを、聞いていた。祇園でも美しいので評判の舞妓を一人、それで身辺のお世話に侍らせた。この妓の名は失念した。歳は十六である。彼女は川端先生のお側にお仕えできることに感激し、緊張し、緊張のあまりせっかく淹れたお茶をこぼすという失敗《しくじ》りを演じてしまった。たいがいの妓なら、ここで慌ててお詫びを言って、こぼれたものの跡始末をするところである。大いそぎで。

ところが、その妓は、呆《ほう》けたように畳に散った湯の跡《あと》を坐して見下し、

「えらいことうち、してしもうたわあ、……どないしよう……どないしよう」

しばらくそう呟いて、突如、お座敷着ではないがこの夜のため、仕立卸しの、とっておきの美しい着物を着ていた、そのからだ全体で、がばと、不始末のあとへ身を臥せた。まるで畳にこぼれた湯水を自分の着物へ吸い込ませようとするように。

これには先生の方が愕かれた。しかし、必死な、真剣な、過ちをそうしてつぐなおうとするひたむきな態度が、大へんお気に召した様子で、

「そんなにしなくてもいいですよ、誰にだって過ちはあることです」

ねぎらわれる顔が、何とも優しい笑顔だったという。京都駅に着かれた時から、余

程、気の鬱することでもあってか、沈痛の面持で、何か、とりつく島のなかったのが、この時はじめて、笑顔をみせられたのである。——余談になるが、後に逗子マリーナで自殺されたとき、マンションの人々は声をひそめ、先生の部屋へ時折訪ねて来る女性がいた、年は十九歳、赤坂か新橋の芸者らしいと私語しているそうな。特別の意味をこめて。もしそれらしい女性の訪問が事実であれば、お茶をこぼした不始末で却って先生に目をかけられるようになったこの妓のことではあるまいか。落籍されたとは聞かないし、案外、祇園の妓は上京の機会の多いものである。その折りにお訪ねしたのであろうと想う。序に言っておく。逗子マリーナは執筆の為に借りられた部屋ではない。家人の目を避け、睡眠薬をのまれる為であった。鎌倉中の薬局が先生には薬を売らぬよう、夫人から要請のあったふうな噂まで流れているくらいで、してみれば、心おきなく薬をのむ場所が先生は本当に、ほしかったのであろう。天下の川端康成ともあろうお人がそうまでして薬に耽られる事態が、何故生じたのか、誰の所為か。それをおもうと痛哭の思いに堪えない。先生の自殺を知って「どうして言って下さらなかったの」と夫人は言われたそうだが、言えるものか、男なら、言えるものか。

＊

どうもいけない。他人の文体真似るのはシンが疲れる。やめよう。どうせ、偽者はばれてしまうのだ。

湯をひっくりかえした妓は、ようやく、川端さんの笑顔に接して、ほっと、安堵の胸を撫で、其処に更めて坐り直して、両手をキチンと突き、頭を下げた。

「えらい粗相しまして……かんにんどす」

川端さん、笑顔で見てられた。その妓ははじめて、散らかったお茶碗やら、蓋、お茶受け、土瓶を、一つ一つ丁寧にお盆に戻し、傍らに落ちていたふきんに気づいて、濡れた個所をもう一度、爪の貝色に光る美しい指で、丁寧に拭いた。そうして、新にお茶の支度をしに控えの間に消え入った。

そこへ仲居が入って来た。

「こんなお方が……」

川端さんをたずねて玄関に来ていると告げた。川端さんがこの日ここに投宿していることは、家族にもしらせてない。勿論、編集者輩は知らない。川端さんは名刺に目を落して一瞬、厳粛な表情になった。仲居がびっくりするほど、白髪の額に、深々、苦渋の皺が、刻まれていた。それを見てもう人の好い仲居は、オロオロし、

「まだ、お着きやない申しまひょか」

何なら玄関払いでも、と言いかけると、

「いや、会いましょう」

ふだんと変らぬ穏かな口調で、「通して下さい」

「ほなら、こちらへお通ししまして」

「結構です」

言ってから、

「いや」

川端さんは、

「ここは、まずいな」

ジロッとあの大きな眼が、何とも複雑な嗤い方で仲居を見ると、「どこか空いた部屋はありませんか、ここじゃまずいんです」

美しい妓への配慮があってのことかと、そこで仲居は気を利かせ、ひと先ず帳場の意向をききに出ていった。

しばらくして、「御案内申しますです」

別の仲居が川端さんを迎えに来た。この仲居はしっかり者で、トミといって、まだ若く、クラシック音楽ではいっぱしのことを言う。そのトミが、川端さんへの来訪者を玄関でひと目みるなり、どうしてだか、モーツァルトに最後のレクイエムを依頼に来た悪魔からの（死の世界からの）使いというのは、てっきりこのような男に相違ない、そう思ったそうである。黒のダスターコートに黒の帽子、年齢は若いのか老けているのか、ちょっと見当のつかぬ、薄気味の悪い男だった。背がやけに高かった。トミは余っ程、あんな気味のわるい人に会うのはお止めなさるようにと、忠告せずにいられず、言葉が何度も咽もとまで出かかった。でも要らぬ差しで口をして叱られては懼いので、うずうずしながら川端さんを別座敷へ案内したのだ。

長い廊下を渡った其処は、離れ座敷であった。時刻は夜八時五十分頃であった。川端さんは宿に着いてまだ間がなく、着替えはされていない。

数寄屋造りの座敷の中央に、入り口へ背を見せ男は待っていた。川端さんの入る気配にも坐ったまま振り向こうとはしなかった。

「用があれば呼びますから、二人きりにさせておいて下さい」

そうトミに言って座敷に入り、床の間近くで、川端さんは真向きに男へ対坐されるのをトミは、見た。

「――やはり、君か」

二人きりになると川端さんは言った。

「見たくない顔でしょうがね」男の声は、嗄《かす》れて、低い。「これが仕事でね」

「用件は何だね」

「察しはついてるはずだ。例の、良子の件――」

「――」

「どうします?」

「あれを入智慧したのは、君だね」

「さすがは。ハ、ハ、……でも、そうときまれば却って話はし易い。率直に行きましょう……幾ら出して貰えます？」

「金は、ないよ」

「……」

「出せません、ないものは」

「それじゃ入墨あの子がして、いいですか」

「やむをえないでしょう」

「本気ですか」

男は、川端さんを凝視《みつ》めた。川端さんは傍《わき》へ目を俯せ黙りこんでいる。こうなれば梃でも動かぬ人なのを男は知っていた。

「そう素直に出られちゃ処置なしだ、参ったね」

男は苦笑してから、「だけど川端さん——」がらりと声の調子をかえ、「あの子を見くびっちゃいけませんぜ。あれは本気で」

「見くびってはいませんよ。あの子は、それに入墨なんぞはしません」

「？」

「だって、それをさせる為に君は来たわけじゃないでしょう。お金で結着がつくなら、高の知れた話です」

わたしは又、もう少しあなたは怕《こわ》い来訪者かと思ったと、川端さんは呟いて、嗤った。

「そうか」

すんなりそう出られては仕方がない、と男の方もつぶやいていた。ようやくここで、男は正体をあらわした。

「川端さん、それじゃ、あなたに出す条件は、一つだ」

「なんです」

「薬だよ、睡眠薬……そいつで死んでもらおう。理由は、言う迄もない、良子への償いだ。だってそうだろう、あの子があなたに薬を渡して深入りさせたように世間では言ってるが、本当は、何も知らぬ初心《うぶ》なあの子に薬をのませたのは、あなただ。あの子は当時十代……それを眠らせといて、あなたは……。剰《あまつさ》え、眠った様子を小説にしたね。――いいだろう、何をしたって、あなたもその歳になっていてね、むしろ感心した位さ。ただ、そのため、あの子は目茶々々になった。薬は飲む、高慢ちきにはなる……無理もないさ、小説の評判が高くなるほど、自分はモデルと思いこんでいる子だ、薬をのむのは己れへの励ましになるわけだ、愛を証《あか》しすることにもなる。あなたからの愛じゃないよ、あなたへの、彼女自身の愛の証しさ……その辺が、十代の少女だけに不憫だった……あなたもそれが分るから、出来るだけあの子を劬《いたわ》っていたのは知ってる。やさしい手紙も書いた。もともとね、あなたが結婚しようと本気で書いてやったのも、その為だ、分っているよ。鎌倉の方で、彼女をあなたから却《しりぞ》けよう、却けようとしていた、これ亦無理のない話だが、そうすると余計、そんな圧力が懸る度に、彼女は自分で愛を証して、薬をのむほかはなかった、つまり目茶々々な女になってゆく……それを救う為には、結婚の意志表示をしてやるしか術《すべ》はない。そこで……どうもチト話が甘すぎるか。案外、そんな殊勝なものじゃなく、愛欲だけであの子を手離す気はなかったのかも知れないな。あれでけっこう、からだはいい体してたしね、もともとあなたの好みのタイプだ……ま、何にしたって、ここ迄はいいのさ。問題はこのあと、ノーベル賞からだ」

男は言ったのである。二つの点で、川端康成を非難した。どういう理由にもせよ、女を却ける側《がわ》に立った、それもノーベル賞受賞への世俗の称讃という、凡そ芸術家にとって意味のない、蔑むべき満足感を獲るために。言うなら川端康成は魂を売った。売るのは勝手だが、女はどうなるのか。末に睡眠薬からぬけきれず、結婚も出来ず、つまらぬ場所で働いている。それへの贖いをしようとせぬこと、これが一つ。次は、無頼を口にしたことである。およそ、以前、川端康成が無頼に与《くみ》したことはない。某作家の作品を評して、「作者近頃の生活に厭な雲ありて」と貶した。人物批評を作品批評にすり替えた。それほど無頼を悪《にく》んだ者が、ノーベル賞受賞を境に、しきりに我は無頼の徒と口外し出したのは何故か。良子との情事がスキャンダル化するのを危惧しての、予めの防衛手段たることは明白である。いわば保身の意図による。それは許せない。保身の狡猾さは看過し得ても無頼の徒を擬装する作家的良心の欠如は断じて許せない。

無頼の徒は、かなしいものである。無為を愧じ、我と我が血を流して徒食し酒をくらい、陋巷に出没する。心では哭いているのだ。ペン・クラブ会長などにまつり上げられ、行いすまして国宝級の骨董など所持する人に無頼の徒の傷だらけな人生が、分って堪るか。男はそう言った。遽に無頼を僭称する卑劣さは、許せないと。

川端さんは終始、黙って聞いていた。聞き了ってから、こう口をひらいた。

「私が睡眠薬の量を増すようにすれば、その量だけ、あの子は噤まずに居ると、あなたは約束してくれますか。私はね、今でもあの子を愛していますよ。天真爛漫で、自分の心をいつわらぬ素直な子でした。もっとも今じゃ、三十ちかいでしょうね」

「薬を、それじゃ、のみますか」

「あの子が、それで贖《あがな》えるのであれば」

「川端さん、だけど、あなた、死にますよ」

すると川端さんは、只《ただ》一言――

「当然のことです」

＊

大事なことを言い忘れた。川端さんの死顔は、安らかで、生きた儘の様に美しかった。

檀さん、太郎はいいよ

檀さんの何を書けばいいのだらう。

次女のさと子ちゃんが生れる前、私たち夫婦には子供がなかつた。或る日檀さんは言つた。「五味クン、こんどの子は五体無事ならあなたに貰つてもらふからね」

あとは、例の豪快なカラカラと乾いた笑ひ。

かういふ放言は世の常の出まかせとちがひ、文士にあつては（わけて檀さんの場合は）実行される性質のものと私は承知してゐたから、

「もらひます」

その場で答へ、愚妻にもこの旨を告げた。知人にも言つた。ところが、さと子ちゃんの誕生前に、結婚来八年目で妻ははじめて懐妊した。やがて、われわれ夫婦にも娘が生まれ、この話は立ち消えになつた。今想ふとこのころ、いちばん頻繁に檀家に私は往き来してゐた。

妻が身ごもる一年前だつたか、或る女性を愛して妻とは別れようと思つたことがある。さういふ理由で妻を離別するのはつらいが、他の女性を想ひながら夫婦生活をもつのはどちらに対しても宥されぬこととおもひ、妻を実家にかへしてしばらく自炊生活をした。しだいに女性への懐ひがつのつた。それで檀さんに相談し、件の女性とも檀さんには会つてもらひ、彼女の親もとへ仲人格で行つてもらふことにきめた。一日、二人で先方へ訪ねたが、檀さんは結婚のことには一言も触れず、当り障りない世間話で帰つてしまつた。

その後、彼女には決まつた男性のゐることが偶然わかり、私は参つたが、暫く檀家にも顔を出さなかつたら太郎クンが呼びに来た。（当時は同じ下石神井に私も住んでゐた。）往つてみると、読売文化部長の細川忠雄氏が同席で、いつもの如き酒宴。その席で細川氏に説教された。主旨はかうである。――五味さん、あんたは夫婦の間に子供がゐないから別れていいと思つてゐるらしいが、とんでもない考へ違ひだ、子があれば別れてもよろしい。しかし子供がゐないのに別れては奥さんが可哀さうですぞ、なあ檀さん。

「さう、その通り。アハ、ハ、ハ」

今にして想へば、このあと、妻は関西の実家から所用で上京して、何となく私たち夫婦は元の鞘にをさまり、軈《やが》てさと子ちやんの話になるのだが、くだんの女性が遊び半分で私と付き合つてゐるのを（夢こちらはさうは思はなかつたが）初対面で檀さんは見抜いてゐたといふ。ずゐぶん後になつて、ポツリとこのことは洩らされた。さういふ人であつた。いかなる場合も他人を悪しざまに檀さんが言ふのを聞いたことがない。愚痴をこぼされたこともない。

併し、次郎クンの日本脳炎の時ばかりは、

「つらいよ五味クン」

どこの酒席でだつたか、次郎は、ぼくを見て笑はうとするんです」

「切ないよねえ。次郎は、ぼくを見て笑はうとするんです」

『火宅の人』のＩ嬢との恋愛事件に、何ら、私は意見をはさむことを知らない。前《さき》の女性のことがあつて、〝山の上ホテル〟にＩ嬢と檀さんの一緒のとき、私も別の部屋を取り原稿の締切を守れぬ檀さんに代つて、もつぱら編輯者への断り役をした。私にできることはこれぐらゐだつた。そつとしてあげてほしい、さう言つたのを憶えてゐる。Ｉ嬢とのことではなく次郎クンに哭いてゐる檀さんをそつとしておいてほしい、と。独断で言つたことだつた。

檀さんとは、昭利二十二年、下連雀の太宰さんの近所に下宿してゐた頃が初対面になる。突然檀さんから訪ねて来られた。終戦後の私の文学青年的出発は、九州の同人雑誌『午前』に載つた真鍋呉夫クンの作品に啓発された所が大きい。真穂といふ名前を女主人公に真鍋クンは使つてゐたが、「まほ」は保田与重郎氏のお嬢さんの名前である。日本浪曼派の縁につながる未知の友を私は九州に見出したおもひがした。当時の芸文の在り様を知る人にならこの時の、私の感奮は判つてもらへるだらう。亀井勝一郎氏に師事してその色紙を餞けにもらひ、『戴冠詩人の御一人者』をひそかに嚢中して兵営の門をくぐるさういふ私は学生だつた。私たち浪曼派に育つた者に戦後の風潮は如何に無念だつたか。復員後の私はデスペレートになつてゐた。そんな時、書肆の店頭で、「あ、真穂が呼んでゐる……」真鍋君の書き出しを見た。体がふるへた。呼んでゐるのは日本浪曼派の血ではないのか、さう思つたからだ。

以来、真鍋君は心の私の友であり、真鍋君の師事する檀さんへの敬慕を私のうちに育てた。保田、亀井両氏が檀さんの友人であることは知つてゐたし、『午前』に檀さんの名も載つてゐた。そもそも『午前』が檀さんあつて梓された同人誌であることは編輯後記を見ればわかつた。しかし私を覚醒させてくれたのは真鍋君の文章だつた。

——以来、いろいろなことがあつた。わが身に起きた事は主に俗事に関はることながら、生き難さに耐える憾みやつらさは檀さんにもなかつたとは言へぬだらう。私たちの住む区で檀さんと多額納税者になつた時、こちらは殊勝にも——さういふことは生れて初めてなので——命じられる儘に税金を納めたら、

「五味さん。文士が模範納税者になるとは何事ですか」

冗談めかして叱られた。駅前だけにまばらに住宅があつた頃の話である。多額といつても多寡は知れてゐるのだが、以来、区で滞納者の筆頭に檀さんとも、挙げられるやうになつた。冗談で税金が片附くわけはない。つらいおもひで滞納の一部を家人が納めに行くと、きまつて檀さんの名を引きあひに出されたさうだ。長女ふみさんが芸能界に入つたのは、坪井氏あたりの慫慂によるのだらうが、滅多にさからはぬ私がこの話を聞いた時だけは、女《むすめ》をさういふ道に入れるのはおよしなさい、と猛反対した。芸能界がどんなに柄のわるい世界か、生ひ立つて私は知悉してゐたからだ。

今懐ふと、でも、ふみさんは最後の親孝行をしたことになるのだらう。

文学論に類する話を檀さんと私は交したことはない。さういふ言挙げをする立場に私はゐない者だし、必要もなかつた。檀さんは詩人と思つてゐる。その業績は「リツ子・その愛」「その死」に尽きると。病める美しい妻を看取りその死をむかへたとき詩人檀一雄のいつさいは花ひらいたのだ。あとには現身の太郎が残つた。檀さんの生涯でもつとも精彩を放つのは幼い太郎と、太郎の母を看護してゐたあの日々ではないのかと私は懐ふ。頓に成長した今の太郎クンは若い日の檀さんに生き写しだ。檀一雄は紛れもなく檀太郎の中で生きてゐる、その詩人の精彩を結実したいのちの中で。何と幸せな人だらう。

太郎が残つてくれるので檀さん、あなたは今安んじて冥府でなつかしい人と語らつてゐることでせう。あの快活な笑ひ声を立てて。

今　東光（こん　とうこう）

明治三十一年、神奈川県に生れる。学業を中学の中途で放擲するまま文学の世界に身を投じると、川端康成、菊池寛らと交って文学運動を共にし、大正十四年「痩せた花嫁」を発表するが、やがて仏門に入り、延暦寺に修業するなど逼塞の長い期間を隔てて、戦後の昭和二十六年に八尾の天台院の住となった前後から、再び小説の筆を執る。同年「祖国」に「人斬り彦斎」を連載の後、同三十一年「お吟さま」で直木賞を受賞して文壇に復帰、その後の作に「春泥尼抄」「悪名」他がある。同四十一年に平泉の中尊寺貫主となり、また同四十三年から参議院議員で、立候補した際に川端康成が選挙事務長をつとめた挿話はよく知られている。同五十二年歿。

五味康祐（ごみ　やすすけ）

大正十年、大阪府に生れる。学徒兵として出征、復員後は窮乏の日を送りつつも、保田与重郎に私淑して小説家を志すうち、昭和二十七年「喪神」が芥川賞を受賞し、流行作家として迎えられたが、自らを「日本浪曼派の落し子」と語って時流に阿らなかったのは、その人と為りである。着想の妙ばかりでなく、古風を存して端整な筆で成功を収めた剣豪物といわれる作品は、短篇では他に「秘剣」、長篇に「二人の武蔵」「薄桜記」等があり、「一刀斎は背番号6」は、荒唐無稽な話を書き綴りながら、反って時代に生きた作家の面目を遺憾なく示している。オーディオ・マニアとして「西方の音」を著し、また観相を能くするなど多才を揮って昭和五十五年歿。

近代浪漫派文庫 41 今東光 五味康祐

二〇〇四年七月十二日 第一刷発行

著者 今 東光 五味康祐／発行者 小林忠照／発行所 株式会社新学社 〒六〇七—八五〇一 京都市山科区東野中井ノ上町一一—三九

印刷・製本＝天理時報社／ＤＴＰ＝昭英社／編集協力＝風日舎

 ISBN 4-7868-0099-6

落丁本、乱丁本は左記の小社近代浪漫派文庫係までお送り下さい。送料小社負担でお取り替えいたします。

お問い合わせは、〒二〇六—八六〇二 東京都多摩市唐木田一—一六—二 新学社 東京支社

ＴＥＬ〇四二—三五六—七七五〇までお願いします。

◉近代浪漫派文庫刊行のことば

文芸の変質と近年の文芸書出版の不振は、出版界のみならず、多くの人たちの夙に認めるところであろう。そうした状況にもかかわらず、先に『保田與重郎文庫』(全三十二冊)を送り出した小社は、日本の文芸に敬意と愛情を懐き、その系譜を信じる確かな読書人の存在を確認することができた。

その結果に励まされて、専ら時代に追従し、徒らに新奇を追うごときを文芸ジャーナリズムから一歩距離をおいた新しい文芸書シリーズの刊行を小社は思い立った。即ち、狭義の文学史や文壇に捉われることなく、浪漫的心性に富んだ近代の文学者・芸術家を選んで四十二冊とし、小説、詩歌、エッセイなど、それぞれの作家精神を窺うにたる作品を文庫本という小宇宙に収めるものである。

以って近代日本が生んだ文芸精神の一系譜を伝え得る、類例のない出版活動と信じる。

新学社

近代浪漫派文庫（全四十二冊）

※白マルは既刊、四角は次回配本

❶ 維新草莽詩文集　歎涕和歌集／吉田松陰／高杉晋作／坂本龍馬／雲井龍雄／平野国臣／真木和泉／清川八郎／河井継之助／釈月性／藤田東湖／伴林光平

❷ 富岡鉄斎　画讃／紀行文／画談／詩歌／書簡　大田垣蓮月　海女のかる藻／消息

❸ 西郷隆盛　西郷南洲遺訓　乃木希典　乃木将軍詩歌集／日記ヨリ

[4] 内村鑑三　西郷隆盛／ダンテとゲーテ／余が非戦論者となりし由来／歓喜と希望／所感十年　岡倉天心　東洋の理想（浅野晃訳）

❺ 徳富蘇峰　嗟呼国民之友生れたり／『透谷全集』を読む／還暦を迎ふる一新聞記者の回顧／敗戦学校・国史の鍵／宮崎兄弟の思ひ出

黒岩涙香　小野小町論／『一年有半』を読む／藤村操の死に就て／朝報は戦ひを好む乎

❻ 幸田露伴　五重塔／太郎坊／観画談／野道／幻談／鵞鳥／雪たたき／俳諧評釈ヨリ

❼ 正岡子規　歌よみに与ふる書／子規歌集／子規句集／九月十四日の朝／小園の記

高浜虚子　虚子句集／椿子物語／斑鳩物語／落葉降る下にて／発行所の庭木／進むべき俳句の道

⑧ 北村透谷　楚囚之詩／富嶽の詩神を思ふ／蝶のゆくへ／みみずのうた／内部生命論／厭世詩家と女性／人生に相渉るとは何の謂ぞ　ほか

高山樗牛　滝口入道／美的生活を論ず／文明批評家としての文学者／内村鑑三君に与ふ／『天地有情』を読みて／清見潟日記／郷里の弟を戒むる書／天才論

❾ 宮崎滔天　三十三年の夢／侠客と江戸ッ児と浪花節／浪人界の快男児宮崎滔天君夢物語／朝鮮のぞ記

❿ 樋口一葉　たけくらべ／大つごもり／にごりえ／十三夜／ゆく雲／わかれ道／日記―明治二十六年七月　一宮操子　蒙古土産

⓫ 島崎藤村　桜の実の熟する時／藤村詩集／回顧（父を追想して書いた国学上の私見）

⓬ 土井晩翠　土井晩翠詩集／雨の降る日は天気が悪いヨリ

上田敏　海潮音／忍岡演奏会／『みだれ髪』を読む／民謡／飛行機と文芸

⓭ 与謝野鉄幹　東西南北／鉄幹子抄／亡国の音

与謝野晶子　与謝野晶子歌集／詩篇／和泉式部の歌／清少納言の事ども／鰹／ひらきぶみ／婦人運動と私／ロダン翁に逢った日／産褥の記

⓮ 登張竹風　如是経序品／美的生活論とニィチェ

生田長江　夏目漱石氏を論ず／鴎外先生と其事業／ブルヂョワは幸福であるか／有島氏事件について／無抵抗主義・百姓の真似事など／「近代」派と「超近代」派との戦／ニィチエ雑観／ルンペンの徹底的革命性／詩篇

新学社

装丁　水木　奏
カバー書　保田與重郎
河井寛次郎

目次

使用テキスト　保田與重郎全集第二十四巻（講談社刊）

コルトコロ、且ツハヲヂナキ吾ガ仕奉ノ念願トシタモノデアルガ、今ニ當ツテ時運ヲ思ヘバ、ソノ祈念昔日ニ勝ルモノヲ日夜ニ覺ユ。國ノ前途ヲ惧レツヽモ、余ハ民族ノ永遠ヲ信ジ、青年ノ憤發ヲ疑ハヌ。余ノ折ラレ縮メラレシ筆ヲ、再ビ執ラントスルハ、タヾコノ思ヒニ發スルモノアルノミ。

己丑歳暮　於跡見山中茂岡北畔　著者識

みやらびあはれ

一昨々年の三月某日から昨年の五月某日まで、この期間のあらましのことを忘れぬうちに誌しておかうと思つたのは、昨年六月であつたが、それに着手せぬ間に、筆をとる氣持を失ひ、今日では日附にわたる類のことは、大方忘れて了つた。いまもとつさにはこれらの日を、某日とよぶ以上に一層明確には云へぬやうな始末である。人の生死にかゝはる記憶がかくも果敢無いものであらうか。心おぼえに一種の感慨を交へて誌しておいたもの、十數首の歌、三十餘りの俳句、それに日錄といふわけだが、軍病院の日ごとにもらつた粉藥の包紙を綴ぢて、鉛筆でこま〴〵書きつけたものは、國へ歸る船出のほゞ決つた昨年の三月に、最後の兵舎の廣庭で、不要の品々とともに燒きすてた。

三月の何日頃だつたらうか。その少しさきに山から下りてきた我々には、來る日も來る日も暖い日々であつた。零下二十度位に氣溫の下る山の生活をしてゐたので、平地の宿舎の春さきの日ざしの暖さが、しきりにうれしかつたものである。何もない退屈な日々がつゞいて、宿舎の壁にあたる日の光と、影のうつりゆきを、あくことも知らず呆然と樂しんでゐたある時であつた。夕日の最後の移りとともに、ふと壁に現れた一行の文字が見られた。相當の大きさの字だが、墨とは云へぬほどにうすれた色で、しかも常々うすぐらい部屋の、汚れた壁だから、これまでには氣づかなかつた文字であつた。上手とは云へない普通の字である。それは日本人の誰もが限りなく唱へてきた、これからもさかんにとなへる言葉であつた。その傍に日附が書かれてゐて、やはり歸國の日をこゝで待つてゐた人の誌したものに違ひなかつた。

その文字をしばらく見てゐるうちに、これを書いた人の氣持がさまぐ〵におもひやられ、あげくに私は自分の氣持から、眼がしらのあつくなるのを感じた。傍にゐた二三の者も、この文字に氣づいて、間近く集つてきた。

我々は、これをしるして行つた人の身の上を、お互の言葉の上であれこれと想像してみた。さらにその人の場合、結局歸心とでも云つてしまひたいものを、次々に身近なもので考へてゐたのである。善良で正直な人々や、淸らかで美しい人たち、さらに云へば、かなしくなつかしいわが鄕國の人々、さうした日本國の土臺を支へてゐる半數以上が通常もつてゐる趣味は、他から公認された力でさへ、めつたに誇示せぬといふことであつた。この謙虛なものは心に強い。彼らが己の心の奥深くいだきしめてゐるものは、いつも己と一體であつたから、かりそめに思ひ餘つても、その一番大切なものについては、めつたにそれとして口外しなかつたのである。さういふ最も浪曼的な趣味は、眞に人の世の中の寶である。近來の作家たちも、そのことにふれて、斷片的には誌したことである。

しかしそれを主題とした文學が今までになかつたのは、まださういふ趣味の氣風が日本中に充滿し、教養階級を形成し、作中人物の意識せぬ身ぶり手ぶりにも、そこはかとなく匂ひ出てゐたからであらう。云ひかへれば精神の躾であつた。傳統であつた。さういふ趣味の醇風美俗が次第になくなり出し、心ある文人が、それを文章に守らうと志したのは、主としてこの十數年ないし二十數年來の現象であつた。しかもその一方で、ある種の人々は、味氣なく、冷たく、或ひは傲然と、その對象を露骨に語り、それによつて人に强壓を以て臨まうとしてゐた。こゝにも一つの深刻な戰ひがあつた。無くなつてゆくもの、敗れ去つたもの、亡びゆくもの、それを描きとゞめ、描きとゞめた文章の力によつて、亡びゆく雜多を悲しみ葬り、大筋を支へ守るといふことは、古來から詩人の務と任じたところである。詩人は勝利の記錄を描く御用作家と兩立せぬ存在であつた。

日本人の趣味は、最も美しく正しいものと信ずるもののいのちを象り、相手と一體となり、かつそれに敬虔に仕へてゆく氣分心持から生れるのである。この浪曼的な心情を、封建的な氣分の名殘りと云ふ者は、霸道への臣従と人倫の願望を混同し、封建を維持してゆく霸道の實體を、實生活に於て了知せぬ淺薄者であり、霸道との戰ひから生れた、この趣味の實體をさとらず、これを今日の狀態で見れば、今日のあらゆる精神の犯罪と罪惡の、根柢をなしてゐる霸道の、實體を見定め得ぬ輕薄者となるのである。今日の課題は、最も低い霸道と戰ふこと以外にはない。

しかしさういふ趣味であつた美しいものを、心の中から描き出し、淸醇といふことを觀

頃より私はそれのみを考へ、一つの言葉に到着してゐたのである。今日がその方向に向ふことを心から念じて、私はその一つの言葉のために、殘餘の生を盡さねばならないと思ふ。しかもそのことばは、後の世の人が云ふのである。かりそめにも、豫想として今云ふことさへ、不遜であり、怠慢の因となるに違ひない。しづかに生木を燃すやうに、たゞその言葉を、わが胸中にほつ〳〵と燃えつゞけさせねばならぬ。我々の知り合ふ人々は、すべて明らかにさういふ心境を支へてゐる。そして後の世の一言を、今日の己の胸の底にいだきしめてゐる者には、私のことばそのまゝ、彼の胸中の起伏にこだまするにちがひない。わが文章のみちに賭けるものは、今にしてたゞこの一つである。そのたゞ一つの心の狀態を叩くことである。

おしつめられて殆ど消失してゐたあはれな歸心は、忽ちにしてその三月某日に極まつたのである。それは何のため、誰のための歸心といふものではない。この世の修羅の中へ歸る心に、むしろ天上へ歸るが如きおもひであつた。云はゞ天上が卽時に修羅につながつてゐたのである。私は天上と地上を瞬時に往來するものの自覺を味つた。最も凄慘を極めた狀態で、永遠無垢の讃稱をとなへる心のはてに、おのづからに歸心を味つてゐたのである。それは殆ど無爲に近いと云ふべき心境の中のことであつた。

かうした日の宿舍の廣庭で、私は心おぼえの文書の一切を燒き棄てたのである。さうしてそれによつて、私は大方の事件を忘れて了つた。國を離れた日附も、上陸の日も、その他の私の生涯にとつて記憶すべきことと思はれる重要事のすべてを、どうしてこんなにわけなく忘れ得るのであらうか、私はたゞ個人の歴史のはかなさに奇妙な氣持を味ふのみである。

出征の年の前年の秋から、文人としての私は殆ど筆を絶つといふ狀態であつた。そのはてに年末から正月にかけて、忽ち病み忽ち死の間を彷徨してゐたのである。かくて一死を保ちつゝ病臥三ケ月、床をあげる暇もなく、大患の病中に召命を拜したのであつた。しかも有無の間もなく、北九州の港を船出して、無事半島に到着すると、それから先は、軍馬輸送用の不潔この上ない貨車に、やうやく橫臥し得るばかりの席を與へられたといふ狀態であつた。老兵加ふるに病中の疲勞、身體は困憊の極にゐたのである。生きて大陸に到着することを思ふ暇さへ無い有樣で、うつゝのあはひに身を抑へるやうに保つてゐると、數日前應召地の宿舍を出る時、燒野原となつた路傍に坐して、我々を合掌して見送つてゐた老婆の姿が、目交《まなかひ》から消えない。そんな狀態で、ともすれば自らくづをれさうな身心の衰へを、懸命にこらへることが、極めて自然になつてゐたのであつた。

されど回顧すれば、十年の歲月の來る日來る日が、なべてかやうな困憊の中の忍耐の如く、その時の私にはおもはれた。そして今後の久しい歲月に亙つても何もかもが、やはりこれによつて定るとおもはれる。しかしそれは今さらいふことではない。云ひ訣けに始まり、云ひ訣に終る近ごろの人の考へや言論といふものに、私は歸國當時こそ、悲しみと恥しさと憎しみをしきりと味つたが、それらがおのづからに憤りに變るまへに、今は却つて自身の負目となつた。

明日の日のさだめは、その負目をおふものの上にあるべし、おのれ自身のその負目を、どのやうに多く考へ、どれほど多く背負ひ、しかもそれに耐へ忍んでゆくか、一切のことはこゝにかゝつてゐる。辛棒の出來ないものが、手輕で身近で安樂な身の處し方にはしり、おもひがけないところで、とりかへしのつかぬ罠に陷つたことに氣づく。むかしはこともなく考へてゐた、清風高踏の隱者たちの、僅かのことばで語られる一代の物語が、今にして千萬斤の重さをもつてわが雄心をゆさぶり、且つわが身うちの涙河の堰を切り放つのである。この涙河といふのは、王朝の女流詩人の敎へたことばであつた。身體に血の流れるみちがあるやうに、と私は註釋するが、涙は川をなして體の中を流れてゐると、その女性は歌つた。このやうなことを味つた女性たちは、どのやうなおそろしい深い體驗の持主であつたことだらうか、例へ彼女の經驗が、多彩で苦難にみちつゝも、すべてみな情事のものであつたとしても、それが男子のおもふ一大事と、どこに何の差異があらう。

この應召までの大病の峠を越した頃、しかもなほつゞく病中の苦しさをおして、私は二つの文章の仕上げに身心を勞してゐたのである。さうして令狀をうけた時に、この二つが私の遺文となるかも知れぬことを思ひつゝ、十分に滿足してゐたのであつた。それは天杖記と鳥見のひかりといふ二つの文章である。しかし眞實その時には、死ぬといふことも、生きるといふことも、私は考へてゐなかつた。それが自然のまゝである。

歸つてきた去年の夏、私はふとある老作家の戰時中の日記をよみ始めて、八月十五日の夜平和恢復の喜びを祝ふ酒をくむ條に到り、つひにその續きを讀み續けるに耐へなかつた。忽ち私は悲しいことを思ひ始めたのである。しかし人心は急に變つたのではない。變りに氣付くにおそかつた人と場合があるといふだけのことである。さうしてこの一年、私は以前より思つてきたものを、生活の中にもつくることに、いさゝかの努力をしてゐたのである。さきに云うた二篇の文章を草して以來三年ぶりで、文章の他のことながら、精神をつくして多少の滿足感を味ふ成果を、現在の私の山河農村生活の中に味ひ得たのである。

今さら云はねばならぬことだが、文章は語る言葉のうつしや、演說のうつしではないのである。口をついて出る言葉は、どんな場合にも今の一行のあとをうけて、さらに止めの一言で眞意を改め、かため得るのである。しかし文章に於ては、あくまで一句一行がつねに遺言であり、しかもそのはし〳〵まで、永遠不滅の血が通つてゐなければならない。どこを切つても血が流れ出なければならない。芭蕉の云つた如く、文章は明白に遺言である。今日に於て殊に明らかである。しかもいつも四分五裂にきりさいなまれる可能性の中へ投げ出されたものである。むかしからの文人墨客にして、一片耿々の志のある者ならば、文章のうけるさうした待遇について、必ず心に思ひ定むるところを保つてゐたのである。いふならばこれこそ文人の覺悟であり、度胸の養ひどころも、こゝを他にしてないのである。

話すやうに文を描くといつた、平安な心理で文を草すことは、以前にも思ひ及ばぬことであつた。さやうな幸福な狀態と心境は、史上の文學者に例ないことであつた。亂世の人々の後をしたつた芭蕉が、あの無類の平和の日に、あれほどに執拗に思ひ定めた心境と根性をなしたことに、今さらながら、今に當つて、私は嘆息するのである。

われらの文章には、どこを切つても、我が血が流れてゐなければならぬ。さらばと云つて、特別の合言葉や二三の概念によつて、それを果さうとすることは、たゞに文章を殺すことである。何を如何に云ふかといふことではない。言論文章の使命は、何を云ふかといふことではなく、どこを切つても血がふき出し、且つどんな斷片でも、一度それが土につけば、どこからでも芽を出し根をはるといふ如き、植物性の力づよさのあるものでなければならぬのである。亂世に燃燒した文章の道は、再びわがうちによみがへつて來たのである。ものを語る時のことばの運び方によつて、文章を描くといふことは、云ひやうによつては幸福なことであらう。しかし私は、さういふところから生れた、眞に志のある文章を、史上に於て殆ど關知せず、またさういふ幸福な文人に興味がなかつたのである。われらの歴史に殘る文人は、おしなべて不幸な情態で文を草したのであつた。

されば志のある文學は、一目瞭然である。今は大方にそれを判斷する眼が失はれたといふだけのことである。この點の現實から云うて、私は第一義の問題で、今日が亂世であるが故に、無緣の衆生を決然と認めるより他ないと信ずる。もし今も世の中に進歩といふ言葉があるなら、このことばで一應考へられる行き方には、この種の判斷がなくてはあり得ぬ。私は進歩といふことばを、私の思想を組上げるうへで扱ふときが無いのである。普通に云ふ精神の範圍では虚妄の概念である。

さて誠實と云ふことは、人生の根柢をなす普遍のものである。しかもそれについてさへ、その條件としては、さま〴〵に云へば、甲乙相反することもあらう。さういふ議論の始る時、縁なき衆生といふ事實を懇切に説明することの要不要を云へば、さういふ辯解的な關心を一切無視して、たゞ天地の公道をゆくことが正味の論である。何故ある種の今日の議論の根柢に誠實さがないかといふことは、今さら説明や批判の必要がない。さう云ふのは私がいそいでゐるからではない。むしろ草木をそだてることを心として以來、世の中のことにおちついて了つたからかも知れない。かういふ情態だから、おのづからに憤りの心が起らなければ、今迄かいてきたやうな批判的な文章を、再び書く時はこないと思ふ。私はさういふ低い憤りの發現に興味をもつてゐる。自身の場合さへ大多數の文章は、今から見るとわれながら、さういふはかないこの世の作爲だつたと思はれる。通常批評といはれるもののすべてを無用の文章とみてもよい。もつともかくいへば、それが對象としてゐる、文藝作品ととなへるものも、無用のものである。

しかし私は有用無用の一般論を云々してゐるのではない。こゝ數行の私の文章は作爲の文章の見本にすぎない。多くの文藝が無用であるといふ時は、それが世の中の本質以外のものと背くらべをしてゐる時である。悲しみからおのづからに憤りの心がわくといふやうな、さながら自然の氣持で描かれた文章は、近頃會ふことがなくなつた。もしあれば、それが本來の批判的文章である。以前若い友人らのために、延喜式祝詞の講義を誌した時にも、私は古典に例をとつてそのことを、むしろ自戒として十分にくりかへしておいたのである。憤りでないところで憤りと云うてみても、これは人爲の噓である。ひいては空中樓閣に終る。憤りの文章など生れる筈がなかつたのである。

私はこの一年農耕生活にあらましなじみ、山河の自然や、植物や、昆蟲の性質について、僅少ながらも經驗するところがあつた。我々の身體の機構の中にあつて、植物性と云はれてゐるもの、植物性の神經などいふもののことだが、それこそ最も深い疑問と神祕な興味を次々に與へつゝ、あげくとしては、ありのまゝとして承知せねばならぬものであらう。ありのまゝに於て、實に巧緻微妙を極めるものである。動物の最も發生的なものと、植物の最も進化したものとの二つを並べての判斷も、その說を云ふ人々にはあることと思ふ。それから進んで生物の最も進化したものといふことを考へる場合は、その種の判斷はどういふこととなるであらうか。動物と植物のけぢめにゐて、つねに浮きたゞよふ生きもの、なべてさういふ浮きたゞよふところに、現象するものの統一觀の基底を考へることも、一つの整然たる統一には違ひない。しかし私は各分野の種の最高のものの卓立する狀態を考へ、さういふ自然界の多樣に圓熟したありの儘を、根柢事實と考へるのである。

こゝに於ても私は十九世紀的思考方法に對立し、所謂近代を否定するわけである。これを以て、危機狀態に入つた十九世紀的思考方法に對する、新しい神の時代とは云はぬ。神のみちは一貫する。富士山が聳え、櫻花が咲き、大杉が立つ事實の上で、統一原理をなすことは、頭の條件としては、ある種の人には認め難くとも、すでにそこにおのづからなまとまりがある。何一つくづれてゐないのである。くづれた斷崖もおのづからである。每日出かけてゆくわが田圃の山河も、しみ〴〵見れば見る度に、涙がこぼれるほどに美しいのである。

口舌の徒の空しい事實として、こゝ十年を見ても、今日ほど明らかであつた例はない。しかし一方口をとぢてゐる人々は、この山河の間に無數にゐるのである。それこそ瀧つ瀬の水沫のごとしと形容すべきものであつた。わが文章に於ては、都會的口舌の徒を、ゆめにも水沫のごとしとは形容せぬ、山河の自然を眺め、今日の人心を見よ、彼等を形容することばは、日本の過去の文章の中に傳へられてゐない。さういふ精神狀態は過去の教養階級の中には存在しなかつたからである。

さきに云うた老作家の終戰時の日記の一部を思ひ出したのは、近ごろ一詩人の詩句に心たゞならぬものを味つた時であつた。その詩は簡單な六行の詩句、「なれを戀ひしとてかへり來しわれにはあらず、この子らのためにもあらず、しかはあれど、蕀林の土となり、歸らざりせば、世をあげておのれひとりのためにゆく、國にのこりしなんぢがいかゞなりしか、思ふだにいかりにわが手ふるふなる」

ことさら原形のまゝに行を別けて誌さなかつたのは、文字面のごときをどんなにくづしかへてみても、この詩句には、血の通つたいのちを、微動もせず保つものがあると思ふからである。あの當時の我々の國民生活の中で、平和歸ると、葡萄酒の盃を傾けた老賣文家のことを、私はいのちの外のはるかなものをみるやうに今もおもふ。されどそれは尋常に平靜な氣持で、諸般の日常生活に現れたさういふ狀態を、たゞ眺めてゐるのである。

この六行の詩句をまへに、改めて云ふなら、彼の日記の老作家も、その無恥の冷酷さに於て、ゆくさきの我らの負目の一つと、負ひゆくより他ないものである。その利己的發想は、文人の個性の冷酷と見過し得ぬものである。思ふは權力に非ず、たゞ民に於て立つ文藝はかゝる輕薄の非情を認めぬ。わが讀者は私の眞意を了解するであらう。しかし自ら怖れることは、これに類することに於て、又は種の異る類似例に於て、われらのかりそめの一行半句の言動が、たま〳〵どこかで誰かの負目と數へられてゐはせぬか、それを思ふ時、うき〳〵と文筆を弄する心は、忽ちに奈落を味ふのである。私は六行の詩句のまへで、今日の倫理の問題を考へざるを得なかつた。輕薄な原則に立つ道德的判斷と、その輕率な表現が、無數に深刻に人倫を危險に陷れてゆく狀態についてである。詩人はそれを語つてゐない。たゞかなしみからいかりにうつるきはを、しかもおのづからないきどほりの生れるきはを歌つてゐる。

身近ないきどほりではない。最後の責任者を判斷するすべを知らず、又判斷してもそれを憎むすべを失つた者らが、身近の身內や仲間や岡引御用聞の輩を憎むことによつて、僅かに切ない生活のその日ぐらしのなぐさめとし、そのころの他人の智慧の淺さを嗤ふことによつて、己の智慧の淺さのなぐさめとしてゐる。こんな人々に、百も苦難に滿ちた明日に、果して何を期待し得よう。彼らから明日の日のものは何一つ生れぬ。さればそこに今日の人倫の樹つわけがあらうか。老作家のかりそめな發想と同一のからくりから作りあげられる今の世の無數の事實と、そこからそのために生れる詩人の負目は、この老作家と無關係の詩人の上にも重々しくおほひかぶさつてゐるのである。

　そのからくりとその現れは多樣でも、もとに遡れば同じである。その人との爭ひではない。その種の氣持や考へ方との戰ひは、昨日も今日もはた明日も戰ひつゞけねばならぬ。己のうちにかすかに守つてきた神を、雄辯な煽動者の惡魔の口によつて、彼の惡魔ととりかへられるあはれな人々は、昨日も今日も數に於て變りないのである。われらの所謂指導者も似而非指導者も、いづれもかゝる動員し易い大衆を、群衆として率ゐて立つてゐたのである。我々はこの怖しい虛僞と鬪はねばならない。とりすましたつもりの衣裳も、しやれたつもりの言葉も、例によつてあわたゞしく色あせて、陰慘な魂の殘骸のみが巷に吐き出されてゆくのである。

　これこそ、つねに最も危險な魂の狀態におかれてゐた、近代日本の教養階級の實相である。昨日の狀態も、今日の狀態も變りなく、されば鬪ふ眞の戰士の心意氣にも、異りある筈がない。かくて最後に守りを貫く者は、昨日の國の運命のために正面で戰ひ、今日もかく戰ひ、明日もさやうに戰ひ得るものである。卽ち自身まともに風に當り、自己の手で戰ふ者でなければならない。他人の勝利にたゞ追從することを、務とする如き卑怯者の醜態は、人間の名に於て許さるべきことではあるまい。のみならず、依然として、わが理想の敵が、天地に充滿してゐる時、さういふ醜態に生きる者については、今さらに申す言葉がない。

二つの記憶の末に、私はまたも一年まへの日々を思ひ起すのである。われらの大陸に於ける最後の宿舍の、うすぐらい部屋の汚れた壁に書かれ、春陽夕日のくだちの日なたによんだ一行のかの樂書である。日本人が、星の數に比べるより他ないほど、しきりに口にしたその一句、昨日も今日も、そして明日も、間違ひもなく最後のいのちと生きる自然のものを、しかもどんな異つた角度からでも、わが國人ならば、逆境に於ける唯一の希望として、生命のよりどころとなるものを、今改めて考へたいと云ふのは、私の考へが變つたからではない。あたりまへの氣持で、私の年來の考へ方をうけとつて欲しいと思ひ、又さうなりつゝある一端の事實を自認するからである。

こゝで改めて、昨日までは人生に對して精神的な傾向をもつと自認してゐた人々のことを云ふのだが、それは理論的に極言すれば、人生に對し若干の神祕性をもつた人々であつた筈だ。さういふ人々の成功せぬためしも、史上の語りつたへであつた筈だ。それが所謂教養階級であり士大夫の階級である。しかし近頃ではさう自認した人々が、露骨に現實的成功のかけらに懸命になつてゐる。その人々の心が忽ち變化したのではない、反省すれば必ずむかしにうそがあつた筈である。こゝまでなり下つたものを、よろめきつゝも重々しく支へるものは、今はもはや宗教家でも道德學者でもない。やはり最後は、負目の重荷にもぼつ〳〵と耐へうる詩人文人でなければならぬ。私の過去の文章のほゞ半分は、さういふ心でこの世の中を生きてきた、文人詩人のあり方を語つたものであつた。それを土臺にして、今日の思ひを述べる迄に、私は一年の文筆上の空白の生活と、一年の戰場の生活と、一年の農耕の生活を經てきたのである。

しかもこの三年に亙る無筆の生活の間に、一歩二歩は自然の世界に近づいたやうに思はれる。天上と地下を、縱横無礙に往來し、瞬時に昇降しつゝ、この世の行爲に於て、かゝる神の上下する道を定め、そこに人倫の根柢を支へるのは、詩人文人の使命に他ならぬのである。さういふ天地を貫く橋を、天の御柱とうちたてるものは、政治でも經濟でも、はた所謂道德でさへない。もし道德がみちそのものを云ふ場合に於ても、みちを形に定めるものは、やはり文學の他にないのである。それらのすべてが奉仕するみちを、言葉に描き、行爲と生活に現れた形に認め定め、さらに示し得るものは、文學と文人である。奈落の生活に於てなほ輝く人倫を、天上の星と競はし得るものは文學である。さらば文學は道に立たねばならぬのである。さて健全正常な理論的誠實さを根柢にもつた道德ならば、日常の常識を拒絕した矯激のものでも、いさゝかも嫌ふ要なく怖れることもない。正々の態度で臨むべきである。この誠實とは、世上萬般のことについて、それに及ぼし得る原理が立つてゐるといふ謂である。宇宙の大きいしくみを貫く原理に對し一定觀があることである。

しかし今日の我々の言論は、それが正しくなされる時にも、二つの異つた方向のものによつて、相手の心の赴くまゝにこちらの眞意は歪められ、邪推せられ、思ひもよらぬ形でうけとられてゆく可能性が多い。卽ち情勢に對する情勢論や、時務から導かれる時務論といつた範圍に止つてゐる見解は、すでに今日では明瞭に二つに別れ對立し、既に大體のおちつきどころへ落ついてゐる。これは理論の面の一般的な狀態で、時務情勢論は大體ゆきつくところへ落着いた如くに見える。しかるに現實社會は日一日と、どこにも落着くところのない狀態を深めつゝある。まさに時務情勢論の皮肉である。その根柢をつきくづさうと思ふ我らの見解も、恐らく通常のなりゆきとして考へるなら、この二つの情勢論に立つ者によつて、二つの情勢論のうちとして判斷されるところへ落着くやうである。

我々の云うてきたことと、今も云ふことは、さうした二つの情勢論の考へ方のいづれにも屬さぬ別箇の發想である。卽ち發想を異にするから、政策的論策に於てそれらに對立する以前に、本質上の對決が前提としてある。されぱもし我々が情勢時務論に反對する時、その反對面を明白化せよとの群衆の要求に答へて、輕々しく政策的論策を立てようものならば、俗衆に媚びる者の運命として、二者の妥協を策す如き第三の情勢論に墮ち、しかも最も力弱い情勢論的存在として、瞬時の後にはいづれか强力な霸道を形成した側の從順な下僕と化す。善良な意圖に發した筈の近衞公の大政翼贊會が、事もなく第三勢力の最も好都合な奉仕者と轉化したいきさつによつて、その事情の一端を知るべきである。

單なる善良な意圖は、まことに心細いものである。情勢論的發想は、必ず二者選一の決意を要求するのである、決意といふ美名によつて、最高重大のものを賭に托することは、生活卽道德といふ形をとる健全の道から全く遊離した思考である。我々がかつて鬪つて來、今も鬪つてゆかねばならぬ相手は、かうした情勢論的狀態の根柢にあるものであつた。されば第一と第二のものを妥協させるとか、正と反を止揚するとかいふ、一見知的で高尙さうに見える論が、つねに第三の、最も無力な情勢論に他ならぬといふ現實的機微について、十分な政治的認識が必要である。我々の考へるところは、今日の現實に於て、あれをとるかこれをとるかといふ時の、いづれの側にも屬さぬ、根柢に於てそれらと異る發想であり、我々の當面の任務は、この異る發想の根柢をなす、みちの本體を、明らめようといふところにある。これ實にわが文人としての不變の使命である。

しかるに今日二つに對立する情勢論は、趣向を變へたに止り、依然として舊時と變りなく、ほゞ同型の二つの情勢論が相爭ひ、これに對立する本質論的萌芽は、今なほ未萌の狀態である。假令醇朴の民心にその萌芽が現れるやうな場合にも、それらはつねに強力な支配的情勢論によつて壓迫せられる運命にある。のみならず一個人の場合に於ても、自らの天來の叡智からわき出すさうした萌芽は、大むね自己の俗世間的情勢論風の考へ方によつて、その芽を失はれるものである。

しかもこの情勢論が、すでに政治的歸着點を定めて、武裝を開始したと見えるところに、私は今日と明日の日本のために、一段とたゞならぬものを感じとるのである。さればあれかこれかの選一にまよふ者は、さうした狀態をのりきる決意といふものに、生命と道德の永遠の根柢があるか否かを今一度反問し、その脫却を強行する力について、冷靜に內省批判すべきである。さうしてこゝに深刻な懷疑に陷る者は、改めてものの斷定の根柢となる根本不變のみちに思ひをこらすべきである。されば若干の人々は、この狀態に到達した後に於て、尋常の情勢論と異る根據と判斷に立つみちを發見するであらう。わが國再建の唯一の道は、おそらくこゝに展かれるのである。

ともあれ今こそ舊時の失態に深く畏れ、今日の安易な情勢論的決定を制御することが緊急の第一事である。あれかこれかの選一にまよひつゝある者は、改めてその觀點を一變し、究極のものを托すべきみちを考へるべきである。みちも道德も、賭に立脚するものではないのである。高尙な言論の使命は、政策と情勢を第二とし、第一義のものに立脚する道を立てるものである。わが國の將來を云ふに當つても、思ひこゝに至つた時に、再建の唯一つの道の初めての扉をいふべきである。學問上の進化論的發想と政治經濟上の情勢論的發想の、一掃に遭ふべき時期は既に到着してゐる。この近代の最後の日は、現代の政治的權力の罪惡に呻吟する、善良平凡な人々の漠然とした希望となり、彼らは世界が一つである原理を、何らかのみちに於て求めんとし、既に多數は精神の王國を求める傾向をたどる狀態を示し出したのである。かくて一般の情勢論的發想は、歐洲に於てもこの種の精神の變化に卽して漸時に拒絕せらるゝに到るであらう。

私がこの文章を誌さうとしたのは、かうした時務について理窟めいたことを漫然と並べるためではなかつたのである。出征前の病中から誌しとゞめておきたいと思ひつゝ、つひにその機の熟さなかつたことの一つがそのきつかけである。そのやうに云うても、まことはたあいない氣持の起伏にすぎぬ、古風の人なら、他生の緣とでも云ふべきほどの、ゆきずりの思ひにすぎない、あはあはしい事がらであつた。

私が沖繩へ行つたのは、昭和十四年だつただらうか、今指を折つてみても定かでない。

しかし以前にその折の見聞を誌したものが、わが著書の中にもあり、年月については勿論それが正確である。この時の旅行の一行は、柳宗悦、棟方志功、濱田庄司といつた、民藝の連中に、沖繩の風物を活動寫眞にとる映畫會社の一行や、報道寫眞家といふ一班なども加つて、にぎやかな多人數であつた。若干の目的もあつたやうであるが、向うに着いてからは、私は別段同行者の目的に沿ふやうな行動もせず、皆があちこちと歩き廻つてゐる間も、たゞ漠然と那覇の町を歩いたり、つぢのお茶屋で晝寢をしたりしてゐた。その時に會つた人々の思ひ出の若干の感じを描き出したいといふ氣持のおこりは、沖繩が戰場となる遙か以前のことである。しかるに去年初夏に歸國して知つたさま〳〵のことから、私のさういふ氣持に多くの變化が起つたのである。沖繩が我々の地圖の色からなくなつたことさへ、私は久しく知らなかつたのであつた。

沖繩の戰況を聞いたのは、むかうの兵舍へ入つてからであつたから、時たまの斷片的な報道に、曾遊舊聞の地や人々のことをしきりに思ひ出したものである。私の軍隊生活はさきに云うたやうななりゆきから、殆ど病舍の生活であつた。しかもその年の六月一日以後は、病勢殊に惡化し、殆ど死の狀態をさまよつてゐた。人間のあらゆる生理的機構が、あれほど全面的に無慚にくづれるものであらうか、身體のあらゆる部位が一樣に停滯し、所謂瀕死になる。原因は不明であつたが、貧血の症狀が甚しくなり、血液が尋常の人の場合の三分の一位の濃度に減少したのである。

この軍の病院で、最も重態だつた時に會つた一人の軍醫が、沖繩びとだと云ふことであつた。その頃戰場となつてゐた沖縄を誰でも聯想する。朦朧とした危篤状態の中で、私は無言で沖縄沖縄とつぶやいてゐた。そしてそれまですつかり意識から離れてゐたことを、さういふ状態の中で偶然に思ひ出したのである。沖縄の思ひ出を誌したいといふ以前の氣持とことがらである。私どもの遊んだ頃は、あの離島の生活が、漸く手工業時代を脱却する状態に入らうとする時であつた。そのことが風物人情の端々にあらはれて、それが私の旅人の心をさかんにひきつけたものである。今度の戰爭で第一番に消滅した日本の都會は、多分那覇だらうが、近代的日本といふ上から云うて、その町が一番古い生活様式の都會であつたことを、或ひは進歩だと云ひ、また運命的だと云ふ人もあるであらうか。私は自身のかういふ假定的思考方法を、二段位の論をかまへて、憎むのである。もつとも戰が沖縄で始つたころには、まだ沖縄の思ひ出を誌さうといふことを、さし迫つた氣持で思ひ出しはしなかつたのである。恐らくその時の状態に、文章を思ふ餘裕がなかつたからであらうが、瀕死の病床で、ふと出會つた沖縄びとの聲から、忽ち私はものがたりの世界に入つてゆく發端を味つてゐたのである。僅に耳だけが機能を殘してゐるやうな状態で、身じろぎも出來ぬ病床に、どうした心のゆとりがあつたと云ふべきであらうか。

何某の城《グスク》と呼ばれる港の入口へ、船は緩かに入つてゆく。那覇の町の赤い瓦が、熱帯性の自然のきらびやかな原色の色彩の中で、ことに輝かしく見える。上陸すると市役所から來た歡迎者が、拙い口つきで歡迎のことばを述べた。私はその人々の顏の類型を、東京の町のどんな雜踏の中でもいつも見つけ得るほどに、永く記憶してゐたのである。しかし入港よりも船出の時の情景が、眞實私の心から離れない。あれほど美しい群衆の風景が、果していづこにあつただらうか、私の歸りの船はその正月初めての神戸航路だつたせゐかもしれぬ、港の廣場は見送りの群衆で充滿してゐた。そして彼らは船が動き出すと、手に手にはんけちをとり出し、それを高くふるのである。ていぷといふものが戰爭と共に無くなつてからの風俗だと云ふ。萬に近い群衆が、一せいにふる手巾の動きは次第に一つの起伏に統一されていつた。これほど美しい眺めを、私は過去に於て見た例がない。

　私はこのやうな氣分を集めて一つのものがたりをくみ立て味つてゐたのである。しかしその僅かの間に共に遊んだ少くない島の男や女のことを、ありきたりの出會とわかれの經路でしるすつもりではなかつた。云へばさうした形にするより外ないことかもしれぬが、私の氣持では別の姿があるやうに思はれた。軍の病院を出るあわたゞしい雰圍氣の中で、その沖繩の軍醫が餞にしたことばは、これから先、どのやうな苦しい旅路に發たうとも、今の身體の狀態は十分それに耐へるにちがひない、といふ意味であつた。その時私は窓の外を吹く秋風の音を聞いてゐた。

　私は普通云ふ意味で、奇蹟的に恢復してゐたのである。しかし奇蹟的などいふことは、極めて何でもないことである。私はその年は二回、正月と六月に死に瀕したのであるが、恢復したといふことについて、今も少しも奇蹟的等と云ひたいやうな回想をもつてゐない。だから私の考へたものがたりも、水のやうに淡々としてゐる。

　島を出發する前夜は、二三人の向うの男と女と共につぢの旗亭で、僅かしか飮めぬ酒をすごしつゝ、夜半過まで語つてゐた。内地のことをやまとやまとと語つて、明朝の出發を、しきりに案じてゐた女だつた。しかし私は皆が寢ついたと思ふころに、その女の作つておいた朝餉を攝つて、その家を出た。乘船の人々が港へ集つてくるころには、すでに船中の朝湯に浴した後であつた。そして見送りの人數がすべてと、のつて了つたころに、甲板から見てゐると、急ぎ脚に昨夜の女が最後にくる人のやうに、港の廣場へやつてくるのである。

多くの男女の場合と同じく、その女についても一つの記憶しか殘つてゐない。顏も姿も名も所も、人に附隨したすべてのことを忘れ、たゞ一つの抽象の記憶に殘つてゐるに過ぎぬ。さういふものが甘美なものと云ふなら、未生といはれる狀態のものであらう。さらばそこには倫理もなければ、道德の反對命題となる原理もないのである。さういふ記憶を他の場所や他の人によつて再認しようとも、持續しようとも、私は想つたことがない。或ひはさういふ記憶が大切なものゆゑ、たゞ一つのものとして大切に保存しようと思ふやうなこともさらにない。私はさういふものから、ものがたりの一つの世界を考へてゐたのである。人生の幾多の機會に、無數にあつた淡々しい思ひ出をぬひつゞつて、ある種の傾向の文藝論に對する、自分の考へを形づくらうと思つたことはあつた。

さういふものがたりの氣分ともいふべきものの一つを、近頃心が遠くなつてゐる狀態で思ひ出したことがあつた。近頃と云つても、はや去年の秋である。歸國以來一歩も町から外へ出なかつた私が、その日始めて奈良に赴き、新舊の友人達と夜更まで酒をくんだあげく、快適な氣分になつて奈良ほてるのまへを通ると、つれだつた一人の友だちが、まつ黒な市街地の上にあか〳〵と輝くほてるの窓を指しつゝ、日本人がかくも柔順な民であることに、今さら世界は驚嘆しただらう、と急に昂つた調子で語り出したのである。しかしその時の私は、ほてるの窓をながめつゝ、過去に知つた人のことをつぎ〳〵に思ひ出して、氣が遠くなるといふに近い感覺にゐたのであつた。

むかしの人がすき心と云ひ、心あるとか心なきとかいふ言葉で、こまやかなことを、大ざつぱに云はうとした心の動きを、この時私はしきりに合點してゐたのである、心には隙間がある、そのすき間は何かの氣まぐれで、うつろな洞となり、風さへ吹きすさぶ。心が空になるといふのも、それを尋常の比喩としてしまふのは、あまりに騒々しい合點の仕方である。むかしのものがたりでは男と女の間に、戀よりもさらに大切なものを考へ描いてゐたのである。戀とか愛とかいふことばで、今日の我々が考へてゐるものとは少しちがふものである。今日のこの狀態の中にゐて、これほど思ひがけぬことを次々に經驗してきた者なら、さうして多分に詩人の性をもつた若い人なら、必ずこゝで何か漠然としたものを味ひうると思ふ。最も日本の花やかだつた日の我々の青春の數年間にも、殆ど經驗しなかつたやうな、心情と愛の原始の世界がそこで描かれてゐたのである。趣味と文化が最高に達した時の心理が、なにもないといふべき所からつくり出す氣分の陰影が、その下地であつた、それは申すまでもなく今日の小説の俗事とは異つてゐるけれど、ものがたりも亦俗の世間で描き出されるといふ點では、何ら變りないのであつた。

その年の七月末から八月ごろには、私の病状は多少安閑としてきたのである。私はたまたま入手した「老子」一巻を枕頭におき、かつて經驗したことのない自然な自信をもつて、他人の注釋のない「老子」をよんでゐたのである。その自信は個人の學問の力からくるものでなく、道は相通ずるといふか、或ひはみちは一つだ、わかるところだけでよからうといふ信覺から、自然の氣持で相手に臨めるといふことであつた。

人と人との出會やつきあひの場合にしても、最も自然な男と女との間でも、このやうな自信と同じものが、さま〴〵な形で決定的な役割をする。國際的溫床狀態の自然のまゝに、今日に生長して來たと思はれてゐるわが民族も、この一番大事な點では、こゝ數十年この方、あらましさういふ自然を失つたのである。氣質が合へば自信がつく、しかしこれは偶然だ。色々の場合を知るといふことが、その條件となる可能性もある。さうしてさま〴〵の人と、さま〴〵な人の心の動きを知りつくさうといふ方向を、あまりに考へもせずに、專ら努力として進みつゝ、結局空しく青春を過したものは、却つて幸福だつたかも知れないとも思はれる。私の云ふ自信とは厚顏無恥の謂ではない。つまり今の相手として語つてゐるのは、所謂教養ある人だからである。どこかで何かの場合には、厚顏無恥となり得るやうな人は、その點に於て、これを記してゐる今とは全く無緣の衆生である。

さて私は病床でひらいてゐた老子の章句の間へ、思ひ出す度に西行の歌をかき、それと老子をくらべて、一人遊びに樂んでゐたのである。西行といふ人は、改めてよむ度に、以前に考へてゐたにも増し、さらに〳〵幾倍か偉大になるやうな存在であつた。あらゆる分野の一流人が、その時代を抜き出た、一流の智慧と膽力と策略を出しつくして人生をわたり、あげくの最後に到着する境地が、西行に於ては、何でもない坦々たる出發點であつた。のみならずさういふ智慧や膽力や策略を、それを未だ試みぬ状態で、たゞの出發點となつてゐる。西行はさういふ人物であつた。

　かうしたことを試みつゝ、老子をよんでゐる間に、ふと思ひ出したのは、佐藤惣之助の歌の一節であつた。一つの歌の全體でなく、「そらみつ大和扇を」かざしつゝ云々といふ上句の初句と、結句の「みやらびあはれ」とであつた。その二句だけで、あとはどう考へても確かな氣持としては思ひ浮ばなかつた。歌のこゝろは、そらみつ大和扇をかざし舞ひつゝ、歸る旅人に、再度この島を訪れ給へとくどくのである。みやらびは沖縄で、をとめを呼ぶことばであつた。私はこの歌をはるかな少年の日に愛誦し、異常な場所の、異常の状態の口吟にのせつゝ、それを思ひ出さうとした時に、中の三句を忘れてゐることを知つた。その年の夏七月から八月にかけて、私は瀕死の重患の中にゐながら、忘れた中の句を思ひ出さうと、いくどもその重荷に耐へかねたことであつた。再びたづね來ませといふ意味を、どんな形で歌はれたのであらうか。しかし病中とりとめないことに苦しんでゐた間に、後に知つたことだが、現實はそのかなり以前から、沖縄ではさまざまな變化が急速に進んでゐたのであつた。私は歸つてからも、氣まぐれな折々、何度かその歌を思ひ出さうと、後にははかない努力をしたり、知りさうもない若い人にまで、尋ねてみたりしたことであつた。しかしながら故人の詩集を調べることは、その年五月の戰災で、留守居の家も藏書も失つた今では、初めから煩はしく、進んでそれをなさうとの意志はない。何かの機緣で記憶がよみがへればと思ひ、よしよみがへらなくとも、その歌は私の心の中に、生きた根のやうに殘つてゐると思ふのであつた。

ところが今になつて思ふことは、この忘れて了つた中三句といふ偶然の事實が、何か運命的で且つ象徵的なものの感じを濃厚に味はせるのである。明日の日の國と民族の生々發展によつて、この三句は決定されるだらう。大小說とか大論文とか大雄辯といふものをなし得ぬ事情のある時に當つて、眞の文人がきれはしの歌を歌ふことは、志ある者よりみて、自明自然のことである。一つの合言葉が民族再建の紐帶となり、數ケ國に及ぶ革命の結合と推進の力となつたといふことも、史上明らかな事實である。ある個々の群衆を一定の思想に組織するためには、相當微細な說法と、重量感をあらはに示す外觀を盡した長大文學が必要であらう。すでに緊密に組織された大衆や、天來のものによつて結合してゐる大衆を、行爲に組織する原理は、多分に趣を異にするのである。一般的に云うて、一首の歌が、さらに云へば一首の歌のきれはしすら、時には一代を動かす精神の無礙の合言葉となる。この間の事情を解するか否かは、解する當方の志の有無に他ならぬ。

今では、よみ人知らずといふにふさはしく、斷片となつて了つたものが、今日の歌として、わが口にのるにふさはしく、かつそれによつて今はなきものと、ほのかに無限にかよふあたゝかさを、つなぎとめてなほ餘りあるものが感じられる。みやらびあはれ、私は軍病院の病床で、失つたものを思ひ出すために、ある時はあせりつゝ、ある時はたのみつゝ、退屈の時の幾度に、それを口にして心亂れたことだらう。しかしこの歌の斷片が、今の私を切なくするのは、個人の感傷的な思ひ出としてではなく、また作者の放埒の日の口吟を愛しむのでもない。この歌の斷片が唇にのる時、私は歌や詩と別の、凛々としたものの世界への通路を味つてゐた。教師はねんごろに教へようとし、詩人は口の端にのつて歌ふのである。教師の狀態をうけ入れぬほどに、内も外も右も左も上も下も、人の心がきびしくなつてゐる日、我々はなほ安んじて、詩人のことばに、第一義のものを托さうと思ふ。人の心の激した日こそ、托すべき日である。

　七月の中頃から、私の病狀は既に危機を脱し、少しづゝ恢復に向つてゐた。さういふ病狀の中で、八月十五日が來たのである。外部の物情の動きの若干の反映してきたのは、この月初頃からであつた。その頃外にゐる知人を一心に呼び出し、漸く連絡がついたとて、鐵路半日の道を、二日を要して到着したのは、その數日前であつた。十五日の放送は内閣告諭さへ殆ど聽取不能だつた。その時私が何氣なく自身に云ひ含めてゐたことは、今一度、情報をたしかめねば、といふことであつた。誰もそれ以上に、何がどうかを判定する者は、軍病院内に一人もゐなかつた。何らの命令も下らなかつた。しかしこの種のわが判斷こそ、教養者の通弊を現すやうに思はれた。その機に及んでも、あくまで我々は現代教養の通弊の中に住んでゐたのである。今一度情報をまたうといふ、さういふものの考へ方と態度で、私は幾度大事の時を見送つてきただらうか、しかもことこゝに到つて、なほさやうなひとり合點に陷つてゐる。この弱く悲しいひとり合點は、古代人の知らぬ罪惡である。現代罪惡觀の外にある、最も忌むべき心の罪惡であると思はれた。私も亦一人の傍觀者に過ぎなかつたのではないか、私は病床で二三度頭をもたげつゝ、さういふ反省に身のおきどころないありさまであつた。しかししばらく私は、頭山、大川、近衞、木戸といふ四つの人の姓を、別々の意味から考へつゞけてゐた。さうするといつの間にか、子供のころ田舍の家で、金網をゆりつゝ豆や切餅をいつたことを聯想し、卵をかへす親鷄が、暖めながら卵の場所をかへるのを、田舍のことばで、いると云つてゐたことを思ひ出したり、やがてその四人の姓を金網の中で、金網をゆさぶりつゝ、炭火でいつてゐるのだつた。

そのうちふと騷々しいけはいに氣付いた。それは居留民の少年が、急性の盲腸炎でかつぎこまれたためだつた。重患者の部屋でも今宵は夜更まで、例になくひそ〳〵とした話題が、重苦しいとぎれ〳〵の言葉でとりかはされてゐた。その夕方から降り出した雨が、次第にはげしくなり、夜半になると、つねでさへひし〳〵と死を思はせるこの部屋は、殊の他の感じであつた。その夜更け小走りの看護婦が、何某さんが今なくなりました、とあわたゞしく誰にともなくふれてゆく。例にないことだつた。この部屋では、殊に死を云ふことを忌んでゐたのである。その死者はおひるに放送を聞いて、もう駄目ですねと云つたさうだが、自身もそのまゝ靜かに消え入るやうに死んで行つたといふ。いくつだつたのですと聞くと、まだ二十二でしたと云ふ。どうすればよいのでせうか、何かおつしやつて下さい、とその看護婦は私の寢臺の傍へうづくまつて了つた。

雨の音のはげしい夜、あひ間あひ間に例の少年のうめき聲が聞えてくる。豪雨の音が病舍の靜寂を一層深くする。時たまに頭の向きをかへすばかり、私は數限りないことを順序なく考へつゞけた。すでに夜半を過ぎて一ときもしたころ、急に若い女の數人の泣き聲が、豪雨の音をおさへるやうに聞えてきた。それは病室の隣の看護婦たちの部屋である。それまで何か語り合つてゐたらしいのが、急にみなで泣き始めたのであらう。しかもその異常なことが、今宵は極めてあたりまへのことのやうに、しめやかに私の氣持にうけとられるのであつた。私らはその翌年になるまで、八月十五日の詔書を知らない狀態だつた。しかしこの泣聲をきいてゐるうちに、何といふことなく、狀態が決定的に判明したやうな實感をうけとつたのである。

私は反射的に、頭を少しばかりあげた。するとはつとするやうに、部屋の中央にある花瓶の、今朝ほど誰かが插していつた向日葵の大きい花が、生々しく眼に入つたのである。私はとつさに眼をそらしてゐた。しかし眼をうつした床の上に、その花の影が、黑々とうつつてゐるのである。その影を見つめてゐるうちに、形容しがたい怖ろしさが、全身をとらへ始めた。一輪の花の描いた陰に、私はかつて思ひもよらなかつた無限に深い闇を、ありありと見たのである。かういふものをさして、何と呼ぶであらうか。心のすなほなむかし風の人なら、かゝる時に地獄や奈落を明らかに見たかもしれない。そこには何も存在せぬだらうが、どういふ荒唐無稽のものでも、何の不思議もなく存在し得るのである。私は全身のわなゝくやうな怖れをしばらく味つてゐた。大雨の音、少年のうめき聲、をとめらの泣く聲、その間も止む時がない。物思ふすべを知つて三十年、盛りを過ぐる年となつて初めて、私は腸を斷つといふことをまざ〳〵と實感したのであつた。

しかしその夜も、私は定時にきこえる汽車の音が、平常と變らないのを認めてゐた。それは治安に變化がない證明であつた。この日の來る氣配は、我々の病室でも、數日來たゞならぬ形を示して傳つてゐた。苦力の口からも入つてくる。世情物情の話であるから、いづれ解釋がついてゐる。それにしても物の動きは、世の進路を語るとより云ひやうがない。遡つて思ふと、四月五日だつたと記憶してゐる、東京の政變の報を初めて聞いた時、千里の外にゐるのだと、わが心を和めるより他なかつたのである。豫想しうることが、その豫想の一つの形できち〳〵と進行しても、それをうけとめる人の心については、なほ想像し難いものがあつた。

その夜の情景や人の心の動きは、私には尋常の敍事文としては、云ひ現し難い。鎌倉時代に行はれた和漢混用の文章體でなら、例へば海道記ほどのものにでも、今とり出したいやうな好例が、二三ケ所に現れてゐるが、あゝした心理をものに象つてうつし得る文體を以てなら、敍事文として誌して、なほ用をなすに近いと思ふ。どんな人でも國と民の重大事に當つて、徹頭徹尾の利己主義的傍觀者であり得ない、時には責任者であり、贊成者となり、反對者ともなる。その同じ心持の一部で傍觀者でもある。さういふ混亂した心の狀態で、それに卽しつゝ、しかも純一の道を通すといふことは決して容易ではない。だから今さらものがたりの文體がなし難いと云ふなら、和漢混淆の文體によつて、いさゝかその間の氣持を滿たし得るのではないかと思ふ。しかも今日の我々が、文章に苦んだ上で感服する程の古人の文章といふものなら、これを切り出し、斷片のまゝで示せば、必ず近代新詩以上に斬新無雙と感じられるだらう。こゝでもう少し申せば、さきの夜の氣持も詩としてなら、自ら滿足するに近く大方的確にうつし得るのである。詩と文章は同一でない。詩とは尋常の敍事文や、もののさまを解釋しつゝ進む形の文章ではあらはせぬこちらの心と、相手の間のゆききを、そつけなく現したものである。それゆゑ私は歌や詩の上で、寫生といふことを根本にする考へ方を承諾しないのである。さういふ考へ方が、自然のものに對して、我意を貫く、不遜な冒瀆を犯してゐる點を私は憎むのである。

さて私は沖繩の人々のことを語つて、心に殘る情景をうつさうと思ひ、さういふ氣持の起き伏しと、現れたり消えたりしてきた心象のさきを、追つてゆくつもりであつた。私は他にも以前からつゞいて誌したいと思ふ主題を二三もつてゐる。國史初期の農地開墾を、大和の各地の地形に卽して考察することや、わが國へ下つた天女の記錄列傳といつたものも、あらましの骨組は出來上つて最後で停滯してゐたのである。もつと別の方面のことを云へば、丹生の告門の解釋とか、穴師の兵主神社の考證といつたこともある。さういふ通常の考へでは、硬軟相反するやうなことが、一つの體をなしてゐる事情を、何よりも萬般の上での土臺にするのが當然のことで、さうすれば理論理論といふ畸形的な思考は現れないのである。

みやらびあはれは、私の個人の何かの挽歌であつたにちがひない。それが無性に心ひかれた理由であらう。私はこの文章を考へるとき、その類のことを、種々の場合場合に卽して檢討したかつたのである。それが一度ならず、みやらびあはれを主題にして、何かをしるしてみようと思つた理由であつた。みやらびあはれを語ることによつて、おそらく美しい挽歌と思ふ、その挽歌の生れる實體と、ゆく〳〵はその現れの變移をも、自らの心にあとづけ、形の上にしるしうると思つてゐたのである。しかしはからずも、まことにはからずもと云ふべく、しかもかゝる言葉を口にしたあとで、私は一昨年の夏の病舍の向日葵の夜の影に見た如き怖れと、その他になほさまざまの實體の充滿した闇の畏さを、このかりそめに出たことばから味ふのであるが、ともあれ、私個人の生涯の、ある時ある心の挽歌であつたものが、一瞬にして明確なもののいのちにふれる歌として、かつては蕩兒かりそめのおもひをのべたその歌が、今の私には形容のない重い形に變貌してゐたのである。

その作者の詩人の品位については、私は今の誰彼といふ徒よりは、多少ならず重視してゐるのである。されども彼のその歌は、日本の封建の世よりもなほ古い形の遊女の世界で、しかもさうした世界に入つた人が、近代人の氣持で遊んだ日の、思ひ出だつたことに間違はない。放蕩の日の歌は、すべて何ものかへの挽歌である。世俗多情は佛のこゝろではないが、人ごころの生なものである。ともあれかゝる日のかゝる挽歌が、古典の悲劇と通じて、今日の私の口誦となり、かくて文章は、おのづから變貌したのである。さればかゝる例により文化を憎むといふのもよい。作者を迫害するといふのもまたよい。或ひは結末の事實と變貌を以て、作者を不吉の存在と斷ずることも、いさゝかの才子のしぐさと認めよう。事は國にも文藝にも何らの影響を起さぬからである。さりながら私は同じところで作者を信じ、文藝に稱辭申すのである。

私は文藝のかうした第一義的な變貌を信じて疑はない。文人なる私自身に於ては、これが永遠な自信である。一言も描かない日にも、かつて描いたまゝの言葉に、いつも新しい日の下に、變貌してゆく生命をもつことを信じて、疑ふところも、ためらふところも、さらに心みだれるところもないのである。わが文章の大方は挽歌である。

なべて詩人文人の描くことは都合と勝手でよい。されど第一義のものと共にゐたものは、それも念々にとはいはぬ、醉ひざめの瞬時のみでもまだよい、さういふ狀態をとぎれ〳〵にでも自覺して保つてきた者の文藝は、生命を永久に保ち又は傳へるものである。流行の文藝が、何を語らうとも、一點の眼目に於て、眞僞の判斷を定め、かつ己の眼を信じて臨めば、世俗に謬ることがないのである。のみならず、わが世に於て必要な文藝は、古人の二三句、無名詩人の數句でよい。それらは時にとつて、萬卷の俗な流行文藝をよみあさつた結果よりも、實生活の中で文藝と共にゐるといふ事實を痛感させるからである。

昭和十九年秋以來久しぶりに文章を誌さうと思つたのは、去年の秋のことであつた、しかるにその後九ケ月、筆をとるわづらはしさは一層強くなり、人よりの便りに返しすることさへうとましく、その間一行の文章もしるさなかつたのである。この秋の覺書には、佐藤惣之助の歌の句みやらびあはれと、土佐のひと吉村淑甫が日本の扇を歌つた詩の斷片を、墨筆で欒書し、十月十一日秋雨ふる夜詩興わきぬとある。この十月十一日は昭和二十一年である。私はこの詩興を歌ふ代りにいきさつを説明し、題はそのまゝみやらびあはれとしたのである。

昭和二十二年七月一日誌す。

最後の一人

横光利一の死去については、元日の新聞紙上で知つたのである。卽ち、早々私は暗然たるものを味つたが、爾來十數日をへた今も、なほその感じがつきまとつてゐる。農村の緩漫な生活環境のゆゑかもしれない。通常に誰もが云ふ、豫期せざること、といふ場合は、神、運命、或ひは神を僭稱する僭主、さらに一般の非人間的なからくりといつたものの、裁可するものとして考へてゐるのであらうか。はたまた我らの一般的な友情、我欲ないし野望の嘆息であらうか。しかし俗世間が如何に合理的にならうとも、この種の嗟嘆のある限り、それに附隨して野望は必ず存在してゐる。しかもその野望は、何らかの神を考へずしては成り立たぬものである。個々の野望も僭主意識もない世界といふものは、近代に於ては最も古典的な思想としてのみ考へられるものとなつてゐるが、しかもかつて存在した形態として、その傳統の實在も、我國の生活に於て嚴然と指摘せられる。

わが國の制度政體の上で、近世より近代に移らうとする轉換期に現れた最も偉大な思想家は、この近世がすでに失ひ、近代の失はんとしつゝ、あるものを指摘する時、それを「神」

の世界とは云はず、古の生活の中にあつた「道」として教へたのである。さういふ古の生活のもつ簡素な様式は、欲望と野望の世界を裁可する「神」によつて作られた組織ではない。野望の成立せぬ生活は、かつて存在した如くに、今日もわが日本の最も重大で根本の生活として生殘つてゐるのである。

個々人の多數のもつ野望といふ事實に立脚し、それを滿すやうに作られた社會と、一箇の覇者や僭主への奉仕といふ形で作られる組織とは、人心の窮極では同一な原理から生れ、歴史の様相はそれのくりかへしであると云うても大きい誤はない。所謂文化といふ言葉を頂上にして組み立てられてゐる今日の發想と論理と思考法を、根柢よりくつがへす自壞作用が件はぬ限り、まことの清醇なかの境地への思考は生れ出ないのである。ゲーテがいち早く宣言した近代への對決は、彼が文學の立場ととなへ、この根柢的な人心の革命に立つてゐた。原始のまゝの教義をもつて生きてゐない者、即ち多くの近代的生活者には、この營爲のわづらはしさは耐へ得ないであらう。しかし謙虚に神に歸依し得ない者は、元來單純な價値轉換論や實踐的辯證法のお題目に歸依することもない筈である。我國の近代禮讃者は、單純な現實的樂天家か、さなくば近代文化の植民地組織の中間支配者或ひはその就職希望者に他ならぬのである。近代は觀念でなく、生活であるから、アジアと日本に於て、本義上なり立つ筈がないのである。

現代の最も合理的な思考法よりすれば、所謂藝術といふものが、人間生活の何に對しどこで必要であらうか。不信と不誠實が支配し、多數の俗な小野望の跳梁する時代に於て、勇氣と氣品ある少數の精神は、かつてより連續する純なる東方への逃亡をはかるが、虐げられつゝある正直な生活者らは、彼らの希望の象徵としての、その被護を欲求する一箇の僭主を形成する可能性が多いのである。僭主を形成することを喜ばぬ者は、逃亡を思ふ。こゝに至つて卽ち末世の樣相である。かつての東方詩人の外觀は、絕大な保護者なる專制君主への頌歌を歌つてゐたのであつた。かくて彼らは權力をたゝへる域を脫して、遂には神を頌へるといふ至上境にすゝむのである。かゝる頌歌詩人が近代人に憎惡されることは、彼らの得ただらう報酬に於てであつた。しかしこの思考法には、近代のもつてゐる最も汚れた何ともならぬ陰慘のものが附隨してゐる。近代の矛盾はすべてが陰慘であり、人の心を滅入らせる。

實證といふことの好きな、それら近代的な人々は、自身の說の正しさを實證するために、紙幣を山と積みあげて、果して人麻呂の歌が贖ひ得るものであるかといふことを、今日に實證する必要がある。尙ほ念のために云へば、紙幣の代りに金銀でもよい、さらに入念に云へば、サントニーを積む場合もよい、又もう少し念を入れて云ひ、穀物でも綿でもよいといふわけである。さうして注意力のうすい人のために、わが昭和十三年五月より昭和十九年十一月迄に生れた作品のうち、數篇の詩と數箇の文藝と若干の文章には、紙幣や金銀やサントニーや又穀物や衣類をもつて贖ひ得ぬ作品があつたといふ事實を、今日の如き時代と較べる迄もなく、わが歷史を通じて語つておくのである。忽ちにして人心低下したわけではないが、藝文の世界に於ては、見る影もなく、かつての一片の誠實さへ失はれた現状である。しかし今日ではこの眞因を追求することによつて、來るべき危機を警しめねばならない。

さて東方の頌歌詩人を嫌ふことは、わが同胞の一部の傾向であると共に、西歐の多數の近代人の傾向である。しかし彼らが、田園の一少女を讃へ、市井の一賣女を讃へる戀愛詩に於て、その言葉が如何に過度であらうとも、一層の好感をいだくのは何故であるか。私は東方の頌歌詩人の作を喜ぶ如くに、戀人のみめかたちを豐富にたゝへた美事な戀愛詩をも尊ぶものである。

横光の死、といふ事實に面して、私はすべてを文學の立場で語るか、或ひは結語として文學の立場に歸るかのいづれかであるが、かくて一文を草しようと思ひつゝ、この數日來錯亂その極に達したのである。これは實にかつてないことであり、かつかつて豫期せぬことであつた。この豫期せぬことといふ意味を、私は事實のことばによつて現したいのである。それは初めに云うた如き一般的ないづれの狀態でもない。それらの條件の中でふれなかつた最後の一つの狀態、卽ち醇乎とした希望の挫折といふ例である。希望とも樣相の異るものである。しかもこの事實を云はうとしつゝ私は、錯亂を味ひ、暗然となり、不氣嫌になり、さらに行方知らない心の狀態のみを意識したのである。卽ち彼の死に遭ひ、既往を顧み將來を慮りつゝ、その哀悼の文をしるさうとすれど、つひに一行も筆が進まなかつた。

この事實を人が素直にうけとつてくれるならば、私はこの短いことばを以て、哀悼の意を表し得るのである。しかし素直にうけよといふことは、私の希望するところであつて、強制し得るところではない。私はそれを強制し得る如き一切のしくみとからくりを否定し拒絶するのである。今日では文章も言論も、舊來の如くに自主性がなく、また從つて尊重されてゐない、そこからかゝるしくみとからくりが生れるのである。古來は文は人なりと云はれ、それは正當な判斷力と叡智の持主たる人の表現であつたが、現代に於てかゝる人といふ存在は、一般の文界に影を たち、政治的徒黨的言論だけが行はれ、言論についての判斷もすべてが徒黨的になつてゐる。今日一般的に無造作に否定されてゐる封建時代の人々を見る時、そこに記憶される者は、今日の徒黨的言論の徒よりも、各自がはるかに自主獨往の人であつた。單に英雄豪傑の氣性が違つてゐたのみでなく、これを見る眼が、悉く違つてゐたのである。

その時代の人々は、まだ輕快な對話といふものを了解してゐなかつたのである。彼らがしばしば行つた同一の例は、問答であつた。それは峻烈を意味してゐる。專制政體下の會議に於ては、その參議者が夕刻に歸つてわが家の竈を再び見得るといふことは、外征の將軍の歸還率と匹敵したと云はれてゐる。さういふ死の覺悟の後に、言論は成立し、人間は人と稱へられたのである。今日の言論は婦人の使用する化粧水よりも淡い存在となつてゐる。人間とは、神でもない、動物でもない、このやうに考へるのが、常識であつた。勿論近代に於ても、十九世紀を闘ひとり、これを建設した正統派にとつては、やはりかゝる人間が常識であつた。しかし人間は神でもない猿でもない、といふことから、人間は神でもある又猿でもある、といふ語呂合せは、云ふ本人にしては氣のきいた輕口のつもりであらうが、かういふ發想は際限のない暴力的なものの發端であり、つまり反動である。われらの道義人倫はかういふ輕口を許さぬ。これが人間といふ意味の發足點である。こゝで私は若干の註を加へる必要をおぼえる。それは道德の根源、あるひは愛の原始は、われらの祖先が農耕生活に入つた時に芽ばえたものであるといふことを、當然云ふべきである。しかしそれらは、必要な人だけが、私の舊來の著述に於て了解してくれるとよい。

私は横光の死を知り、その哀悼の文を草さうといふ心の衝動にかられつゝ、筆進まず錯亂を味つてゐるといふことは、もう少し別の形で云ひ得ると思ふ。但し錯亂の治療を自己催眠の法で行ふと云ふほどに私は不遜でない。しかし神、僭主、專制的野望、一般共和的野望の快適な處方箋、正直な人々の希望、頌歌詩人、封建時代、問答、人間論の常識的最低基準等、既述の課題は、みな横光の文學といふよりも、詩人としての横光その人を解く項目である。しかし私は、自身の經驗した錯亂を解くにむしろ急なるものを感ずる。

この時たま〳〵思ひ起したのは、晩年のゲーテが、その最後の著述を、天が下の萬のことには時宜あり、といふ箴言を以て誌したことである。彼は、「この箴言は長命するにつれてます〳〵その意義を認むるに至るところのものである」といふことばでつゞけてゐる。私の初めてゲーテをよんだのは、既に二十年の昔である。

當時このことばをつよく記憶したのは、その意味ふかさうな口上に、極めてあきたりぬものと、むしろ嫌はしいものを味つたからであつた。私は德川家康風な達人を聯想したのである。しかし今日たま〳〵二十年前の讀書を思ひ出して、いさゝかの感銘に迫られたのは、これまた一種の時宜であらうか。むしろ私は今日横光の追悼文を記さうと思つて、しきりにこの時宜ありの感にうたれたのである。

しかしあれやこれやを思つてゐるうちに、ゲーテの老年を表現した二つの作品の思はせぶりな難解が、一種の錯亂に他ならないといふ單純な事實に思ひ至つたのである。青春はつねにおのづからにして統一である。一つである。それを如何に虛構してみても、さういふ作爲が、ゲーテや近松や鐵齋の老年の虛構に隔ること千里であるのは當然である。こゝでは自然が虛構と見えるからである。青春の虛構は二度聞くに耐へない。初めのうそのために、つゞく二度目のうそは、もう頹廢といつた藝術的なものでなく、正常無類な俗物的な努力か、俗物に奉仕する努力である。虛構といはれるものは、藝術並びに藝術家の誠實さによつて基礎づけられてゐる。私は戰地より歸還して二年、かういふ悲慘な狀態にある流行文藝の一派の動きを見て、暗然としたのである。

しかるに鐵齋その他の人々の老年の虛構は、錯亂の自然である。その根柢は、青春に於て自覺さへされぬ本質的な精進である。老年は青春の對蹠でない。普通に青春は老年に於て發見されると云はれる時の青春は、青春に於て發見されぬ青春である。それは青春に於ては自覺もされぬのである。故に老いた詩人は、青春を讚へる青春の人々に、まことの青春を教へねばならない。さなくば彼らは、「青春を讚へる」ことを知るにとゞまり、ひいてはさういふ形の「讚へる」といふ抽象的な讚へ方から轉義し、まことの「青春」を知らないまゝに、その赴くところは野性の暴力のみに向ひ、さういふものを讃へつゝ、青春の自然の性質によつて、さういふ讃へ方を行爲と活動にうつすに至る。例へば今日戀愛のないのは自信に缺けるものがあるからだなどと云ふ言論は、最も俗惡な暴力肯定に卽座に轉義するのである。この轉義したものは、轉義した後に於ては、もはや別箇の暴力の强制を以てせねばくひとめ得ない。卽ち源の根本に於て、人倫の正しきものを立てねばならない。それ故我々はさうした反動のくりかへしに最も味けない敗慘しか豫想し得ないのである。それ故最も大切な場所での第一義の努力といふことを考へねばならない。

しかし青春が流れであるなら、老年は間渴泉だとも云ひ得よう。これがゲーテの老年の自覺であつた。つまり青春を失ふゆゑに發見されるといふ逆說ではないのである。この錯亂の如く見える自然は老年を定義する一項目であるが、今日我國に於て、老年が却つて生々として、正義と人倫と氣慨に於て、しばしばヒステリツクな表現さへあへてしてゐるのを見るであらう。十九世紀初めに於て、かりにゲーテ的老年といふものを假設して話をすゝめるなら、かのドイツ浪曼派なるものは、この錯亂に對決して、その自然を見ず、又自然のイロニーを行爲せず、そのさきに專ら人爲的イロニーの構成に努力し、かくて彼らの末流の破壞事業は、市民社會の窓を徹底的に破壞變形しつゝ、その異樣な窓の中のうすくらがりの中には、最も市民的なセンチメンタルな少女を描かねばならなかつたのである。ゲーテは老年といふことの一般定義として、それは人間が最も功績を立てた方面で、却つてよろこびと樂しみを得ることの出來ぬ時であると云うてゐる。これはわが國の歴史の事實に照し合せても、妥當する言葉である。

横光の文學に、一種の老年の現れた事實は、戰爭終焉一年有餘の後に私の知つたところである。一種の老年といふのは、老年と云ふ語でわが國の人々が簡單に納得するやうな、枯淡とか消衰といふ類のものではない。比喩的に云へば、彼の青春の文學が悉く曠野と化したやうな中に、嚴然として、生々しく、執拗に、原始素撲な文學が、それがあまりにも原始素撲なるがゆゑに、すでに千年の昔に今の文化の如きを經驗しつくしてきたかの如きそぶりを示しつゝ、位置してゐるのである。西方の詩人ならば、箴言として或ひは觀念詩として描いたかもしれぬ。しからざるゆゑに、私はその作者を思つて感銘禁じ難かつたのである。さらに別の比喩で云へば、すでに今日の一切の文學のヂヤンルは、大方に荒廢した野となつてゐる。しかしそれはかつては美田であつたゆゑに、雜草の中になほ、穀物の一粒の種か、一草かゞ殘つてゐるにちがひない。ロビンソン・クルーソーは孤島ですら穀物の苗を發見したのであつた。戰地より歸來して一年有餘、私が現代の文學の中に僅かに發見した一粒の種はそれであつた。しかしそのころ私は今日に必要なものが、箴言であるか、あるひはもつと素樸な抽象かといふことに、いさゝか判斷のまよふものがあつた。こゝに抽象といふのは、寫生でないといふことを云ひたいためである。

一般的な寫生論は、年來私の排斥してきたところである。さうして私はこの二年間に近い田園生活の日常から、舊來の自說をさらに深くしたのであつた。折りとつた一花を机上において、寫生したといふ如きは自然の冒瀆にすぎない。草木を前にして寫生したといふ如きは、藝術上の不誠實である。寫生帖が作品化された時、宗達や抱一の模樣畫となることの方が、むしろ誠實のゆき方である。横光のかりそめの文章が、私に一つの機緣となつた。私は箴言を考へる側の、明確に云へば以前のゲオルゲ・グルツペを、わが將來の道として傍へ押しやつたのである。

さて老年と曠野の關係は鐵齋の畫に於て、一目瞭然たるものがある。それは深山幽谷や千里曠野を背景として、原色の家があり原色の人が步いてゐるのである。そのすばらしい眞實は、單純な虛構ではない。しかもゲーテの場合を云へば、彼は白色の虹を見たことを以て、その「老年」に誰人にも手をつけさせないといふ自信の最大なものを自得したのである。

こゝで私が横光に老年と云うたものは、近代の「天上」から、無造作に地下へ降りる自由自在さを現した詩學をさすのである。やがては眞の天上と地下を、自在に往還し得るそぶりさへ示したことであつた。この闊達は、簡單に我々の及び難いものである。さて地下は大體にいつの時代も一つで、共通するが、「天上」はその時の文化を反映し時代によつて異る。原始に於ては字義通り天上であつたが、ある時代にはピラミツトの頂きであつたし、ある時代には貴族社會のサロンであつた。またある時代には百階の摩天樓にすぎないこともある。横光は本義通りの天上に到る素質のある詩人であつたが、彼の出現した時代は、ペイヴメントに柳の並木のある夜景や、例の昭和初年の文化住宅に、圓タクといふものが、夜の町の散歩から夫婦を運ぶといつた情景、大震災後のペンキ職人の活躍が舊い老舗をバラツクに塗りかへたにすぎないやうな近代を、好ましい天國と考へる、境涯にあつた。それを内心の負目としながらも、やはり止むを得ない狀態と關心を示しつゝ出發した人であつた。むしろその先頭として、且つ彼の文學は既往にない新しい華やかさを帶びた時もあつた。

横光の作品からうけた最近の感想を明らかにするためには、今少し私の近ごろの日常にふれておく必要があると思ふ。昭和十九年の秋から以降、私は文筆の世界から無關係の狀態にゐたのである。病床と兵隊と農村といふ三つの形をへてすでにその間三年を經過した。私が内地へ歸還したのは二十一年五月であつたが、その秋頃から農村生活の閑暇に、舊來の人々の作品を一人一作と定めて、それによつて評價を決することも、非常の日のこと故不當ではないと思ひ定めてゐるのである。當時から今もつゞいてゐる狀態を外から見てゐると、いくらかの變化はある。殊に昨年の夏頃からの變化は多少深刻に見えてきた。一般的に史上の前例を見ても、權力に立脚する者が、不斷の恐怖から解放されぬといふ事實は、舊來の專制政體の權力者が例外なしにいだいた、己より偉大ですぐれた者の出現の豫想にともなふ恐怖心理よりみても、肯定できるところであるが、架空の權力に立つて處生する者の、嫉妬と恐怖と疑惑とは、さらにすさまじいものがある。

わが國のヂヤーナリズムは一體何を現してき、今後に何を現はさうとしてゐるものか。近來の風潮を云へば、純粹な報道といつた觀念上のことは別とし、輿論でもなく、政治でもなく、指導でもなく、さればとて便乘でもない。もう少し精密に云へば、便乘的で指導ぶる、これは最も嫌惡すべき下等な狀態である。今日の多くの責任はこの大多數の心持が負ふべきである。舊時は協力といふ美名でこれが行はれたが、現下も心情と發想の上でさほど變化のあとなく、たゞ反動があつて、進步發展の跡はない。この事情は文藝に於ても少しも異ならぬものであつた。

今日の國際情勢と、わが特殊事情とを照し合せた場合、わが國のギヤーナリズムのとるべき唯一つのみちは、既に決定されてゐてよい筈である。それは單なる便乘でもなく、又阿諛追從でもない筈である。情勢に對應する方向決定以前に、目下のギヤーナリズムの場所があり、その任もそこから出る筈である。しかし、既存の戰後ギヤーナリズムは、かういふ方向をむいてはゐない。自身の狀態の不安と失墜の恐怖から、それを守るための敵意の表現に汲々としてゐる。これは昭和六年當時よりこの十數年來かつて見られなかつた現象である。このみじめさに甘んじることは、如何なる情勢論的觀點よりしても成立しないものである。かくてさういふ既存のものの向いてゐる方向を見ると、次に豫期し得るやうな國民の不幸しか考へられないのである。私はそれについて、いくたの先例をたちどころに思ひ出す。しかしこゝで狡智と詐謀と謀略を主張するのではない。却つてこれらの從順さうに見える既存ギヤーナリズムの動きが、それらの發想の轉化したものであることを認めるから、われらは誠實と自主を、それに變るべきものとして云はねばならない。

わが國のギヤーナリズムを歪めたものは、强制と阿諛の合作だつた。强制に屬するまへに、阿諛によつて、はかない自主性をもつたと思ふやうな奴隷者的妄想は、わが近代的智識階級の植民地文化的卑怯さを十分に示してゐる。世の中の隙を見つけるのは、ヂヤーナリズムの一眼目である。それゆゑ今日でも、そこから當然特殊な形の主導權をとりうる筈である。順應と便乘とは卑怯な利己主義である。さういふ主義の存立を疑ふまでもなく、地に足をつけて持續するものではない。それは人間の卑怯さの中の觀念的存在、一種の妄想存在にすぎない。我々はこの意味でヂヤーナリズムの生きてゆく道が、即ち民族の生きてゆく道であることを、時々刻々に表現する事態を希望する。この時々刻々が、ヂヤーナリズムの生命である。文藝は必ずしも時々刻々を旨とするものでないが、さういふ要素から全然無關係でもない。

ヂヤーナリズムが樂な世渡りをしてゐる時、文藝も樂な世渡りをしてゐることは、よく歩調が合つてゐるといふだけのことである。私はこの一年餘りの文藝界の流れをみてゐて、不滿や失望や憤慨を味ふ暇もなく、無常を感じるのである。この人と信じた何人かの天才が、このやうに味けなく、復員服をよそつた闇商賣仲間の青年男女の話題と同等な低さへ顚落してゐる事實は、憤りの代りに、自己の負目となる無常觀をひき起すのである。青年男女の場合なら、憐憫の情を催すところであらう。

横光の戰後の作品にたま〳〵知つたものは、さういふ種類の現實生活の下等な低さではない。文化的といはれるものの虛僞と僞瞞に挑戰する體制を、人間界の最低線で描き出してゐたのである。これは舊來の彼の創作と生活の態度よりみて、全く驚くべきことであつたし、また前途に大きい希望を與へたのである。將來の日本文藝は必ずこゝよりその芽をみいだすであらうと、作者のためには今後に始まる本格的な成長を願ひ祈つたことであつた。

彼こそわが文藝を近代風にした最大の闘將であつた。こゝに史的に近代的といふ場合には、佐藤春夫や萩原朔太郎を考へる必要はない。東京市中に圓タクといふものが走り出したといふ狀態をさして、さう呼ぶといふ程度である。ともあれさういふ漠とした形で考へられる近代的文學時代は、横光を先頭として始つたのである。最も新しいものは、いつも最も古いものの中にある。最も古い人が、最もハイカラであることは、歴史の示す事實である。ハイカラを通り越した最もハイカラな人が、古いもののわかる人だといふ意味にもなる。しかし彼はかういふ時代の近代的な人であるよりも、本質的に正直な藝術家であつた。彼はこゝで一種の悶々の情と共に生きてゐたのである。しかもこの情を自覺するについては、この「近代的な」文學の先驅者は、あまりにも「近代人」ではなかつたのである。

彼は時には小兒の如き、時には神の如き言動を、しきりに試みた。そのやうに見る者から見えたのであつて、作爲の意識は毛頭もない、自然の現れであつた。彼の作品と思想の大方を水準以上に評價しつゝ、ある部分では小學生の如くであると指摘するが如きことは、誠實な批評家と誠實な文學者が本氣でなしうることではない。この意味については、ずゐ分云ひたいのであるが、今はわづらはしいから、揚足とり專門の批評家は、ゲーテの書いたものを參照してから己の節を述べるべきである。私は近代的な俗衆を、文藝といふ世界から排除することを必要と考へる側の批評家である。

例へばエベレストの登攀といふことは、近代である。これを國旗をかざして競争したといふことも近代の事實である。しかしこの二つの間にあつて二つの事がらがふくむ問題は、何ら解釋されてゐない。それは本質的に異るものである。しかるにこれを注意深く傍観してゐることを誇るといふことが、世界の話題におくれないといふ形で、我國の俗衆の間では近代的だとされたのである。少しちがふ例で云へば、ビルデイング對白鳳佛といふことは何ら解明されてゐない。アメリカ文明にとつては白鳳佛の存在は人生の幸福や豊富さに關係ないのである。さらに別の本質上の形で云へばビルデイングを作る文明と、一粒の米を生産する道徳との對蹠となる。わがアジアの古ながらの正統文明は、この一粒の米をうむ生活にある道徳に基礎をおいてゐる。道義も信仰も社會も政體も思想も、みなこゝにもとづくものである。白鳳佛對ビルデイングの場合ならば、日本の近代的俗物は、内容は白鳳佛、外容はビルデイングと云ひ、その綜合に第二文藝復興を口にするであらう。それすら恥しいことである。しかし米の場合は事態はもつと嚴肅である。さういふ浮華輕佻の情勢論者的便乘家の自由主義者どもに發言の餘地を殘さぬ。しかもこのアジアの生命にかゝはるものについては、我々は云ふべきことの十分の一さへ既往にも云つてゐなかつたのである。

横光の文學は、それがわが文藝の近代的なものへの轉化への先頭に立ちつゝ、その人自身は異つた本質者であつた。この近代化は大震災後のバラツク建築と、ペンキ塗職人の手柄である。西欧に似た町が、江戸の老舗のあとに出現したことは、この近代化のたわいなさを思はせた。さうして近代の誤認が始つた。アメリカニズムの流行はこの文化的事實と平行する。しかもこの誤認こそ、文明開化の終末の悲劇であつた。かういふ文化と近代の出現に當り、横光は新しい旗手を荷はせられつゝ、あまりにも本質者であつた。それはこの人の悲劇である。自ら語らずとも、人は彼を憂ひ顔をした騎士として遇するにちがひなかつた。

しかも彼の文學の成立の條件となつた近代的な感じを一歩意識的に碎く努力は、次第に萌芽的にあらはれてゐた。近時に於てその一點に据つたのである。私はこれを大いに力強く思つた。くりかへし云ふが近代的な感じは、藝術家あるひは思想家の考へる近代といふものと何の關係もないものである。わが國の知識人的俗衆がそれを近代と謬つただけのことである。かゝるものを否定することは、根據も理もない。我々はさういふものを生み出す近代をおしくるめて、本質的に否定するのである。同時代の作家に負目を味ひ、先代の大家にぬぐひ難い絶望を味ひつゞけた中で、私は横光の示し始めた片鱗に、かくて將來を味つた次第である。しかるにその人今や逝く。既に云ふべきことばを知らない。

昨年秋思ひ立つて私は十津川郷の玉置山に登つた。玉置山は今玉置神社の鎭坐地にて、もと熊野の奥の院と稱へられた神聖の地である。大和五條を出發して賀名生の皇居を訪れ、それより徒歩にて、十津川郷中に四泊の後、護良親王の御遺蹟なる瀧峠をへて玉置山に登る。地は名の如く深山の幽境、その境内地に樹齢推定三千年と稱へられる大杉を初めとして、千年二千年に及ぶ古杉の群立する一山がある。まことに形容を絶して天下の奇蹟である。しかるにその山は、僅かに離れてこれを眺めるなら、尋常の杉山にすぎない。斷崖を下ること數十間、その首位の大杉の下にいたり、これを仰ぐと忽ちに畏怖のこゝろがわいた。試みに樹肌に手をふれんとすると、はじき飛ばされる如き感を味ふのであつた。わが國の講談で、千年をへた杉の木で作つた木刀は、妖怪を倒す最後の兵であると云はれてゐるが、けだしかゝる老樹は人心に作用して、人心の内に巣くらふ幽靈を倒すにたるものと感じたのである。

數年以前私は土佐の大杉村の大杉を訪れたことがあるが、これも樹齢三千年と推定され、國内第一の大木であるが、この方は人里近い山腹に二本あり、玉置山の深山の奥にあつて一山を覆ふ壯觀に及ぶべくもない。たゞこの山、行程の難路なると、餘りにも深山なるゆゑに、他所より訪れる人に乏しく、廣く天下に喧傳せぬ。私はこの玉置の杉山の大樹の間に出入した時、おのづから雄ごころに向ふべき方のあるを知つたのである。二年ぶりの思ひであつた。戰後初めて上京したのはその一月後であり、その上京の豫定の中で、横光を訪問することを、主なることとしてゐたのである。私は彼の將來に、眞向よりの期待をかけてゐたのである。同時にそのころの以前から、東京から來る人々の口によつて、彼の近境や病狀について、しばしば聞いてゐたからであつた。

私はこゝまで書いて、晩年のゲーテが一切をかけるやうな口ぶりでしるした傳導書の箴言を、わが身のこととして思ひ出したのである。萬事に時宜あり、まことに私自身も、この機なくば、わが一年の心境をのべることもなく、また横光に對していだいてきた長年の氣持をひらく時がなかつたかもしれない。私の文學的な出發以來十數年に亙る全期間を通じて、徹頭徹尾私は外觀上彼の敵對者たる立場にあつた。さればこの特異な格をもつ藝術家の格を語る機會は、いつのことゝなつたであらうか。私はこの箴言の意を多少變貌して了つたのである。上京した時、在京の知人は私に、何を見る必要もない、人に會ふ必要もない、東京の悲哀を味ひたければ、上野の動物園へ行くがよい、そこではむかし獅子のゐた檻に、豚や猿が入つてゐる、彼らは初めてそこに入れられた時は、恥しさうにしてゐたが、近ごろは獅子のやうに威張つてゐる、これが今の東京だと語つた。君らが威張らせたのでないか、と云ふと、猿にきけと云うた。巷の人は、軍部の內閣も社會黨の內閣も、なすことは同じだといふ事實を知つた、とも云うた。

横光と會つた時に、それは私の生涯に初めてのそして最後の訪問であるが、彼はフランスの蜂蜜と、その民間療法の話をした。それから教師といふ者はなぜあんなに噓を云ふものでせうかとも云つた。この教師といふのは、日本の大學などにゐて批評や評論を副業にしてゐる連中のことである。それからまた、今の東京では最も高い戰ひと最も低い戰ひを同時にしなくてはならない。田舍にゐるとまご〳〵してみえるでせうとも云うた。しかし詩人は英雄と同じやうに、眞の敵のために首を實驗されるよりも、彼の敵の名に價せぬ最も下等な俗物のために破れ、しば〳〵屍を辱しめられるものである。彼の場合も、その死の報のあつて二日も間をおかず、私の見た同じ新聞の上で、一人の俗物によつて俗物の言葉で辱しめられてゐたのである。この野卑な俗物は彼の俗物的な言葉がどういふ敵意をふくみ、どういふ内心の恐怖から發せられてゐるかといふことを夢にも知らないのである。むしろ彼は社交の正常のことばと心得てゐるかのやうであつた。

横光の精神の位置を、歴史と最も深いつながりから、生命のことばで語り得ないことを私は今日一應殘念におもふ。その人と作品の本質に對しては、尊敬するか、さなくば輕蔑するといふ以外にいふ言葉がないやうな存在であつた。尊敬しなければ無關心であつてよいわけである。しかし尊敬はせぬ無關心であり得ない、それについて、あの作はどう、この作はかう、やれ詩的だとか、やれ描寫が何だとか、らちもないことを喋る。人生に對する誠實さのない者の輕口である。俗物的な關心の現れである。さうした場合、その對象としてゐる世間を、もう一歩入つて底で汲むといふことも、誠實さのない者には出來ない。彼らには人心の醇な希望といふものがわからないのである。さうして彼らの眼がとゞかぬために、その形成するヂャーナリズムが、世間人心の希望にまで到らぬといふ理由から、人心の醇な希望の的を、專制的權力への追從にきりかへたといふ事實を、私はいく度も慨くのである。私は、民心にある神を、己の惡魔といれかへることの出來る、勇氣のある策士を強力な敵としつゝ、なほ一方でさうした無氣力な卑怯者を憎み、二つをともに敵とせねばならない。かういふ我國近代の卑怯の型は、かの封建時代には存在しなかつたのである。彼らはだまされてゐたとか、智慧が足りなかつたとか、抑へられてゐたなどといふが、自分に關していふのか、他へのことを云ふかそのけぢめをつけたためしはない。自身の問題は如何に戰つたか、如何に敗れたか、この二つで十分である。

さて横光の人と文學の特徴は、一言にしてこれを云へば、彼は豫言者的詩人であつたと云ふべきであらう。思ふに最後の一人にして、又最初の一人となる可能性をもつ。この點で近代的な人々の常識に卽しては、無關心であつても、十分にこと足りるわけである。しかし尊敬と輕蔑と敵對は、おのづから別箇である。その性格のゆゑに彼の對世間態度は、つねに堂々と正面で事に當る。わが近代的俗物には、この事によつて近代的とは思ひ難いものであらう。彼は詩人であつたが、その氣樂な生活をして、樂しみを生き、樂しみに生き、無制限に多様に神の恩寵を人生にまきちらすといふ生き方をするには、あまりにも豫言者的な人であつた。詩人も豫言者もいづれも神と直接につながり、神の鼓舞に直接的な存在であるが、豫言者は、詩人の多様さに反して、唯一の定まつた目的を目ざし、その手段は極めて簡單である。本質的に簡單明瞭である。故に豫言者的詩人は、自體が矛盾であり、その人にとつては悲劇である。

彼は詩人であつた故に、その作には今日いはれる詩的なものはないのである。近代と近代的なものは異り、近代的なものは本質者の對象とならないやうに、詩人にとつては、一般に云はれる詩的なものは對象にさへならない。それらは多く嫌惡であり、むしろ他人の恥辱が、わが恥辱となる負目である。彼の特色は豫言者的詩人であつた。果して何を豫言したか。この豫言者は何も豫言しなかつたといふならば、それは彼が、モーゼ風な豫言者としての指導者の特性として必要とする、殘忍と復讐の念をもたなかつたからである。さうして彼の内部に、さういふ場合に、對手の敵として最も殘忍な「女」が存在しなかつたといふことも、特に注意したい。彼の眼目はか丶る豫言者的詩人であつた。しかしその豫言が、尋常の豫言者のことばとしてでなく、鼓舞のことばとして存在することに、やがて人は氣づくであらう。

さういふ文人として、彼は邪推を描かず、つねに英雄を描いてゐたのである。これを思ふに最後の一人となるか、最初の作家となるであらうか。されど私は民族の不滅を信ずる者の一人である。

近頃に於ては、小説の害毒の現れ方は、すでに作中人物に對する外相模倣の時を卒業して、心理の邪推を教へる點にある。心理小説と稱して邪推を教へる小説は、信のない世界を企てる、究極信のない狀態の產物である。父母の信、戀人の信、といふ二つは人類文化と共にその根柢を支へた天造のものであつた。この二つをくづすことによつて起る狀態は、現狀より察すべきである。近代的な文學の至上命令は、わが國に於てもこの二つの天造の信をくづすことにあつた。邪推を心理と考へた戀愛小説の赴くところは、肉體と動物の實存への安心となる。横光はわが新しい心理小説の開祖であるが、彼は邪推を描かず、さういふものとの戰ひを本質的に意識しつ丶、自らの英雄を描いたのである。卽ち彼は神につながる血と、天造の信を描いた。正しく時代のイロニーである。これは最高な戰ひと同時に最も低い戰ひをなさねばならぬ狀態である。聖者でなければ、今日の世にこの愚を守ることは出來ない。詩人の悲劇と、今にして呼べばよいであらう。

私は時宜を感じて一文を草し、故人を弔はうと思つたのである。今日の如く誠實を失ひ、たゞ不信に生きる時代に於て、私は生前彼の敵對者であつた故に、この聳立する詩人を弔ふのである。詩人の型に二つありとすれば、彼は神をたゝへる詩人としてでなく、人をたゝへる詩人として己の進路を立ててきた。いづれがその人にふさはしいものであるかはなほ各人の考慮すべきところである。舊來より横光と心を同じくしてきた文學者らも、恐らく彼の晩年の道を語るであらう。彼の自ら任じた使命を暗示するであらう。私はすでに云ふ如きいきさつから、これを語るにふさはしい任ではない。たゞ平素より人生と文學に於て、つねに稀有の出會に生きる甲斐を思ふ故に、こゝに一端の感慨を展くのである。その最後の道は幽遠にして峻嚴と見える。遙かに見て、この人のため、この道のため、私はほのかな希望を味つたのである。その秋にして生れるべきものの萌芽を見たのである。しかるに今やその人既になし。悲運と云はざるを得ない。されど詩人の名譽を完成する爲めの悲運は、必ずしも國と民の悲運ではない。恐らく彼の文學の隻語片言は、今や國の大地にかへつて、無數の新芽となり、その精神は無數の詩人を鼓舞する言葉となることを、私が信じ、人が思ひ知る時、以て故人も安らかに瞑するに近からんか。　戊子一月十五日記

にひなめ と としごひ

われ〳〵の民族が不滅であるといふ信念のあかしとなるものと、又その永遠に遡る信念の根據となつてゐるものとは、これを自然現象に於て見ることをせず、我々の日々に營む生活に於て見るなら、われ〳〵の生活の間に傳つたさま〴〵の祭りの外にはないのである。もつとも信念を生活と離し考へたり、實在せぬ抽象の理だけを云ふ場合は、ことが論者の恣意に歸するが故に、我々の問題とするところとは別であつて、小生はさういふ恣意に立脚するものをこゝでは問題の外としてゐるのである。わが國の種々の祭りは、中心の一つに起り、その一つに歸一する、永遠と不滅の證と信は、その個々の祭りに當つて、神話と生活の結合として確認されてきたのである。我國の今日の、大多數の生活——農業と林産と漁獲の生活者の、一年を集約する最大の行事は、時には人一代の盛事としてどこの祭りの場合でも、古から傳つたまゝに、多くはその意味を知らないで、のみならずさういふ知的關心を何ら追求することなく行はれてゐる。

こゝに人一代といふことは、文章の誇張でない。少なからぬ宮座の場合、まさしく一代の盛業だつたものである。一年の生活を營々とかけた唯一の開花といふべき行ひや振舞が、さうした祭りの執行といふ形に表現された。しかもその祭りの行事藝能の起原來由は、といへば、個々の來由は知られず、たゞすべてが神話的に語り傳へられてゐるにすぎない。われ〳〵の近代心理からして、さうした無智と不可知のものを不安とし、或ひはそこに知的負擔を味つたあまりに、これを多少とも合理的に知的に解明しようとした努力は、少くとも通常の輕率な科學主義者の考へる以上に、一つの學統として、この二三百年間にわたつて、根氣よくつみ重ねられてきたのである。もつともさういふ學統に於ても、正統にあつては、如何に正しく古の傳へをうけ傳へるかといふところに、肝心と究極があつたのである。近代に入つてからの、日本のあらゆる文化科學の中で、大正昭和と移つて、一きは眼立つて進展したものの一つは、古代生活とその道とを闡明にする學問上の努力であつた。さうして大體のことがらの性質は、かなり廣範圍にわかつてきた。しかし理由や來由は未だ殆どわかつてゐない。むかしの言葉が近代語に少しだけ云ひかへられるやうになつた位だ。輕率に合理的に解釋して、解決した氣になつてはならぬ。一番大切なのはこゝである。

としごひの意味は、通常いふおんだに通じてゐる。御田祭りのことである。新嘗を行ふための祭りであり、新嘗を行ふために豫め行ふ祭りだが、その祭りは、田植と耕作の第一歩といふ點で、農耕生活の第一歩であり、同時に一年の始めといふこととなる。稻を作りとり入れることを、むかしの人は、神代からの萬代不易と考へ、將來に亙つても天壤無窮と考へてゐた。故にとしごひ又はおんだは、稻作り生活の第一着手だつたが、萬世不易の始めでもあつた。餘りに合理的すぎるほどに、合理的な考へ方である。道の不變無窮の根據は、としごひ、にひなめといふ農と祭りの生活と、そのみち、それにもとづく國の大典、國本と組織、道徳と法曹、國民組織といふものを通じて考へられてきたのである。それが猪突的盲信、暴力的盲信だつた例は、惡人らの世渡り論理（ボス論理）として濫用された時の他にないのである。

　とし（年）といふのは稲の一代といふことであつた。このとしごひ、おんだの式は、神を招いて、農民が共に饗宴する。なほらひをするのである。我が地方ではこれをのうらいと、何でもない時にも云うてゐる。その時は當然藝能をする、勢ひ生産のまじなひもする。まじなひは輕みや遊びの要素の方がこいものである。さうしたなほらひの時の振舞が一切の藝能の始原で、面白いから主として生殖行爲の表象を見せる。まじなひも酒宴の藝能から出たのであらう。時にはこれが宗教の起原ともなる。おんだの時神を招くに使つたもの、木の小枝や草の類が、なはしろに立てられる。いつの場合でも、これまで人の知らなかつた思ひつきは、珍重され又尊重されるものである。かういふ行爲の一般現象と、その流動變化についての知識は、近ごろではだいぶ子細になつてきた。しかし今日の風――戰前からであるが、その近代風では、かういふ古代生活を分析する上で、何といふこともなく、招魂とか招神と云ふ面が重じられ、そこでなされる宗教儀禮や、その祕儀、或ひは魔術的要素に主導性をもたせ、ひいてそれが强調された傾向がある。しかしそも〳〵始めの神は、宗教と關係ない神である。まじなひ風の藝能から生れて來る神が、宗教の神となる。やがて農民は兩方の神を祭らなければならなくなり、兩方祭る方が安全と感じるからのことである。その神の名づけは別である。神となじむ形式であるなほらひの中で、冗談の神を招き、それが初め農耕のために招いた神と一つにまざる。初め招いた神は所謂神敕をいたされた天つ神である。饗宴の藝能から宗教が生れて來ると考へてもよいわけである。かうして祭りは愉快になるのである。小生はかういふ宗教的要素から古代をさぐる行き方を否定しないが、この對象は神道の本筋でない、わが關心は本筋にある。戰時中にも強調したことだが、小生はさういふ場合の祕儀らしいものを、宗教的に歪められたまゝで解釋する代りに、これを古代の生活にかへし、その道徳や法を解明しようと欲した。これが國學の態度であり、我々は祝詞式を通じて、古代の制度の學びを開拓せんとするのである。としごひとにひなめの意義をいふについても、小生はこれらの行事の中にある古俗と民俗を語る代りに、專ら古代の道として、法として、古制の根本として明らめたい。さらに今あるものとして語りたいといふことが、年來の念願である。

今日の普通の固有祭祀の研究や、古俗の研究といふものからは、現在の混亂を拓き、更に將來の民族理想の根本原理となるものが、國民生活の道として出てこないのである。戰時中でさへ、多くの人々は所謂神道の將來を、十分にいふことが出來なかつた。小生の說く古代思想は、さういふ戰時中の歪曲された神道の否定であつた。古代の道――これを古典では神道といふのだが、現在では、卽座に素直にそれを理解出來るものと、然らざるものとが、截然として分れてゐると云ふことは、まへ〳〵から云うてきたのである。それはこの道の理解は、各人の生活にもとづいてなされるからである。わが古代の道――眞の神道は、ある樂園時代の生産生活の道だつたのである。故に道はある様式の生産生活の中にあると云うても大方に無理でない。古代の共同生活の大本をなす天造のおきてであつた。さらに言へば、各人の根源では、社會をなす人間の道徳の本となる。人に於て道徳であり、國に於て法曹である。これが、純粋な國學者に於て、延喜式祝詞が國の憲法として法曹的に考察され、こゝから儒佛二道―と云つても專ら儒學と老子の思想とに對立する固有制度學、あるひは法曹學といふものをひき出した所以である。しかもこの古代法理の發想と思想は、御一新時の神祇官の中には少しも出なかつた。一番よくないことは、平田學派の末流らがこのことを、つまり本居宣長の思想上の功績の最大のものを理解し得なかつたことである。鈴木重胤ほどの人物でさへ、この宣長の原理を強調した一面、他方では後人の誤解を招く類の神道說を平氣で述べたのである。

眞の古學を顯揚するためには、戰時中にあつては、吉田神學の亞流たるその頃の所謂神道的思想を一排せねばならなかつたのである。この考へ方は十八年の終りに著した「鳥見のひかり」(三卷　第一部祭政一致考、雜誌「公論」昭和十九年八月號所載。第二部事依佐志論　同誌同年十一月號所載。第三部神助說　同誌昭和二十年四月號所載。但し三部を一卷とした戰後友人の手になる校訂版がある)といふ論文の中に概要を云ひ、自家版の「校註祝詞」の中にもその意圖の多少を示したのである。御一新時の神祇官思想は、その志はともあれ、結果的に見れば中世の吉田神道の系列に屬してゐる。吉田神學は豐太閤を象徵とする國際宗教である。この國際宗教といふものの一般的傾向は、宣布と支配と、そのための選民的優越觀念を土臺とする。いはゞ進攻的教義である。

　戰時中小生は、攻略や掠奪によつて得た饌物によつては、日本の眞の神道の祭りは成立せぬといふことを、わが神道の古制を明らかにするために强調したのである。嚴密には商業によつて得た珍物によつても、わが祭りは成立しないわけである。贅澤の否定、勤勞と生産の綜合的成果が、眞の神祭りであつた。これがわが古道である。古制にして人倫であり倫理である。そこで「神饌」の資格がまづ審査されるといふことが祭りの前提に行はれるわけである。式祝詞のとしごひの詞にしるすところも、すべて生産と、勤勞と、土地（ことよさしに關係する、既記拙論に云へり）と生産物といふものの關係から道を示してゐる。神宮の神衣祭は、織布關係氏族の組織と古制との關係を示し、大殿祭は、齋部氏といふ工業氏族の産業と道との關係を云うてゐる。これらを通觀して、式祝詞が國家最高の法典であり、肇國思想の結晶たる所以を知るのである。

　しかもにひなめが祭りの中心であり、祭りとは原則としてにひなめを云ふのである。しかもにひなめは、一年を通じての、勤勞と生産に於て、神と人とが共同した行事である。人の作つたものを、人が神に供し、神と共に饗宴する行事である。この故にわが國の祭りとは、生活そのものだと云ひうるわけである。さういふ生活を行ふ者の、大本にして古制なる思想が、祭りの根據となるのである。祭政一致の根柢もまたこゝにある。

　道徳を型に於て大樣に分類すれば、水田耕作民のもつ法と道、牧畜民のもつ法と道、商業民のもつ法と道、それに産業革命以後の機械産業を擔當する勤勞者の生活と觀念から生れた法と道、大體この四型に別れる。今日では後二者が有力で、資本主義、社會主義、共産主義などがこゝより派生する。牧畜民の時代思想は、封建の支配體制の原理をなすと見ればよい。今日の支配的な法と道の思想は、專ら個人の所有權を中心に展開し、所有權を中心にあらゆる現實思想は囘轉してゐるのである。ことよさしといふ考へに立つわが古道に於ては、さういふ近代の所有權の思想といつたものは、想像さへなされないものであつた。

収穫した米は誰のものかといふことは、延喜式祝詞では定かにきめられてゐない。考へてゐないのである。しかしたつて云へば、神のものでなく、作つた人のものである。これは祭りの樣式より見て、今日の言葉の常識ではかうとしか云へないといふだけのことである。今日の思想に立つて云へば、さうとしか云へないのである。たゞ古代に於ては、誰も所有權を意識してゐなかつたのである。今日の所有權といふ思想が、生産物についても、土地についても、なかつたのである。その代りの觀念として、ことよさしがあり、現實はことよさしによつて律せられた。戰時中云はれたやうな、生産した物はみな天皇のものだとか、神のものだと云つたやうな、頭だけをつぎかへた云ひ方では、古代の法も道も祭りも成立しない。わが神道といふものは、所有權についてのさういふ考へ方と別のものである。この點で、主權といふことに關しても、邪道を以て神と天皇を解し奉つてはならない。近代觀念の主權と言つた考へ方は、古制としてはないのである。この點を間違つたと云ふことは、非常な不幸の原因であつた。

天孫降臨の思想的意味は、素朴に換言すると、水田耕作民の道と、商業を加味した牧畜民的なものの制度との間に起つた、道德、生活、社會、國家の原理上の折衝と解される。水田耕作民の道を奉じた天孫民族の古制が、道としての本みち、正しかつたのである。そしてこの系列の考へ方が、神武天皇の肇國原理となり、崇神天皇の古道恢弘の原理となる。それは宗教祕儀の問題でなく、所謂民本となり、國本となる法の問題である。かゝる法に立つ國（くに）は、今日云ふ國家觀念では律し得ない。それをあめがしたをいへとなすと國學者はよんだ。卽ち八紘爲宇であるが、近時に於てはこれを領土あるひは植民地となすと考へる者が少くなかつた。古道が不明になつた一つの證據である。

大化改新の朝廷で、蘇我石川麻呂が、改新の公地公民思想（郡縣制主張の原則）と、それの根元となる儒教的な制度と法の思想に反對し、神道を說いたことは、單なる神祇尊重と云つた類の、後世の宗派神道風の信仰のみに立つ見解でなく、もつとも根本的な道と法と體制の思想から、國本を正す所以に發したものである。卽ち生活と社會と國家の根本となる原理に於ての對立であつた。彼が公地公民思想に反對したといふことの、法制の立場の眞意は、式祝詞を制度法曹として讀み得た者に、始めて理解される。從つて石川麻呂の思想の實相も、つひに殆ど理解されてゐないのである。當時に於ては、舊氏族間に儒教的な中央集權的封建制度への動きがあつた。これを倒す思想が、大化改新の公地公民派の態度である。卽ち儒教的民主主義といふべきものが公地公民派の思想とされた。石川麻呂はこれにも反對して所謂祭政一致說を說いたのである。この祭政一致は、國の元首が國教の祭祀の首となるといつた形の思想ではない。祭政一致の政治の概略は「古語拾遺」が記述してゐる。その道德原理と法曹上の大典は、式祝詞によつて理解される。專らとしごひの詞がその根本である。このことばによつて、祭政一致を解すべきである。俗語で云へば、生產の生活が神の道に卽することであり、その神の道は、農耕生產といふものとして、本質的に現はれるものである。

小生が今日旨として考へるところとしては、後鳥羽院以後隱遁詩人の生きた道を、そのまゝ生きることではない。志ある文人の行き行くべき道は、かゝる隱遁詩人の道に他ならないといふことは、小生が戰爭以前に唱へ、自らの戒となし、戰爭中を通じて唱へ來つたところであるが、昭和十八年夏以後に於て、直面しつゝある大事を痛感した時、今こそまことの日本のいのちなる道德の本質を明らかにすべき時を味つた。當時小生は式祝詞の校註を試み、これを賣文市場に投ずるを潔しとしなかつたのである。爾來今日に於ても小生の心境は、後鳥羽院以後隱遁詩人の氣質より一步轉じ、「鳥見のひかり」の恢弘につゞくものである。よつてわが古道の現狀にもとづく別個の一段と佗しい隱遁詩人時代を形成する時が來つたのである。小生は後鳥羽院以後隱遁詩人の、なほ思はなかつた別個の隱遁の生成の理を構想するのである。たゞし小生の心境を問ふ人に對しては、わが思想が、十八年後期以後、既記文章の系列につながり、多少の精密と確實さを加へたことを述べておくのである。念のために云ふが、後鳥羽院以後隱遁詩人といふのは、思想史的概念であつて、且つ小生の命名にかゝる。本文に於ても小生の敍述した限りに於ての責任をとる。小生の思想史的概念なるゆゑに、他者の模擬的表現については何の關係をももつものではない。このことは「神道」に關しても戰時戰後を通じ同斷である。小生の思想は今なほ黨派でなく個人である。

今日の要務は、古道の恢弘といふ一事以外にない。その恢弘の方法に於て、如何なる日にも、盲信は本人の問題としてはともあれ、他人に強ひるべきではない。自己の絶對信仰を他人に及すことさへ、我々は謙虛に反省する必要がある。今日の世上一般の言論は、ヂヤーナリズムに於ても、日常生活に於ても、有力にして實踐力あるものは、みなボス的性格の論理である。それは一見正義らしいものをもつが、つひに一箇の暴力にすぎない。道を信ずる者は、自らさういふ暴力より自由でなければならないのである。人間のもつ不變の興味の一つであり、近世に入つて一段と增大した興味、卽ち霸道に對する興味よりの解放といふことが、古道開顯の第二段の方法である。現代生活の推進力をなしてゐる、ボス的論理とその實踐を憎むことと、霸道への興味を棄てること、勤勞を重んじ賭博を嫌ふこと、これが前提である。

しかし勤勞が神に通ずる意味と論理とに於て成立せぬといふ現狀に於て、小生は隱遁といふ語を用ひるのである。かゝる云ひ方を不滿とする者を信ずる故である。一般の勤勞が霸道につながり、それに奉仕することによつて成立し、ならずものの論理と處生に、己れを投ずることによつて、現世の生活水準の豐裕さが向上してゐる今日の現實に於て、淸醇の精神は、絶望と沒落と、ないし憤怒と嘆息の沼に投じられてゐるのである。所謂生活水準の向上は、今日ではならずものの論理の浸透、ないしはならずもの仲間への投身以外の何ものをも現さない、これは史上の亂世に例の多いことである。五代將軍下の賄賂政治が一朝にして廢止されたといふことが、苛烈細心な贈與禁止令の實施によるに非ざることは、「德川實紀」を一讀したものの、つとに了知するところであり、まことに近世史に於ても、最も興味深い政治學上の一課題をなしてゐる。ともあれ英雄は沒落し、ボスが威を振ふこと、十九世紀以後の現象であり、不幸にもゲエテの豫言が適中したのである。

戰時中の神道論は、神道家ないしその一味によつて歪曲せられたのである。そのはて御一新の神祇官思想は、昭和十七年以後に於て、つひに最惡の國際宗教と化したのであつた。當時の小生の論述中に現れる、神、神道といふことばと考へ方は、大方に他人の語彙の意味するところと別箇である。小生が神道論として責任をもつところは、「鳥見のひかり」に解說規定するところにある。御一新時の平田派を稱する人々の思想に對しては、今日もその大部分を受諾保留するのである。わが「鳥見のひかり」によつて說かんとした神道の原義については、世上の神道論と本質的に異るものが多い筈である。

延喜式祝詞は、式祝詞とも祝詞式とも略稱するが、これは朝廷に於て扱はれた神祇關係の祝詞にて、祝詞といふもののもつ性質のゆゑに、おのづから神道といはれるものの大本を規定し、所謂祭政一致時代の國家の大本の典禮を明解する古典となつてゐる。よつて國學の學統に於ては、古來よりこれを以て、儒敎の制度法曹の學に對し、わが固有制度學を立てる上で、國家の古典として尊重し、祭政一致の國家憲章として、これを法曹の見地より攻究し來つたのである。これ卽ち石川麻呂の所謂神祇の道の根本憲章たるものである。肇國の語が現す祭政一致は、今日の概念に云ふ、宗教と政治の元首が一體であるとの政治上の謂ではなく、今日の俗語にて言へば、生活と祭りが一體であることを、さらにその生活が祭りである時の道を示すものである。祭りといふ語に不明の點あれば、生活の倫理、または生活のうむ倫理と云へばよい。その生活は米作りを基本とする。

天孫降臨の意味を、思想的な一つの見地から云へば、商業民的牧畜民的な思想の芽ばえを思はす出雲族の思想と道徳の神話を、宗教界へ放逐せるものにて、しかもこゝに註記しおくべきことは、わが古典の構成に於て、出雲族神話は天孫族神話の系譜に屬し、その系譜の近親血緣關係と交渉に於て、自ら絶妙の神工を示すことである。ともあれ天孫降臨の思想的意味の一つはこゝにあつた。それは、神武天皇の所謂肇國に於て、國本の道として恢弘し、やがて時をへた、崇神天皇の大業に到つて、所謂宗教の整理と分離が、朝廷に於て極端にまで行はれたのも、同じ原理に立脚する。しかもこの天皇を、崇神と御諡し、肇國天皇と、皇祖天皇を再現する稱へを奉つてゐるのは、何に因するものであるか。我々はこゝより、祭政一致と稱へられる、わが神道の本有を考へねばならない。

祝詞式の示すところによれば、わが祭祀の本筋は、としごひ（祈年）、つきなみ（月次）、にひなめ（新嘗）である。この點を了知して、吉田神學が大祓を以て神祭の中心とし、よつて祭政一致を變形せる國際宗教を創案し、わが古神道を歪曲一變した經路を了解する必要がある。農業に顕現する生民立國の古制にして道なりし神道が、こゝで封建的士人の支配的神道に一轉したのである。わがおのづからなりし神々は、生産と勤勞を自らなさずして、しかも生産物の多くを要求する支配者を正義づける神にすりかへられたのである。このことの故に、小生は吉田派に歪曲された大祓信仰を批判したのである。しかし批判は本道を開顯することによつて自ら明らかになるであらう。

としごひの祭りと月次《ツキナミ》祭との詞は、式祝詞に於て、ほゞ完全に同一である。祈年《トシゴヒ》と月次が同一性質の祭りであることを悟るべきところである。古代の祭政一致を正しく理解せんとするものは、このわが祭祀の本筋を了知すれば十分である。朝廷に於ける最大のまつりごとは、周知の大嘗祭であつた。即位大嘗祭は、神武天皇鳥見山大祭に起原し、この大祭は大和平定後六年、(即位後四年)國内の産業完備した後に諸國物産を神饌とし、これを鳥見山上に陳展して、天祖を招き、天皇親しく祭事を主催遊され、天命を奉じて天命に則り、あまつひつぎの恢弘せる證をあげて、よろこびを報じ、天祖にかへりごと申されたといふのがその趣旨の次第にて、即ちこれが大孝を申ぶといふ所以であり、且つ後世大嘗祭の起原をなす。この天つ神のことよさしにかへりごと申すといふことの終始をのべるのがのりとであり、かへりごとは物產によつて證される。この祭りに要するその物產が完全に備へられるために、この時は大和平定後數年を要したのである。即ち物產が正しく天つ神の敕命の道によつてと、のひ、つまり國本生民の事實の成就する日を待つたのである。この成就の事實を報告することが、かへりごと申すとの意味にて、あかしの物を上り、神と共に饗す。このことが祭りである。これが祭政一致の根本義にて、掠奪物によつて卽座に神を祭る、犧牲の思想と異るところである。故に開拓せる土地の物産を開陳し、神と共に饗宴することがわが祭事であり、この物を生產するしくみ、――ことよさしとして行はれた生活が、卽ち祭りの生活である。故に祭政一致は、單なる宗教の領域に於ける制度でなく、國民の共同生活の原理であり、明白な形で國民の生業の組織の規定である。

しかるに谷川士清ほどの人でさへ、この鳥見山中の大祭の意義を、事すべて天祖の恩に歸す、卽ち天恩に謝するの意也と解し、封建時代の多くの學者もこの解釋と大同小異にて、明治御一新に到つてもなほ悟るところなかつた。されば舊來の吉田學派的俗見によつて、祭政一致の思想をうけとつてきた人々には、小生の極めて簡明な思想がうけ入れ難いかも知れない。唯一神道を以て、政治と宗教の一體化を策し、物と心の支配を一主權に於て構想する形の祭政一致は、我が古道と關係なき中世以後の人工思想である。

わが思想は、惡事をなす事を意識し、その同じ意識によつて救ひを求めるとする親鸞的宗教ではない。死以外の未來をもたないものに慰安と救ひを與へるための宗敎でもない。最近の佛家ないしそのエピゴーネン的教養文化人らが、生きてゐるもののための佛教などといふことを唱へるのは、宗教に對する笑止な誤解である。所謂中世以後の宗教教團とは、死以外の世界の豫想されないところの斷末魔の狀態に於て、しかも彼らが人間から墜落することを自ら支へんとする終末の最も傷ましい努力の、集團結成であるが故に、その集團の性格としては、生命を投げ出した軍隊であつた。一向一揆にその典型を見れば親鸞の後繼者のつきつめた氣迫の表現を複製近代洋畫なみに、安易生活の書齋の装飾と化し、或ひは低調な精神の體操となさんとする者は、多少反省すべきであらう。もし人が、人間たることより墜落することに、何の驚愕もなく、無關心なること、今日の現世主義の如くなれば、死の宗教は生れない。素朴な宗教的人物の善意とは、緩慢不斷な死の意識の、植物的に變化した反射狀態でないかと思はれる。しかし善意とかゝる死の意識の關係には考へ及ばぬものがある。人間たることは、價値と道德の問題であり、多少とも保守である。

これを家庭といふものに於て云へば、父の性格である、父は道德であり故に保守である。父はその亡父に對し、今は自由でなく、子に對しても自由でない、この不幸が死に面した時、必ず宗教的ならざるを得ない。しかしこの場合は最も強度な生を意識して念願しつゝ、つねに同じ意識に於て、最も極端な終末と絕望といふ死に面してゐるのである。そこではもはや肉體の滅亡の如きは問題でない。かくて轉じて彼らは靈魂の不滅を信じ、こゝより一切の希望を構想する時、何かの宗教の完全な信者と轉ずる。

しかし小生の神道といふ思想は、かうした死の宗教でない。最も濃厚かつ强硬に一つの世界に生きてゐる者の、當面するところに生れる死の宗教ではない。かゝる意味で、わが神道はいふところの宗教でない。小生はその一つの世界と異る世界の秩序を云ふのである。觀念上の問題でなく、生命の原理として、生活の恢弘である。正しい生活の恢弘である。神道は外にあらず、觀念に非ず、生活の中にある斯の道を恢弘する思想である。詩人が不平に歌ふことなく、文人が隱遁に理想と美を生木の燃ゆる如くに燃燒させる要なき日を、恢弘する原理を、米を作る地帯と人々の道に於て、形成するにある。蔓草は横にのびて境界を犯すが、稲は上にしかのびない。牛馬は牧場の繩ばりを越えて他人の草を食むが、上田の水を暴力で保持することは出來ない。それをあへてなさざるを得ない時は、米作による生活保持のためでなく、以外の政治上の陰謀か政治經濟上の指嗾のためである。その行爲は別の原理から出てゐる。米作を大本とする生活は、自體が平和を原理とする。平和といふものの人間生活的原理は水田耕作の外にない。

かゝる神道が人間の野望と、そこより起る苦難と爭亂を救ふ原理であることが、この意味に從つて理解されたことは、宣長以降我國に於てさへないことであつた。思想上に於ける宣長の最も辛苦したる努力は、老子の所謂無政府的思想を論破した時である。この勞力の成果は平田篤胤はあまりうけとらなかつた。人の作つたみちではない、天地自然のみちでもない、たゞ一つのこのみちと云つた宣長のことばを、今日の思想界の俗語にかへて云ふことは、小生の一つの務めだつたのである。

天地自然の道の中では我々は生命を保し難い。早く云へば、稲をそだてゝ、稗を拔きすてねばならぬ。これ天地自然の道でない、このあり方を二宮尊德は簡單に人の道と云ふ。稲も稗も共にのびるのが天地自然の道だが、人が稲のみをそだてること卽ち人の道だといふのである。しかし人の道だけでは稲が育たぬ。俗語で俗耳に入れるには、尊德の云ひ方でよいが、思想を抽象の語で云ふ時には不穩當なことが起る。尊德のやうに俗化には困ることも起るのである。

なほ式祝詞は、その原則に立つ平和を犯す者に對する態度と方法にもふれ、ひいては道の恢弘の原理を類推し得るところまで云うてゐる。しかしさういふ問題は今や第二義のことである。第一義のものは、わが祭祀の大筋の恢弘である。

さきにも云つた如く、祈年、月次《ツキナミ》、新嘗を祭りの本旨とすることは、皇大神宮の祭祀に於ても同一である。神宮に於ては、二季の月次祭と神嘗祭を、三節祭とし、最も重い祭りである。神嘗祭は新嘗祭と同意である。起原から云うても、文獻に證しても同意である。今日新嘗祭と月日の異るのは、神皇分離以來の便法にすぎない。三節祭には祈年《トシゴヒ》祭が數へられないけれど、既に云ふ如く、祈年は月次と同一性質の祭典であつた。朝廷に於て、大嘗祭が至尊御一代の盛儀たることは、周知の通りであり、後代には大嘗會が行はれて繼承の實そなはると解したほどである。大嘗はもと／＼新嘗と同意であり、繼承第一回の卽位新嘗の祭りをさして、大嘗祭と呼びわかつことは、後代の風である。

至尊新嘗の意は、神とのあひなめ也と「令義解」にもある如く、神を招き共に新穀をきこしめす式典であり、古來より一般庶民を通じて、これをなし來つた事實は、萬葉集東歌にもその證あり、かつ東歌にあるまゝの新嘗習俗が、千二百年後の西國の邊境に於てなほ行はれてゐた事實は、平賀元義の探訪記にも見らるゝところであるが、多少變形しつゝもその本旨をとどめるものは、今も全國の秋祭りとして行はれ、殊に戰後は諸多の經濟事情により、舊時以上の盛大をなしつゝある。

岡倉天心が美の歴史によつて觀念的に考へた、アジアは一つだといふことばは、本來は米作りといふ生活とその生活の中の道徳とによつて、一つに結合し、今や運命を一つにおかれてゐる現状である。人類の文化は米餅の文化と麵麭の文化に大別されるのである。としごひとにひなめを貫くわが古の神ながらの道は、米に生き米作の文化をもつ地帯の道義の原理であり、生活の道であつたものが、最も本質的に殘つた形である。

しかし米作りをなさずして、米作り人の生產物を支配することは容易であつた。世をへるとともに、そのことが政治と云はれた。霸道とはさういふしくみである。神の道に平和に生きる者、すべての人間の生命の根源を供與するものを、何かの力によつて、自ら働き生み出すことなく支配しようとする考へ方、その考へ方が儒教によつて政治學に組織されたのである。尊德は農夫に利鎌さへあれば、天下の草悉く薙ぎ刈られざるなし、と百姓に教へてゐる。その百姓の一家で耕作するところは、僅に一町步二十石餘りである。さういふ村へ刀を携げた一人の武士が入つてきた時、彼は己らの力の組織を背景として、卽座に一村五十戶千石の生產物を支配することとさへ造作ないこととなつた。しかも彼らも自身の權力の最高に神を必要とした。この人工の神は天と呼ばれた。かういふ力の組織が政治である。

儒教の教へはさういふ力の支配者のために人工の神を與へ、それによつて政治を極力道義的ならしめ、その支配の持續に必要な平和を行はんとしたしくみである。百姓の生產物はかうして政治に支配され、その素朴な天造の道は、整然とした儒教的な天と神の思想に壓せられた。權力の支配者は、人工の神とその最高なる天の思想を必要とし、民間の神の道の神々を、鬼神として或ひは迷信として排斥した。時には彼らの野望の人工の神（惡魔）を、農民の祭る自然の神々といれかへたのである。その思想は整然として高級なやうに見えた。合理的で教養あるものの如く思はれたのである。しかし米そのものは、神の道によつて生産され、農はその道によつて續いてゐた。道はつきない、消滅しない。大化改新の時の蘇我石川麻呂は、改新の朝議で神道に從ふことを主張したのは、この天の思想と、それの霸道の論理と、その國土計畫の全體に反對したのである。

神劍の德用が語意通り、草をなぐ劍であれば、それは役能としても鎌である。尊德はつねに己の居間の床上に不動明王の圖をかゝげ、これを己の對處生の教へとした。背に猛火を負うて少しもたぢろがないといふ意味である。しかしどこの不動もみな劍を持つてゐるのである。鎌を持つ不動はなかつた。かりに鎌をもつ不動を考へるなら、負ふべき猛火がなかつた。語の本義において、農人に劍は不用である。天造の劍は草薙と御名を改めるところに天孫降臨の神話の道がある。しかしそれは道德の根源の意味に於てである。我々の久しい歷史を通じ、わけて近世以後に於て、道義自體が鎌をもつ不動があつてもよいといふ錯亂した矛盾に立ち、それを立言するところに置かれたのである。

さて明治初頭の神祇官に於ては、祈年新嘗に祭祀の本道をおき、政治を復古するといふ古制の考へ方は拒否せられた。彼らは吉田神道の末流をよろこび、吉田流に大祓を第一義と考へた。古神道の生活を、觀念としてさへ知らない神官や、武士や官僚の當然の歸決である。彼らは自覺する罪の意識によつて、先づ第一に大祓を考へた。これは善政の思想に則するものである。さらに文明開化の國際宗教に對抗するために、新神學を立てて、原罪の思想を入れ、これと中世以後の大祓信仰を結合し、中央集權的國家神道を、所謂神社神道の名でうち立てようとした。今日迄行はれてきた官祭私祭の別は、つまりさういふ明治の國際宗教的國家神道と、民間に傳つた古神道の祭祀のかみ合ひである。申すまでもなく民間私祭の根柢には、連綿とした古制の祭りの生活が殘つてゐた。それは民族の永遠の一つの確證であつた。明治神祇官で祈年祭の祝詞が、物慾的で現世的だなどと考へたことが、第一よくなかつたのである。御一新の神祇官はさうした考へから、無茶苦茶に民間土俗の祭祀を統一的に品よく改組しようとしたのである。

　としごひにおんだを祝ひ、にひなめに神人ともに饗宴する、祭りはこれだけである。その生活を神々の教へられた道のまゝに行ひ、その生活によつて萬般を律する中心が、家にあつても、村にあつても、國にあつても、上びとの役だといふだけのことである。それ以上の權力も所有權も、上びとといふものの上に考へなかつた。支配も役德もそこにはなかつた。酒をのむ日には、親も子も男も女も、飲める限りまではのんだのである。一人でうまい物を食ひたいといふやうな盜人根性はなり立たなかつた。さういふくらしの組織でなかつた。農業では、そこにあるものは、必ず量が豐富だつたのである。

　としごひの祭りはにひなめのために行ふ祭りである。そして式祝詞を見れば瞭然たる如く、それはあらゆる祭りの綜合である。しかもとしごひとにひなめとは、同じ祭典をくりかへすのが、神饌をみれば了解される。わが國の神祭りとはどういふもので、どのやうに執行されるものなるかを知りたい者は、延暦二十三年の「皇太神宮儀式帳」(「群書類從」所收)と建久三年の「皇太神宮年中行事」(「續群書類從」所收)によつて、神宮の月次祭の行事記錄をよめばよい。

この神宮の月次祭は、祭りの執行の莊麗典雅さは云はずもあれ、氣分の神嚴さ、規模の雄大さ、細部の花やかさ、加ふるに藝能的分野の多樣さをふくめ、實に最も盛な祭りの典型である。この日用ひられる歌謠として、兩書に傳へるところ合せて三十數首に及び、文學史的意味からも注目すべき祭りである。しかも祭り全體の進行中にもつ多彩さだけを抽象しても、現存する天平佛教の演出として最高作品たる、東大寺修二會を超ゆるものである。修二會の演出する氣分は、今日の演劇のうかゞひ得ぬところである。規模さほどでもないが、現存する古典佛教藝術、演劇的な供養會の上に一頭高く拔き出てゐる。それは天平藝術の優秀さを實證する、最も適切な作品といふべきものである。あるひは記錄によつて想像される平等院の榮花は、王朝盛時の國勢をかけての、未曾有な惠心僧師の藝術的天才によつて演出された繪卷であるが、神宮月次祭の規模氣品に勝るとは思ひ難い。さて、大正天皇大嘗祭(「御大禮圖譜」)の盛典に至つては、祭典の表現として國史未曾有であらう。これは藝術的意味から云ふところである。

しかも神宮の月次祭は末端瑣事に及ぶまですべて神道に從ふゆゑ、一切の神饌と祭具と藝能が、天つ神のことよさしに卽するものである。この月次祭の初めの贄海神事は、神官が海に入つて自身で海幸を獲るのであるが、了つて神饌と神官の穢の有無を、琴をならして神トによつて定める。この神事は中絶し、御一新に於てつひに再興されなかつた。神道の名分のすたれた事實を示すものの一つである。この神饌の審査（今日行つてゐるはらひに當る）は、生産の手段過程組織が、道にかなふものなるか否かを檢するのであるが、これが祭りの成立起因であり、祭りの大事であり、祭政一致の原理となる。舊來官幣の神社で、御用商人の一括納入する日供の神饌をまづ祓ふのは、事理の當然として祓ひせねばならぬからであるが、さういふ觀念的宗教儀禮によつて、祭りが天つ神のことよさしのまゝになり立つと思ふところから、近代神道の墮落とゞまるところを知らない因がある。

大嘗祭の眞意は、皇祖天皇鳥見大祭の成立に於て悟るべきであつた。それは單なる支配者の宗教祕儀ではないのである。牧民的權力者の、支配權の神祕化として行はれる宗教祕儀とは、全然別個の明朗の産業の立證である。しかもこの大嘗祭の眞髓を了知することによつて、天皇の尊貴に御座す所以を最も適切に知り得るのである。わが道と古制に於ける尊貴とは、何を指すものかを知るであらう。さうして神道といはれる道に於て、すめらみことあるひはすめみまのみことと御坐すものの眞髓を了知するだらう。わが神話の神人一如の契點たる天皇の尊貴には、國際宗教的絶對神的意味の何一つの屬性さへ寄せつけてゐない、といふ事實を知ることは、我々の歡喜であり、幸福であり、今に於ては欣求である。このことによつて、儒教の影響をうけた神學時代に、天照皇大神を絶對唯一の最高神として象徴せんとした努力が、如何に反古典的な態度であつたかを知るであらう。基督教の影響をうけ、且つそれへの對抗を意識した近世神學と、かの俗神道が、天御中主神を、それらの異教への對抗上から、創造の絶對神に妄構せんとした時の、かの反古典的態度は、またこの考へにもとづき、その根柢に於て、各人の志によつて、批判される筈である。

わが神話は農耕生活に入つた日の人々、人間が人間として自立した日の、神なりしまゝの樂園生活を、第一頁とするのである。わが古典は、生命の最古の原始狀態と、その時代について、明瞭に一線を劃してゐるのである。それは近代人の學的態度に於てもかくあるところであり、千古の古人に於てはかくあつたところである。農耕生活を通じて見ることが、第一の肝心である。單なる觀念や系圖でなくして、神の生活の典型から始るのが、民族神話が民族原理たる所以である。かゝる農耕生活の集團を支配し、制壓統制するために、上に絶對神を祭つて、その威力を以て政治するといふのが、儒教の天の思想である。故に彼らの合理主義は、農耕民の自然神觀とその神々を否定する。わが神の道は、さういふ支配のための神でなく、むすびのしくみに、たゞみちあることを知つたのである。

それは生活の働き現はれる神々と、生命としての神の道とを表した神話である。この思想から、今日の現實生活の秩序の原理を云ひ、今に當つて變革的主張をなすことは當然の事であつた。農耕生活そのものの諸般の關係と交渉の中で認められた、生産を生成する道が、わが神の道である。この道を萬般におし擴めることは、所謂農本主義ではない。封建の制度を維持するための農本主義や、富國强兵政策のためにとられた農の尊重は、支配の一つの方法であつて、神道に立脚するものではない。すべての衣食住の必需品の生産組織が、道に卽してゐた時代が、古の氏族制度にあつた。

栗田寛ほどの學者が、この氏族制度を封建制と誤解し、封建は、神武天皇遺制也と考へたのは遺憾である。封建制らしい組織が生じたのは、氏族制末期に於て、支配關係が出來たときである。この近代一流の史家も、生活と生產の內部に、深く道を觀察することを怠つたのである。宣長が日本は萬國の親國(祖國)と考へた思想は、吉田學派的神道家たちが、支配する神を考へ、日本を支配的に優越した、神に選ばれた國と考へた時の、あの觀念的な神國思想ではなく、神の道の本質を正しく考へ、我國に於てこの道が現存することを明らめた上で、かゝる道の傳へを保ち、それに立つてゐる國、神の道の古を傳へた國、親の國といふ意味を云うたのである。儒教的な支配する神を否定する論理の歸決として、日本が古を傳へた親國であつた。皇神がしろしめすといふことは、今日に於ては、一切の支配の廢止を意味するのである。

としごひ、つきなみ、にひなめといふ祭りの意味は、國本上より解すれば以上の如きものであつた。よつて今上陛下には、その日御自水田に降立たせられて、これを行ひ給ふと戰時中より拜聞する。戰時中一般新聞言論に於て、これを農業奬勵の御意として報じ奉つてゐたことを、小生は根柢的に批判したことがある。本文の讀者は今やおのづから別個の道として、祭政一致の本意に卽して、これを解し得るであらう。實にこの大御事實こそ、わが古の道の顯現にて、往時小生の强調したことも、至尊御自に神饌の生產のために水田に降立せ給ふといふ、國の道の眞義についてであつた。しかもこれは神饌と限らず、大御食の本意であつた。けだし新嘗を古來相嘗《あひなめ》といふ所以である。朝廷より奉る神宮神嘗祭の例饌中には米、酒はない。

今やこゝより進んで、古代の道に於て、所有權がなく、すめらみことは、近代法學のいふ絶對主權の所在をさすものでないことを小生は述べるべきである。それが卽ち神道であり、神道に於けるすめらみことは、近代法學の云ふ絶對主權ではないのである。

かの百人一首の巻頭をなす天智天皇の「秋の田の刈穂の庵」の歌を、近世國學の始祖は解し奉つて、至尊御自を農民の身に思ひをなし給ひし大御心を以て詠じ給ひし也と云うてゐるが、この解説者の眞意は何を指したものであらうか。大化改新の朝廷に於て、わけて漢風を好み給ひし天皇にして、御自天つ神のことよさしを奉じて、天の下の農業を御自に行ひ給ひ、神饌大御食を御手づから生産し給ふことなしと看じたものでもあらうか。先人はこの君を以て中興の聖主と申し、御代興隆の日を賀して、巻頭に拜誦すと解したのであるが、歌學の古き祕說には、國意衰退のきざしを偶すとこじつけた解釋もある。しかしこの解釋は、國主卑賤に身をやつし給ふといふほどの、單純無知の見解に發想するのである。小生の解釋は、至尊御自に農をなして、神祭を御自行はせ給ふの意にて、通常漢風を好ませ給ひしと申すこの君にして、この皇朝古道に從ひ給ひしを銘記するのである。わが古道に於ては、としは至尊のとしごひによつて開け、にひなめの新穀は大御手によつてまづ收められる。その神饌は神と至尊の相なめの新穀であつた。

舊來の宗派的神道的概念をもつ人には、小生の見解は理解され難いかもしれない。戰時中に於ては何らかの形に誤解せられてゐたのである。なほ本文の敍述について、若干の註を加へるならば、としごひのとしは稲である。古代は稲によつてとしを數へ、稲の一代をとしとしたものである。人のとしもこのとしにもとづき、としの數は、祭りをいく度共にしたかを數へ、この思想は傳統と歴史と共同生活につながるものである。古の人々は、その稲の起原を無窮のむかしと思ひ、將來に亙る永遠を信じた。萬世一系と天壤無窮は、秦始皇的野望の願望や慾望の人工より出た抽象觀念でなく、この生活とその生活の中に貫れてゐる、神の道の實相感であつた。今日の民間でなすおんだ祭りは、としごひの祭りと同一のものである。公式のとしごひの祭りは、舊は毎年の二月四日、春氣やゝ動く時に行はれ、明治以後は新暦二月十七日、なほ寒さの中に行はれる。朝廷にては中世斷絶せしを明治二年に再興せるものである。式の祈年祝詞の第一節に「今年二月に御年始め賜はむとして」とあるのは、至尊御自の始め給ふことを申すものである。寛平五年の「格」に、二月祈年、六月十二月月次、十一月新嘗祭等者國家之大事也とある。これを鈴木重胤が註して、此の四箇祭は天津日嗣の立つ所、天下人民の依る所の基なりと云うてゐるのも、宗教的儀禮と解さず、古制の道として知らねばならぬところである。このとしごひは、十一月新嘗祭を行ふために、まづ天つ神國つ神を祭り給ひ、天つ神國つ神のことよさしを述べて、そのまゝに仕へ奉る由を唱へ、にひなめを約す。この祭りを、專ら新穀の豐年を願ふ現實利益的なものと考へ、明治の神祇官は嫌つたのである。彼等の多數は大祓の抽象を尊重したのである。けだし彼らは自ら農耕する人でなく、農耕せずして多くを支配し、その支配の權力の象徴として、人工の神を祭らねばならぬ人であつたからである。その神は、儒教の天と同一の思想である。わが神道の神の道と異るもので、わが神の道には、さやうな天も神も天子もない、またさうした祭事の宗教祕儀もないのである。

このとしごひと六月十二月の月次祭は、大體同一性質の祭りである。式祝詞の詞も同一によつてゐる。かうしてにひなめが行はれることが祭りであり、それが祭りの生活である。古は大嘗と新嘗とに稱への區別はなかつた。神宮の神嘗祭も、神皇分離以前は日を違へて行はれたと考へるべき根據はなく、神嘗祭と新嘗祭は必ず同じ日に行はれたと考へられる。この新嘗祭は、天皇が新嘗を聞食すを主とし、天皇の聞し食さんとするについて、先づ神に奉り給ふのである。「令義解」に、朝諸神之相嘗《アヒナメ》祭、夕則供二新穀於至尊一也とある。また神嘗祭と新嘗祭を別つたのは中古以後の風である。年々の大嘗祭と踐祚大嘗祭を別つた例は、皇極天皇御紀に於て始めて見えてゐる。

式祝詞のおほにへのまつり（大嘗祭）の詞の中に「今年十一月の中の卯日に、天つ御食《ミケ》の長御食の遠御食と、皇御孫尊の大嘗聞し食さむ爲の故に」とあり、祈年祭の詞には「皇《スメ》神等《カミタチ》の寄さし奉らむ奥《オキ》つ御年を、八束穂《ヤツカホ》の伊加志《イカシ》穂に寄さし奉らば、皇神等に初穂は穎《カヒ》にも汁にも瓱の閉《ヘ》高知り瓱の腹滿て雙べて稱辭竟《タタヘコトヲ》へ奉りて、遺《ノコリ》をば皇御孫命の朝御食夕御食の加牟加比《カムカヒ》に、長御食の遠御食と、赤丹《アカニ》の穂に聞し食すが故に」とあつて對應してよむべきところである。加牟加比は大凡に申して御食膳につき給ふ意と解してよい。この大嘗祭は新嘗祭と同じである。

天皇のにひなめ即ちおほにへの祭りは、すべてが天皇を主とし、中心としてなされるもので、天皇の尊貴を至上の形でいたるところ現出奉つてゐるのである。その詞の中に「豐《トヨノ》明《アカリ》に明《アカ》り坐《イマ》さむ皇御孫命」とあるのは、さきの「赤丹の穗に聞し食す」と同趣の語で、大御酒を聞し食したる御容を形容し奉るものである。新嘗は新穀を調理して奉獻し、酒を專らとするのである。けだし酒は最も美味なるものにて、かつ人の心地を豐富雄大にする威力をもつ故である。

この新嘗は往時には至尊のみならず、庶民に至るまで行つた。新嘗の起原は高天原にて天照皇大神に拜し奉るが、古事記上卷にすでに臣列の者の新嘗を行ふ記載あり、萬葉集、常陸國風土記等には、その習俗の細部の記載を見る。一般の祭りとして、全國に今も存續してゐるのである。祭りは秋のものであり、秋の祭りは、にひなめである、にひなめもにひあへもおほにへのにへも、みな同じ意味にて、饗の意である。にへとは食物を神にも人にもあへする、つまり饗するのである、このにひなめのために豫め行ふとしごひの祭りが、單なる豐年の祈願祭でなく、一つの農耕の制と道をのべ、天惠と勤勞の關係をたしかめて、天つ神のことよさしに仕へ奉るといふ基本道德と、生産生活の古制の原則を明らかにした意味を、式祈年祭詞によつて、正しく了解することを小生は有志に期待する。

鈴木重胤はその精密無比な神の系譜と神話の構成についての學的考證を以て、式祝詞により、古制の學びを明かにした先人であるが、その間彼の强烈な國家主義思想と維新變革精神から、時には俗神道的思想にまぎれ易いやうな神道説を述べた點もあつて、卽ち重胤に到つて、神祇の大本の明解は一段と進みつゝ、平田學派以後の新しい俗神道の萌芽が固定せんとするかの觀がある。

今日いふ意味の國家、主權、所有權といつた觀念は、式祝詞にはあらはれてゐない。こゝには近代的な思想の所謂民族といふ觀念さへ現れてゐないことを、十分に了解せねばならぬ。宣長の親國思想は、この事實に立脚して云はれ、吉田學派の神國思想は、この式祝詞の示すところに立脚せぬ。重胤はわが祭祀と神道の本質を明らめ、古代制度の學を開拓したが、時の時代感覺たりし國家主義觀の機微の諸點を、古道に從つて匡正恢弘するにはなほ至らなかつたものがあつた。

なほ本文中に云うた勤勞とは、ことよさしを行ふわざであり、卽ち正しい唯一の仕奉のみちである。生産とはむすびの意にて、このむすびに於て神が確認せられる。ゆゑに神の道は、むすびとことよさしに結合するところの自然に、最もあきらかに現れるのである。かくてむすびのみたまのさきはひと、ことよさしに仕へ奉るおほみたからのみちとの結合結實するところに、にひなめが行はれるわけである。ことよさしに於ける神と人との關係は、授與とか寄托とか委任とか命令といつた一切の近代的關係でなく、その行爲を通じて、神が人に卽し、人が神に卽してゐる關係である。こゝの關係からむすびのさきはひが意識に明證せられるのである。しかもその行爲が勤勞であり、ことよさしである。むすびといふ考へは、生産の一切は人力のみに歸し得ないといふ、生活の道の實相から生れるのである。これは、神のなすべきことを、人がなしてゐるといふ形に解すれば、ほゞ近いわけである。

神と天皇との關係といふ場合も、變りないのである。支配が廢止され、支配者の選擇が無用となり、生産と生活が天造の秩序によつて自らに行はれることが、將來に對する神の道の顕現である。ことよさしといふことは、生産と生活の廢止されぬ限り持續し、このみちが卽ち神のみちである。しかし小生の思想は、支配の廢止のために人力を盡す革命を以て、第一義の目的とせず、天造秩序卽ち神の道の恢弘と、ことよさしを生存の道德の主軸となす心の恢弘を以て第一義と考へるものである。

己丑三月二十一日改稿

農村記

一

杜詩の中に、その懶惰な歸農生活を歌つて、日を隔てて耕す營みのうちに、田園は次第に荒廢し徐に幽情に近づく、といふ句がある。幽情とは自然の情との意である。怠けてゐるうちに雜草が繁茂し、菜園は荒廢して自然に歸るさまをかく云うた。元より杜甫は、陶淵明の如き思想の深みを藏した天眞には遠く、李白の豐滿爛熟の詩的風情にも缺けるものが多い、二人に比してはるかに格を下る詩人である。されば泰西人文文化の輕薄を倦み初めるころの人々に、まづ手はじめに喜ばれる東方詩人であるといふことは、自らにその人が近代好みの域を去ること遠からぬものを示す。一言に云へば、神を見得なかつた作家である、天造の稀薄な詩人である。

しかし小生は、杜甫の氣質上的な忠誠心を尊敬し、杜詩のこの一句を大いに愛玩したのである。小生の歸農生活の心の隙に、ふさはしくも甘えるものがあつたからであらう。小生の歸農生活の實體は、この程度の甘さにとゞまるものであつた。さうして杜甫が大方の満悦を示した一句を、苦笑とともに愛玩したのである。丙戌歳五月よりわが農村記は始まる。

その日頃の口吟を去らない今一つの詩があつた。四十餘年唯夢中、面今醒眼始朦朧、不レ知日已過二亭午一、起向二高樓一撞二曉鐘一、王陽明の作である。高杉晋作はこの詩を吟んで、さすが王守仁はえらい、自分は夕陽に及んで、未だ曉鐘をつき得ない、と嘆じた。かく嘆じた時の晋作は、せいぜい二十五六の青年である。その若年にしてこの氣宇、それは小生にとつて、正に原詩以上に感銘を藏した詩であつた。小生は王陽明作詩を口吟しきてゐたのではなく、この高杉の逸話を口吟しきたものかもしれぬ。これはしかし今に於て、わが不幸な記憶の一つである。小生は既にこの時の王陽明と齢を等しくし、つねに醒眼始めて朦朧と稱すべきさまで起き立つけれど、未だ亭午なるや夕陽なるやも知らない。

諸葛孔明がかの劉備三顧の禮を遂にうけ入れて、車を等しくして共に新野城に到つた、建安十二年一月、時に孔明僅に二十七であつた。これも今やわが不幸な記憶の一つである。「三國志」の作者は、劉備が始めて見た時の孔明の形容を、孔明身丈八尺、面は玉冠の如く、頭に綸巾を戴き、身に鶴氅を被ひ、眉には江山の秀を聚め、胸には天地の機を藏し、飄々然として當世の神仙也、と誌してゐる。時に孔明年僅に二十七である。神仙とは化物の謂かと思ふ外なかつた。しかし二十七歳の孔明をかくの如くに描いた故人の文章に、誰一人として疑ひをもたない。されば故人の文章にもつた自信と度胸のよさは、もはや末世の文士の想像を絶したことである。

高杉はよい青年であつた。教養は高く思慮は深かつた。信念を斷行するまへに、合理的な思慮に缺けるものがなかつた。しかもことをなせば、一見みな疾風迅雷、まことに亂世の典型である。こゝに云ふのは熟慮斷行の謂でない、正に猪突盲進である。熟慮斷行は平時の用、つひになさず、なさずしてよい平時の用である。考へてなし得ぬ平時の人の訓である。その高杉が日暮になつて曉鐘をつき得ないと嘆じた。二十五六歳の晋作が、何のわだかまりもなく、敬慕と尊敬をこめて、かの大儒と己を比較し、自らの天眞をあざやかに示してゐるのである。けだしこの一事によつても古今東西に獨歩する俊英の狀を示すものがある。方今この域を解し得る文人は、わが藝苑に一人もない。晋作の氣分と人がらの大きさは、つひに杜甫の文學にないところである。

二宮尊德は農は天地自然の道でないとし、これを人の作つた人道とよんでゐる。稻も雜草もともに茂るのが天道にて、雜草をとりすて、稻のみをそだてることは、天道にさからふ人の作つた人道であると云うた。杜甫の思想これに類似してゐる。杜甫は文人らしく漸時幽情に近づくと云ひ、その感慨に一種の飄逸と悟達を、精神の娯樂としてつくらひ、文人らしい氣どりを示さうとするにすぎぬ。小生はかゝる文藝を愛玩して、されど第一義のものとはせぬのである。けだし愛玩するは、小生の甘さである。然してしばらく誰人の批判にもかゝはらぬところである。

しかし尊德のこの考へ方は、本居宣長の思想を手輕に俗化したのである。その考へを深さに於て攻めることをなさず、宣長がこの道と云つた時の論理に、つひに思ひいたつてゐない。卽ち尊德の呼んで人道といふ、その道の根據を攻める論理が、宣長の「この道」の思想だつたのである。

ともあれ杜詩に於ては、愛玩に耐へるものに於て、藝術の甘さ、さらに申せば近代風の輕薄を示すものがある。さうして怠惰そのものでなく、怠惰の時の心の隙に甘える類の、第二義的作品が多い。小生は菜園場づくりに關してはともあれ、これを己自身の人生觀上の自戒とするのである。

五月は時令ほとゝぎすの來鳴く時である。古より農事のことぶれをすると考へられてきたこの鳥は疱瘡の妙薬とも云はれ、造酒の味のかはれるを直すとの民俗の信仰をうけてゐる。さればわが農村記の筆始めにも、ほとゝぎすの歌一首をしるしておかう。作者は梅田雲濱。

きく人のあれば一聲かけたりとなのりそめたる山郭公

始聞郭公との題詠にて、さりげなくよめば月次の凡作であるが、時と作者をよく味へば、きく人のあればと起して、二三四句のつゞきに無限の感興をふくむものがある。文化文政時代に於て、この鳥のなき聲を、テツペンカケタカ、とか、ホンゾンカケタカと聞いたのは、主として江戸より西の西國筋にて、江戸より東ではホトサクタときいてゐた由が、確かな當時の記錄にしるされてゐる。無心の鳥の鳴聲の聞き方からさへ、社會意識をさぐることは、我々の史的興味の一つである。わがおもふところを啼くものとして、人々は鳥の聲をきいたのである。もしくばわが思ふやうに啼かせようと、無心の聲に節づけしてゐるのである。

この歌の大様な歌ひぶりに、對手を呑みこむ文藝上の方法の一つを悟るべきである。それはわが近世封建末期を貫く文學の、ユーモアの大様さを示す。幕末文人がもつてゐる一つの氣分である。晋作も瑞山も光平も鐵石も曙覽も、この種の大らかな笑ひをもつてゐる。それは酒席の豪放にふさふ歌である。ユーモアとかフモールと云ふと戸まどふが、さういふことばで云うてふさふに近い面を、多分にもつたものであつた。讀者はその意を諒せよ。世の中はます〳〵複雜多事となりゆくのである。文章のよみ手が、歌をよむ心を了解せねば、無限の多事に當つて、書き手は無用の多言を冗費せねばならぬ。文章はわけて簡潔を尊ばねばならぬ日である。されば讀者は交互の理解を早くし、ことを簡明にするために、今こそ文學の法と典とを、深く正しく學ぶ志を忘れてはならぬ。

二

丙戌の歳五月初旬、小生は大陸より歸國し、そのまゝ鄕村に住ついて、以來農事に從つてゐる。わが農地に、水田の他に、元は桑田にて、當時は夥しい切株根株を殘してゐた所があつた。それは前年まで陸軍に徵用されてゐた所で少しづつ拓いて昨々年から水田にしたが、徵用當時入れられた砂利や、縱横に掘られた溝のために、地床の固定が破れたのか、水田としてはなほ安定してゐない。床をかため畦を叩きき づいて、時には地下排水の裝置さへ床にほどこし、かくて水田として安定させるといふことは、僅かに一段の地といへど容易のわざではない。これは小生がまづ事始めに悟つたことの一つである。

筑前の所謂宮崎開の開墾者宮崎安貞は、七十五歳にて歿すまでに、庶民を誘導して開墾せし段別總じて四町四段八畝歩と、「大日本農功傳」に見える。安貞はかの「農業全書」十巻及附錄一巻の著者にて、元祿十年七月二十三日病歿してゐる。水戸光圀はその著を見て「是人世一日も之れ無かる可からざるの書也」と賞讚した。安貞はこの一書によつて、近世農學界の代表者となつたのである。元祿九年稿就り、公刊は十年七月、即ち彼の死の月であつた。

安貞は安藝國廣島藩士宮崎儀右衞門の二男、二十五歳出でて筑前に到り、福岡藩主黑田忠之に仕へ祿二百石を食む。後故あつてこゝを去つたが、貞享中再び出でて仕へ、切扶持を賜ふ。是より先、安貞諸國を巡遊し、遍く老農老圃を訪ひ、種藝の法を究め、大に得る所あつたが、歸國村居四十年、自ら心力を盡し、手足を勞して農業に從事し、村民を誘導して殖産興業を努め、其の成績見る可きもの多く、筑前志摩郡女原村及び怡土郡德永村並に東開西開と稱するものあり、皆安貞の開墾に係り、私産を拋ち庶民を誘ひ、以て之を致すと云ふ、云々と農功傳に記載されてゐる。

「農業全書」については、安貞自らその凡例中に、「此書は本邦農書の權輿なり」と書き、貝原樂軒はこれを删補し、その弟貝原篤信また「此書の本邦に於けるや、古來絶えて無くして今始めて在るものなり」と讚へてゐる。當時福岡の儒林に於ては、安貞の農學に對し、このやうな強い確信と自覺とをもつて、これを支持したのである。この自信は今日に於て然りとせねばならぬ。かくてその後、佐藤信淵、大藏永常の如き大農學家が現れたが、祖師としての安貞の地位はゆるがぬ。しかし小生は安貞が福岡を去つて、諸國を巡遊する發意と、その以後の傳記に、尊敬をいだいたのである。略傳數行の句、無限の人生と信念を語るものがあつた。安貞の農學は、六代將軍家宣の研學態度の結果として生れた博物學奬勵以前のことにて、その立學の念願は、農民の貧苦を救ふ願望にあつた。しかも此書は貨幣收入增大を目的とした商品生產や多角經營を説かず、專ら「金銀珠玉は飢ゑて食すべからず、寒くして是を着るべからず。此ゆゑに五穀を蓄へ積む計をつとむ」ところの農道を云ひ、利潤のための作物奬勵の思想は無いと云ふに近い。この思想は永常ら末期の農政家の場合と異るところである。

この「農業全書」が小生の菜園場作りの實地の參考書となつたのである。測らざることの一つであつた。さうしてこの書を讀んで實地に行ふに及んで、以前卒讀した時に感じた、封建時代の農業の過大な勞力といふものが、案外にさほどもないといふ事實を知つたのである。今日は多角經營輪作農法の時代である。根氣をつめた勞力といふ點では、今日の農法の場合の方が、はるかに過重だといふことを知つた。それほど今日の農業に消費される勞力は、繁雜過大にして、且つわづらはしい思考を伴つてゐるのである。しかし役人と、その同じ思想の人々は、農民に工夫が足りないことを、農村の貧困の原因とみてゐる。眞實は思考を伴つた勞働と、粗食生活に疲れてゐるのである。封建時代の農業は悠暢で、今より大樣な勞力を、大樣に費してゐたのである。

この具體的な事實は、農業全書をよめば、知る人は氣づくことであるが、以前は土地の使ひ方が大様であつた。今日は本毛作年貢と共に裏作年貢も、供出といふ形でとられるのである。往時に於ても天候不順で不作の時など、年貢の減免を願ひ出たわけだが、さういふ場合を考へて、百姓は用がなくとも田圃に出てゐて、勤勉の外形を示さねばならなかつた。天候不順で不作の年でも、田の手入れがたりぬと云うて、年貢取役人は百姓を脅すのである。

しかし百姓が用もなくとも田圃に出てゐるのは、さういふ思惑の他に、作物に對する愛情の故であつた。そしてさういふ勞働力を他に轉用することを指導することを、封建の支配者は、それが已に不利益であると知つてゐた。この百姓の作物への愛情を利用した政治が、ことあれば、百姓に無用の勞働力を田圃へ注がせ、すべての時間を田圃へ注がせるやうに、指導強制することは、今日も異らぬことの一つである。今年の暖冬冷春の天候異變に當つても、さういふ封建的な指導が、巧妙に新聞でラジオでくりかへされたわけである。百姓はその作物に對する愛情によつて、封建時代の政治に、束縛されるやうに出來てゐたのである。

この話は安貞と無關係なことである。安貞の教へてゐる農法は、根本で人倫の道を云ひ、天地循環の理法と陰陽の思想に立つてゐる。農業を止めて革命運動を始めよと教へる今日のある種の農業理論家には、これも封建制の擁護とうつるかもしれぬが、農の實質を論じて、安貞は封建制の擁護へその論を曲げてゐない。

小生はこの日本農法書の最初の古典を手引書として、菜園場作りを始めた。その間に序文凡例總論等なども改めてよみかへしたのである。さうしてかつて心にもとめず讀み過した農功傳中の安貞の傳記の一句一句に感銘を味つたりした。その傳に誌された、開墾せし段別四町四段八畝歩といふ事蹟に、かつて何氣なく讀みすごしたこの事實に、驚嘆をくりかへしつゝ沈思したことである。讀書人には想像されぬ偉業であつた。

五月に歸國してからは、村より一歩を出でず、都會を見ず、たゞ泪の出るほどに美しい故國の山野の中で、この安貞の書を日夕の友としてゐた期間が、かなり久しかつた。小生の歸國の第一印象は、美しいふるさとといふ感銘であつた。三山を初めて見た時、眞實に泪があふれてしかもその意味はわからなかつた。その異常な状態の故國へ歸つたときの印象は、次のやうなものであつた。

遠世古りし丘にならびて子らの見る夕燒空の中に歸りぬ

三

小生の歸農生活は期して始めたものではない。然して今もその状態の持續にすぎない。東京に出ませぬかと人が問へば、出ようとも考へてゐませぬ、出まいとも考へてゐませぬ、と考へて答へ得るだけである。つまりさうしたことを考へたことさへない。都の暮しについての何かの愛惜の情もわかぬ。兵火のために失つた書籍、文房具、玩具についても、時に無いことの不便を味つても、それ以上の氣持はおこらぬ。かういふなりはひと心のむきは、東洋人のあきらめと批評されるものであらうか。たゞ小生の性分として、かの面壁九年といふことは、さほどの苦行とは未だ實感されぬのである。安貞の開墾事業も、面壁九年と相通ずるものであらう。しかも小生には開墾五町といふことに、精神的な勇猛心の及び難さを味ふ。さらにそれを支持後援し、その農學に本邦最初の確信をいだいた、福岡儒林の氣迫を尊敬するのである。

小生はそのころに於て、牢獄的生活に恐怖感をもつのが常人であつて、これに耐へるは必ずしも意志のみに非ず、一種の性癖の者のあることを知つた。これは甲申歳末より丙戌歳初夏にわたる間の未曾有の經驗の結果として、自問自答且つ自得したところである。わが歸農生活はたゞのなりゆきにすぎぬ。不平も不滿も焦燥の感もない。しかしその限りではまことの自信でない。道を信ずることのみが、自信の根柢である。人に期待しないが、人のおのづからにもつ生れながらの神性を信じて疑はない。欺かれることを警戒するまへに、求めることを自戒せねばならぬ。

今でさへ農そのものの生活は、時の權力に阿諛追從する必要がないのである。それは普通に見る何かの權力と、運命を共にしてゐないからである。しかも今でさへ經濟や利潤と運命を共にする以上に、天惠に勤勞の大半の運命を委ねてゐる。わが農村の生活に於て、勤勞といふことを、今日の通念として單なる、勞働力として考へては、利潤を考へる理の導くまゝに從へば、その日から農を放棄せねばならぬ結論となる。それは近代生活と相合はない過勞だからである。しかもこの世界無比の勤勞は、大方に運命のまへにさゝげられてゐるのである。たゞし勤勞の運命は、暴虐な惡神や絶大な權力者のまへにさらされてゐるのではない。

しからば、そのしば〳〵無償とさへ見える勤勞とは何を云ふか。それを云ふことは、わが農のみち、古のみち、生產（むすび）のみちといふものを明らかにする謂となる。わが勤勞の思想は單に一方的な奉仕ではない。これは古代制度を眞向から硏究せねば理解し得ぬことである。戰時中の所謂神道思想が、當時の新官僚派の國家社會主義の、誤謬と罪害を指摘し得なかつた原因の一つはこゝにあつた。わが勤勞の思想では、神に奉仕するが、その奉仕は一方的關係でなく、神の代りになすわざといふ形の論理で考へてゐた。つまり「物はみな汗のたまもの國のもの」といふ戰時中の思想は、わが道の思想と根本的な論理に於てちがふのである。

わが原有の勤勞觀は、封建時代の勤勞觀でもなく、資本主義や社會主義の論理でもない、それは別箇の道の上に立つて、別箇の秩序の基となるものである。物はみな汗の賜物といふ考へ方は、生產（むすび）に基く勤勞觀からは出ない。それは社會主義的道德の基礎である。この人工一方の考へ方は、工場生產にはあたるかもしれぬが、農の生產生活では、現實的に妥當せぬのである。

自主自由といふ點では、農は他の何に比べても首尾一貫して、生產に對し今日の狀態で自主自由であるが、それが、ヒユマニテイ萬能の思想を育生しないのである。こゝでは生產と勤勞とは結合して進行し、あへてどちらかといへば、むすびが主である。勤勞が導かれるのである。かういふ云ひ方に對しては、それは農といふ生産生活のしくみが、原始的だといふ意味にすぎないと、批評されるかもしれぬ、が原始的であるか否かは別とし、そのしくみによつて、我々の生命は今も養はれてゐるのである。この事實に對し我々は良心的でなければならない。

神助といふ言葉にしても、それは天惠といふ一方的なものでない。或ひはこれを神の約束と云ひかへてもよい、俗に神を助けることと云うても、多少あたるものを含んでゐる。日本のことばではこのことを「ことよさし」と呼ぶのである。勤勞といふのは、このことよさしであり、又ことよさしに仕へる意味をふくむ。むすびとことよさしがわが思想では最も重要點で、こゝをおいて國體も皇道もないのである。これは俗に云へば神を助けるといふ考へ方だが、その事實が普通の神の選民思想として考へられてゐないことも、大切なことの一つである。

つまり道は觀念になく、神の生活にあるとの思想である。米作りの本質部分は、その神の生活を人にことよさされしものである故に、この生活の中に道の本質はあるのである。この考へ方から出る勤勞觀は佛教にも基督教にもない、これらの國際宗教の觀念の上で思ひ及ばなかつたところである。孔子にはなく、老子に於ては、やゝ近いが、肝要がくづれてゐるのである。そのくづれた點を宣長が發見したのである。この道の思想の成文としては、延喜式祝詞のみの傳へるところである。

生産（むすび）といふ神の業を人にことよさし給ひ、それによつて人が神の業に合作する。これが勤勞の意味にて、道の正しい時に於ては人も神も同じである。神代の神とは、正しい神の道の行はれた時代の人といふことであると宣長は斷じてゐる。生産の生活の道を旨として卽るとき、容易に考へ得る道である。

我々の智能が未知界をもつといふことは、宗教の根據にならぬ。又その未知界のあることを無視してゐる破壞的な、あるひは獨善的な科學主義者の牽制に何かを考へる必要はない。今ある藝能と宗教の起原のあとさきも、今の人のするやうな類推を主とした想像によつて、簡單に決定できることではない。我らが神の道といふ時の神と、宗教の神とは悉く異つてゐるのである。たゞさういふ道が、人爲によつては生れぬだらうといふ靈異感や奇異感が、神といふ本來の字義を、ある場合にはふさはしくすることがあるだけである。しかしこの道は、不可知未知の靈異のみちといふことでなく、神の始め給うた道といふ思想である。それがかくある事實と、かくあらねばならぬ理論とは、本居宣長が詳說したところである。

このむすびと事よさしと勤勞の關係からは、ものはみな汗の賜物といふ思想も、それが同時に國のものといふ國家主義思想も出ないのである。かうした勤勞觀の生れるところは、（この種の語法は、かりにわかり易く云ふために、不備をあへてしてゐるのである）米作りを生産の本道として考へると、多少づゝ解されると思ふ、この第一義のことについては、當節のボス論理の暴力を拒む必要がある。謙虛に自らの意志で門を叩く人々に、示唆するやうに云ひたいと思ふ。生産を汗にのみ重點をおいて考へることは間違ひである。それは封建時代と資本主義と社會主義（共産主義の過程と云うてゐるものもふくめて）の時代の考へ方である。少しちがふところは、封建時代は百姓の全力を田畑に結びつけようとの政治の考へ方から出、社會主義的考へ方には、むすび（生産）といふ思想がないのである。古代制度は、むすびと勤勞の合一點を根柢として秩序を立てたものである。

このことは回を追ふうちにもくりかへすつもりであるが、古代よりの勤勞といふ考へ方は、東洋と云はれる卽ち米作り地帶とその人口に於ては、根柢的なところで、いま云ふ勞働とか汗の賜物と云ふ思想と全然、別箇に考へられてゐるのである。これがわが云ふ道であり、それが異ると云ふわけは、米作りといふ生産生活が、日毎にその異る所以を敎へてゐる、汗のみで成立せぬもののあることを敎へる。つまり兩者の生産生活が異るからである。現に行つてゐる工場生産に於ても、考へ極めようとすれば悟ることもあらうし、考へることが當然である。しかしその思想が生活のおのづからに生れてこない。農に於ておのづからに生れてくるといふことが、小生の論をなす上で大切なのである。さういふ意味があるから米を作れば、學ばずとも道といふ道の根本がわかるといふ尊德の歌が、わが國の道の本姿を示す歌と自讃したわけである。

農村に於ては追從がないのでなく、農生活そのものには用をなさぬから、普通正直な者はそれを考へなくてすむのである。勤勞といふ生命と神の秩序への奉仕はあつても、追從便乘といふ人爲への奉仕は必要ないのである。追從と勤勞は今日では人々の人生觀處生觀を二分する原理だが、さらに大きい思想上の二分を決定するものである。たとへ百姓が追從をこれ努めようとも、かの誅求の手はゆるまず、追從なくしても、これ以上の强制の不可能な線に、封建時代以後彷徨させられ來つたのである。これが米作りの貧困である。封建時代と、明治以後國家主義時代とでは、自覺度とその納得方法やその考へ方に變化があつたといふにすぎない。同時に貧困の來由が、近代に入つてから大いに異つてきたといふ事實と、その國際的自覺といふ點でも變化してゐる。

この追從と勤勞の關係は、一は政治に屬し他は生產につく。農の本質には追從がない。これは都會の言論家や政治的職業人の場合と、全く異るところである。都會の彼らに於ては、今日では特に露骨に、追從が卽ち處生である。今も小生は、言論は言論といふ範圍に於てほゞ自由のやうに思つてゐる。たゞ文筆の生活は何かの權力への追從なくしては成立せぬと見える。かつて日本の言論は、權力に對し追從するか、威嚇脅迫といふ形の便乘をはかるかの二つであつた。今日の二流的言論界やヂヤーナリズムには、この二つのものよりの自由に、眞の言論があるといふ、新ヨーロツパ的（十九世紀的）思想の自由は了解されてゐぬ。思想といふものゝ土臺がない。今日の二流言論界の便乘性は、ゴロツキ的臣從を現した追從に他ならない。しかるに今日の青年や學生は一流の言論界の皮相さへ知らないから不幸である。日本にも以前は一流の言論界といふものの多少の俤はあつた。自主とか自由は、さういふところで發見される思想である。今の田舍言論の醜惡さは、その追從を文界の流行と思ひ、追從のレトリツクを特に懸命に模倣してゐる。かういふ現状である。

四

小生は農といふものについて、特に米作りといふことに對して、特殊の思想をもつてゐる。また自ら日本に於ける最も古典的思想家たるの自負をもつのである。米作りは地域的に云うて、アジアの過半の文明地帶を占め、歴史上の精神文明的遺物の過半はこの地で生れ、現在、世界人口のうちその過半を養うて、麵麭地帶と並立する文明圈を形成してゐるのである。最近の世界の統計に於ては、小麥の需要は減少の傾向を示してゐる。わが國に於ける米産の實際は想像に止るが、少くとも戰後の人口増加と、インフレーション抑制に作用した小農の所持米の威力は、我々に暗示するもの多いのである。戰時中の増産運動の威力の眞に發揮されたのは戰後である。

しかも米作自體は、近代史に於て世界の貧困を荷ひ、これがアジアの運命のアン・ジッヒである。そしてこの貧困が、クレムリンの權力と野望によつて救ひ得ない所以について は、年來小生のくりかへし論じ來つたところである。情勢論（政治論）としてでなく、本質論として述べ來つたのである。小生は年來一切の情勢論、情勢論的發想を批判し否定し拒否しつづけ來たのである。こちらより政治を追放してゐたのである。

米の文明と麵麭の文化は、歴史と世界を二分する。いたましい、しかも絢爛とした對立である。この米の理念は餅である。餅文化對麵麭文化といふ對立である。この米作人口が工場勤勞者の近代思想によつて救はれぬといふことは、その生活より生れる思想、道德、文化、人生觀、おしなべての世界觀が異るからである。成因のみならず構造を異にするのである。

家持と借家人とでは、家に對する觀念も違ふが、それを扱ふ愛情が異る。さうした愛情の如き纖細なものによつて動搖せぬ類の建物でないのが、日本の現行家屋である。故に日本家屋を近代家屋へ向つて一變することが出來れば、この問題は初めて解消する。しかも家持でも、建てた人ともらつた人とでは、多少異る愛情の示し方をする。米作地帶の生産は、未だに主として愛情によつて動いてゐるのである。卽ち市場的の操作は、封建時代より一歩も出てゐない。資本主義經營よりとり殘されてゐるのである。小作は金錢で支拂はれる勞務者でなかつた。生産物の半分以上に對して主人だつたのである。この最も下級な小さい威力が、日本の資本主義の上昇と、近代兵備の完備と、インフレーションの抑制に強く働いたのである。

しかもこの米作地帶の人々は、今日に於てもなほ利潤といふ思想をどこかで冷眼視してゐる。それがアジア的といはれる所以の一つである。現代に於ては、貧困を自ら求める如き處生態度が、農村の父の道德である。その道德がどこから生れたかを究明することこそ、農村の貧乏を解除する根本策となろう。

近代史の開始を意味する「アジアの發見」は、ヨーロツパによつて、ヨーロツパのために、アジアをアジアといふ形に定めたことであつた。ヨーロツパ對アジアといふ形で、アジアは一つの概念として發見せられた。かくて隆々と近代文明は太つた。しかしさうした生活樣式による第一次アジアの發見の次に、必ず第二次のアジアの發見がなければならぬ。それは道義であり公道である。世界と人間の救ひとなり、樂園生活の端緒となるものである。最大の思想として最大の救世主として迎へられる思想は、第二次のアジアの發見の他にない。しかもそれは自己發見の他にない。

クレムリン側で發見したと云ふアジア的生産樣式と稱へる「アジアの發見」は、彼の野望が、近代及近代文化といふものの、未征服地帶として指摘したのみで、第一次のアジアの發見と同一觀點のものである。野望の眼で見、野望の口で云うてゐるにすぎない。故にそれは、今次大戰寸前の緊張時に、彼らの手先だつた者の良心によつて、もろくもくづされたのである。しかしその戰爭の一標語となされた「アジアの發見」も、道義の原理が宙にういてゐた。故に小生はアジアとその道義のために、所謂京都學派の所謂大東亞宣言の近代哲學的基礎づけといふものに反對したのである。小生の云ふアジアの根本觀念は米作に卽る生産生活である。

ヨーロツパに對しアジアといふものが定立した時、卽ちそれは觀念としても、政治上からも、經濟の上でも共に成立した時であるが、ヨーロツパがあることによつてアジアが從屬的に存在したのである。從つてそこにはアジアそのものの原理はなかつた。明治の三十年代に岡倉天心はボストンに於て著名の著述をなし、その中でアジアは一つだとのべた。しかしこの高踏的な美の歷史を以て、アジアの一つなることを實證せんとした努力は、アジアの心に共通する祈念を現すに當つて餘りにも修辭學的にて、なほ何らかの道義と生活と生民の一體をなす原理を、あらはな歴史の言葉に定め得なかつた。しかしアジアは當時に於ても、あらゆる意味で一つであつた。共通してゐた。天心の云ふ前にアジアは近代史に於て一單位だつたのである。

しかるにアジアの第一次の發見、卽ちヨーロッパ的秩序の下にアジアとして發見された時、奇しくも時代を同じくして日本に於て、アジアの生民（家庭と社會）と生業と道義に於て、アジアの道義の確認される營爲が、一人の思想家を中心としてなされてゐた。今日の日本の思想家と國文學者及び國史家のすべては、本居宣長を未だに誤解してゐるといふよりも、よく理解し得ないのである。彼らは宣長を讀んでゐない、又正しく讀んでゐない、或者は不幸にも理解し得ない。近代概念としての、支配と侵略と政治をふくまず、その一切の惡を否定するアジアは、その一つなる原理として、この時につとに發見されてゐたのである。

普通云はれる米作地帶の半封建性は、近代農業の觀點から解決されるものではない。米作地帶を近代形態の經營農業化するといふ、つまり、資本主義を行ふか社會主義を行ふか、といふ考へ方に對しては、それ自身のうちにいづれに對しても、肯んじない原理をもつてゐるのである。さらにその解放を、經濟的自由を第二として、まづ政治的自由の獲得が先決だといふ形で說き始めたクレムリンの權力者の論理も、新しい無智者を順次欲望の犧牲にする以外の實效をもたない。アジアの米作の自體のもつ原理は未だ公然と宣言されてゐないのである。そして農村に對する思ひ付の改良や、思想習合の近代化や、輕快な機械化はアジアの小農經營を、人心と土地の兩面に於て、荒廢せしめる效果をあげるだけである。

米作りと米の仲買人とは、元より別箇の原理にたつて生きてきたのである。米作人口と米によつて生きる人口は、最も古い文明の歷史をもち、今日の文明と自主觀念を解する人口である。我々が米によつて生きてゐる限り、生きんと思ふ限りは、その生活と歷史が語る論理と倫理は當然將來に向つて主張されねばならない。我々は米作人口を犧牲にして、或ひはどこかに犧牲としての米作人口を設置して、己等のみが近代文明の新植民地たらんと欲する如き非人道家でないからである。

米作の現在のしくみは單に半封建的な遺構ではない。かゝる形でよぶものが、恆久の平和の原理とならぬといふ證は一度もなされてゐない。絕對平和の基礎となる生活とは何を云ふか。アジアの米作の個々の生產生活を外にしては、平和の根據たる生產生活の樣式は、どこにも存在しないのである。平和の基礎を觀念にとると云ふなら、それは合理でなく恣意である。しかもこのアジアの生業は、自然を人工的に荒廢せしめない農法である。

產業革命以後の思想は、都市產業に携る市民生活の觀念に基く自由と自主を唯一目標とした。その間主なる麵麭地帶の農家は、近代農業へと瓦解し、その結果たる農業勞働者を所有する機構が、近代思想の一地盤をなした。十九世紀の一切の思想家たちは、この生活地帶の範圍を出ない。カントもマルクスも、この新しい市民生活の根柢となり、不幸な下積みとなりつゝあつた無數の米作人口を、その地域に於て、民族に於て、又歷史と生活の論理と倫理に於て考へるすべてを知らなかつた。かくて十九世紀文明のめざす近代の眼からは、米作人口はまだ封建論理だとされ、その生産様式は封建的であるとして、無慙にすて去られた。

この所謂過去の遺物は、世界の人口と文明の過半を養ひ、過去の精神文明の殆ど一切を生み出したのである。そして今や彼らの二世紀に亙る經驗は、自身の生活の中にある道が、人間の正道であり、今日の亂世に處しては、正に世界を救ふ原理であると確信し主張するところに到達した。

五

小生の歸農した土地は、地圖の上では近畿の中心部である。京都へ一時間半、大阪へ一時間の距離にあつて交通の便はよい。この地帶で行はれてゐる農業は、米麥で一家の主食を得、自家產の蔬菜は一年のことか﹅ぬといふ方針のやうに見える、從つて小農といふ範疇にさへ入り難い小農が多い。必ずしも近時の風といふのではなく、古くよりさういふ形であつた。東海道、關東あたりの一町の上も作つてゐる農家を見ると、それが全く利潤的で近代的に見える位に、小さい狀態にゐる。田子桶百姓の典型といふべきものである。戰時中農林大臣から競作賞をもらつた篤農は、油の小賣りをしてゐた。又代表的な一人の篤農は特殊麵の發明家で、その製造に加つてゐる。

農を利潤から考へる面は一般にまだ少い。これは小農狀態のせゐもある。彼らの蔬菜園こそ、この地方の農家の思想を最も明瞭に現すものである。それは素人農園や箱庭よりもつと小作りに、從つて精密なものである。その輪作は我々には暗んじきれない程に複雑で、作付の地面と云へば坪單位にならぬことが多いほどである。土地のすくないせゐであるが、すべてが彼らの世帯から割出した經營法である。勢ひ新しい利潤栽培は行はれない。第一それは繁雜だし、土地勞力の餘裕をつけることも不可能とおもへる。さらにさういふことによつて、年月つゞけた家の世帯農業をかへてゆくことを計畫したり計算したりするのが容易でない。利潤農家になることも考へない。それを考へるには繁雜な小農經營に疲れてゐるのでもある。一方では利潤は農以外のものでかつかつあげられ、それが農より分がわるく苦しいとは考へられないといふ場合が多い。

かういふ地帯で改良農法が手放しでとられないのは、單に百姓の因循からではない。しかし封建的をフーケン的と呼ぶ類の、近ごろの左翼的若い衆らは、たゞ因循のせゐだと云うてゐる。もつとも第一には因循といふ原因があらう、さらに世帯に疲勞してゐるといふ原因もあらう、さらに一般的に學理や知識を信用しないといふ教養上の原因もあらう。指南者の不親切無責任といふこともある。しかしそれらの奥にもつと重大な原因がある。それは貧乏に甘んじねばならないといふ、しかも彼らの必要からきた教訓である。親の教へである。明治の文明開化以來、日本の農民の父祖たちは、最も激しい貧乏の負目を荷つてきたのである。日本の近代文明と近代兵備は、國民の六割を占める農村人口の貧乏によつて償はれてきたのである。西田哲學も田邊哲學も白樺文學も、その人もその生活も、みな農民の貧乏といふ自覺された犧牲の上に開いた近代文物である。彼らの近代的生活とその書齋が、彼らに米を與へた人口よりみれば、一つの負目であつたといふことは、云ひがかりとしていふのでない、まことの事實である。これを搾取といふことばで論ずるのは當らないのである。しかしかつての農生活は奢侈と贅澤を持たないが、豐富をもつてゐた。しかし近來はその豐富も失はれた。もと〳〵日本の近代生活に、奢侈も贅澤も豐富もあり得ないことは、その成立から見ても、又存在する地域と民族の觀點より見ても明らかである。

近代の成因となり、資本主義の父となつた奢侈と贅澤は、古代の贅澤とは異るものである。この近代の贅澤が農生活時代の、道德を漸時に破壞した。市民と資本が、生産と生産者を支配した。貿易が倫理を破壞した。貿易は近代生活の根本である。貿易は便利を與へた。貿易商人たちは、戰爭にも熟練してゐた、しかし彼らは本質的に倫理をもたなかつた。貿易の便利になれつゝある間に東方の住民たちは、むかしからある倫理を自らすてるやうになつていつた。

しかし農の生産生活の中には、未だにその道は亡んでゐない。これは封建的といはれるやうなものより、もつと古い太古のみちである。それがアジアに共通するみちをなし、世界の全人口の過半と、文明の地域の過半にみちてゐる。しかもその前期の日本の近代化は、日上海やマニラの繁榮と多少の趣きを異にしてゐたのである。日本の都市文化のために、日本人口の六割を占める農民は、貧困を宿命視し、むしろ義務觀を養つてゐたのである。

近代の日本の文學や思想や藝術は、さういふ農民の勞力の上に生れたが、農を維持する思想とは無關係である。これを文明開化とよぶのである。さういふ文化を農村に入れようといふ、大政翼賛會以來の都會の職業文化人の運動が、今も執拗にくりかへされつゝ、實質的反響がないのは、彼らの入れようとする文化と、農生活の精神との間に、本質上の矛盾があり、生活文化の上で相反する原理をもつからである。農村はさういふ近代文化をまかなふ者をもたないのである。子は父にまかなはせても、父はいよ〳〵困窮するのみであつた。わが農民は、今日流行の文學を、かゝへようと考へない。それらを支へてゐるのは、農家に生れて農を嫌ふ青年や、生産生活と關係ない渡世階級の子弟、或ひは休日には緣故農家の實質的物産を持出せる小遣かせぎの女事務員の徒であつた。

日本の人口の六割を占めた農家の、近代觀より見た貧困生活は、日本の近代兵備のために必要であつた。日本の近代文化を維持するために必要だつた。恐慌の波を越える日本資本主義のために、その失業者を收容する場所として必要であつた。かくて農村はいよ〳〵貧乏となつた。國鐵と近郊電鐵は終戰後の應急要務員として、近在の農家の二男三男を安月給で招いた。彼らは小遣取の爲に席をおき、農繁期には嫌々家業を手つだひ、要務よりもストライキに興味をおぼえた。職といふことがそのころでは痛切でなかつた。しかし今では痛切になつた。これは農村の變化である。しかし人員整理がされる時彼らはまた家へ歸るだらう。家はうけ入れるだらう。家では仕事が必ずある。これが日本の農家の古いしくみである。仕事があるから一年に何日か働いても一通り大きい顏が出來る。ストライキ騷ぎでおぼえたゴロツキ氣質で、ことさら大きい顏をするにちがひない。これは農家の家族作業の狀態と制度が失業者收容に耐へるのである。その種の仕事があるやうに出來てゐるのは、日本農家の反近代的なしくみの故である。民法が改正されても、なほ當分は、このしくみとうけ入れ方、生活様式と義理人情は變らず、かつ惡質の利潤家に利用されると思はれる。

西田哲學や白樺文學の流行を生むために必要だつた農家の貧乏は、その貧乏の維持のために農業の改良と機械化をこばんでゐるのである。これは農家の父の論理である。一村六百の農家、作は段別五段、しかもこゝは何十人かの失業者を收容するが、經營化された時は、第一に三百町歩の土地に六百軒の農家が必要でなくなるかもしれないと考へるのである。失業者をうけ入れる側が、出す側へ廻ることは大へんな異變である。土地はどこにも餘つてゐない。水にも限りがある。

しかもこの農家は、インフレーションの危機に、小刻みの緊急紙幣を發行したのである。戰時中の國家社會主義政策によつて、日本の地主階級は、實質的に無力化してゐた。それ故戰後のインフレーションに當つて、地主は米を保證し得なかつたが、小作人は知人親戚の數軒に、最後の依頼心を與へてゐたのである。日本の都市の零細生活者たちも、過半は鄕里の農家をもつてゐた。小作農家は闇で賣つた米の他に、必ず公定價並あるひは以下で與へねばならなかつた米を納屋から出し、個々にはさほどに惡質ではなかつたやうである。しかし專ら闇利潤をあげる方へ廻つた惡質の新興農家たちは、いちはやく地主の開放土地を買ひとり、初めは社會黨のひろめ屋らしい顏を示して、新圓階級の自衞に當つてゐたが、昨年の秋ごろからは、稅金といふ强敵のために、今度は共產黨をよんで演說をうたせようなどと、まともに相談してゐた。これは近村の話である。新圓の例にもれない社會黨、といふ語呂合せが行はれたのは、去年のことである。新圓といはれる階級になると、社會黨になるのである。かうして近在の社會黨は全く顚落し去つた。

六

小生の土地は大都市に近いが、大分の農民はまだ都市生活といふものを知らない。都市の食品文化の實相を知らないのである。今の都市ではなく、昭和初年を中心とした都市のことである。すでに今日の狀態でも、生活水準といふ上からは、農家よりはるかによい都會生活であるが、これを國際的な近代生活の觀點から見れば、その當時さへ貧困な贅澤に甘んじてゐたわが都市文化であつた。輪切にしたバナナに贅澤を味ふ文化生活を、今こそ正氣で反省してはどうかと云ふのである。それが今日文化とか近代と云うてゐる觀念の、わが國現在に於ける象徵であることを、小生は多少物を解するインテリゲンチヤに反省して欲しいのである。

去々年奈良で文化祭といふのが一週間にわたつて行はれたが、その催物は、花火の日、野球の日、活動寫眞の日、學校の子供の演藝會の日とあげたまではともかくとして、そのうち最も愉快を極めたのは、市長、警察署長、市會議員といつた當市の所謂名士の隱し藝を自慢する日を、その催日の一日にしてゐたことであつた。その催物の廣告に、彼らは自分らの住む町を、世界的古都と稱してゐる。今日文化文化と騷いでゐる連中に對し、世界的古都奈良市民の代表者らが考へた、痛烈な皮肉といふべきであらう。今日文化といふのは、名士の隠藝や野球に顚落してゐるといふことを、奈良市會は國際的に廣告したのである。

そのころこの奈良で、古美術の町奈良が、兵火より逃れたのは、天心の弟子である何某といふアメリカの美術史家――ワーナーというたか、その人の努力のせゐであるとして、この頌德碑を建てようと云ふ者がゐた。これはものごとを追從によつてのみ考へる政治的な人々の、とりかへしのつかぬ錯誤であらう。

文明國の軍隊といふものの一性格は、一美術史家の言の有無と關係なく、人間文明に於て歷史的に貴重な遺跡には敬意を表し、破壞せぬばかりか、自ら進んでこれを正當に守るといふ目的をもつものを云ふのである。アメリカ軍隊もまた近代國の軍隊であるから、歷史上貴重の遺跡に對し無關心でない軍隊であると小生は信じてゐたのである。

この觀點よりすれば、奈良在住の一部の者の言動は、何に對する恥知らずな追從であらうか、或ひは何かに對する誹妄の下心の表現であらうか。いづれの點によるとしても、小生の贊成せぬところである。正義をいふことは、人爲權力の位置狀態と關係ないからである。この發案が追從であつても、成心のなすところであつて、小生のとらない所以である。日本のインテリゲンチヤとは、何といふ畸型的存在であらうか。小生はその美術史家がこれらの追從に對し、何と解答するであらうかを、興味をもつてみてゐるのである。道義をもつ軍隊とは、個々が、さういふ教養心をもつとの謂である。東洋のことばでいへば、これを惻隱の心とも、もののあはれとも云ふのである。

しかし今日高名の文化官僚や職業文化人は、軍隊の個々の惻隱の心を思はず、自らを某美術史家の假空の指導力に於て考へようとする政治的便乘的な人々である。彼らの近代はかういふ形の思考によつてひらかれてゐるのである。思ひ上つた錯誤である。大多數の日本人は惻隱の心をもつ。小生はこの指導力への妄想を最も憎惡するのである。その思ひ上りと、虛妄と僞瞞に於て嫌惡するのである。さらに今日に於てはかういふ言辭によつて、一方で追從をなしたと考へ、さらに一方で、自己の經歷と履歷を自己辯護せんとする、陋劣の心情を嫌惡するものである。彼らはかつて法隆寺や正倉院の疎開を說いた連中である。

某美術史家がかゝる感謝の聲をきくとも、これを日本人の大多數の心の情態の反映とも、又日本人の考へ方とも思はざることを小生は要望し、且つ天心の精神をつぐ學徒は、これらの露骨な聲を、日本の大小高下の近代文化を代表するインテリゲンチヤの追從と、きゝながすことを信ずるのである。日本のありどは別の所にあるからである。さういふ一連の者の考へ方から、その心情を輕侮することは自由である。且つさういふ心情をもつ者が、かりに軍隊的組織の成員となり、當然指導權から離れるときになす、反動的な犯罪といふものについて、それが概して消極的であらう故に、小生は寒心するものである。かういふ種類の人々の生活とその考へ方が、日本の近代生活を意味する。彼らは指導といふことを誤解してゐる。指導すべきものや相手を誤解してゐるのではなく、指導といふことがらを誤解してゐるのである。さうして、彼らは極端に近代生活をあこがれる人々である。そのつゝましい貧困な贅澤へのあこがれは、今日に於て輪切りにしたバナナにまでなり下つたことを、彼らは必ず反省せねばならぬであらう。多くの多少智能ある人々と共に、この反省から一歩すゝめば、文化生活の半植民地狀態に甘んじるものと、それに反對する者の出るのは當然である。反對の者のゆき方は一つしかない。それは戰爭不介入とか平和をいふことの理想にも關聯することだが、今日のヂャーナリズムのどこにも現れてゐないのである。

そして今日ではかつて昭和初年にさうであつた以上强烈且つ俗惡な勢で、共産主義がこの人心の反省の隙間に、侵入してゐることは豫想されるのである。宇治縣祭りの夜に、五千萬圓の資金闘爭と稱して、向う鉢卷の半裸體で、露店の氷屋を開いて、通行人をよんでゐる共産黨の若い衆を見た時、昭和初年の共産黨との異りを小生はまざ〳〵と味つたのである。

近代生活――それは何ものかを半植民地狀態におくことによつてのみ、わが國人に可能な生活である、そしてさういふ生活へのあこがれが勢力をなし流行をなす限り、その情態に甘んじる者と甘んじない者の間の爭ひは今後もつゞくであらう。又くりかへされるであらう。これが不幸な狀態であることは、この爭ひが暴力以外に決定するものがないと見られ易いところに原因してゐる。

米を作り米を食つてゐる地域と人口は、近代に於ては、生れた日に於て、近代の生活を維持するために、己は世紀の貧乏を荷はねばならぬといふ、宿命的なものを荷つてゐたのである。日本の田園は都市を養つてきたのである。この生活の中にあつて、彼をあこがれることは、救ひの方法とも救ひともならない。ガンヂーが示した三百年の歴史の經驗は深刻である。所謂近代の生活以上に幸福な正しい生活が、なほあるといふことを、米作地帯の人口は、己の生活の道によつて、疲れきつた頭腦をふるつて考へるべき時である。工業生産に從ふ勞務者の思想と、農の生産生活者との間に、思想、道義觀、世界觀の異るのは當然である。他者はその愛情を全然知らない場合が多い。小生は右でも左でもない。當今の政治的人間の見出し得ぬ愛情を、日本に對しもつものである。

平和と幸福の生活的基礎が、資本組織にあるか、工業生産にあるか、牧畜生産の中にあるか、アジア的米作生活の中にあるかを、これを原理として考へねばならぬ。贅澤と文化といふものが、罐詰と自動車の都市的食品文化の外にないのか、といふことを考へねばならない。近代は精神と倫理を失つたのである。小生の說が所謂農本主義でないことと、又農家の生活を近代化するといふ、習合主義や經營農業主義でないことは漸時明らかとなるとおもふ。

七

米作地帯の傳統とその文化より生れた世界觀が立脚點だといふことは、一層簡單にすれば、米を食ふこと、米を作るといふことが、目下の我々の思想と道義の根本問題となると換言し得るのである。それは觀念的に恣意に作られた思想でない。我々が米を作り米によつて生きるといふ様式を改變するなら、問題は消失する。しかし小生は假空談をしてゐるのではない。のみならず小生は、米を作るといふ形の生活様式を、最も正しいと信じてゐるのである。その生活が唯一の倫理の母胎と考へてゐるのである。

米、アジア、その生産生活様式、といふ一聯の事實を、歴史と傳統と現實のありのまゝに於て、わけて近代の實狀に於て、念頭にした上で考へて欲しいと思ふことだが、米を自ら作りそれを主食とし、さういふ生活様式の中に社會をなし、さういふ人口の政治的地帯に住し、なほかつ嚴密な歴史概念としての近代の生活といふものへのあこがれを、可能化し得るごとく云々することは、歴史的な矛盾を犯してゐる場合と、良心的な犯罪を避けない時に、個人の排他意識に立脚してのみ成り立つものである。しかし小生の最も遺憾とする點は、戰後のさういふ考へ方の者らが、個人主義利己主義の排他意識をもつが、一歩徹底して既述の犯罪と惡の意識をもたない事實である。つまり彼らは輕卒でお目出たい、恥知らずな追從者と便乘の徒であることにある。

小生は同胞であるから彼らの負目と無緣でない。この氣持は相手と關係なしに起る當然の人倫感情である。從つて彼らが卑屈で無智だからと云つて、口を合はさぬといふわけにはゆかない。

我々は抽象的な教團を作る文學を考へてゐるのでなく、我々の事實をさぐり、この運命を歴史として明らかにし、文學的なとしか形容のない、このあまりにも悲慘な近代の悲劇を、具體の歴史のことばにかへて、これを崇高のものに高めねばならないのである。近代に於てアジアが浪曼的であり、神祕であり、文學的であり、詩であり、古い美的であることは、アジアの悲劇、卽ち近代の悲劇を現すに他ないのである。古い美的であること自體が、近代の悲劇である。

しかし今こそ悲劇を崇高のものに高め、運命を歷史とする時が始つたのである。これを考へ、我々は今日の文學を不信とする。今日「文學」といふものの中に文學はない。又我々は今日の宗教を認めない。今日の宗教はどこにあるか。さらに我々は今日の政治を考へない。日本の現狀に於て、政治といふ形で考へられてゐるものは、人倫上の何ごとでもないのである。そこには、男らしい野望も、歷史を左右する利權も、國家を動搖させる權力も、その他偉大に價する何ものもない。あるものは、通信と交通上の傳達樣式か、隱匿物資のやゝ大きいものか、ボス的な或ひは露店商人的な場所と位置の割あて操作にすぎない。これが現狀として當然のことである。故に根柢の惡と矛盾を考へ得ない皮相な正義觀は、暴力の徒に加擔し、僞瞞に乘ぜられるのである。皮相の意味で共產黨は增大するだらうし、共產主義的思考はます〳〵低劣化し淺薄化するであらう。かつてのテールマン黨の增大と崩壞を思ひ合せられるわけである。我々は根柢的な考へ方と、將來をもつ故にかゝる政治に關心ないわけである。かゝる現實の反動としての正義觀を如何にすべきかを考へることがないのである。これは我々が情勢論を排する信條とするところである。我々は國と國民とアジアに對し、今日の政治概念を全然離れた種類の關心と思想をもつてゐるのである。小生の關心は政治の關心でない。かういふ關心を政治の關心となさないところが、小生の考へ方の第一歩である。

己丑九月七日の朝日新聞に「平和を唯一無二の教理にし、その名も國際平和寺といふお寺」が計畫されてゐる話を報道し、その「宗教運動による平和事業を行ふ」趣旨から「八聖殿」といふものを作り、釋迦、キリスト、聖徳太子、マルクス、エンゲルス、レーニン、ワシントン、リンカーンといふ「ふるつた組合せ」を本尊とする。毎日新聞もこのことを記載し、さすがに八聖殿の本尊は書いてゐないが、同月五日この國際平和寺のために、九條元公爵や京都清水寺管主大西良慶らが、心齋橋その他大阪市内各ターミナルで勸進したと出てゐる。この寺はわが奈良縣生駒郡伏見村に建立される計畫ださうである。

これは新聞記者が間違ひなく正氣で報道したものである。この八聖殿の考へ方と、例の有名な爾光尊との間にどれだけの差があるかと云へば、文化といふ上から云へば、四年前までの日本の健全文化の常識では、どちらも正氣と考へなかつたのである。今これを宗教的情熱といふものから云へば、大分に差があるやうに察せられる。殊に當時の新聞の傳へるところによれば、爾光尊に於ては、私的な紙幣風なものを發行したのである。

しかしこの八人を八聖殿へ祭るといふ氣違ひ的行爲が、情勢論から云へば、極右極左を除外すれば、今日の日本文化、思想、文學の大半の主潮そのまゝである。日本のヂヤーナリズムは、この八聖殿奉祀の線でやりくりし、追從し、日和見し、便乘し、この思ひ付を少々ちがふことばで云うてゐる。そのことばが所謂文化であり、その主體が東西の大新聞にして、地方ヂヤーナリズムがさらにそれを追從する。さうしてこの「國際平和寺」思想の代辯者は主として戰後評論家と新興大學教授といふことにきまつたのである。この八聖殿のまともに相手に出來ない組合せが、實に今日の日本のヂヤーナリズムを表象してゐる所以が明らかであらう。

この「國際平和寺」思想こそ、今日の左右を除外した中間思想であり、情勢論の別名である。極右極左が不可といふことは自明として、されば正當な何があるかといへば、國際平和寺によつて分明にされた如き卑怯な奴隷感情しかないのである。これは思想とも云へまい、政治ともいへまい。宗教といへば、哀願の意に於てや丶名分を保つかも知れない。か丶る國際平和宗教を考へてゐるのが、日本のヂヤーナリズムの實體である。今日停年を超えた老教師たちは、これらの文化上の事實と、それに對する責任を考へねばならぬ筈である。

かういふヂヤーナリズムと別の線が出てくることを當然と思はないか。日本と日本人はそれほどに愚劣下等でないからである。さういふ氣運を誰一人無理に作らうとしてゐるのではない。春に芽がふくやうに、おのづからに生れてくるのだ。たゞこの八聖殿は、あまりにもよく新憲法下日本の所謂文化を表象するものゆゑ、古の伏見の里に置くには惜しいと思はれる。進んで議事堂の建物をこの教團に移讓するとよいと思ふ。すれば「日本人とは何か」を著し、國會の見識を批判した岸田國士も、この露骨の表現に至つては憤慨の情を、あの本の記述思考の如き形式で表すすべを失ふであらう。この著者のために希望することは、その本の考へ方や書きぶりでは、その憤慨の情を現し得ないやうな事實の滿ちあふれた現状をよく眺め、そのうち彼自身の文學を少しづゝ出してくれたら、小生はきつと感服したであらう。さうでなければ「日本人とは何か」に對しては、大體わかつたといたはるより他ない。かういふ低調なものが、彼の文學であるといふ筈がない。小生は岸田の舊來の文學を多少知つてゐるから、彼の場合には、これを文學として低調と評し、その立論の場合の思ひ上り方を、文學として絶對にみとめないと評する。かういふ形の正義觀の出し方は、暴力と陰謀の裏づけがなくては行はれ得ないこと自明であらう。こゝでその人がそれらの二つを否定したら、彼の懸命はヒステリーになるより他ないわけである。

今日は惡と醜が多すぎる。眼につきすぎる。それをどう處理するか、己の上でどう處理するかが文學者の眞價を定める。最も低い正義派は共產黨の暴力に身をまかせるだらう。それほどに低くない人は、しばしばヒステリーを現す。もつともこれらの醜惡に無關心なものは文學の外である。小生はまことのある文學者に、つまらぬ皮肉もヒステリーも希望しない。皮肉といふ小氣味よい精神的娯樂は、いつの時代にも、崇高遠大な思想と熱烈眞劍な信念の裏付をもつて生れたものである。

しかし伏見の里の國際平和寺は、この數年間の日本文化の空白時代を表徵するモニユメンタールとなるであらう。名士の隱し藝を文化と稱した奈良市會と共に、並稱すべき今日の文化記念碑である。わが三千年にわたる文化遺物を、各時代を通じて最も豐富に保有した大和は、今日の「文化」を表徵するモニユメンタールをも、もたねばならないのであらう。こゝに三千年といふのは繩文文化彌生文化以來をいふのである。

この八聖殿の八人が、思想もしくば信念に於て相通ずるや否やとか、理想とか人類とか平和といつた概念でどうか、など云ふことを論ふのは、阿呆の上をゆくことである。小生らの知つてゐることは、この第一義の點で氷炭相容れない八人物を、一堂に奉祀して、國際平和を祈る――眞實は日本の現狀のまゝの安定と若干の生活向上を祈るといふことが、日本の大多數の知識人の内心の願望である。近代に於て、祈りとはかゝる狀態を云ふのである。日本のヂヤーナリズムの現狀も、この考へ方と、この嗤ふべき祈念の狀態から一歩も出てゐない。八聖殿を作ることを思ひ、現に無形の八聖殿を作つて祈念してゐるのが、日本のヂヤーナリズムである。故にこの八聖殿を嗤ひうる者は日本のヂヤーナリズムの中にはあり得ない筈である。

今や上手な口つきや、小々難解な語句によつて國民の正氣と正論は僞瞞されない。まともな常識をもつ日本人の中には、日本のヂヤーナリズムの祭つてゐる八聖殿によつて、國際平和が將來すると考へる阿呆は一人もない。今日の評論界が、專ら國際平和教の阿呆陀羅經時代だといふことは、こゝに於てあきらかに實證せられた。しかしかういふヂヤーナリズムが日本にあるといふことから、これのみが日本であり、日本人であると考へてはならない。小生の議論は、自分だけが立派な國際的知識人であつて、多數の日本人は無智で下等で畸型だといふ形の議論ではない。ヂヤーナリズムとか、文化とか知識人とか云うてゐる近代主義者たちこそ、かういふ無智と下等と畸型にゐるといふ事實を諷してゐるのである。小生の議論は、日本人の中の最も惡い面をあげて、それに對し多數のよいところをならべて、良いところを強めようとするものである。

八聖人を祭るといふ宗教――その種のヂヤーナリズムの考へ方は、「宗教」以外に、思想や政治として成り立たないことである。それを感得して、宗教とした點で、八聖殿の發起人の方が、思考に於て、目下のヂヤーナリズム評壇より科學的だつたといふこととなるのである。今や今日の文學も宗教も、第一義の問題に關與する資格を喪失した。これは日本のヂヤーナリズム一般の問題である。日本には、如何なる情勢にも左右されず、原始よりの第一義の正義を正義とするヂヤーナリズムがないのである。左右の極端の反動思想を排し、さらに今日の中庸と稱する情勢論、即ち國際平和寺的な空粗な祈願を排斥して、不易の國民的抵抗線と不變の正義をとなへる保守派がどこにもゐない。これを憤しいといふのではない。小生はたゞさびしく思ふ。

しかしさういふ正しい人倫の感情が日本にないわけでない。國土に普遍に存在する正常な感情は、國民感情として嚴に存在しつゝ、それが大正初期の第二次文明開化以後、ヂヤーナリズムの核に結ばれなかつたまゝに、その狀態が今も變りないのである。抵抗的な國民感情はつねに今もあるが、これが保守といふ一つの文化にまで結ばれてゐないのである。これは正しく危い狀態であるが、なほかつ小生は樂天的である。死にかはり生きかはり、愚に近く、我々は、その一つを見、その一つを守り、その一つを待てばよい。

八

さてもつとわかり易く云へば、我々が米を作り米によつて生きることを改變するか、否かを決するところへ問題をもつてゆけばよい。それが思想と道義をかへ得るか否かの根本の問題となる。さういふことは道義を別としても、歷史、風俗、生活その他の傳統の全般にわたつて、想像できても實現される筈のないことである。今日の現狀では、民族運動のどんな樣式も考へられぬ。在る文化と來る文化の比重も問題にならない。食品文化の如きは、まことに阿呆らしいほどな下剋上によつて頂點をついて了ふ。米の文化といふのは、こゝでいふ如き食品文化と成立も傳統も道義も生活もちがふのである。だから出來ない話にかゝはる必要はない。我々は、米、日本、アジアといふ形で考へたらよいのである。

誰であつても、米作地帶といふものを地政學的に考察し、さういふ人口地帶に生れ生きてゐるといふ前提に於て、なほかつ近代の生活へのあこがれを云々出來るといふことは、その人が歷史的な矛盾に對し無智であると共に、良心的な犯罪の常習者たるをあらはすものである。彼らは文化上のゴロツキである。そして最も無力な三下奴である。この意味は、もう少し豐富な事實と言葉で言はねばならぬであらう。

アジア或ひは日本に於て、近代の生活をなすことは、可能であるか、その間に平氣で可能と答へ實現しようと思ふ者は、その時如何なる道義上の犯罪をなしてゐるか、といふことを反省する必要がある。今日はボスの時代である。卽ちゴロツキの時代である。文化上でも、ボス乃至ゴロツキの論理が横行してゐる。アジアに於て近代の生活にあこがれるといふことが、道義的犯罪を豫想せずして可能であるか否か、この問に答へる時、大體の日本の智識人は、とりすました獨善風采のまゝで、ゴロツキ化するのである。日本の最近の生活水準の向上は、現在國法上の犯罪と、道義上の犯罪を伴はずしては可能でなかつたのである。

我々の周圍の現狀に於ては、自身がゴロツキとなるか、あるひはゴロツキと結託する以外に、如何なる事業も企業も積極的なものは實現せぬ狀態である。教養人にとつて不可能な闘爭、つまりゴロツキがそのカツコつきの正義觀によつてなす闘爭、卽ち最も下等な闘ひをなし得ぬ者は、今は沒落し隱遁する時代である。我々はこれを正視して、これを坐視すべき時ではない。僞瞞者に教へられた者の正義觀の發露と、偏狹な思考力による正義觀の發露とは、共通してゐる。農村の現狀に於ても、すべてが最低の爭ひである。そして僞瞞と偏狹とが、依然として壓倒的である。

小生の居住する地帶の農村は、なほ人情の醇朴を殘してゐる。利にさといことと、人情の醇朴とは必ずしも相反するものではない。誅求に對し、他を陷れてぬけがけの功名を立て己を利する代り各自の生活戰の最低を護り合ふといふ封建的な氣風も殘つてゐる。しかし今日の農村生活には、しくみが複雜である。どこに農そのものの道の醇朴さが殘つてゐるかを知ることは、末を以て本をさぐるゆゑに、極めて難しいことになつて了つた。田の稻は蔓草のやうに横にのびて境を爭ふことはない。水は高きより低きにつく習ひである。

しかし封建時代の領主の勢力の差異によつて、低きを高きのさきにしたやうなところもある。旱天の時、上領へ水をもらひにゆく話は、何が「封建的」と云つても、これほど愉快な實話は少ない。それは一種の芝居だつた。しかし水もらひにゆく者は、眞劍であつた。さうして一世紀以前のせりふを今でもそのまゝに云ふのである。

他人の耕地に一鍬づつ侵入してくるやうな者と、本眞劍で争つて自分の耕地を守るといふことは、大抵の教養人には不可能な争ひである。しかし普通インテリゲンチヤといふ者には、一寸やりきれないやうな闘ひが、自衞上必要な時代である。侵略者や狂人の暴力と闘ふ方が易い。今日多少財産をもつ者が、自衞としてなさねばならぬ争ひには、大ていのインテリゲンチヤは耐へ難いであらう。他人のかまどをのぞくやうなところから始る、最も低い闘ひに強い連中が横行する。彼らは若干の正義をもつてゐる。

かういふ最低の闘ひといふことは、かつて國家權力が、内外に對しひきうけてゐたことがらを、今は自衞せねばならぬといふ點もある。そんな戰ひに最も弱いインテリゲンチヤは、國家權力に最もたよつてゐたといふこととなるのであらう。さういふ類の下等な闘ひが、世の中にある現勢力間の闘ひである。上から下まで、大から小にかけて、今日人力をつくして闘ふ戰ひとは、さういふ下等な侵略への自衞の他にない。わが國のインテリゲンチヤとは、元來さういふ闘ひのなし得ぬ者らであつた。しからば高い闘ひをなしたかといへば、國家權力を嫌ひつゝ常にそれにたより、文化生活と稱して、精神の問題とは全然無關係な輕薄な近代的生活態度にゐたのである。それ故重大問題に當つてはつねに無氣力なゴロツキとなる。そのための犠牲を考へないで、たゞ何となく近代生活にあこがれるといふ類の良心的犯罪は、日本のインテリゲンチヤが共通にもつ、ゴロツキ論理である。彼はさうした態度と理窟の始末を、考へたためしがないのである。

通常云ふ英雄の悲劇とは、彼がふさはしい敵手に破れる代りに、彼の敵たるにふさはぬ、下等の何ものかに破れるところに發生する。文學史的に云へば、戰勝記の作者は御用詩人であり、敗戰記の作者は眞の詩人であつた。ラス・ケーズ伯が記録した、配流の日のナポレオン皇帝が、余は己の率ゐたフランス人を、古代ギリシヤ人の如く誤解した、と述懐することばをよんだ時の感慨を、小生はつひに忘れ得ない。悲劇といふ悲劇の極致である。けだし日本の悲劇は文明開化以後の日本のインテリゲンチヤを、古來の日本人の如くに誤認したことであつた。日本のインテリゲンチヤが、最低の闘ひに弱く、最下等の敵に必ず敗れるといふことから、彼らを高く精神的なものとして評價することも、又自ら詩人英雄と自負することも、共に誤りであつた。彼らの多くは精巧に良心の問題を考へ得ぬ、特異な消極的な近代のゴロツキだつたのである。

さて農民が他人の地へ一鍬づつ侵入してくる事實は、これも傍觀してゐると興味がある。山地つゞきの畑で、毎年他人の山地に侵入した末、二三十年間で實測の一倍半に擴めて了つた。最近小作から地主へ返された時に、測量して初めてわかつたことである。地主の側も小作の側も、その増加分については何とも云はなかつたさうである。

小生の農地は、昨年の初めに、一部を數人の者に談合の上貸したのであるが、その時境界に三尺程の小路を作つておいた。耕作に便するつもりだつたが、いつの程にかその路を少しづゝ耕す者が、例の借手の中から出て、初めは一人が一尺すゝみ、次はそれを越えてさらに五寸すゝむといつた形で、互に他を省みるやうにして、今年の田植の時には、三尺近い道をすつかり侵略しつくし、あまつさへ麥株のあるところまで入り込んでゐる。道を越えて田にまで侵入してきたわけである。仕方がないので、こちらは今年の麥株のところに改めて一尺餘りの道を作つたが、作つて三日程の間にこの道の側へまた豆を播かれた。何といふことはない、たゞこのいぢらしい狡猾で貧困な侵略が、何に原因してゐるかを考へると、あまりにもわびしい事實である。しかもさういふ生態が衆愚の共同をうる時何をなすか、その無軌道な發露を考へる必要がある。

數寸づつ耕地を、進出してゆかねばならぬやうな、今日の農民の世帯である。しかも彼らは勤勉であつて怠惰でない。これが日本の貧乏の實體である。だから三尺のあぜ道の如きが、耕作に便であると考へることは、怠け者の知識人のことで、彼らは植ゑられる土地を無下に遊ばせてゐると考へるのである。道をつけるなら便利とわかつてゐても、それが貧乏のために出來ない。不便しても土地を狹めて道にすることを考へないのである。この算術は、考へのある人からみると間違つてゐると云ふのだが、考へのある人は働いてゐず、彼らは不便を尋常としてよく働いてゐるのである。

九

困苦缺乏に耐へる者と困苦缺乏を征服せんと計る者と、いづれが、闘ひに強かつたかといふことは、戰後便乘論がいふほど、アジアの米作地帶に於ては、一方が絶對的でない。問題の肝心は所謂困苦缺乏を誰がどんなに感じとつてゐるかをいふところにある。我々の使命が如何なる困難を、如何に克服せんとしてゐるかによつて、一般的な困苦缺乏の實相が、大いに異つてくるのである。我々の克服せんとする困苦缺乏とは、何に來由し、如何なる構造と、樣相を示すかといふことが、先決問題である。普通の都會人の考へる困苦缺乏といふものと、こゝではその意味が異つてゐるのである。困苦缺乏をいふ時の基準について、精神と文化と倫理に於て、追究と反省と自覺が必要だと云ふことを、我々はのべてゐるのである。

日本の農民が日常不斷としてゐる困苦缺乏を親切心で考へてやることは、文藝復興以後近代三百年史にもとづき、世界情勢に立脚してでなければならない。日本の農民が困苦缺乏に耐へてゐることは、彼らの恣意でも、間違つた固陋の心構へでも、他から僞瞞された狀態でも、自身の虛僞の意志の方向からでも、いづれでもない。明治維新政府の指導者は、驚嘆に耐へるすぐれた宣傳家たちであつた。わが農村は己らの貧乏生活を、片はな日本の近代體制を支へるための無意識と自覺の交錯した、愛國心、愛鄉心、愛家心の、發露と考へ、その半分を耐へてゐたのである。

しかしこの困苦缺乏狀態の克服を、歴史的規模でいふことは、誰でも種々の困難を味ふであらう。岸田國士の「日本人とは何か」といふ本をみると、かういふことも、日本人が畸型的だと云ふことをいふ上での一つの證據となつてゐるが、その觀察は餘りに皮相の思ひ付である。それは日本の農民が自ら求めた偏奇でなく、一面では米作地帶の倫理を保つ道であり、他面では、どことも知らぬ深奥の叡智から出た、自衞心愛國心の發露として、二面から滿足してゐた。そこには自衞心が愛國心におちつく思考法があつたのである。

しかしさういふ叡智の發露が、結局愛國といふ大きい正しいものに直ちに結びつかず、國際都市たる東京とその政治的人間のための犧牲となり、近代の教養といふ植民地文化を養ふ犧牲にすぎないといふことを知つたのは、戰前のことであつた。しかしこれをかく知つた時にも、大部分のものが一擧に變革行動化することをためらつたのは、それによつて起りうる敗滅の豫想を、愛國心が抑へたのである。日本の興隆期に成長した彼らの、數十年來の愛國心は、あらゆるものを均衡狀態ないし平衡狀態でとらへることを、いつかは有利になると考へたのである。しかしこれは反つて思慮の淺さであつた。その淺さは情勢の緊迫化と共にやがて判然とした。こゝに到つて處置を知らない。かくて途方にくれてゐたわけである。

岸田の本のことを云うたが、これは戰後注目すべき著述の一つのやうに想像する。しかしこの作者の風俗時評が確立するためには、彼が確然とした思想と、系統正しい教養をもつた、保守派たることを必要とするだらう。かうした斬新な教養感覺をもつた、右でも左でもない人が、何故正論を立てる時に、多少のヒステリーになるのであらうか、それは以前、辰野隆の場合にも云うたことである。

小生は作者に日本人ヒステリー説といふものを進呈したい。この場合の日本人といふことばの用法の方が、名分正しいと思ふ。ヒステリーは精神の病氣の一つである。他人の無禮に憤慨しつゝ、これを怒ることもたしなめることも出來ないで、口の中でものを言うてゐることを、もう一つ思ひかへすと、今日の眞の詩人の生き方が、多少思ひあたるだらう。車中で公衆に無禮する者と、これを徹底的に叱つてゐる者とは、どこかであまりに共通してゐるやうに思はれる。いづれも小生には好ましくない。彼の叱る者の正義も、低い戰ひの狀態から出ないやうに思はれる。四等車の座席整理者にふさはしいやうなもののみが、代議士とか政治家とか評論家として世間に通行する時代だから、眞の文人の云ひ樣は、政治的情勢論的なものを追放して、本質的でありたいと思ふ。

岸田の場合、日本の文人としての、本式の教養に缺けてゐるために、その見方は大へん氣がきいてゐるだけで、結局話を聞かせる本當の相手をもたないこととなる。日本の文士が國際的であるためには、日本人としての歷史の教養を全き形でもつことが先決問題である。アメリカのことは知らぬが、ヨーロツパでは、日本人のヨーロツパ的エピゴーネンなどに誰も感心せぬさうである。フランス語で文學の描けないフランス文學者といふのは、小生は畸型と思ふ。奈良時代の文人はみな漢文で文學を作つてゐるのである。乃木大將も漢文を學んだので漢詩を作り、これは海彼の文人を感心させたのである。

岸田はこの本をかく頃、農村に住んでゐた由だが、農村に住んで、農をしてゐない生活からは、畸型的な觀察しか生れない。一見さういふ觀察が、傍觀者や都會人に氣のきいたものと見えることは、一種の無責任さと、觀察の淺さと、親身の愛情が缺けてゐることに原因する、しかもこの傍觀者的畸型を、教養的と誤認するところに、何ともならぬ沼がある。この沼を觀察し、解明することが、親切な愛情である。これはもう個人の氣持、感情、教養程度、身邊境涯などでは何ともならないことで、もつと大きい世界とアジアといふ歷史上の觀點から、相手の身邊を同情して眺め、親切に進路を共に考へるより他ない。日本を解決することはもつと〳〵難しい筈である。

かつて岸田が大政翼贊會の文化運動を指導し、その輩下の人々が農村へ入つて種々の文化運動と稱するものを試みた時、小生はそれに對し本質上の批判をし、こゝに述べた如き趣旨からこれに反對し、さういふ文化の原理が、わが農村の生活と文化と倫理の實相と矛盾するものにて、その農村の近代化とは、要するに都會化、資本主義化に他ならず、つまり原理的意味に於て、わが農を荒廢せしめるものである故に、それに對する農村の老父たちの植物神經的な反對と默殺が、固陋無理解に非ず、一つの叡智なることを云うた。小生の願望は、この老父らの悲慘を内外に於て救ふにある。この救ひは、翼贊會以來の左翼的近代的文化運動と、その原理を異にするのである。

それらの近代文化の誕生と、農民の貧乏——生活水準の低さといふものとが、どんな關係にあるか、又さういふ近代文化とわが農の本質とが、どんな關係にあるかを考へねばならぬ。この結論は、我々はわが農の原理と道に立脚して本質的な思想と文化を考へねばならぬといふことである。我々の貧乏の原因は、翼賛會以來の皮相の文化觀察によつては見出されなかつたのである。封建下の百姓の貧乏と、明治開國以後の農村生活の貧乏とは、いくらか趣きを異にしてゐるが、貧乏の持續はすでに强壓を離れ、一種の自衞手段となり、漠然とした愛國心となつてゐたのである。卽ちこれを明治維新政府の指導者の宣傳といふ所以である。大體に於て近代のために何ら鬪はず、つねに鬪ひをさけて、たゞ近代の勝者にすがり、その殘滓を享受しようとする矛盾は、必ず良心に於て崩壞するであらう。卽ちそこには最も非人倫的關係が豫想されるのみである。つまり何を犧牲にするかといふことである。

これを別の形で云へば、米作り人口を放棄するかといふことである。しかし日本が全體として米食生活を放棄することは、想像できない。次には、米作りを誰かに委任し、自らは近代文化の享受者となりうるかといふことである。第一の方は殆ど不可能事であり、第二の場合は良心と愛情と義務をすてる時、個人に於て今も可能に見える。

この點で近代文化生活に憧れる人々は、大陸を植民地化せんと計畫した往年の滿州系新興財閥と同一思想の人々である。しかし今日ではその新興財閥を戰爭の主力とし、文化上の近代主義者や、かのヒユーマニストと稱する者らは戰爭に無關心だつたと稱してゐる。殊に今日の便乘論は、この種の文化主義者の專賣であるが、自ら稱して戰爭に反對だつたと云ふのは、如何なる無智者を僞瞞し、如何なる僞瞞の同類の贊成を得るものであらうか。

彼らが平氣で便乘論をとなへうるのは、事理に冥いからである。その求めるところの實相は、事理をおしきはめる時、新興財閥の若手指導者の野望と同一發想にて同一の論理をもつてゐる。米作植民地をどこにおくかといふことまではふかく考へず、たゞ一連の財閥のそこばくの供與を有效に活用し、いはゞチーズ供與の魅力によつてカトリツク教徒となり、輪切バナナの贅澤を享受して滿悦する人々であつた。小生はこの點の無知と無恥を嫌惡するのである。彼らの生活欲望は、規模小ではあるが、當時の所謂新興財閥の意欲に共通し、實質的に植民地を必要とする人々でありつゝ、自らはその事理を問ふことをせず、さらにその輕率の思慮のゆゑに、皮相的につねに時代に便乘できる人々である。

わが米作りの根本思想の一つに、米作は神より人に對する委任でないといふ憲法がある。小生は道に立脚するゆゑに、これを教へと云ふのである。次に重要なことの一つは、今日いふ所有權が無いことである。これは今日の政治と支配の具たる、現在の各種法典の殆どすべてを不用とするものである。又そこには、今日いふ主權といふ思想と實體がない。わが至尊はかの所謂主權者におはしまさぬのである。至尊が中心であり首であることは、生産（むすび）の思想によつて明らかとなるのである。主權や指導權の實體が、他を犧牲にし役得するといふことは、古代制度に於てなかつたのである。自分は働かずして、働くものより多くを得ようといふ考へ方は、古代にないものである。この點が、わが國の政事（まつりごと）と儒教の政治と原理的に異るところである。士君子は働かずして農民を支配してゆく階級であり、それに對する教へが、孔子の儒教である。その事實が政治であり、政治道徳の本體である。宣長はこの孔子の思想を「からごころ」として根本より否定したのである。いはゞ政治の否定である。

その古代制度は、神道とも古の道とも云はれるが、この道義を今日に復原すれば、犠牲と役得の存在せぬ所以が理解される筈である。農の古の道は、さういふ搾取と利潤を知らない、又容れないものである。所有權や主權の移動に主目的をおく革命は、如何なる主義の場合にも、恆久な人間界の救ひとはならぬのである。權力に對する一般人の興味と野望は、專制時代よりも、むしろ近代に於て强烈となつてゐる。

これらの米作にあらはれる古の道の眼目は延喜式祝詞に於て瞭然としてゐるのである。これに立脚する古制度學は中世以後中絶し、江戸後期に至つて國學として現れた。生民の爲めに絶學を興し、萬世の爲に太平を開くとは、往年の志士たちの氣概であつた。

そしてこの米作にある道の觀點から、國學者間の祖國思想が生れた。これは吉田神學に云ふ神國思想とは、根本の異るものである。彼は觀念にして、これは實生活の道である。生産(むすび)の道の實在を云うたのである。古が今にあることを論證したのである。

小生の思想はこの式祝詞にもとづくのである。近代生活へのあこがれが、その欲望の實現手段を一國社會主義に見出すことに對し、小生はこの意味で根本的に對立したのである。小生のこの趣旨は、甲申の頃には殆ど理解されず、むしろ今日に於て親近を示す者を期待するのである。

トーマス・マンはアメリカに亡命して暮してゐるが、日本の文人ではどうかと云つた者があつた。事は簡單である。日本人は國際人でないと云はうとしてゐるのである。されど小生はトーマス・マンが英語で作をなした話を聞かない。しかるに東洋の方法で耕せば、これは一家必ず生きて、土地をも養ふ農法である。これがアジアの根本思想である。そしてその間には思索も著作も可能であらう。たゞその時に、この正直な人間が、今日のアジア的生活をせねばならぬといふことについて吾々は考へ行はねばならぬことが、假空に於てでなく、現在に存在する。現實問題はこゝにある。

しかも道德に立つて基準生活を考へることが、今にして動亂世界を解除する固本策である。

十

小生はかゝる故に何氣ない思ひ付で、麵麭とチーズの生活を考へる方がよいとか、罐詰と菓物の生活が文化的だ、などと云ふほどに輕率でない。この種の改良論は思ひ付としては、あまりに重大すぎることに無感覺である。政治上からも、經濟上からも、かりそめに輕い思ひ付で云へることがらではない。日本が麵麭の生活に入るために、そのしくみを變へることの難事を、日本の文人思想家の中で、普通の形で想像した人はない筈である。生れつきの趣好を變へることを云ふのではない、その最も人爲的なしくみである。

戰時中高田保馬が、芋を主食にせよと云つたことがある。小生は芋を主食とする經濟上の利益や榮養上の得失、常食としての安定感、保存上の適不適などを別として、我國の農生活の本義とその理想上よりして賛成しなかつた。米作生活に立脚した道徳の本義に立ち、この理想がアジアの光であり、やがて人倫を恢弘することを信じるからである。

米麥の耕作法は、戰時中に百年の面目を一變し、今後にその戰時中の工夫の成果を發揮するものであるが、甘藷は殊に一躍上昇して、今日では當地の如きでさへも、以前の段當數倍の生産高となつてゐる。愛知縣の刈屋杉右衞門は三町歩を耕作し、收穫の平均段當千貫、試作畑では段當二千貫を突破したといふ。甘藷の品種と栽培法の改良は、戰時中になされた驚異的偉業の一つである。

この甘藷の原祖である沖繩に於ける芋の歴史を見ると、慶長十年に始めて野國總管が、閩州卽ち今の福建より持ち歸つた。當時の禁令を犯して、植木鉢の下に芋種をかくし歸つた。これを儀間眞常が栽培したとある。總管とは當時唐船と云うた公許貿易船の事務長のことである。その後七八十年にして首里の人金城和最といふ者、これを一年二作に改良し、そのため沖繩の人口は、以前の三十萬より六十萬に增加して、自給自足力を出すに至つた。このうち初の二人は沖繩に世持神社として祭られてをり、小生も曾遊の折に詣でたことである。わが國の甘藷の品種改良は戰時中沖繩で行はれ、その成果として、今や實力段當二千貫を超えるに至つた。三千貫も難事でないといふ者さへある。しかし芋の改良は沖繩を失つた今後は不便となり、戰時中につくつた實力をどこまでのばし維持するか、どこで安定させうるかが問題である。

小生の地方の米作は陸苗一本插である。以前水苗十數本をつかんでさしたのを、一本にてしかも多收を得るといふことの發見は、實地に當つてさらに驚異を味ふことである。種の節約から云うても國富はかり難いが、小生はそれ以上に異常の感慨と驚異を、この栽培法の發見に對して味ふのである。僅か一本の苗を插すだけで、數本ないし十數本の種苗より多收穫を得るといふことは、觀念の上だけでは容易に肯じられるものでない。それが容易に行はれてゐるのは、少からぬ經驗の結果である。幅廣く少く植ゑて、期間を長くして多收をあげるといふことは、古代農法と思はれるが、しろうと百姓は種を多くこまかに蒔きがちである。これは技術の拙さといふのでなく、種子と生長に對する不信の結果である。この不信の一因は經驗のないゆゑであり、經驗ある人に教へられても、なほ不信狀態を容易に脫却し得ない。素性のよい種子は信頼出來るものだといふ、當然のことを悟るのに、小生も亦歲月を要したのである。合理的な經驗をつむことをせず、種子のはえない場合といふことを考へすごしてゐる間は、結局收穫が少い。種子は生えるものといふ信頼感は、世上萬般に及して、心構へに大樣さを與へる。しかし生えないのは不思議だと云うて、蒔きかへる時もある。

　小生の農事の指南者は、種子は雨と共におりてくるといふことを信じてゐる。その人は工夫のよい、敎養もあつて、三十年以前外國で暮してゐた人だが、このやうに信じてゐる。これは神話である。しかし種子といふものは、今だに神話の中にある。もとより生命の起源は、假說以外にないもので、海が生命の母だつたと、小生らは小學生時代に敎はつた、そのあかしに海といふ字の中には、母といふ字をかくしてゐるのだと、敎師の云うたことをおぼえてゐる。あめと共におりてくるといふ假說は神話である。たゞよつてゐる狀態の地球から、天へのぼるものと地上にのこるものがわかれたといふのは神話で、シアル質シマ質と云うて、大陸は浮游してゐるといふのは、今日の科學的假說である。今日の假說では、豪雨と高熱と瀧つ瀬のうづまく中で海が出來陸らしいものが出來、海に生命の原始がわいたといふのである。小生の農事の指南者が、生きものの種は雨と共にふつてくると教へてくれたことは、その確信に清純さを味つたことである。どんな百姓たちでも、植物の成長について、精密な觀察と、一箇の見識をもたないものはない。生物學でなく、博物學をもつてゐるのである。その見識を今日の學理と照合すると、途方もないこともあらうし、又何とも決定できないこともあるかもしれぬ。普通の農學の學理の方もかなりに普及してゐるのである。

愛知の方からきた者の話では、玉葱の種子は彼地でとれず大和へ委托してゐると云うた。小生の地方は、「農業全書」にあるやうに、古來蠶豆の栽培のさかんな地であるが、おたふくといふ大粒の蠶豆は、植ゑた年はとれるがそれが種子にならぬ。こちらでとつた種子を蒔くと忽ちに退化する。この種子は中河內の瓜破村の附近でしか出來ないと云うてゐる。古からある小粒に比べて少し大きい中型のものは、當地でも安定してゐる樣に見えるが、おたふくは安定してゐない。工夫をすれば安定するかもしれぬが、小生にはそれをする技能がないし、古老にきくと、五穀觀念からして、古來の小型が最も有利だといふ。そしてこの豆は麥より早く出來るゆゑに、凶年には飢を助くる便があると、農業全書にあるまゝを教へてくれた。有利か否かの實際は小生にはわからぬ。おたふくを作つて市場に出すといふ考へはないのである。この場合は種子を購つてゐては、利に合はず、種子をとる工夫をするには、そのしくみが立たない、しかしそれ以前に古來の五穀觀念が依然として支配してゐるわけである。

このしくみといふのは、土地の事情、廣さ、勞力、思考力、世帯といつた諸要素のしくみである。有利さうな工夫が殆どなされぬ。そのわけを問へば、古老は古來の五穀觀念を以て若い者をたしなめる。これはきつと正しいのであらうが、それに從ふことは、いくらかでも便利な生活を憧れてゐるものにとつては、絕對の致命傷である。しかし五穀觀念をすてて近代農に轉向した後の苦い經驗も、實例として少くないので、少しふりかへつて考へる者は、處置のない狀態に陷る。この處置のない狀態に陷つた上で、慣習になじむ者と、暴力に走る者が出た。しかし今日の暴力に走る者は、さうした深刻な思索はせず、哲學入門やマルクス主義のＡＢＣといつた一冊のパンフレットを傍において、それが終りで又始りといふやうな狀態にゐる。さういふ狀態だから、舊大政翼贊會好みの近代主義の生活改善派は農村へくればみじめである。さういふ形の自由主義の地盤がないのだ。さらにみじめにするしくみについて、さういふ人々は何も知らないやうである。

さて朝食一食位は麵麭とチーズにしようといつた、所謂文化的な提案にしても、それが現に行はれてゐる狀態に於て、すでに發想や氣分がちがつてゐる。彼らの雰圍氣にもつ贅澤な思考法は、ことこゝに至れば、國民の狀態と世界の情勢を知らない、良心の鈍磨を示すものと云はねばならぬ。農村を少しでも都會風にすることは致命である。チーズの自供が、農事試驗所や農學校の仕方ではしかたがない。仕方とは世帯に卽したものである。尊德の指導は、この世帶に卽した仕方を敎へたのである。個人相談といふこととなる。

元來贅澤である麵麭を實質的にも又觀念の上でも、氣分の上でも、代用食だとして了つたことは、まことに重大である。今日に於てもわが農村は、五穀觀念を中心にした、自供自足體制を憧れてゐる。このことは、麵麭やチーズがどうといふわけでなく、日本の生活のしくみの上から云ふのであつて、一食だけ小麥を食つて、米を食ひのばすといふ考へ方が今日でも壓倒的であり、この考へ方は近代主義者の希望するやうな、生活の改變とも改良ともならない。さういふ方へ向はない。普通のインテリゲンチヤが、その事實によつて改良改變と考へたいところへ、ものも心も動いてゆかないのである。

十一

農村生活の改良を云ふ人々は多少とも農民生活を快適にし、負擔を輕くしてやらうと思ふ人々である。農村の父たちはさういふ文化的都會生活的動向を、家のため村のためさらに國のためにおそれてゐるのである。岸田の本の中で、ある農家の靑年に、君らが每日重い荷物を運ぶ時これを馬車に一鞭あてて運ぶと云つたことを想像しないかと問うたところ、彼は言下に自分らはもつと大事なことを考へてゐると一蹴した、この靑年を岸田は日本人らしい畸型の一つとしてあはれんでゐる。

この相手の青年は何も云うてゐないので、何を考へてゐるかわからぬ。無理に云はせば左か右の過激論を云ふ位のところであらう。しかしそれはまだ本當の思ひが云へないから、さういふ暴言暴論に轉ずるのである。その言ひ方を教へるものがなかつたので、かういふ云ひ方しか知らないのである。岸田ほどの文人ならば、農村の生活の實態に入つて、これを世界の規模からわきまへ、云へないこと、間違つて云うてゐることを、事實をわけ、事理を正し、來由を明かにして示してやるべきであるが、言下にかく云はせ、自らはたゞ憐むといふだけでは、甲乙の畸型なる點、もしくばヒステリーなる點で異同ないと小生は見る。

米作り貧乏のしくみは、複雜である。近代人文史の究明を怠つては何もわからぬのである。さういふ中で育ち、事由を解し得ずに、たゞ複雜なしくみと事實に悩む者のゆく先は、農村生活へのあきらめか反逆かのいづれかである。いづれも農村の疲弊に加擔する點で變りなく、反逆者のゆき方は狡猾な利潤追求への憧れか、過激な僞瞞的煽動家への奉仕に終る。金まうけの方が魅力あるに決つてゐるが、その才能は萬人に一人もなく、あまつさへ不景氣がきて、それが何ともならぬとすれば、次の魅力の對象は暴力へと向ふのである。この暴力と、戰爭景氣の享受者卽ち今日新圓階級といふ者とが、不景氣の線で共同一體となる時の危險は、その暴力が共產黨と一體となる時よりさきであらうが、いづれも好ましくない狀態の豫感である。

この青年の場合に、岸田の想像で大事なこととしてあげてゐるものは、小生のみるところでは事實の底をつく大事なことではない。大事なことはその底にわだかまつてゐる。今日地方の正論は、その周邊を攻めてゐるのだ。中間の政治にのみ動いてゐる現狀では、共產黨も自由黨もその本核で思想を以て對決してゐない。一國社會主義もそこで己をあらはす迄に至つてゐない。彼らが對決する時は、我國の思想とも對決する時である。日本にはそれらの三つ以外の思想があつて、これがアジアの生民に共通する所以を悟らねばならぬ。小生は沈默して耕す人の仲間である。農村の人々は、あらゆる便利な改良を口で、贊成しつゝ、事實で拒んでゐる。さうして貧乏の維持に努めてゐる。最近の金廻りのよさから多少入つてきた道具に對する不信と、人間の働きが樂になるといふことに對する危惧は少しもへつてゐない。このあはれな危惧――近代の宿命を荷つた危惧より彼らを解放することは、今日の世界に於ける最高の正義の一つである。働きから解放するといふことは、早急に云へることでないし、又云つてはならぬものをふくむ。しかしこの危惧からは、あらゆる人は自由でなければならない。

彼らの無智と固陋が彼らに貧乏の維持をさせてゐるのであらうか。利潤をあげる計算に對し、口で贊成しつゝ、事實では行はうとせぬのである。彼らが文明の利器の利用を出來るだけ拒み、農村とその子弟を貧乏に甘んじさせ、舊式の勤勉の外形を强ひてゐるのは、日本の畸型的思考の故であらうか。この畸型的思考には別の原因がある。何者かゞ人爲的に畸型にしてゐるのである。これを結果の外形だけを考へる輕卒な人々は、簡單に共產主義に奉仕するだらう。

これは岸田のことを云ふのでない、彼は本質をもつ保守派と思へる。しかしその本質の保守派を、支へうらづけする國土的な、本有の教養に缺けてゐることが心惜しい。岸田が近代のしくみを享受してゐる異つた立場の人の眼でみて、農村のしくみを畸型と云ふのは當然だが、それが薄情であつて、一番人間として大切なものの二つに缺けてゐるといふことは、敬意を藏して申しておく。日本の畸型の原因を解決するために、共產主義に赴く者を憐んで救ふことは、むづかしいことでない。アジアの革命が民族資本を肯定する時、その結論は新しいフアツシズム以外の何でもないのである。この種の思想と行動によつて、米作地帶は絕對に救はれぬ。新しいといふのは年度を示すことばにすぎず、形は記憶に生々しい第三次のくりかへしにすぎない。

普通の農村青年が、重荷を荷つてゆく代りに、馬に鞭をうつて一走りに運ぶといふことを、そんな想像もしない、吾々にはもつと大事なことがあると昂ぶるのはよいとしても、農村の古老が、それを子に許さず、なほ重荷を負はさんとする無慈悲さに對しては、そのよるところのあはれな叡智と愛情を、歷史のことばとして云ひうるものは、彼らの云ひ得ない思ひを語つてやらねばならぬ、行爲によつて救はねばならぬ。それが思想人の務めである。

わが思想の緊急の務めは米作地帶の人心に希望を與へることであり、さしあたり救ひのある思想を與へることでなければならぬ。アジアの革命の自覺を、フアツシズムから防衞することは、共產主義から防禦することと同樣に、今では緊急のアジアの自衞である。フアツシズムも亦「近代」のものである。昭和初年の日本共產黨の俊英な理論部門が一せいに瓦解し、當時の新官僚と結んで特異の社會主義思想を形成し、西田哲學の若い後繼者らが、大東亞宣言を哲學的に基礎づけようとしたことは、單に政治の問題や權力への便乘ではない。アジアの諸問題の情勢論的究明からきた、一種の理論上での彼らの良心的結論であつた。この情勢論的考へ方を便乘論と斷じ、本質論を述べることが、當時に於て小生の最大關心にて、くりかへしそれを述べたのである。今日に於ても、ことはくりかへす以外にない。くりかへさねばならぬ狀態に一步深入りして了つてゐるからである。

米作地帶の貧乏の諸問題に關しては、現在の共產主義はなほ極めてひよわい存在である。それはせい〴〵貧乏地帶の植民地的文化人や植民地的官僚の、皮相な良心と輕薄な反抗心をとらへるであらう。初期の鬱憤的反抗に方法を與へるかもしれない。然して貧乏地帶の貧民たちの、眼先の小物欲を滿す可能性はもつてゐるのである。

日本の米作百姓が負つてゐる貧乏と、彼らがさういふ貧乏を維持するかの如き思想を示してゐることについて、卽ちその無自覺な反近代的態度について、日本の思想家は、日本獨自の立場で親切刻明に且つ合理的に考へる必要がある。我々はいたづらな破壞や爭鬪が、永遠の正義に加擔せず、人倫の恢弘原理でないといふことを了知してゐるからである。電氣機具製造業者の宣傳係のやうな農村改良論者は、この不幸の親切な救ひ手とならぬことを知るからである。

さうして眼先の困苦缺乏が、果して眞の困苦缺乏であつたか、それは單なる、都會人的なものの見方の結果でないのか。近代主義的な連中の、己らの位置についての、歴史的社會的な無批判と無反省からくる、感情的な困苦缺乏感と、日本の農村の、今や絶對的な状態下にあると考へられる貧乏の維持の外相たる困苦缺乏とを、簡單に同一視することは、論理的に許されぬことである。ある種の困苦缺乏は、新ヨーロッパ的移民社會に於ては、早く克服せられたであらう。この克服の様式と思考によつて、本質的アジアの貧乏から生れる困苦缺乏は克服されないのである。この克服の様式と思考については、まづ歴史の言葉で考へ、換言する必要のあることは云ふ迄もない。

さらに困苦缺乏といふ形で云はれてゐることがらと、その内容について、人倫上の一切の見地から再考し、再檢討する必要のあることも論をまたない。我々の趣旨もこゝにある。道の恢弘はまづこゝに焦點をおかねばならない。しかし念のために云へば、小生は單純に文明の否定を云はうとするのではないのである。

農村に於て誰の目にも自明な改良策をこばむものは、固陋でもなく、無智でもなかつた。それはアジアの自衞そのものであつた。動力と肥料の改良が、農村をやがて荒廢さすだらうといふ若干の事實と杞憂も亦、別の形でそのアジアを勢づかせる。前者が悲慘な情勢アジアとすれば後者のアジアは本質である。この複雜なアジアを人倫として開放し、アジア自體のみちをつけることは、まことに將來の人倫の新しいルネツサンスでなければならない。しかし以前のルネツサンスがアジアに對して云はれたものでなかつた如く、來るべきものもアジアに對し云ふことばではない。アジアの道は不變である。アジアの人倫は永久に一つである。

日本の現在の文化國家論や近代主義化は、本質アジアと矛盾するのである。無數の鐵道支線を現狀の朽廢狀態のまゝに放棄しつゝ、何故に東京大阪間に展望車つきの特別急行列車を「平和號」と號して走らせねばならぬかといふことは、日本が文化國として、近代主義文化を持つ地帶として、これを內外に現すためといふ目的以外にないのである。これを「平和號」と呼び、「文化國家」「近代文明」といふものの實態を、これほど露骨に示した例は少いであらう。「平和號」を必要としない九十九パーセントの國民と乘客は、「平和號」のために、各支線の老廢車に甘んじ、その老廢車の乘心地の危險と、數年前の運轉數の三分の一位になつた囘數減といふ困苦缺乏に耐へてゐるのである。その代りに特別急行列車を利用する一握りの人々は、今やかの困苦缺乏から解放され自由となつたわけである。この東海道線の解放と自由と近代化のために、無數の支線は餘分の野蠻と困難と不自由と危險と未開狀態を耐へなければならない。戰前に於て、東京は旣に國際都市であつた、さうして日本の多數の農村は名分ともにアジアだつたのである。これは單に農村と都會といふ一般的な、封建時代にも共通する如き對立ではない。

さて、今日の文化上の一般の考へ方、及び日本のヂヤーナリズムの表むきの動向は、あらゆる支線の困苦缺乏からの解放を犧牲にして「平和號」を走らせるやうなことを、一切の文化と生活の面で主張してゐるのである。その理窟の筋みちはどこにもくるひはない。「平和號」をかゝる犧牲を拂つて走らせることは、近代文化國家たるを示す一つの標示だからである。

故に「平和號」は直接には誰の利益のために走つてゐるのでもない。それを利用する高級官僚と闇屋階級の陰謀とは考へることも出來ない。それでは一體誰の看板か、これも判明しないだらう。結局新憲法下の日本の國是を示すために、田舍の住民は、一日に三回位の汽車をまち、老朽車の危險に目をふさぎ、シートのない席に坐し、時には貨車の中へ、新聞紙を敷いて腰をおろすといふ種類の困苦缺乏に耐へねばならない。

しかもこの國是と困苦缺乏の關係は、明治以來の富國强兵策とそのために農村が困苦缺乏に耐へた關係に、あまりにもよく類似してゐるではないか。さうしてことのなりゆきから、農村はそのどちらが一方より高い目標をもつてゐるかと考へるに違ひない。さういふ時に僞瞞者と煽動者は、そこの隙間を利用して、己の野望をのばさうとするのである。「國際平和寺」の思想に對し、いさゝかも氣のきいた口をきけない筈の日本のヂヤーナリズムは、「平和號」に對しても、せいぜいその賃金が高いといつたことを云へるくらゐで、それ以上にどんなあたりまへの議論も出來ない筈である。料金が高いと皮肉を云ふのは、自分たちも乘りたいが、自費では乘れないといふことを云ふだけである。小生はそんな種類のことを考へもしてゐない。

我々はさらにすゝんで一般的なものと共に、將來の困苦缺乏について、あれとこれの立場から考へねばならぬ。その一つの現實問題は、生活を主點として、國籍が撤廢される可能性が見えてゐるかといふことを考へねばならぬ。近代といふものを、基準とすることの不當さは論外である。かくて結論的には、近代との對決といふことが、米作地帶の獨自の思想家の任務となる。近代といふのは、古くはルネツサンスより始まる生活のしくみである。汽車や自動車といふ個々の事物を呼ぶのではない。それは別のことばで云へば、東印度會社の成立以後、或ひは産業革命の過程、さらに別のことばで云へば、アジアの地位が、神の眼ならぬ人爲によつて決定され、ヨーロッパとアジアが別れた時代の謂である。單に汽車にのり電話を使用する生活の外形を云ふのではない。しかし我々が別の生活の形を豫想したなら、たとへば飛行機を棄てることもさほど困難でない。それらの文明の利器は、如何なる神の恩寵を證するために役立つたことよりも、人間の欲望の罪惡や野望の犯罪、慘虐と、狡猾と、壓迫と、支配のために、用ゐられた例の方が、數へ難く多いのである。

ものごとに對し親切を以て眺め、善意でなければならぬ。さうした觀點から、殊に無知なる人々が自衞行爲と思ひ込んだものを、青天のもとに、ますぐに伸すことに努力せねばならぬ。米作人口の、貧乏の維持を計つてゐるとさへ思へる、所謂固陋な考へを、傍觀して憐み侮る知識人も、責任からは逃避しつゝ、その外形に苦んでゐるつもりの子弟も、共にそのよつて來るに理由あるを考へ、彼らの數百年の經驗による叡智に同情せねばならぬ。口に云ひ得ないのは、既存の形で、その言葉と理論と發想法をもたぬからである。かくの如くに見るのが同情と善意の態度である。

理論的には精密の態度である。精密の態度なき時、血氣輕率の人は、必ず僞瞞に立脚した煽動者に奉仕するに到るだらう。かの煽動者らは、己の祭る幽靈や惡魔を、輕率な善人の祭る神とすりかへ、彼らに幽靈や惡魔を祭らせ、煽動して犧牲となす技術を了知してゐるのである。故に多事の日にこそ文學を深く學んで、美辭麗句の僞瞞性を見破らねばならぬ。困苦缺乏と貧乏を固守すると見える古い百姓の、その心持と考へ方を、その原因に於てさま〴〵に考へることは、今日の文學の緊急の課題の一つである。

十二

小生は米作農のしくみと、米作地帶及び米作人口の暗澹たる事情のみを見てゐるのではない。その現狀の悲慘さは、一應の見解としては、宿命的とさへ思はれるが、その中に既往の光輝と將來を恢弘する原理を包藏するのである。現狀の貧乏は卽ち光輝だといふイロニーがこゝに成立つ。

これは東洋の精神の、歷史に於ける偉大な人々や、先驅者たちが、理論としてよりも、その生成の理として示したイロニーに、相通じるものである。その生成の理は、時には求道として、時には美的宗教として現れた。その求道は通常云ふ宗教の立場と異り、その美的宗教は、一般の藝術といふ槪念をはみ出るものである。

この間の事理とその關係については、芭蕉が、その幻住庵記に於て、含蓄の多い心情に表白してゐる。芭蕉の詩精神は宗教と藝術の間隙を、急激に、疾風迅雷に、擦過したのである。近來に於て文化と呼ぶものは、この中間地帶に停迷する狀態である。曖昧と混沌の描寫狀態であるが、さういふ知的遊戲の魅力は、例へ最高のものに於ても、これを擦過した迅雷の魅力に比すれば、すでに問題にならない低いものであつた。その種の文化が魅力であるのは、すべて教養の程度によるものである。娯樂や興行界に於て、看客の階層が無数にある事實を以て類推すればよい。

東洋がイロニーであり、デイアレクテイク（辯證法）でない所以を即座に了解し得る人は、アジアの傳統精神の最高を、教養によつて、或ひは天分に於て、保有する人である。アジアは精神であつた。アジアには、近代を意味するデイアレクテイクがない。アジアはデイアレクテイクと全然別箇である。従つて第二次のアジアの發見は、デイアレクテイクを豫想するどんな考へ方からも生れない。餅の文化と麵麭の文化の對立を云ふ時も、我々はこゝでデイアレクテイクを豫想してゐない。かのアウフヘーベン（止揚）とは、近代を意味する精神上の薄弱と解せられる。

東方はデイアレクテイクでないとの意味は、芭蕉に於て、貫道するものは一なりと云はれたが、さらに明確な思想としては、宣長はこれを、古は今にあり、とのべてゐる。宣長に於ては、すでに單なる思想でない、實生活の中の、神の道義とせられた。即ち米作生活の中にある道の謂である。これが原有のアジアの本質である。

しかし、この貧乏が光輝であり、故に豐富であるといふ意味を、尋常の俗物的風流觀から、輕卒に納得してはならない。大名生活と乞食生活が對等するといふ計算は、一茶風の發想をとるとき、もはやそれは傳統とは云へない。むしろ利休の思想によつて、その霸道的要素をふくめて納得することの方が、眞を衝く可能性をもつてゐる。

その乞食生活の隱遁詩人らが、つねにその懷中に暖めてゐたものは、源氏物語や古今集であつた。これら王朝盛時の女性の文章の豐麗な花やかさの根柢には、刹那にそゝがれたきびしい全身全靈的表現の氣魄にみなぎつてゐた。人間の無意識動作に、無意識狀態で注がれてゐる全身的なはげしい作用は、宮本武藏の如き藝術家によつて描かれた時、その霸道的なものの表現に於ても、完璧に近いものがあつた。草の葉をすべりおちる螢が、その刻々にかけてゐる、目に見えず意識せぬ激しい努力を、人間の力の極致のものにつないで、あらはに表現することは、文藝に於て霸道的なものの完成の一例である。王朝盛時の文藝に於ては、かゝる刹那の寫生も、隙のない狀態で、意力と氣根の最高極致に於て、女の筆ながら、當然の如く描かれてゐた。しかし國學者は王朝文藝迄を古典として新古今集以後と別つた。彼女らの藝術は、この人間と人爲の極致といふ霸道的表現をこえて、次の一瞬に神の秩序に入つてゐるからである。王朝に一線を劃する古典性の論據はこゝにあつた。實例として例へば武藏の藝術と比較する時に、一層判然とするところである。

これは王朝文藝のたゞ一面の事實である。しかしこの刹那々々のはげしさが、人眼につかぬ、神の世界のもの、神の秩序であることが、我らの日常である。我々はそれを異常な狀態に於て發見するからである。我らの生理に於て、專ら重要なものは、今なほすべてこの神の秩序に委ねられてゐる。身體の生理に於て、植物的な樣相を示すものが、大體これにあたる。この種の刹那を人爲的に意識した最高表現の一つが武藏の藝術であつた。王朝の文藝が同じものを描いて神の秩序を肯じたのに對し、武藏や島木赤彥は藝術表現上の霸道をほゞ完成してゐるのである。

これらを枯淡と評し去る如きは、俗論の甚しいものである。人間の藝術、もしくば藝術に於ける人間の最高の表現はこゝにあつた。すべりおちる螢の刹那々々のはげしい努力は、少しも意識されてゐない。彼はすべりおちた瞬間に、さはやかに、糸をひいてとび去るのである。武藏の一種獨自の寫生は、この飛び立ちを考へることに目もくれず、たゞ刹那のはげしさを描いた。運慶や赤彦に通ずる人であつた。彼らは驚くべき己の神を祭つてゐたのである。この最高で深奥な人間表現は霸道の一つの極致である。乞食生活の若干の隱遁詩人らにも、その極致があつた。己らの道の教典を作らず、王朝盛時の文藝を懷中にあたゝめてゐた事實は、俗物的風流觀を拒絕する證據である。

我々はこの種のイロニーの成因と、その表現を改めて考へねばならない、まづ俗物的風流の皮相なエゴイズムを一排し、さういふ俗論の暗示による偏狹觀を、一排せねばならない。しかし古典時代の隱遁詩人の形式は、陶淵明は申すに及ばず、杜甫の場合さへ、乞食生活でなく、農耕生活が原則とされてゐたのである。これが東洋の文人に於ける隱遁生活の古典論であつた。

この隱遁が、理論的にも生活的にも、乞食生活に變貌したことは、中世の人々の場合、自身の出生に從つて、封建的官僚生活の實體を洞察したところから始まつたものであらう。封祿給與によつて生活し、自らの生產生活をもたない生活形式を呼ぶのに、支配といふか、乞食といふかは、深く思ひこらせば語法上の差異にすぎない。或ひは見る眼の大小によるにすぎない。たゞ彼らのイロニーの淸らかさは、支配の犯す罪害と、乞食の犯す罪害を比較計算することが、わづらはしいと觀じたところに、發生したものの如く考へられる。その比較計量の技術を素朴な無智だと知つたのである。かうして本邦中世以降隱遁詩人は、大名と乞食を同一視して了つたと考へられる。對置し比較することをさへ輕蔑したのである。この反面で、隱遁詩人の古典論とその樣式は次第に曖昧となり、風流觀は漸次に低下し俗化した。古典的なアジアのイロニーが、漫才師的語法に轉じ、風流人が滑稽藝人化するといふことは、かうした經過からであつた。俗化した乞食生活の風流觀によつて、アジアのイロニーを考へることは、その一見の類似の故に、警戒を要する。

この意味で、古典的隱遁の樣式と、風流の眞髓といふものを考へるためには、アジアの農が古にもち、將來に描いてゐる理想とその世界を考へ、この道と云はれる唯一の道を解することが前提である。そのイロニーの發見が、單なる美的な放埒でもなければ、デイレツタンテイズムやデカダンスや、あるひは詩的放蕪でもない所以は、その後に發見されるだらう。それはエゴの中に、閉ざされた世界でなく、光輝に向つて開いてゐる世界であつた。それは個立や多數でなく、道であつた。萬人の公道であつた。眞理は多數なりとする近代思想と異るのである。さらに具體的に云へば、釋迦や孔子の云ふみちでもなかつたのである。

それを文人の文といふものに象らうとしたと解してよい。しかし我國に於ては、その原理を思想體系に立てるよりも、その原理による生活の氣分を表現しようとの思ひが先立つた。その時この文といふものの立場は、表現としても、當然異常に高く深い生成の道となる。唯一の道の人倫に於ける生成の理を現すために、思想としてでなく、生活としての表現をとらうとする。萬葉集の若干の作家が、それを文雅の思想として象つて以來、王朝を通じて脈々とつゞき、幕府時代の出現と共に、意識的に明確な隱遁形式を形成した文人の道が、その一貫する典型である。後鳥羽院以後の隱遁詩人といふ形に描かれる生成の理は、後鳥羽院を御開祖とし、芭蕉につゞく精神である。この意味の風流の系圖は、この時代の道のあり方であつた。

しかし現在の小生は、その氣分の歷史よりも、その道の恢弘の基礎について、彼らの關心に於ては、自明として、直ちにその氣分の方にひたり、一見すれば、放棄したとも見える點に、今日の思ひをよせ、今日の狀態に於て、かの自明を恢弘することに心をいたすゆゑに、前代隱遁詩人のゆき方と若干異る生成の道と、表現をとることを考へたのである。

彼らの、道ある世ぞと人に知らさんとする念願が、世捨といふイロニーに展開したのである。一つの面を例とすれば、豐かさを貧乏によつて表現する方法をみいだした。但しこれは芭蕉の言葉で云へば流行である。しかしこのイロニーは、反動として表現したのではない。

アジアの現狀の貧乏は、眞實の人倫の豐かなものと光あるものをふくんでゐるのである。これを一言に表現することが、西行に於て、雪舟に於て、或ひは宗祇に於て、又芭蕉に於て、最後の念願であつた。富貴の希望より失墜して、貧困の風流に入つたのではない。美食に飽きた者のお茶漬ではない。最も大きい目的をもつたゆゑに、彼らはイロニーに於て、風流を發見し、これを形成しようとした。彼らはそれを理論的に展開することが、愚劣であり無智であり且つ矛盾であることを了知してゐた。最も確かな眞實を愛した人々は、この千萬言を羅列しうる思想を一句に表現し、さらに思想の眞實に從つて、これを自身の生活に表現する絶大な努力を拂つた。芭蕉は彼の無盡藏な語彙で一つの空粗な理論體系を作る代りに、それらの語彙を自ら壓殺して、僅か十七文字に、同心者の心底をつく文藝を發明したのである。小生は今日彼らを尊重しつゝ、一歩進んで、人がその生活の古典性に考へを進めることを念願するのである。

十三

今日のアジアは現實的に見た時もイロニーである。こゝにデイアレクテイクを説かうとする、狡猾な煽動者をうけ入れてはならない。イロニー的デイアレクテイクから、遂にデイアレクテイクの確定する、十九世紀的思考法の經過は、解放過程の市民的自由から新しい市民的專制への移行を現す思考法にすぎない。別の形で云へば、詩人の時代から、策士の時代をへて、ボスの時代に移つたにすぎない。誰でもが專制者と支配者になれるといふ時代は、野心ある人間にとつて魅力である。同時に神に歸依する心も、大體の人間にとつて魅力である。一つは近代であり、一つは中世の氣分である。古代とは、このいづれの時代でもない。しかし今日はこの二つの氣分の混沌狀態にある。自由と合理を口にする現代人は、未だに專制と支配を憎み追放することをしてゐないし、又各人の心もちの中から非合理な歸依心を追放する努力もしてゐない。彼らが如何に事大主義であり、ボスに對して從順であるかは、日々の新聞に於て、啞然と了解するところである。

アジアの原則がイロニーであつたことは、過去の精神史に於ては、內部的問題であつた。卽ち精神が俗物に對立する形をとつたのである。しかし今日に於ては、アジアの原理は、自體がイロニーであるとともに、市民社會系統の近代文化とその進步を云ふ原理に對し、斷乎としてイロニーであるといふことに、今日の意味がある。小生はこれをデイアレクテイク化して主張するものではないのである。

アジア的な文人生活から農耕を除外するとき、卽ち末世的浪曼主義が現れるのである。それは多くの場合、無知が因をなしたやうであつた。竹林の賢人や、前朝遺臣の文學には、農耕生活が道義的氣分の役さへなしたのである。老子の系統をひき、無爲の敎をくんだ筈の道士の徒が、かの高壓と高熱の仙爐の中で、不老不死の靈藥を創造せんとした努力は、どういふ種類の浪曼主義であらうか。生命を人工的に作らうとする努力と、萬有を還金せんとする努力が、もし成立した時とは如何なる時を意味するだらうか。この神への反逆が成立した時、その人爲的な人力の極致の實現が、如何に笑止な結果に到達するかを、彼らは寓話として表現してゐるのだらうか。不老不死の藥は、公共の觀念を否定する排他的利己心に於てのみ成立したのである。これが始皇帝の意味である。

多數と道とは別箇であるといふ意味に卽して、十九世紀的な市民思想、卽ちデモクラシーといはれる原理と、藝術は兩立するものであらうか。さらに極端に云へばアインシュタイン以來の二十世紀科學と、デモクラシーの原理との關係といふ問題は、今や情勢論として考へるべきことと思はれる。十九世紀科學はデモクラシーに對立せず、むしろ一體だつたのである。しかし藝術の創造と十九世紀的思想の動向とを何によつて宥和するか。

今日に於て、將來をおびやかしてゐる御用思想ないし御用藝術の考へ方は、十四世紀的中世紀教會に於て、或ひは秀吉の大廣間に於て、考へられなかつた形のものである。作らせる側も作る側も、完全に異つてきた。人が十九世紀的デモクラシーの洗禮をうけたといふ事實は、こゝでも明らかに現れるのである。多數決と價値が果して矛盾しないかといふ問題の解答については、藝術の世界では、唯一人として現狀に對し空粗な樂天主義をもつてゐない。文學は詩人の手にあるものであつて、誰でも扱つて效果の出る道具があるのではない。道具はデモクラシーである。眞詩人に對しては、多數は何の壓力ともならない。デモクラシーに生色を與へたのは科學であつた。しかしその科學に於てさへ、文學に於ける詩人といふものと相對する意味で、科學者といふものが考へられてゐる。けだしわが文明開化教育に於ては、科學を學ぶことと、科學を扱ふことを教へられつゝ、科學者といふものを、近代科學の傳統を通して了知せず、勿論所有もしなかつたのである。

方法によつて文學は生れない。文學者のみが文學を生むのである。この自明のことがらを、近代の御用藝術論（マルクス主義藝術論の如き）は否定し、そのために十九世紀的な科學の事情と對置して、その說を合理づけ納得せんとしてきた。この十九世紀的思想に對し、特に我國に於ては、文明開化的に輸入したこの思想について、深重な批判を加へる必要がある。十九世紀小説文學の出現と多數決政治との間に、ことさらな關係を云ふことは出來ない。多數決とデモクラシーは、國際興行市場を開拓したが、藝術自體に對しては、何ものをもつけ加へなかつたのである。

舊時代の御用作家たちは、その專制君主を超えて神を描いてゐた。この間の事情と、そこから起る文學上の現實問題について、ゲーテは晩年の西東詩集の中で深刻に考察してゐる。遺された實例に於て見るなら、多くの舊時代の御用作家たちは、御用藝術といはれる公稱作品に於て、專制者が支配する現實以上の何ものかを描いたのである。さうしてあらゆる專制者の現實的政治力が一切消失した今日、なほも生き殘つてゐるものは、その作家たちの描いた、專制者の霸道以上に强烈な彼の支配である。最高な詩人は、專制者の政治力を超えて彼方の神を描き、第二級の御用作家らは、專制者の現實的支配と對抗するに足る、その霸道的支配を藝術として描いてゐた。專制者の支配力が消滅した今日に於ても、これらの作家の支配は依然と殘つてゐるのである。

この關係は對抗といふ形である。永德の鷲は、秀吉以下の諸侯を睥睨してゐたのである。今日に於て、それはかつてあつた以上に絕對的に睥睨してゐる。人間界のつゞく限りそれは永遠に停止するときがない。かつて彼がそのために描いた霸業の一切が消失した今日も、なほ人間界に爭鬪と征霸の持續する限り、彼の藝術は何ものにも一歩をゆづらず、存續を宣言して止まないのである。今日の御用藝術論とその實踐は、詩人の批評の對象とならない。それは藝術でないからである。

十四

アジアの傳統的な精神といふものと、十九世紀の所謂、新ヨーロツパ、もしくはその自由民といふ思想、卽ち今日の我國で基本人權風に解釋されてゐる考へ方とは、完全に無關係である。そのことを今日の思想として理解することは、今日のアジアのイロニー狀態をさとる所以である。

日本がアジアに存在し、しかもアジアでなかつたといふ、近來の歷史的ないきさつについては、すでに述べた通りである。日本の恢弘の原理の第一步は、これを反省自覺するところに始るであらう。卽ち日本に於てアジアを發見する謂である。原理の問題である。時務の問題でなく、方法を云ふのでもない。時務のさきに、道の恢弘があらねばならない。

東洋のイロニーに附隨して、かつて東洋の精神が生成の理とした淸談について、回想する必要がこゝで起る。むかしが死滅した無生命の謂ならば、すべての回想は當然無意味である。しかし回想は如何なる人に於ても、手段か直接かを別として、何かの生命となる。人によつて段階あり種類あるにすぎない。ことさらに求めあてた回想の場合さへ、その意味の多少の生命を藏するものである。先方からはからずも訪れてくる回想は、しば〳〵神のものである。この一番大切なものが、今日の所謂教養の文化の中になく、戰後の文藝の中にないのである。だから若干の若者が、フランスの保守派の模倣をしようとしても、それは絶對的に不可能である。今もわれらの耳にひびくものは、一晩に三百人位つくりうる種類の文筆家のたゝく太鼓の音にすぎない。これが戰後日本の文化事情である。だから忙てて、氣のきいた國や國民のさまを模倣することを考へ、それを實演してみても、結局別の太鼓である。

清談の性質は、辯證法ではない。最も高級純粹なイロニーである。由來東方の先人は理論を得意としなかつた。思想を思想として發展せしめようとか、思想といふ體系をこね上げることを考へるまへに、眞向から生成の理法とし、思想を生活化しようとしたのである。さういふ形から生れる表現が清談である。そこには今日の尋常に云ふ辯證法はなく、序論結論をそろへる論證の形は、一切無視せられるのである。

清談は古典的意味に於ても文人の生成の理を云ひ、それは外見上は情勢論に對立するものとして考へられたが、單に外形が對立するのでなく、發想を異にするのである。情勢についての無知や、無視の謂ではない。今日の實生活者が情勢に卽して求めてゐる問は、大體に於て二つのうちどの一つかといふ點にある。これは情勢が切迫するに從つて、躍進的に單純化される性質をもつてゐる。具體的に、且つ斷言的に、生き方のその日の現實問題の解答として要求する。その間、發問的な言語遊戲に興味をもつ餘裕を生活的にも失つてくるからである。清談の樣式と發想はこの場合、その二者選一の發想をとらないのである。これは傳統的に清談を解釋して云ふのであつて、さういふ形の第三の思考を作らうとするのではない。

もし今日の人が眞に平和を求めてゐるなら、何かの爭鬪權力に依存することによつて、それが可能だとは、たうてい考へ得ないであらう。又爭鬪權力の宥和をはかるに足る實力も理想も、又それをなす信念も信仰も、どこにも存在しないことは、自身が最もよく知るであらう。近代をもととして考へるなら、近代に對抗するに足る實力は、一切を失つたのである。我々が近代に立つなら隷屬以外の關係は生れぬ。我々が自主であるためには、別の原理を必要とするのである。かくして近代の諸權力に對する、ひたぶるな祈念と懇望といふ恥しい智慧のない結末が、現實的に如何に無力かを悟る時、こゝに宗教の救ひといふものを考へる可能性が起る。

さういふ政治力をもつた宗教が、果して存在するかといふ問題にゆき當る時、國際的宗教の傳統をもたず、實質を身につけない者らは、たゞ困惑して、例の「國際平和寺」の如き狂氣の沙汰を、一分の誠意と一分の質實を以て構想する始末となる。これは一箇の「國際平和寺」の發願者の問題でなく、現行日本ヂヤーナリズムが、日々に示してゐる實態である。

清談といふのは、さういふ宗教の中や、現行ヂヤーナリズムの祈念の中に發見されぬ發想であつた。苛酷な言論彈壓下の着想といふのでもない。もし既記の平和を愛する人々の場合を以て云へば、第一歩に於て、まづ絶對平和の成立する生活といふものを考へ、それによつて發想をひらいてゆく。この場合に絶對平和の根柢と、可能とは、別箇に考へられてもよいと思ふ。その生活を實現する方法に於て、清談といふことばの名分が、自ら實證されるのである。それは宗教でもなく、又情勢論でもない。政治論でもなく、戦略論でもない。さらに、人を指導したり、支配したりすることをもとにして考へない。しかし少くとも一人は守りうる道であるといふところに、清談といふものの名分と性質がある。従つてそれは、云ひ方の曖昧さにかゝはらず、近代人風のエゴイズムではない。さらに現代風の黨派的エゴイズムでもない。清談がその字義の名分を保有する所以は、それが道の本道に立脚するからであり、それは自體として一種の理想の生活實體だからである。

古典時代に成立した、清談の由來は、今日ふかく回想されねばならない。しかもその理念を、道の恢弘を旨として考へねば、その隱遁外形の模倣か、あるひはさういふものを對象としての否定に終る。謬れるの甚しいものと云はねばならぬ。清談の根柢となり、且つ一人にして行ひ得る、個々に於て行ひうるといふ理想生活は、古道の生活をよりどころとするものである。情勢論の無視は結果の外形にすぎぬ。一種の政治的隱遁の謂でもない。それも結果の外形にすぎない。自然のみち、自然の生活、卽ち神ながらの生活の恢弘、一層明確に云へば、個々に於けるその恢弘が、清談の根柢だつたのである。理を立ててそれに入つたのでなく、生活の實より、おのづからその理が貫道したのである。舊來の學人の如くに、その生成の理を無視し、非難することは、この意味で、あたらぬことと云はねばならぬ。

十五

名實ともにアジアたることを自覺した日本が、今日の近代的爭闘裡の、罪惡と野望と悲慘と不幸と原罪とから、どういふ形でアジア本來の平和に脱出するかは、よほどの決意がなければ言ひ出し得ぬことである。この意識は强制すべきではない。あくまで希望と光輝と自主を確保する必要がある。その恢弘の道は、必ず神の道徳に立ち、神の道徳は神の生活を別にしてはないのである。

既成を信ずる必要はないかもしれぬ。人を説服しうると考へる必要もない。説いても理解されぬことが多いであらう。さういふ一切の自負を捨てよ。人に期待する勿れ。神を信じよ。己の神性を確め、それが人の神性と結ぶ信を信とせよ。觀念の神をたてて、道が一つなることを信ずるまへに、神ながらの生活の道に於て、一つなる實體の道を生きるべきである。虚妄と矛盾によつて、やす〳〵と僞瞞される如き智慧や、幽靈と暴力によつて脅迫される如き意志は、一掃せねばならない。この種の無智と卑怯の克服は、封建時代の人間修業にあつては、第一歩の問題としてきたところである。小生の歸國當時のラジオは日に幾度となく、僞された僞されたとくりかへし喚いてゐたが、あゝいふ宣傳の效果は、どこで何ほどのものがあつただらうか。僞されるといふことは、情態にもよるが、元來は人間の智慧の淺さ、意志の弱さ、慾の深さによるものである。人間の名によつて、智慧の淺さと意志の弱さと慾の深さを認めることは、近代の植民地文化に共通するところである。

反道徳といふことは、か丶るものとは全然正反對の強い自主獨立の態度である。

しかし精神の歴史的發展の時期に於て、各民族と各國家が、大差ない歩調で同じ出發點に立つことがなく、同一段階を同時に卒業してゐないといふ、瞭然たる事實が、國家間のあらゆる不幸と絶え間ない爭鬪の因をなしてゐる。これが一國一民族の內部に於ての場合ならば、風流或ひは隱遁の俗な形式に於て、多少宥和し、或ひは一方が他を無視するといふ關係を構想し、時に於てそれが藝術の母胎となることもあつたが、國際間にあつては、內外の事態に於て、不幸は自乘され國際的悲慘の主因をなす觀さへある。同一時期に、同一學年度を卒業せぬといふことが、不幸の因である。しかし精神の最下級間で暴力をたくはへ、それが對立するといふ場合が、最も不幸である。

この點に於て、進歩といふ概念は、祈念として、願望として、或ひは理念としては存在するが、歴史の實體として存在しなかつたのである。開祖老子の、無爲の道に生き、神の教へのま丶に農耕に從ふ、自然の教を傳へる筈の道家の徒が、不老不死の錬丹術を始めたことは、果して進歩であらうか。例へそこで生命が創出されるとしても、その結果を想像する時、一つの笑止にすぎない。されば錬丹を錬金に轉ずることが果して進歩であらうか。人力を以てして、何かの生命をも產み出し得ぬといふことは、神の秩序だつたのである。產靈信仰は、必ずしもこ丶から生れたわけでないが、大體に於てこの考へ方と一體である。これに信從した者と反逆する者とは、老子の徒の歴史に於て、巧妙に諷されてゐる。徹底した自然の道への信從家だつた老子の門から、この自然秩序に反逆する道士の徒が出、彼らは不死の丹藥をねり生命を創造しようとしたのである。彼らは科學の徒であつたのであらう。

しかし生命の秩序は、人爲で創成されないのである。その創成が完成する場合に於て、この結末を想像すれば、神の秩序への信從のみが、平和の原則なることを改めて了知するだらう。それは、原始の狀態に歸るに過ない。この原始の神の世界に、現實の今があるなら、近代の念願の究極が、今こゝにあるといふ謂となる。たゞ異ることは、その過程に附隨する諸多の爭闘から卽刻釋放されるといふことである。過程の浪費を、進步と誤認してはならない。罐詰工業の盛大化は、麥の穗の落下を防いで、これを運搬しうるやうに改良した努力の結果ほどに、歷史にとつて決定的でないといふことは、近代とその爭闘を根柢としてゐない思考者には、卽座に理解されるところである。

世俗的な偶像のとりかへ工作や、野望の公平な分配は、決して進步ではない。小生は基本人倫を旨として云ふのである。誰でも金まうけが出來るやうな世の中になし、誰でも若干の權力を振ひ得る世の中にし、誰でも役得にありつけるやうな世の中にする、といふ約束が、今日の社會主義の本態であるが、その場合にも公平や平等はあり得ない。表面は多數決により、實際の運營は獨裁するといふ考へ方は、封建時代に名君と云はれた專制者の政治の實際であつた。この場合進步概念はどうなつたか。進步はどこへ行つたか。今日の課題は、不屈不撓の强硬な清談を、あらゆる言論に於て囘復するにある。

多くの人々は、情勢に對し、素朴に、己の生き方の結論となるものを求めてゐるのである。現實に對する無氣力のために、結論と斷定をはぐらかせた類の言論や、その表現者と語る代りに、既に現實の人々は、切實の情態で、切迫の處生を問うてゐるのである。停迷と反問の狀態を曖昧な形でくどく長く、時々は所謂學術的難解さで現した類の、現行言論に對する興味と魅力は、殆ど失はれた。生活に餘裕なく、心は誠實になつてきたのである。かの理論的遊戲の低級な魅力を、文化と云ひ、學問といふことは、今日の僞瞞の大なるものである。そこには根柢の斷定と信念がないゆゑに停迷は漫才藝にとゞまり、高度の魅力は生れぬ。賣卜的擬似宗教教團と共產黨が强力になるのは、この兩者には、ともあれ一種の政策論的斷定があり、且つ安價な安心をみたすに足る、無數の政策論的結論を供給するからである。故にこれらの周圍に於て、今や精密な學術は少しも行はれず、ます／＼素朴單純な、政策論的指示と情勢論的斷定が、賣卜者流に安ずる類の低い精神に、輕薄な安心を與へることによつて、きはめて廣範圍に擴まり、それを支配してゆくのである。

日本の運命について、共通する思想と、信念をもつ人々に對し、その根柢の線を貫きつゝ、今日の人々にふさふ魅力と興味を與へるところの、文化文藝の領域を開拓することは、すでに緊急事と思はれる。それは學術と藝術の成立する領域である。單に素朴な信仰のみでは滿足しきれぬ人と、さういふものに對し經驗による危惧を味ふ人との存在を考へ、その危惧の正しさをみとめるゆゑに、小生はこの傾向を要望し、合せて己の思ふところを云はんとするのである。

十六

國際的宗教に對するわが國人の不信は、必ずしもその本質批判に立脚せず、多くは、それについての無智と、傳統の缺如からくる結果の場合が多い。しかし我々に必要なことは、その本質的な批判である。それらの根柢となつてゐる觀念を、洋の東西に照らして明らめることである。

米作地帶の知識人におそひかゝつてくる、不幸と悲運の實相の多くは、近代の常識に於て、あり得ぬと思はれる種類のものであるか、もしくば個々にみれば、他人に於て、もしくば他地帶に於ては、すべてことなく解決せられた問題と見える。時流に乘つた輕卒な評論家が、それらを冷酷に事もなく否定するのは、かゝる理由からである。しかも最も無造作に、近代に於て解決せられたと見られる不幸と悲運が、生活の上で何とも處置できない、といふ現實から、その救ひを宗教に求めんとする事實は無數にある。すでに早く近代に於ては解決せられたといふ問題が、こゝでは處理の方法がないといふ不幸は、米作地帶の生活特色をなしてゐる。これは近代と別箇の見地から、初めて解決の緒につくものである。こゝで近代的改良論者の薄情を、小生は再び强調するのである。

かうした米作地帶の宗教感覺は、高級な神學や宗教哲學の慰戲を喜ぶ代りに、あくまで素朴な信仰を求める。彼らの宗教は、生きてゐる者の書齋の飾物でも、觀念上の慰戲でも、趣味上の方便語でもない。最も原始的な宗教形態として、死者が必要とする宗教を要求してゐるのである。前途には死以外の何ものもない、しかも、人間から顚落してはならぬといふ、己の內部に發する最後的な至上命令を奉じつゝ、直面した最も悲慘不幸な狀態から救はれることが、彼らの宗教に要求するものである。故にその求むるところは、素朴であり、單純である。それは十分に理解され、又理解せねばならぬ。この死とは、精神と肉體を合せ云ふが、臨床的病患の狀態のみを云ふのではない。かつて本願寺敎團の基礎となつた、一向一揆の徒は、死の大衆であつた。彼らは親鸞的な救ひをきくことの出來た人々であるといふ事實と共に、死以外のことを想像せぬ徒黨であり、故にその性格は、最も果敢な大衆的軍團だつたのである。

宗敎に向つていつた古來の心は、衆團や民族の强ひられた移動といふ事實を除外しては考へられない。普通に云ふ國際宗敎の成立は、民族と民族との接觸から、一方が他の居住地帶に移動するに當つて、自らの祭祀と生活樣式をもちこむ時に生れる。この時、原始狀態の下の神聖な統治權の發生は、實に宣戰權に導かれた。

移動を開始した民族の必要上切迫した考へ方が、主義や思想や宗敎として成立するのは、その侵略に關する思想が、絕對にまで高まつた時、宣戰權に導かれる。我々の知る今日の國際宗敎は、その原始の祭祀や神との關係を殆ど失ひ、その絕對思想より成立した後のものであつた。

この時他民族からうける正當な反抗に對する發想、卽ちこの侵入者に對して、自己の權利、卽ち生存權と生活權を防御する者を、不正とみなす論理の發生と、進んで相手を敵とみなし、さらにこれを觀念化して惡魔に構想する思想の發生と云つた事實が、國際宗教を增大し、その神學を形成する主因をなす。聖書のモーゼに關する四章は、この種の經過を詳述してゐる。出埃及記に於けるイスラエル人のエジプト人に對する殺戮と陰謀の計劃の巧みさはその適例である。

近代に於ける日本人の最も良心的な惱みは、所謂國際宗教と、その基礎の市民生活が、日本とアジアにとつて、果して正しいかといふ疑問であつた。我々の個々が、近代的生活をし、近代文化を享受することは、その可能性を第二として、その理想や希望を、我々の祭つてきた神がうべなふであらうか、と云ふことであつた。

自身の欲求と生活に合せて、新しい神を祭ることは、一般には非良心的でないかもしれないが、近代のアジアに於ては、それが同胞と同系民族に對して、事實上非良心的であつた。求信につきまとふ疑問と反省は、ヨーロツパの良心の了知し得ぬ、近代アジアの煩悶である。

新しい國際宗教への轉向は、我々の市民生活を氣樂にする代りに、アジアの良心を蹂躙するのである。アジアに於ては、最も貧しい生活に入ることによつて、初めて良心は安堵する。單に國內規模に於てでなく、アジア的規模を考へた時に、さうであつたといふことが、近代アジアの實狀である。我々は神の子であるまへに、日本人であり、アジアの民であるといふ事實が、あまりにも具體的にして、現實的だつた、決定的だつたのである。

今日、眞實必要として求められてゐる宗教は、生者の修飾や趣味や慰戲の類ではないのである。末世とは、露骨に、生きてゐる亡者が、死者の宗教を求める日の謂である。おびたゞしく現れた擬似宗教の中に、あるひはその心の底には、恐らくさうした素直で適切な意向に應へるものもあるであらう。その特色は、明確で、狂的で、素朴で、絶對である。すでに死者である彼らに對しては、生死の覺悟の如きを問ふ必要はない。たゞ一つの嚴密な信念によつて、行動をおこす、この既定の事實の如き信念の根柢を問ふことも勿論必要ないのである。

小生は國際宗教のもつ僞善性を批判する反面で、この新しい宗教的氣運に對して、最も危險感をいだくのである。我々はこれらの傾向を、その人々が素朴單純だからと云つて、輕んじてはならない。一向一揆の單純さは、正に親鸞の教をうけとり、それによつて救ひを感じてゐたのである。外見の單純は、むしろ生活と心的經歷の多岐複雑さを藏してゐる。彼らは遊びのことばに慰められることを停止し、最後の一言によつて、生きてゐるのである、我々が親鸞にもつ近代學術的魅力以上のはげしい魅力を、彼らは、生活、環境、經歷を通して十分にうけとつたのである。別に例を云へば、惠心僧都の構想した美的宗教にも、劣らぬ物語世界をつくり上げた末期王朝の最高女性らは、名も傳らぬ說教僧の說に、隨喜歸依してゐたのである。近代の思ひ及ばぬ心理文學を描いた新古今文壇の天才女性たちが、法然の俗話に、熊谷直實と同列で歸依したのである。

現在に於て國際宗教の特色とする、とりすました學術性や、文化的修飾性と無關係なところに、原始宗教の如くに生命をもつた宗教は存在する。しかしそれが、死の宗教であり、その端的な素朴單純さが、所謂新興を群出する根柢を形成してゐる事實を、我々はふかく考慮する必要がある。通常の現實界に於ては、賣卜者に安心を求めるか、新興宗教に救ひを求めるか、共產黨に安息の場を見出すか、そのいづれかが現代の最も卑近な安定感である。さういふ様式と別途をゆく者の中には、現實の政權と利權に巧みに便乘した者らがゐる。これらの様式のものの徒黨的組織が、今日の現實を現出してゐるわけである。

國際宗教の本質に對する批判に附隨し、近代の悟性的宗教の自己崩壊の現状について考へる必要がある。この両面の觀察に於て、所謂既成宗教は、すでに人心に於て自滅し、今日云ふところの宗教とは、既往の宗教概念にないものに轉じてゐる意味をさとるであらう。近代の創作した悟性的宗教は、すでに慰戯的魅力をさへ失つたのである。卽ち美的でも藝術でもなくなつたのである。

これにつけて、近代のメルヘンの矛盾とその自己崩壊といふ事實を、考へるべきである。近代のメルヘンの崩壊は、第一次世界大戰後のフランス文壇の新時代と、その二流的文人によつて擔當せられたものであつた。彼らは一切の外飾を排する時、おのづからに近代のきたならしさ、ものほしさを、露骨に表現したのである。しかもその破壊と反逆は、何の方向をももたなかつた。その反動的行爲の單純素朴さは近時の新興宗教の底流と、何ら異るものでないのである。彼らのもつ慰戯的なものに、多少藝術的魅力があるといふのは、末期の人に對する同情言にすぎない。彼らは藝術に對する近代のメルヘンを否定しつゝ、最も可憐單純なその憧憬者たる己の內心を、自ら告白暴露して了つたのである。しかしこの、誠實を失つた僞りの心情によつて、近代のメルヘンへの憧憬は、漸時人心から消滅していつたのである。

しかし近代に於て、高い趣味と教養を自稱する者の間に於て、藝術に混淆した形の宗教が成立してゐるやうである。文人の斷簡を尊重信仰する傾向も、過去の職人の作つた雜器を信仰することも、いづれもあまりゆたかでない中産階級の信仰生活の一つの現れである。ピカソの作つた陶器や、マチスの毛筆墨繪を、大教會の法主の護符と同じ意味で尊重する氣分が、即ちそのブルヂヨア的形態である。かうした一種の安心を思ふ信仰生活が、廣範圍に存在することは、注目すべきことの一つである。マチスの毛筆畫が、大教會の法主の護符にすぎないといふ小生の云ひ方に、不滿をもつ人に對しては、マチスの經歴と、大教會成立についての原始基督教以降の歴史と、この二つを比重することを要求する。さういふ歴史の權威を、人間の名によつて認めないといふことは、輕卒な議論である。その教會史こそ、最もすぐれた人間たちの歴史でないか。寺の建物だけを見て權威を感じるのは、俗な美術史家のみである。一般の信者は、その建物をつくつた歴史、その歴史に動いた人々、その人々の生活、自らの父祖代々の生活、すべての身に即した思ひ出から、參詣道を歩いて、かの五重の塔を仰ぐものである。

さきごろ來朝した一フランス人教授が、京都博物館で志野や織部を見て、ピカソのめざすところはこゝにあると語つたと、當博物館員が傳へてゐる。この教授が藝術を解する人なら、かやうな阿呆な云ひ方をしなかつたと思ふ、嗤ふべきことだからである。勿論このことは、通譯者で間違つて傳へたものかと思はれる。しかしかゝる言葉に感心する博物館員の心細さが、小生には耐へられぬのである。もつと早く志野や織部を見たら、ピカソはその思付を止めたかもしれないといふのが、ピカソの眞意をのべ、その藝術をほめる所以である。このやうに云ふのは、このフランス人は、ピカソを認めてゐると思ふといふことを前提にしてのことである。志野や織部は今日の藝術と云つたもののもつ、ものほしげな意圖など少しも藏してゐない。もつとも小生はマチスの墨繪も、ピカソの陶器も、寫眞版でみて、その輕さが、大敎會長自筆の護符と等しなみのものと見たのである。こゝで志野や、織部と、かゝるピカソの陶器を比べてゐるのではない。その全生涯の數多の作を通じての藝術家ピカソと、志野の一個の作品とをくらべて云うてゐるのである。

志野のもつ意味が、もし我々の二十代にわかれば、我々は完全に藝術の希望を失ふだらう。ゲーテは最後の時代に入つて、もし自分がシエクスピアを早く知つてゐたら、自分の作を描かなかつただらうと云うたと傳へられてゐる。齋藤茂吉は、六十歳の頃に、つひに自分は人麻呂に及ばぬことを知つたと書いた。茂吉は自主傲然の藝術家であり、誠實をとどめた詩人であることを、この一言で表白したと、小生はその時に思つたことであつた。しかし今日のわが洋畫を代表すると云はれてゐる一作家は、齡六十にして富士山ととり組むと宣言してゐる。小生は藝術の見地、詩人の立場からして、かやうな宣言が、作家のこの上ない無氣力を表明し、藝術家の好ましい傲慢と誠實との、全く反對のものであることを明らかにしておく。

さて志野や織部の作品は、今日の藝術家が、もし自分がこれらを早くから見てをれば、自分は今迄の制作をしなかつただらう、と云ふにふさはしい作品である。近代藝術が人間くさいものなら、これらは神のものである。作品の上ではそれだけの差異である。

小生は萬葉集の强烈な歌に對抗したいと思ふよりも、古今集の神樂歌あたりを口まねしたいといふ念願にゐるのである。人くさゝの毛頭もない、たゞ神の如き、淸らかな美のみのものである。志野は、思ふにかやうな思ひを、何ものかに對してもつた職人の手になる作物であらう。つまり何かに迫るといつた、我意覇道の行爲からかならず起る、あさましいすき間が毛頭もないのである。

これは藝道修業に於いて、第一に氣づかねばならぬ、最も簡單な事項である。しかし京都博物館員は、フランス來朝敎授は、ピカソのねらひ迫らうとしてゐるのは、こゝにあつたと語つたと傳へてゐる。小生はかうした氣のきいたフランス風表現を恥しいものの典型と思ふのである。藝術も、詩人も、もつと深刻な合理をふまへて、浪曼を語るものである。故に結語として云ふことは、おそらくこのフランス的な氣のきいた表現は、誰かの何かの誤譯であらう、といふことである。この種の氣のきいたつもりの阿呆らしい表現は、わが國のフランス式文藝の飜譯調の中に多すぎる。一かどの藝術家ならば、絕對に云ひさうにない、無氣力で、無理解で、中學生的文學靑年風な表現を、平氣で喋らせるのである。さういふことがあつて、小生はジイド以降のフランス文學を輕蔑するすべを早く自ら知つたのである。要するに文學藝術も見識の問題である。藝術家の見識は早く人間を去つて、神

のはないと云はねばならない。孔子が偉大な生涯の理想を問はれて、答へたことは、世の中が太平になつた日の春光あまねき晝に、童子二三人に春衣をつけさせ、丘にのぼつて琴でもかきならして遊びたい、これが自分の理想だと云うてゐる。誰でも何時でも、造作なくなし得る一日の遊びが、七十年諸國に彷徨して道をといた人の最後の願望であつた。驚くべき良心である。彼は亂世に於て、一人遊んで娯しくなかつたのである。遊び得なかつたのであらう。嘆息すべき誠實である。因緣の深さと云へば、この上ない業因である。

孔子の教へは、支配の哲學であつた。官吏服務令の原理づけであつた。支配の哲學のために天を設定し、神を設置して、天子を立てたのである。その語錄は、一箇純粋な文藝評論の著述である。

亂世の官僚が、この一言一句を守つて一擧一動を誤るところないのである。それは支配と政治の修身書であつた。しかもこの點に於て、古の道を云ひ、無爲を說く老子の思想と相反するものであつた。しかし老子が、農耕的樂園生活末期の囘想に立脚するのに對し、孔子はつひに來つた亂世のさなかで、それを處理する人爲制度學と、その根柢としての人工神の秩序を考へねばならぬ環境にゐたのである。この詩人は不幸であつた。本居宣長の思想は、老子が喪失した理想生活の囘想に立脚するのに對し、貫道する古道を根本の生產生活の中に見出し、道の古が今にあることを發見したのである。宣長が、自說と老子との差異を云ふに努力したのは一見類似的であつたからであり、他方孔子に對しては、その政治及び支配といふ原則に、根本的に對立せねばならなかつたのである。

近代的、霸道的な、政治と支配を一排しつゝ神のおきてを古制度として説く、しかも回想の樂園思想を原則とせず、今の生産の生活に存續する貫道に根基をおいた宣長の思想は、ヨーロッパに於ける唯一の、民族神話を保有する民族の、新しい形の回想に立脚する近代思想とも、雲泥の差異をもつのである。彼の神話が回想以外に成立せぬのは、貫道の母胎生活と、その根本としての天造秩序を、原則的に示す生産生活を、その民族神話の根本にもたないからである。この點に於て小生は、記紀萬葉の他に、祝詞式、古語拾遺の傳來した事實を、心底よりよろこぶのである。記紀を輕んじるのでなく、祝詞式の傳るを喜ぶのである。しかもこの傳來が人爲でなく、當然自然とうけとりうるところが心強い所以である。近代人の課題たる、自由意志否定と道德の問題は、我々にあつては、祝詞式に卽して解決せられるのである。

小生のこの數年の農村生活の間、祝詞式への關心は最も重いものであつた。祝詞式又は式祝詞といふのは延喜式所載祝詞の謂で、これを中心になされる古道の學、もしくば古制度の學は、この百年間中絶してゐたのである。故人の教へに、生民の爲めに絶學を興し、萬世の爲に太平をひらくとあるのは、正に祝詞式の學びにふさはしい評語である。

我々に必要な學としては、思想と生活が一體となるものを第一とするのである。農地を耕しつゝも、カントを考へうるが、その時には、カント以上に生活の道と緊急な學があつた筈である。これは實用性の上から云ふのでない、原理の上で云ふのである。

初めの頃の小生の農業は、專ら昆蟲との鬪ひであつた。藥品の威力は、第二義的であつた。さうして結果としては、おのづからに虫の退くを待つにあつた。これが歸國當初、卽ち丙戌夏日の無效果に近い勤勞であつた。夏の雜草との鬪ひも、日を隔てて耕し、且つ勤勞時の少い傾向にゐる小生らの場合、最も困難な仕事であつた。數日の間に雜草は忽ち全農地をおほふのである。さうした手もつけ難い狀態が起つた時の處置について、二宮翁夜話でその仕方を教はつた。まづ草の少いところから、除草を始め、はげしい部分は放棄する決心をせよといふのである。かくすれば時には斷念した所も救はれるかもしれぬ、もしこの反對をなせば、全部駄目にする場合が多い。この教へに小生は感心したのである。我々は尋常にはこの反對をする、經驗がない者は、必ず反對をする。この通りにする者は、必ず一度はさういふ狀態に立つて教はつた者である。何かによつて教はつたかといふことは忘れ、教はつた處置法だけをおぼえてゐるのである。

農民にものを教はる場合は、かういふ實例が多い。彼らは處置法を十分に手引できないのではない、知つてゐることを教はつた形に再現するすべを知らないのである。彼らは考へつゝしてゐるのでなく、躾習慣として、その行爲と操作をしてゐるのである。選擇も批評もない行爲を躾の如くにそなへてゐる。それゆゑ自ら省みることも、教へることも難しいのである。考へてするにしては、過勞にすぎる生活であつた。さういふ不便がある上に、小生は怠惰であるから、四年にして漸く、教へることばを知つてゐる親切な人から、大體間違なく合理的に教はれるまでに自得したのである。この間ともあれ四年を要し、教はりたいところが、かつ〲云へるやうになつたのである。しかし今でも水利關係や、殊に旱天の時、水田の水をもらふ場合のかけひきは、まだ教はるすべを知るに至らぬ状態である。先方は教へるすべを知らず、こちらは教はるためのことばを知らないのである。他の日常生活にも、學問上でも、しば〳〵あることである。

その丙戌の歳のころに比べると、農村は一變した感がある。ものは豐かになり、世帶は貧困となつたのである。當然の成行である。翌丁亥の歳の春は、なほ食糧狀態は不良であつた。そのころ經驗した一事實だが、芽生えした馬鈴薯の苗を數本づゝ、つゞいて何日か盗まれたのである。その頃は野あらしが無軌道に行はれてゐた。古くから野あらし專門で、野あらしの某といふ異名をとつた男が、昨今は野あらしの仁義がみだれて、未熟のものまで無制限に盗むと慨嘆するほどの狀態だつたが、一體成熟したものを盗む者と、苗を盗む者と、いづれが罪深からうか、といふことを小生は考へた。今日の刑法でも、さういふ問題を考へてゐるであらうか。刑の執行猶豫をなす樣な場合なら考へるであらう。しかし小生の考へは、罪そのものの性質にあつた。野あらしのある者には、最後的な生命行爲である場合もある、切迫した出來心かもしれない。苗を盗む方は、すべてが餘裕だ。それを盗んで移し植ゑ、それを栽培し勞力をそゝいで收穫をあげようとの考へなのだ。盗まれたものは移植するために盗んだとしか思へなかつた。あとの狀態と日ならべてのことでわかるのである。芋苗は購入し得ない。空隙が出來ると、收穫もへるが、それよりも見苦しい。この盗人は、移植して栽培しようといふ考をもつてゐるのである。この罪の性質や輕重を比較考究することに、小生は深刻な興味をもつたのである。彼が生命行爲だといふ點で許せる意味と、此は栽培の努力をなさうとしてゐるといふ點で許せる意味とを較べたりした。さうして大祓詞の中の、國つ罪、天つ罪を分類した思想の解釋について、一つの暗示を得たこともあつたが、ともかくいたづらや惡意でなく、栽培するために苗を盗む、といふ世相を、あらゆる形の深刻さから考へねばならぬ時代と政治がかなしかつた。小生はかなしいことを考へねばならぬ日を、經驗したといふ事實を思つたのである。苗盗人は自分が栽培するといふことを考へ、この行ひをいたつて輕く考へてゐるのではないかとも思つた。出來たものを盗むよりも罪がないと考へたのでなからうか、などと小生は無駄なことをしきりに考へ、かゝる狀態の世情をしきりに悲しんだのである。小生の氣分では、作りあげたものを盗まれる以上に、苗の場合が嫌で腹立しかつたのである。

この盗人は、百姓でないやうに思はれたが、この罪は勘定計算の問題でないと思ふ。盗人は勘定計算で、己の罪を輕く考へたかもしれない。野壺の下肥を盗む百姓の心理も、小生には殆んど理解できない。彼らの實用算術の方式は、今の單元學習とちがふ原理をもつてゐる。共同勞働の利益金の勘定を早くやらないのは、勘定の過程で何とかして餘分の利益をとるための理窟を見つけようとするのだ、勘定が下手なのではないといふ者もゐた。しかし農業經營の算術は、決して原理的な單純なものでない、殆どが個別的な算術をもつてゐて、それが農村改良論の障害となつてゐる。その算術法式は、封建以來明治文明開化を通じて、代々の先祖傳來自得した仕方である。封建的仕方の性質よりも、日本近代文明のために、都市を作り兵備をとゝのへる基盤となるための仕方といふ性質をもつてゐる。

それを情熱的に愛國だと考へてゐたことを、小生は僞瞞されてゐたのだとは云はない。むしろ大切なことは、この場合にも、自身のよい氣持を、少しも傷つけてゐないといふことを、自覺することにある。

十八

農村の家庭感情は、今の現實でもなごやかとは云へないが、不景氣と共に一層とがつたものとなつてゆくだらう。家族感情や家庭感情を、それだけとしてきり離して考へ、解決するといふことは勿論不可能である。さういふ狀態をひき起すものが、農村の生活の非近代性にあると云うても、この理由ある議論を、實際問題としてどこから遂行するかと云へば、よほどの考へを以てしても、最も下等な利己主義を助長する結果となる。

小農狀態の維持が、結局貧困の維持だといふ獨自な諦めの論理が、農村の父の道徳として、ヒステリー的に保持せられてゐるのである。しかも父が支配者でも絶對でもないから、一層狀態をこじらせる。さういふいびつさは、生活面の近代化論が克服解決しさうに見えるが、個々の事理を、個別的におしつめてゆけば、廣範な規模の問題としてしか、手がけられぬといふことがわかる。目の前にあるやうな農村の危機についての考へだけを云うてゐるのではない。つまりそれは米作地帶の共通問題だつたのである。家族的な最も下等なきたならしさ、不快さ、不潔さ、退屈、嫉妬、羨望といつたもの、その原因を生活面の近代化で解決することは、不可能と云はねばならない。問題は近代化が可能かといふ課題から一歩も出てゐない。今では全然別の精神の原理がなければ、一つ一つ理論的に解決していつても、最後に殘るものは、最初の出發點だつたといふ結果となること必定である。一切の近代の革新思想が次々に實現されても、あらゆる宗教書の第一項に書かれた、人間の原罪的な悲劇や惡は滅却しないのと同じ事情である。

さういふ農村の解放を、さらに廣範な米作地帶の問題とし、これを强力に推進しようとした昭和初年の正義觀は、その正義の立脚する思想に於て失敗したのである。現象判斷の正否には問題はなく、思想と原理の問題として、今も云ふべきところがある。それが日本の正統の立場である。その現象は當然解放せねばならぬ現象である。それを所謂アジア的なもの封建的なもの、といふ形に發想することが、ゆきつくところ誠意を瓦解せしめる。この言葉を發する考へ方は、發想に於て近代を原理とし、次の段階として優越を構想し、方法として近代を原理とした地政學を考へるといふ結末とならねばならぬ。近代を形成した原理に立脚し、その推進樣式による解放は、悲劇と爭鬪狀態の反覆にすぎない。共倒れである。原理を自身の中に見出し、米作地帶自身の原理によつて、近代を否定することが、第二の世界史發見であり、それは又自己發見である、この時に爭鬪狀態は始めて解放される。故に我々の問題は、政治地理學的問題でなく、精神史的問題である。

農村に社交とか社會といふものがなかつたといふことは、近代のといふ意味であり、近代に立脚する意味に於てである。しかしこれは日本の一般現象として云へることで、あへて農村に限らぬ。しかも日本の近代的な部門に於て、社交や對話がないといふことは、悲慘な現象であつた。極言すれば、社交と對話のない會議が國を謬つたのである。

専制政體下には對話がないのである。しかし日本の最近五十年史に、なほ對話がなかつたといふことは、絶對に責を専制政體の被害妄想に歸し得ない。通常ヂャーナリズムに於てすら、對話や社交を基定にもつ執筆者といふものは、僅小である。評論や文學に於てさへ僅小であるのは、専制の遺風でなくして、知識の未發達狀態の結果である。つまりこれらの人々は、日本の所謂近代化の擔當者であるが、彼らは傳統をもたず、しかも未だに近代の文學的技術といふものの實體が了知されてゐないのである。さういふ未熟と不勉强の結果にすぎないものを、他人の責の如く云ふことは、一そう狡猾な心掛である。さういふ未熟未發達の人々こそ、何らかの専制的組織を内心に要求し、さういふ組織の力によつて、初めて生色と安定を味ふ人々である。今日いふ組織といふことばと、それに對し協同的な人々の氣持を見れば、わが國に於ては大體に於て、今日の通語としての組織は、舊來の専制組織と同意語的に解されてゐることがわかる。

しかし農村に於ける固着した家族感覺が、社會性とか社交といふものを育成しなかつたといふのは、一つの考へ方である。この家族感覺のもとをなすと假想した、家族制度といふものを廢棄せよといふことは、今日の一つの主張である。日本の資本主義創業時代を通じ、家族制度は最も有力にそれに奉仕したのである。それは愛國心の母胎であつた。愛國といふ考へ方に從つて、その創業に奉仕したのである。しかし家族制度といふ特殊の形態は早く消失し、家族感情だけがのこつてゐる。その一つの現れが一家の失業者を必ず救濟せねばならぬといふ感情であり、この感情を基礎づける素樸な理論が固く存在し、これが常に愛國感情に變貌する傾向をもつてゐたのである。要するに最も内部的な個別的な感情の狀態さへ、内部のみの規模では解決しきれぬものが多いのである。しかもその個々を個々として見、他と比べるなら、すべてが、最も何ごとでもないことがらに屬してゐるやうにみえる。

新興宗教の多數は、さういふ不幸と悲慘の原因たるものをとらへ、それの外觀があまりにも簡單にて、顧みて他を見れば、（他人や他家のことはわからぬまゝに、深く立入ることなく、傍見すれば）すべてこともなく解決されてゐるかの如く思へるところから、その事實を強調して、その單純なものが不幸と悲慘の因をなすのは、最も深い因縁によると說くのである。ひつきやう別の意味で、それは深いしくみとたくらみのあらはれである。かゝる米作地帶に共通する呻吟は、一朝一夕の因果でなく、近代史のアジアへの一つの結論である。

十九

日本がアジアであるといふことを、思ひ知つたことは、好ましい結果と云ふべきである。我々はそれを、あくまでも思ひ知らねばならない。日本はあくまでもアジアであらねばならない。萬世の太平の基礎は、この自覺より始り、その自覺こそ乙酉の大詔に報へ奉る所以と思惟される。史的に云へば、第二のアジアの發見であり、眞のアジアの自覺である。

そしてこの解放は、近代を原理とする舊來地政學的思想によつては成立しないのである。近代の勢力の間隙をぬふ如き狡智は、尖鋭化した力と力の對立の間にあつて、成立する筈がない。最も確固たる自覺と決意によつて、米作地帶の生活の道の本質を見極め、それに卽る態勢に入るとき、世界の一切の精神は一種粛然たる感動を味ふであらう。その可能を示唆する偉大な實例もあるのである。

近代とその科學の方向は、生命の浪費と生命の創現といふ絕對的矛盾以外の進路をもたない。この生命は、東洋の思辯の考へた精神の生命をふくむものではないのである。しかも二つの事態は、如何なる神をも冒瀆する行爲にて、その成果を考へた時すら、それは、たゞ人間の自滅的不安を意味する、科學的空想小說の主題となるにすぎないものである。

餅の文化と麵麭の文化は、すでに對立する二原理でなく、對立する現象にすぎない。我らはこれを止揚する近代の原理を考へるのではない。一なるものは、貫通して一である。我らは辯證法を云ふのではない。我らは我らのあり方によつて、近代原理を否定するのである。そこに米作地帶の道がある。この道が原理であるとの謂は、近代原理の否定を意味するのである。救ひ難いものを救ふ道は一つである。人間の最も陰慘な狀態と殘酷な惡と陋劣な醜を、一掃することは、觀念の神を單に信ずることによつては不可能である。神の生活を生きることを原則とせねばならない。

小生は、對立する二原理を並べて、その一を選り出す方法と原則を立てるのではなく、二者の止揚を云ふのでもない。たゞ前提の一つのものと、その發見を說くのである。わが農村記の主題たるべき、所謂農村の近代化を教へる最近の言説に對し、この意味で、及ぶ限り原理と發想に對する批判を試みたのである。近代及近代化とは何か、これを云々する時は、必ず米作地帯の良心に照らし批判すべきことを、小生は國民的抵抗線の基準として、更に米作地帯の同胞に願望するのである。　農村記（一―十一）己丑七月五日稿　同（十二―十九）己丑十一月四日稿

美術的感想

一

大和國櫻井の下《シモ》の聖林寺の十一面觀音は、小生が歸國最初に見た作品であつた。丙戌夏のことである。その後三年半程の間の氣まぐれの往來のうちに、奈良、京都に殘るめぼしい作品のあらかたを眺めたけれど、最初に見たのはそれであつた。中學生時代の終り方から、小生は、古美術を眺めることに、執心してゐたのである。國内は大方の端々まで訪ねて歩いたが、朝鮮の田舍や、滿州熱河から北支內大陸迄に及んで、二十數年の足跡は、忘れねば異常な累積となる。

ところが、三十を過ぎるころから、次第に別な興味をおぼえ始めた。土佐の例の大杉については、數年以前に誌したところであるが、巨木奇巖や山河自然の奇異なものに對する、美的とか藝術的といふより振幅の廣い感銘が、次第に強くなつてきたのである。當時、なほ戰爭の初め頃であつた。土佐に赴いた時、旅の印象について、土地の新聞記者の問ひに答へさせられたが、たゞ大杉を見てうけた偉大と悠久と畏怖の感銘のみを傳へ、かういふものからうけるに似たものが、藝術の世界にもある筈である、それを歴史といふか、傳統といふか何といふかは知らない、或ひはもつと大きい道の象徴かもしれぬ、かの大町桂月が、この樹下に來つて瓢を傾けつゝ、春風秋雨三千年と、口につぶやくまゝを筆にした一文を思ひ出して、今も心動くことしきりなるものがある、などと云つたまゝが、新聞紙上に出たが、その後、土佐の人山下奉文が、比島出征に當り、遺言としておく二つとして、土佐の知り人より傳へられてきたことは、一つはわが心境はあの大杉の心を心とすると云ひ、二つは戰ひに勝つためには家庭教育を考へてほしいといふことであつた。家庭教育といふのは、當時に於てあまりに悠長に思へた。しかし間もなくこの心境は、非常に現實的に明白となつた。戰後は國の組織の缺點を云ふのに急であるが、なほ國民個々の缺點を反省すべきである。我々の罪と負目は、考へてゐるより必ず深い筈である。己一人正しいと語つて恥ぢない人の存在も、今では民族の今の負目とせねばならぬ狀態となりつゝある。土佐から傳へてきた遺言は、既にその日にも悲痛であつた。しかしこの悲痛な言葉は、一切の敗殘の中にも光明を點ずるものである。

二十五歳の小生の心にわき上つた課題、日本武尊の遠征に象つて偉大な敗北といふのを主題としようとした思想は、十年後のその頃から、小生の生涯を決定するやうに燃え上つた。偉大な敗北とは、眞の戰ひに入らんとする瞬間に、現實の一切が崩壞する狀態を伴つて現れるものであつた。しかしこの日からすでに五年を經過した。

小生の大杉の記が、同じ思ひを以て、故人の最後の遺言に現れたことを、小生は心づよく思つた。しかし小生の場合は、わが思ふ藝術にかこつけて、大杉を語つたのであり、萬葉集や記紀の歌謠の美觀の基礎にあるものを、さういふ點から考へたのである。小生は近來の所謂萬葉調といふものに安心するだけではものたりない、古今新古今の藝に興味をもつてゐたのである。近ごろの歌に、所謂藝のないのが、不滿であつた。

十數年の以前に日本浪曼派を始めた時に、その創刊號の表紙に、宇治の鳳凰堂の鳳凰の寫眞をのせた。一つの象徴のつもりだつた。この堂は周知の平安中期建築で、所謂王朝藝術の代表的なものとされてゐる。王朝的と俗に考へられてゐる美的情緒を現した、代表藝術の一つであるが、わけてもその堂上にのせられた鳳凰の遠景が、俗に云ふ王朝の美觀の優美漂渺を象徴するものと見られてゐる。しかし小生の思ひは、この鳳凰を咫尺の間に寫した寫眞を飾ることであつた。誰でもよく見るがよい。この像は咫尺で見れば、決して王朝風の情趣や漂渺さを示してゐないのである。あの優雅は遠望の距離のかもす作用である。目近にみる平等院の鳳凰は、實に始祖鳥の如く、爬蟲類の如き露骨な生物と生々しい生命を現した、どぎつい太々しい飾物である。さうした生で太いものが、僅かの距離の遠望によつて優雅に轉ずるのである。所謂情趣を、金科玉條視してものをつくれば、それは輕薄なイミテーシヨンとなるにすぎぬといふことを、小生は云はうとしたのである。かの優雅を求めて優雅を再現しようとの考へを廢し、かの優雅の實體を考へねばならぬ。これは近代文學のヒユマニテイを以て、王朝の情緒を再現しようとする、戯作者的努力に對する反對であり、さういふ心持から生れるイミテーシヨン性を、豫め拒否せんとする心ざしである。

時代の距離といふものに於ても、同様の作用が起る筈である。小生はかうした印象から、王朝の始祖鳥を思ふことなくして、王朝の藝文の模倣をしてはならぬことを、そのころの感想に誌したのである。それ以上の古典に於ては、植物的生命の生々しさや、ないし岩石や山嶽の生命にふれねばならぬ筈であつた。詩人ならばその生長と運動を直觀するであらう。しかし桔梗の芽出しや、冬近くなつて立枯れた茄子に、かの畏怖に似た大きさを見ることは必ずしも容易ではない。現代の我々は、誰でも、原始の生命の狀態に對する生々しい感動を失つてゐる。その感動なくして、藝術の卓拔の人工の生れる筈はない。一箇の果物や切り採つた草花の一莖を描くやうな寫生を、唯一の寫生と思ふやうになつてからの始末である。例へば芽生えといふ一つを例として、その場合の、この世の四圍に充滿してゐる生命の、おそろしい迄に生々しい無限の悠久のものを、思ふ存分に味つたのは、わが三年の農村生活の收穫であつた。植物的な生命と生成の充滿する狀態は、必ずしも動物の例より、低くもなく、弱くもなく、若干のものに於ては、爬蟲類以上の感じを現出したのである。もし宗教的な人が、これを魂の充滿した狀態と云うても、それが文學的表現としてなら、小生はむしろふさはしい表現とおもふ。豐かであり、怖ろしい、美しく、生々しく、みち〳〵て、さらにそれらのすべてが、わが魂に作用する如くに思はれる時があるからである。

歸國後初めて見たわが町の聖林寺十一面觀音は、小生にとつて履歴的であつた。この像は初期國寳指定當時より、著名な第一級作品とされ、例の和辻哲郎の「古寺巡禮」この方、ひろく喧傳するものである。和辻はこれをわが國の最も高い天平に於て、最高の作品と評したのである。この古寺巡禮は、わが少年の日の愛讀書にて、小生の美術批評らしい最初の文章は、この古寺巡禮の思想と見方と情趣と感傷に對する反撥と批評をのべたものであつた。すでに二十年に垂んとする。しかし歸國初めて見る聖林寺觀音の快適さが、以前には思ひもかけないものによつて、極めて重大な抑制をうけてゐると感じたことが、何といつても大きい印象であつた。その原因は下《シモ》へ入る手前、淺古にある談山神社の御旅所の石の大鳥居であつた。この石造建築をま下からしみじみ眺めて、聖林寺に入つた時、小生はこの石造物の簡素にして堂々たる構と力と美とその他の何かの要素のすさまじさから、十分に解放されてゐない自身に氣づいてゐた。十一面觀音の魅力は、この石組の魅力によつて、もろくも崩れつゝあつたのである。法隆寺の朝のエンタシスも、唐招提寺の大圓柱の斜陽の下の偉觀も、この石組の簡潔無上の魅力をつひに制壓しなかつた。これは鳥居といふ形態一般の美しさを云々するのではない。たゞ一つの談山神社の石鳥居の、その鳥居としての石組を指すのである。この鳥居の一部は先般の火災で缺けおちたが、それさへ今や一つの魅力をなしてゐる。これはこゝ三年半の間に、美術的作品に對し小生の感じた印象の最大のものであつた。

二

丁亥秋數人の若い友人と共に、まづ賀名生の親房卿の墓に詣で、それより天辻峠を越えて、十津川郷を徒歩にて横斷、その日程七日の間に、一日玉置山に登つてその廣大な一山の、古きは三千年と稱する大杉を首とし、人の幾抱へ以上の無數の杉の群生を見て、土佐の大杉よりも近くあつて、然もさらに驚くべきものの實感を深く味つたが、その歸途紀の海岸と和泉の海邊に二泊し、大阪に着くとあたかも院展の開催中にて、そこで、太田聽雨の琴に盲女を配した繪を見て、戰後初めての感慨を現代美術に味つた。

立てかけた琴の傍に、端坐する盲女、冷嚴と云ひたい女の姿態である。枯れてはゐない、生々しいねばつこさを感じさせる例の聽雨の女である。すべて聞えないあれをきゝ、形ないこれを思ひ、見えない日を回想する如き姿が、冷嚴を思はせたのである。すべてが抽象である。一線一劃が抽象である。こゝには近頃の卑俗の云うてゐるヒユマニテイはない。今日の日本繪の一つの頂上である。戰前の作よりも、靜かに嚴しく、心奧の音をきいてゐる風姿が、小生には力づよく感じられた。世も人も移り變り、下等に卑劣になりゆく時、こゝにはかのものがなほ生きてゐたのである。されど滅びないもの、はるかに聞えてくるもの、あるより明らかに見えるもの、小生はこの盲女を象つた美人畫を見ながら、目裏の熱きものを感じた。かつて在しものを見る眼は、この後に來るものを見る眼と同じである。滅亡はない。小生は民族の永遠を信ずるのである。これは信であつて、假定でない。小生は假定によつて云はない。今日だけにある一きは切ない思ひ出と、ある種の悲痛とは、かの積極的な意力を教へる。忘るゝ勿れ、然れど云ふ勿れ。小生の生國は南朝の故地である。わが大和に於て、南朝地帯と北朝地帯とでは今に及んで、なほ人性に於て、宿命的な對立がある。これを止揚する第三の型といふのはないのである。既に小生はさういふ功利を信じ得ない。

聽雨の盲女が端坐しながら聞いてゐるものに、小生は戰後の日本藝術の一つの沈靜の宣言を味つたのである。それはあらゆる種類の戰ひの中で、最も聖なる戰ひの豫想なくしては成立せぬものである。しかも偉大な敗北を度重ねるものであらう。人は單なる敗亡と見るかもしれない。もしあらはに語れば、負惜しみの我執と見えるかもしれない。又は無氣力者の辯解ととるかもしれない。しかも我らは偉大な敗北を、今語る必要はない。我らは負惜みや辯解や我執や無氣力を拒否するところの人倫を尊重せねばならぬからである。

しかもこゝには、まだこの間までは、想像されなかつた戰ひと宣言がある。あの日あの時に、萬世の太平の基をきづかんと詔せられた、大御心に卽つて、小生は舊來の自說に信をかためたのである。まことにも、その言下に五內ために裂くと詔せられてゐる。それは新しい典範を世界の中にきづく積極的な悲痛の極致に於ける宣言である。小生は、それを自覺し、凜々の氣迫を自らに味つたのである。小生は人を信じてゐない。かりに云へば神を信じてゐるのである。短かからぬ期間に知り交つた人々の間で、天才と稱され、己も思ひもした藝術家の多くが、あまりにも果敢なく、その座より顚落し、これぞ古の人の云ふ

諸行無常の謂かと、その人々の文章にもあらぬ文章をよみつゝ、嗟嘆よりもわびしい思ひ

をくりかへしてゐたころに、小生は聽雨の繪に、たゞ耐へるもの、顚落せぬものの、積極

と勇猛の今日の在り方を味つたのである。それは怖ろしい状態である。しかもこの正に危

きにゐる人の姿が、さらに冷然として感じられたのである。

鄕土に歸つてゐる富本憲吉に會うたのは、その年の暮か、あるひは明けの春であつただ

らうか。その時の話に、近ごろはものを見ながら繪を描くことはないが、やはり以前の習

慣上描かうとするものを傍にはおいておく、それは草花一莖の程度のものであつた。さう

いふことを語りつゝ、庭前の柘榴の蕾から結實にいたる間を觀察し、それを寫生してゐる間

に、眞の寫生はアブストラクトに近づくと悟つたとも語つた。さうしてむかしリーチと共

に、その大和安堵の實家から見える數軒の家立を圖案化する競作を試みた話や、その時の

作品などを示した。

このアブストラクトといふことについて、それは憲吉の用語だつたが、小生が以前から、

子規及びその系統と亞流たちの寫生說に對し反對し來つた意味と、相通ずるものと知つた

のである。小生の用語ではもつと俗にして、文樣化と云ふのである。近世では、永德、光

悅、宗達、抱一をつらぬく文樣畫の趣きや、それに文人畫系の天才たちも交へて、かうい

ふ人々が、自然を師として寫生する時は決して一の生命の裁斷した部分や、死せる肉體を

寫しはしない。例へ種子や果實でも、生きてゐるものの生命は持續し繼續してゐる。これ

を寫し出すことは、誠實なれば誠實なるほど、今いふ寫生では煩悶と不滿を味ふであらう。

た。

美術學校式の寫生は、花の一枝をきりとつてきて机上におき、これを寫生するといふ類の考へ方がよくないと、憲吉は語つた。その時の話は、全部が非常によい人柄にあふれてゐた。

ある生命の一刹那を絶大な霸氣を以て固定するといふことは、詩美に關はる人の間に於ては、急速にその霸道心は自壞するから、要するに押しつめてやさしい文樣化とならざるを得ないのが當然である。赤彦や武藏のやうに、人力の極致で霸道をもちこたへるのは難しい上に、却つて虛しいのである。しかし小生は一概に云ふわけでない。だから反對の場合として、一概に文樣化が、自然を去るといふこともない。寫生の目的が內部生命をうつすことにあるなら、今日の寫生以上に、彼らは自然に忠實に奉仕したのである。

アララギの一時代以前の人々の考へ方としての寫生は、要するに人爲人工を以て、自然の眞髓に至るといふにあつたが、このゆくところ、一種の支配となり、自然への小ざかしい侵略を意圖しつゝ、なほ結果的には、一種の文學的文樣化、形式化にならざるを得ぬ。もし古代の仕奉心の樣式の場合なら、そのゆくところ、おのづから題材を限定する。巨木巨巖の世界と云うた所以である。しかし小生の云はんとすることは、アララギの一時代前の人々、何時の日にも文學者と云ひうる人々の場合に於て、その寫生說のもつ、自然に對する不遜なヒユマニズムの主張が、寫生を云ひ、觀察を云ひつゝ、それらを行へば必ず氣づく筈の謙虛さが、殆ど喪失してゐる狀態を指摘するにある。つまり彼らの方法で寫生が成立したと云ひうる時は、觀念の成立にすぎぬ。ならば觀念と云ふか、類型といふか、文様と云ふか、言葉は五十歩百歩である。こゝに云ふアブストラクトと云うてもよい。問題は目標と態度と思想にある。自然に對する仕奉心の如何にある。これは愛といふ語で云うてもよいのである。

彼らが別箇の俗なヒユマニズム觀念を新しく提出したといふだけのことを、藝術の理論上では、さほどに革命的なものとして肯んじ得ない、といふ意味である。且つその心情について、神と共にある詩及び詩人の立場、總じて文學の立場からして反對するのである。殊に赤彥の如き稀有の霸道的藝術の達人に對しては、神及び神對人間といふ思想と態度に於て相容れない。卽ち小生の反寫生說は、天心、子規をもふくめて、これを對象とし、一つには藝術の論理として、二つには、神と血緣なる詩人の心情と良心に於て、いづれよりするも成立せぬ理由を、云はんとしたものである。

勿論この考へ方は、その頃の超現實主義や抽象繪畫の考へ方とも、一層相容れぬものであつた。後者の二つは、近代繪畫への單なる反動として、前大戰後の精神の敗殘と混亂の狀態が產んだ虛無的な一傾向にすぎない。それは物心の敗殘狀態への安住を誓ふ人的行爲にすぎなかつた。しかしその運動すら、以前のヨーロツパに於ては、若干の心情と、同情すべき精神と、哀憐すべき美を藏してゐる。今日わが美術界の片隅に於て行はれてゐる、かのアブストラクト・アート的傾向のものについては、その心情の悲慘を云ふ以外に、又云ふべきことばがない。社會意識學の材料としてといふ以外に、まともな批評家の對象となるものではなく、眼をふさいで憐れむ以外にすべのない、二十年昔の流行の戰後版である。

富本は大和の名家に生れ、新時代の最も高級な教養を自ら好ましくうけとつた。何代かにわたる文雅を身につけた溫雅な人爲の中には、强い意志をやさしく藏してゐる。明治以後の日本に新しい美觀を創造した藝術家として、各界を通じて稀有の一人であるが、その生立ちや詩人的風貌に加へて、當代無雙のまことの新しい美を品高くうみ出した點では、二百年前の柳里恭を彷彿せしめる。目ざましい新しいものは、最も古いものの中から生れるとは、藝術の歷史の公理であつた。

さういふ作家が、六十を過ぎた老の頃に、思ひ出すやうにぼつ〳〵と語ることばは、口傳祕訣の如くに聞かれたのである。それはほゞ同じ環境と履歷をふんだものに、必ず以心傳心するだらう。しかし理論的にいふ、今日の云ひ方では現せない、しかも傳へるものがなければ人に於て滅ぶであらう。再びそれを發見するのは、同じほどの資質ある人が、同じほどの努力をした晚年に、初めて起ることである。我々の近代の功利主義が、何故それをうけついで、そこから出發できないか。このことは近代の組織の缺點でもあるし、又近代の巨大な矛盾の一つの現れでもある。それは說とはならず、手ぶりやタートとして傳へねば、傳はらぬものであつた。

藝術が徒弟制度の中にあつた時代には、すべての偉大なものは、タートとして、手ぶりとして、躾として傳へられた。それが藝であつた。それは師匠が弟子の環境と履歷に留意しつゝ、適當で身につくにふさはしい時に、選擇や說を許さぬもの、一種の躾として教へた。その頃に口傳祕傳はなほ生きてゐた。封建制後期の狀態の中のそれではなかつた。傳へは說ではなかつた。その制度をさして天分を伸さず殺すと議論することは、さういふ時代のなり立ちや、その時の人倫の根基のこゝろを知らず、その日の偉大な師匠をもたないものの判定である。この種の判斷は不合理にしてむしろ笑止である。藝術の世界には、今だつて自らの努力で自得する祕傳口傳はあるのである。科學の世界にだつて、近頃の偉大な師匠たちの研究室は、さういふものによつて成立してゐるに違ひない。それは人格と云はれるかもしれぬが、要するに藝である。例へば六十歲を越えた憲吉の發見した藝道の口傳が、彼と同年配に近いものに通じ、二十代のものに通じないといふことは、今日の藝術業界の悲劇である、つまり我々は昔なら手で敎へられて出發點としたものを、苦心慘憺ののち、老いを知るころにやうやくたどりつく、しかもそこが古人の出發點であつたことを悟つて、日暮れ道の嘆きをくりかへす。

今の藝術は本質的にも外形的にも、かういふ原因があるから進步せぬのである。多くの俗な藝術家はイミテーシヨンによつて、進步の妄想をいだいてゐるにすぎない。さうして賢さうな藝術家が、その進步の斷崖に立つた時、方途なくて、子供の色彩感や造型感覺を寫すことに逃避するのである。古典とその歷史の流れがわかつた時に、まつものは方途ない日暮れである。今の文明に於ける色彩感覺は、子供から大人になるに從つて低下してゆくのである。上品で大樣なマチスのねらつてゐるものが、多少天眞爛漫な子供の自由畫にすぎないといふ狀態である。これが末期的近代人文文化の沒落狀態である。この沒落には、偉大な敗北がない。こゝをふみ耐へんとする時、つねに暴力的なもの、霸道的なものが勢を振ふが、つひに下等なものに英雄が破れる瞬間より始る偉大な敗北と、その後に展かれる神の道の實相を感得することがないのである。例へば赤彦はあれ程の大成をなしつゝ、つひに西行の出發點さへ知り得なかつたのである。田邊元に、最も封建的な作家と批評され、且つ尊敬された赤彦は、萬人に解放された霸道的專制感を存分にし、誰でも專制者らしくなれるといふ狀態の中で、人間狀態の純粹な極致を形成した、最も高い狀態の人間である。この最高最强の近代人は、その人力の極致を發揮する形に於て、近代を霧散せしめたかと、藝術の皮相な感受者には見られただけのことである。

小生の批評は、ルネツサンスよりも十四世紀繪畫を、近代よりも十三世紀繪畫を、すぐれて偉大とするところに始る。その偉大の理由は云へば云ひ得るだらう、しかし我々は、今こそ、說でないところの傳へを人に向つて尊重せねばならぬ。老を知る頃に、やうやく故人の出發點にたどりついたことを自覺し、しかもそれを傳へる環境をもたないといふことは、滑稽かもしれぬが、今日の悲劇である。既に藝術は進步の組織の中でなくなつてゐるのだ。それを持つ者と、老いて知るものが、はかりしれない失望と絕望を思ひ、しかしその反面では、多大の喜びと、神の恩寵に對する感謝をこめて、やさしくなつた氣持で、前進のかはりに退却し、死んでゆくのである。そこに進步がないことはいふまでもなく、悲慘な時代的沒落の現狀のみが、その選ばれた心情に味はれるのみである。もし我らが二十代の初めに、本當に志野や織部の美とその偉大な狀態、しかもその原因や說明でなく、事實そのものを實感したなら、更に、かういふ可能事が偉大な師匠の下で手振りやタートや躾として教へられたならば、といふ假定は、如何なる絶望を考へさせるであらうか。
しかし小生は徒弟制度の外形や後期現象に憬れてゐるのではない。むしろ現代では、ギヤーナリズムの操作上で、別箇の卑怯な徒弟的制度が成立し、それは新しい徒弟制度的形式を文學に課してゐる。何ごとによらず、かういふ近代の傾向を増大し、合理化し、一般化することを、進歩と考へ得意とする共產主義的思想の國や人々の間では、むかしにも知らない徒弟制度が確立してゐる。むかしの徒弟制度に於ては、手振りやタートにかゝる藝の傳へが主旨だつたのに對し、今日の新徒弟制度では、說の强制を旨とし、藝の傳へはなくなつた。諷刺詩人の空想のアンチテーゼとしてのみ存在したものが、實現し實在するのである。滑稽か、悲慘か、いづれにせよこれが、近代の終點とならうとしつゝある。藝は說によつて進步しない。說は傳によつて進步した例が多い。

三

棟方志功の繪を久しぶりで見たのは、今年春のことであつた。この數年間、交友十年を超えて、いつも一つのやうにわが近くにあつた彼の繪を、機會なくして見なかつた。しかし數年ぶりに見る棟方の繪は、小生を喜ばせ且つ力づけた。こゝにも崩れぬものがあつた。しかもむかしの彼になかつた美しさが、さかんにあふれでてゐるのが、さらにうれしかつたのである。生命ばかりの仕事の奔放さが、深みを増してきたと思はれた。一つのしづみがついた感じだつた。文學のみでない、繪畫の方でも、世間一般がすさましい傾斜面を顚落しつゝあつた。梅原と志賀が、藝文界に於ける、その好ましくない事實を、この上なく明證してゐた。

戰時中の文學者や畫家たちは、あらゆる方法をとつて陸海軍の服裝を求めてゐた。さういふ形で一つの緊張した生活をもつてゐたのである。その生活上の緊張から解放された時、彼らは浪曼も節操も道德ももたないことを、明白にしたのである。かくて今まで彼らの體面を支へてゐた國の偉容が瓦解した時、彼らはたゞ悲慘を增すのみの存在となつた。節操の詩情は、大方に持たうとすれば持ちうるものである。それ以上の人倫や精神や生命については敢へて云はうと思はない。

イミテーシヨンでない生命そのものの存在は、もともと稀有であつた。棟方はその稀有の一人であつた。その繪は萬世の太平の根基を、武器を棄てて、しかるのちにうち立てよう、戰ひとらねばならぬとするものの、何かの精神の面と方向を暗示するものの一つだつた、武器も原子爆彈も、その關心にないやうな存在であつた。近代のものとは別の、文化文明の理念が、暗示されてゐるのである。こゝに一人の天才は沒落せず、さらに勇氣を示し、多分後につゞく者を力づけ、その魂を太らせる役をすると思はれた。

その時に見たのは肉筆繪であつた。しばらくして、數葉の版畫を見た。それからうけた感じは、さらに明確に方向を暗示してゐた。さきの美しさが、何かを抽象するのに對し、こゝでは別個の深さが出てゐるのである。大いなるものへ衝動を起したものの、その風貌にじみ出る、たゝへられた深さと云へばよいかもしれぬ。日本の未開の地の路傍のいたるところにあるやうな、道祖神の形の像が、一種のわびしさと、さびしさを、おちつきの中に示してゐる。

その冷嚴な姿は、何ごとかを小聲でつぶやいてゐるのである。永遠につぶやく如く、永遠に向ふ如くである。むかしの棟方が、本能的にわめいたところであつた。これは好ましい變化である。眼を細くして、遠い遠い彼方を見、かすかに唇をふるはせてゐる像は、肅なもののさびしさ、さう云へば語弊があるかもしれぬ。今や民藝的な作風の一切の安な安心感は追放されたのである。民藝風な無心も、子供の稚拙も、こゝにはない。この男の生命ばかりに、日本の祈念が現れるかもしれない、と思はれた。生命ばかりの最も嚴然なものを、豫言者の如くにつぶやく像を、一枚刷の紙として無造作に作つてゐるのである。この無造作は、むかしにくらべて大分に變つてゐた。これは造作なく棄てれば、ひら〳〵ととんで行つて、とまつたところで、そこが岩の角木の梢であらうとも、すぐに安住し、その瞬間から、もうはるかに遠くを半眼でながめ、唇を動かさないで、何ごとかをつぶやくであらう。明日は崇高となるものの、芽でもあらうか。考へて描けるわけのものではない。彼の生命にひとりでに生れてきたのである。勿論これは一つの説でなく、口傳へのそのもとの、神のおとづれである。

小生は藝を說くために、近代藝術學の一切の批評用語を追放してゐるのである。近代文明の廢止を念願とする小生の藝術論は、近代的ヒユーマニズムを、その背景の歴史にかへし、その用語のもつ狡猾な謀略性を暴露せねばならない。小生が棟方の繪からうけとつた、美しさと云ひ、さびしさと云ふものも、普通の概念で云ふのではない。人に動かされ、人言に左右されるものは、藝術家の天才面でない、天才面とは神のおとづれる場所である。そのさびしさは、冷たく見える。渚の線の冷たさである。暖いやうな日なたの遠くを見てゐるのに、一足のつめたさが身にしみる。そこは生命の發したところ、生命ばかりのところである。山越える波も、この線を越えない、神のおきてとむかしの人は歌つた。古代人なら、そこに豐滿を見たであらう。小生にはつめたい、異常なさびしさを思はせる。その豐滿時代の描いた原始繪畫のもつさびしさに共通するわけは、近代の生活の安易さと贅澤と、近代文明の便利を、本能として拒否してゐるからであらう。自我は存在してゐない。

小生は棟方の繪を批評する中に、梅原龍三郎をひき合ひに出したのである。梅原に關する批評では、小生と棟方とは以前より必ずしも一つでなかつた。文學に於ける志賀直哉と日本洋畫の梅原とは、久しい間の日本の知識階級と稱する者の事大主義の偶像であつた。その事大主義は、神を輕んじ、人の權勢に畏怖する。神を畏怖すること、人の權勢を畏怖する如きであつた。この間違が、わが戰時思想の中心を形成したのである。日本の悲劇の一つの大きい原因であつた。彼らにはゲーテの西東詩集中の文明批評の遺言性が理解されなかつた。ガンヂーのヒンド・スワラヂにアジア人的同感と日本人的良心を燃燒する日を經驗しなかつた。

こゝでわが周圍の所謂知識人や評論家を目安として豫め云ふことは、かうした小生の言辭の末端をとらへて、小生の舊來よりの思想の一脈を、ガンヂーの影響と云ふすべを始めておぼえるだらうといふことである。ガンヂーのヒンド・スワラヂその他の倫理書を拾ひよみせよ。そこには小生の思想と相通ずるものを必ず發見するだらう。しかし小生は、ガンヂーを勇氣づけるために、彼なき日には、その遺弟を勇氣づけるために、たゞ一言を云うたのである。小生はガンヂーに學んだのでなく、本居宣長に學んだといふことを、さうしてそれが、つひにアジアが一つである實證であるといふことを、さらにガンヂーの發想がむねとして情勢論に發し、宣長の發想は、專ら古の傳へといふ本質論に發するといふことを。さうして宣長の思想の古の傳へとは何を云ふかについて、諸君の誰もがまだ理解してゐない、日本人の一人さへ、これを近代のことばで說き明すすべを知らないといふことを。

されど今日に於て、勇氣を欲し、正義を願ふものは、ゲーテのデイヴアンと、ガンヂーのヒンド・スワラヂを、敎典としてでなく說として讀むべきである。小生はそれらが、わが思想以上に日本人を力づけることを了知してゐる。日本といふ國の文化の事情を知るからである。しかしその勇氣を得た人々と、小生は改めて、情勢論とは何かといふことを語り合ひたいと思ふ。何故以前小生が大川周明のアジアの民族的英雄といふ考へ方を批判し、ヒンド・スワラヂを同系列の批判俎上に並べたか、といふことも語り合ひたいと思ふ。しかしその前に努力と準備が必要である。この二書の理解のためには、多大の努力を要するであらう。その努力こそ今日の任務である。

日本の知識階級の事大主義が何をなしたかは、戰後の評論からその心情を考へるとよい。かくまで言動の變移出來る根據は、實にそこにあつた。日本の近來の一切の過失と罪害の原因である。小生が東京の帝國大學々生であつた時代に、ヒンド・スワラヂは、日本の教養階級の書でなかつた。小生はガンヂーを信奉せよといふのではない。東洋の良心をもつなら、一度はこゝを通過して、自らの良心の硬度を檢討すべき書であり、恐らくそれは疾患治療の書となることを信ずると云ふのみである。日本の悲劇は、近代化した日本の教養階級が、アジアの良心を持たなかつたことにあつた。軍隊を形成した無知で下等な多數の責任を問ふのではない。彼らの落度は、當然知識階級の負目とすべきものである。日本の教養階級が、アジアの良心を持たなかつたことが、日本の悲劇の因であつた。同時にアジアの悲劇であつた。しかしこの悲劇はこれから始るのである。

梅原と志賀に象られる日本の知識人の事大主義が、戰後に一段と增大したことは當然かもしれない。文藝の高い調子はおのづと先方から訪れてくるものである。人爲でなく天造である。人爲の高尙は、卑俗の極である。梅原が富士山ととり組むといふ表現をしてゐるのを見て、小生はその言を疑つたのである。しかしこの種の無氣力さは、近作の自畫像を見て、洗ひざらひに明白となつた。どんな人の顏であつても、何かを愛して生き、何らかの生產の生活にある時の顏は、この自畫像よりは生命をもつてゐるであらう。宙にういた威嚇的着色の無用さ、耳唇鼻眼の線の迫力を失つた不調和、その不安定感はたゞ無意味を教へる。この一般的に云うて無氣力といふべきものが、今や日本洋畫の象徵である。日本洋畫の市場價値に於て安定した二人きりの作家の一人である。この無氣力さが思ひあがりとして現はれる時、それは一般用語でヒステリーと云ふものである。それは志賀の文章の興味の一つであつた。しかし梅原の繪をこの中に入れることはできない。梅原の繪はつひに小生の眼前にあらはれることがないのである。

場所を求めることに戀々たるものは、死物に化し易い。名人の繪は必ず夜遊びするものとされてゐた。山蔭の陋びた溫泉場の、山峽のみちの夜半を一人歩いてゐる時、その暗い雨もよひの夜道に、思ひもよらないポール・クレーの少女像が、目前にあざやかに生きたものの光をふるはせて、ふと現はれた時は、身ぶるひに似た感じをうけたことである。

さほど關心もなかつた筈のこの作者のことを誌さうと思ふのは、このことがあつたからである。戰後の我國では、シユールレアリズムとか、アブストラクト・アートを稱する思ひ付が、一部で行はれてゐるが、二十年前の表現派やシユールレアリストとひきあはせると、かういふ反動と流行の世界に於てさへ、なほ藝術の本物と藝術のイミテーシヨンがあり、それこそ近代といふ文明の野卑と滑稽の明證と思はれた。こゝでは商品としてのイミテーシヨンを云々するのではない。代用商品としてのイミテーシヨンは、正直な考へ方と矛盾しないからである。

二十年前の大戰後作家の衝動が、結局に於て、天造の秩序に對する微弱な反動にすぎなかつたことも、今ではおのづから明らかになりつゝある。流行には、かゝる價値決定上で意義がある。自然の抽象化が、繪畫として成立しても、その繪畫することの抽象といふことはあり得ない。これは論理上では自明である。自明を自明とせぬ推論の幼稚を描いても何が生れるか。自明を疑ふ一向きの態度を描くといふならば、それは十分の意味があるが、これこそ舊來の正統繪畫の天才の誰もが行つてきたことであつた。むしろその生理だつたのである。

四

既に云ふ如くポール・クレーについて、小生は知るところ薄い。彼がハンガリー人であつたといふ程度のことをおぼろげにおぼえてゐる位である。小生の留守宅が、乙酉春の戰火によつて、書籍畫集文房具のすべてを失つたから調べもできない。

前大戰後の表現派の代表作家で、超現實的な形態や、メルヘン風の感覺を美しく可憐な色彩に描いた。日本のシユールレアリストやアブストラクト派と異り、自然と感覺を抽象した作家である。この畫家は、日本の戰後派畫家と異り、他人の築き上げた繪畫を、手輕に抽象できるといつた、輕薄な文明の進歩を考へてゐなかつた。かういふところでも、心ある日本人は、自らの周圍を見て、負目を味はねばならない。本物とイミテーシヨンを區別する眼を、ヨーロツパ人は今ももつてゐるやうだからである。彼らがもたずとも、我らはもつてゐるからである。

彼も亦、近代の畫家が誰でもするやうに、子供の原始の繪畫感に逃避するといふ方法と、それを感嘆する時の心の深洞のさまを知つてゐた。順々につみ上げた科學と、それに立脚する進歩の體系を自負するヨーロッパ文明の中にあつて、眞の藝術家だけは、その一切の人爲が藝術の上で矛盾することを知り、故に無視せねばならぬといふ、正直な實感と感想と共に生きてゐたのである。正統的につみ上げた繪畫の上に立つて、一足のび上つて天に近づくといふ方法を、その文明組織の基礎はもつてゐないといふことを、正直に自覺してゐたのである。

近代のすべての主義主張は、前大戰後の新しい藝術家の藝術家的良心の中でまづくづれた。しかし近代の人は、その前後の心境を正直に告白し、祈るべき時に祈る代りに、その素樸な人倫の原始的な思ひを、多少氣どつた曖昧によつて表現した。詩と繪畫の上にそれが濃厚にあらはれた。しかし、當時の日本の輕薄なイミテーシヨン家たちには、さういふ深い憂鬱と憂愁が少しも理解できなかつた。さうして安易なイミテーシヨンに專心し、新文明開化に安心し、第二次の大戰をかういふ心構へで導いたのである。

本物のもつた苦惱の中には、卑怯な辯解と曖昧な情緒はあつたが冷嚴な批判もあつた。クレーもさういふ心持をあまねく描く意欲をもつてゐた。ギリシヤ人は辯解せぬ人々であるといふ古代の諺を、今日の日本人は正しく恢弘せねばならない。クレーは傳へに對する安心を自得し得なかつた。偉大な師匠をもたなかつた彼は、あげくに子供の世界に逃避するすべを知つてゐた。子供の世界こそ、永遠なくりかへしであり、つねに一つの傳へであつた。その子供の世界といふメルヘンの世界が、クレーの手をへた時いびつで、きたなく、怪異で畸型的に現れることは、近代人として同情すべきである。同情をひくに足る、やるせなさが、一種の美しさとして見られるのである。小生は近代文明の産物の一切を破壊しようとは思つてゐない、しかしそれの無くなることを念願し、はるかに遠いところで行動してゐるのである。クレーのメルヘンには、何の念願も愛もない、たゞ一身上の逃避だつた。それは特別な形の反動と云はねばならない。

偉大な師匠は、――それが自然であつても、人であつてもよい。――要するに神といふことに歸するからである。クレーは反近代を内奥にひめた一種の批評家だつた。彼は近代の機微をあますところなく、その狡猾さを暴露して描き出してゐる。さういふ主題を描かうとしたのでなく、繪かきの仕業がさういふものを現したのである。その繪畫に現れたものは、さういふ批評的態度の仕業であつた。一心に何かを見つめてゐたことも疑ひない。その對象が自然であらうと、人であらうと、文明の物であらうと、文明の組織であらうと、いづれでもよい。しかし日本の洋畫家の間には、今ではさうしたものを一心に見る畫家もなくなつた。

クレーは土地の履歴から見て、當然ドイツゴテイクをよく見て、よく學びとつた筈である。一箇の藝術家が出現するについて、これは當然の事情である。しかしクレーとドイツゴテイクとの關係は、さういふ藝術家の尋常の履歴以上のものであつた。さきに云うた少女像こそ、その關係を示してゐる。それはゴテイクのエンゼルの模倣だつたのである。イミテーシヨンでもなく、模寫でなく一人の作家が懸命に描いた寫意の作品である。一箇の特異な反抗的作家に、あく迄つきまとつた鄕土性、環境、傳統といふにしては、あまりにも濃厚に意識的模倣が現れてゐるのである。しかしそれはゴテイクととり組むといつた無氣力な氣分で、模倣を描いたのでなく、先方の眼鼻唇の一々を追つて、その一々に、彼の近代繪畫をあてはめたのである。全然別箇の形にきざみ描かれた二つのものを、一方が古典の模倣だと斷言するのは、小生に細部に亙る用意があるからである。

この少女像は西曆一九二四年、わが大正十三年の作品である。何がモデルであるかは、勿論知るところでない。しかし藝術家の意識としては、ドイツ・ゴテイクのヱンゼルの完全な模倣である。この模倣といふ語を誤解してはならない。部分や手法の同じものをうつしとる類のイミテーションをなし、あるひは一部の手法をひそかにぬすむほどに、クレーは良心のない、個性と自尊心のない作家ではなかつたのである。小生はあのヱンゼルの奇怪な原型が何にもとづくかも知らない。このヱンゼルは奇怪で、極めてグロテスクであるが、しかもある崇高神聖な暖かさを無限にたゞよはせてゐるのである。それは徒弟制時代の産物であるが、その暖かさは制度外形から生れたのでなく、おそらくその制度をなごやかなものとしてゐた氣持のあらはれにて、人權を稱する必要のなかつた時代の、人倫のありのまゝであらう。

クレーは、古典ゴテイクを、遠望した氣分を模倣したのではなかつた。所謂ゴテイク的情緒を模倣し、再現しようとしたのではない。當然彼は一個の小さい藝術家と云へる人である。彼は彼の近代繪畫を以て、その古典の原型を描かうとした、それが卽ち模倣である。さうして同じやうに、奇怪なグロテスクな少女像をなしたのであるが、なほ現代が生命をもつやうに、正にその畫も生きてゐる。さうしてその繪が、我々に思ひきりに語つてゐることは、近代及び近代人の限度といふものの果敢無さであつた。彼は近代の優秀な文明批評家以上に、近代文化とその文明の實體を、古典ゴテイクとの對蹠によつて示したのである。影響をうけて描いたといふ類の發想でなく、模倣を遂行したのである。さういふ藝術上のゆき方は、わが近世史上の文學と藝術の面では、數知れず實行されたことであつた。さうして日本の舊時の批評は、さういふ點を納得しつゝ、その創造物の價値について、むしろ冷酷にまで、批判的掃除を敢行してきたのである。芭蕉の語錄に、名人は危きに遊ぶとあるのは、さういふ機微に於て、文人が獨步してゐる狀態を嘆じた聲である。

ゴテイクの奇怪な原型を求めて、そこから何かを模したクレーの少女像が示すものは、しかし、一種のきたならしさ、ものほしさであつた。最も人間らしい、小ざかしい、罪と狡猾と卑怯と意地わるさと、さうしていつも見えないものに追はれてゐる恐怖感と焦燥感を、少女の瞬時の表情に現したのである。これは近代といふものの自畫像である。ゴテイクと正反對のものであつた。しかしそれは、クレーといふ一人の作家のさういふ性格の現れでなく、廣範な近代及び近代人のもつ性格の現れであつた。クレーはかういふリアリズムに直面し、これを正直に辯解なく批判するみちを知らないまゝに、一種の現實逃避を策する。彼のメルヘンと云つたものは、しかしつひにメルヘンにならなかつた。

クレーのこの狀態は、今日の藝文上の常識では、それだけですでに十分に達した文學批評として認められてゐるのである。從つてその逃避は、近代人に一種の快適な美觀を與へる。近代の原理によつては、つひに救ひ難い人性を、彼はあますところなく描いたのである。彼の描いた最も人間らしい醜惡さは、もはや近代の如何なる傾向をもつてしても救ひ得ないものであつた。それはゴテイクのヱンゼルと少女像を比較すればわかる。最後に救はれない原罪は依然として殘る。バイブルに描かれたまゝの形で、と嘆じたヨーロッパの一個の叡智が、こゝで思ひ起されるのである。

クレーの近代批判が、この露骨さに到着した時、そこには一種格別の氣味わるいものが現れた。しかしそれはゴテイクのもつ神性の畏怖とは全然異るものであつた。人間の原罪を負ふ氣味のわるさ、惡の氣味惡さである。彼の作風が、一つの可憐さとあこがれと切なさをたゞよはせると見えるのは、たゞ我々のうちにも生きてゐる、近代人性のゆゑであらうか。その努力も逃避も、可憐で切ない、けれどもつひに果敢無い。この時愕然とするやうに、ゴテイクの無限微笑の、神性の恢弘を、小生は感受したのである。ドイツゴテイクが傳統としてクレーを扶けてゐるのではなく、クレーがゴテイクにすがつてゐたのである。これが模倣の機微であつた。

しかしクレーに現れたこの心情の發想の形は、本人が意識せぬ時は、子供の世界に逃避し、作品を檢證し意識したと思はれる時は、無數な知的なことばで、辯解風に表現してゐるのである。またその時には、それに對して反動的に人間的暴力をふるひつゝ、そのかげでめそ〳〵としたあはれをとゞめてゐるのである。やはり訴へてゐるのだ。彼は心のたけた、しかも小心可憐な教養人であつたらしい。自身の心情の本態を云ふことを怖れて四邊を云ひ、素樸なことばを怖れて、曖昧の詩的比喩や學術的語彙を用ひ、天を呼び神を呼ぶ時にも、その代りに、今日の詩人が、遠きものよ雲よ心よなどといふ如き云ひ方で、結局彼は古典にすがりつゝ、素樸な人のことばと一つになることを、あくまで怖れてゐるのである。この近代の被害者は、實にそのやうな卑小な恐怖感を拂ひのけるのが、古典の役能だつたことを知らなかつた。

しかしクレーがゴテイクを模倣し、ゴテイクと似ても似つかぬ己の近代性を暴露し、そのきたならしさの中に、藝術家らしい良心を現す可憐やあこがれを象つたといふ事實から、彼の内心にて、ゴテイクにすがつてゐる本能的な衝動を味ひとつたなら、かうした最も高い叡智の停迷狀態がみづからにもつ隙間につけ入る類の宗教的な叡智が發生するだらうことに、必ず思ひ及ぶであらう。この近代の深刻な課題に對し、ヨーロツパ的に近代放擲を決意したヨーロツパ的叡智の發現を、バルト對マルクスといふ課題に於いて見るなら、今ではすでに深刻になつたヨーロツパ精神を、少しもふるひ動かすことがないであらう。

むしろバルト對クレーに、深刻さの實態はあり、人性解放の緒がありさうだ。爭はず鬪はず破壞せずにのびてゆくものがある如くに見える。そんな時にも、たゞ歸依の一點と云ひきるほどに、小生は氣樂でない。小生の近代症に對する處方策は、もう少しこまかしい心理觀を考へるのである。こゝでクレーと云ふのは藝術及び藝術家の氣分心理を云ふのである。しかしすべての人種と國家と及び個々の教養人は、同じ日に同じ教程を卒業しない。これが近代の不幸の原因である。バルトの見出した精神の隙間は、クレーの深淵であつた。

小生は過ぎ去つた二十年の以前に、いさゝかの關心をもつたバルトを、殆ど同一條件にかへつてきた今日に思ひ起すのである。多少異ることは、ヒンド・スワラヂの中で、印度は滅ぼされたのではない、自らを與へたのだ、バハデウル會社の武力の援助を喜んだのは諸侯であり、貿易の便利と利益を求めたのは國民であつた、會社は商賣にも戰ひにも長じてゐたが、道德の問題に拘束されなかつた、余は注意する、日本は英國と貿易上の條約を結んだ、そして日本の空に英國旗が飜つてゐる、それは日本の旗でないのだ、しかし非難すべきものは彼らでないだらう、とガンヂーの云うた狀態がわが國に於ては變化したことである。新しい形が誰にも認識されたといふことだけが、わが條件としては變つてゐるのである。

だが觀點をかへて云ふならクレーの狀態に、その奧底にたゞよふのは、傳統といふ不可避な、或ひは無意識な、又は本能の如き、更に云へば宿命の如き、さういふものではなく、露骨なすがりつきである。放蕩息子や家出娘の感傷である。近代の中にゐる良質の——未だ魂を失ひつくさぬ近代人はそれを美しいと感ずる。しかし我々は、こゝからクレーの逃避と辯解を、祓除する方法を思はねばならない。小生はアジア人であるから、その原理としてのアジアを知つてゐる。且つ小生は日本人であるからヒンド・スワラヂにない本質論的出發を了知してゐる。日本はその道を傳へてゐるといふことを、日本近世の思想家たちは、二百年來、生れかはり死にかはりして唱へてきたのである。

（己丑十一月稿）

島ノ庄の石舞臺

現代の大和に殘つてゐる、古代の遺物や古代の藝術品の中で、小生が最も執着する關心をもち、且つ見る度に、感銘を新しく深くするものは島ノ庄の石舞臺である。

大和に殘るといふことは、日本がもつと云ふ言葉に云ひかへる方がふさはしい。島ノ庄の石舞臺とは、飛鳥と呼ばれる地帶の北端、今は岡谷ととなへられる地帶の奥のつまり、高市村の島ノ庄、こゝを過ぎて多武峯、吉野に入る山路の口の、田圃の中にあつて、飛鳥朝時代と推定される、露出した石室古墳の巨大な石組の、土地の呼名である。

元は封土があつたものと推定されてゐる。すでに平安朝の初め頃に封土をはがれ、やがて石室の下部と、外郭のすべてが土中に埋つた。これを昭和八年より、二度の發掘によつて、石室と共に空濠やその外郭の構造が、すべて明瞭に呈出された。故き濱田青陵の主宰した調査であつた。

日本最大の巨石墳墓と青陵が稱へた、この島ノ庄の石舞臺は、わが古代文化を思ふものの、必ず一見すべき巨大な遺蹟である。古い日本原有の創造力を考へる時に、まづ見るべき偉大な記念碑である。

　たましひを太らせるといふ、太古の日本人が、創造力に對していだいた、デーモニツシユな思想を、今のうつゝに實感として味ひたいものは、必ずこゝを訪うて、この石室古墳の偉容に接すべきである。それは訪者の心をすなほにし、大和に殘る最も古い佛教藝術のもつ、あの太い、たくましい、どぎついものの、なほ奥にあつて、はかりがたく巨大で、偉大な、古代日本人の創造力の實體につき當る思ひにふけらせるであらう。

　この石室古墳の作られた當時の、飛鳥の土地は、今のことばでいへば一種の國際都市であつた。唐人も、韓人も、時には西域人も、各自の國がらの風俗でゆきかひ、これらの今《イマ》來《キ》の人々は、その頃の最大の權勢家、島ノ大臣の第にも、しば／＼出入してゐた。年代で云へば、六世紀から七世紀に移る頃に當る。

　ヨーロツパにある巨石文化は、殆ど皆が新石器時代乃至青銅器時代の作である。今島ノ庄の古墳石室の中に立つて、高さ十五尺の天井を仰ぐとき、これが歴史時代の遺物であることに、誰人といへど驚異を味ふであらう。すでに青丹の瓦葺堂舍がつくられ、精巧の金銅佛が鑄られてゐた同じ日に、原有と今來の文化の交錯する中で、古代ながらの創造力の巨大さを失はなかつた民族が作りあげた、或ひは未曾有だつたかもしれぬ雄渾な建造物である。外來文化との交錯時の示す原有文化の衰退現象は、こゝには少しも認められない。それは今來の建築にうちかたうとして、當時の工人の氣魄の作つたものではなからうか、と疑ひたいほどである。

この封土を失つた、巨大な石室古墳を、島ノ大臣蘇我馬子の桃原墓に擬したのは、「日本書紀通證」の著者谷川士清に始るが、明治の史家喜田貞吉も、この説をよろこんでうけついでゐる。

この墓の主を名指で擬すことは、何と云うても冒險であるが、天皇の御陵に非ずんば、蘇我の大臣を除いて、か丶るものを作り得る者が、いづこにあり得ようかといふことは、史家の衆口に一致した。さらに思ふに、空前絶後の英雄に非ずんば、か丶る巨石を縱横につみ合せ、つみ重ね、一定の形態をくみ立てるといふ、無限大に近い努力に、命令者自身が耐へ得る筈がない。殆ど數にはならぬ人間の零細な力を、天文學的數字に結集し、年月の計算を思はず、人間の想像しうる限りの忍耐を以て、組み上げられた巨石建造物である。けだし實見し得る人力の驚異の最高の標示物である。

それが可能だつたのは、專制の强壓の下で、奴隷といふものを使つたからであるなどと云うて、何ごとかを解決した如くに安心することは、たあいない俗物の經濟學にすぎぬ。小生はこ丶で一つの藝術の心理學を云うてゐるのである。奴隷の存在は時と處に於てあり得る。萬人の力で石をひき、一日に一尺を歩くことも、一日のノルマに一坪の薪をつくることも、勞働量で比較すれば、計算上可能である。しかし巨石墳墓の流行した日にさへ、これほどの雄渾な構想は、誰人も模し得なかつたのである。これは單に生命をもたない有限の經濟力の問題でなく、無限にして測り難い、英雄心の問題である。奴隷を如何に使ふかは、使ふ人の氣宇にある。しかし當時の巨石墳墓が、奴隷の手になると考へることや、ひいて一般的にこの時代を、奴隷經濟の時代として考へることは、近代世界史の段階に符合せしめようとする人々の、無理の現れである。飛鳥時代は、奴隷制度の時代でないのである。

その精緻な構造と宏壯無比の氣宇は、いく度眺めても、さらに印象と感銘の古ることがない。すでに少年の感傷を去つた、この十年來の小生にとつては、かつてはわが創造力の根源と思はれた、推古天平の藝術は、やうやくに色あせたものとなり、この期間の小生の創造力を最も刺戟するものは、山川の名勝や大樹巨巖の自然物でなければ、島ノ庄の石舞臺風の、古代の遺物巨石建造物の遺蹟である。

しかも島ノ庄の石舞臺は、天造物の偉大と畏怖を示しつゝも、單なる自然でない。それは自然物なる巨大な石塊を、一つの構造につみ重ねた人工である。數千の牛畜と、數萬の人力を累積し、總量千噸を越ゆと推定される、巨大な石材數十を組み上げることは、零細の人力を、天文學的數字につみ上げる、近代の想像の外なる忍耐の成果である。今日の機械力を以てしてさへ、誰人も容易に想像し難い可能性をなし上げたのだ。しかもかつて人工を加へて累積された石材は、今ではすでに再び自然の石塊に歸つた如くに見える、それは千四百年前の事蹟の現證である。

今來の文化が、巷を埋める感のあつた、大倭朝廷の盛時に、日本の原有の想像力は、前人未聞の巨石の石室を構成し完成したのである。今來のものの何ものにも劣らぬ建造だと、作つた人々は自ら信じたであらう。今も法隆寺に比して、島ノ庄の舞臺をとることは、未來の創造力を藏した藝術家にとつては、判斷をまつまでもない尋常の心事である。小生らが鄕國の趣味に於て、これを高しとすることも日常事に他ならなかつた。今來の文化が、都の內外にあふれてゐる日の中で、この石室は默々として作られたのである。しかも今から考へるなら、かういふ古代ながらの創造力があつたゆゑに、法隆寺が、あの規模で生れたのである。推古の御代の大和人の、たくましい心とたましひの、ありのまゝは、法隆寺に於てでなく、この石室の露出した巨石群にあらはれてゐると、小生には思はれる。天心の見得なかつた、日本の美とたましひの、最もすさましい現證である。

もしこの石舞臺に生きるものを知らない以前の小生なら、金堂の壁畫が失はれたことを、致命の傷としたにちがひない。しかし十年來の小生は、藝術の世界に於て、別の強固な現證と共に生きた。文人としての小生の自覺と自信は、この巨石の構成を破壞するダイナマイトや原子力におくのではなく、現證する畏怖に近い魅力におくのである。火に燒けない藝術の、その原始そのまゝの現證と共に、小生の十年はあつた。

その心情はともあれ、これを築造した大臣は、法隆寺を作つた太子より、さらに驚くべき英雄の性格をもつた人物と思はれる。舊來の史家は、太子が大臣の暴逆を處置し得なかつた政治を難じたが、法隆寺と島ノ庄の石舞臺を比べるなら、それを責めることの空しさが知られるのである。太子が如何に考へようと、既にかの英雄の次元に於て、その拮抗の難さを、小生は太子の爲に、共に嘆くのみである。それは太子の偉大さをかりそめにする意味でない。わが史上五人と比肩する者のない太子が、その生きた時代に於て、つひに及び得ぬ一人の敵手をもつてゐたのである。島ノ庄の石舞臺は、さういふ想像をよぶ。島ノ大臣をほめる意味ではない。か丶る二人の英雄をもち、か丶る二つの遺蹟を作つた時代と民族の氣宇に、今日の小生は嘆息するのである。古代のこ丶ろをふるはせて彼らは將來のために、偉大なものをつくる活力に生々としてゐたのだ。島ノ庄の石舞臺はその現證である。今來《イマキ》の文明をじつとながめて、異國人の携へてきた文化の衣ずれの中で、人々は何ごとかを默つて思ひつ丶、蟻のやうにむれ集つて、蟻の如くに、一つの巨石を運び、一つの巨石をつみ、時々にはむごたらしい死人を出しても、蟻の如くに、無關心で遲々と怖れず、下命者の立場への意識をもつことさへなく、たゞうごめくやうに働いてゐたのであらう。

　發掘作業當時、大阪の二つの新聞社がうつした、この古墳調査狀況を示す空中寫眞をみると、そこにはうごめく僅かの人數しか見えないが、これを手がかりに、遠世を幻想すれば、あちこちのちらばつた巨石を中心にして、これをひくものは、蟻の如く眞黑に、人畜はむれてゐたにちがひない。その空中寫眞を眺めつ丶、小生は何か異常なかげりをわが心に味つたことである。しかし小生はそれを反省し、今は十分に了解してゐる。それこそわが心の中に住む異邦人のおもひであることを。異邦人ならばかくも思ふであらう氣持を、その寫眞は、小生に思はせたのである。心もちかろ〱しい、なつかしいわが思ひ出の一つである。當時の今來人たちも、わがごとき思ひで、大和人の思ひと仕業を、小高い丘の上からながめたであらう。半ば驚き半ば輕んじ、あげくにこの巨石の築造の完成した時、何を思ひ昂つたゞらうか。然るに小生は、この蟻の如く、生きんと欲するのである。今日といふ日に、小生は文人として、じつと心に思ふ。

しかし島ノ庄の石舞臺は日本の悲劇を象徴した。大和びとに忘れ難い千數百年、遠いむかしの悲劇である。將來のために、最初の歩みを印する昂つた思ひの凝固が、歴史の流れの最後の記念物となつたのである。島ノ大臣が、ぬぐひ難い過誤を犯したときこそ、石室古墳が歴史のこの終點として、最後のものを意味するものに決定されたのである。將來を思つた巨石建造が、最後のものとなつたといふことは、原有の日本の創造力は、この以後に、これ以上に、つひに自然化しなかつたとの意味でもある。萬葉集と東大寺の對立は、もう飛鳥の雰圍氣から云へば、その端れのものであつた。昇りつめた上とは云へない。島ノ庄の石舞臺と法隆寺といふ對蹠より、高くなつたとは云へないのである。

大和の國原の道は、太子の國土計畫の遺構を今もそのまゝに傳へて、東西南北の整然とした碁盤目である。どの道も南北線を貫き、東西に眞直にのびるが、今の飛鳥の甘橿丘のつゞき、いづこの小高い丘からでもよい、國原を見渡せば、たゞ一筋、なゝめに大和國原をぬく道を見出すだらう。國原の南の地の人らが、太子みちと呼び傳へてきた道である。都から斑鳩宮への御往還のためのみちである。太子が通はれた佛の道として、大和の人らは太子道とよびならひ、春の花のころには、千三百年昔ながらの太子の心を甦らせる、法隆寺詣での道である。彼らは流行人が何と云はうと、寺が古美術といつた考へになじまない、遠い〳〵祖先が代々を傳へて歩きつゞけた、しきたりのみちを、春の花をかざしてゆく。それは菜の花みちのはてにある寺である。島ノ庄の石舞臺がむかしの人に神聖で畏怖すべき墓であつたやうに、太子の寺は救世の悲願の現實である。太子の悲願は、その道に今も非常にほのかに生きてゐるのみである。仰々しい信仰としてでなく、習慣風俗としてである。我らの大祖母らが語つてゐたところの法隆寺では、壁畫觀音の御姿を、我手でなでて、その手を我身に手當てしてゐた。壁畫は、かうした近在の信者によつて、千三百年間を傳へられたのである。太子の悲願が殘つてゐるものなら、これをとりはづして博物館に收めるといつた、今の人の心をきらつて、繪畫は現世の姿をくらませるにちがひない。それは消滅でないからだ。だから小生は壁畫の炎上を悲しまない。太子みちを會式詣での人は歩き、太子みちはなほ殘つてゐるからである。この道を太子は、萬葉ぶりのますらを歌を口吟みつゝ、駒をかつて往還されたのである。この國原の整然とした井字形の道ある地上に、たゞ一つなゝめに通された太子みちを見てゐると島ノ庄の石舞臺からうけたものと、同じものを小生は味ふ。それは太子の英雄のこゝろの一番あざやかな現證とおもはれる。ものごころつく頃から、數知らずみた法隆寺の諸佛は、小生の心の創造力からいくらか色あせたが、太子みちの現證は、それと反對に、小生の創造力のデーモニツシユなものと化し、わがたましひをふるはせ、太らせるのである。

わが國に於ける、巨石建造の最大のものが、六世紀から七世紀に作られたといふ驚異的事實は、今一つの現證に照らし合せた時、一段とその驚嘆を重ねねばならぬ。古代人の努力と忍耐とその算術のみが可能としたもの、かく驚くべき願望、古代の魂のたくましさそのまゝを示すものが、十六世紀のわが巨石建造物に、はからずも現證せられたのである。

他ならぬ豊臣秀吉の大坂城の石垣である。豐太閤が如何に驚くべき人間であつたかは、この石垣に最も鮮明に示されたのである。島ノ大臣の島ノ庄の石舞臺に匹敵するものを、千年後の一人の英雄が、何を思つたか、こゝに再現したのである。

秀吉は古代人さながらの心をもつた、驚くべき人物であつた。新石器時代の魂を、十六世紀に實現した人物であつた。どのやうな豪膽俊敏な藝術家といへども、秀吉が、かの城壁の巨石に表現した如き效果を出すことは、今さらながら思ひも及ばない。それは原理として簡明であり、效果として絶對である。島ノ庄の石舞臺が、絶對といふ點で法隆寺を凌いでゐるといふ意味が、こゝにも實現せられてゐるのである。

島ノ庄の石舞臺以後、日本人が始めて見るものを、初めて作つた人物は、たゞ驚くべきといふ形容詞をあてうるのみである。しかも島ノ庄の石舞臺が、古墳外郭の築土石疊に見せてゐる、ほゝゑましいやうなやさしさを、秀吉も生れる日に忘れてこなかつた。醍醐三寶院の庭の巨石の配置は、通常の人の思付にない豪放の可憐をあり〳〵と示してゐる。秀吉は、古代人のこゝろをもつた人である。しかし人一人のみがそれをもつたとても、大坂城はつくれるものでない。元龜天正といふ時代の英雄のこゝろにそれがあつたのだ。加藤清正は近世の綜合的な天才として、さういふたくましい魂の大なる持主であつた。清正の戰略と築城と造園と土木は、さながら秀吉の時代を示すのである。

先史時代の遺蹟とまがふ如き巨石を、海山越えて運び、つみ重ねて築く石垣を、可能にするものは、經濟力ではない。巨石は一度据ゑたなら、もう絶對に居ずまひをかへないのである。再び同じ形を示さないのである。修正のない、かきかへのきかない、さういふ怖ろしい藝術であつた。移すことも再現も出來ない。廣く世界を通じて見ても、これに類するものは、僅かにギリシヤのミケーネ時代の城壁に見るのみと、濱田青陵をして感嘆せしめた、十七世紀の遺物に、近代の知識人は驚く心を失つたのである。しかし大坂城を見物する民衆はその心の働きを忘れることなく、この石に驚きをくりかへし、秀吉のえらさを傳へてゆくのである。

遠い敷島の宮から飛鳥天平のころは、知る限りの異國の民が來朝してゐた。その頃の極東の情勢は、日韓支の三勢力が、拮抗鼎立の狀をなし、內は政治に活氣を持し、外侮をうけない狀態であつた。當時の新羅は、朝鮮半島の歷史に於て、唯一の國家をなした存在であり、時であつた。それを示すに足る文物を今に傳へる。千年の後の秀吉の時代は、貿易の豪商や外征の將兵が、花やかに都を步き、國土人心は戰國終焉の活況を呈し、南蠻の風俗が都の內外に見られた。足利將軍家の時の久しい外の侮りは一掃せられた。

日本人の原有內心の發動として、島ノ庄の石舞臺や、大坂城の巨石建築の心そのまゝに營まれるのは、いつの日であらうか。七世紀からとんで十六世紀に現れる迄に悠々千年の期間があつた。しかし內心の民族の傳統は、忘却と記憶の意識を超越して傳はるものの謂である。

鏡花の物語にも描かれた武生の町の奥、封建の越前奉書紙の名どころ岡本の村へ、紙すきの翁岩野老人をたづねたのは、もう七年の以前となつた。

紙どころは、仕事の清淨を象つて、敬神の念にあついが、その岡本の氏神の祉の石垣の、そのひなびた構成が、鈍重と豪快のいり交る、一種異様なおもひをさせるまでに、巨石をつみ重ねてゐるのが、わが旅人の心をひいた。岩野老人の饗應にあづかりつゝ、初めからその石垣の話に入ると、實はあれは自分の造つたもので、と云ひ、謙遜しながらも、おのづからな自慢話となつた。

生來石をいぢるのが好きで、實は老人の無理押しで、村びとをひきずつていつたのだが、なかなか相當の困難にあつたと告白する。實際旅人なら、誰がみても異様な感をうける、驚くべき石垣である。尋常の人の構想に思ひつかない石の並べ方、押し出し方、第一その石がどれもこれも奇妙に大きい。この老人、紙すきの手だれで、かつ村の有力者である。日本のあちこちに時々見る、石をいぢるのが好きだといふ種類の人で、近ごろきはだつた一人とおもはれた。

この老人の石垣作りの話に、ともかく無理押の激勵と我意で、大略はこぎつけたが、とゞめの大石には皆も自分もしんから困つた。その石はほど近い山の中にあつたが、足場が危險で、牛を何匹に村びと總出ほどの勢ぞろひだが、寸分も動かぬ。村人は怖れて力を出さぬけはひ、老人が發奮して、笠をきて石上に坐り、皆を叱咤すると、少しにじり出した。數尺か數寸か。それからは急轉直下の勢で、はつとした時は自分のことさへわからぬ。たゞ激しいもの音と同時に、晝もくらい松林が、忽ちぱつと明るくなつた。氣がつくと、自分は巨石のすべりおりた道のあとに安座し、はるか下に大石も坐つてゐる。その上に笠一つ、きちんと安座してゐるのが、身ぶるひするやうに怖ろしかつた。

笠がおそろしかつたのは、生死の豫感でもしたのですか、と問ふと、何も考へず、怖くてたゞ拜みたい心だつたといふ。この間は實際何秒だらうと、今からは思はれるさうだ。勿論負傷したわけでもなく、失神したのでもない、たちまちあたりが明るくなつたのは、大石が落下する時、深山の木立を根こそぎになぎ倒したので、天日さし込んで、あたりの明るくなるのは當然でせうと、老人の云ふ迄は話に魅入られて氣づかなかつた。しかし老人も忽ちあたりが明るくなつたのには驚いたさうである。ひき手はさほどにおもはなかつたか、口やかましい老爺の指圖に安心して、急下する石を半ばひき、半ば石にひかれて、よいほどにほどよく身をかはして、すべて無事だつたといふ。小生は古い巨石いぢりの人たちの仕業を考へつゝ、今の石いぢりの翁に尊い同感を味つたのである。

晝をすませると、老人は武生の宿に歸る前に、案内したいところがあると、しきりにすゝめる。山中に二本ある、大きい櫻が、今花ざかりだといふのである。この櫻の大きさは忘れたが、東京へ歸つてから、太田聽雨に會つて、各地の櫻の木の話をしてゐると、聽雨がとつておきをとり出した、奥羽の奥の山櫻の大きさが、小生の岡本でみた櫻とほゞ同じだつたから、日本で數に入る大きい櫻にちがひない。老人の案内の支度は、山刀を腰ばさむ、これは、山に入つてから、道をきり拓いてゆくのに使ふのである。權現櫻と呼ぶその櫻樹は五町ほど離れて二本あつた。その根本へ到着するのに三十分といふのが倍になつたのは、道つくりに手間どつたのであらう。花ざかりであつたが、幹下にゆくと、周圍の立木が邪魔して見えない。それと見るや老人は、例の山刀をぬき、忽ち櫻樹の側にあつた、目通り一尺以上の木二本をきり倒した。これで櫻の花ざかりは忽ちわが目のうへに眺められたわけである。小生あとにもさきにも、こんな豪快な花見にあつたためしはなかつた。老人今も健在であれば、かの石いぢりと花見の雄ごころを以つて、今の世に何を考へをるであらうか。

この老人の近親には、明治の陛下の側近に奉仕した人があり、己の紙すきわざでは、つね日ごろ皇室の御用を拜してゐたのである。明治天皇の御趣味から御下命になつた、文樣すき込みの障子紙の、精巧にして豪華な氣品は、これを見ぬ人に傳へやうないが、それをみながら老人の口から、つぶさにそのすき方をきいてゐると、さながらその牡丹模樣のほのぐらい障子の中の、光線の交錯するふかさを樂む如き夢幻のおもひを、味ひ得たのである。

小生は島ノ庄の石舞臺がわが十年來の創造力の自信の根源であることを云ひ、大坂城の石垣をつくつた驚くべき人間の、その創造力の傳へをのべたのである。この島ノ庄の石舞臺の、あくまで迫つてくる巨大さは、その露出のゆゑであるかもしれない。しかし二度の大發掘の結果あらはれた全體の構造の中には、この全容の偉大を增大するに足る、子供のやうには、ゑましい構想の現場を十分に示してゐるのである。

近頃は、古美術を好んで語り、また愛する若い人も多いが、島ノ庄の石舞臺や大坂城の巨石建造からうける、藝術の中の最も驚くべきものを、語りきかす人の一人とないのは、すべての人の審美觀が和辻哲郎の「古寺巡禮」の呪縛からぬけ出ないゆゑである。小生は大和に生れ、少年の日から、わが庭のものの如く、古代の藝術を眺めてきたゆゑに、「古寺巡禮」の審美眼に同じ得なかつたのである。

しかしこの古墳が封土に覆はれた時は如何に、といふ疑問には、青陵がすでに答へてゐる。この二度の大調査を主宰した、秀れた考古學徒の學理的正確さと、彼のもつ、日本人としても最高をゆく審美感とは、小生の信ずるところである。彼はそのことについて次のやうに語つた。「復原せられた古墳は、現在その巨大なる石室の殆ど全部を田圃上に露出して、恰も巨人が其の軀幹を裸にして、益々其の大なるを感ぜしめるが如くであるのに對して、其の軀は寧ろ平凡なる封土中に被はれてしまふであらう。併しながら、此の封土は決して平凡なるものではなかつた。其の下部は、未だ曾て見なかつた樣な堅固なる玉石積を以て繞らされた正方形であつて、更に其の外圍には玉石を以て堅くせられたる土堤を以て莊嚴せられたものであることが明かとなつては、今や此の巨人は更に美麗なる服裝を著けた、大きさと美しさを併有して居つたものであり、其の堂々たる偉容が、細谷川を前にして屹然として南面して居つた光景を想像せよ。それはさながら……」とつゞけてゐる。この文章を讀めば、六世紀より七世紀のころにかけて、この大古墳の出現した當時の姿が、さながらに彷彿するのである。

この巨石群を覆ふ根性のすさましさを、あくことなく想起せよ。小生は天平の佛教美術を否定するのではない。しかしよしそれが完璧であつても、わが創造力の無限さに於て、絶對といへないものをおもはせる。そこに一種の氣安さがあるからだ。勿論島ノ庄の石舞臺にも氣安さはある。たゞその種類が異り、かれは尊重を思はせ、これは絶對をおもはせる。タウトのたゝへた飛驒の遠山家の家屋に見る合掌造に於て、我らが感じる一種の氣樂さの、さらに完全のものの場合を云ふのである。これを例へば皇大神宮建築に比した時、後者にある絶對が彼にないとの意味である。しかしタウトは二つを同樣にたゝへた。重大のけぢめを分つ審美眼に缺けてゐたのである。外國人が日本美術に對していだく、かうした所謂民藝感覺に、小生は徹底して反撥するのである。小生は、タウトのかゝる讚へ方――桂離宮の場合にさへ同樣のことが云へるが、さういふ讚へ方を、一つの俗として認めないのである。それは第二義的或ひは三流的關心の審美眼である。タウトにしても、ヘルンに於ても、古いフエノロサの場合にも、このことは共通してゐる、未開國或ひは土俗地帶の美の發掘といふ、思ひ上つた意識は、結局神々の恩寵を見逃すこととなる。神々の最高の恩寵を、人間の智慧によつて逃した人々である。その人々の人間の智慧は、限りなく比類なく美しいけれど、彼らは古代の美を愛しつゝ、その心にとけ入つた時に、同じおもひを以て未來を云ふことばを持たなかつたのである。

小生の示した島ノ庄の石舞臺對天平藝術といふ對蹠の意味は、ゴチツク對文藝復興、十四世紀對近代と並べてゆけば、品下るけれど、大方に思ふところを傳へうると思ふ。ゴチツクの美しさをおもへば、近代は消滅するのである。マイヨールやロダンに、生命と創造力のいやはての榮光を燃燒し得る人々は、幸福な人々であらうか。然り、幸福な人々に違

ひない。彼にとつては、ゴチツクも、ギリシヤも白鳳天平も、そのロダンやマイヨールへ
の傾倒心を混亂させせないからである。然しロダンとマイヨールとを、ロダンとマイヨール
と白鳳天平とを、そのいづれの區別をもなし得ない批評家の美文に感傷してゐる今日の若
い人々は、どういふ幸福に屬し、どういふ幸福へ向つてゆくのであらうか。
しかし小生はこの四年、世俗を云ふを止めて、その間に四度、島ノ庄の石舞臺にのぼり、
春の花を見、秋の霧をかなしんだ。石舞臺の名は、土地の人々が、花見時の小宴などに、
こゝを使つた習俗の名どころであらう。そのいつの秋か、傳へおきたい人々に、この名ど
ころを知らさうと、霧立つ夕方を忘れて、こゝに遊んだ。遠飛鳥の人のこゝろに、なべて
の日本人の生きる日、小生は今もそのこゝろに遊ぶ文人であるから、そんな心も遠くなる
やうなむかしの日のことをおもひ、遠世びとのこゝろをひとりごちながら、なだら山坂路
を下りつゝ、ふと口吟んだまゝをしるしておくのである。

山くだるきりとあゆめばおぼめくや島のをとめのうつゝにもとな

己丑十二月二十三日記

日本に祈る

あとがき 一

「罪なくして配所の月を眺めたい」――と、人工の美観の悲劇美的極致を、このやうな述懐で現したのは、千年の昔のわが文學者である。その生身は王朝の榮花のさなかにあつた後宮の女性たちのその感應は、何といふ思ひ上つた感慨であらうか。その昂ぶつた心は、あらゆる神佛の罰と、人の憎しみを豫想したに違ひない。しかし神はいとほしみ、人はあはれとみた。果報うれしい心の門がひらかれたのだ。

しかし今日そのことばは、忘れ難くわが心に痛い。絢爛を極めた文化は、その底に、驚愕をおもはせるやうな、太々しい根柢をやどすものであつた。それは何といふ圖太い根性といふべきものだらうか。余はその女を憎み、あはれと思ふ。やがてさういふ心が、現實として、出發の日の現實として、志ある人々にうけとられねばならぬ日がきたのだ。されどこの後の世の逞しい隱遁詩人のますらを心を、爛熟した宮廷の優雅な美女たちが知つてゐたことを、何と驚嘆すべきであらうか。

隠遁詩人たちは、その女たちのたくましい根性を了知してゐた。彼らは隠遁者の教典を編輯することなく、つねに王朝の物語と歌集を、懐中にあたゝめるやうにいだき、そのわびさびのみちの生成に、それによつて古の大宮どころの榮花をしのんだのである。それはうてばひゞくやうな對應である、氣合であつた。

されど余は今、この言葉のもつ、しぶとい生成の理を思ふよりも、それを口にした人の、一生の愛情の流轉を思つて、それらの狀態から生れた美觀の根柢をたどらうとし、その心の中でおのづからに、たゞつゆけきものをおもふのである。

思ひ上るといふことを、人には言はず、ひそかな日常としてきた、この數年間のわが境涯であつた。昂ぶる魂と精神を自覺するといふ點では、申し分のないこの五年であつた。

文人としてなすべきことをつくしたといふ思ひの安堵感は、成敗に左右されるものではない。今なほ余は前進をおもへば、わけなく振ひ立つた。余はかの一つのものを失つてゐない。今にして何ごとも終つてゐない。余は誤解に對して陳べない。思ひをこめたものは、なほわがまへにある。國が貧乏したことも、己が境涯をきびしくしたことも、論ふ筋合ではない。わが前に祈るこゝろ、しかも「祈り」といふことばを、一言も口にしたくない「祈り」を切々に味ふ。

文人の不遇とか不自由といふものは、今日云はれる意味では、たゞ物的生活を謂ふにすぎない。一應それは客觀上の問題らしく見えるけれど、しかも實際は主觀の問題である。余は文人として、今日こそ、ふかくつよく、わが半生に知らなかつた自信と責任をおもふ。

それは戰前戰時を通じてつひに自覺しなかつたと思ふほどに昂ぶつた感情である。

余は、最も落ついた狀態で、終戰の詔敕を拜讀したのであつた。終戰當時余は石門の軍病院の一室に重患者として横つてゐた。「世界の大勢亦我に利あらず加之敵は新に殘虐なる爆彈を使用して頻りに無辜を殺傷し慘害の及ぶ所眞に測るべからざるに至る」「堪へ難きを堪へ忍び難きを忍び以て萬世の爲に太平を開かむと欲す」さういふ章句を、時をへてしづかに拜誦したのである。

それは激動を抑へた靜けさといふ意味ではない。かつて直後の余は、斷腸といふことばが、幾度か歷史上の偉大異常な人生に於て、口にされた事實を肯んじた。それはある時に、他に代るもののない切實なたゞ一つの言葉であつた。それ以外に何ごとも必要でないやうなことばである。余は前半生を終るころに、斷腸といふことばの意味を始めて了知したのである。余は生涯の自信を新しくした。

詔敕を拜したのは、さういふ激動のはるかに遠くなつた時である。余は屈曲しつゝもかつかつ、聖慮のあるところ、聖旨の發するところにたどりつくに至つた日に、偶然初めて大詔を拜讀したのである。

「武器によつては平和はこない、それは勝者の場合も敗者の場合も變りない」といふお言葉を、傳へきいて、身のひきしまる思ひのしたのは、その同じ頃だつた。余の愚鈍さへ、大詔をくりかへし拜讀するまでもなく、貫道する大光明を感じ得たのである。

萬世の平和を將來するためには、「近代戰」とその「準備狀態」を放擲せねばならない。

——かつて余は、本土決戰といふ聲の起つた頃に、その意味を別の言葉で言うたのである。しかし、日本の「近代」は、日本を救はず、また日本のみちでないといふ意味を、軍國の日の情勢論とした時にも、その論理的歸決として、かのゲリラ戰といふ、「アジア」の意味に於て、非道義的な抵抗様式を肯定するのではなかつた。「日本」の基定をなす原則生活は、今に於て、「近代」の兵や戰爭を否定する（原理として無關係）ものだつたのである。これが被侵略アジアの實體とも考へられる。

しかし思想として「近代」への無關心を説くためには、「近代」の理想と現實——つまり「近代文化」を、根柢より否定する論理がなくてはならない。その歴史をもたねばならぬ。余は「近代」の文物に對立する、「アジアの精神」の文明の歴史を說いたのである。

しかもそのためにはまた、文化の根柢をなす道義とは何であるか、を說かねばならない。その見地から、「近代文明」の持續と今日以上の繁榮を構想することは、人間の最も深い罪惡にもとづく物慾心の充足にすぎない所以をのべねばならない。「近代社會」に於て、自由な「精神」の「人間」は、どこにも存在しなくなつたのである。

文化と文明の理念が、「近代文明」以外にないと考へることは、近代の史觀を絶對視する迷信にすぎない。ヨーロツパの東につゞく四つの地帶には、儼然として四つの古代の傳統をつなぐ文明が、今も燿々と維持されてゐる。

その四つの地域の文明は、自らの差異はあるが、共通する一點は、「精神」を以て彼の西國の「物慾」に對立する點にある。この共通するものが、十九世紀末期にアジアの先進によつて發言された「アジア」であつた。「一つなるアジア」「アジアは一つだ」といふ事實である。

しかし「アジア」に於ても、緩慢で久しい西歐との接觸の間に、その精神の理念は、すでに生活を離れて、「思想」「文化」（或ひは單なる「宗教儀禮」に古の殘影を止める形に迄）と化し去つた狀態も起つた。しかるに我國に於ては、特殊な地理的條件と國體によつて、アジアの本有の道義が、最も完全に維持せられてきたのである。しかも短期間に於ける日本の「近代化」の異常な進行ぶりは、反面では、一層そのけぢめを明確に意識せしめるものもあつた。しかしそれは國内の相剋の重い原因となつた。不幸な悲劇の因はこれである。

日本は、己を完全な零として「近代」を學びとらなかつた。學びとり得なかつた。國內に於ては、その文明觀上の宿命的對立を包含してゐた。人間を完全な「零」とする絕對權力を以て、「近代」を移入するといふ方法、それは後進國の場合合理的であるだけに、その想像さへされない非倫の方法（日本よりや丶おそくソヴエートロシヤの行つた方法）は我國でとり得なかつた。「近代」樹立の上で（近代戰に於て）、日本がソヴエートに破れた原因の一つである。

日本の本有の道義は、日本の民の生活の中に傳へられてゐた。それはわが國土の山陰に、しづかに煙を上げてゐるかすかなる米作り人の、最もつ丶ましく美しい傳統生活の中に、殆ど完全に古をたどりうる如くに傳つてゐたのである。さういふ生活體の內外を、「近代」

がしきりに蝕んでゐる事實を考へた時にも、なほこのやうに云へるものがあつた。

人間の最終的幸福の因子は、果して「近代文明」の中にあるか。(近代文明が將來するかと問ふ必要はない。)「近代」の中に生存する限り、近代の繁榮の原因となる「原罪」から、「人間」は決して救ひ出されない、たとへ繁榮の支配者が變化しても、「人間」は「原罪」から決して救はれない。デモクラシーにコムミユニズムがとりかはつても、決して最終の幸福は得られず、西洋の云ふ人間の最初の原罪は依然としてつきまとふだらう。それは「近代」といふ範疇内の、權力爭鬪にすぎないからである。コムミユニズムは「近代」の繁榮を奪取せんとする者の原理であつて、「近代」を革命する原理でない。「近代」を革命する原理は、「近代社會」の内部にないのである。

我々は人倫と道義を尊んで、卽ち「近代」の考へる「人生觀」を追放するのである。人間は原罪を荷ふもの、人間の心の中は、野獸や蠻人の住む「暗い森」だといつた類の考へ方、西洋中世時代そのまゝの「迷信」を放棄せねばならない。たゞ中世はその假定のもとに、信仰と神を與へんとし、現在はあくなき戰爭と爭奪を肯定するのである。

同時に、我々は、アジア人の立場としては云ふまでもなく、さらに「人類」として、「人間」として、その史的な廣い眼をみひらいて、「近代文明」を唯一絕對と考へる近代人の「迷信」をすてねばならない。

そのためには、我々は「近代」の教へた史觀——進步の史觀、その論理としての「辯證法」といふものを、昂然と放下すべきである。「近代」とは、西力東漸の時代である。しかしそれは古代都市國家時代、ローマ帝國とその延長としての中世神學時代につゞく（或ひは一時期には嚙み合つてゐる）ゲルマン的ヨーロッパ征覇の時代である。つまり「ヨーロッパ時代」の謂である。

しかし余はこゝより進んで、現世を放棄する「宗教」を云ふのではない。「近代」――ヨーロッパ人の支配する時代と世相は、進歩の史觀と辯證法を以て說くにふさはしい。しかし我々はそれが唯一の世界でないことを了知した。すでに精神の文化は、この「近代」に對し明確に、已を語るべき時代である。

これを我々は「抵抗」とも「革命」とも呼ばない。「近代」に對する「アジア」の原理は、「近代」を「革命」する原理となるものではない。それはアジアの原理の構造の指し示すところである。さらにそれは「抵抗」といふ何らかの行爲をとらない。存在の事實がそのまゝに「抵抗」であり、それ以外の爭鬪的行爲は、原理として存在しないのである。今日に當つて、何といふ悲劇であらうか。けだし精神は、その悲劇の故に崇高であり、不滅である。

先驅者の岡倉天心が、かゝるアジアの自覺を說いた時、彼は恐らく日露戰爭に於ける日本の勝利をよろこびつゝも、心でわびしく思つたであらう。天心の欲したものは、さういふ形の「日本の勝利」でなかつたのである。天心の感じた「勝利の悲哀」を、當時の國民感情に照しつゝ知ることは、今日の努力と、さらに反省とすべきことである。それは當時の國民の感じた「勝利の悲哀」を、さらに深刻に考へ、アジアの原理に照し合せた時の感じである。乃木大将の感慨のふかさを、日本國民は心からしみ〴〵うけとつた。大将は詩人の如くにしか表現し得なかつたのである。その事情の論理を了知することは、今日のすべての日本人並びにアジア人に必要な反省である。

日本人あるひはアジア人として、必ず守らねばならぬ道義と文明は、「近代」にないのである。「近代」とは、「進歩」の時代であり、進歩を最高の理念とする。しかもこの進歩は「戰爭」と「革命」と「支配」と「侵略」によつて生起する現實に他ならない。「近代」に於て「革命」は、權力闘爭以外の何ものでもない。

詔敕の中の「而も尚交戰を繼續せむか終にわが民族の滅亡を招來するのみならず延て人類文明をも破却すべし」といふ一句も、心そこになければ、日本人の理解に到達し難いと思ふ。

この、民族の滅亡卽ち人類文明の破却といふお言葉の民族的意味は、「近代」の觀念によると「民族」や「人類文明」を云ふものでない。アジアの理想と文明の傳統を念頭にする時に始めて、次の決意が理解されるのである。眞の日本の道義のあり方である生活體を、そのまゝ戰力體とすることは、原理上の滅亡であり、道義の自滅であり、結果として大詔にある民族の滅亡、人類文明の破却といふ意味にもなる。卽ち所謂ゲリラ戰の思想は、原理的に否定せられてゐるのである。

如何なる史實に於ても、文明をもつた民族は滅亡しなかつた。しかるにこゝに民族の滅亡といふ語で現されてゐる。さういふ言葉で云ふべき豫想があつたからである。かくて眞の日本の生活體を投入して、戰爭を繼續せんとする一部軍人の思想は、こゝに潔く中止せられた。聖斷と拜する次第である。この聖斷は、今に於て拜察せば、崇高である。けだしその生活體は、近代戰爭を原理的に否定することを「生命」としてゐる生活體だからである。

模倣的文明と模倣的生活は、「革命」によつて簡單に滅亡する。しかしその結果から、民族と、人類は、何らの損失をもうけない。

結論だけを簡單に申さう。我は「近代戰」といふものに破れたのである。「文明開化日本」が近代戰に敗れたのである。文明開化の歸結としての「近代戰」に敗北したのである。文明開化の戰ひに敗れたのである。わが文明開化を完成するためには——卽ち列强に伍すといふ目的完成のためには、「近代戰」としての獨立戰爭にうちかたねばならなかつた。アジアはその近代の發足に於て未獨立地帶だつたのである。「近代」の「國」でなかつたのだ。

アジアの自衞は「近代戰」に勝つか、「平和」に生きるかであつた。「平和」とはアジアの生活の本有の樣式の外觀を云ふことばであつた。しかしアジアの精神は、決して「近代戰」にうちかつことを最終目標としない。何となれば、その結果は「近代」を樹立するにすぎない。「近代の繁榮」を所有するといふ結果以外にない。しかるにアジアの最高の精神たちは、そのことが下等な文明であり、否定すべき物慾にすぎなく、さらに道德でないといふことを了解してゐるからである。「自衞」といふ「近代概念」によつて考へることは、理を晦冥にする。

明治御一新以後、大久保利通とか福澤諭吉と云つた人々の指導した文明開化日本の成立のためには、當然「近代戰」の爲の準備となり原因となるもの、即ち市場と植民地の開拓をなさねばならなかつた。さうした進路に當然現れるゆきづまりから、近代史的侵略をすでにそれを完了した先進諸國に對し、實力を以て分けまへの再編成を要求せねばならない結果となつた。これが明治三十年代以後のわが國の歴史である。

「侵略」といふ言葉は、「近代史」の專用語である。その史的具體的意味に於ては、對アジア的概念である。昭和十三年前後の日本の維新をめざした青年たちは、この文明開化日本、即ち「近代」日本が、アジアに對して行はんとしてゐた「侵略」を阻止することに、己を犧牲にして血鬪したのであつた。青年は革命のために先づ死んだが、生命を投じてこれを阻む重臣長老は一人もなかつた。

二・二六事件の青年たちさへ、三井・三菱といふ者らのために、（それは日本の「侵略」の様式だ）日本の農村の兵士を滿洲の野に死なしたくないのだとその叛亂の當日演説した。しかし彼らは方法に於て、結果に於て、論理的誤謬を犯した。彼らは未熟だつたからである。しかし不幸にも東洋の筆法では、かゝる論理上の誤謬を、道德上の犯罪と裁斷するのである。それは客觀的な「不幸」でなく主體的な嚴肅だつた。彼らはなほ道義の實體を十分に了解せず、「近代」の與へた「迷信」に從つて、「近代」の構想と繁榮を高い位置に置いて考へてゐた。それこそ近代日本の悲劇であり、近代日本の敗北の運命であつた。

大久保――福澤の思想のゆくところ、日本も「侵略」を必要とせねばならなかつた。彼らは尋常の意味で非倫の人でない。しかるにその結果は如何であるか。文明觀の根本が違つてゐるのである。これに對立した西鄕隆盛、副島種臣らの思想とは、要するに、文明觀の上で全然相容れないものであつた。此の精神（道德）に對するに、彼は物欲（近代）をもつてした。此のアジアに對し、彼の西洋である。

戰時中の國內の思想上の對立は、御一新の日すでにあつたものの延長にすぎなかつたのである。その往時に於て、大久保一派の維新政府の指導者に對立する文明觀の持主たちは、官界を去るより外なかつた。かくて「近代日本」の進路は決定したのである。その日に決定したのである。それは天心が、「さびしい浪人の心に育まれた思想」といみじくも文學的に表現したそのもの――その思ひであつた。今や我らに於ては「祈り」と云ひたい。この心、日本人も外國人も、今こそ知らねばならない。それを知らしめることは、今日に直面した我々の任務である。この目下の狀態は天心は知らない。想像もし得なかつた。しかも我らはその任務のために心昂ぶるものがある。その文明觀の本質を我ら文人は多くの人々に知らしめねばならない。今や武人は「近代戰」に破れて悉く亡んだのであるから。

余は今日、わが同胞にこれを望み、永遠な「日本」にこれを祈る。我々は戰時中を通じて、この福澤風の文明觀と苦鬪してきたのであつた。我々は外觀上に於て破れた。「近代戰」の思想は終始我々の考へを壓倒してゐるが如く見えた。然し我々は誰人にも讓らず、破れなかつた。それは今も「わびしい浪人の心」の中で破れてゐない。我々は今日、天心がしたやうに、その日とは異つた形で、これを内外人に向つて云ふ時であらう。何となれば、日本の「近代戰」派は一敗地にまみれたからだ。天心の日と、國の事情は異つた。しかし眞理にとつては、何の不利もない。

福澤らの考へから歸納された近代的軍國主義は、完全にうちのめされた。しかし我々はこれをよろこぶ代りに、腸を斷つ迄に悲しんだ。これが當然である。余は國の多數の純情と共に、どんな苦難にも耐へる。余は廿代の青年が人に瞞されて、自ら死地に赴いたといふ傳說の作者の不遜を憎む。欺瞞だと教へたい者は、その考へにいはれないとしても、彼らがまだ死なないまへに教へるべきである。彼らが次々に死ぬ日、己の安逸を慮つて、口をとざしたと云ふ如き欺瞞と不實の徒を、余は毛頭信じないのである。

事實には正しくない面がある。されど余にあつては、絕對感情の愛國心がある。故に苦悩するのみであつた。すべてが矛盾しない故に苦しいのである。余は人に瞞かれたなどと公言し能はぬ文人である。余は自ら間違ふ以外に、瞞かれることはない。それは余の自ら信ずるところである。

瞞かれたと云へるものは、すべて虛言を云ふ徒である。信ずることなくして、口にするは虛言である。自主的な獨立人は、勝敗の判斷を自らする。教へられるまへに、自主的にする。勝たねばならぬと考へて、その行動をするか、さういふ考へを起さぬかのいづれかである。イギリス國民は、さういふ自主性の強い國民である。日本のインテリゲンチヤは、文明開化の系統をひいて、さういふ自主性に缺けてゐたのである。これは「近代人」でなく「擬似近代人」である。

彼らが、時の風儀に從つて、文化的な藝をうる職人にすぎぬと辯ずるなら、如何なる人もこれを鞭撻し得ない。しかし彼らは、或者は己を文人と考へ、思想家と稱し、然も瞞かれたと自ら稱して、世渡りの辯解とし、これに晏然たるものがある。片々たる學校教員には、さういふ處世も許されるだらう。いやしくも文人の場合は、たゞ悲しいことである。東洋の舊文學史はさういふ文人を記錄してゐない。

余は文明開化の失敗を見るとき、我が見方に落着したことを知り、然もよろこばない。しかしつひに、それは謬つた「非倫のアジア」の悲劇に他ならない。

卽ちわが國民の近代的能力の秀拔さを誇つた「文明開化」に於てすら、アジアに於て、「近代」を學びとるといふ形の「自衞」（これは近代史概念である。アジアの原理上のことばでない）は成功しなかつたのである。それはアジアの內部からの反撥をうけねばならない。アジアを解放すると稱して、必ずそれを「侵略」せねばならぬ。しかしそれこそ、新に「近代」を建設せんとする時の當然の歸結である。今や裁斷の啓示に日本は愼しまねばならない。

この悲劇は、まことのアジアを念願したものにとつて、何といふ偉大な敗北であつただらうか。何といふ貴重な體驗であつただらうか。されど所謂「侵略戰爭」に反對しつゝ、一九二〇年代の日本の持續を云ふ如き徒は、己の陋醜に恥ぢよ。汝らこそ侵略戰爭の原因であつた。その時期の持續のあり得ざる事實は別として、余は敗戰のくりごとを云ふのではない。しかも果して一九二〇年の日本の空に掲げられたものは、わが日章旗であつたらうか。當時ガンヂーは、三千里の遠方から望見して、それは日章旗でない、ユニオン・ヂヤツクでないか、と、憐憫の情をもつ代りに、忠告の期待をよせたのだ。一九二〇年代の日本の現状の維持のみを理由として、當時の青年——青年將校をも含めて——の革新運動に反對することは、視界の狹く暗いことを示すにすぎない。

「侵略」は道義上から、「自衞」は原理上から、いづれもアジア人なる日本人には、許されるところでない。「近代」に對する「自衞」は必ず「侵略」を伴ふからである。故に日本は全然別箇の道義の生活體を考へねばならない。それは「近代」から離れることである。しかしそれには「近代」以上の精神の文化を自覺せねばならない。さういふ精神が「近代」に抵抗してゐる形式について考へねばならない。これをたゞ茫漠とした「國民抵抗線」の狀態に停止して置いては申し訣がないのである。卽ち我々はこの「思想」を確立せねばならない。

しかし日本は、「近代」の征覇が許されないといふ己の道義と人倫を悟るまへに、その不可能を了知したのである。この關係と狀態は深刻である。しかるにこの五年の平和的生活の間に、少なからぬ日本人は早くもそれを忘れたのでなからうか。しかしふりかへつてみる時、それについて、丁寧に教へた者はなかつた。その自覺を云うた人を知らない。

維新政府成立の明治初年當時にあつて、二つの政治的勢力が相爭つたと考へることは、總じて近代文明思想に立脚し、現在のあらゆる事象を、近代の範圍内のみで考へるものの結論にすぎぬ。眼光を歴史と世界に開くものは、その日の對立の根本は、「近代」と「アジア」の對立、物の文明觀と精神の文明觀の對立——にあつたことを悟らねばならない。日本の「近代史」への反省こそ、明日の日本を思ふ者の第一の任務である。

しかし「自衞」のために「近代」を學びとらうとし、その「近代」に追ひつくために、「近代」に追從して「侵略」を開始せねばならなかつた、この宿命的な「文明開化日本」は、今やすでに敗れ亡んだのである。それは非倫でさへあつた。しかしこれは、「近代」の意味と、その見地から非倫といふのではない、「近代」を根柢的に否定するアジアの道義と人倫に立つ時にのみ「非倫」と批判し得るのである。

「近代的日本」の進路を、その方向のまゝに繼續放置する時、殘虐なる爆彈は日本の生活を破壞するだらう、日本民族は亡びるかも知れない、と考へられた。しかしその日既に「近代日本」は大半以上破壞されてゐたのである。終戰の大詔は、眞の日本の生活體を以て、戰爭の個々の據點に化すことを總じて停止したのである。余はこの聖斷に心わなゝくものがある。

近代の生んだ最高產物である原子爆彈は、同時に近代の生んだ最高產物なる近代都市を破壞する、最も有力な道具である。近代文明——そこにはペンキと自動車と活動寫眞以外の文化は存在しないが、その文明は製作上の單純明朗さのために世界化する可能性をもつ。金閣をペンキ塗りにし、塗りかへ塗りかへすることが、近代の淸潔感文化である。

近代は「侵略」の時代である。「戰爭」の時代である。「實用」と「科學」の時代である。

戰爭に役立つ科學のみが注目される時代である。原子學の流行は、原子爆彈のゆゑである。大農的近代農業學のみが研究されるのは、それが「近代都市」と「近代戰」の兵站として不可缺のものだからである。日本が戰爭放棄の決心をした時、近代科學も近代農業の學も、第一義に必要とせぬわけである。けだし「近代」と絶緣することなくしては、戰爭放棄は實現しない。デモクラシーをとつても、コムミユニズムをとつても、それらは「近代」の繁榮の持續をいふか、奪取をいふかの差で、近代の範疇の外のものではない。我々は「近代」と別箇の原理の文明、別箇の人間觀に立つ文化のみが、將來の絶對平和生活の原理をなす所以を唱へる。それはアジアの理想である。

近代は、西洋人のアジア支配を以て開始せられた。市場としてのアジアの支配であつた。しかし支配されないアジアの文明と精神は、この近代と無關係に、嚴然として傳へられてゐるのである。今も嚴存してゐるのである。それは「近代」と別箇の原理をもつ文化の中でも、最も强力な文明である。しかも、近東と印度と支那と日本と、この大略四つの文明圈は、今も嚴存してゐるのである。これらの呼び名が、みな西歐の命名にかゝる事實こそ、西歐によつて發見された近代史上のアジアといふ事實をあまねく示すものである。

今もアジアの文明の、理念と道義とその生成を信ずるアジアの精神たちは、アジアの悲運と悲劇を認めつゝも、いさゝかも勇氣を失つてゐない。その勇氣の使命も、また明日の日の光榮も、見失つてはゐない。日本がアジアであることの自覺——この人倫と道義の恢弘を、余は日本に祈る。

「近代」に於てアジアとは何であるか、何であつたかといふ事實を、正しく理解することのみが、アジアを今後の悲劇から未然に防ぐのである。これは「戰爭か平和か」といつた情勢論的考へ方と異り、さらに根本的な本質平和の問題である。「近代」に於ては、その人間觀に立脚すれば、戰爭のない狀態としての平和しか考へられない。本質絶對の平和の根柢となる考へ方や事實はないのである。「近代」の表はヨーロッパであり、裏はアジアであつた。これは物慾と精神の對蹠である。物慾による文明の下に、人間は「奴隷」と化され、精神の文明は「隱遁」を強ひられてゐるのである。「近代」は未だ本質的な人間の自由な時代ではない。

余は「アジア」とその文明としての「平和生活」を、絶對的の意味から說くのである。政治や情勢に何らかのかゝはりをもつて「平和」を說くのではない。たとへば第三次大戰を豫想して「平和」を云ふといふことは、政治的平和論である。アジアの原理はそれと異り、平和の本質と絶對を、それを可能とする生活に於て云ふものである。アジアの道は所謂「政治」を追放する。

さういふ本質生活の恢弘の原理と方法は、「力」でなく「革命」でない。今日いふ「革命」とは繁榮の掠奪を意味する。故に日本（とアジア）の心ある青年は、「革命」の語を避けて「維新」といふのである。その維新に當つては、まづ「からごころ」を攘へと說かれたのである。

さらにさういふ本質的生活を守る手段、守る時期を超えて、維持してゆく時期の、その時期の原理について――その生活の實相は、豫め云ふべきことでないが、こゝで始めて「道德」は恢弘され、それがその原理となる。力や權力や功利的約束が原理となるのではない。

我々は「近代」を文明の理想として考へない。しかし「近代の繁榮」の持續を破壞しようとは云はない、我々は「近代の革命」を認めない。――卽ちこゝで我々は政治論的には、何ごとにもふれない。我々の思想は非政治的言論――政治と無關係である。政治とは要するに支配の制度であつた。しかし我々は近代（卽ちその政治）が消滅し、代りに精神と道德の恢弘することを、まづ日本に祈るのである。

我々は、アジアの淸醇な道義生活を恢弘するために、近代の常識となつてゐる一切の政治的言論を放棄する努力に心を向ける。我々は「近代」の現實と理想を第一義の道義と考へない、從つてその「近代」の持續を、いさゝかも願望するものではない。この點で、我々は原子爆彈や原子學とは、文明の見地と理念に於て無關係である。否、我々の文明はこれに對して無關心である。この無抵抗主義は、アジア的道義生活――その絕對平和の恢弘を、思想の根柢にすることによつて成立するものである。

今日、「近代」の人間學と思想と發想は、その內部に於て、世界の恆久平和を樹立するための、原理も理想ももつてゐない。「近代」世界が漸く成立した時代、卽ち文藝復興以後のヨーロッパ風人間學の說く人間の心の內には、恆久永遠の因子は存在せず、恆久理想を云々する緖もない。

このおぞましい原罪を背負ふ人間が、何によつて救はれるか。その「暗い森」と形容された人間の心を出發點とした「近代文化」の中には、それ自身を救ふ原理はない。近代の勢力組織に對し後進的國家が、舊秩序の利權を奪取するために、或ひはフアツシズムをとらうと、またはコムミユニズムをとらうと、それは「近代社會」內部の掠奪的鬪爭であつて、近代それ自身を革命し、近代より人間を救出する方法ではないのである。

「近代科學」を確保することによつて、初めて國家として優越し得るといふことは、近代國家の成立する原因の事實である。これに對し「無關心」を表明することを、多くの人々は敗亡と評するにちがひない。しかし我々の道義は、さういふ近代の「支配」と「侵略」による將來の繁榮を念願とするものでない。我々の考へる「くに」は、さういふ「近代國家」を理想とするものでない。この道義の恢弘のみが、近代の組織の下に人間性と精神を失つたすべての「人類」を、救ひ得るものである。

我々は近代の「支配」と「侵略」に對抗することを以て、第一義の目的とするのではなく、わが「道義」を恢弘し、人間を「近代」より救ひ出すことに第一義の念願を象るものである。それは日本（アジア）の道である。余は今日もこゝに光明を感得し、この光明を日本に祈る。

「近代」を學ぶ點で、日本とロシヤは、最も謙虛であつた。この兩者は、最もおくれて「近代」の仲間入りをしようとし、最も殘忍にまで、己を空しくしてこれをとり入れんとした。己を零とし、彼に學ばんとした。この點で、日本より出發の何年かおくれたロシヤが、やがて共產主義に立つたことは、「近代」を學び、その「繁榮」と「幸福」を奪ひ取るといふ

うるのである。それを知る者がまことのアジア人であり、その精神である。

しかし少なからぬアジア人は、今日に於て、現在の繁榮と幸福の奪取を目的とする、一つの政治的勢力に結びついてゐる。要するに彼らの精神が「アジア」でなかつたからだ。この例に於ても、彼らの爲めに欺瞞者をそれとして指摘することは必要であらう。アジアの自覺と發見は「近代史」の終焉の後につゞく世界の原理である。

しかしそれは決して所謂宗教の時代でない。己の神だけを己ひとりで祭りうるやうな、（それが必ず共通するわけだが）神のおきての生活がひとりでに動いてゐるやうな時代である。その祭る清醇な神が、野望者の惡魔ととりかへられるといふ事實こそ、近代に於けるアジアの悲劇の一つの因をなしてゐた。さうした神のおきてに人が生きる日には、原罪や救ひを誰が考へようか。例へ罪の如き何かが生起しても、それらは、みなさはやかに、年内（米作年度内）に必ず追放《や》られて了ふやうな、「罪」である。

庚寅孟秋記

あとがき 二

余は本書の上梓に當つて、怠慢を重ねて、發行を遲くした。今さらに云ひ訣の辭がない。且つ改めてこれをよみかへすに、現在の余の思想は、不十分に、且つ拙くしか描かれてゐないことを知つた。これも申し訣ないところであるが、この點は著者にとつては滿足である。從つてまた多少難解なところがあるといふことも自ら認めたが、これは「近代」に立脚し、「近代」の範圍で考へることを習慣としてきた人々に、當然堪へてもらふべきだと思ふ。

余は、今日の日本人（アジア人）として、當然一人位は唱へねばならぬ思想を、多少舌足らずに云ふだけである。しかし誰一人としてそれを云はないから、余の舌足らずの議論にも十分の意味がある。但しこの意味は、政治的情勢論的見解を毛頭ふくむものではない。余の思想は、わが隱遁詩人の系統に屬する。それは舊著「後鳥羽院」「日本の橋」以來の、余の信條であり、また身上である。

本書上梓に當つての喜びは、年來の畏友棟方志功が、わが乞ひを容れて、本書のために不動尊の二圖を揮毫惠與しくれたることであつた。その一葉を表紙に飾り、一葉を卷頭に掲げた。

今日世界の畫壇に於て、近代畫觀の「迷信」を意とせず、セザンヌ式の科學と無關係に、天造醇眞の繪を描いてゐるたゞ一人の繪師はルオーである。余はルオーに敬意を表する。かのピカソの如きは、拔群狡智の近代思想の持主、その峻烈な近代人の批判者にすぎぬ。余の謂ふ魂の天造の繪師ではない。「宗教畫」と呼ばれる時代の繪師の描いた、まことの繪を「神の如く」に描く畫工は、今日ルオーのみである。

しかるにわが志功は、ルオーに對抗する東方の天造物である。彼は人工の企てとたくらみの形をもたされた佛たち（觀念）を、清醇の原型の神に――その生れながらのものに、何ごとも考へないで、生みかへし得る造型者である。かゝる點の、その天性のすさまじさ、ルオーよりさらに一きは天造に近いものがある。彼は製作者としての己、その批評家としての己、といふものをその作品に決して加へない。彼は神ながらに、子を產む如く、國を產まれた如く、繪を描く。彼の最近の作「天意如意觀音」の如き、名稱自詮、さながらこゝに例として云ふにふさはしい。

戰後に初めて板畫「濡々觀音」を見た時の余の感じである、むかし――十數年前、初期の棟方が示した、あの驚天動地的な感のあつた「藝術的」な天才――豐滿であざやかな、印象的でありつゝ麗氣の耀いてゐる、黑白二元の板面のかもす氣分の美しさ――さうした以前の驚異をはるかに超えて、精神の美しさの限りないもの、魂の沈湎したしづかな深さが感じられた。それは千幾百年の長い間にわたつて、我が文人がくりかへし眺めては、新しく感動してきた、激しい瀧瀬の水沫の如きものである。

その當時卽ち十數年の前の棟方は、わが祖々の天才たちが永い傳への末に到着した抽象の線を、再び原始に復原してゐたのである。しかもそれは「近代」の何かから入つたのではない。彼の生得の東洋の心が、東洋の天才が抽象したあのすぐれた藝術の線を、それが生れた日のまゝにまでひきもどした。この「時間」への傍若無人な挑戰は、文人畫の人々のした如き冥想的一元論の絕對主義によつたのではない。勿論十九世紀風近代畫が完成した、かのルネツサンス的世帶畫の原因となつた、ストリツプシヨウ的意識とは全然異つた、一種の天造の方法の自得があつたのだ。

濡々觀音でこの以前の事情は大樣に一變した。繪技の上達の如きに何の問題もない。近代美論のもつ概念は、何一つこの間の經過を說明する能はない。心持のはかりしれない深化、思ひの限りない靜化――さうして「思想」といはれる近代概念のもう一つ奥、一つ底にあるものへと到達した。この到達に於て、その場に至れば必ず「思想」は空しいと人は嘆じるだらう。しかし東洋の先哲は、すべてかゝる到達點をその出發點とし、彼らの「思想」とは、さういふ境涯を呼んだものである。

「近代」――「新ヨーロッパ」に於る百年に、何人がこの種の「東洋の思想」――その精神と魂の外貌を理解したであらうか。

不動明王は古代アジア人の、空想の遊びわざではない。今日も我らの切ないリアリズムである。その形相には異相が多く、或者は巖上に坐し、或ものは立つて慾念の形象を踏みつけてゐる。しかしそれを蹂躙するといふ何らの誇示の意識も示さない。すべては猛火を背にして、しかも不動といふ一點で一致してゐる。思ふにこれ以上の今日のリアリズムはない。

不動明王は五大力尊中の中尊、諸明王中の總主。この尊は大日如來の華臺に於て、已に久しく成佛してゐるが、その本誓によつて、奴僕三昧に住し、初發心の諸相を示して、如來の童僕となり諸務に給仕し、又た行者の殘飯を食して使者となり、行者の願ひを充満せしめる、大悲深重の本尊である、と説かれてゐる。何といふ深刻なリアリズムであらうか。

「勝軍軌」に出てゐる誓願の章句は、含蓄ふかいものがある。

我が身を見るものは菩提心を起し、

我が名を聞くものは惡を斷ち善を修し、

我が說を聞くものは大智慧を得、
　我が心を知るものは卽身成佛せん
この句はいたく余の心を激昂せしめつゝ、おもむろに和めるものがあつた。
經軌の所說により異像甚だ多い。その眼は「怒れる眼」と出てゐるのが普通だが「眼は斜に視て童子の形なり」とあるのもある。また「童子の相貌なり」ともある。
　底哩三昧耶使者念誦法には、
　他の軍陣の衆を禁じて動かざらしめんと欲すれば
自の面上に於て不動尊を畫け
四面四臂にして身を黃色に作り
上下に牙を出して大忿怒瞋怖畏の狀を作し
偏身火光、兵を吞む勢に作し
行者旌を以て彼の軍衆に示し
復聖者羂索を以て彼の兵衆を縛すと想へ
卽ち彼の軍衆盡く動くこと能はず
この句を余は今日のリアリズムとする。その理由は語句を異にして、本書の述べるところである。余は本書にこの黃不動を飾つて、同樣に心昂り且つ和む。いみじくも志功拜寫の黃不動尊は偏身の火光、紙上黃色をなしてゐる。これを思ふとき——このリアリズムに對し、わが心ことに傷むものがある。けだし余は浪曼派である。

余に於ては成田山の迷信も、現世利益もない。たゞ黄不動の儀軌の法語を余はよろこぶ。これを我が日の現實の言葉と、アジアの傳へによつて云ひかへ、アジアの本質生活の語彙にかへるとき、別事ながら、わが思想にかた〴〵相通ずるものが少くない。二宮尊徳は成田山を信仰し、床上常に不動尊をかゝげ、猛火を背にしつゝ不動といふことを、己の自戒としたと云はれてゐる。

されどかゝる、赤不動、青不動、黄不動と種々の形相を作つて、あまつさへ各々の念誦法をつけた、東洋の幾千年來の祖々を、今日この日この國に生きて思ふ時、余は、わが心何ぞあくまで痛きぞの嘆聲を禁じ難い。まことに四面四臂といふは、形容修辭にあらず、軍陣の實體であつた。しかも四面四臂の碍道魔軍をうつために、四面四臂の佛軍を考へねばならないといふことに、おぞましくも悲劇の因があつた。余は今日この構想を一切放念するのである。そして余は、余のこの感慨を、大乘空觀の眞意と斷ずるのである。

余はこゝにアジアの悲劇の崇高性を象り、又その祈りをさゝげる。余にこの二圖を與へし志功の畫業を敬仰して感謝する。

庚寅孟秋後記

あとがき 三

附加へて申しておきたいことは、本書の著者印は、終戰後横濱山下町に天池堂と稱する印房を構へた齋藤劍石の作にて、作者の好意により贈られたものである。劍石は元來、水巴門の俳人、多藝の趣味家、瓢逸の性は大様國士の風格を作す。物に動ぜずしてよく事をなすの人。小生十數年來の知友である。

最近は「壺天」と題する篆刻の册子を主宰し、その第二册を世におくつた。形小なれど高雅なる趣味の册子である。その終戰後の作品を見るに、達人の俤を示すもの僅少でない。好漢また期せずして不動の修業をなせしものなるか。されどこれを幸といふべきか、不幸とよぶべきか、余は知らない。　庚寅中秋記

あとがき　四

余は昭和十九年の秋以來、當時に於て思ふところあり、殆ど文章を草してゐない。加ふるに終戰歸國の後は、文筆を弄する患に耐へないものがあつた。余は歸國の頃より舊來に見ざる健康を得た。しかし文筆の業は再び余に、疲勞と不健康の以前を戻さんとしてゐる。文章は由來不平に鳴るもの、卽ち不自然の業である。余は不健康と疲勞の記憶を再び新にし、今は加へていさゝか老いを知るに到つた。

この余の怠惰を強ひて、本書を上梓せしめたのは、專ら祖國社同人の勸誘による。祖國社は周知の如く栢木喜一、奥西保、玉井一郎、奥西幸、高鳥賢司の五子の創むるところ、去秋十月より月刊誌「祖國」を刊行し、爾來怠ることなく、今年十月にその十三册目を世に出した。

五子はいづれも、二十代より三十代を僅かに出づる年齢にて、氣鋭く節操を持するの人々である。今日我國言論の俗情、專ら强大の勢につくを念として、以て一日の安きをむさぼる狀態を憂ひとし、且つ昨は左し今日は右するその定まる所なきを嘆き、かゝる中にあつて、日本のゆく唯一の道を日本に於て探求せんとする、憂國の情を切になせる人々である。

故に今日、日本の言論界に於て、東西左右、そのいづれに傾くことも思はず、たゞ日本の道を本質に求めて、時務を解かんと志す、實に唯一の存在といふべく、今やまことの東方の理想を守る唯一の存在である。

日本の獨自の道とその生き方を求める念願の下に穩健中庸を旨とし、內外に對して不偏不黨まことの保守の精神を持して、日本に日本の道ある所以を高く唱へてゐる。その文業は彼ら云はずして、自ら炬火と見え、この穩健は從つてしば〳〵壯と見える。邪念と不正と虛僞の徒は、この眞劍に怖れるのである。余は五子をよく知る。五子また余の年來の微志を察し、しきりに文章をすゝめ、その册子にこれを揭載す。「農村記」以下三篇は、「祖國」に與へしものである。

余は「祖國」の存在をよろこび、これあつて日本の中庸穩健なる自主的言論のよく護持せらるゝを知り、これに執筆する勞をいとはぬのである。されど余は再び疲勞と不健康に復歸するさまを味ひ、わが骨組に老ひの步音をきく。片々の雜文を草するは、すでに今の本志ではない。余はたまたま夜半の机邊に坐して、わが生涯の文業に、いさゝかその第一步の足跡を印すべき時を獨り嘆ず。

されど今日のわが國に於て、かの强大に右顧左眄せず、己の榮達を望まず、自らを東方の光と輝かし、日本のよつて立つ傳統の理想を唱へる言論は、册子「祖國」を他にしてない。日本の眞意と眞精神を、率直に、正直に、勇氣を自然にして語つてゐるものは、これをおいて他にない。それは必ず一人の日本人の云はねばならぬ言論である。余はこれがために勞することを、いさゝかも悔いない。

日本の道と東方の道義を以てみれば、わが私の文業のなるならざるが如きは、末端のさらに枝葉である。よしんば余が文業未完に了らうとも、道はいさゝかも衰へないと、余は信じて、安らかである。

余は五子の志をかなしみ、その鞭韃によつて本書を上梓することを、かゝる意味で喜びとし、またかなしみとし、さらに感謝の念をひそかにする。

庚寅中秋記

〈解説〉

保田與重郎の帰農時代

吉見良三

ＪＲ・近鉄の桜井駅から北東へ、歩いて七〜八分のところに、桜井木材市場と、その貯木場がある。奈良県立桜井高等学校の北隣で、地名でいえば桜井市粟殿《おうどの》になる。

このあたり、いまはもう街のなかだが、つい三、四十年前、昭和三十年代後半のころまでは、まだ大部分が田畑だった。木材市場や貯木場の敷地ももちろんそうで、保田家の自作農地だった。戦後、一時帰農した保田與重郎は数年間、毎日この農地を耕していたのである。戦後の初の上梓である『日本に祈る』に収められている「みやらびあはれ」や「にいなめ　と　としごひ」、「農村記」などの諸作は、すべてこの田地で鍬をふるい、種子をまき、収穫をしながら想を得、まとめ上げたもの、と思っていいであろう。

平成十二年十月の某日、筆者は思い立ってこの木材市場の周辺を歩いてみた。

同行して下さったのは、桜井市の桜井液化ガス会長宮本滋氏である。大正三年（一九一四）生まれの八十六歳。奈良県立畝傍中学校（現高校）では、與重郎より四学年下で、休憩時間にはいつも與重郎にくっついていた取り巻きの一人だった。以来、與重郎が他界するまで五十年以上もずっと親炙してきた。地元の桜井市でも、若いころの保田與重郎を識っているのは、いまやこの人しかいなくなっている。

桜井木材市場は、吉野のそれと、奈良県下の木材取り引きを二分しているだけに敷地も相当に広い。ざっとした目算だが、東西四百メートル、南北三百メートルはあるだろうか。東西に長い矩形の土地で、宮本氏によると保田家の田地は、この木材市場からさらに東西に隣接する住宅地にまで伸びていたという。もっとも與重郎が耕していたのは、そのうちの一町二反（一・二ヘクタール）だった。周知のように、戦後の農地改革は、不在地主を認めず、自作農地として一戸当たり六反（六十アール）だけ所有することを許した。そこで保田家では長男與重郎と二男で分家の順三郎名義で各六反ずつを、このあたりにまとめて残すことにしたという。この辺は粟原《おうばら》川沿いの湿地帯で冠水しやすく、田畑としては必ずしもよい条件ではない。保田家には他の場所にも良田があったのに、あえてここを自作地として残すことにしたのは、自宅から三百メートルと近く、農作業になにかと便利だったからだろう、と宮本氏はいわれる。

田地としての善し悪しはともかく、このあたりは欽明天皇の磯城嶋金刺宮《しきしまのかなさし》跡として知られたところだ。北を流れる初瀬《はつせ》川と南を流れる粟原川が上古、度重なる氾濫でおびただしい土砂を吐き出し、それが堆積して島のようにみえたところから「敷島」と呼ばれるようになり、後世には大和（日本）の国の枕詞にまでなった。大和朝廷発祥の地で、江戸時代、この地を領した戒重藩（織田長政）も、ここを聖なる地とあがめて、墓などの造成を禁じた。保田與重郎が、こうした由緒ある土地に生まれ育ったことを、終生誇りにし、それがまた、かれの文学の核を成していたことは、あらためて云々するまでもないだろう。

與重郎が中国・山西省の奥地から復員してきたのは、終戦の翌年、昭和二十一年五月六日だった。その間、石門の軍病院で迎えた終戦の日の夜から、天津を経て帰国するまで、折々のかれの心情は、「みやらびあはれ」に詳しい。それは名状しがたい悲痛な不安感といっていいものだが、そのうっとうしい気分が、故郷の大和に足を印すなり一変して、暗夜に灯を見出したように穏やかになった。

なぜか――。それは故郷の大和が、まったく戦禍を受けていないことを、目のあたりにみたからだった。佐世保からの復員列車で、車窓から眺めてきた沿線は、どこも焼け野原だった。それが大和に入ると、戦禍の跡はなにひとつなく、町も村もすべてが昔のままに鎮まっていた。新緑の大和三山を目にしたときには、真実泪があふれた、とかれは「農村記」のなかで記している。それは與重郎が「鳥見のひかり」や「にひなめ と としごひ」で述べた「道」――すなわち事依佐志《ことよさし》のままに、米作りにいそしむことが、神意にかない、神の加護につながる――ことを如実に示したような風景だった。

ともあれ、そういう情況のなかで、與重郎の農耕生活は始まった。かれが件《くだん》の田地で実際に耕作に従事したのは、昭和二十一年五月の復員直後から、同人雑誌『祖國』の刊行にかかわるようになった二十五年の夏ごろまで、ほぼ四年余で、その間の模様は「農村記」に断片的に記されている。

かれが耕した農地のなかには、陸軍に徴用されていた一反（十アール）ほどの荒れ地が含まれていた。そこは元桑畑で、切り株や根株が無数に残っている上に、徴用当時に入れられた砂利や、縦横に掘られた溝がそのまま残っていて、手のつけようのない状態だった。與重郎はそれを一年がかりで水田に戻した。復員してからしばらく、一歩も村から出ず、貞享・元禄の頃の篤農家宮崎安貞の『農業全書』を参考に、開墾に取り組んだ、という。

もちろん「にわか百姓」のことだから、なにをしても専門の農家のように手際よくゆくわけはない。帰農した年の夏、虫害に見舞われ、防除の時期を逸して駆除薬も効がなくなり、「おのずからに虫の退くのを待つ」(「農村記」)より仕方がない、と観念したり、数日、畑に出なかった間に、雑草が生い茂って手がつけられなくなり、結局「草の少ないところから除草を始め、はげしい部分は放棄せよ」という『二宮翁夜話』の教えを思い出して自らを納得させたり、といった調子のこころもとないものだった。不慣れも手伝って、農作業そのものは、あまり得手ではなかったようだ。そのころ、よく與重郎を訪ねた前記の宮本滋氏も、

「先生は、よく畑の隅で、立てた鍬の柄に、こうやって頤《あご》をのせ、朝日(煙草)を吸いながら、何か考えごとをしていましたよ」

と、ポーズまじりに語って下さったが、同様の話は他でも何度か聞いた。中年過ぎの男が、初めて鍬を握ったのだ。疲れてすぐ休みたくなるのも無理はない。

與重郎はしかし、農作業が嫌いではなかった。「農村記」でも、くどいほど繰り返しているように、米を作るという形の生活様式は、式祝詞に示されたもっとも正しい人間の「道」であり、その生活が唯一の倫理の母胎である、とかれは信じていた。山陰に、しずかに煙を上げている、かすかな米作り人の、つつましく美しい伝統生活——、それがかれの理想だった。その点で、農作業は、かれにとって理想の実践だった、といっていいだろう。

ところで、與重郎が耕していた田畑の周辺は、大和朝廷発祥の地という歴史上の誇りのほかに、いまひとつ特質を備えている。宮本氏に指摘されて気づいたことだが、このあたりの風光には格別の趣がある。神の山三輪山はすぐ目の前だし、この山の背後から南へは巻向、外鎌《とがま》、鳥見、倉梯《くらはし》、多武峯と、記紀・万葉で馴染みの山々が指呼の間に連なっていて、それらがほとんどひと目で見渡せるのである。そして首を回らせば、家並の彼方に二上、葛城の山々も望める。このあたりは初瀬谷特有の地形によるものか、気象も山河の色彩も、一日のうちに何度も微妙に変化する。晩秋の季節など、大和国中《くんなか》は晴れているのに、三輪山のあたりは時雨れている、といった現象も珍しくない。三輪山の空がにわかにかき曇り、風が樹々を騒がせ始めると、土地の人は「ああ、神さまのお帰りだ」といって、山に掌を合わせる風景が、ごく近年までみられたものだ。棟方志功はこうした風景を愛して、何度もこの地を訪れている。

若いころ、「さういふ（筆者註、大和・河内の）風土に私は少年の日の思ひ出とともに、ときめくやうな日本の傳統を感じた」（『日本の橋』）と書いたほど、風光に繊細な保田與重郎が、初瀬谷一帯のこの特有の風情に無感覚なわけはない。

小泊瀬《ヲハツセ》時雨ふるらし二上《フタガミ》のこの夕映えのことに美し

『木丹木母集』にみえる、かれのこの歌は、おそらく農作業の合間に、ふと目にした光景への感興を詠んだものであろう。

そのころ、與重郎が文壇ジャーナリズムからどう遇されていたかは、周知のとおりで、改めて述べるまでもない。これほど曲解され、悪罵と弾劾のあらん限りを浴びせられた文人は他にないほどだが、かれは毅然としてそれを黙殺して通した。もちろん與重郎とて生身の人間だから、ときには耐え難いほど感情が激することもあっただろう。が、そんな折、鬱屈した気分を和らげ、文人としての良心と新たな闘志をかき立てる支えになったのが、米づくりの伝統のくらしを実践しているという自負と、周辺の風土から受ける心のやすらぎではなかったか。

『日本に祈る』に収められた「自序」と「みやらびあはれ」など六編の作品は、こうした情況のなかで執筆された。全編を貫くのは「志」である。その「志」は、結局のところ「一句一行がつねに遺言であり、しかもそのはし〳〵まで永遠不滅の血が通つて、どこを切つても血が流れ出す」(「みやらびあはれ」)ような文章を草する文人としての覚悟と、「紙無ケレバ、土ニ書カン。空ニモ書カン」(「自序」)という不屈の気概とに集約されるだろう、と私は解している。

保田與重郎文庫　15　日本に祈る　二〇〇一年四月　八　日　第一刷発行
二〇一三年六月二〇日　第二刷発行
著者　保田與重郎／発行者　中川栄次／発行所　株式会社新学社　〒六〇七―八五〇一　京都市山科区東
野中井ノ上町一一―三九　TEL〇七五―五八一―六一六三
印刷＝東京印書館／編集協力＝風日舎

ISBN 978-4-7868-0036-8